EDIÇÕES BESTBOLSO

Escrito nas estrelas

O escritor norte-americano Sidney Sheldon (1917-2007) era um adolescente pobre na Chicago dos anos 1930 quando decidiu participar de um programa de calouros que acabou conduzindo-o a Hollywood, onde passou a revisar roteiros. Depois de prestar serviço militar durante a Segunda Guerra Mundial, Sheldon começou a escrever musicais para a Broadway e roteiros cinematográficos. O sucesso das peças possibilitou o acesso aos estúdios de cinema e o aproximou de astros como Frank Sinatra, Marilyn Monroe e Cary Grant. Na TV, os seriados *Nancy, Casal 20 e Jeannie é um gênio* levaram a sua assinatura. Em 1969, Sidney Sheldon publicou seu primeiro romance, *A outra face*, e a partir de então seu nome se tornou sinônimo de best-seller. Foi o único escritor que recebeu três dos mais cobiçados prêmios da indústria cultural norte-americana: o Oscar, do cinema, o Tony, do teatro e o Edgar Allan Poe, da literatura de suspense.

PRÓCESSO STROLOS

Escrito das estrelas

O escritor norte-americano Sidney Sheldon (1917-2007) era um adolescente pobre na Chicago dos anos 1930 quando decidiu participar de um programa de calouros, que acabou conduzindo-o a Hollywood, onde passou a revisar roteiros. Depois de prestar serviço militar durante a Segunda Guerra Mundial, Sheldon começou a escrever musicais para a Broadway e roteiros cinematográficos. O sucesso das peças possibilitou o acesso aos estúdios de cinema e o aproximou de astros como Frank Sinatra, Marilyn Monroe e Cary Grant. Na TV, os seriados Annie Grant 20 e Jeannie é um gênio levaram a sua assinatura. Em 1969, Sidney Sheldon publicou seu primeiro romance, A outra face, e a partir de então seu nome se tornou sinônimo de best-seller. Foi o único escritor que recebeu três dos mais cobiçados prêmios da indústria cultural norte-americana: o Oscar, do cinema, o Tony, do teatro, e o Edgar Allan Poe, da literatura de suspense.

SIDNEY SHELDON

ESCRITO NAS ESTRELAS

LIVRO VIRA-VIRA 1

Tradução de
A. B. PINHEIRO DE LEMOS

6ª edição

EDIÇÕES
BestBolso
RIO DE JANEIRO – 2018

CIP-BRASIL. CATALOGAÇÃO NA FONTE
SINDICATO NACIONAL DOS EDITORES DE LIVROS, RJ

Sheldon, Sidney, 1917-2007

S548e   Escrito nas estrelas – Livro vira-vira 1/ Sidney Sheldon; tradução de A. B.
6ª ed.   Pinheiro de Lemos. – 6ª ed. – Rio de Janeiro: BestBolso, 2018.
         12 × 18 cm

         Tradução de: The Stars Shine Down
         Obras publicadas juntas em sentido contrário.
         Com: Lembranças da meia-noite / Sidney Sheldon; tradução de A. B.
         Pinheiro de Lemos
         ISBN 978-85-7799-573-8

         1. Romance norte-americano. I. Lemos, A. B. Pinheiro de (Alfredo Barcellos
         Pinheiro de), 1938-2008. II. Título.

                                    CDD: 813
11-6632   CDU: 821.111 (73)-3

Escrito nas estrelas, de autoria de Sidney Sheldon.
Título número 285 das Edições BestBolso.
Sexta edição vira-vira impressa em julho de 2018.
Texto revisado conforme o Acordo Ortográfico da Língua Portuguesa.

Título original norte-americano:
THE STARS SHINE DOWN

Copyright © 1992 by The Sidney Sheldon Family Limited Partnership.
Publicado mediante acordo com Sidney Sheldon Family Limited Partnership c/o
Morton L. Janklow Associates. All rights reserved including the rights of repro-
duction in whole or in part in any form.
Copyright da tradução © by Distribuidora Record de Serviços de Imprensa S.A..
Direitos de reprodução da tradução cedidos para Edições BestBolso, um selo da
Editora Best Seller Ltda. Distribuidora Record de Serviços de Imprensa S.A. e
Editora Best Seller Ltda são empresas do Grupo Editorial Record.

A logomarca vira-vira (vira-vira) e o slogan 2 LIVROS EM 1 são marcas registradas e de
propriedade da Editora Best Seller Ltda, parte integrante do Grupo Editorial Record.

www.edicoesbestbolso.com.br

Todos os direitos reservados. Proibida a reprodução, no todo ou em parte, sem
autorização prévia por escrito da editora, sejam quais forem os meios empregados.

Direitos exclusivos de publicação em língua portuguesa para o Brasil em formato
bolso adquiridos pelas Edições BestBolso um selo da Editora Best Seller Ltda. Rua
Argentina 171 – 20921-380 Rio de Janeiro, RJ – Tel.: (21) 2585-2000 que se reserva
a propriedade literária desta tradução.

Impresso no Brasil

ISBN 978-85-7799-573-8

Este livro é dedicado a Morton Janklow,
um homem para todas as situações

Agradecimentos

Tenho uma dívida de gratidão com as pessoas que foram tão generosas com seu tempo e conhecimentos:

Larry Russo, que me levou pelo labirinto misterioso dos maiores de todos os jogadores – os incorporadores imobiliários.

Os peritos em música que me convidaram a ingressar em seu mundo particular – Mona Gollabeck, John Lill, Zubin Mehta, Dudley Moore, André Previn, e os curadores do Espólio Leonard Bernstein.

Desejo também expressar meus agradecimentos aos cidadãos de Glace Bay por sua afetuosa hospitalidade. Espero que me perdoem pelas poucas licenças dramáticas que julguei necessário tomar.

Os conhecimentos neste livro pertencem às pessoas relacionadas acima. Quaisquer erros são meus.

As estrelas brilham
E nos contemplam a viver
Nossas vidas insignificantes
E choram por nós.

– MONET NODLEHS

Livro I

1

Quinta-feira,
10 de setembro de 1992, 20 horas

O 727 se encontrava perdido num mar de cúmulos, que o sacudiam como se fosse uma enorme pluma prateada. A voz preocupada do piloto saiu pelo alto-falante:

– Seu cinto de segurança está afivelado, Srta. Cameron?

Não houve resposta.

– Srta. Cameron... Srta. Cameron...

Ela foi arrancada de um devaneio profundo.

– Sim?

Seus pensamentos haviam vagueado para tempos mais felizes, lugares mais felizes.

– Você está bem? Devemos deixar essa tempestade em breve.

– Estou ótima, Roger.

Talvez tenhamos sorte e o avião caia, pensou Lara Cameron. Seria um fim apropriado. Em algum lugar, de alguma forma, tudo saíra errado. *É o destino*, refletiu Lara. *Não se pode lutar contra o destino.* No ano passado, sua vida escapara abruptamente ao controle. Corria o perigo de perder tudo. *Pelo menos nada mais pode sair errado*, pensou ela, irônica. *Não resta mais nada.*

A porta da cabine de comando foi aberta e o piloto apareceu. Parou por um instante, admirando sua passageira. A mulher era linda, com cabelos pretos brilhosos presos no alto da cabeça, uma pele impecável, olhos cinza inteligentes. Trocara de roupa depois que haviam decolado de Reno, e usava agora um vestido branco Scaasi, com os ombros à mostra, acentuando o corpo esbelto e

sedutor. Exibia um colar de diamantes e rubis. *Como ela pode se mostrar tão calma, quando todo o seu mundo está desabando?*, especulou o piloto. Os jornais haviam-na atacado de forma implacável durante o último mês.

– O telefone ainda funciona, Roger?

– Infelizmente, não, Srta. Cameron. Há muita interferência por causa da tempestade. Chegaremos ao La Guardia com cerca de uma hora de atraso. Sinto muito.

Vou me atrasar para minha festa de aniversário, pensou Lara. *Todos estarão presentes. Duzentos convidados, inclusive o vice-presidente dos Estados Unidos, o governador do estado de Nova York, o prefeito da cidade, celebridades de Hollywood, atletas famosos e financistas de meia dúzia de países.* Aprovara pessoalmente a lista de convidados.

Podia visualizar o salão de baile do Cameron Plaza, onde se realizaria a festa. Lustres de cristal Baccarat pendendo do teto, os prismas de luz refletindo um brilho deslumbrante, como o de diamantes. Haveria lugares marcados para duzentos convidados, em vinte mesas. As melhores toalhas de linho, porcelanas, pratarias e cristais adornariam cada lugar, e no centro da mesa estaria um arranjo floral de orquídeas brancas, misturadas com frésias também brancas.

O serviço de bar seria instalado nas duas extremidades do enorme hall de recepção lá fora. No meio do hall haveria um bufê comprido, com uma escultura em gelo de um cisne, cercado por caviar Beluga, salmão defumado, camarão, lagosta e siri, enquanto o champanhe gelava em baldes. Um bolo de aniversário de dez camadas aguardaria na cozinha. Garçons, *maîtres* e seguranças já estariam a postos agora.

No salão de baile, uma orquestra ficaria no tablado, pronta para tentar os convidados a dançarem pela noite afora, em comemoração aos seus 40 anos. Tudo estaria preparado.

O jantar seria delicioso. Ela própria escolhera o cardápio. *Foie gras* para começar, seguido por uma sopa de creme de cogumelo sob uma tênue crosta, filé de peixe-de-são-pedro e, depois, o prato principal: cordeiro com alecrim, *pomme soufflé* com feijão-fradinho. Queijos e uvas viriam em seguida, encerrando com o bolo de aniversário e café.

Seria uma festa espetacular. Manteria a cabeça erguida e confrontaria os convidados como se não houvesse nada errado. Era Lara Cameron.

Quando o jato particular finalmente pousou no La Guardia, o atraso já era de uma hora e meia. Lara virou-se para o piloto.

– Voaremos de volta para Reno ainda esta noite, Roger.

– Ficarei esperando, Srta. Cameron.

Sua limusine e o motorista a aguardavam na rampa.

– Já começava a me preocupar, Srta. Cameron.

– Encontramos mau tempo no caminho, Max. Vamos para o Plaza, o mais depressa possível.

– Claro, madame.

Lara pegou o telefone do carro e ligou para Jerry Townsend. Ele tomara todas as providências para a festa. Lara queria se certificar de que os convidados estavam sendo bem-tratados. Ninguém atendeu. *Ele deve estar no salão de baile*, concluiu Lara.

– Depressa, Max.

– Pois não, madame.

A visão do vasto Cameron Plaza Hotel nunca deixava de proporcionar a Lara um sentimento de satisfação pelo que criara, mas naquela noite estava com pressa demais para pensar a respeito. Todos a esperavam no salão de baile.

Ela empurrou a porta giratória e atravessou o saguão magnífico. Carlos, o gerente-assistente, avistou-a e se aproximou correndo.

– Srta. Cameron...

– Mais tarde.

Lara continuou a andar. Alcançou a porta fechada do salão de baile, parou ali, respirou fundo. *Estou pronta para enfrentá-los*, pensou ela. Abriu a porta, com um sorriso afixado no rosto, e ficou imóvel no instante seguinte, aturdida. O salão se encontrava na mais completa escuridão. Planejavam alguma surpresa? Ela estendeu a mão para o interruptor por trás da porta, apertou-o. O salão foi inundado pela luz incandescente. Não havia ninguém ali. Nem uma única pessoa. Lara permaneceu imóvel, chocada.

O que poderia ter acontecido com os duzentos convidados? Os convites indicavam 20 horas. Já eram quase 22 horas. Como tantas pessoas podiam desaparecer em pleno ar? Era incrível. Lara correu os olhos pelo vasto salão, estremeceu. No ano anterior, em sua festa de aniversário, aquele mesmo salão estivera repleto de amigos, cheio de música e riso. Lembrava tão bem daquele dia...

2

Um ano antes, a agenda de Lara Cameron para o dia era rotineira.

10 de setembro de 1991

5 horas: Ginástica com o *personal trainer*
7 horas: Participação no *Good Morning, America*
7 horas: Reunião com banqueiros japoneses
9 horas: Jerry Townsend
10h30: Comitê Executivo de Planejamento
11 horas: Fax, ligações internacionais, correspondência
11h30: Reunião sobre construção
12h30: Reunião com S&L
13 horas: Almoço – Entrevista para a revista *Fortune* – Hugh Thompson
14h30: Banqueiros do Metropolitan Union
16 horas: Comissão de Planejamento Urbano
17 horas: Reunião com o prefeito – Gracie Mansion
18h15: Reunião com arquitetos
18h30: Departamento de habitação
19h30: Coquetéis com grupo de investimento de Dallas
20 horas: Festa de aniversário no salão de baile do Cameron Plaza

ELA JÁ VESTIRA a roupa de ginástica e aguardava, impaciente, quando chegou seu professor de ginástica, Ken.

– Está atrasado.

– Desculpe, Srta. Cameron. Meu despertador não tocou e...

– Tenho um dia movimentado. Vamos começar logo.

– Certo.

Fizeram alongamentos por meia hora e depois passaram para vigorosos exercícios aeróbicos.

Ela tem um corpo de uma jovem de 21 anos, pensou Ken. *Adoraria levá-la para minha cama*. Ele gostava de comparecer ali todas as manhãs, só para contemplá-la, ficar perto dela. As pessoas sempre lhe perguntavam como era Lara Cameron e ele respondia:

– Ela é sensacional.

Lara fez os exercícios puxados com toda facilidade, mas sua mente não se concentrava na ginástica naquela manhã. Ao final da sessão, Ken comentou:

– Vou vê-la no *Goog Morning, America*.

– Como?

Por um momento, Lara esquecera. Estivera pensando na reunião com os banqueiros japoneses.

– Até amanhã, Srta. Cameron.

– Não se atrase de novo, Ken.

Lara tomou um banho de chuveiro, vestiu-se, comeu o café da manhã sozinha no terraço da cobertura: toranja, cereal e chá verde. Foi para seu estúdio assim que terminou. Chamou a secretária.

– Farei as ligações internacionais do escritório. Preciso estar na ABC às 7 horas. Mande Max trazer o carro

CORREU TUDO BEM no *Good Morning, America*. Joan Lunden conduziu a entrevista, e foi cortês, como sempre.

– Na última vez em que esteve neste programa – disse Joan Lunden –, você acabara de iniciar as obras do edifício mais alto do mundo. Isso foi há quase quatro anos.

Lara acenou com a cabeça.

– É isso mesmo. O Cameron Towers estará pronto no próximo ano.

– Qual é a sensação de se encontrar em sua posição... ter realizado tantas coisas excepcionais e ainda ser jovem e bonita? É um modelo para muitas mulheres.

– É muito lisonjeira – Lara riu. – Não tenho tempo para pensar em mim como modelo para outras pessoas. Vivo ocupada demais.

– É uma das mais bem-sucedidas incorporadoras, numa atividade que em geral é considerada um domínio dos homens. Como opera? Como decide, por exemplo, onde vai construir um edifício?

– Não escolho o local – respondeu Lara. – O local é que me escolhe. Estou andando de carro, passo por um terreno... mas não é isso o que vejo. Imagino um prédio de escritórios, ou um atraente prédio de apartamentos, ocupado por pessoas vivendo no conforto, num clima agradável. Eu sonho.

– E faz com que os sonhos se convertam em realidade. Voltaremos logo depois dos comerciais.

OS BANQUEIROS JAPONESES deveriam estar no escritório às 7h45. Haviam chegado de Tóquio na noite anterior, e Lara marcara a reunião tão cedo para que ainda se sentissem cansados depois de doze horas e dez minutos de voo. Quando eles protestaram, Lara dissera:

– Desculpem, mas é meu único horário disponível. Partirei para a América do Sul logo depois de nossa reunião.

E eles concordaram, embora relutantes. Eram quatro, pequenos e polidos, com mentes tão aguçadas quanto uma espada de samurai. Numa década anterior, a comunidade financeira subestimara os japoneses. Um erro que não cometiam mais.

A reunião foi realizada no Cameron Center, na Avenida das Américas. Os japoneses iam investir 100 milhões de dólares num novo complexo hoteleiro que Lara estava lançando. Foram levados para a enorme sala de reuniões. Cada um trazia um presente. Lara agradeceu, e também lhes deu um presente. Instruíra sua secretária para que os presentes fossem embrulhados em papel pardo ou cinza. O branco, para os japoneses, representava a morte, e um papel vistoso e colorido seria inaceitável.

A assistente de Lara, Tricia, serviu chá para os japoneses e café para Lara. Os japoneses teriam preferido café, mas eram educados demais para dizê-lo. Quando terminaram de tomar o chá, Lara providenciou para que as xícaras fossem reabastecidas.

Howard Keller, o sócio de Lara, entrou na sala. Era um homem na faixa dos 50 anos, pálido, magro e ruivo, usando um terno amarrotado e dando a impressão de que acabara de sair da cama. Lara fez as apresentações. Keller distribuiu cópias da proposta de investimento.

– Como podem verificar, senhores – disse Lara –, já temos um primeiro compromisso de hipoteca. O complexo terá 720 unidades para hóspedes, cerca de 3 mil metros quadrados de área de reunião e uma garagem com mil vagas...

A voz de Lara estava impregnada de energia. Os banqueiros japoneses estudavam a proposta de investimento, lutando para permanecerem acordados.

A reunião acabou em menos de duas horas e foi um sucesso total. Lara aprendera, há muito tempo, que era mais fácil realizar uma transação de 100 milhões de dólares do que tentar tomar emprestado 50 mil dólares.

Assim que a delegação japonesa se retirou, Lara teve uma reunião com Jerry Townsend. O ex-agente de publicidade de Hollywood, alto e dinâmico, era o encarregado de relações públicas da Cameron Enterprises.

– Foi uma excelente entrevista no *Good Morning, America*. Recebi muitos telefonemas.

– Qual é a posição com a *Forbes*?

– Tudo acertado. Sairá na capa da *People* na próxima semana. Viu o artigo da *New Yorker* a seu respeito? Não foi sensacional?

Lara foi até sua mesa.

– Nada mal.

– A entrevista com a *Fortune* está marcada para esta tarde.

– Mudei o esquema.

Townsend ficou surpreso.

– Por quê?

– Receberei o repórter para almoçar aqui.

Lara apertou o botão do interfone.

– Dê um pulo até aqui, Kathy.

– Pois não, Srta. Cameron.

Lara Cameron levantou os olhos.

– Isso é tudo, Jerry. Quero que você e sua equipe se concentrem no Cameron Towers.

– Já estamos fazendo...

– Vamos fazer mais. Quero que apareça em todos os jornais e revistas. Afinal, vai ser o edifício mais alto do mundo. *Do mundo!* Quero as pessoas falando a respeito. Ao final da obra, quero as pessoas *suplicando* para entrar naqueles apartamentos e lojas.

Jerry Townsend levantou-se.

– Certo.

Kathy, a assistente executiva de Lara, entrou na sala. Era uma negra atraente, impecavelmente vestida, com 30 e poucos anos.

– Descobriu o que ele gosta de comer?

– O homem é um *gourmet.* Aprecia a cozinha francesa. Liguei para o Le Cirque e pedi a Sirio que providencie um almoço aqui para duas pessoas.

– Ótimo. Vamos comer na minha sala de jantar particular.

– Sabe quanto tempo a entrevista vai demorar? Tem um encontro às 14h30 com os banqueiros do Metropolitan, no centro.

– Adie para as 15 horas, e peça a eles que venham até aqui.

Kathy fez uma anotação.

– Quer que eu leia os recados?

– Pode começar.

– A Fundação das Crianças quer que seja a convidada de honra no dia 28.

– Não. Diga-lhes que me sinto lisonjeada. Mande um cheque.

– Sua reunião em Tulsa foi marcada para terça-feira às...

– Cancele.

– Foi convidada para um banquete na próxima sexta-feira, promovido pelo Grupo de Mulheres de Manhattan.

– Não. Se pedirem dinheiro, mande um cheque.

– A Coalizão pela Educação gostaria que falasse num banquete no dia 4.

– Verifique se podemos dar um jeito.

– Há um convite para ser a convidada de honra numa reunião de levantamento de fundos para a distrofia muscular, mas temos um conflito de datas. Estará em São Francisco na ocasião.

– Mande um cheque.

– Os Srb vão oferecer um jantar no próximo sábado.

– Tentarei dar um jeito de comparecer – disse Lara.

Kristian e Deborah Srb eram divertidos, bons amigos, e ela gostava da companhia deles.

– Kathy, quantas de mim você vê?

– Como?

– Dê uma boa olhada.

Kathy fitou-a atentamente.

– Uma só, Srta. Cameron.

– É isso mesmo. Sou uma só. Como esperava que eu me reunisse com os banqueiros do Metropolitan às 14h30, com a comissão de planejamento urbano às 16 horas, depois com o prefeito às 17 horas, os arquitetos às 18h15, o departamento de habitação às 18h30, um coquetel às 19h30, e meu jantar de aniversário às 20 horas? Na próxima vez em que organizar minha agenda, tente usar o cérebro.

– Desculpe. Quer que eu...

– Quero que você *pense*. Não preciso de pessoas estúpidas ao meu redor. Transfira as reuniões com os arquitetos e com o departamento de habitação.

– Certo.

– Como está o menino?

A pergunta pegou a assessora de surpresa.

– David? Ele... está muito bem.

– Já deve estar bem crescido agora.

– Tem quase 2 anos.

– Já pensou numa escola para ele?

– Ainda não. É muito cedo para...

– Aí é que você se engana. Se quer matriculá-lo numa escola decente em Nova York, deve começar a providenciar antes mesmo do nascimento.

Lara fez uma anotação no bloco em cima da mesa.

– Conheço o diretor da Dalton. Cuidarei para que David seja matriculado ali.

– Eu... obrigada.

Lara não se deu ao trabalho de levantar os olhos.

– Isso é tudo.

– Pois não, Srta. Cameron.

Kathy saiu da sala sem saber se amava ou odiava a patroa. Quando fora trabalhar na Cameron Enterprises, ela ouvira uma advertência sobre Lara Cameron:

– A Borboleta de Ferro é uma vaca sobre rodas. Suas secretárias não contam o tempo de emprego pelo calendário... usam cronômetros. Ela vai esfolá-la viva.

Kathy recordou sua primeira entrevista. Já vira fotografias de Lara Cameron em meia dúzia de revistas, mas nenhuma lhe fizera justiça. Em pessoa, a mulher era de uma beleza fascinante.

Lara Cameron estava lendo o currículo de Kathy. Levantara os olhos e dissera:

– Sente-se, Kathy.

Sua voz era rouca e vibrante. Havia nela uma energia que era quase irresistível.

– É um currículo e tanto.

– Obrigada.

– Quanto disso é genuíno?

– Como?

– A maioria dos que passam por minha mesa é apenas ficção. É competente no que faz?

– Sou muito boa no que faço, Srta. Cameron.

– Duas de minhas secretárias acabam de ir embora. Tudo por aqui se encontra na maior confusão. É capaz de aguentar a pressão?

– Acho que sim.

22

– Isso não é um concurso de adivinhação. Pode ou não aguentar a pressão?

Naquele momento, Kathy não tivera certeza se queria o emprego.

– Posso.

– Ótimo. Fará uma experiência de uma semana. Terá de assinar uma declaração de que em nenhum momento falará com terceiros sobre a minha pessoa ou seu trabalho aqui na Cameron Enterprises. Ou seja, nada de entrevistas, nada de livros, absolutamente nada. Tudo o que acontece aqui é confidencial.

– Eu compreendo.

– Ótimo.

Fora assim que começara, cinco anos antes. Durante esse período, Kathy aprendera a amar, odiar, admirar e desprezar Lara Cameron. No início, o marido de Kathy perguntara:

– Como é a lenda viva?

Era uma pergunta difícil.

– Ela é maior do que a vida – respondera Kathy. – É muito bonita. Trabalha mais do que qualquer outra pessoa que já conheci. Só Deus sabe quando ela dorme. É uma perfeccionista, e por isso torna um inferno a vida de todas as pessoas que a cercam. À sua maneira, é genial. Pode ser mesquinha e vingativa, mas também incrivelmente generosa.

O marido sorrira.

– Em outras palavras, ela é uma mulher.

Kathy o fitara nos olhos e comentara, sem sorrir:

– Não sei o que ela é. E às vezes ela me assusta.

– Ora, meu bem, está exagerando.

– Não, não estou. Acredito sinceramente que se alguma pessoa se interpusesse no caminho de Lara Cameron... ela a mataria.

Quando terminou com o fax e as ligações internacionais, Lara chamou Charlie Hunter, um jovem ambicioso no comando da contabilidade.

– Venha até aqui, Charlie.

– Pois não, Srta. Cameron.

Um minuto depois, ele entrou na sala.

– O que deseja, Srta. Cameron?

– Li esta manhã a entrevista que você concedeu ao *New York Times.*

Ele se mostrou animado.

– Ainda não vi. Como saiu?

– Falou sobre a Cameron Enterprises e sobre alguns dos problemas que temos enfrentado.

Hunter franziu o rosto.

– A verdade é que o repórter citou erradas algumas das minhas declarações...

– Está despedido.

– Como? Mas... por quê? Eu...

– Ao ser contratado, assinou um documento declarando que não concederia entrevistas. Espero que saia daqui ainda esta manhã.

– Eu... Não pode fazer isso. Quem ocuparia meu lugar?

– Já providenciei isso.

O ALMOÇO CHEGAVA ao fim. O repórter da *Fortune*, Hugh Thompson, era um homem sisudo, com aparência de intelectual, olhos castanhos penetrantes por trás de óculos de aros de chifre.

– Foi um almoço maravilhoso – disse ele. – Todos os meus pratos prediletos. Obrigado.

– Fico contente que tenha gostado.

– Mas não precisava se dar a todo esse trabalho por mim.

– Não foi nada – Lara sorriu. – Meu pai sempre me disse que o caminho para o coração de um homem passava pelo estômago.

– E queria conquistar meu coração antes de começarmos a entrevista?

Lara tornou a sorrir.

– Exatamente.

– Até que ponto sua empresa está mergulhada em dificuldades?

O sorriso de Lara se desvaneceu.

– Como?

– Ora, pare com isso. Não pode manter algo assim em segredo. A notícia que corre por aí é a de que algumas de suas propriedades se encontram à beira do colapso por causa dos pagamentos principais

devidos aos títulos que emitiu. Recorreu demais ao financiamento e, com o mercado em baixa, a Cameron Enterprises está com problemas financeiros.

Lara riu.

– É o que dizem por aí? Pois pode ter certeza, Sr. Thompson, que seria mais sensato não dar ouvidos a rumores absurdos. Vou lhe dizer o que farei. Mandarei para você uma cópia de meu balanço financeiro, a fim de esclarecer tudo. Está bom assim?

– Está ótimo. Por falar nisso, não vi seu marido na noite de inauguração do novo hotel.

Lara suspirou.

– Philip queria muito comparecer, mas infelizmente teve de viajar para uma série de concertos.

– Fui a um dos seus recitais, há cerca de três anos. Ele é excepcional. Estão casados há um ano, não é?

– O ano mais feliz de minha vida. Sou uma mulher afortunada. Viajo muito, e Philip também, mas quando estou longe dele, sempre posso escutar suas gravações, em qualquer lugar.

Thompson sorriu.

– E ele também pode ver seus prédios, onde quer que esteja.

Lara riu.

– Não me lisonjeie.

– Não é a pura verdade? Construiu prédios por todo este nosso belo país. Possui prédios de apartamentos, de escritórios, uma rede de hotéis... Como consegue isso?

Ela sorriu.

– Com espelhos.

– Você é um enigma.

– Sou mesmo? Por quê?

– Neste momento, é sem dúvida a construtora mais bem-sucedida de Nova York. Seu nome está gravado em placas na metade dos imóveis da cidade. Constrói agora o edifício mais alto do mundo. Seus concorrentes a chamam de Borboleta de Ferro. Alcançou o sucesso num ramo tradicionalmente dominado pelos homens.

– E isso o incomoda, Sr. Thompson?

– Não. O que me incomoda, Srta. Cameron, é que não consigo definir quem é. Quando interrogo duas pessoas a seu respeito, obtenho três opiniões. Todos admitem que é uma executiva brilhante. Ou seja... não se tornou um sucesso por acaso. Conheço alguma coisa sobre os trabalhadores na construção civil... um bando de homens rudes e duros. Como uma mulher igual a você os mantém na linha?

Lara sorriu.

– Não há mulheres como eu. Falando sério, apenas contrato as melhores pessoas para o trabalho, e pago bem.

Muito simplista, pensou Thompson. *Simplista até demais. A verdadeira história é a que ela não está me contando.* Ele decidiu mudar o rumo da entrevista.

– Todas as revistas têm escrito sobre o seu sucesso nos negócios. Eu gostaria de fazer uma história mais pessoal. Bem pouco foi publicado sobre suas origens.

– Sinto o maior orgulho de minhas origens.

– Ótimo. Vamos conversar sobre isso. Como começou nos negócios imobiliários?

Lara sorriu, e o repórter percebeu que era um sorriso genuíno. Ela parecia de repente com uma garotinha.

– Genes.

– Seus genes?

– Os de meu pai.

Ela apontou para um retrato na parede por trás. Mostrava um homem bonito, com uma cabeça leonina, cabelos prateados.

– Esse é meu pai... James Hugh Cameron. – A voz de Lara era mais suave agora. – Ele é o responsável pelo meu sucesso. Sou filha única. Minha mãe morreu quando eu era bem pequena, e fui criada por meu pai. Minha família deixou a Escócia há muito tempo, Sr. Thompson, e emigrou para a Nova Escócia... mais precisamente, para Glace Bay.

– Glace Bay?

– É uma aldeia de pescadores na parte nordeste de Cape Breton, na costa do Atlântico. Recebeu esse nome de seus primeiros exploradores franceses. Significa "baía do gelo". Mais café?

– Não, obrigado.

– Meu avô possuía muita terra na Escócia e meu pai adquiriu ainda mais. Era um homem muito rico. Ainda temos nosso castelo em Loch Morlich. Aos 8 anos, eu tinha meu próprio cavalo, meus vestidos eram comprados em Londres, morávamos numa casa enorme, com uma porção de empregados. Era uma vida de conto de fadas para uma menina.

A voz de Lara vibrava com os ecos de antigas recordações.

– Saíamos para patinar no gelo durante o inverno, assistíamos a partidas de hóquei e nadávamos no lago Big Glace Bay quando chegava o verão. E havia bailes no Forum e nos Jardins Venezianos.

O repórter escrevia anotações rapidamente.

– Meu pai construiu prédios em Edmonton, Calgary e Ontário. O negócio imobiliário era como um jogo para ele, um jogo que adorava. Quando eu ainda era muito jovem, ele me ensinou o jogo, e aprendi a amá-lo também.

A voz se tornara impregnada de paixão.

– Deve compreender uma coisa, Sr. Thompson. O que eu faço nada tem a ver com dinheiro, tijolos ou aço com os quais se constrói um prédio. São as pessoas que importam. Sou capaz de lhes oferecer um lugar confortável para viver ou trabalhar, um lugar em que podem criar sua família e levar uma vida decente. Isso é que era importante para meu pai e tornou-se para mim também.

Hugh Thompson levantou os olhos para fitá-la.

– Lembra qual foi seu primeiro empreendimento imobiliário?

Lara inclinou-se para a frente.

– Claro. Quando fiz 18 anos, meu pai me perguntou o que gostaria de ganhar como presente de aniversário. Havia muitas pessoas se mudando para Glace Bay e a cidade estava apinhada. Achei que os habitantes precisavam de mais lugar para morar. Disse a meu pai que queria construir um pequeno prédio de apartamentos. Ele me deu o dinheiro como um presente, mas dois anos mais tarde pude lhe pagar tudo. Depois, fiz um empréstimo bancário para construir um segundo prédio. Ao completar 21 anos, eu já possuía três prédios, e todos eram empreendimentos vitoriosos.

– Seu pai deve ter sentido o maior orgulho de você.

Ela tornou a exibir o sorriso afetuoso.

– Tem toda razão. Ele deu-me o nome de Lara. É um antigo nome escocês, que vem do latim. Significa "muito conhecida" ou "famosa". Desde que eu era pequena, meu pai sempre dizia que um dia me tornaria famosa.

O sorriso desapareceu.

– Ele morreu de um ataque cardíaco, jovem demais. – Lara fez uma pausa. – Vou todos os anos à Escócia para visitar seu túmulo. Achei... muito difícil continuar na casa sem ele. Resolvi me mudar para Chicago. Tive uma ideia para construir hotéis exclusivos, e persuadi um banqueiro da cidade a me financiar. Os hotéis foram um sucesso.

Lara deu de ombros.

– E o resto, como diz o clichê, é história. Imagino que um psiquiatra diria que não criei este império só por mim. De certa forma, é um tributo a meu pai. James Cameron foi o homem mais maravilhoso que já conheci.

– Devia amá-lo muito.

– E amava. E ele também me amava muito. – Um sorriso se insinuou nos lábios de Lara. – Contaram-me que no dia de meu nascimento meu pai pagou um trago a todos os homens de Glace Bay.

– Portanto, tudo começou em Glace Bay – comentou Thompson.

– É verdade... tudo começou em Glace Bay. Foi o princípio de tudo, há quase quarenta anos...

3

Glace Bay, Nova Escócia,
10 de setembro de 1952

James Cameron estava num bordel, bêbado, na noite em que sua filha e seu filho nasceram. Espremia-se na cama, entre as gêmeas escandinavas, quando Kirstie, a cafetina, bateu à porta.

– James!

Ela abriu a porta e entrou.

– *Och, ye auld hen!* – berrou James, indignado. – Será que um homem não pode ter privacidade nem aqui?

– Desculpe interromper seu prazer, James. É sua esposa.

– Foda-se ela!

– Você a fodeu, James, e agora ela está tendo seu filho.

– E daí? Que ela tenha! Não é para isso que as mulheres servem?

– O médico acaba de telefonar. Vem tentando desesperadamente encontrá-lo. Sua esposa está mal. É melhor você se apressar.

James Cameron sentou, deslizou para a beira da cama, os olhos injetados, tentando desanuviar a cabeça.

– A porra daquela mulher. Ela nunca me deixa em paz. – Ele olhou para a cafetina. – Muito bem, vou até lá. – Olhou para as duas mulheres nuas na cama. – Mas também não vou pagar por essas duas.

– Não se preocupe com isso agora. É melhor você voltar à pensão. – Kirstie virou-se para as gêmeas. – E vocês duas venham comigo.

James Cameron fora outrora bonito, mas o rosto refletia agora os pecados consumados. Parecia ter 50 e poucos anos, mas na verdade tinha apenas 30 e era o gerente de uma das pensões de propriedade de Sean MacAllister, o banqueiro da cidade. Durante os últimos cinco anos, James Cameron e a esposa Peggy dividiam as tarefas: Peggy limpava e cozinhava para as duas dúzias de pensionistas e James se encarregava de beber. Todas as sextas-feiras ele tinha a responsabilidade de cobrar os aluguéis das quatro outras pensões em Glace Bay pertencentes a MacAllister. Era outro motivo, se é que ele precisava de algum, para se embriagar.

James Cameron era um homem amargurado, que se espojava em sua amargura. Era um fracassado e estava convencido de que todos os outros eram os culpados disso. Ao longo dos anos, passara a se deleitar com seu fracasso. Fazia com que se sentisse um mártir. Quando James tinha 1 ano, sua família emigrara da Escócia para Glace Bay, levando apenas os poucos bens que podia carregar, e lutara para sobreviver. O pai pusera James para trabalhar nas minas de carvão quando ele completara 14 anos. James sofrera

uma pequena lesão nas costas num acidente na mina, aos 16 anos, e prontamente saíra de lá. Um ano depois, os pais morreram num desastre de trem. Fora assim que James Cameron concluíra que não era o responsável por sua adversidade – era o destino que agia contra ele. Mas contava com dois trunfos: era de uma beleza extraordinária e podia ser encantador, quando desejava. Num fim de semana em Sydney, uma cidade perto de Glace Bay, ele conheceu uma jovem americana impressionável, chamada Peggy Maxwell, que passava férias ali com a família. Não era uma moça atraente, mas os Maxwell eram muito ricos e James Cameron muito pobre. Despertou uma intensa paixão em Peggy Maxwell, que acabou casando com ele, contra os conselhos de seu pai.

– Darei a Peggy um dote de 5 mil dólares – declarou o pai a James. – Esse dinheiro lhe dará a oportunidade de fazer alguma coisa com a sua vida. Pode investir em imóveis e terá o dobro em cinco anos. Eu o ajudarei.

Mas James não estava interessado em esperar cinco anos. Sem consultar ninguém, investiu o dinheiro numa operação de pesquisa de poços de petróleo, junto com um amigo, e sessenta dias depois não tinha mais nada. O sogro, furioso, recusara-se a lhe conceder qualquer ajuda adicional.

– Você é um tolo, James, e não vou desperdiçar meu dinheiro.

O casamento que deveria ser a salvação de James Cameron se transformou num desastre, pois ele agora tinha uma esposa para sustentar e nenhum emprego.

Fora Sean MacAllister quem viera em seu socorro. O banqueiro da cidade tinha 50 e poucos anos, um homem atarracado e pomposo, a um quilo de ser obeso, propenso a usar coletes enfeitados com uma grossa corrente de ouro de relógio. Chegara a Glace Bay vinte anos antes e percebera no mesmo instante as possibilidades que ali existiam. Os mineiros e lenhadores vinham se instalar na cidade e não conseguiam encontrar alojamentos adequados. MacAllister poderia financiar casas para eles, mas tinha um plano melhor. Concluíra que sairia mais barato agrupar os homens em pensões. Em dois anos construíra um hotel e cinco pensões, que viviam lotados.

Encontrar gerentes era uma coisa difícil, pois o trabalho era extenuante. A função do gerente era manter todos os quartos alugados, supervisionar a cozinha, distribuir as refeições e providenciar para que as instalações ficassem razoavelmente limpas. Em matéria de salários, porém, Sean MacAllister não era um homem de desperdiçar seu dinheiro.

O gerente de uma das pensões acabara de pedir demissão e MacAllister decidira que James Cameron era um bom candidato ao cargo. Cameron fazia pequenos empréstimos bancários de vez em quando, e o pagamento de um dos empréstimos estava bastante atrasado. MacAllister mandara chamá-lo e anunciara:

– Tenho um emprego para você.

– Tem?

– Está com sorte. Tenho um esplêndido cargo que acaba de vagar.

– Um trabalho no banco?

A perspectiva de trabalho no banco era atraente para James Cameron. Onde havia muito dinheiro, sempre havia a possibilidade de que algum grudasse em seus dedos.

– Não é no banco. Você é um jovem muito simpático, James, e acho que seria muito bom para lidar com as pessoas. Gostaria que dirigisse minha pensão na Cablehead Avenue.

– Uma pensão?

Havia desdém na voz de Cameron.

– Precisa de um teto sobre sua cabeça – ressaltara MacAllister. – Você e sua esposa terão quarto e comida de graça, além de um pequeno salário.

– Pequeno até que ponto?

– Serei generoso com você, James. Vinte e cinco dólares por semana.

– Vinte e...?

– É pegar ou largar. Tenho outros esperando.

Ao final, James Cameron não tivera opção.

– Eu aceito.

– Ótimo. Ah, outra coisa. Toda sexta-feira também espero que cobre os aluguéis em minhas outras pensões e me entregue o dinheiro no sábado.

Peggy ficara consternada quando o marido lhe dera a notícia.

– Não sabemos nada sobre gerenciar uma pensão, James.

– Aprenderemos. E vamos partilhar o trabalho.

E ela acreditara.

– Está certo, James. Daremos um jeito.

E, à sua maneira, haviam conseguido.

Ao longo dos anos, surgiram várias oportunidades de James Cameron obter melhores empregos, que lhe dariam dignidade e mais dinheiro, mas ele gostava demais de seu fracasso para abandoná-lo.

– Por que me incomodar? – resmungava ele. – Quando o destino está contra a gente, nada de bom pode acontecer.

E agora, naquela noite de setembro, ele pensou: *Nem mesmo me deixam desfrutar minhas putas em paz. Ah, a porra da minha mulher!*

Um vento frio de setembro soprava quando ele saiu do bordel de Madame Kirstie.

É melhor eu me fortalecer para os problemas que vou enfrentar, decidiu James Cameron. Ele parou no Ancient Mariner.

Uma hora depois seguiu para a pensão em New Aberdeen, o bairro mais pobre de Glace Bay.

Ao chegar, meia dúzia de pensionistas o aguardava na maior ansiedade.

– O médico está com Peggy – avisou um dos homens. – É melhor você se apressar.

James cambaleou para o quarto pequeno e miserável nos fundos da pensão, que partilhava com a esposa. Podia ouvir em outro quarto o choro de um bebê recém-nascido. Peggy estava estendida na cama, imóvel. O Dr. Patrick Duncan inclinava-se sobre ela. Virou-se ao ouvir James entrar no quarto.

– O que está acontecendo aqui? – perguntou James.

O médico empertigou-se, fitou-o com repulsa.

– Deveria ter levado sua esposa para me ver.

– E jogar fora um bom dinheiro? Ela só ia ter um bebê. Qual é o problema?

– Peggy morreu. Fiz tudo o que podia. Ela teve gêmeos. Não consegui salvar o menino.

– Oh, Deus! – balbuciou James Cameron. – É o destino outra vez.

– Como?

– O destino. Está sempre contra mim. Agora, tirou minha esposa. Eu não...

Uma enfermeira entrou no quarto, carregando um bebê envolto por uma manta.

– Aqui está sua filha, Sr. Cameron.

– Uma *filha*? Mas o que vou fazer com uma filha?

Sua voz se tornava mais e mais engrolada.

– Você me repugna, homem – murmurou o Dr. Duncan.

A enfermeira virou-se para James.

– Ficarei aqui até amanhã e lhe ensinarei como cuidar dela.

James Cameron olhou para a criança toda enrugada na manta e pensou, esperançoso: *Talvez ela morra também.*

DURANTE AS TRÊS primeiras semanas, ninguém teve certeza se a criança viveria ou não. Uma ama de leite ia cuidar dela. Ao final, chegou o dia em que o médico pôde dizer:

– Sua filha vai sobreviver.

Ele fitou James Cameron e acrescentou baixinho:

– Deus tenha misericórdia da pobre criança.

– Sr. Cameron, deve dar um nome à criança. – disse a ama de leite.

– Pode chamá-la como quiser. *Você* escolhe o nome.

– Por que não a chamar de Lara? É um nome tão bonito...

– Tudo bem.

E, assim, a menina foi batizada como Lara.

NÃO HAVIA NINGUÉM na vida de Lara para cuidar dela ou acalentá-la. A pensão era cheia de homens, ocupados demais com suas vidas para prestar qualquer atenção à menina. A única mulher era Bertha, a enorme sueca contratada para cozinhar e fazer as outras tarefas domésticas.

James Cameron estava determinado a não ter qualquer relacionamento com a filha. O implacável destino o traíra mais uma vez, ao deixá-la viver. À noite, ele sentava na sala de estar, com sua garrafa de uísque, e se queixava:

– A menina assassinou minha esposa e meu filho.

– Não deveria dizer isso, James.

– Mas é verdade. Meu filho teria crescido para ser um grande homem. Teria sido inteligente e rico, e cuidaria bem do pai na velhice.

E os pensionistas deixavam-no resmungar.

James Cameron tentou entrar em contato com Maxwell, seu sogro, várias vezes, na esperança de que ele tirasse a criança de suas mãos, mas o velho desaparecera. *Seria típico de minha sorte se o velho idiota tivesse morrido*, pensou ele.

GLACE BAY ERA uma cidade de pessoas em trânsito, que entravam e saíam das pensões. Vinham da França, China e Ucrânia. Eram italianos, irlandeses e gregos, carpinteiros, alfaiates, encanadores e sapateiros. Enxameavam pela parte inferior da Main Street, na Bell Street, North Street e Water Street, perto do cais. Iam trabalhar nas minas, cortavam madeira e tiravam peixe do mar. Glace Bay era uma cidade de fronteira, primitiva e rude. O clima era uma abominação. Os invernos eram rigorosos, com pesadas nevascas que se prolongavam até abril; e, por causa da camada de gelo na enseada, até mesmo abril e maio eram frios e ventosos, e chovia de julho a outubro.

Havia 18 pensões na cidade, algumas abrigando até 72 hóspedes. Na pensão administrada por James Cameron havia 24 pensionistas, quase todos escoceses.

Lara era faminta por afeição, sem saber o que era essa fome. Não tinha brinquedos nem bonecas para acalentar, nenhum companheiro de brincadeiras. Não tinha ninguém, exceto o pai. Oferecia-lhe pequenos presentes infantis, ansiosa por agradá-lo, mas ele ignorava ou escarnecia.

Quando tinha 5 anos, Lara ouviu o pai dizer a um dos pensionistas:

– A criança errada morreu. Meu filho é que deveria ter vivido.

Naquela noite, Lara chorou até dormir. Amava demais o pai. E também o odiava.

Aos 6 anos, Lara parecia um retrato de Keane, com olhos enormes num rosto pálido e fino. Um novo hóspede se instalou na pensão nesse ano. Seu nome era Mungo McSween, e era imenso. Sentiu uma afeição instantânea pela menina.

– Como é seu nome, garotinha?

– Lara.

– Ah, um belo nome para uma bela garotinha. Está na escola?

– Escola? Não.

– E por que não?

– Não sei.

– Vamos descobrir.

E ele foi procurar James Cameron.

– Soube que sua filha não está na escola.

– E por que deveria estar? É apenas uma menina. Não precisa de escola.

– Está enganado, homem. Ela deve receber uma instrução. Merece uma chance na vida.

– Esqueça – protestou James. – Seria um desperdício.

Mas McSween se mostrou insistente, e James Cameron acabou concordando, só para fazê-lo se calar. Pelo menos manteria a pirralha fora de sua vista por umas poucas horas.

LARA FICOU APAVORADA com a perspectiva de ir para a escola. Vivera num mundo de adultos durante toda a sua curta vida e quase não tivera contato com outras crianças.

Na segunda-feira seguinte, Big Bertha largou-a na escola primária St. Anne, e Lara foi levada ao gabinete da diretora.

– Esta é Lara Cameron.

A diretora, Sra. Cummings, era uma viúva de meia-idade, grisalha, com três filhos. Estudou a menina andrajosa de pé à sua frente.

– Lara... um nome bonito – comentou ela, sorrindo. – Quantos anos você tem, minha querida?

– Seis.

Lara fazia o maior esforço para conter as lágrimas. *A menina está assustada*, pensou a Sra. Cummings.

– Estamos muito contentes em tê-la aqui, Lara. Vai se divertir e aprender uma porção de coisas.

– Não posso ficar – balbuciou Lara.

– É mesmo? E por que não?

– Papai sente muita saudade de mim.

Ela tinha a determinação firme de não chorar.

– Ora, só vamos mantê-la durante umas poucas horas por dia.

Lara permitiu que a levassem a uma sala de aula, repleta de crianças, e foi instalada numa carteira perto do fundo.

A Srta. Terkel, a professora, estava ocupada a escrever letras no quadro-negro.

– *A* é para abacate – disse ela. – *B* é para bonito. Alguém sabe para que é o *C*?

Uma mãozinha levantou.

– Cachorro.

– Muito bem! E *D*?

– Dona.

– E *E*?

– Esquilo.

– Excelente. Alguém pode pensar numa palavra começando com *F*?

Lara respondeu:

– Foder.

LARA ERA A MENOR em sua turma, mas a Srta. Terkel tinha a impressão de que, sob muitos aspectos, era a mais velha. Havia nela uma inquietante maturidade.

– Ela é uma pequena adulta, esperando para se tornar mais alta – disse a professora à Sra. Cummings.

No primeiro dia, na hora do almoço, as outras crianças pegaram suas merendeiras coloridas, tiraram maçãs, bolos e sanduíches embrulhados em papel parafinado.

Ninguém se lembrara de preparar um lanche para Lara.

– Onde está seu lanche, Lara? – perguntou a Srta. Terkel.

– Não estou com fome – respondeu Lara, obstinada. – Comi muito antes de sair de casa.

A maioria das meninas da escola vestia-se muito bem, com saias e blusas limpas. Lara se tornara maior do que seus poucos vestidos axadrezados e blusas puídas. Foi procurar o pai.

– Preciso de roupas para a escola.

– Precisa? Ora, não sou feito de dinheiro. Vá pedir alguma coisa ao Exército da Salvação.

– Isso é caridade, papai.

E o pai lhe deu um tapa na cara com toda força.

AS CRIANÇAS NA ESCOLA conheciam brincadeiras de que Lara nunca ouvira falar. As meninas tinham bonecas e brinquedos diversos, algumas se mostraram dispostas a partilhá-los com Lara, mas ela sentia-se angustiada por saber que nada lhe pertencia. E havia algo mais. Ao longo dos anos subsequentes, Lara teve um vislumbre de um mundo diferente, um mundo em que as crianças tinham mães e pais que lhes davam presentes e festas de aniversário, e as amavam, abraçavam e beijavam. E, pela primeira vez, Lara começou a perceber o quanto faltava em sua vida. O que só contribuiu para que se sentisse ainda mais solitária.

A PENSÃO ERA UM tipo diferente de escola. Era um microcosmo internacional. Lara aprendeu a determinar de onde vinham os pensionistas por seus nomes. Mac era da Escócia... Hodder e Pyke eram da Terra Nova... Chiasson e Aucoin eram da França... Dudash e Kosick da Polônia. Os pensionistas eram lenhadores, pescadores, mineiros e caixeiros-viajantes. Reuniam-se na enorme sala de jantar pela manhã, para o desjejum, e à noite, para o jantar, e Lara ficava fascinada pela conversa. Cada grupo parecia ter sua própria linguagem misteriosa.

Havia milhares de lenhadores na Nova Escócia, espalhados por toda a península. Os lenhadores na pensão cheiravam a serragem e casca de árvore queimada, e falavam de coisas estranhas, como lascas, aparas e poda.

– Devemos ter quase duzentos milhões de pés cortados este ano – anunciou um deles ao jantar.

– Para que vão cortar os pés de tanta gente? – indagou Lara.

Houve uma explosão de risadas.

– Criança, estou falando de um pé de madeira, que é uma tábua com 1 metro quadrado e 2 centímetros de espessura. Quando crescer e casar, se quiser construir uma casa de cinco cômodos, toda de madeira, vai precisar de 12 mil pés.

– Não vou me casar – garantiu Lara.

OS PESCADORES ERAM diferentes. Voltavam à pensão fedendo a peixe, conversavam sobre a nova experiência de criação de ostras no lago de Bras d'Or e se gabavam uns para os outros de suas colheitas de bacalhau, arenque, cavala e hadoque.

Mas os pensionistas que mais fascinavam Lara eram os mineiros. Havia 3.500 mineiros em Cape Breton, trabalhando nas minas de carvão de Lingan, Prince e Phalen. Lara adorava os nomes das minas. Havia a Jubileu, Última Chance, Diamante Negro e Dama da Sorte.

Sentia-se encantada com as discussões sobre os trabalhos do dia.

– Que história é essa que ouvi sobre Mike?

– É verdade. O pobre coitado entrava num carrinho, e um vagonete saltou dos trilhos e esmagou sua perna. O filho da puta do capataz disse que a culpa era de Mike, por não ter saído do caminho a tempo, e ele vai ter seu lampião apagado.

Lara ficou aturdida.

– O que isso significa?

Um dos mineiros explicou:

– Significa que Mike ia começar o trabalho e descia para a galeria de trabalho. Um vagonete... um vagão pequeno para transportar carvão... saltou dos trilhos e o acertou.

– E apagou seu lampião? – indagou Lara.

O mineiro riu.

– Ter seu lampião apagado significa que você foi suspenso do trabalho.

AOS 15 ANOS, Lara ingressou na escola secundária St. Michael. Era alta, magra e desengonçada, com pernas compridas, cabelos pretos

escorridos e olhos cinza inteligentes, ainda muito grandes para o rosto pálido e fino. Ninguém sabia direito o que lhe aconteceria. Estava prestes a se tornar uma mulher e sua aparência se encontrava num estágio de metamorfose. Poderia ficar feia ou bonita. Para James Cameron, a filha era horrível.

– É melhor você casar logo com o primeiro idiota que pedir sua mão – disse ele à filha. – Não vai ter a aparência para conseguir um bom partido.

Lara permaneceu imóvel, sem dizer nada.

– E diga ao pobre coitado que não espere nenhum dote de minha parte.

Mungo McSween entrou na sala. Parou ali, ficou escutando, furioso.

– Isso é tudo, garota – acrescentou James Cameron. – Volte para a cozinha.

Lara saiu quase correndo.

– Por que faz isso com sua filha? – perguntou McSween.

James Cameron levantou os olhos injetados.

– Não é da sua conta.

– Está de porre.

– É isso mesmo. E o que mais se pode fazer? Se não são as mulheres, é o uísque, não acha?

McSween foi para a cozinha, onde Lara lavava pratos na pia. Os olhos dela ardiam com lágrimas. McSween enlaçou-a.

– Não fique triste, mocinha. Ele não falou a sério.

– Ele me odeia.

– Não, não odeia.

– Nunca me disse uma palavra gentil. Nem uma única vez!

Não havia nada que McSween pudesse dizer.

No verão, os turistas chegavam a Glace Bay. Vinham em seus carros de luxo, usando lindas roupas, faziam compras na Castle Street, jantavam no Cedar House e no Jasper's, visitavam Ingonish Beach, Cabe Smokey e Bird Island. Eram seres superiores de outro

mundo e Lara os invejava, ansiava por escapar com eles quando fossem embora ao final do verão. Mas como?

Lara já ouvira histórias sobre vovô Maxwell.

– O velho desgraçado tentou me impedir de casar com sua filha – queixava-se James Cameron a qualquer pensionista que quisesse escutá-lo. – Era podre de rico, mas pensa que me deu alguma coisa? Nada. Mas cuidei muito bem de sua Peggy, apesar disso...

E Lara fantasiava que um dia o avô viria buscá-la e a levaria para as cidades deslumbrantes sobre as quais lia: Londres, Roma e Paris. *E terei lindas roupas para usar. Centenas de vestidos e sapatos novos.*

Mas à medida que os meses e anos foram passando, e não houve qualquer notícia, Lara acabou chegando à conclusão de que nunca veria o avô. Estava condenada a passar o resto de sua vida em Glace Bay.

4

Havia uma miríade de atividades para uma adolescente crescendo em Glace Bay. Havia jogos de futebol e hóquei, rinques de patinação e pistas de boliche, além de lugares para nadar e pescar no verão. Uma loja chamada Carl's era o ponto de encontro predileto depois da escola. Havia dois cinemas, e os Jardins Venezianos para se dançar.

Lara não tinha nenhuma oportunidade de desfrutar qualquer dessas coisas. Levantava às 5 horas da manhã para ajudar Bertha a preparar o café da manhã para os pensionistas e arrumava as camas antes de sair para a escola. À tarde, voltava apressada para casa, a fim de começar a preparar o jantar. Ajudava Bertha a servir e depois do jantar Lara tirava a mesa, lavava e enxugava a louça.

A PENSÃO SERVIA alguns pratos escoceses muito apreciados: *howtowdie* e *hairst bree, cabbieclaw* e *skirlie*. Outra iguaria era

40

Black Bun, uma mistura bem temperada envolta por uma massa de farinha de trigo.

A CONVERSA DOS escoceses ao jantar fazia com que as Terras Altas da Escócia adquirissem vida para Lara. Seus ancestrais tinham vindo de lá, e as histórias sobre eles proporcionavam a Lara o único senso de pertencimento que possuía. Os pensionistas falavam do vasto vale em que ficavam os lagos Ness, Lochy e Linnhe e das ilhas escarpadas da costa.

Havia um piano velho na sala de estar e às vezes, à noite, depois do jantar, meia dúzia de pensionistas se reunia ali e cantava as canções da pátria: *Annie Laurie, Comin' Through the Rye, The Hills of Home* e *The Bonnie Banks O'Loch Lomond*.

UMA VEZ POR ANO, havia um desfile na cidade, e todos os escoceses de Glace Bay vestiam orgulhosos seus *kilts* ou *tartans*, e marchavam pelas ruas, sob o acompanhamento estridente das gaitas de foles.

– Por que os homens usam saias? – perguntou Lara a McSween.

Ele franziu o rosto.

– Não é uma saia, mocinha. É um *kilt*. Nossos ancestrais o inventaram, há muito e muito tempo. Nas terras altas, um *kilt* cobria o corpo de um homem contra o frio intenso, mas mantinha suas pernas livres para que pudesse correr através das urzes e turfas, e escapar de seus inimigos. E à noite, se ele estivesse ao desabrigo, o tamanho do *kilt* lhe permitia usá-lo como cama e tenda.

Os nomes das aldeias escocesas eram como poesia para Lara. Havia Breadalbane, Glenfinnan e Kilbride, Kilninver e Kilmichael. Lara aprendeu que "*kil*" era o nome da cela dos monges nos tempos medievais. Se um nome começava com "*inver*" ou "*aber*", significava que a aldeia ficava na foz de um rio. Se começava com "*strath*", era num vale. "*Bad*" significava que a aldeia ficava num bosque.

Havia discussões acirradas todas as noites à mesa do jantar. Os escoceses discutiam sobre tudo. Seus ancestrais haviam pertencido a clãs orgulhosos e eles ainda defendiam com vigor a sua história.

41

– A Casa de Bruce produziu covardes. Submeteram-se aos ingleses como cães rastejando.

– Você não sabe do que está falando, Ian, como sempre. Foi o grande Bruce em pessoa quem enfrentou os ingleses. Foi a Casa de Stuart que se submeteu.

– Ora, você é um tolo e seu clã vem de uma longa linhagem de tolos.

A discussão se tornava ainda mais veemente.

– Sabe de que a Escócia precisava? De mais líderes como Roberto II. Esse foi um grande homem. E teve 21 filhos.

– E a metade era de bastardos!

E outra discussão começava.

Lara não podia acreditar que eles brigassem por causa de eventos que haviam ocorrido mais de seiscentos anos antes. Mungo McSween lhe disse:

– Não deixe que isso a perturbe, mocinha. Um escocês é capaz de iniciar uma briga numa casa vazia.

Foi um poema de Sir Walter Scott que ateou fogo à imaginação de Lara.

> O jovem Lochinvar veio do oeste:
> Por toda a fronteira, seu corcel era o melhor;
> E além de sua espada não tinha outra arma;
> Desarmado cavalgava, e sempre ia sozinho.
> Era fiel no amor, e na guerra destemido,
> Nunca houve cavaleiro como o jovem Lochinvar.

E o poema glorioso continuava, contando como Lochinvar arriscara a vida para salvar sua amada, que estava sendo obrigada a casar com outro homem.

> Tão ousado no amor, tão destemido na guerra,
> Alguém já ouviu falar de outro tão bravo
> quanto o jovem Lochinvar?

Algum dia, pensou Lara, *um belo Lochinvar virá me salvar.*

Um dia ela trabalhava na cozinha, quando viu um anúncio numa revista, e seu coração subiu pela garganta. Mostrava um homem alto, bonito, louro, elegantemente vestido, de fraque e gravata branca. Tinha olhos azuis e um sorriso radiante, parecia um príncipe, da cabeça aos pés. *É assim que meu Lochinvar vai parecer*, pensou Lara. *Ele está em algum lugar por aí, à minha procura. Virá me salvar. Estarei na pia, lavando pratos, ele vai se aproximar por trás, envolver-me em seus braços e sussurrar: "Posso ajudá-la?" E eu vou me virar, fitá-lo nos olhos. E direi: "Quer enxugar a louça?"*

A voz de Bertha interrompeu o devaneio:

– Quer que eu faça o quê?

Lara virou-se. Bertha se encontrava atrás dela. Lara não percebera que falara em voz alta.

– Nada – murmurou ela, corando.

PARA LARA, AS conversas mais fascinantes ao jantar giravam sobre as histórias dos notórios conflitos das Terras Altas. Já as ouvira muitas vezes, mas nunca se cansava.

– Conte de novo – pedia ela.

E Mungo McSween atendia, com a maior ansiedade...

– Tudo começou no ano de 1792, e se prolongou por mais de sessenta anos. A princípio, chamaram-no de *Bliadhna nan Coarach..* o Ano da Ovelha. Os proprietários das Terras Altas decidiram que suas terras seriam mais lucrativas com ovelhas do que com camponeses rendeiros, por isso levaram rebanhos para as Terras Altas e descobriram que podiam sobreviver aos frios invernos. Foi assim que começaram os conflitos.

"O clamor tornou-se *Mo thruaighe ort a thir, tha'n caoraich mhor a' teachd!* Ai de ti, ó terra, a grande ovelha está chegando! Primeiro, vieram cem ovelhas, depois mil, depois dez mil. Era uma terrível invasão.

"Os lordes viam riquezas além de seus sonhos, mas precisavam antes se livrar dos rendeiros, que trabalhavam suas pequenas plantações. Eles já tinham muito pouco, Deus sabe. Moravam em

casinhas de pedra, sem chaminé e sem janelas. Mas os lordes os obrigaram a sair.

A jovem ficava com os olhos arregalados.

Como?

– O governo ordenou a seus regimentos que atacassem as aldeias e expulsassem os rendeiros. Os soldados cercavam uma pequena aldeia, davam seis horas aos rendeiros para pegarem seu gado e móveis e irem embora. Tinham de deixar suas colheitas para trás. Depois, os soldados incendiavam e arrasavam a aldeia. Mais de 250 mil homens, mulheres e crianças foram forçados a deixar seus pertences, tangidos para o litoral.

– Mas como podiam ser expulsos de sua própria terra?

– Deve entender que eles nunca foram donos da terra. Arrendavam 1 ou 2 hectares de um lorde, mas a terra não lhes pertencia. Pagavam uma taxa em produtos ou trabalho para cultivar a terra, criar algum gado.

– O que acontecia se os homens não fossem embora? – indagava Lara, angustiada.

– As famílias que não saíam a tempo eram queimadas em suas cabanas. O governo era impiedoso. Ah, foi um tempo horrível. As pessoas nada tinham para comer. A cólera atacou, muitas doenças se espalharam como fogo no mato seco.

– Que coisa pavorosa!

– É verdade, minha jovem. Nosso povo vivia de batatas, pão e mingau, quando conseguia. Mas há uma coisa que o governo nunca foi capaz de tirar dos homens das Terras Altas... seu orgulho. Reagiam da melhor forma possível. Por dias, depois de queimada uma aldeia, as pessoas desabrigadas permaneciam no vale, tentavam salvar o que podiam das ruínas. Estendiam uma lona sobre suas cabeças como proteção contra a chuva da noite. Meu tataravô e minha tataravó estavam lá, sofreram tudo isso. É parte de nossa história, e ficou gravada em nossas almas.

Lara podia visualizar os milhares de pessoas desesperadas e desamparadas, roubadas de tudo o que possuíam, atordoadas pelo

que lhes acontecera. Podia ouvir o choro das pessoas enlutadas e os gritos das crianças aterrorizadas.

– Mas o que aconteceu com as pessoas? – perguntava Lara.

– Partiram para outras terras, em navios que eram verdadeiras armadilhas mortais. Os passageiros espremidos morriam de febre ou disenteria. Às vezes os navios enfrentavam tempestades que prolongavam a viagem por semanas, e por isso ficavam sem comida. Só os mais fortes ainda estavam vivos quando os navios alcançavam o Canadá. Mas, ao desembarcarem aqui, podiam ver algo que nunca tinham visto antes.

– Sua própria terra.

– É isso mesmo, minha jovem.

Algum dia, pensava Lara, *terei minha própria terra, e ninguém, absolutamente ninguém, a tirará de mim.*

NUMA NOITE, no início de julho, James Cameron estava na cama com uma das prostitutas do bordel de Kirstie quando sofreu um ataque do coração. Seu estado era de embriaguez total e a mulher presumiu, quando ele arriou por cima dela, que simplesmente adormecera.

– Essa não! Tenho outros fregueses me esperando. Acorde, James! Acorde!

Ele ofegava para respirar e apertava o peito.

– Pelo amor de Deus, chame um médico – conseguiu balbuciar.

Uma ambulância levou-o para o pequeno hospital na Quarry Street. O Dr. Duncan mandou chamar Lara. Ela seguiu a pé para o hospital, o coração disparado. Duncan a esperava.

– O que aconteceu? – indagou Lara, angustiada. – Meu pai morreu?

– Não, Lara, mas sofreu um ataque cardíaco.

Ela ficou paralisada por um momento.

– Ele... vai sobreviver?

– Não sei. Estamos fazendo tudo o que podemos para salvá-lo.

– Posso vê-lo?

– Seria melhor se voltasse amanhã de manhã.

Lara foi para casa, entorpecida pelo medo. *Por favor, Deus, não deixe que meu pai morra. Ele é tudo o que tenho.*

Quando Lara chegou à pensão, Bertha a aguardava, e foi logo perguntando:

— O que aconteceu?

Lara contou.

— Oh, Deus! — exclamou Bertha. — E hoje é sexta-feira!

— Como?

— Sexta-feira. O dia em que os aluguéis devem ser cobrados. Se bem conheço Sean MacAllister, ele usará isso como um pretexto para nos mandar para a rua.

Pelo menos uma dezena de vezes no passado, quando se encontrava embriagado demais para cuidar de tudo pessoalmente, James Cameron mandara Lara receber os aluguéis das outras pensões que Sean MacAllister possuía. Lara entregara o dinheiro ao pai, que no dia seguinte o levara ao banqueiro.

— O que vamos fazer? — lamuriou-se Bertha.

E, de repente, Lara percebeu o que tinha de ser feito.

— Não se preocupe — disse ela. — Cuidarei de tudo.

Naquela noite, no meio do jantar, Lara disse:

— Senhores, poderiam me escutar, por favor?

As conversas cessaram. Todos a fitaram e ela explicou:

— Meu pai teve... uma pequena vertigem. Está no hospital. Querem mantê-lo sob observação por algum tempo. Assim, até ele voltar, eu receberei os aluguéis. Depois do jantar, ficarei à espera na sala de estar.

— Ele vai ficar bom? — perguntou um dos pensionistas.

— Vai, sim — respondeu Lara, com um sorriso forçado. — Não é nada grave.

Terminado o jantar, os homens foram à sala de estar e pagaram a Lara o aluguel da semana.

— Espero que seu pai se recupere logo, criança...

— Se houver alguma coisa que eu possa fazer, basta me avisar...

— É uma mocinha corajosa para fazer isso por seu pai...

– E as outras pensões? – perguntou Bertha a Lara. – Ele tem de cobrar os aluguéis de mais quatro.

– Sei disso. Se você cuidar da louça, eu irei receber os aluguéis.

Bertha fitou-a com uma expressão de dúvida.

– Eu lhe desejo boa sorte.

FOI MAIS FÁCIL do que Lara imaginara. A maioria dos pensionistas se mostrou compreensiva e feliz em ajudar a jovem.

No início da manhã seguinte, Lara pegou os envelopes com os aluguéis e foi falar com Sean MacAllister. O banqueiro estava sentado à sua escrivaninha quando Lara entrou na sala.

– Minha secretária disse que queria falar comigo.

– Sim, senhor.

MacAllister estudou a jovem magra e descuidada parada à sua frente.

– É a filha de James Cameron, não é?

– Sou, sim, senhor.

– Sarah?

– Lara.

– Lamento o que aconteceu com seu pai. – Não havia qualquer simpatia na voz de MacAllister. – Terei de tomar as providências necessárias, é claro, agora que seu pai está muito doente para fazer o trabalho. Eu...

– Oh, não, senhor! – interrompeu-o Lara. – Ele me pediu que cuidasse de tudo em seu lugar.

– Você?

– Sim, senhor.

– Receio que não vai...

Lara pôs os envelopes em cima da mesa.

– Aqui estão os aluguéis da semana.

MacAllister fitou-a, surpreso.

– Todos?

Lara acenou com a cabeça.

– E foi você quem cobrou?

– Sim, senhor. E continuarei a fazer isso todas as semanas, até que papai fique bom.

– Hum...

Ele abriu os envelopes, contou o dinheiro com o maior cuidado. Lara observou-o registrar a quantia num enorme livro-caixa de capa verde.

Há algum tempo que MacAllister tencionava substituir James Cameron, por causa de sua embriaguez e trabalho irregular, e agora deparava com a oportunidade de se livrar de toda a família.

Tinha certeza de que a jovem à sua frente não seria capaz de cumprir todos os deveres do pai, mas ao mesmo tempo sabia qual seria a reação da cidade se expulsasse James Cameron e a filha da pensão. Tomou sua decisão.

– Vou experimentá-la por um mês. Ao final desse prazo, veremos qual é a situação.

– Obrigada, Sr. MacAllister. Muito obrigada.

– Espere. – Ele entregou 25 dólares a Lara. – Isto é seu.

Lara pegou o dinheiro, e foi como um gosto de liberdade. Era a primeira vez que alguém lhe pagava pelo que fizera.

LARA SEGUIU do banco para o hospital. O Dr. Duncan saía do quarto de seu pai quando chegou lá. Lara sentiu um súbito pânico.

– Ele não está...?

– Não... não... ele vai ficar bom, Lara. – O médico hesitou. – Quando digo "bom", significa que não vai morrer... pelo menos ainda não... mas terá de permanecer na cama por algumas semanas. E será preciso alguém para cuidar dele.

– Eu farei isso – garantiu Lara.

O Dr. Duncan fitou-a e murmurou:

– Seu pai não sabe disso, minha cara, mas é um homem de muita sorte.

– Posso entrar para vê-lo agora?

– Pode.

Lara entrou no quarto do pai, ficou parada a contemplá-lo. James Cameron estava na cama, pálido e desamparado, parecia subitamente

muito velho. Lara foi envolvida por uma onda de ternura. Poderia agora fazer alguma coisa pelo pai, algo que o levaria a apreciá-la e amá-la. Aproximou-se da cama.

– Papai...

Ele levantou os olhos e murmurou:

– Mas o que veio fazer aqui? Tem seu trabalho na pensão.

Lara sentiu um calafrio.

Eu... eu sei, papai. Apenas queria lhe dizer que falei com o Sr. MacAllister. Disse a ele que cobraria os aluguéis até que você melhorasse e...

– *Você* cobrar os aluguéis? Não me faça rir.

Ele foi sacudido por um súbito espasmo. A voz era fraca quando voltou a falar:

– É o destino. Serei despejado.

O pai nem mesmo pensava no que aconteceria com ela. Lara fitou-o, imóvel, em silêncio, por um longo tempo. Depois virou-se e saiu.

JAMES CAMERON foi levado para a pensão três dias depois, direto para a cama.

– Não deve se levantar por duas semanas – avisou o Dr. Duncan. – Voltarei para examiná-lo dentro de um ou dois dias.

– Não posso ficar na cama – protestou James Cameron. – Sou um homem ocupado. Tenho muita coisa para fazer.

O médico respondeu calmamente:

– A escolha é sua. Pode ficar na cama e viver ou se levantar e morrer.

OS PENSIONISTAS de MacAllister mostraram-se a princípio delicia-dos por terem uma jovem inocente cobrando os aluguéis. Mas assim que a novidade acabou, passaram a encontrar incontáveis desculpas:

– Estive doente esta semana e as contas médicas...

– Meu filho me manda dinheiro todas as semanas, mas o correio atrasou...

– Tive de comprar alguns equipamentos..

– Terei o dinheiro todo na próxima semana, com certeza...

Mas a jovem lutava por sua vida. Escutava educadamente e depois declarava:

– Sinto muito, mas o Sr. MacAllister disse que o dinheiro tem de ser pago hoje. Se não tem, deve desocupar o quarto imediatamente.

E, de alguma forma, todos davam um jeito de arrumar o dinheiro. Lara era inflexível.

– Era mais fácil lidar com seu pai – resmungou um dos inquilinos. – Ele sempre estava disposto a esperar por alguns dias.

Mas, ao final, todos passaram a admirar a coragem da moça.

SE LARA PENSARA que a doença do pai os aproximaria, estava tristemente enganada. Tentava antecipar todas as necessidades do pai, mas quanto mais solícita se mostrava pior ele se comportava.

Levava-lhe flores todos os dias e pequenas iguarias.

– Pelo amor de Deus! – gritava ele. – Pare de ficar me rondando! Não tem trabalho a fazer?

– Apenas pensei que gostaria...

– Saia!

E James Cameron virava o rosto para a parede.

Eu o odeio, pensou Lara. *Eu o odeio.*

AO FINAL DO MÊS, quando Lara entrou na sala de Sean MacAllister, com os envelopes contendo o dinheiro dos aluguéis, ele disse, depois de contar tudo:

– Não me importo de admitir, minha jovem, que tem sido uma surpresa e tanto para mim. Vem fazendo um trabalho melhor que o de seu pai.

As palavras a deixaram emocionada.

– Obrigada.

– Para ser franco, este é o primeiro mês em que todos pagaram tudo e dentro do prazo.

– Nesse caso, meu pai e eu podemos continuar na pensão? – indagou Lara, na maior ansiedade.

MacAllister estudou-a por um momento.

– Acho que sim. Você deve amar muito seu pai.

– Tornarei a vê-lo no próximo sábado, Sr. MacAllister.

5

Aos 17 anos, a menina magra e desengonçada se transformara numa mulher. O rosto exibia as características dos antepassados escoceses: a pele brilhante, as sobrancelhas finas e arqueadas, os olhos cinza, como as nuvens de tempestade, os cabelos de um preto intenso. E, além disso, uma certa melancolia parecia envolvê-la, a angústia da história trágica de um povo. Era difícil desviar os olhos do rosto de Lara Cameron.

A maioria dos inquilinos não tinha mulher, exceto pelas companheiras por cujos serviços pagavam, na casa de Madame Kirstie e em outros bordéis. Assim, a bela jovem era um alvo natural para eles. Um dos homens a encurralava na cozinha ou em seu quarto, quando ela fazia a limpeza, e dizia:

– Por que não é boazinha para mim, Lara? Eu poderia fazer muita coisa por você.

Ou então:

– Não tem namorado, não é? Pois deixe-me mostrar como é um homem.

Ou então:

– Não gostaria de ir para Kansas City? Partirei na próxima semana, e teria o maior prazer em levá-la comigo.

Depois que algum pensionista tentava persuadi-la a ir para a cama com ele, Lara entrava no quartinho em que seu pai permanecia deitado, impotente, e declarava:

– Estava enganado, papai. Todos os homens me querem.

E saía, deixando o pai a olhá-la.

James Cameron morreu ao amanhecer, na primavera, e Lara enterrou-o no cemitério de Greenwood, na área de Passiondale. A única outra pessoa no funeral foi Bertha. Não houve lágrimas.

UM NOVO INQUILINO entrou na pensão, um americano chamado Bill Rogers. Estava na casa dos 70 anos, calvo e gordo, um homem afável, que gostava de falar. Depois do jantar, ele se sentava com Lara para conversar.

– Você é bonita demais para ficar presa numa cidadezinha de matutos como esta. Deveria ir para Chicago ou Nova York, onde poderia se divertir.

– É o que farei um dia – respondeu Lara.

– Tem toda a sua vida pela frente. Já sabe o que quer fazer com ela?

– Quero possuir coisas.

– Já sei, roupas bonitas e...

– Não. Terras. Quero possuir terras. Meu pai nunca possuiu coisa alguma. Teve de viver dos favores de outras pessoas durante toda a sua vida.

O rosto de Bill Rogers se iluminou.

– Os negócios imobiliários eram a minha atividade.

– É mesmo?

– Tive prédios por todo o Meio-Oeste. Possuí até uma rede de hotéis.

Seu tom era de saudade.

– O que aconteceu?

Ele deu de ombros.

– Fiquei ganancioso. E perdi tudo. Mas sem dúvida foi divertido, enquanto durou.

Depois disso, eles passaram a conversar sobre os negócios imobiliários quase todas as noites.

– A primeira regra nos negócios imobiliários é a do DOP – disse Rogers. – Nunca se esqueça disso.

– O que é DOP?

– Dinheiro de outras pessoas. O que torna o mercado imobiliário um grande negócio é que o governo permite que você faça deduções

52

sobre os juros e depreciação, enquanto seu patrimônio continua a crescer. As três coisas mais importantes no ramo imobiliário são o local, o local e o local. Um lindo prédio numa colina é uma perda de tempo. Um prédio feio no centro da cidade a tornará rica.

Rogers ensinou a Lara coisas como hipotecas e refinanciamento, a melhor maneira de usar empréstimos bancários. Lara escutava e aprendia. Era como uma esponja, absorvendo cada informação com a maior ansiedade. A coisa mais significativa que Rogers lhe disse foi a seguinte:

– Glace Bay tem um déficit habitacional. É uma grande oportunidade para alguém. Se eu fosse vinte anos mais jovem...

Desse momento em diante, Lara passou a contemplar Glace Bay com olhos diferentes, visualizando prédios de escritórios e residências nos terrenos baldios. Era excitante e ao mesmo tempo frustrante. Seus sonhos ali estavam, mas não tinha dinheiro para realizá-los. No dia em que deixou a cidade, Bill Rogers lhe disse:

– Lembre-se... o dinheiro de outras pessoas. Boa sorte, menina.

UMA SEMANA DEPOIS, Charles Cohn instalou-se na pensão. Era um homem pequeno, na casa dos 60 anos, empertigado e impecável, sempre bem-vestido. Sentava à mesa para jantar com os outros pensionistas, mas quase não falava. Parecia encasulado em seu mundo particular.

Observava Lara trabalhar na pensão, sorrindo, sem jamais reclamar.

– Quanto tempo planeja ficar conosco? – perguntou-lhe Lara.

– Não sei ainda. Pode ser uma semana, talvez um ou dois meses...

Charles Cohn era um enigma para Lara. Não combinava com os outros pensionistas. Lara tentou imaginar o que ele fazia. Não era um mineiro, com toda certeza, nem um pescador, e não falava como um caixeiro-viajante. Parecia superior aos outros, mais educado. Disse a Lara que tentara se hospedar num hotel da cidade, mas estava lotado. Lara notou que ele quase nada comia às refeições.

– Se tiver uma fruta – dizia ele, contrafeito – ou um legume...

– Faz alguma dieta especial? – perguntou Lara um dia.

– De certa forma. Só como comida *kosher* e receio que não haja nenhuma em Glace Bay.

NA NOITE SEGUINTE, quando Charles Cohn sentou para jantar, um prato de costeletas de carneiro foi posto à sua frente. Ele olhou para Lara, surpreso.

– Desculpe, mas não posso comer isto. Pensei que tinha explicado...

Lara sorriu.

– E explicou. Essa comida é *kosher*.

– Como?

– Descobri um açougue *kosher* em Sydney. O *shochet* me vendeu isto. Pode comer. Seu aluguel inclui duas refeições por dia. E amanhã terá um bife.

Desse dia em diante, sempre que Lara tinha um momento de folga, Cohn fazia questão de conversar com ela. Ficou impressionado com sua inteligência ágil e espírito independente.

Um dia Charles Cohn confidenciou a Lara o que estava fazendo em Glace Bay:

– Sou um executivo da Continental Supplies. – Era uma famosa rede nacional de lojas. – Estou aqui à procura de um local para nossa nova loja.

– Isso é maravilhoso! – *Eu sabia que ele veio a Glace Bay por alguma razão importante*, pensou Lara. – Vão construir um prédio?

– Não. Encontraremos outra pessoa para fazer isso. Apenas arrendamos os nossos prédios.

Às 3 horas da madrugada Lara despertou de um sono profundo e sentou na cama, o coração disparado. Fora um sonho? Não. Sua mente funcionava a mil. Sentia-se excitada demais para voltar a dormir.

Quando Charles Cohn saiu de seu quarto para o café da manhã, encontrou Lara à sua espera.

– Sr. Cohn... tenho um lugar excelente!

Ele ficou perplexo.

– Como?

– O terreno que está procurando.

– É mesmo? Onde?

Lara esquivou-se de uma resposta.

– Gostaria de lhe perguntar uma coisa. Se eu possuísse um terreno de que gostasse, e construísse um prédio ali, concordaria em arrendá-lo de mim por cinco anos?

Ele balançou a cabeça.

– Não acha a questão um tanto hipotética?

– Arrendaria? – insistiu Lara.

– O que você sabe de construção de um prédio, Lara?

– Eu não o construiria. Contrataria um arquiteto e uma boa empresa construtora.

Charles Cohn a observava atentamente.

– Entendo. E onde fica esse terreno maravilhoso?

– Vou mostrar. Tenho certeza de que vai adorar. É perfeito.

Depois do desjejum, Lara levou Charles Cohn ao centro da cidade. Na esquina das ruas Main e Commercial, no centro de Glace Bay, havia um quarteirão vazio. Era um terreno que Charles Cohn examinara dois dias antes.

– É este o local que pensei – anunciou Lara.

Cohn ficou parado ali, fingindo estudar o terreno.

– Você tem um *ahf...* um bom nariz. É de fato uma localização excelente.

Ele já fizera algumas indagações discretas e descobrira que o terreno pertencia a um banqueiro, Sean MacAllister. A missão de Cohn era encontrar um local, providenciar para que alguém construísse o prédio e depois arrendá-lo. Não tinha importância para a companhia quem construísse o prédio, desde que as especificações fossem atendidas.

Cohn estudava Lara. *Ela é jovem demais*, pensou ele. *É uma ideia absurda. E, no entanto... "Descobri um açougue* kosher *em Sydney. Amanhã terá um bife."* Ela tinha muita *rachmones* – compaixão. Lara estava dizendo, no maior excitamento:

– Se eu pudesse adquirir este terreno e construísse um prédio, de acordo com suas especificações, poderia me dar um arrendamento de cinco anos?

Ele fez uma pausa, antes de responder:

– Não, Lara. Teria de ser um arrendamento de dez anos.

Naquela tarde, Lara foi procurar Sean MacAllister. O banqueiro levantou os olhos, surpreso, quando ela entrou na sala.

– Veio antes do prazo, Lara. Hoje ainda é quarta-feira.

– Sei disso. Quero lhe pedir um favor, Sr. MacAllister.

Sean MacAllister observou-a. *Ela se tornara sem dúvida uma jovem atraente. Não, não uma jovem, uma mulher.* Podia perceber a curva dos seios contra a blusa de algodão que ela usava.

– Sente-se, minha cara. Em que posso ajudá-la?

Lara sentia-se excitada demais para sentar.

– Quero fazer um empréstimo.

A declaração pegou-o de surpresa.

– Como?

– Gostaria de tomar algum dinheiro emprestado.

Ele sorriu, indulgente.

– Não vejo por que não. Se precisa de um vestido novo ou algo assim, terei o maior prazer em adiantar...

– Quero tomar emprestado 200 mil dólares.

O sorriso de MacAllister desapareceu.

– Isso é alguma piada?

– Não, senhor. – Lara inclinou-se para a frente, na maior ansiedade. – Quero comprar um terreno para construir um prédio. Tenho um inquilino importante que está disposto a me conceder um arrendamento de dez anos. Isso garantirá o custo do terreno e da construção.

MacAllister a fitava com o rosto franzido.

– Já discutiu o assunto com o proprietário do terreno?

– Estou discutindo com ele agora.

O banqueiro levou um momento para absorver.

– Espere um instante. Está querendo dizer que esse terreno me pertence?

– Isso mesmo. É o terreno na esquina da Main com a Commercial.

– Veio aqui para me pedir dinheiro emprestado a fim de comprar *meu* terreno?

– Aquele terreno não vale mais que 20 mil dólares. Já verifiquei. Estou lhe oferecendo 30. Terá um lucro de 10 mil dólares no terreno, mais os juros sobre os 200 mil dólares que vai me emprestar para construir o prédio.

MacAllister sacudiu a cabeça.

– Está me pedindo que lhe empreste 200 mil dólares sem qualquer garantia. Não há a menor possibilidade.

Lara tornou a se inclinar para a frente.

– Há uma garantia. Terá a hipoteca sobre o prédio e o terreno. Não pode perder.

MacAllister continuou a fitá-la, avaliando a proposta. Depois de um momento, sorriu e disse:

– Sabe, você tem muita coragem. Mas eu nunca poderia justificar um empréstimo nessas condições para minha diretoria.

– É a própria diretoria – protestou Lara.

O sorriso se aprofundou.

– É verdade.

Lara inclinou-se para a frente mais uma vez e o banqueiro observou os seios roçando na beira da mesa.

– Se concordar, Sr. MacAllister, nunca vai se arrepender. Prometo.

Ele não conseguia desviar os olhos dos seios.

– Você não é nada parecida com seu pai, hein?

– Não, senhor.

Isso mesmo, não sou nada parecida com ele, pensou Lara, com veemência.

– Vamos supor, apenas como uma hipótese, que eu estivesse interessado. Quem é esse seu locatário?

– Seu nome é Charles Cohn. É um executivo da Continental Supplies.

– A rede de lojas?

– Exatamente.

MacAllister tornou-se subitamente muito interessado. Lara acrescentou:

– Querem ter uma loja grande aqui, para fornecer equipamentos aos mineiros e lenhadores.

Para MacAllister, isso tinha o cheiro de sucesso instantâneo

– Onde conheceu esse homem?

– Ele está na pensão.

– Hum... Deixe-me pensar a respeito, Lara. Voltaremos a conversar amanhã.

Lara quase tremia de excitamento.

– Obrigada, Sr. MacAllister. Garanto que não vai se arrepender.

Ele sorriu.

– Também acho que não.

NAQUELA TARDE, Sean MacAllister foi à pensão para conhecer Charles Cohn.

– Passei apenas para lhe dar as boas-vindas. Sou Sean MacAllister, o proprietário do banco local. Fui informado de que estava na cidade. Mas não deveria se hospedar numa pensão, e sim no meu hotel. É muito mais confortável.

– Estava lotado – explicou o Sr. Cohn.

– É porque não sabíamos quem era você.

O Sr. Cohn indagou, muito amável:

– Quem sou eu?

Sean MacAllister sorriu.

– Vamos ser francos e objetivos, Sr. Cohn. As notícias se espalham. Soube que está interessado em arrendar um prédio a ser construído num terreno que me pertence.

– E que terreno seria esse?

– O que fica na esquina da Main com a Commercial. Não acha que é uma excelente localização? Creio que não teremos qualquer dificuldade para fechar o negócio.

– Já fechei negócio com outra pessoa.

Sean MacAllister soltou uma risada.

– Lara? Ela é uma coisinha linda, não é? Por que não vamos para o banco agora e preparamos o contrato?

– Parece que não está entendendo, Sr. MacAllister. Eu disse que já fechei o negócio com outra pessoa.

58

– Acho que é *você* que não está entendendo. Lara não possui aquele terreno. O dono sou eu.

– E ela não está tentando lhe comprar?

– Está, sim. Mas não preciso vender para ela.

– E eu não preciso usar aquele terreno. Vi três outros que também me servirão muito bem. Obrigado pela visita.

Sean MacAllister fitou Charles Cohn em silêncio por um longo momento.

– Quer dizer... que fala sério?

– Claro. Nunca entro num negócio que não seja *kosher*, e nunca quebro a palavra empenhada.

– Mas Lara não sabe nada de construção. Ela...

– Ela planeja encontrar pessoas que saibam. E teremos de dar a aprovação final.

O banqueiro pensou um pouco.

– É verdade que a Continental Supplies está disposta a assinar um arrendamento de dez anos?

– Correto.

– Bom, nas circunstâncias... deixe-me pensar a respeito.

QUANDO LARA CHEGOU à pensão, Charles Cohn relatou-lhe a conversa com o banqueiro. Lara ficou transtornada.

– Quer dizer que o Sr. MacAllister o procurou pelas minhas costas e...?

– Não se preocupe – disse Cohn. – Ele fechará o negócio com você.

– Acha mesmo?

– Ele é um banqueiro. Está nos negócios para obter lucros.

– E qual é o seu interesse? Por que decidiu fazer isso por mim?

Charles Cohn já se fizera a mesma pergunta. *Porque você é angustiosamente jovem*, pensou ele. *Porque não pertence a esta cidade. E porque eu gostaria de ter uma filha como você.*

Mas ele não disse nenhuma dessas coisas.

– Não tenho nada a perder, Lara. Encontrei outros terrenos que também serviriam. Se você conseguir adquirir esse terreno, eu gostaria de ajudá-la. Para minha companhia, não faz diferença com

quem eu fecho o negócio. Se obtiver o empréstimo, e eu aprovar o construtor, podemos assinar o contrato.

Um sentimento de exultação dominou Lara.

– Eu... eu não sei como lhe agradecer. Vou procurar o Sr. MacAllister e...

– Eu não faria isso, se fosse você – aconselhou Cohn. – Deixe que ele a procure.

Lara parecia preocupada.

– E se ele não...?

Cohn sorriu.

– Pode deixar que ele virá.

Ele entregou a Lara um contrato de arrendamento impresso e acrescentou:

– Aqui está o contrato que discutimos. Deve compreender que está condicionado ao atendimento de todas as nossas exigências para o prédio. – Ele entregou um jogo de plantas. – E aqui estão as especificações.

Lara passou a noite estudando as plantas e instruções.

Na manhã seguinte, Sean MacAllister lhe telefonou.

– Pode vir até aqui para falar comigo, Lara?

O coração dela batia forte.

– Estarei aí dentro de 15 minutos.

Ele a esperava.

– Estive pensando a respeito de nossa conversa, Lara. Eu precisaria de um acordo por escrito do Sr. Cohn para o arrendamento por dez anos.

– Já o tenho.

Lara abriu a bolsa e tirou o contrato. Sean MacAllister examinou-o com todo o cuidado.

– Parece que está tudo em ordem.

– Então vamos fechar o negócio?

Ela prendeu a respiração. MacAllister sacudiu a cabeça.

– Não.

– Mas pensei...

O banqueiro tamborilava com os dedos sobre a mesa, irrequieto.

– Para dizer a verdade, não estou com tanta pressa assim em vender aquele terreno, Lara. Quanto mais tempo eu o conservar, mais valioso vai se tornar.

Ela fitou-o, aturdida.

– Mas disse...

– Seu pedido é completamente heterodoxo. Não tem qualquer experiência. Eu precisaria de um motivo muito forte para lhe conceder esse empréstimo.

– Eu não com... que tipo de motivo?

– Digamos... uma pequena bonificação. Já teve um amante, Lara?

A pergunta pegou-a desprevenida.

– Eu... não. – Ela podia sentir a transação lhe escapulindo entre os dedos. – Mas o que isso tem...?

MacAllister inclinou-se para a frente.

– Serei franco com você, Lara. Acho-a muito atraente. E gostaria de ir para a cama com você. *Quid pro quo.* Isso significa...

– Sei o que significa.

O rosto de Lara se transformara em pedra.

– Veja as coisas da seguinte maneira. Esta é a sua oportunidade de fazer algo de si mesma, não é? De possuir alguma coisa, ser alguém. Provar para si mesma que não é como seu pai.

A mente de Lara girava vertiginosamente.

– Provavelmente nunca mais terá outra chance como esta, Lara. Talvez queira pensar um pouco a respeito, e...

– Não. – A voz soava abafada em seus próprios ouvidos. – Posso dar a resposta agora.

Ela comprimiu os braços com toda força contra os flancos, a fim de impedir que o corpo tremesse. Todo o seu futuro, a sua própria vida, dependia das palavras seguintes.

– Irei para a cama com você.

Sorrindo, MacAllister levantou-se e avançou em sua direção, com os braços roliços estendidos.

– Não agora – declarou Lara. – Depois que vir o contrato.

NO DIA SEGUINTE, Sean MacAllister entregou a Lara um contrato para o empréstimo bancário.

– É um contrato muito simples, minha cara. Um empréstimo de 200 mil dólares, pelo prazo de dez anos, juros de 8 por cento. – Ele estendeu uma caneta. – Pode assinar aqui, na última página.

– Se não se importa, eu gostaria de ler primeiro. – Lara olhou para o relógio. – Mas não tenho tempo agora. Posso levá-lo comigo? Eu o trarei de volta amanhã.

Sean MacAllister deu de ombros.

– Está certo. – Ele baixou a voz para acrescentar: – Sobre o nosso encontro... terei de ir a Halifax no próximo sábado. Pensei que poderíamos ir juntos.

Lara contemplou seu rosto de depravado e sentiu a náusea lhe revirar o estômago.

– Combinado.

A voz era um sussurro.

– Ótimo. Assine o contrato, traga-o de volta e o negócio estará fechado. – Ele pensou por um momento. – Vai precisar de uma boa construtora. Conhece a Companhia Construtora da Nova Escócia?

O rosto de Lara se iluminou.

– Claro. Conheço seu gerente, Buzz Steele.

Ele construíra alguns dos maiores prédios de Glace Bay.

– É uma boa empresa. Eu a recomendo.

– Falarei com Buzz amanhã.

NAQUELA NOITE, Lara mostrou o contrato a Charles Conn. Não teve coragem de lhe falar sobre o acordo particular que fizera com MacAllister. Sentia-se envergonhada demais. Cohn leu o contrato com todo o cuidado. Quando terminou, devolveu-o a Lara e disse:

– Acho que não deve assinar isto.

Ela ficou consternada.

– Por quê?

– Há uma cláusula estipulando que o prédio deve ser concluído até o dia 31 de dezembro, ou a propriedade reverte ao banco. Em outras palavras, o prédio pertencerá a MacAllister e minha companhia se tornará sua arrendatária. Você perde o negócio e ainda continua obrigada a pagar o empréstimo com juros. Peça a ele que mude isso.

As palavras do banqueiro ressoaram nos ouvidos de Lara: *Não estou com tanta pressa assim de vender aquele terreno. Quanto mais tempo eu o conservar, mais valioso vai se tornar.* Ela sacudiu a cabeça.

– Ele não vai querer mudar.

– Neste caso, Lara, você assumirá um grande risco. Pode acabar sem nada, e ainda por cima com uma dívida de 200 mil dólares, mais os juros.

– Mas se eu concluir o prédio a tempo...

– É um "se" muito grande. Quando se constrói um prédio, fica-se à mercê de uma porção de outras pessoas. Ficaria surpresa pela quantidade de coisas que podem sair erradas.

– Há uma companhia construtora muito boa em Sydney. Construiu uma porção de prédios por aqui. Conheço o gerente. Se disser que o prédio pode ficar pronto no prazo, quero fazer o negócio.

Foi a ansiedade desesperada na voz de Lara que levou Cohn a pôr de lado suas dúvidas.

– Muito bem, fale com ele.

LARA ENCONTROU Buzz Steele andando pelas vigas de um prédio de cinco andares que estava construindo em Sydney. Steele era um homem grisalho, curtido pelo tempo, na casa dos 40 anos. Cumprimentou Lara afetuosamente.

– Mas que surpresa agradável! Como deixaram que uma moça bonita como você saísse de Glace Bay?

– Eu me esgueirei sem que ninguém visse – disse Lara. – Tenho um trabalho a lhe oferecer, Sr. Steele.

Ele sorriu.

– É mesmo? E o que vamos construir... uma casa de bonecas?

– Não. – Ela pegou as plantas que Charles Cohn lhe dera. – Este é o prédio.

Buzz Steele estudou as plantas por um momento. Levantou os olhos para fitá-la, surpreso.

– É um trabalho bastante grande. O que isso tem a ver com você?

– Fui eu que promovi a transação – explicou Lara, orgulhosa. – Serei a proprietária do prédio.

Steele assoviou baixinho.

– Ótimo para você, meu bem.

– Só há dois problemas.

– Quais são?

– O prédio deve ficar pronto até 31 de dezembro, ou a propriedade reverte ao banco, e o prédio não pode custar mais de 170 mil dólares. Pode ser feito?

Steele tornou a examinar as plantas. Lara observou-o a fazer seus cálculos silenciosos.

– Pode ser feito.

Lara teve de fazer um esforço para não gritar de alegria.

– Negócio fechado.

Trocaram um aperto de mão e Buzz Steele comentou:

– Você é a chefe mais linda que já conheci.

– Obrigada. Quando pode começar?

– Irei a Glace Bay amanhã para dar uma olhada no terreno. E lhe darei um prédio de que vai se orgulhar.

Ao partir, Lara sentia que tinha asas.

Ela voltou a Glace Bay e deu a notícia a Charles Cohn.

– Tem certeza que essa companhia é de absoluta confiança, Lara?

– Sei que é. Já construíram prédios aqui, em Sydney, Halifax...

O entusiasmo de Lara era contagiante. Cohn sorriu.

– Muito bem, parece que temos um negócio em andamento.

– E temos mesmo, não é?

Lara estava radiante. Mas depois se lembrou do acordo que fizera com Sean MacAllister, e o sorriso se desvaneceu. *Terei de ir a Halifax no próximo sábado. Pensei que poderíamos ir juntos.* Faltavam apenas dois dias para o sábado.

LARA ASSINOU os contratos na manhã seguinte. Sean MacAllister sentia-se muito satisfeito consigo mesmo ao observá-la se retirar. Não tinha a menor intenção de deixar que ela ficasse com o prédio novo. Quase riu alto da ingenuidade de Lara. Emprestaria o dinheiro a ela, mas na verdade seria um empréstimo para si mesmo.

Ele pensou em fazer amor com aquele corpo jovem maravilhoso e começou a ter uma ereção.

LARA JÁ ESTIVERA duas vezes em Halifax. Em comparação com Glace Bay, era uma cidade movimentada, cheia de pedestres e automóveis, lojas atulhadas com mercadorias. Sean MacAllister levou-a para um motel nos arredores da cidade. Parou no estacionamento, acariciou o joelho de Lara.

— Espere aqui, meu bem, enquanto vou fazer o registro.

Lara ficou sentada no carro, em pânico. *Estou me vendendo*, pensou ela. *Como uma prostituta. Mas é tudo o que tenho para vender, e pelo menos ele acha que valho 200 mil dólares. Meu pai nunca viu 200 mil dólares em toda a sua vida. Estava sempre...*

A porta do carro foi aberta. MacAllister postava-se de pé ao lado, sorrindo.

— Já acertei tudo. Vamos embora.

Lara descobriu de repente que tinha a maior dificuldade para respirar. O coração batia tão forte que tinha a sensação de que sairia do peito a qualquer instante. *Estou tendo um infarto*, pensou ela.

— Lara... — Ele a fitava de uma maneira estranha. — Você está bem? *Não. Estou morrendo. Vão me levar para o hospital e morrerei lá. Virgem.*

— Estou, sim.

Lentamente, ela saiu do carro e seguiu MacAllister para uma cabana miserável, com uma cama, duas cadeiras, uma penteadeira toda escalavrada e um pequeno banheiro.

Sentia-se num pesadelo.

— Então esta é a sua primeira vez, hein? — murmurou MacAllister.

Ela pensou nos garotos da escola, que a acariciavam, beijavam seus seios, tentavam enfiar as mãos entre suas pernas.

— É, sim.

— Não precisa ficar nervosa. Fazer sexo é a coisa mais natural do mundo.

Lara observou MacAllister começar a se despir. Ele tinha um corpo atarracado.

– Tire logo as roupas, Lara.

Bem devagar, ela tirou a blusa, a saia, os sapatos. Usava sutiã e calcinha. MacAllister contemplou seu corpo, adiantou-se.

– Sabia que você é linda, meu bem?

Lara pôde sentir a ereção se comprimindo contra seu corpo. MacAllister beijou-a nos lábios, e ela sentiu asco.

– Tire o resto das roupas – murmurou ele, em tom de urgência.

Ele se encaminhou para a cama, tirou a cueca. O pênis estava duro e vermelho.

Isso nunca caberá dentro de mim, pensou Lara. *Vai me matar.*

– Vamos logo!

Ainda mais devagar, Lara tirou o sutiã e a calcinha.

– Santo Deus, você é fantástica! Venha até aqui.

Lara foi até a cama, sentou. MacAllister apertou seus seios com força e ela gritou de dor.

– É gostoso, hein? Já estava na hora de você ter um homem.

MacAllister estendeu-a de costas na cama, abriu suas pernas. Lara experimentou um pânico intenso.

– Não estou usando nada... poderia engravidar...

– Não se preocupe – garantiu MacAllister. – Não gozarei dentro de você.

Um instante depois, Lara sentiu que ele a penetrava, machucando-a.

– Espere! – gritou ela. – Eu...

MacAllister já passara do ponto em que poderia esperar. Arremeteu com toda força e a dor de Lara foi terrível. Ele passou a se movimentar contra seu corpo, com um ímpeto cada vez maior, e Lara levou a mão à boca para não gritar. *Acabará dentro de um minuto*, pensou ela. *Depois, eu terei um prédio. E poderei construir um segundo prédio. E mais outro...*

A dor estava se tornando insuportável.

– Mexa a bunda! – berrou MacAllister. – Não fique parada assim! Trate de se mexer!

Lara bem que tentou, mas era impossível. Sentia muita dor.

Subitamente, MacAllister soltou um ofego e Lara sentiu seu corpo tremer todo. Ele deixou escapar um suspiro de satisfação e arriou inerte em cima dela. Lara ficou horrorizada.

– Disse que não...

MacAllister resvalou para o lado, soergueu-se na cama, apoiado nos cotovelos.

– Não pude evitar, querida, você é linda demais. Mas não se preocupe. Se engravidar, conheço um médico que poderá resolver o problema.

Lara desviou o rosto, a fim de que ele não percebesse sua repulsa. Cambaleou para o banheiro, dolorida e sangrando. Ficou imóvel debaixo do chuveiro, deixando que a água quente lavasse seu corpo, enquanto pensava: *Já acabou. Eu consegui. Possuo o terreno. E serei rica.*

Agora, só precisava se vestir, voltar para Glace Bay e começar a construir seu prédio.

Ela saiu do banheiro, e Sean MacAllister anunciou:

– Foi tão bom que vamos fazer de novo.

6

Charles Cohn inspecionara cinco prédios feitos pela Companhia Construtora da Nova Escócia.

– São de primeira classe – dissera ele a Lara. – Não deverá ter qualquer problema com eles.

Agora, Lara, Charles Cohn e Buzz Steele inspecionavam o terreno na esquina da Main com a Commercial.

– É perfeito – declarou Buzz Steele. – Tem 4.100 metros quadrados e dará facilmente para os 2 mil metros quadrados de área construída que deseja.

– O prédio pode ficar pronto até 31 de dezembro? – perguntou Charles Cohn, decidido a proteger Lara.

– Antes, até – respondeu Steele. – Posso prometê-lo para a véspera do Natal.

Lara ficou radiante.

– Quando pode começar?

– Meu pessoal estará aqui em meados da próxima semana.

ACOMPANHAR A CONSTRUÇÃO do novo prédio foi a coisa mais emocionante que Lara já experimentara.

– Quero aprender – disse ela a Charles Cohn. – Isto é apenas o começo para mim. Antes de chegar ao fim, quero construir uma centena de prédios.

Cohn se perguntou se Lara sabia mesmo em que estava se metendo.

Os primeiros homens a trabalharem no terreno foram os topógrafos. Determinaram os limites geométricos legais da propriedade e fincaram estacas em cada canto, pintadas em cores fluorescentes, para fácil identificação. O trabalho foi concluído em dois dias e na manhã seguinte chegou o primeiro equipamento pesado, um caminhão com uma pá mecânica Caterpillar na frente. Lara estava ali, esperando.

– O que acontece agora? – perguntou ela a Buzz Steele.

– Limpamos o terreno.

– O que isso significa?

– A Caterpillar vai remover os tocos de árvores e aplainar o terreno.

O equipamento seguinte a chegar ao terreno foi uma retroescavadeira, a fim de abrir as valas para as fundações, tubulações de serviços e de esgotos.

A esta altura, os inquilinos da pensão já sabiam o que vinha acontecendo e a construção tornou-se o tema principal das conversas ao desjejum e jantar. Todos torciam por Lara.

– O que vão fazer agora? – indagavam.

Ela estava se tornando uma especialista.

– Esta manhã instalaram as tubulações subterrâneas. Amanhã começarão o trabalho com as fôrmas de madeira e concreto, a fim de

poderem ligar as vigas de aço no esqueleto. – Lara sorriu. – Entendem o que estou dizendo?

Despejar o concreto foi a etapa seguinte. Assim que o concreto ficou pronto, chegaram enormes caminhões carregados com madeira, e turmas de carpinteiro começaram a montar as estruturas. O barulho era tremendo, mas era música para Lara. O canteiro foi dominado pelo som de martelos batendo ritmados e pelo zumbido das serras elétricas. Em duas semanas, os painéis das paredes foram erguidos, com aberturas para janelas e portas, como se o prédio tivesse subitamente inflado.

Para as pessoas que passavam por ali, o prédio era apenas um labirinto de madeira e aço, mas para Lara era algo diferente. Era seu sonho que adquiria vida. Pela manhã e à tarde, ela ia ao centro e contemplava a construção. *Sou a proprietária*, pensava ela. *Isto me pertence.*

Depois do episódio com MacAllister, Lara ficou apavorada com a possibilidade de ter engravidado. O pensamento deixava-a nauseada. Quando a menstruação veio, ela ficou tonta de alívio. *Agora, só preciso me preocupar com meu prédio.*

LARA CONTINUOU a cobrar os aluguéis para Sean MacAllister, porque precisava de um lugar para morar, mas tinha de fazer um esforço para se controlar ao entrar em seu escritório.

– Nós nos divertimos um bocado em Halifax, não é, meu bem? Por que não repetimos?

– Estou ocupada com meu prédio.

O nível de atividade começou a aumentar à medida que as turmas que instalavam as placas de metal faziam o telhado e os carpinteiros trabalhavam simultaneamente, a quantidade de homens, materiais e caminhões triplicando.

Charles Cohn deixara Glace Bay, mas telefonava para Lara pelo menos uma vez por semana.

– Como vai o prédio? – indagou ele, na última ligação.

– Maravilhosamente! – respondeu Lara, no maior entusiasmo.

– Está dentro do cronograma?

– Até adiantado.

– Isso é ótimo. Posso lhe dizer agora que não tinha certeza se você conseguiria.

– Mas mesmo assim me deu uma chance. Obrigada, Charles.

– Uma mão lava a outra. Afinal, eu poderia morrer de fome se não fosse por você.

DE VEZ EM quando Sean MacAllister se encontrava com Lara na obra.

– Está indo muito bem, não acha, Lara?

– Está, sim.

MacAllister parecia genuinamente satisfeito. Lara pensava: *O Sr. Cohn se enganou. Ele não quer se aproveitar de mim.*

AO FINAL DE NOVEMBRO, o prédio progredia rapidamente. As portas e janelas foram instaladas, as paredes externas erguidas. A estrutura se encontrava pronta para a colocação das redes de fios e tubulações.

Na segunda-feira, na primeira semana de dezembro, o trabalho no prédio começou a se tornar mais lento. Lara foi até lá pela manhã e só encontrou dois operários, que pareciam estar fazendo muito pouco.

– Por que o resto do pessoal não veio hoje? – perguntou ela.

– Foram para outra obra – explicou um dos homens. – Voltarão amanhã.

No dia seguinte não havia ninguém na obra.

Lara pegou um ônibus para Halifax e foi falar com Buzz Steele.

– O que aconteceu? O trabalho parou.

– Não precisa se preocupar – assegurou Steele. – Tivemos um problema em outra obra e precisei transferir os homens, mas será em caráter temporário.

– Quando eles voltarão ao trabalho?

– Na próxima semana. Estamos dentro do prazo.

– Você sabe o quanto isso significa para mim, Buzz.

– Claro, Lara.

– Se o prédio não for concluído a tempo, eu vou perdê-lo... perderei tudo.

– Não se preocupe, menina. Não deixarei que isso aconteça.

Lara sentia-se apreensiva ao voltar para Glace Bay.

Na semana seguinte os trabalhadores ainda não haviam aparecido. Ela tornou a ir a Halifax para falar com Steele.

– Sinto muito, mas o Sr. Steele não está – disse a secretária.

– Preciso falar urgente com ele. Quando poderei encontrá-lo?

– Ele saiu da cidade para tratar de um trabalho. Não sei quando voltará.

Lara sentiu o primeiro ímpeto de pânico.

– É muito importante – insistiu ela. – O Sr. Steele está construindo um prédio para mim. Precisa ser concluído em três semanas.

– Não deve se preocupar, Srta. Cameron. Se o Sr. Steele disse que ficará pronto, então vai ficar.

– Mas não está acontecendo nada! – protestou Lara. – Não tem ninguém trabalhando lá!

– Gostaria de conversar com o Sr. Ericksen, o assistente do Sr. Steele?

– Quero, sim, por favor.

Ericksen era um gigante, ombros largos, jovial. Irradiava tranquilidade.

– Sei por que veio, mas Buzz me pediu que lhe dissesse que não precisa se preocupar. Houve um pequeno atraso em seu projeto por causa de problemas em duas outras obras grandes que estamos fazendo, mas faltam apenas três semanas para concluir seu prédio.

– Ainda resta muita coisa a fazer...

– Não se preocupe. Teremos uma turma lá na manhã de segunda-feira.

– Obrigada – murmurou Lara, aliviada. – Desculpe incomodá-lo, mas estou um pouco nervosa. Isso significa muito para mim.

– Ora, não foi incômodo nenhum. – Ericksen sorriu. – Pode voltar para casa e relaxar. Está em boas mãos.

NA MANHÃ DE SEGUNDA-FEIRA não havia um único operário na obra. Lara ficou frenética. Telefonou para Charles Cohn.

– Os homens pararam de trabalhar e não consigo descobrir por quê. Ficam me fazendo promessas e quebrando-as.

– Qual é o nome da companhia... Construtora da Nova Escócia?

– Isso mesmo.

– Ligarei para você daqui a pouco.

Charles Cohn telefonou duas horas depois.

– Quem lhe recomendou a Companhia Construtora da Nova Escócia?

Lara pensou por um momento.

– Sean MacAllister.

– Isso não me surpreende, Lara. Ele é o dono da companhia.

Lara sentiu que ia desfalecer.

– E quer impedir que os homens terminem a obra no prazo?

– Infelizmente, é o que parece.

– Oh, Deus!

– Ele é uma *nahash tzefa*... uma serpente venenosa.

Cohn era gentil demais para dizer que a advertira. Só pôde murmurar uma coisa:

– Talvez... talvez aconteça alguma coisa.

Admirava o espírito e a ambição da moça e desprezava Sean MacAllister, mas se encontrava impotente. Não havia nada que pudesse fazer.

Lara passou a noite inteira acordada, pensando em sua loucura. O prédio pertenceria a Sean MacAllister e ela ficaria com uma dívida enorme, que passaria o resto de sua vida trabalhando para pagar. A perspectiva da maneira como MacAllister poderia cobrar a dívida fê-la estremecer.

AO ACORDAR, LARA foi procurar Sean MacAllister.

– Bom dia, minha cara. Está com uma aparência adorável hoje.

Lara foi direto ao ponto:

– Preciso de uma prorrogação. O prédio não ficará pronto até o dia 31.

MacAllister recostou-se na cadeira, franziu o rosto.

– É mesmo? Má notícia, Lara.

– Preciso de mais um mês.

O banqueiro suspirou.

– Infelizmente, não será possível. Assinou um contrato. E negócios são negócios.

– Mas...

– Sinto muito, Lara. No dia 31 a propriedade reverterá ao banco.

QUANDO SOUBERAM o que estava acontecendo, os pensionistas se irritaram.

– Mas que filho da puta! – gritou um deles. – Ele não pode fazer isso com você!

– Já fez – murmurou Lara, desesperada. – Está tudo acabado.

– Vamos permitir que ele escape impune?

– Claro que não. Quanto tempo lhe resta, Lara... três semanas?

Ela sacudiu a cabeça.

– Menos. Duas semanas e meia.

O homem virou-se para os outros.

– Vamos dar uma olhada na obra.

– Mas de que adiantará...?

– Veremos.

Pouco depois, meia dúzia de pensionistas inspecionava a obra com toda atenção.

– Os encanamentos ainda não foram instalados – avisou um dos homens.

– Nem a eletricidade.

Ficaram parados ali, ao vento enregelante de dezembro, discutindo o que ainda restava fazer. Um dos homens virou-se para Lara.

– Seu banqueiro é um tremendo trapaceiro. Deixou o prédio quase pronto, a fim de não ter muito o que fazer quando seu contrato for revogado. – Ele virou-se para os outros. – Eu diria que é possível terminar tudo em duas semanas e meia.

Houve um coro de concordância. Lara sentia-se aturdida.

– Vocês não entendem. Os operários não virão.

– Escute, mocinha, ha encanadores, carpinteiros e eletricistas em sua pensão, e temos muitos amigos na cidade que podem cuidar do resto.

– Não tenho dinheiro para pagar – insistiu Lara. – O Sr. MacAllister não me dará...

– Será nosso presente de Natal para você.

Foi inacreditável o que ocorreu em seguida. A notícia do que estava acontecendo logo se espalhou por toda Glace Bay. Operários que trabalhavam em outras obras foram dar uma olhada no prédio de Lara. A metade se encontrava ali porque gostava de Lara, e a outra metade porque já tivera transações com Sean MacAllister e o odiava.

– Vamos dar uma lição no filho da puta – disseram eles.

Todos apareciam para ajudar após o trabalho, ficavam ali até depois da meia-noite, compareciam aos sábados e domingos. O som de construção recomeçou, preenchendo o ar com seu ruído alegre. Terminar antes do prazo tornou-se um desafio, e o prédio logo enxameava com carpinteiros, eletricistas e encanadores, todos ansiosos para colaborar. Ao saber o que ocorria, Sean MacAllister correu para a obra. Parou, aturdido, observando a intensa atividade.

– Mas o que é isso? – indagou ele. – Esses não são meus operários.

– São meus – anunciou Lara, desafiadora. – Não há nada no contrato que diga que eu não posso usar meus próprios homens.

– Mas eu... – balbuciou MacAllister. – É melhor que esse prédio atenda às especificações.

– Vai atender – garantiu Lara.

O prédio foi concluído no dia 30 de dezembro. Destacava-se orgulhoso contra o céu, sólido e forte, e era a coisa mais linda que Lara já vira em toda a sua vida. Ela contemplou-o, atordoada.

– É todo seu – disse um dos operários, com evidente orgulho. – Teremos uma festa ou o quê?

Naquela noite, parecia que toda a cidade comemorava o primeiro prédio de Lara Cameron.

Foi o começo.

DEPOIS DISSO, NÃO havia mais nada que pudesse deter Lara. Sua mente transbordava de ideias.

– Seus novos empregados vão precisar de lugares para morar em Glace Bay – disse ela a Charles Cohn. – Eu gostaria de construir casas para eles. Está interessado?

Ele acenou com a cabeça.

– Muito interessado.

Lara procurou um banqueiro em Sydney e fez um empréstimo, oferecendo seu prédio como garantia, para financiar o novo projeto. Quando as casas ficaram prontas, ela disse a Charles Cohn:

– Sabe de que mais a cidade precisa, Charles? De cabanas para abrigar os veranistas que vêm pescar aqui. Conheço um lugar maravilhoso, perto da baía, onde poderia construir...

CHARLES COHN TORNOU-SE o assessor financeiro extraoficial de Lara. Durante os três anos seguintes, Lara construiu um prédio de escritórios, meia dúzia de chalés à beira-mar, e um centro comercial. Os bancos em Sydney e Halifax demonstravam o maior prazer em lhe conceder empréstimos.

DOIS ANOS MAIS TARDE, quando vendeu suas propriedades, Lara recebeu um cheque visado no valor de 3 milhões de dólares. Tinha 21 anos.

No dia seguinte, despediu-se de Glace Bay e partiu para Chicago.

7

Chicago foi uma revelação. Halifax fora a maior cidade que Lara conhecera até então, mas parecia um mero povoado em comparação com a gigante do Meio-Oeste. Chicago era uma cidade ruidosa e agitada, fervilhante e dinâmica, e todos pareciam seguir com pressa para algum destino importante.

Lara hospedou-se no Stevens Hotel. Deu uma olhada nas mulheres elegantes que passavam pelo saguão e sentiu-se envergonhada

das roupas que usava. *Glace Bay, sim*, pensou ela. *Chicago, não*. Na manhã seguinte, Lara entrou em ação. Visitou a Kane's e a Ultimo em busca de vestidos de classe, a Joseph's para sapatos, a Saks Fifth Avenue e a Marshall Field's para lingerie, Trabert e Hoeffer para joias e a Ware para um casaco de pele. E cada vez que comprava alguma coisa, ouvia a voz do pai dizendo: *"Não sou feito de dinheiro. Vá pedir alguma coisa ao Exército da Salvação."* Antes de terminar as compras, os armários da suíte no hotel estavam repletos com lindas roupas.

O MOVIMENTO SEGUINTE de Lara foi procurar na relação de corretores imobiliários nas páginas amarelas da lista telefônica. Selecionou o maior anúncio, Parker & Associados. Telefonou e pediu para falar com o Sr. Parker.

– A quem devo anunciar?

– Lara Cameron.

Um momento depois, uma voz disse:

– Bruce Parker falando. Em que posso ajudá-la?

– Procuro um terreno para construir um hotel.

A voz no outro lado da linha no mesmo instante se animou.

– Somos especialistas nisso, Sra. Cameron.

– Srta. Cameron.

– Certo. Tem em mente alguma área específica?

– Não. Para ser franca, não conheço Chicago muito bem.

– Não é problema. Tenho certeza de que poderemos oferecer algumas propriedades muito interessantes. Só para que eu tenha uma ideia do que devemos procurar, qual é o capital de que dispõe?

Lara anunciou, orgulhosa:

– Três milhões de dólares.

Houve um silêncio prolongado.

– Três milhões de dólares?

– Isso mesmo.

– E quer construir um hotel?

– Isso mesmo.

Outro momento de silêncio.

76

– Está interessada em construir ou adquirir alguma coisa no centro da cidade, Srta. Cameron?

– Claro que não. O que tenho em mente é justamente o oposto. Quero construir um hotel exclusivo, numa área nobre, com...

– Com um capital de 3 milhões de dólares? – Parker riu. – Lamento, mas não poderemos ajudá-la.

– Obrigada.

E Lara desligou. Era óbvio que ligara para o corretor errado.

Ela tornou a consultar as páginas amarelas e fez mais meia dúzia de ligações. Ao final da tarde, foi forçada a enfrentar a realidade. Nenhum dos corretores se mostrara interessado em tentar encontrar um terreno de primeira, em que ela pudesse construir um hotel, com um capital inicial de 3 milhões de dólares. Ofereceram a Lara diversas sugestões e todas se resumiam à mesma coisa: um hotel barato, numa área de segunda classe.

Nunca!, pensou Lara. *Prefiro voltar para Glace Bay.*

Ela sonhara durante meses com o hotel que queria construir, e em sua mente já era uma realidade – linda, vívida, em três dimensões. Seu plano era converter o hotel num lar longe do lar. Teria quase só suítes, e cada uma teria uma sala de estar, uma biblioteca com lareira, mobiliada com sofás e poltronas confortáveis, um piano de cauda. Haveria dois quartos grandes, e um terraço por toda a extensão da suíte. Teria também uma Jacuzzi e um pequeno bar. Lara sabia exatamente o que queria. A dúvida era apenas como poderia conseguir. Ela entrou numa pequena gráfica na Lake Street.

– Eu gostaria de fazer cem cartões de visita, por favor.

– Pois não. E quais serão os dizeres no cartão?

– "Srta. Lara Cameron", e por baixo, "Incorporadora Imobiliária".

– Certo, Srta. Cameron. Posso aprontá-los em dois dias.

– Não. Preciso dos cartões para esta tarde, por favor.

O PASSO SEGUINTE era conhecer a cidade.

Lara percorreu a Michigan Avenue, a State Street e a La Salle. passeou pela Lake Shore Drive, visitou o Lincoln Park, com seu jardim zoológico, campo de golfe e lagoa. Visitou o Merchandise

Mart, foi à Kroch-Brentano's e comprou livros sobre Chicago. Leu sobre as pessoas famosas que fizeram da cidade seu lar: Carl Sandburg, Frank Lloyd Wright, Louis Sullivan, Saul Bellow. Leu sobre as famílias pioneiras de Chicago – os John Bairds e Gaylord Donnelleys, os Marshall Fields, os Potter Palmers e os Walgreens – e passou por suas casas na Lake Shore Drive e por suas imensas propriedades na comunidade suburbana de Lake Forest. Visitou a zona sul da cidade e sentiu-se em casa ali, por causa de todos os grupos étnicos: suecos, poloneses, irlandeses, lituanos. Lembrou-a de Glace Bay.

ELA TORNOU A CAMINHAR pelas ruas, inspecionando os prédios com placas de "À Venda", e falou com os corretores indicados.

– Qual é o preço do prédio?

– Oitenta milhões de dólares...

– Sessenta milhões de dólares...

– Cem milhões de dólares...

Seus 3 milhões de dólares se tornavam mais e mais insignificantes. Lara voltou a seu quarto no hotel, avaliou as opções. Podia ir para um bairro mais pobre e construir um hotel ali, ou podia voltar para Glace Bay. Nenhuma das duas opções a atraía.

Tenho muita coisa em jogo para desistir agora, pensou ela.

NA MANHÃ SEGUINTE, Lara entrou num banco na La Salle Street. Encaminhou-se para um atendente por trás do balcão.

– Eu gostaria de falar com um diretor, por favor.

Ela entregou seu cartão.

Cinco minutos depois estava sentada na sala de Tom Peterson, um homem flácido, de meia-idade, com um tique nervoso. Ele examinava seu cartão.

– Em que posso ajudá-la, Srta. Cameron?

– Estou planejando construir um hotel em Chicago. Precisarei de um empréstimo.

Ele ofereceu um sorriso afável.

– É para isso que estamos aqui. Que tipo de hotel planeja construir?

78

– Um hotel exclusivo, numa área nobre.

– Parece interessante.

– Devo lhe dizer que só disponho de 3 milhões de dólares, como capital inicial, e...

Peterson sorriu.

– Não é problema.

Lara sentiu um calafrio de excitamento.

– É mesmo?

– Três milhões de dólares podem render muito, se a pessoa souber como operar. – Ele olhou para o relógio. – Tenho outra reunião agora. Talvez possamos nos encontrar para jantar esta noite e discutir o assunto.

– Claro – respondeu Lara. – Seria ótimo.

– Onde está hospedada?

– No Stevens Hotel.

– Posso ir buscá-la às 20 horas?

Lara levantou-se.

– Obrigada. Não tenho palavras para expressar como fez com que eu me sentisse bem. Para ser franca, já começava a desanimar.

– Não precisa. Cuidarei muito bem de você.

Às 20 horas, Tom Peterson pegou Lara no hotel e levou-a para jantar no Henrici's. Assim que sentaram, ele disse:

– Fico contente que tenha me procurado. Podemos fazer muita coisa um pelo outro.

– É mesmo?

– É, sim. Há muitos rabos lindos nesta cidade, meu bem, mas nenhum é como o seu. Pode abrir um bordel de luxo, para atender a uma clientela exclusiva...

Lara ficou gelada.

– Como?

– Se conseguir juntar meia dúzia de mulheres bonitas como você, poderemos...

Lara foi embora.

NO DIA SEGUINTE, Lara visitou mais três bancos. Quando explicou seus planos ao gerente do primeiro, ele disse:

– Vou lhe dar o melhor conselho que poderia receber: esqueça. O mercado imobiliário é um jogo para homens. Não há lugar para mulheres.

– E por quê? – indagou ela, sem qualquer inflexão na voz.

– Porque teria de lidar com um bando de homens rudes e machistas. Eles a esfolariam viva.

– Não me esfolaram viva em Glace Bay.

Ele inclinou-se para a frente.

– Vou lhe revelar um segredinho: Chicago não é Glace Bay.

NO BANCO SEGUINTE, o gerente lhe disse:

– Teremos o maior prazer em ajudá-la, Srta. Cameron. Claro que sua proposta é inaceitável. Mas faço uma sugestão: traga-nos seu dinheiro, poderemos investi-lo e...

Lara saiu da sala antes que ele terminasse a frase.

NO TERCEIRO BANCO, Lara foi conduzida à sala de Bob Vance, um homem grisalho, simpático, que parecia exatamente como o presidente de um banco deve parecer. Estava também na sala um homem magro, pálido, ruivo, de 30 e poucos anos, vestindo um terno amarrotado, e dando a impressão de estar deslocado ali.

– Este é Howard Keller, Srta. Cameron, um de nossos vice-presidentes.

– Como vai?

– Em que posso ajudá-la, Srta. Cameron? – indagou Bob Vance.

– Estou interessada em construir um hotel em Chicago e procuro por financiamento.

Bob Vance sorriu.

– Veio ao lugar certo. Já tem algum local em mente?

– Sei qual é a área que me interessa. Perto do Loop, não muito longe da Michigan Avenue...

– Excelente ponto.

Lara descreveu sua ideia de um hotel exclusivo.

– Parece interessante. E qual é o seu capital inicial?

– Três milhões de dólares. Quero pegar um empréstimo do restante.

Bob Vance fez uma pausa, pensativo.

– Infelizmente, não poderei ajudá-la. Seu problema é que tem grandes ideias e um capital pequeno. Mas se quisesse investir seu dinheiro conosco...

– Não, obrigada. Agradeço pelo tempo que me concederam. Boa tarde, senhores.

Lara virou-se e deixou a sala, furiosa. Três milhões de dólares constituíam uma fortuna em Glace Bay. Aqui, as pessoas pareciam pensar que não eram nada. Quando Lara saiu, uma voz a chamou:

– Srta. Cameron!

Ela virou-se. Era o homem de terno amarrotado a quem fora apresentada, Howard Keller.

– Pois não?

– Eu gostaria de lhe falar. Não podemos tomar um café?

Lara ficou rígida. *Será que todos os homens em Chicago eram maníacos sexuais?*

– Há um bom café logo depois da esquina.

Ela deu de ombros.

– Está bem.

Depois que fizeram o pedido, Howard Keller disse:

– Se não se importa com a minha intromissão, eu gostaria de lhe dar um conselho.

Lara observava-o, cautelosa.

– Pode falar.

– Em primeiro lugar, seu enfoque é errado.

– Acha que minha ideia não pode dar certo?

– Ao contrário. Creio que um hotel exclusivo, do tipo que imagina, é uma excelente ideia.

Ela ficou surpresa.

– Então por que...?

– Chicago precisa de um hotel desse tipo, mas não creio que deva construí-lo.

– Como assim?

– Em vez de construir, minha sugestão é que procure um hotel antigo, numa boa localização, e o reforme. Há muitos hotéis decadentes que podem ser comprados por um preço reduzido. Seus 3 milhões de dólares seriam um capital suficiente para a entrada. Depois, poderia obter empréstimo num banco para reformá-lo e convertê-lo no seu hotel exclusivo.

Lara pensou por um momento. Ele tinha razão. Era um esquema melhor.

– Outra coisa. Nenhum banco terá interesse em financiá-la se não apresentar um bom arquiteto e uma sólida construtora. Vão querer um pacote completo.

Lara se lembrou de Buzz Steele.

– Estou entendendo. Conhece um bom arquiteto e uma sólida construtora?

Howard Keller sorriu.

– Conheço.

– Obrigada por seu conselho. Se eu encontrar o lugar certo, posso tornar a procurá-lo para conversar a respeito?

– Quando quiser. Boa sorte.

Lara esperou que ele acrescentasse algo como: "Por que não continuamos a conversa em meu apartamento?" Em vez disso, Howard Keller limitou-se a perguntar:

– Aceita mais café, Srta. Cameron?

LARA TORNOU A PERCORRER as ruas da cidade, só que agora procurava por algo diferente. A alguns quarteirões da Michigan Avenue, na Delaware, passou por um hotel de trânsito, agora em decadência, construído antes da guerra. Uma placa dizia CONG ESSI NAL HOTEL. Lara já ia seguir adiante, mas estacou abruptamente. Examinou o hotel com mais atenção. A fachada de alvenaria se encontrava tão suja que era difícil determinar qual fora a cor original. Tinha oito andares. Lara entrou no saguão. O interior era ainda pior do que o exterior. Um recepcionista vestindo jeans e uma suéter rasgada expulsava um mendigo pela porta. A recepção mais parecia um guichê. Numa extremidade do saguão havia uma escada, levando ao que fora

outrora salas de reuniões, agora uma área convertida em escritórios alugados. No mezanino, Lara viu uma agência de viagens, um serviço de ingressos de teatro e uma agência de empregos. O recepcionista voltou a seu lugar.

– Vai querer um quarto?

– Não. Gostaria de saber...

Lara foi interrompida por uma jovem com uma saia justa e excesso de maquiagem.

– Dê-me uma chave, Mike.

Havia um homem idoso a seu lado.

O recepcionista entregou a chave. Lara observou o casal se encaminhar para o elevador.

– O que deseja? – perguntou o recepcionista.

– Estou interessada neste hotel. Sabe se está à venda?

– Acho que tudo está à venda. Seu pai opera no mercado imobiliário?

– Não – respondeu Lara. – Eu opero.

Ele fitou-a surpreso.

– Ahn... Deve falar com um dos irmãos Diamond. Eles possuem uma rede destas pocilgas.

– Onde posso encontrá-los?

O recepcionista deu o endereço, na State Street.

– Importa-se que eu dê uma olhada?

Ele deu de ombros.

– À vontade. – Ele sorriu. – Quem sabe se não pode vir a ser minha patroa?

Não se eu puder evitar, pensou Lara.

Ela deu a volta pelo saguão, examinando tudo com extrema atenção. Havia velhas colunas de mármore na entrada. Impulsionada por um súbito pressentimento, levantou uma beira do carpete imundo e surrado. Por baixo, havia um chão de mármore opaco. Lara subiu para o mezanino. O papel de parede cor de mostarda estava descascado em muitos pontos. Ela puxou uma beirada e constatou que por baixo havia o mesmo mármore. Sentia-se cada vez mais excitada. O corrimão da escada era pintado de preto. Lara certificou-se de que

o recepcionista não a observava, tirou da bolsa a chave do Stevens Hotel e raspou um pouco da tinta. Descobriu o que esperava, um corrimão de latão maciço. Foi até os elevadores, também pintados de preto, raspou um pouco a tinta, encontrou mais latão. Lara voltou à recepção, tentando ocultar seu excitamento.

– Gostaria de dar uma olhada num dos quartos.

O recepcionista tornou a dar de ombros.

– Não tem problema. – Ele estendeu uma chave. – Quatrocentos e dez.

– Obrigada.

Lara entrou no elevador. Era lento e antiquado. *Terei de reformá-lo*, pensou ela. *E porei um mural no interior.*

Em sua imaginação, já começava a decorar o hotel.

O quarto 410 era um desastre, mas as possibilidades se tornaram evidentes no mesmo instante. Era um quarto surpreendentemente grande, com instalações antiquadas e móveis insípidos. O coração de Lara começou a bater mais depressa. *É perfeito*, pensou ela.

Desceu pela escada antiga, recendendo a mofo. Os carpetes eram velhos, mas por baixo encontrou o mesmo mármore.

Ela devolveu a chave ao recepcionista.

– Viu o que queria?

– Vi, sim. Obrigada.

Ele sorriu.

– Pretende mesmo comprar esta espelunca?

– Isso mesmo, vou comprar esta espelunca.

– É muita coragem.

A porta do elevador abriu, a jovem prostituta e seu freguês idoso saíram. Ela entregou a chave e algum dinheiro ao recepcionista.

– Obrigada, Mike.

– Tenha um bom dia. – Mike virou-se para Lara. – Vai voltar?

– Claro que vou.

A PARADA SEGUINTE de Lara foi no arquivo do registro de imóveis. Pediu para ver os registros do prédio pelo qual se interessara.

Mediante uma taxa de 10 dólares, recebeu a pasta do Congressional Hotel. Fora vendido aos irmãos Diamond cinco anos antes, por 6 milhões de dólares.

O ESCRITÓRIO DOS IRMÃOS Diamond ficava num prédio antigo, em uma esquina da State Street. Uma recepcionista oriental, usando uma saia vermelha justa, cumprimentou Lara.

– O que deseja?

– Eu gostaria de falar com o Sr. Diamond.

– Qual deles?

– Qualquer um serve.

– Vou encaminhá-la a John.

Ela levantou o fone e disse:

– Tem uma mulher aqui querendo falar com você, John. – A recepcionista escutou por um momento, depois olhou para Lara. – Qual é o assunto?

– Quero comprar um dos seus hotéis.

A mulher tornou a falar pelo fone:

– Ela diz que quer comprar um dos seus hotéis. Certo. – Ela repôs o fone no gancho. – Pode entrar.

John Diamond era um homem enorme, de meia-idade, cabeludo, com o rosto amassado de quem jogara muito futebol americano. Usava uma camisa de mangas curtas e fumava um charuto imenso. Fitou Lara quando ela entrou na sala.

– Minha secretária disse que queria comprar um dos meus prédios. – Ele estudou Lara por um momento. – Não parece ter idade suficiente para votar.

– Já sou velha bastante para poder votar – assegurou Lara. – E também para comprar um de seus prédios.

– É mesmo? Qual deles?

– O Cong essi nal Hotel.

– Como?

– É o que diz a placa. Presumo que significa "Congressional"

– É isso mesmo.

– Está à venda?

Ele balançou a cabeça.

– Não sei. É um dos nossos hotéis mais lucrativos. Não tenho certeza se queremos vendê-lo.

– Mas tem de vender.

– Por quê?

– Seu estado é lastimável. O prédio está caindo aos pedaços.

– É mesmo? Então por que *você* quer comprá-lo?

– Gostaria de comprá-lo para fazer uma pequena reforma. Teriam de entregá-lo vazio, é claro.

– Isso não é problema. Todos os inquilinos pagam por semana.

– Quantos quartos o hotel tem?

– Cento e vinte e cinco. A área construída total é de 10 mil metros quadrados.

Quartos demais, pensou Lara. *Mas se eu juntá-los para criar suítes, acabaria com 60 a 75 chaves. Pode dar certo.*

Era o momento de discutir o preço.

– *Se* eu decidisse comprar o prédio, quanto ia querer?

– *Se* eu decidisse vender o prédio, ia querer 10 milhões de dólares, com seis milhões de entrada...

Lara sacudiu a cabeça.

– Eu ofereceria...

– ... e ponto final. Sem negociação.

Lara calculou mentalmente o custo da reforma. Seria aproximadamente de 800 dólares por metro quadrado, ou 8 milhões de dólares, mais móveis, ferragens e equipamentos.

Tinha certeza de que poderia persuadir um banco a financiar a obra. O problema era que precisava de seis milhões de dólares de capital inicial e só dispunha de três milhões. Diamond estava pedindo demais pelo hotel, mas ela o queria. E queria mais do que qualquer outra coisa que já desejara na vida.

– Podemos fazer um acordo.

Ele estava atento.

– Qual?

– Pagarei o preço que me pede...

Diamond sorriu.

– Até aqui, tudo bem.

– E lhe darei uma entrada de três milhões em dinheiro.

Ele sacudiu a cabeça.

– Não posso aceitar. Quero os seis milhões na mão.

– E vai tê-los.

– É mesmo? E de onde virão os outros três milhões?

– De você.

– Como?

– Vai me conceder uma segunda hipoteca.

– Quer tomar *meu* dinheiro emprestado para comprar *meu* prédio?

Era a mesma coisa que Sean MacAllister lhe dissera em Glace Bay.

– Veja por outro ângulo – sugeriu Lara. – Na verdade, vai emprestar dinheiro a si mesmo. Continuará como o proprietário do prédio até eu pagar. Não tem como perder.

Ele pensou a respeito, acabou sorrindo.

– Dona, acaba de comprar um hotel.

A SALA DE HOWARD KELLER no banco era um cubículo com seu nome na porta. Quando Lara entrou, ele parecia mais amarfanhado do que nunca.

– De volta tão depressa?

– Disse-me que o procurasse quando encontrasse um hotel. Acabei de encontrar.

Keller recostou-se na cadeira.

– Fale-me a respeito.

– É um hotel velho, chamado Congressional. Fica na Delaware, a poucos quarteirões da Michigan Avenue. Está todo arrebentado. Quero comprá-lo e transformá-lo no melhor hotel de Chicago.

– Fale-me sobre o negócio.

Lara contou tudo. Keller pensou por um momento.

– Vamos conversar com Bob Vance.

Bob Vance escutou, fez algumas anotações.

– É uma possibilidade, mas... – Ele fitou Lara. – Alguma vez antes dirigiu um hotel, Srta. Cameron?

Lara pensou em todos os anos cuidando da pensão em Glace Bay, arrumando as camas, lavando o chão, a roupa suja e a louça, tentando agradar as personalidades diferentes e manter a paz.

– Dirigi uma pensão cheia de mineiros e lenhadores. Um hotel será muito fácil.

Howard Keller interveio:

– Eu gostaria de dar uma olhada no prédio, Bob.

O ENTUSIASMO DE LARA era irresistível. Howard Keller observava seu rosto, enquanto visitavam os quartos miseráveis, vendo tudo através dos olhos de Lara.

– Aqui teremos uma linda suíte, com uma sauna – disse Lara, na maior animação. – A lareira ficará ali e o piano de cauda naquele canto.

Ela pôs-se a andar de um lado para outro.

– Quando viajantes ricos vêm para Chicago, hospedam-se nos melhores hotéis, mas são todos iguais... quartos frios, sem qualquer personalidade. Se pudermos oferecer algo diferente, mesmo que custe um pouco mais, não tenho a menor dúvida sobre o que eles escolherão. Este hotel será de fato um lar longe do lar.

– Estou impressionado – admitiu Howard Keller.

Lara virou-se para ele, na maior ansiedade.

– Acha que o banco vai me conceder o empréstimo?

– É o que vamos descobrir.

MEIA HORA DEPOIS, Howard Keller estava reunido com Bob Vance.

– Qual é a sua opinião? – perguntou Vance.

– Acho que a jovem tem potencial. Gosto muito de sua ideia de um hotel exclusivo.

– Eu também. O único problema é o fato de ela ser muito jovem e inexperiente. É um jogo.

Eles passaram os trinta minutos seguintes discutindo os custos e projeção de lucros.

– Creio que devemos dar o financiamento – disse Keller, ao final.

– Não temos como perder.

88

Ele sorriu e arrematou:

– E, se o pior acontecer, nós dois podemos nos mudar para o hotel.

HOWARD KELLER TELEFONOU para Lara, no Stevens Hotel.

– O banco acaba de aprovar seu empréstimo.

Lara soltou um grito estridente.

– Fala sério? Mas isso é maravilhoso! Obrigada, muito obrigada!

– Temos algumas coisas para discutir. Está livre para jantar esta noite?

– Claro.

– Irei buscá-la às 19h30.

ELES JANTARAM no restaurante Imperial House. Lara estava tão ansiosa que mal tocou na comida.

– Não tenho palavras para expressar como estou emocionada – disse ela. – Será o hotel mais lindo de Chicago.

– Calma – advertiu Keller. – Ainda há um longo caminho a percorrer. – Ele hesitou. – Posso ser franco, Srta. Cameron?

– Lara.

– Lara. Você é uma incógnita. Não tem antecedentes.

– Em Glace Bay...

– Não estamos em Glace Bay. O jogo aqui é diferente.

– Então por que o banco está me concedendo o financiamento?

– Não se iluda, Lara. Não somos uma organização de caridade. A pior coisa que pode acontecer é o banco sair empatado. Mas tenho um pressentimento a seu respeito. Creio que vai conseguir. E que pode ser um grande sucesso. Não pretende parar neste hotel, não é?

– Claro que não.

– Foi o que pensei. O que eu queria dizer é que, quando concedemos um empréstimo, não costumamos nos envolver pessoalmente no projeto. Neste caso, porém, eu gostaria de lhe dar toda ajuda de que precisar.

E Howard Keller tinha a intenção de se envolver pessoalmente com Lara. Sentira-se atraído por ela desde o momento em que a

conhecera. Ficara fascinado por seu entusiasmo e determinação. E queria ansiosamente impressioná-la. *Talvez um dia eu lhe conte quão perto cheguei de ser famoso,* pensou Keller.

8

*E*ra a decisão do campeonato nacional e o estádio de Wrigley estava lotado com 38.710 torcedores delirantes.

– Estamos no final da partida e os Cubs vencem os Yankees por 1 x 0. Os Yankees vão rebater agora. As bases estão guarnecidas por Tony Kubek na primeira, Whitey Ford na segunda e Yogi Berra na terceira.

Quando Mickey Mantle avançou para o quadrado do batedor, a multidão aplaudiu. Mantle já acertara 304 bolas na temporada e completara por 42 vezes o circuito completo das bases naquele ano. Jack Brickhouse, o locutor do estádio, disse:

– Ei, parece que vamos ter uma troca de lançadores! Estão tirando Moe Drabowsky... o técnico dos Cubs, Bob Scheffing, está falando com o árbitro... vamos ver quem está entrando... é Howard Keller! Keller se encaminha para o montinho do lançador e a multidão delira! Todo o fardo do campeonato nacional repousa nos ombros desse jovem. Ele conseguirá vencer o grande Mickey Mantle? É o que saberemos daqui a pouco! Keller já subiu no montinho... corre os olhos pelas bases guarnecidas... respira fundo, se prepara. E lá vai o lançamento... Mantle leva o bastão para trás... dá o golpe... e erra! Primeira bola!

A multidão ficou em silêncio. Mantle adiantou-se um pouco, com uma expressão sombria, o bastão levantado, pronto para rebater. Howard Keller tornou a olhar para as bases. A pressão era tremenda, mas ele parecia estar frio e controlado. Virou-se para o apanhador, à espera do sinal, preparou-se para outro arremesso.

– Lá vem o lançamento! – berrou o locutor. – É a famosa bola em curva de Keller... Mantle dá o golpe... e erra! Segunda bola! Se o jovem Keller conseguir passar mais uma bola, os Cubs de Chicago ganharão

o campeonato nacional! Estamos assistindo a Davi e Golias, senhoras e senhores! O jovem Keller só joga na liga principal há um ano, mas durante esse período conquistou uma reputação invejável. Mickey Mantle é Golias... o novato Keller conseguirá vencê-lo? Tudo depende do próximo lançamento.

O locutor fez uma pausa.

– *Keller torna a verificar as bases... e lá vamos nós! É a bola em curva de novo... Mantle desfere o golpe com o bastão... e a bola passa por cima do quadrado! É a terceira bola nas mãos do apanhador!* – *O locutor está aos berros agora. – Mantle foi derrotado! O poderoso Mickey Mantle foi derrotado, senhoras e senhores! O jovem Howard Keller conseguiu vencer o grande Mickey Mantle! O jogo acabou... os Cubs de Chicago conquistaram o campeonato nacional! Os torcedores estão de pé, em delírio!*

No campo, os companheiros de time de Howard Keller correram em sua direção, levantaram-no nos ombros e começaram a atravessar...

– Howard, o que está fazendo?

– Meu dever de casa, mamãe.

Com um sentimento de culpa, Howard Keller, de 15 anos, desligou a televisão. Afinal, o jogo já estava mesmo quase no fim.

O beisebol era a paixão de Howard, sua vida. Sabia que um dia jogaria na liga principal. Aos 6 anos, já competia com garotos que tinham o dobro da sua idade, e aos 12 anos era o lançador de uma equipe da Legião Americana. Quando tinha 15 anos, um olheiro dos Cubs de Chicago recebeu informações a seu respeito.

– Nunca vi nada igual – disse o informante. – O garoto tem uma bola curva incrível, uma bola em diagonal perfeita e uma bola em ritmo alternado inacreditável!

O olheiro reagiu com ceticismo. Mas acabou dizendo, com alguma relutância:

– Tudo bem. Darei uma olhada no garoto.

Ele foi ao próximo jogo da Legião Americana em que Howard Keller atuava e tornou-se no mesmo instante um convertido. Procurou o garoto depois da partida.

– O que você quer fazer com sua vida, filho?

– Jogar beisebol.

– Fico contente por ouvir isso. Vamos contratá-lo para jogar em nosso time de juvenis.

Howard mal podia esperar para contar aos pais a notícia emocionante.

Os Keller formavam uma família católica unida. Iam à missa todos os domingos e cuidavam para que o filho também comparecesse. O pai era um vendedor de máquinas de escrever e passava muito tempo viajando. Quando estava em casa, ficava tanto tempo quanto possível em companhia do filho. Howard era muito chegado aos pais. A mãe fazia questão de assistir a todos os seus jogos e sempre o aplaudia. Howard ganhara sua primeira luva e uniforme aos 6 anos. Era fanático por beisebol. Possuía uma memória enciclopédica para as estatísticas de partidas realizadas antes mesmo de seu nascimento. Conhecia o desempenho de todos os grandes lançadores – os pontos contra o batedor, as saídas de jogo, os pontos decisivos, as partidas sem pontos. Ganhava dinheiro apostando com os colegas de escola que podia indicar os lançadores em qualquer jogo decisivo.

– Em 1949?

– Essa é fácil – respondia Howard. – Newcombe, Roe, Hatten e Branca pelos Dodgers. Reynolds, Raschi, Byrne e Lopat pelos Yankees.

– Agora é que vamos ver se você é mesmo bom. Quem jogou mais partidas consecutivas na história da liga principal?

O desafiante tinha nas mãos o *Guinness Book of Records*. Howard Keller nem mesmo hesitou:

– Lou Gehrig... 2.130 partidas.

– De quem é o recorde de impedir que o adversário marque?

– Walter Johnson... 113 partidas.

– Quem conseguiu o maior número de circuitos completos das bases em sua carreira?

– Babe Ruth... 714.

A NOTÍCIA SOBRE o talento do jovem jogador começou a circular, e olheiros profissionais foram observar o fenômeno que estava atuan-

do no time de juvenis dos Cubs de Chicago. Ficaram impressionados. Aos 17 anos, Keller já fora abordado por olheiros dos Cardinals de St. Louis, Orioles de Baltimore e Yankees de Nova York. O pai de Howard sentia-se orgulhoso e costumava se gabar:

– Ele saiu a mim. Eu também jogava beisebol quando era garoto.

Durante o verão de seu último ano na escola secundária, Howard Keller trabalhou como assistente no banco que pertencia a um dos patrocinadores do time da Legião Americana.

Howard estava de namoro firme com uma linda colega, Betty Quinlan. Presumia-se que casariam ao terminarem a faculdade. Howard sempre falava de beisebol, e ela escutava paciente, porque o amava. Ele adorava as anedotas sobre seus jogadores prediletos e corria para contar a Betty sempre que ouvia uma nova.

– Casey Stengel disse que o segredo do sucesso é manter os cinco caras que mais o odeiam longe dos cinco que estão indecisos.

"Alguém perguntou a Yogi Berra que horas eram, e ele disse: 'Está querendo saber neste momento?'"

E quando um jogador era atingido no ombro por uma bola, seu colega de time dizia:

– Não há nada de errado com seu ombro, exceto um pouco de dor... e a dor não machuca.

O jovem Keller sabia que ingressaria em breve no panteão dos grandes jogadores. Mas os deuses tinham outros planos para ele.

HOWARD VOLTOU da escola um dia em companhia de seu melhor amigo, Jesse, que jogava no time, guarnecendo o espaço entre a segunda e a terceira bases. Havia duas cartas à espera de Keller. Uma oferecia uma bolsa de estudos de beisebol em Princeton e a outra a mesma coisa em Harvard.

– Mas isso é sensacional! – exclamou Jesse. – Meus parabéns!

Ele falava com sinceridade. Howard Keller era seu ídolo.

– Qual delas pretende aceitar? – perguntou o pai de Howard.

– Por que tenho de ir para a universidade? – especulou Howard.

– Poderia entrar agora num dos times da Liga Principal.

A mãe interveio, com firmeza:

– Há muito tempo para isso, filho. Vai obter primeiro uma boa instrução. Assim, depois que acabar de jogar beisebol, terá condições de fazer qualquer coisa.

– Está bem – concordou Howard. – Irei para Harvard. Betty vai para Wellesley e assim ficarei perto.

Betty Quinlan ficou deliciada quando Howard lhe comunicou sua decisão.

– Vamos nos encontrar em todos os fins de semana! – exclamou ela.

O amigo Jesse declarou:

– Tenha certeza de que sentirei sua falta.

No DIA ANTERIOR à partida marcada de Howard Keller para a universidade, seu pai fugiu com a secretária de um cliente. O rapaz ficou atordoado.

– Como ele pôde fazer isso?

A mãe entrou em choque.

– Ele... ele deve estar passando por uma mudança na vida – balbuciou ela. – Seu pai... me ama muito. E voltará para mim. Vai ver só...

No dia seguinte, a mãe de Howard recebeu uma carta de um advogado, comunicando formalmente que seu cliente, Howard Keller, queria o divórcio e, como não tinha dinheiro para pagar uma pensão, estava disposto a deixar que a esposa ficasse com a casa. Howard abraçou a mãe.

– Não se preocupe, mamãe. Ficarei aqui e cuidarei de você.

– Nada disso. Não quero que renuncie à faculdade por mim. Desde o dia em que nasceu, seu pai e eu planejamos que cursaria uma faculdade. – Depois de uma pausa, ela acrescentou: – Vamos conversar pela manhã. Estou me sentindo muito cansada agora.

Howard passou a noite inteira acordado, pensando em suas opções. Podia ir para Harvard, com uma bolsa de estudos de beisebol, ou aceitar um dos convites dos times da Liga Principal. Em qualquer caso, deixaria a mãe sozinha. Era uma decisão difícil.

Como a mãe não apareceu para o desjejum, na manhã seguinte, Howard foi ao seu quarto. Ela estava sentada na cama, incapaz de se mexer, o rosto puxado para um lado. Sofrera um derrame.

SEM DINHEIRO PARA pagar o hospital e médicos, Howard foi trabalhar no banco, em tempo integral. Saía às 16 horas e voltava apressado para casa, a fim de cuidar da mãe.

Fora um derrame brando, e o médico assegurou a Howard que em pouco tempo sua mãe ficaria boa.

– Ela sofreu um terrível choque, mas vai se recuperar.

Howard ainda recebia telefonemas de olheiros de times da Liga Principal, mas sabia que não podia deixar a mãe. *Irei assim que ela melhorar*, dizia a si mesmo.

As contas médicas continuaram a se acumular.

No começo, ele falava com Betty Quinlan uma vez por semana, mas depois de uns poucos meses as ligações foram se tornando cada vez menos frequentes.

A mãe de Howard não parecia estar melhorando. Howard conversou com o médico.

– Quando ela ficará boa?

– Num caso como este, filho, é difícil dizer. Ela pode continuar assim por meses, ou até por anos. Lamento não poder ser mais específico.

O ano terminou e outro começou, e Howard ainda morava com a mãe, trabalhava no banco. Um dia recebeu uma carta de Betty Quinlan, dizendo que se apaixonara por outro e que esperava que a mãe dele estivesse melhor. As ligações dos olheiros também foram se tornando menos frequentes, até que cessaram por completo. A vida de Howard se concentrava em cuidar da mãe. Ele fazia as compras e cozinhava, continuava a trabalhar. Não pensava mais em beisebol. Já era bastante difícil aguentar cada dia.

Quando a mãe morreu, quatro anos depois, Howard Keller não mais se interessava por beisebol. Era agora um bancário.

E sua oportunidade de conquistar a fama desaparecera.

9

Howard Keller e Lara estavam jantando.

– Como podemos começar? – perguntou Lara.

– Antes de mais nada, vamos lhe providenciar a melhor equipe que o dinheiro pode comprar. Começaremos por um advogado imobiliário, que vai elaborar o contrato com os irmãos Diamond. Depois, procuraremos um arquiteto. Já tenho alguém em mente. E contrataremos uma companhia construtora de primeira. Fiz algumas contas. Os custos de reforma no projeto ficará em torno de 300 mil dólares por quarto. O custo do hotel será em torno de 7 milhões de dólares. Se planejarmos com todo cuidado, pode dar certo.

O NOME DO ARQUITETO era Ted Tuttle. Ao ouvir os planos de Lara, ele sorriu e disse:

– Abençoada seja. Há muito tempo que venho esperando que alguém apareça com uma ideia como esta.

Dez dias de trabalho depois, ele apresentou seu projeto. Era tudo com que Lara sonhara.

– Originalmente, o hotel tinha 125 quartos – disse o arquiteto. – Pode verificar que reduzi para 75 chaves, como me pediu.

Seriam 50 suítes e 25 quartos de luxo.

– Está perfeito – disse Lara.

Ela mostrou as plantas a Howard Keller, que também se mostrou entusiasmado.

– Vamos começar a trabalhar. Marquei uma reunião com um construtor. Seu nome é Steve Rice.

STEVE RICE ERA um dos maiores empreiteiros de Chicago. Lara gostou dele à primeira vista. Era um tipo rude, objetivo, sem rodeios.

– Howard Keller me disse que é o melhor – comentou Lara.

– E ele está certo – respondeu Rice. – Nosso lema é "Construímos para a posteridade".

– É um bom lema.

Rice sorriu.

– Acabei de inventá-lo.

A PRIMEIRA ETAPA era dividir cada elemento numa série de plantas. Essas novas plantas foram enviadas a diversos profissionais: fabricantes de aço, firmas de alvenaria, companhias especializadas em janelas e portas, engenheiros elétricos. No total, havia mais de sessenta pessoas envolvidas.

Com o trabalho do dia encerrado, Howard Keller tirou o resto da tarde de folga para celebrar com Lara.

– O banco não se importa que você tire essa folga? – indagou ela.

– Claro que não – mentiu Keller. – É parte do meu trabalho.

A verdade é que ele estava adorando aquilo tudo mais do que já apreciara qualquer outra coisa em anos. Adorava a companhia de Lara, conversar com ela, contemplá-la. E especulava como ela se sentia em relação ao casamento.

– Li esta manhã que a Torre Sears já se encontra quase pronta – comentou Lara. – Tem 110 andares... o edifício mais alto do mundo.

– É isso mesmo – confirmou Keller.

Lara declarou, solene:

– Algum dia construirei um prédio ainda mais alto, Howard.

E ele acreditou.

ALMOÇAVAM COM Steve Rice, no Whitehall.

– Diga-me o que acontece agora – pediu Lara.

– Primeiro, teremos de limpar o interior do prédio. Manteremos o mármore. Vamos retirar todas as janelas, esvaziar os banheiros. Tiraremos os elevadores para a instalação dos novos cabos e mudaremos os encanamentos. Assim que a empresa de demolição acabar, estaremos prontos para começar a construir seu hotel.

– Quantas pessoas vão trabalhar?

Rice riu.

– Uma multidão, Srta. Cameron. Haverá uma turma para as janelas, outra para os banheiros e mais outra para os corredores.

Trabalharão de andar para andar, em geral de cima para baixo. O hotel terá dois restaurantes, além do serviço de quarto.

– Quanto tempo vai demorar?

– Eu diria... equipado e decorado... dezoito meses.

– Eu lhe darei uma bonificação se acabar em um ano.

– Combinado. O Congressional deve...

– Vou mudar o nome. Será chamado Cameron Palace.

Lara sentiu-se emocionada só de dizer as palavras. Era quase uma sensação sexual. Seu nome estaria num prédio, para que todo mundo visse.

Às 6 horas de uma manhã chuvosa de setembro a reforma do hotel começou. Lara olhava, na maior ansiedade, quando os operários entraram no saguão e começaram a desmontá-lo.

Para surpresa de Lara, Howard Keller apareceu.

– Levantou cedo – comentou ela.

– Não consegui dormir. – Keller sorriu. – Tenho o pressentimento de que isto é o início de algo muito grande.

DOZE MESES DEPOIS, o Cameron Palace foi inaugurado, com comentários favoráveis e muita atenção.

O crítico de arquitetura do *Tribune* de Chicago escreveu: "Chicago finalmente dispõe de um hotel que corresponde ao lema 'Um lar longe do lar!' Lara Cameron é um nome para o qual se deve ficar atento..."

Ao final do primeiro mês, o hotel estava lotado e havia uma longa fila de espera. O entusiasmo de Howard Keller era intenso.

– Neste ritmo, o hotel ficará pago em 12 anos. Isso é maravilhoso. Nós...

– Não é o suficiente. Vou aumentar os preços. – Lara percebeu a expressão de Keller e acrescentou: – Não se preocupe. Eles pagarão. Onde mais podem obter duas lareiras, uma sauna e um piano de cauda?

DUAS SEMANAS DEPOIS da inauguração do Cameron Palace, Lara teve uma reunião com Bob Vance e Howard Keller.

– Encontrei outro local excelente para um hotel – anunciou ela.
– Será como o Cameron Palace, só que maior e melhor.

Howard Keller sorriu.

– Darei uma olhada.

O LOCAL ERA PERFEITO, mas havia um problema.

– Chegou atrasada – disse o corretor a Lara. – Um incorporador chamado Steve Murchison esteve aqui esta manhã e me fez uma oferta. Vai comprar o imóvel.

– Quanto ele ofereceu?

– Três milhões de dólares.

– Eu lhe darei quatro. Pode preparar os documentos.

O corretor só piscou uma vez.

– Negócio fechado.

Lara recebeu um telefonema na tarde seguinte.

– Lara Cameron?

– Sou eu.

– Aqui é Steve Murchison. Vou deixar passar desta vez, sua vaca, porque acho que não sabe o que está fazendo. Mas, no futuro, fique longe do meu caminho... ou pode se machucar.

E o telefone ficou mudo.

ERA O ANO DE 1974 e eventos significativos ocorriam no mundo inteiro. O presidente Nixon renunciou para evitar o *impeachment* e Gerald Ford entrou na Casa Branca. A Opep encerrou o embargo do petróleo e Isabel Perón tornou-se presidente da Argentina. E, em Chicago, Lara iniciou a construção de seu segundo hotel, o Chicago Cameron Plaza. Foi concluído 18 meses depois e se tornou um sucesso ainda maior que o Cameron Palace. Não havia como deter Lara depois disso. Como a revista *Forbes* escreveria mais tarde: "Lara Cameron é um fenômeno. Suas inovações estão mudando o conceito de hotéis. A Srta. Cameron invadiu o terreno tradicionalmente masculino dos incorporadores imobiliários e provou que uma mulher pode superar todos eles."

Lara recebeu um telefonema de Charles Cohn.

– Meus parabéns – disse ele. – Estou orgulhoso de você. Nunca tive uma protegida antes.

– E eu nunca tive um mentor antes. Sem você, nada disso teria acontecido.

– Tenho certeza de que você encontraria um jeito.

EM 1975, O FILME *Tubarão* emocionou o país e as pessoas pararam de ir à praia. A população mundial passou dos quatro bilhões de habitantes. Quando disso, Lara disse a Keller:

– Tem noção de quantas casas serão necessárias?

Keller não sabia se ela estava brincando.

DURANTE OS TRÊS anos subsequentes, dois prédios de apartamentos e um condomínio foram construídos.

– Quero construir agora um prédio de escritórios, bem no coração do Loop – disse Lara a Keller.

– Há uma propriedade muito interessante entrando no mercado – informou Keller. – Se você gostar, poderemos financiá-la.

Naquela tarde, eles foram dar uma olhada na propriedade. Ficava à beira d'água, numa área nobre.

– Quanto vai custar? – perguntou Lara.

– Já fiz os cálculos. Sairá em torno de 120 milhões de dólares.

Lara engoliu em seco.

– A cifra me assusta.

– No mercado imobiliário, Lara, o jogo é fazer empréstimo.

O dinheiro de outras pessoas, pensou Lara. Fora o que Bill Rogers lhe dissera na pensão. Parecia há muito tempo, de tanta coisa que acontecera desde então. *E é apenas o começo*, pensou Lara. *Apenas o começo.*

– Alguns incorporadores já construíram edifícios quase sem entrar com seu próprio dinheiro.

– Estou escutando.

– A ideia é alugar ou revender o prédio por dinheiro suficiente para pagar as dívidas e ainda sobrar algum para comprar outro terreno com esse dinheiro e fazer um novo empréstimo para construir outro prédio. É uma pirâmide invertida... uma pirâmide imobiliária... que se pode desenvolver com um investimento inicial mínimo.

– Já entendi.

– Precisa tomar cuidado, é claro. A pirâmide é construída sobre papéis... as hipotecas. Se alguma coisa sair errada, se o lucro de um investimento não cobrir a dívida do seguinte, a pirâmide pode desabar e soterrá-la.

– Certo. Como posso adquirir essa propriedade?

– Organizaremos um empreendimento conjunto para você. Conversarei com Vance a respeito. Se for grande demais para nosso banco absorver, chamaremos uma seguradora ou uma companhia de poupança e empréstimo. Receberá um empréstimo hipotecário de 50 milhões de dólares. Terá a taxa de hipoteca normal... ou seja, 5 milhões e juros de 10 por cento, mais a amortização da hipoteca... e eles serão seus sócios. Ficarão com os primeiros 10 por cento dos lucros, mas você terá o prédio, totalmente financiado. Pode ter o retorno de seu investimento e ficar com cem por cento da depreciação, porque as instituições financeiras não têm qualquer proveito para as perdas.

Lara absorvia cada palavra.

– Está me acompanhando até aqui?

– Estou, sim.

– Em cinco ou seis anos, depois que o prédio for arrendado, você o vende. Se conseguir 75 milhões, paga toda a hipoteca e fica com um lucro líquido de 12,5 milhões de dólares. Além disso, terá uma dedução fiscal de 8 milhões pela depreciação, que poderá aproveitar para reduzir os impostos em outro empreendimento. E tudo isso com um investimento em dinheiro de 10 milhões.

– É fantástico! – exclamou Lara.

Keller sorriu.

– O governo quer que você ganhe dinheiro.

– Mas *você* não gostaria também de ganhar algum dinheiro, Howard? Um bom dinheiro?

– Como assim?

– Quero que venha trabalhar para mim.

Keller ficou quieto. Sabia que se defrontava com uma das decisões mais importantes de sua vida, e nada tinha a ver com dinheiro. O

problema era Lara. Apaixonara-se por ela. Já tentara uma vez, num episódio angustiante, lhe dizer. Praticara o pedido de casamento durante a noite inteira, na manhã seguinte a procurara e balbuciara:

– Lara, eu amo você.

Antes que ele pudesse dizer mais alguma coisa, Lara o beijara no rosto e dissera:

– Eu também amo você, Howard. Dê uma olhada neste novo cronograma das obras.

E Keller não tivera a coragem de tentar de novo. Agora, ela o convidava a se tornar seu companheiro de trabalho. Teria de trabalhar com ela todos os dias, incapaz de tocá-la, incapaz de...

– Acredita em mim, Howard?

– Eu seria louco se não acreditasse, não é?

– Pagarei o dobro do que você ganha agora e ainda lhe darei 5 por cento da companhia.

– Posso... posso pensar a respeito?

– Não há nada em que pensar, não acha?

Ele tomou sua decisão.

– Acho que não... sócia.

Lara abraçou-o.

– Isso é maravilhoso! Nós dois vamos construir lindas coisas. Há muitos prédios horríveis por aí... e não há desculpa para isso. Todos os prédios devem ser um tributo a esta cidade.

Ele pôs a mão no braço de Lara.

– Nunca mude, Lara.

Ela fitou-o nos olhos.

– Não mudarei.

10

Os últimos anos da década de 1970 foram de crescimento, mudança e excitamento. Em 1976 houve um bem-sucedido ataque israelense

a Entebbe, Mao Tsé-tung morreu, e James Earl Carter, Jr. foi eleito presidente dos Estados Unidos.

Lara construiu outro prédio de escritórios.

Em 1977, Charlie Chaplin morreu, e Elvis Presley morreu temporariamente.

Lara construiu o maior shopping center de Chicago.

Em 1978, o reverendo Jim Jones e 911 seguidores cometeram suicídio em massa na Guiana. Os Estados Unidos reconheceram a China comunista e foram ratificados os tratados do Canal do Panamá.

Lara construiu diversos condomínios verticais no Rogers Park.

Em 1979, Israel e Egito assinaram um tratado de paz em Camp David, houve um acidente nuclear na usina de Three Mile Island e fundamentalistas muçulmanos capturaram a Embaixada americana no Irã.

Lara construiu um edifício e um condomínio no campo, com um clube campestre, em Deerfield, ao norte de Chicago.

LARA QUASE NUNCA saía socialmente; e, quando o fazia, ia em geral a uma casa noturna em que se tocava jazz. Gostava do Andy's, um lugar em que se apresentavam os maiores músicos de jazz. Escutava Von Freeman, o grande saxofonista, Eric Schneider, Anthony Braxton e Art Hodes ao piano.

Ela não tinha tempo para se sentir solitária. Passava todos os dias com sua família: os arquitetos, engenheiros e operários, carpinteiros, eletricistas, topógrafos, encanadores. Era obcecada pelos prédios que construía. Seu palco era Chicago e ela era a estrela.

A vida profissional desenvolvia-se além dos seus sonhos mais delirantes, mas não tinha vida pessoal. A experiência com Sean MacAllister a deixara prevenida contra os relacionamentos sexuais e jamais conhecera alguém que se interessasse em encontrar por mais que uma ou duas noites. No fundo da mente de Lara havia uma imagem esquiva, alguém que outrora conhecera e queria tornar a encontrar. Mas parecia que nunca podia defini-la. Recordava-a por um momento fugaz, mas logo desaparecia de novo.

Havia muitos pretendentes. Variavam de executivos a magnatas do petróleo e poetas, inclusive até alguns de seus empregados. Lara era simpática com todos os homens, mas nunca permitia que qualquer relacionamento fosse além de um aperto de mão e um boa-noite na porta.

Mas de repente Lara descobriu-se atraída por Pete Ryan, que dirigia uma de suas obras, um jovem bonito e forte, com um sotaque irlandês e um sorriso fácil. Passou a visitar o projeto em que Ryan trabalhava com uma frequência cada vez maior. Falavam sobre problemas na construção, mas ambos percebiam que pensavam em outras coisas.

– Quer jantar comigo? – perguntou Ryan um dia, a palavra "jantar" se prolongando além do necessário.

Lara sentiu que seu coração disparava.

– Quero.

Ryan foi buscar Lara em seu apartamento, mas não saíram para jantar.

– Por Deus, como você é linda! – murmurou ele, estendendo os braços para enlaçá-la.

Lara estava pronta para ele. Há meses que vinham se provocando. Ryan levantou-a no colo, carregou-a para o quarto. Despiram-se juntos, num instante, com a maior urgência. Ele tinha um corpo esguio e vigoroso, e Lara projetou uma súbita imagem mental do corpo rechonchudo e flácido de Sean MacAllister. No momento seguinte, ela estava na cama, com Ryan por cima, suas mãos e língua a acariciarem todo o corpo de Lara, que soltou um grito de alegria pelo que lhe acontecia.

Depois que ambos se esgotaram, ficaram deitados juntos, enlaçados. Ryan murmurou:

– Por Deus, você é um autêntico milagre.

– E você também é – sussurrou Lara.

Ela não podia se lembrar de outra ocasião em que fora tão feliz. Ryan era tudo o que desejava. Era inteligente e afetuoso, compreendiam um ao outro, falavam a mesma língua. Ryan apertou sua mão.

– Estou faminto.

– Eu também. Vou preparar alguns sanduíches.

– Amanhã à noite eu a levarei para um jantar apropriado – prometeu Ryan.

Lara abraçou-o.

– Combinado.

NA MANHÃ SEGUINTE, Lara foi visitar Ryan na obra. Viu-o lá em cima, numa viga de aço, dando ordens a seus homens. Quando Lara se encaminhou para o elevador de carga, um dos operários sorriu-lhe.

– Bom dia, Srta. Cameron.

Havia um tom estranho em sua voz. Outro operário passou por ela também e sorriu.

– Bom dia, Srta. Cameron.

Mais dois operários a fitaram com uma expressão maliciosa.

– Bom dia, chefe.

Lara olhou ao redor. Outros operários a observavam, todos sorrindo. O rosto de Lara ficou vermelho. Ela entrou no elevador de carga, subiu para o nível em que Ryan se encontrava. No instante em que saiu, Ryan a viu e sorriu.

– Bom dia, querida – disse ele. – A que horas será o jantar esta noite?

– Você morrerá de fome primeiro – respondeu Lara, com veemência. – Está despedido.

CADA PRÉDIO QUE Lara construía era um desafio. Fazia pequenos prédios de escritórios, com uma área útil de 5 mil metros quadrados, e enormes prédios de escritórios e hotéis. Mas qualquer que fosse o tipo de prédio, a coisa mais importante para ela era o local.

Bill Rogers tinha razão. *O local, o local e o local.*

O império de Lara continuava a se expandir. Ela começou a merecer o reconhecimento dos líderes da cidade, da imprensa e do público. Era uma figura fascinante, e sempre que ia a eventos beneficentes, à ópera ou a uma exposição de arte, os fotógrafos se

mostravam ansiosos para registrar sua presença. Passou a aparecer cada vez mais nos meios de comunicação. Todos os seus prédios eram sucessos, e ainda assim ela não se sentia satisfeita. Era como se esperasse que algo maravilhoso lhe acontecesse, esperasse que uma porta se abrisse, esperasse ser envolvida por alguma magia desconhecida. A perplexidade de Keller era total.

– O que você quer, Lara?

– Mais.

E isso foi tudo o que ele conseguiu lhe arrancar.

UM DIA, Lara disse a Keller:

– Howard, sabe quanto pagamos todos os meses por faxineiros, lavanderia e lavadores de janelas?

– É uma despesa inevitável.

– Pois então vamos tirar proveito dela.

– Como assim?

– Criaremos uma subsidiária. Forneceremos esses serviços a nós mesmos e a outros proprietários.

A ideia foi um sucesso desde o início. Os lucros eram incríveis.

KELLER TINHA A impressão de que Lara erguera uma muralha emocional ao seu redor. Sentia-se mais íntimo dela do que qualquer outra pessoa e mesmo assim Lara nunca lhe falava de sua família ou antecedentes. Era como se ela tivesse emergido já adulta do nada. No começo, Keller fora o mentor de Lara, ensinando e orientando, mas agora ela tomava todas as decisões sozinha. A discípula se tornara maior do que o mestre.

Lara não permitia que coisa alguma se interpusesse em seu caminho. Estava se tornando uma força irresistível e não havia como detê-la. Era uma perfeccionista. Sabia o que queria e insistia em conquistar.

A princípio, alguns operários tentaram se aproveitar dela. Nunca haviam trabalhado para uma mulher antes e a situação os divertia. Sempre acabavam sofrendo um choque. Quando Lara descobriu

um mestre de obras dando um visto num trabalho que não fora realizado, chamou-o na frente de toda a turma e despediu-o. Ela visitava o local da obra todas as manhãs. Os operários chegavam às 6 horas e já a encontravam ali, esperando. Havia um machismo intenso. Os homens esperavam que Lara chegasse perto para contar piadas obscenas.

– Já ouviu a história da pererreca falante? Apaixonou-se por um pau e...

"E a garota perguntou: 'A gente pode ficar grávida de engolir a porra de um homem?' E a mãe respondeu: 'Não. Disso, querida, você fica coberta de joias.'

Havia alguns gestos ostensivos. De vez em quando um operário passava por Lara e "acidentalmente" roçava com o braço em seus seios ou tropeçava para se comprimir contra sua bunda.

– Oh, desculpe.

– Não tem problema – dizia Lara. – Pegue seu cheque e suma daqui.

O divertimento dos homens acabou se transformando em respeito.

Um dia, quando seguia pela Kedzie Avenue, em companhia de Howard Keller, Lara passou por um quarteirão repleto de pequenas lojas. Parou o carro.

– Este quarteirão está sendo desperdiçado – comentou ela. – Deveria haver um edifício aqui. Estas pequenas lojas não podem dar um bom lucro.

– Tem razão, mas o problema é que você precisaria persuadir cada um dos ocupantes a vender – disse Keller. – E alguns podem não querer.

– Daremos um jeito de comprar todos.

– Se um único proprietário se recusar a vender, Lara, você pode ficar com um tremendo capital empatado. Terá comprado uma porção de lojas que não quer e não poderá construir seu edifício. E se o pessoal souber que um grande edifício será construído aqui, todos vão pedir alto.

– Não deixaremos que saibam o que pretendemos fazer. – Lara começava a ficar excitada. – Mandaremos pessoas diferentes falarem com os proprietários das lojas.

– Já passei por isso antes – advertiu Keller. – Se a notícia vazar, eles vão lhe arrancar tudo o que puderem.

– Então teremos de tomar muito cuidado. Vamos obter uma opção sobre a propriedade.

O QUARTEIRÃO na Kedzie Avenue consistia em mais de uma dúzia de pequenas oficinas e lojas. Havia uma padaria, uma loja de ferragens, uma barbearia, uma loja de roupas, um açougue, uma alfaiataria, uma farmácia, uma papelaria, uma cafeteria e uma variedade de outros negócios.

– Não esqueça o risco – insistiu Keller. – Se um único resistir, você perde todo o dinheiro que investiu para comprar as outras lojas.

– Não se preocupe – declarou Lara. – Darei um jeito.

UMA SEMANA DEPOIS, um estranho entrou na barbearia de duas cadeiras. O barbeiro lia uma revista. Quando a porta se abriu, ele levantou os olhos, acenou com a cabeça.

– Em que posso servi-lo, senhor? Um corte de cabelo?

O estranho sorriu.

– Não. Acabei de chegar à cidade. Tinha uma barbearia em Nova Jersey, mas minha esposa queria que eu me mudasse para cá, a fim de ficar perto da mãe. Procuro uma loja para comprar.

– Esta é a única barbearia no bairro e não está à venda.

O estranho sorriu.

– Quando se vai ao fundo, tudo está à venda, não é mesmo? Pelo preço certo, é claro. Quanto vale esta loja... em torno de 50 ou 60 mil dólares?

– Por aí – admitiu o barbeiro.

– Estou realmente ansioso para ter uma loja de novo. E lhe faço uma proposta: dou 75 mil dólares.

– Não. Não tenho a menor intenção de vendê-la.

– Cem mil.

– Ora, eu não...

– E poderia levar o equipamento.

O barbeiro fitou-o com uma expressão aturdida.

– Vai me dar 100 mil e ainda deixar que eu leve as cadeiras de barbeiro e o resto do equipamento?

– Isso mesmo. Tenho meu equipamento.

– Posso pensar a respeito? Preciso conversar com minha mulher.

– Claro. Voltarei amanhã.

Dois dias depois, a barbearia foi adquirida.

– É a primeira – comentou Lara.

A padaria foi a seguinte. Era pequena, familiar, de propriedade de marido e mulher. Os fornos no fundo impregnavam a padaria com o aroma de pão fresco. Uma mulher procurou o padeiro.

– Meu marido morreu e me deixou o dinheiro do seguro. Tínhamos uma padaria na Flórida. Venho procurando um lugar como este. Gostaria de comprá-lo.

– É uma vida tranquila – respondeu o homem. – Minha mulher e eu nunca pensamos em vender a padaria.

– Se estivesse interessado em vender, quanto pediria?

O padeiro deu de ombros.

– Não sei.

– Diria que a padaria vale 60 mil dólares?

– No mínimo 75 mil.

– Pois vamos fazer uma coisa: eu lhe darei 100 mil.

O espanto do padeiro era evidente.

– Fala sério?

– Nunca falei mais sério em toda a minha vida.

Na manhã seguinte, Lara anunciou:

– Agora são duas.

O resto das transações transcorreu sem qualquer dificuldade. Uma dúzia de homens e mulheres visitou as lojas, apresentando-se como alfaiates, padeiros, farmacêuticos e açougueiros. Durante os seis meses seguintes, Lara comprou as lojas, depois contratou pessoas

para cuidarem das diferentes operações. Os arquitetos já haviam iniciado o projeto do edifício.

Lara estudava os últimos relatórios.

– Parece que conseguimos – disse ela a Keller.

– Receio que tenhamos um problema.

– Por quê? Só resta a cafeteria.

– Pois é justamente o nosso problema. O dono tem um contrato de arrendamento de cinco anos, mas não quer abrir mão.

– Ofereça-lhe mais dinheiro...

– Ele diz que não sai por preço nenhum.

Lara não podia entender.

– Ele já sabe do edifício?

– Não.

– Muito bem, falarei com ele. E não se preocupe, pois ele sairá. Descubra quem é o dono da loja.

NA MANHÃ SEGUINTE Lara visitou a cafeteria. O Haley's Coffee Shop ficava na esquina sudoeste do quarteirão. Era pequeno, com meia dúzia de bancos ao longo do balcão e quatro reservados. Um homem que Lara presumiu ser o dono se encontrava atrás do balcão. Parecia ter 60 e tantos anos.

Lara sentou num reservado.

– Bom dia – disse o homem, muito amável. – O que deseja?

– Suco de laranja e café, por favor.

– É para já.

Ela observou-o espremer as laranjas.

– Minha garçonete não veio hoje. É muito difícil encontrar bons empregados atualmente.

Ele serviu o café, saiu de detrás do balcão. Estava numa cadeira de rodas. Não tinha pernas. Lara observou-o em silêncio, enquanto ele punha o café e o suco de laranja na mesa.

– Obrigada. – Lara olhou ao redor. – É uma cafeteria bastante simpática.

– É, sim. Também gosto.

– Há quanto tempo está aqui?

– Dez anos.

– Nunca pensou em se aposentar?

O homem sacudiu a cabeça.

– É a segunda pessoa que me pergunta isso esta semana. Não, nunca vou me aposentar.

– Talvez não tenham lhe oferecido dinheiro suficiente – sugeriu Lara.

– Não tem nada a ver com dinheiro, dona. Antes de vir para cá, passei dois anos num hospital de veteranos. Sem amigos. Sem qualquer objetivo na vida. E foi então que alguém me convenceu a arrendar este lugar.

Ele fez uma pausa, sorriu.

– E mudou toda a minha vida. Os moradores das vizinhanças sempre passam por aqui. Tornaram-se meus amigos, quase minha família. O que foi uma razão para que eu vivesse. – O homem tornou a balançar a cabeça. – Não, o dinheiro não tem nada a ver com isso. Quer mais café?

LARA ESTAVA NUMA reunião com Howard Keller e o arquiteto.

– Nem mesmo precisamos comprar o contrato de arrendamento dele – anunciou Keller. – Acabei de falar com o proprietário. Há uma cláusula de quebra de contrato se a loja não tiver uma determinada receita por mês. E nos últimos meses ele não conseguiu alcançar essa receita. Podemos despejá-lo.

Lara virou-se para o arquiteto.

– Tenho uma pergunta. – Ela olhou para as plantas espalhadas sobre a mesa, apontou para a esquina sudoeste. – E se fizéssemos um recuo aqui, eliminando esta pequena área, e deixando o café ficar? Ainda assim seria possível construir o edifício?

O arquiteto estudou a planta.

– Acho que sim. Eu poderia inclinar este lado do prédio, e contrabalançar no outro. Claro que seria melhor se não precisássemos fazer isso...

– Mas pode dar certo – insistiu Lara.

– Pode.

Keller interveio:

– Lara, acabei de lhe dizer que podemos despejá-lo.

Lara balançou a cabeça.

– Já compramos o resto do quarteirão, não é?

Keller assentiu.

– Claro. Você é a feliz proprietária de uma loja de roupas, uma alfaiataria, uma papelaria, uma farmácia, uma padaria...

– Ótimo. Os ocupantes do novo edifício terão um café na esquina. E nós também. O Haley's fica.

NO ANIVERSÁRIO do pai, Lara disse a Keller:

– Howard, gostaria que me fizesse um favor.

– Pois não.

– Quero que vá à Escócia por mim.

– Vamos construir alguma coisa na Escócia?

– Vamos comprar um castelo.

Ele ficou imóvel, escutando.

– Há um lugar nas Terras Altas chamado Loch Morlich. Fica na estrada para Glenmore, perto de Aviemore. Há uma porção de castelos na região. Compre um.

– Como uma espécie de casa de veraneio?

– Não planejo me instalar lá. Quero enterrar meu pai na propriedade.

Keller indagou, em voz pausada:

– Quer que eu compre um castelo na Escócia para enterrar seu pai?

– Isso mesmo. Não tenho tempo para ir até lá e você é o único em quem posso confiar. Meu pai está no cemitério de Greenwood, em Glace Bay.

Era o primeiro vislumbre que Keller tinha dos sentimentos de Lara em relação à família.

– Deve ter amado muito seu pai.

– Fará isso por mim?

– Claro.

– Depois que ele for enterrado, arrume alguém para cuidar da sepultura.

Keller voltou da Escócia três semanas depois e comunicou:

– Acertei tudo. Você possui um castelo. Seu pai foi enterrado no terreno. É um lugar lindo, perto das colinas, com um lago. Vai adorar. Quando pretende visitá-lo?

Lara levantou os olhos, surpresa.

– Eu? Nunca.

Livro II

Livro II

11

Em 1984, Lara Cameron decidiu que chegara o momento de conquistar Nova York. Informou seu plano a Keller, que ficou consternado.

– Não gosto da ideia – declarou ele, incisivo. – Você não conhece Nova York. Nem eu. É uma cidade diferente, Lara. Nós...

– Foi o que me disseram quando vim de Glace Bay para Chicago – lembrou Lara. – Os prédios são sempre os mesmos, quer sejam construídos em Glace Bay, Chicago, Nova York, quer Tóquio. Todos jogamos pelas mesmas regras.

– Mas estamos indo muito bem aqui! – insistiu Keller. – O que você quer afinal?

– Já lhe disse. *Mais.* Quero meu nome na linha do céu de Nova York. Vou construir um Cameron Plaza e um Cameron Center lá. E um dia, Howard, construirei o edifício mais alto do mundo. É *isso* o que eu quero. A Cameron Enterprises vai se mudar para Nova York.

Nova York se encontrava em meio a uma intensa atividade de construção civil e era povoada por gigantes do mercado imobiliário – os Zeckendorf, Harry Helmsley, Donald Trump, os Urise e os Rudin.

– Vamos ingressar no clube – declarou Lara a Keller.

Hospedaram-se no Regency e começaram a explorar a cidade. Lara se impressionou com o tamanho e o dinamismo da metrópole fervilhante. Era um desfiladeiro de edifícios, com rios de carros passando no fundo.

– Faz com que Chicago pareça Glace Bay! – exclamou Lara.

Ela sentia-se ansiosa para começar.

– A primeira coisa que temos de fazer é montar uma equipe. Descobriremos o melhor advogado imobiliário de Nova York. E depois uma grande equipe de administração. Verifique quem Rudin usa. Talvez possamos atraí-los.

– Certo.

– Aqui tem uma lista de prédios que me agradaram – acrescentou Lara. – Descubra quem foram os arquitetos. Quero me encontrar com eles.

Keller começava a sentir o excitamento de Lara.

– Abrirei uma linha de crédito nos bancos. Com o patrimônio que temos em Chicago, não haverá problemas. Entrarei em contato com algumas financiadoras e com alguns corretores imobiliários.

– Certo.

– Antes de começarmos a nos envolver em tudo isso, Lara, não acha que deve decidir qual será o seu próximo projeto?

Lara fitou-o e disse, com um ar de inocência:

– Não lhe contei ainda? Vamos comprar o Hospital Central de Manhattan.

ALGUNS DIAS ANTES, Lara foi a um salão de beleza, na Madison Avenue. Enquanto fazia o cabelo, ouviu uma conversa na cabine ao lado.

– Vamos sentir sua falta, Sra. Walker.

– Eu também, Darlene. Há quanto tempo frequento o salão?

– Quase 15 anos.

– O tempo voa, não é? Sentirei saudade de Nova York.

– Quando vai partir?

– Logo. Recebemos o aviso de fechamento esta manhã. Imagine só... um hospital como o Manhattan Central fechado porque ficou sem dinheiro. Fui supervisora ali durante quase vinte anos e me mandaram um memorando dizendo que estou dispensada. Era de esperar que pelo menos tivessem a decência de me comunicar pessoalmente, não acha? Onde o mundo vai parar?

Lara passou a escutar com a maior atenção.

– Ainda nao vi nenhuma notícia sobre o fechamento do hospital nos jornais.

– Não saiu nada. Estão mantendo em segredo. Queriam dar a notícia primeiro aos empregados.

A assistente secava os cabelos de Lara, que começou a se levantar.

– Ainda não acabei, Srta. Cameron.

– Não tem importância. Estou com pressa.

O HOSPITAL CENTRAL de Manhattan era um prédio feio e dilapidado, no East Side, e ocupava um quarteirão inteiro. Lara contemplou-o por um longo momento e o que viu em sua imaginação foi um edifício novo e imponente, com lojas elegantes no térreo e apartan.entos de luxo nos andares superiores.

Lara entrou no hospital e perguntou quem era o proprietário. Foi encaminhada ao escritório de um certo Roger Burnham, na Wall Street.

EM QUE POSSO ajudá-la, Srta. Cameron?

– Soube que o Hospital Central de Manhattan está à venda.

Ele se mostrou surpreso.

– Onde soube disso?

– É verdade?

Burnham se esquivou a uma resposta.

– Pode ser.

– Talvez eu esteja interessada em comprá-lo – anunciou Lara. – Qual é o seu preço?

– Escute, minha jovem... não a conheço. Não pode entrar aqui de repente e esperar que eu discuta uma operação de 90 milhões de dólares com você. Afinal...

– Noventa milhões? – Lara tinha a impressão de que era alto, mas queria o local. Seria um início espetacular. – É sobre isso que estamos falando?

– Não estamos falando sobre nada.

Lara estendeu uma nota de 100 dólares para Roger Burnham.

– Para que é isso?

– É para uma opção de 48 horas. Só lhe peço 48 horas. Afinal, ainda não se achava pronto para anunciar que o prédio será vendido. O que pode perder? Se eu pagar seu preço, tem o que queria.

– Não sei nada a seu respeito.

– Ligue para o Mercantile Bank, em Chicago. Peça para falar com Bob Vance. É o presidente.

Ele fitou-a aturdido por um longo momento, balançou a cabeça e murmurou alguma coisa em que havia a palavra "maluca".

E procurou pessoalmente o número do telefone. Lara continuou sentada, esperando, enquanto a secretária ligava para Bob Vance.

– Sr. Vance? Aqui é Roger Burnnam, de Nova York. Tenho aqui comigo a Srta...

Ele olhou para Lara.

– Lara Cameron.

– A Srta. Lara Cameron. Ela está interessada em comprar uma propriedade nossa aqui em Nova York e diz que a conhece.

Burnham ficou escutando.

– É mesmo?... Entendo... Não, eu não sabia... Certo... Certo. – Mais algum tempo e ele concluiu a conversa. – Muito obrigado.

Repôs o fone no gancho e olhou para Lara.

– Parece que você causou uma impressão e tanto em Chicago.

– Pretendo também causar uma impressão e tanto em Nova York.

Burnham olhou para a nota de 100 dólares.

– O que devo fazer com isto?

– Compre alguns charutos cubanos. Tenho a opção se aceitar seu preço?

Ele estudou-a por um instante.

– É um pouco heterodoxo... mas tudo bem. Eu lhe darei 48 horas.

– PRECISAMOS AGIR depressa – disse Lara a Keller. – Temos 48 horas para providenciar o financiamento.

– Já tem alguma ideia das cifras?

– Mais ou menos. Noventa milhões pela propriedade e calculo que mais 200 milhões para demolir o hospital e construir o edifício.

Keller ficou aturdido.

120

– Mas são 290 milhões de dólares!

– Você sempre foi rápido com os números.

Ele ignorou a ironia.

– De onde vamos tirar todo esse dinheiro, Lara?

– Faremos um empréstimo. Entre minhas garantias em Chicago e a nova propriedade, não deve haver qualquer problema.

– É um grande risco. Muita coisa pode sair errado. Você estará jogando tudo o que possui...

– É isso o que torna tudo emocionante, o jogo... e vencer.

OBTER FINANCIAMENTO para uma construção em Nova York era ainda mais simples do que em Chicago. O prefeito Koch instituíra um programa fiscal chamado 421-A, pelo qual um incorporador que substituísse um prédio funcionalmente obsoleto podia reivindicar isenções fiscais, com os dois primeiros anos livres de impostos.

Quando os bancos e as financiadoras verificaram o crédito de Lara Cameron, tornaram-se mais do que ansiosos para operar com ela.

Antes de terminar o prazo de 48 horas, Lara entrou no escritório de Burnham e entregou-lhe um cheque de 3 milhões de dólares.

– Este é o sinal da transação – explicou ela. – Pagarei seu preço. Por falar nisso, pode ficar com os 100 dólares.

DURANTE OS SEIS meses seguintes, Keller trabalhou com os bancos, no financiamento, e Lara trabalhou com arquitetos, no planejamento.

Tudo corria sem problemas. Foram feitos os acertos finais com arquitetos, construtores e pessoal de marketing. A demolição do hospital e a construção do novo edifício começariam em abril.

LARA SENTIA-SE irrequieta. Todas as manhãs, às 6 horas, ela ia ao local da obra, observava o novo edifício sendo erguido. Experimentava uma grande frustração, porque naquele estágio o prédio pertencia aos operários. Não havia nada que ela pudesse fazer. E se acostumara a mais ação. Gostava de ter meia dúzia de projetos em andamento ao mesmo tempo.

– Por que não procuramos por outro negócio? – perguntou ela a Keller.

– Porque você está afundada até os ouvidos neste. Se respirar um pouco mais forte, tudo vai desabar. Sabe que empenhou até seu último centavo na construção deste prédio? Se alguma coisa sair errada...

– Nada sairá errado. – Ela estudou a expressão de Keller. – O que o incomoda tanto?

– O acordo que você fez com a financiadora...

– Qual é o problema? Não conseguimos o financiamento?

– Não me agrada a cláusula da data de conclusão da obra. Se o prédio não ficar pronto até 15 de março, eles assumem o controle e você perde tudo o que tem.

Lara pensou no prédio que construíra em Glace Bay e como os amigos se apresentaram para terminá-lo. Mas aquilo era diferente.

– Não se preocupe, Howard. O edifício será concluído a tempo. Tem certeza de que não podemos cuidar de outro projeto?

LARA CONVERSAVA com o pessoal de marketing.

– As lojas no térreo já foram vendidas – anunciou o gerente de marketing. – E mais da metade dos apartamentos também. Calculamos que venderemos quase todos antes do edifício acabar e o restante logo depois.

– Quero vender *todos* antes de terminar a construção. Aumente a publicidade.

– Certo.

Keller entrou na sala.

– Não posso deixar de cumprimentá-la, Lara. Você tinha razão. A construção continua dentro do cronograma.

– Será uma máquina de ganhar dinheiro.

A 15 DE JANEIRO, sessenta dias antes da data marcada para o término das obras, as imensas vigas e paredes já se encontravam em seus lugares e os operários começavam a instalar a fiação elétrica e encanamentos.

122

Lara foi à obra, ficou observando os homens trabalharem nas vigas lá em cima. Um dos operários parou para tirar um maço de cigarros do bolso e, ao fazê-lo, uma chave inglesa escapuliu de sua mão. Lara observou, incrédula, a chave inglesa cair em sua direção. Saltou para o lado, o coração disparado. O operário olhou para baixo, acenou em desculpa.

Com o rosto sombrio, Lara entrou no elevador de carga e subiu para o nível em que o operário trabalhava. Ignorando o espaço vazio assustador por baixo, ela atravessou o andaime.

– Foi você quem deixou cair aquela chave inglesa?

– Foi, sim. Desculpe.

Ela deu um tapa com toda força no rosto do homem.

– Está despedido. Saia do meu prédio.

– Ora, foi um acidente. Eu...

– Saia daqui!

O homem lançou-lhe um olhar furioso, afastou-se, entrou no elevador e desceu.

Lara respirou fundo para recuperar o controle. Os outros operários a observavam.

– Voltem ao trabalho – ordenou ela.

Lara almoçava com Sam Gosden, o advogado de Nova York que cuidava de seus contratos.

– Soube que tudo corre muito bem – comentou Gosden.

Lara sorriu.

– Melhor do que muito bem. Só faltam algumas semanas para terminar o edifício.

– Posso fazer uma confissão?

– Pode, mas tome cuidado para não se incriminar.

Ele riu.

– Eu apostava que você não conseguiria.

– É mesmo? Por quê?

– O mercado imobiliário no nível em que você opera é um jogo para homens. As únicas mulheres que devem estar no mercado são as velhinhas de cabelos azuis que vendem condomínios.

– Então você apostava contra mim...

Sam Gosden sorriu.

– Isso mesmo.

Lara inclinou-se para a frente.

– Sam...

– O que é?

– Ninguém em minha equipe aposta contra mim. Você está despedido.

Ele continuou sentado, boquiaberto, enquanto Lara se levantava e deixava o restaurante.

NA MANHÃ DA SEGUNDA-FEIRA seguinte, ao se aproximar da obra, Lara sentiu que havia algo errado. E de repente percebeu de que se tratava. Era o silêncio. Não havia o som de martelos e perfuradoras. Chegando ao local, ela ficou incrédula. Os operários recolhiam seus equipamentos e se retiravam. O mestre de obras também arrumava suas coisas. Lara seguiu apressada ao seu encontro.

– O que está acontecendo aqui? – perguntou ela. – São apenas 7 horas.

– Estou tirando meus homens daqui.

– Mas que história é essa?

– Houve uma queixa, Srta. Cameron.

– Que tipo de queixa?

– Deu um tapa num operário.

– O quê? – Ela esquecera. – Ah, sim. Ele mereceu. E tratei de despedi-lo.

– A prefeitura lhe deu licença para sair por aí esbofeteando as pessoas que trabalham para você?

– Espere um pouco. Não foi sem motivo. Ele deixou cair uma chave inglesa. Quase me matou. Acho que perdi o controle. Sinto muito, mas não o quero de volta aqui.

– Ele não voltará – garantiu o mestre de obras. – Nenhum de nós voltará.

Lara sentia-se completamente atordoada.

– Isso é alguma piada?

– Meu sindicato não acha que seja uma piada. Deu-nos ordens para deixar a obra. E é o que estamos fazendo.

– Vocês têm um contrato!

– Foi quebrado por você. Se tem alguma queixa, apresente ao sindicato.

Ele começou a se afastar.

– Espere um pouco. Já disse que sinto muito. E farei outra coisa. Eu... eu estou disposta a pedir desculpas ao homem, e aceitá-lo de volta na obra.

– Acho que ainda não entendeu, Srta. Cameron. Ele não quer o trabalho de volta. Todos temos outros trabalhos à nossa espera. Esta é uma cidade bastante movimentada. E posso lhe adiantar outra coisa, dona: temos muito trabalho para deixar que as patroas nos esbofeteiem.

Lara parou, observando-o se afastar. Era o seu pior pesadelo.

Ela voltou apressada ao escritório, para transmitir a notícia a Keller. Antes mesmo que pudesse falar, porém, ele foi logo dizendo:

– Já soube. Acabo de me comunicar com o sindicato pelo telefone.

– E o que eles disseram? – indagou Lara, na maior ansiedade.

– Farão uma audiência no próximo mês.

A consternação de Lara foi total.

– No próximo mês? Mas restam-nos menos de dois meses para concluir o edifício!

– Foi o que eu disse a eles.

– E o que responderam?

– Que não é problema deles.

Lara arriou no sofá.

– Oh, Deus! O que vamos fazer?

– Não sei.

– Talvez pudéssemos persuadir o banco a... – Ela viu a expressão de Keller. – Acho que não.

Lara pensou por um momento, seu rosto se animou.

– Já sei! Contrataremos outra equipe de construção e...

– Não há um único operário sindicalizado disposto a trabalhar no edifício, Lara.

– Eu deveria ter matado o filho da puta.

– Isso ajudaria muito – comentou Keller, secamente.

Lara levantou-se e começou a andar de um lado para outro.

– Eu poderia pedir a Sam Gosden para... – Ela se lembrou subitamente. – Não, eu o despedi.

– Por quê?

– Não importa.

Keller pôs-se a pensar em voz alta.

– Talvez, se arrumássemos um bom advogado sindicalista... alguém com bastante influência...

– É uma boa ideia. Ele teria que agir depressa. Conhece alguém?

– Não. Mas Sam Gosden mencionou um nome em uma de nossas reuniões. Um homem chamado Martin... Paul Martin.

– Quem é ele?

– Não sei, mas falávamos sobre problemas sindicais e o nome de Martin surgiu.

– Sabe em que firma ele trabalha?

– Não.

Lara ligou o interfone para a secretária.

– Kathy, há um advogado em Manhattan chamado Paul Martin. Descubra seu endereço.

– Quer seu telefone para marcar uma reunião? – perguntou Kathy.

– Não há tempo. Não posso ficar de braços cruzados à espera de uma reunião. Vou procurá-lo hoje. Se ele puder nos ajudar, muito bem. Se não puder, teremos de encontrar outra coisa.

Mas Lara pensou: *Não há mais nada.*

12

O escritório de Paul Martin ficava no 25º andar de um prédio de escritórios na Wall Street. O letreiro na porta de vidro fosco dizia apenas PAUL MARTIN, ADVOGADO

Lara respirou fundo e entrou. A sala de recepçao era menor do que ela esperava. Continha uma escrivaninha escalavrada, com uma mulher loura sentada por trás.

– Bom dia. O que deseja?

– Quero falar com o Sr. Martin.

– Ele está à sua espera?

– Está, sim.

Não havia tempo para explicações.

– Seu nome, por gentileza?

– Cameron... Lara Cameron.

A secretária fitou-a com uma expressão inquisitiva.

– Um momento, por favor. Verei se o Sr. Martin pode recebê-la.

A secretária levantou-se e desapareceu na sala interna.

Ele tem de me receber, pensou Lara. A secretária voltou um instante depois.

– O Sr. Martin vai recebê-la.

Lara reprimiu um suspiro de alívio.

– Obrigada.

Ela entrou na outra sala. Era pequena, decorada com simplicidade. Uma escrivaninha, dois sofás, uma mesinha de café, algumas cadeiras. *Não exatamente uma cidadela do poder,* pensou Lara. O homem por trás da mesa parecia ter 60 e poucos anos. Tinha um rosto bastante vincado, nariz adunco, uma vasta cabeleira branca. Irradiava uma vitalidade intensa, quase animal. Usava um terno cinza listrado, de um modelo antiquado, com uma camisa branca de colarinho estreito. Ao falar, revelou uma voz rouca, baixa, um tanto compulsiva.

– Minha secretária disse que deseja falar comigo.

– Desculpe. Eu precisava lhe falar de qualquer maneira. É uma emergência.

– Sente-se, Srta...

– Cameron... Lara Cameron.

Ela se instalou numa cadeira.

– Em que posso ajudá-la?

Lara respirou fundo.

– Tenho um pequeno problema. – *Um esqueleto de 24 andares de aço e concreto, incompleto, totalmente parado.* – É com um prédio.

– E qual é o problema?

– Sou uma incorporadora imobiliária, Sr. Martin. Estou construindo um edifício no East Side e tenho um problema com o sindicato.

Ele se limitava a escutar, sem dizer nada. Lara continuou:

– Perdi o controle e esbofeteei um operário; por causa disso o sindicato ordenou uma greve.

Ele a estudava com um ar de perplexidade.

– Srta. Cameron... o que tudo isso tem a ver comigo?

– Ouvi dizer que poderia me ajudar.

– Lamento, mas ouviu errado. Sou um advogado comercial. Não me envolvo com construções e não lido com sindicatos.

Lara sentiu um aperto no coração.

– Oh, eu pensei... Não há nada que possa fazer?

Martin pôs as palmas das mãos em cima da mesa, como se estivesse prestes a se levantar.

– Posso lhe dar dois conselhos. Procure um advogado trabalhista. Faça com que ele leve o sindicato aos tribunais e...

– Não há tempo. Tenho um prazo improrrogável para terminar o edifício. Eu... Qual é o segundo conselho?

– Saia do negócio imobiliário. – O advogado olhava para os seios de Lara. – Não tem o equipamento certo para isso.

– Como assim?

– Não é lugar para uma mulher.

– E qual é o lugar para uma mulher? – indagou Lara, irritada. – Descalça, grávida e na cozinha?

– Mais ou menos isso.

Lara levantou-se. Teve de fazer um grande esforço para manter o controle.

– Você deve ter vindo de uma linhagem de dinossauros. Talvez nunca tenha ouvido a notícia. As mulheres são livres agora.

Paul Martin balançou a cabeça.

– Não. Apenas são mais barulhentas.

– Adeus, Sr. Martin. Lamento ter tomado seu valioso tempo.

Lara virou-se e deixou a sala, batendo a porta. Parou no corredor, respirou fundo. *Foi um erro*, pensou ela. Finalmente chegara a um beco sem saída. Arriscara tudo que levara anos para construir e perdera de uma só vez. Não havia para onde se virar. Nenhum lugar para ir.

Estava acabado.

LARA SAIU ANDANDO pelas ruas, frias e chuvosas, completamente alheia ao vento gelado e ao ambiente ao redor. Sua mente era ocupada pelo terrível desastre que se abatera sobre ela. O aviso de Howard Keller ressoava em seu ouvido. *Você constrói prédios e faz empréstimos para isso. É como uma pirâmide, mas se não tomar cuidado essa pirâmide pode desabar.* E fora o que acontecera. Os bancos em Chicago executariam suas propriedades e perderia todo o dinheiro que investira no novo prédio. Teria de começar de novo, de baixo. *Pobre Howard*, pensou ela. *Acreditou em meus sonhos e eu o deixei na mão.*

A chuva cessou, o céu começou a clarear. Um sol pálido lutava para brilhar através das nuvens. Ela percebeu subitamente que amanhecia. Passara a noite inteira andando pelas ruas. Olhou ao redor e viu onde se encontrava, pela primeira vez. A apenas dois quarteirões da obra paralisada. *Darei uma última olhada*, pensou Lara, resignada.

Estava a um quarteirão quando ouviu. Era o som de martelos e brocas, o rugido das betoneiras, povoando o ar. Lara parou, escutou por um instante, depois correu para a obra. Parou de novo ao chegar ao local, ficou olhando, incrédula.

Todos os operários se encontravam ali, trabalhando com afinco.

O MESTRE DE OBRAS aproximou-se, sorrindo.

– Bom dia, Srta. Cameron.

Lara conseguiu recuperar a voz.

– O que... o que aconteceu? Pensei... pensei que tinha tirado seus homens da obra.

Ele respondeu, contrafeito:

– Houve um pequeno mal-entendido, Srta. Cameron. Bruno poderia tê-la matado quando deixou cair aquela chave inglesa.

Lara engoliu em seco.

– Mas ele...

– Não se preocupe. Eu o despedi. Nada disso acontecerá outra vez. E não precisa se preocupar com mais nada. Acabaremos dentro do prazo.

Lara tinha a sensação de que vivia um sonho. Ficou parada ali, observando os homens em atividade intensa por todo o prédio, e pensou: *Recuperei tudo. Mas tudo mesmo.*

Paul Martin.

LARA TELEFONOU para ele assim que voltou a seu escritório. A secretária disse:

– Sinto muito, mas o Sr. Martin não está disponível.

– Poderia pedir a ele que me ligasse, por favor?

Lara deixou seu telefone. Às 15 horas da tarde ainda não recebera nenhuma ligação. Tornou a telefonar.

– Sinto muito, mas o Sr. Martin não está disponível.

E ele continuou sem ligar.

Às 17 horas, Lara foi ao escritório de Paul Martin. Disse à secretária loura:

– Por favor, avise ao Sr. Martin que Lara Cameron está aqui e deseja lhe falar.

A secretária parecia indecisa.

– Eu não... Espere um momento, por favor.

Ela entrou na outra sala, voltou um minuto depois.

– Pode entrar.

Paul Martin levantou os olhos quando Lara entrou. Sua voz era fria, nem amigável nem hostil:

– Em que posso ajudá-la?

– Vim agradecer.

– Agradecer pelo quê?

– Por... por endireitar o problema com o sindicato.

Ele franziu o rosto.

130

– Não sei do que está falando.

– Os operários voltaram ao trabalho hoje de manhã, tudo é maravilhoso. O prédio será concluído no prazo.

– Meus parabéns.

– Se me enviar a conta de seus honorários...

– Creio que está um pouco confusa, Srta. Cameron. Se seu problema foi resolvido, fico contente. Mas nada tive a ver com isso.

Lara fitou-o em silêncio por um longo momento.

– Tudo bem. Eu... desculpe tê-lo incomodado.

– Não foi nada.

Ele observou-a deixar a sala. Um instante depois, a secretária entrou.

– A Srta. Cameron lhe deixou um pacote, Sr. Martin.

Era um pacote pequeno, amarrado com uma fita brilhante. Curioso, ele abriu-o. Dentro, havia um cavaleiro de prata, em armadura completa, pronto para a batalha. Um pedido de desculpas. *Do que foi mesmo que ela me chamou? Um dinossauro.* Ainda podia ouvir a voz de seu avô. *Aqueles foram tempos perigosos, Paul. Os jovens decidiram assumir o controle da máfia, livrar-se dos veteranos, os velhos bigodudos, os dinossauros. Foi sangrento, mas eles conseguiram.*

Mas tudo isso ocorrera há muito e muito tempo, na velha terra. Sicília.

13

Gibellina, Sicília – 1879

Os Martini eram *stranieri*, forasteiros, na pequena aldeia siciliana de Gibellina. Os campos ao redor eram desolados, uma terra árida de morte, banhada por um sol ardente e impiedoso, uma paisagem pintada por um artista sádico. Numa região em que as grandes

propriedades pertenciam aos *gabelloti,* os ricos latifundiários, os Martini compraram uma pequena fazenda e tentavam cultivá-la.

O *soprintendente* foi procurar Giuseppe Martini um dia.

– Esta sua pequena fazenda tem um terreno muito rochoso – disse ele. – Não conseguirá ganhar uma vida decente aqui, cultivando azeitonas e uvas.

– Não se preocupe comigo – respondeu Martini. – Tenho sido camponês durante toda a minha vida.

– Todos estamos preocupados com você – insistiu o *soprintendente.* – Don Vito tem algumas boas terras aráveis que está disposto a lhe arrendar.

– Já sei de tudo sobre Don Vito e suas terras – declarou Giuseppe Martini, desdenhoso. – Se eu assinar uma *mezzadria* com ele para cultivar suas terras, Don Vito ficará com três quartos de minhas colheitas, e me cobrará cem por cento de juros pelas sementes. Acabarei sem nada, como os outros idiotas que fizeram negócios com ele. Diga-lhe que eu respondi "não, obrigado".

– Está cometendo um grande erro, *signore.* Esta é uma terra perigosa. Graves acidentes podem ocorrer por aqui.

– Isso é uma ameaça?

– Claro que não, *signore.* Apenas ressaltava...

– Saia da minha fazenda!

O capataz fitou-o em silêncio por vários segundos, depois sacudiu a cabeça, com um ar de tristeza.

– É um homem teimoso.

Pouco depois, o jovem filho de Giuseppe Martini, Ivo, perguntou:

– Quem era aquele homem, papai?

– É o capataz de um dos grandes latifundiários.

– Não gosto dele – comentou o menino.

– Eu também não, Ivo.

Na noite seguinte, as colheitas de Giuseppe Martini foram queimadas e suas poucas cabeças de gado desapareceram.

E foi então que Giuseppe Martini cometeu seu segundo erro. Procurou a *guardia,* na aldeia.

– Exijo proteção – disse ele.

O capitão de polícia estudou-o com uma expressão neutra.

– É para isso que estamos aqui. Qual é o seu problema, *signore?*

– Ontem à noite os homens de Don Vito queimaram minhas colheitas e roubaram meu gado.

– É uma acusação séria. Pode provar?

– O *soprintendente* foi me procurar e me ameaçou.

– Disse que iam queimar suas colheitas e roubar gado?

– Claro que não.

– Então o que ele disse?

– Disse que eu deveria desistir de minha fazenda e arrendar terras de Don Vito.

– E você recusou?

– Naturalmente.

– *Signore*, Don Vito é um homem muito importante. Deseja que eu o prenda apenas porque ele ofereceu partilhar suas terras férteis com você?

– Quero que me protejam – insistiu Giuseppe Martini. – Não deixarei que me expulsem de minha terra.

– *Signore*, pode estar certo de que simpatizo com sua posição. Verei o que posso fazer.

– Eu ficaria agradecido.

– Considere o problema resolvido.

Na tarde seguinte, quando voltava da aldeia, o jovem Ivo avistou meia dúzia de homens seguir a cavalo para a fazenda de seu pai. Eles desmontaram e entraram na casa.

Poucos minutos depois, Ivo viu o pai ser arrastado para o campo. Um dos homens sacou um revólver.

– Vamos lhe dar uma chance de escapar. Corra.

– Não! Esta é a minha terra! Eu...

Ivo observava, aterrorizado, enquanto o homem disparava um tiro no chão, perto dos pés de seu pai.

– Corra!

Giuseppe Martini começou a correr.

Os *campieri* montaram em seus cavalos, puseram-se a circular Martini, gritando o tempo todo.

Ivo escondeu-se, dominado pelo horror, ante a cena terrível que se desdobrava diante de seus olhos.

Os CAMPIERI MONTADOS acompanharam o homem correndo pelo campo, tentando escapar. Cada vez que ele se aproximava à beira da estradinha de terra, um deles cavalgava para impedir seu acesso, derrubando-o no chão. O fazendeiro estava sangrando e exausto, e foi ficando cada vez mais lento.

Os *campieri* decidiram que já tinham se divertido o suficiente. Um deles passou uma corda por seu pescoço, arrastou-o até o poço.

– Por quê? – balbuciou Martini. – O que eu fiz?

– Procurou a *guardia*. Não deveria ter feito isso.

Os *campieri* baixaram a calça do homem. Um deles pegou uma faca, enquanto os outros seguravam Martini.

– Que isso seja uma lição para você.

O homem gritou:

– Não, por favor! Eu peço desculpas!

O *campiero* sorriu.

– Diga isso à sua esposa.

Ele estendeu a mão, segurou o membro do homem e cortou-o com a faca.

Seus gritos espalharam-se pelo ar.

– Não vai precisar mais disso – declarou o capitão.

Ele pegou o membro, enfiou-o na boca do homem. Giuseppe Martini engasgou, cuspiu-o. O capitão olhou para os outros *campieri*.

– Ele não gosta do sabor.

– *Uccidi quel figlio di puttana!*

Um dos *campieri* desmontou, pegou algumas pedras pesadas no campo. Levantou a calça ensanguentada da vítima, encheu os bolsos com as pedras.

– E agora você vai partir.

Levantaram o homem e levaram-no para a beira do poço.

– Boa viagem.

E jogaram seu corpo no poço.

– A água vai ficar com gosto de mijo – comentou um dos homens. Um outro riu.

– Os aldeões não saberão a diferença.

Permaneceram ali por um momento, escutando os sons cada vez mais fracos, até que havia apenas o silêncio, depois montaram em seus cavalos e seguiram para a casa.

IVO MARTINI MANTIVERA-SE a distância, desesperado, escondido no mato. O menino de 10 anos correu para o poço. Olhou para baixo e sussurrou:

– Papai...

Mas o poço era profundo e ele não ouviu nada.

DEPOIS DE LIQUIDAREM Giuseppe Martini, os *campieri* foram procurar sua mulher, Maria. Ela estava na cozinha quando eles entraram na casa.

– Onde está meu marido?

Um sorriso.

– Bebendo um pouco de água.

Dois homens se adiantaram e um deles disse:

– Você é muito bonita para estar casada com um homem feio como aquele.

– Saiam da minha casa! – gritou Maria.

– Isso é maneira de tratar as visitas? – Um dos homens estendeu a mão e rasgou seu vestido. – Vai usar roupas de viúva, não precisa mais disso.

– Animal!

Havia uma panela com água fervendo no fogão. Maria jogou-a na cara do homem. Ele soltou um berro de dor.

– *Fica!*

O homem sacou seu revólver e atirou. Ela estava morta antes de bater no chão. O capitão gritou:

– Seu idiota! *Primeiro* você fode, *depois* mata. Vamos embora. Temos de comunicar tudo a Don Vito.

Meia hora depois, eles estavam de volta à propriedade de Don Vito.

– Já cuidamos do marido e da mulher – informou o capitão.

– E o filho?

O capitão ficou surpreso e disse a Don Vito:

– Não falou nada sobre um filho.

– Cretino! Eu disse para liquidar toda a família!

– Mas ele é apenas um menino, Don Vito.

– Os meninos crescem para se tornarem homens. E os homens querem vingança. Matem-no.

– Como quiser.

Dois homens voltaram à fazenda dos Martini.

IVO SE ENCONTRAVA EM estado de choque. Testemunhara o assassinato dos pais. Estava sozinho no mundo, sem ter para onde ir, sem ninguém a quem recorrer. *Espere!* Havia uma pessoa a quem podia procurar: o irmão de seu pai, Nunzio Martini, em Palermo. Ivo sabia que precisava agir depressa. Os homens de Don Vito voltariam para matá-lo. Não entendia por que ainda não o haviam liquidado. O menino pôs alguma comida numa mochila, pendurou-a no ombro e deixou apressado a fazenda.

Foi para a estradinha de terra que saía da aldeia e começou a andar. Sempre que ouvia alguém se aproximar, saía da estrada e se escondia nas árvores.

Uma hora depois de iniciada a jornada, avistou um grupo de *campieri* galopando pela estrada, à sua procura. Permaneceu oculto, imóvel, ainda por muito tempo depois de eles terem se afastado. E recomeçou a andar. À noite, dormia em pomares, comia frutas das árvores e legumes nos campos. Caminhou por três dias.

Quando achou que já se encontrava a salvo de Don Vito, entrou numa pequena aldeia. Uma hora mais tarde, viajava na traseira de uma carroça, a caminho de Palermo.

IVO CHEGOU À CASA do tio no meio da noite. Nunzio Martini morava numa casa grande, de aparência próspera, nos arredores da

cidade. Tinha uma sacada espaçosa, terraços e um pátio. Ivo bateu na porta da frente. Houve um prolongado silêncio e depois uma voz profunda indagou:

– Quem está aí?

– Sou eu, Ivo, tio Nunzio.

Nunzio Martini abriu a porta. Era um homem grandalhão, de meia-idade, nariz aquilino, cabelos brancos. Usava um camisolão. Olhou espantado para o menino.

– Ivo! O que faz aqui, no meio da noite? Onde estão seu pai e sua mãe?

– Morreram.

– Morreram? Entre, entre.

Ivo cambaleou para dentro da casa.

– É uma notícia terrível. Houve algum acidente?

Ivo sacudiu a cabeça.

– Don Vito mandou assassiná-los.

– Assassinar? Mas por quê?

– Papai se recusou a arrendar uma terra dele.

– Ah...

– Por que ele mandou matá-los? Papai e mamãe nunca fizeram nada contra Don Vito.

– Não foi nada pessoal – explicou Nunzio Martini.

Ivo se mostrou aturdido.

– *Nada pessoal?* Não entendo.

– Todos conhecem Don Vito. Ele tem uma reputação. É um *uomo rispettato*... um homem de respeito e poder. Se deixasse que seu pai o desafiasse, então outros tentariam desafiá-lo também e ele perderia seu poder. Não há nada que se possa fazer.

O menino ficou consternado.

– Nada?

– Não agora, Ivo, não agora. No momento, parece que você precisa de uma boa noite de sono.

Pela manhã, durante o café da manhã, eles tornaram a conversar.

– Gostaria de morar nesta bela casa e trabalhar para mim, Ivo?

Nunzio Martini era viúvo.

– Acho que eu gostaria muito.

– Posso aproveitar um garoto esperto como você. E parece bem forte.

– Sou forte.

– Ótimo.

– O que você faz, tio?

Nunzio Martini sorriu.

– Protejo pessoas.

A MÁFIA SURGIRA por toda a Sicília e por outras regiões miseráveis da Itália para proteger o povo de um governo impiedoso e autocrático. A Máfia corrigia injustiças e vingava erros cometidos, até que se tornou tão poderosa que o próprio governo a temia, e os comerciantes e fazendeiros lhe pagavam um tributo.

Nunzio Martini era o *capo* da Máfia em Palermo. Providenciava para que o tributo adequado fosse recolhido e determinava a punição dos que não pagavam. A punição podia variar de um braço ou perna quebrados a uma morte lenta e dolorosa.

Ivo começou a trabalhar para o tio.

DURANTE OS QUINZE anos subsequentes, Palermo foi a escola de Ivo e o tio Nunzio seu mestre. Ivo iniciou como um menino de recados, passou para cobrador e acabou se tornando o tenente de confiança do tio.

Aos 25 anos, Ivo casou com Carmela, uma rechonchuda jovem siciliana, e um ano depois tiveram um filho, Gian Carlo. Ivo mudou-se com a família para sua própria casa. Quando o tio morreu, Ivo assumiu sua posição e tornou-se ainda mais bem-sucedido e próspero. Mas tinha negócios inacabados para acertar. Um dia, ele disse a Carmela:

– Comece a arrumar as malas. Vamos nos mudar para os Estados Unidos.

Ela fitou-o surpresa.

– Por que vamos para lá?

Ivo não estava acostumado a ser questionado.

– Apenas faça o que mandei. Partirei agora e voltarei dentro de dois ou três dias

– Ivo...

– Arrume as malas.

TRÊS *MACCHINE* PRETAS pararam na frente do quartel da *guardia* em Gibellina. O capitão, agora 15 quilos mais corpulento, estava sentado à sua mesa quando a porta foi aberta e meia dúzia de homens entrou. Todos se vestiam bem, tinham uma aparência de prosperidade.

– Bom dia, senhores. Em que posso ajudá-los?

– Nós é que viemos ajudá-lo – declarou Ivo. – Lembra de mim? Sou o filho de Giuseppe Martini.

Os olhos do capitão de polícia se arregalaram.

– *Você?* O que veio fazer aqui? É perigoso para você.

– Vim por causa de seus dentes.

– Meus dentes?

– Isso mesmo.

Dois homens de Ivo se adiantaram, imobilizaram os braços do capitão nos lados.

– Você precisa de um trabalho dentário – acrescentou Ivo. – Deixe-me arrumá-los.

Ivo enfiou o revólver na boca do capitão e puxou o gatilho. Virou-se para seus companheiros.

– Vamos embora.

Quinze minutos depois, os três automóveis chegaram à casa de Don Vito. Havia dois guardas do lado de fora. Observaram curiosos a procissão. Os carros pararam e Ivo saltou.

– Bom dia – disse ele. – Don Vito está nos esperando.

Um dos guardas franziu o rosto.

– Ele não falou nada a respeito...

No instante seguinte, os guardas foram metralhados. As armas estavam carregadas com *lupare*, cartuchos com enormes bolas de chumbo, um truque usado por caçadores para espalhar os tiros. Os guardas foram retalhados.

No interior da casa, Don Vito ouviu os tiros. Olhou pela janela, percebeu o que acontecia, encaminhou-se rápido para uma mesa, abriu a gaveta e tirou um revólver.

– Franco! – chamou ele. – Antonio! Depressa!

Soaram mais tiros lá fora. Uma voz disse:

– Don Vito...

Ele virou-se. Ivo se achava parado ali, com um revólver na mão.

– Largue a arma.

– Eu...

– Largue.

Don Vito deixou o revólver cair no chão.

– Leve o que quiser e saia daqui.

– Não quero nada – declarou Ivo. – Na verdade, vim até aqui porque lhe devo uma coisa.

Don Vito apressou-se em dizer:

– O quer que seja, estou disposto a esquecer.

– Mas eu não estou Sabe quem eu sou?

– Não.

– Ivo Martini.

O velho franziu o rosto, tentando lembrar. Deu de ombros.

– Não significa nada para mim.

– Há mais de 15 anos, seus homens mataram meu pai e minha mãe.

– Que coisa terrível! – exclamou Don Vito. – Terei de puni-los. Eu vou...

Ivo estendeu a mão, bateu com o revólver no nariz de Don Vito. O sangue esguichou.

– Isso não é necessário – balbuciou Don Vito. – Eu...

Ivo sacou uma faca.

– Baixe a calça.

– Por quê? Não pode...

Ivo levantou o revólver.

– Mandei baixar a calça.

– Não! – Foi um grito. – Pense no que está fazendo. Tenho filhos e irmãos. Se me fizer mal, eles vão descobri-lo e matá-lo como um cão.

140

– Se conseguirem me encontrar. A calça.

– Não.

Ivo atirou num dos joelhos. O velho soltou um grito de dor.

– Deixe-me ajudá-lo – disse Ivo.

Ele se inclinou, baixou a calça do velho, depois a cueca.

– Não há grande coisa aí, hein? Bom, teremos de fazer o melhor que for possível.

Ivo pegou o membro de Don Vito, cortou-o com a faca.

Don Vito desmaiou.

Ivo levantou o pênis, enfiou-o na boca do velho, enquanto murmurava:

– Desculpe não ter um poço para jogá-lo dentro.

Como um gesto de despedida, ele deu um tiro na cabeça de Don Vito, depois virou-se, saiu da casa, voltou para o carro. Os amigos o esperavam.

– Vamos embora.

– Ele tem uma família grande, Ivo. Irão atrás de você.

– Que venham.

Dois dias mais tarde, Ivo, a mulher e o filho Gian Carlo seguiam de navio para Nova York.

No fim do século xix, o Novo Mundo era uma terra de oportunidades. Nova York tinha uma grande população de italianos. Muitos dos amigos de Ivo já haviam emigrado para a grande cidade e decidido usar sua experiência no que melhor sabiam fazer: o negócio de proteção. A Máfia começou a espalhar seus tentáculos. Ivo anglicizou o nome da família de Martini para Martin e desfrutou uma prosperidade ininterrupta.

Gian Carlo foi um grande desapontamento para o pai. Ele não tinha interesse algum pelo trabalho. Aos 27 anos, engravidou uma moça italiana, casou com ela numa cerimônia discreta e apressada, e três meses depois teve um filho, Paul.

Ivo acalentava grandes planos para o neto. Advogados eram muito importantes nos Estados Unidos, e Ivo decidiu que o neto seria advogado. O jovem era ambicioso e inteligente e, aos 22 anos,

foi admitido na faculdade de direito de Harvard. Quando Paul se formou, Ivo providenciou seu ingresso numa prestigiosa firma de advocacia e o jovem logo se tornou sócio. Cinco anos mais tarde, Paul abriu sua própria firma de advocacia. A esta altura, Ivo já investia pesadamente em negócios legítimos, mas ainda mantinha contatos com a Máfia, e seu neto cuidava dos negócios para ele. Em 1967, no ano em que Ivo morreu, Paul casou com uma jovem italiana, Nina, que um ano depois teve gêmeos.

PAUL SE MANTEVE em intensa atividade durante a década de 1970. Seus principais clientes eram os sindicatos, e por causa disso ocupava uma posição de poder. Diretores de empresas comerciais, financeiras e industriais faziam tudo para agradá-lo.

Um dia, Paul foi almoçar com um cliente, Bill Rohan, um respeitado banqueiro que nada sabia sobre os antecedentes familiares de seu advogado.

– Você deveria entrar para o Sunnyvale, meu clube de golfe – sugeriu Bill Rohan. – Joga golfe, não é?

– Ocasionalmente – respondeu Paul. – Quando tenho tempo.

– Ótimo. Sou do conselho de admissão. Gostaria que eu o propusesse para sócio?

– É uma boa ideia.

Na semana seguinte, o conselho se reuniu para discutir novos sócios. O nome de Paul Martin foi proposto.

– Posso recomendá-lo – declarou Bill Rohan. – Ele é um homem de bem.

John Hammond, outro membro do conselho, protestou:

– Ele não é italiano? Não precisamos de carcamanos neste clube, Bill.

O banqueiro fitou-o.

– Vai lhe dar uma bola preta?

– Claro que vou.

– Muito bem. Vamos em frente. O próximo...

A reunião continuou.

Duas semanas depois, Paul Martin tornou a almoçar com o banqueiro.

– Tenho praticado meu golfe – gracejou Paul.

Bill Rohan sentiu-se embaraçado.

– Houve um pequeno contratempo, Paul.

– Um contratempo?

– Propus seu nome para sócio. Mas, infelizmente, um dos membros do conselho lhe deu a bola preta.

– É mesmo? Por quê?

– Não considere algo pessoal. Ele é um fanático intolerante. Não gosta de italianos.

Paul sorriu.

– Isso não me incomoda, Bill. Muitas pessoas não gostam de italianos. Esse Sr...

– Hammond, John Hammond.

– O dono de frigoríficos?

– O próprio. Ele vai mudar de ideia. Conversarei com ele.

Paul sacudiu a cabeça.

– Não precisa se preocupar. Para ser franco, não sou mesmo tão maluco assim por golfe.

Seis meses mais tarde, no meio do calor de julho, quatro caminhões refrigerados da Hammond Meat Packing Company, carregados com pernil de porco e carne de vaca, seguindo do frigorífico em Minnesota para supermercados em Buffalo e Nova Jersey, saíram da estrada. Os motoristas abriram as portas traseiras dos caminhões e foram embora.

Ao saber da notícia, John Hammond ficou furioso. Chamou seu supervisor.

– Mas o que está acontecendo? – indagou ele. – Carne no valor de 1,5 milhão de dólares estragando ao sol! Como isso pôde acontecer?

– O sindicato determinou uma greve.

– Sem nos avisar? Por que essa greve agora? Mais dinheiro?

O supervisor deu de ombros.

– Não sei. Eles não me disseram nada. Apenas paralisaram o trabalho.

Naquela tarde, o representante do sindicato foi levado até a sala de Hammond.

– Por que não fui avisado de que haveria uma greve? – perguntou Hammond.

– Eu também não sabia, Sr. Hammond – respondeu o representante, contrafeito. – Os homens simplesmente se zangaram e deixaram o trabalho. Aconteceu de repente.

– Sempre fui um homem razoável nas negociações. O que eles querem? Um aumento?

– Não, senhor. O problema é o sabonete.

Hammond ficou aturdido.

– Você disse *sabonete*?

– Isso mesmo. Eles não gostam do sabonete que têm usado nos banheiros. É forte demais.

Hammond não podia acreditar no que ouvia.

– *O sabonete era forte demais?* E só por causa disso perdi um milhão e meio de dólares?

– Não me culpe – disse o capataz. – O problema é com os homens.

– Essa não! Não dá para acreditar. Que tipo de sabonete eles gostariam... sabonete de bicha? – Ele bateu com o punho na mesa. – Na próxima vez em que os homens tiverem qualquer problema, venha me procurar primeiro. Entendido?

– Entendido, Sr. Hammond.

– Diga a eles que voltem ao trabalho. Haverá o melhor sabonete que o dinheiro puder comprar em todos os banheiros no fim da tarde. Assim está bom?

– Direi a eles, Sr. Hammond.

John Hammond continuou sentado por muito tempo, furioso. *Não é de admirar que este país esteja indo para o inferno*, pensou ele. *Sabonete!*

Duas semanas depois, ao meio-dia de um dia quente de agosto, cinco caminhões da Hammond Meat Packing, indo entregar carne em Syracuse e Boston, pararam fora da estrada. Os motoristas abriram as portas traseiras e foram embora.

John Hammond recebeu a notícia às seis horas da tarde.

– Mas que história é essa? – berrou ele. – Você não trocou o sabonete?

– Troquei, no mesmo dia em que mandou – respondeu o supervisor.

– Então o que é desta vez?

O supervisor respondeu, desconsolado:

– Não sei. Não houve nenhuma queixa. Ninguém me falou nada.

– Chame a porra do representante sindical!

Às 19 horas, Hammond estava falando com o representante sindical.

– Carne no valor de 2 milhões de dólares estragou esta tarde por causa de seus homens! – berrou Hammond. – Eles enlouqueceram?

– Quer que eu diga ao presidente do sindicato que perguntou isso, Sr. Hammond?

– Claro que não! – protestou Hammond. – Nunca tive qualquer problema com vocês antes. Se os homens querem mais dinheiro, basta me procurarem e discutiremos o assunto como pessoas razoáveis. Quanto eles estão pedindo?

– Nada.

– Como assim?

– Não é o dinheiro, Sr. Hammond.

– Não? Então o que é?

– As lâmpadas.

– Lâmpadas?

Hammond pensou ter entendido mal.

– Isso mesmo. Os homens estão se queixando que as lâmpadas nos banheiros são fracas demais.

John Hammond recostou-se em sua cadeira, subitamente quieto, e murmurou:

– O que está acontecendo por aqui?

– Já lhe disse, os homens acham que...

– Esqueça essa besteira. O que está acontecendo de fato?

– Se eu soubesse, pode ter certeza de que lhe diria – respondeu o representante sindical.

– Alguém vem tentando me tirar do negócio? É isso?

O representante sindical permaneceu calado.

– Muito bem – acrescentou John Hammond. – Dê-me um nome. Com quem eu posso falar?

– Há um advogado que talvez possa ajudá-lo. O sindicato o usa muito. Seu nome é Paul Martin.

– Paul...?

E John Hammond se lembrou subitamente. Ora, aquele filho da puta carcamano chantagista!

– Saia daqui! – berrou ele. – Fora!

Hammond continuou sentado, fervendo de raiva. *Ninguém me chantageia. Ninguém.*

Uma semana depois, mais seis de seus caminhões foram abandonados nas estradas.

John Hammond marcou um almoço com Bill Rohan.

– Estive pensando em seu amigo, Paul Martin – disse ele. — Talvez eu tenha sido um pouco precipitado ao vetá-lo.

– É muita generosidade de sua parte dizer isso, John.

– Vamos fazer uma coisa. Você torna a propô-lo para sócio na próxima semana e eu o apoiarei.

Na semana seguinte, o nome de Paul Martin tornou a ser apresentado e foi aprovado por unanimidade pelo comitê. John Hammond telefonou pessoalmente para Paul Martin.

– Meus parabéns, Sr. Martin. Acaba de ser aceito como sócio do Sunnyvale. Sentimos a maior satisfação em tê-lo a bordo.

– Obrigado – disse Paul. – Fico feliz com seu telefonema.

A ligação seguinte de John Hammond foi para o escritório do promotor distrital. Marcou uma reunião para a semana seguinte.

No domingo, John Hammond e Bill Rohan integravam um grupo de quatro golfistas no clube.

– Ainda não conheceu Paul Martin, não é? – perguntou Bill Rohan.

John Hammond sacudiu a cabeça.

– Ainda não. E não creio que ele venha jogar muito golfe aqui. O grande júri vai manter seu amigo bastante ocupado.

– Como assim?

– Vou fornecer informações sobre ele ao promotor distrital que com certeza interessarão a um grande júri.

Bill Rohan ficou chocado.

– Sabe o que está fazendo?

– Pode apostar que sim. Ele não passa de uma barata, Bill. E vou esmagá-lo.

Na segunda-feira seguinte, quando seguia para o gabinete do promotor distrital, John Hammond foi atropelado e morto e o motorista fugiu. Não houve testemunhas. A polícia jamais encontrou o culpado.

Todos os domingos, depois disso, Paul Martin levava a esposa e os gêmeos para almoçar no Sunnyvale. O bufê ali era delicioso.

PAUL MARTIN LEVAVA a sério os votos do casamento. Por exemplo, nunca sonharia em desonrar a esposa levando-a e à sua amante ao mesmo restaurante. O casamento era uma parte de sua vida; os negócios se situavam em outra. Todos os amigos de Paul Martin tinham amantes. Era inerente a seu estilo de vida. O que incomodava Martin era ver velhos saindo com garotinhas. Era indigno, e Paul Martin atribuía um grande valor à dignidade. Decidiu que ao completar 60 anos deixaria de ter amantes. E fora o que fizera ao completar essa idade, dois anos antes. A esposa, Nina, era uma boa companheira para ele. E isso era suficiente. *Dignidade.*

Fora esse homem que Lara Cameron procurara em busca de ajuda. Martin já ouvira falar de Lara Cameron, mas ficou impressionado com sua juventude e beleza. Ela era ambiciosa e furiosamente independente, e ainda assim muito feminina. E ele se descobriu sentindo uma forte atração por Lara. *Não*, pensou ele. *Ela não passa de uma jovem. E eu estou velho. Velho demais.*

Quando Lara saiu de seu escritório, em meio a um acesso de raiva, na primeira visita, Paul Martin continuou sentado, pensando nela, por um longo momento. Depois pegou o telefone e fez uma ligação.

14

O novo prédio avançava dentro do cronograma. Lara visitava a obra todas as manhãs e tardes, e havia um novo respeito na atitude dos homens em relação a ela. Podia senti-lo na maneira como a fitavam, falavam e trabalhavam. Sabia que era por causa de Paul Martin, e descobriu-se, de forma desconcertante, a pensar mais e mais no homem feio e atraente, com a voz estranhamente fascinante.

Tornou a telefonar para ele.

– Será que não poderíamos almoçar juntos, Sr. Martin?

– Tem algum outro problema?

– Não. Apenas achei que seria ótimo se pudéssemos nos conhecer melhor.

– Desculpe, Srta. Cameron, mas nunca almoço.

– E que tal um jantar?

– Sou casado, Srta. Cameron. Janto com minha esposa e filhos.

– E se...

O telefone ficou mudo. *O que há com ele?*, especulou Lara. *Não estou tentando ir para a cama com o homem; quero apenas lhe agradecer.* Ela tentou tirá-lo do pensamento.

Paul Martin sentiu-se perturbado pela satisfação que experimentara ao ouvir a voz de Lara Cameron. Disse à sua secretária:

– Se a Srta. Cameron ligar de novo, diga que não estou.

Não precisava de qualquer tentação e Lara Cameron era a tentação em pessoa.

HOWARD KELLER estava radiante pela maneira como tudo progredia.

– Devo admitir que você me deixou um pouco preocupado – confessou ele. – Parecia que íamos entrar pelo cano. E você fez um milagre.

Não foi um milagre meu, pensou Lara. *Foi de Paul Martin.* Talvez ele estivesse irritado com ela por não ter pago seus serviços.

Num súbito impulso, Lara enviou a Paul um cheque de 50 mil dólares.

O cheque foi devolvido no dia seguinte, sem qualquer bilhete. Lara ligou outra vez. A secretária disse:

– Lamento, mas o Sr. Martin não está.

Outra esnobação. Era como se ele não se importasse com ela. *Mas se ele não se importava comigo*, pensou Lara, *por que se deu ao trabalho de me ajudar?*

Ela sonhou com Paul Martin naquela noite.

HOWARD KELLER entrou na sala de Lara.

– Tenho dois ingressos para o novo musical de Andrew Lloyd Webber, *Song & Dance*. Mas preciso viajar para Chicago. Quer usar os ingressos?

– Não... espere. – Ela ficou calada por um instante. – Acho que sim. Obrigada, Howard.

Naquela tarde, Lara pôs um dos ingressos num envelope e endereçou-o a Paul Martin, em seu escritório.

AO RECEBER O INGRESSO, no dia seguinte, ele ficou perplexo. Quem lhe mandaria um único ingresso para o teatro? *A garota Cameron*, concluiu Martin. *Tenho de pôr um ponto final nessa história.*

– Estou livre na noite de sexta-feira? – perguntou ele à secretária.

– Tem um jantar marcado com seu cunhado, Sr. Martin.

– Cancele.

LARA ASSISTIU AO primeiro ato e o lugar ao seu lado permaneceu vazio. *Portanto, ele não virá*, pensou ela. *Ora, ele que se dane. Já fiz tudo o que podia.*

Quando a cortina fechou sobre o primeiro ato, Lara especulou se deveria ficar para o segundo ou ir embora. Um vulto apareceu no lugar ao seu lado.

– Vamos sair daqui – ordenou Paul Martin.

JANTARAM NUM BISTRÔ no East Side. Ele sentou na frente de Lara, no outro lado da mesa, estudando-a, calmo e cauteloso. O garçom veio anotar os pedidos de drinques.

– Quero um uísque com soda – disse Lara.

– Nada para mim.

Lara demonstrou surpresa.

– Não bebo.

Depois que pediram o jantar, Paul Martin indagou:

– O que quer de mim, Srta. Cameron?

– Não gosto de dever nada a ninguém. Devo-lhe uma coisa e não quer permitir que eu pague. Isso me incomoda.

– Já lhe disse antes... não me deve nada.

– Mas eu...

– Soube que seu prédio está indo muito bem.

– É verdade.

Ela já ia acrescentar "graças a você", mas mudou de ideia.

– Você é boa no que faz, não é?

Lara acenou com a cabeça.

– Quero ser. É a coisa mais emocionante do mundo ter uma ideia e vê-la crescer, em concreto e aço, virar um prédio em que pessoas trabalham e vivem. De certa forma, torna-se um monumento, não acha?

O rosto de Lara estava vibrante, cheio de vida.

– Acho que sim. E um monumento vai levar a outro?

– Pode apostar que sim! – respondeu Lara, no maior entusiasmo. – Quero me tornar a mais importante incorporadora imobiliária desta cidade.

Havia nela uma sensualidade fascinante. Paul Martin sorriu.

– Eu não me surpreenderia.

– Por que resolveu ir ao teatro esta noite? – perguntou Lara.

Ele fora para lhe dizer que o deixasse em paz, mas agora, tão perto dela, não foi capaz de falar.

– Ouvi boas coisas sobre o espetáculo.

Lara sorriu.

– Talvez possamos ir de novo e assistir juntos, Paul.

Ele sacudiu a cabeça.

– Não apenas sou casado, Srta. Cameron, mas também muito bem casado. E acontece que amo minha esposa.

– Admiro isso. O prédio estará pronto no dia 15 de março. Faremos uma festa na inauguração. Você irá?

Ele hesitou por um longo tempo, tentando formular a recusa da maneira mais gentil possível. E, finalmente, respondeu:

– Está certo, eu irei.

A FESTA DE INAUGURAÇÃO do novo prédio foi um sucesso moderado. O nome de Lara Cameron ainda não era bastante conhecido para atrair muitos representantes da imprensa nem qualquer dos dignitários mais importantes da cidade. Mas um assessor do prefeito compareceu, assim como um repórter do *Post*.

– O prédio já está quase todo vendido – informou Keller a Lara. – E estamos recebendo uma porção de consultas.

– Isso é ótimo – respondeu Lara, distraída.

Sua mente se encontrava em outra coisa. Pensava em Paul Martin e especulava se ele apareceria. Por algum motivo, isso era importante para ela. Martin era um mistério intrigante. Negava tê-la ajudado, mas... Lara estava atrás de um homem que tinha idade suficiente para ser seu pai. Tratou de eliminar da mente essa comparação.

Foi cuidar dos convidados. *Hors d'oeuvres* e drinques eram servidos, e todos pareciam se divertir. No meio das festividades, Paul Martin chegou e o clima mudou no mesmo instante. Os operários saudaram-no como se fosse a realeza. Era evidente que tinham o maior respeito por ele.

Sou um advogado comercial... Não lido com sindicatos.

Martin apertou a mão do assessor do prefeito, de alguns dirigentes sindicais presentes e depois se aproximou de Lara.

– Fico contente que tenha podido vir – disse ela.

Paul Martin correu os olhos pelo enorme edifício.

– Meus parabéns. Fez um bom trabalho.

– Obrigada. – Ela baixou a voz para acrescentar: – Graças a você.

Ele a fitou, aturdido por vê-la tão radiante e pela maneira como se sentia ao contemplá-la.

– A festa está quase terminando – disse Lara. – Eu esperava que me levasse para jantar.

– Já falei que sempre janto com minha esposa e filhos. – Martin fitou-a nos olhos. – Mas lhe pagarei um drinque.

Lara sorriu.

– Ótimo.

FORAM PARA UM pequeno bar na Terceira Avenida. Conversaram, mas depois nenhum dos dois se lembrou do que falaram. As palavras não passavam de uma camuflagem para a tensão sexual entre os dois.

– Fale-me a seu respeito – pediu Paul Martin. – Quem é você? De onde veio? Como começou neste negócio?

Lara pensou em Sean MacAllister e em seu corpo repulsivo por cima dela. *"Foi tão bom que vamos fazer de novo."*

– Venho de uma cidadezinha da Nova Escócia. Glace Bay. Meu pai era o cobrador dos aluguéis de algumas pensões que existiam ali. Quando ele morreu, assumi seu lugar. Um dos pensionistas me ajudou a comprar um terreno e construí um prédio. Foi o começo.

Ele escutava atentamente.

– Depois disso, fui para Chicago e também construí alguns prédios ali. Saí-me muito bem e resolvi vir para Nova York. – Lara sorriu. – E essa é toda a história. – *Exceto pela agonia de ser criada por um pai que a odiava, a vergonha da pobreza, de nunca possuir coisa alguma, de entregar seu corpo a Sean MacAllister...*

Como se lesse seus pensamentos, Paul Martin comentou:

– Aposto que não foi realmente tão fácil assim, não é?

– Não estou me queixando.

– Qual é seu próximo projeto?

Lara deu de ombros.

– Ainda não sei. Já examinei diversas possibilidades, mas não há nada que me atraia de uma maneira irresistível.

Paul Martin não desviava os olhos dela.

– Em que está pensando? – indagou Lara.

Ele respirou fundo.

– A verdade? Pensava que se não fosse casado, eu lhe diria que é uma das mulheres mais interessantes que já conheci. Mas sou casado e por isso seremos apenas bons amigos. Estou sendo claro?

– Muito claro.

Ele olhou para seu relógio.

– É hora de partir. – Virou-se para o garçom. – A conta, por favor.

Martin se levantou e Lara perguntou:

– Podemos almoçar na próxima semana?

– Não. Talvez eu torne a vê-la quando seu próximo prédio for inaugurado.

E ele foi embora.

NAQUELA NOITE, Lara sonhou que os dois faziam amor. Paul Martin estava em cima dela, acariciando seu corpo com as duas mãos, sussurrando em seu ouvido, a voz engrolada.

– Ah, como eu gosto de ter você... Deus me perdoe, minha querida, mas nunca consegui dizer ainda como amo você, amo, amo...

E depois ele penetrou-a e o corpo de Lara pareceu se derreter. Ela começou a gemer e foi despertada pelos gemidos. Sentou na cama, tremendo.

DOIS DIAS DEPOIS, Paul Martin telefonou.

– Acho que tenho um terreno que pode interessá-la – anunciou ele, em tom incisivo. – Fica no West Side, na Rua 69. Ainda não está no mercado. Pertence a um cliente meu que quer vendê-lo.

Lara e Howard Keller foram examinar a propriedade ainda naquela manhã. Era de primeira categoria.

– Como soube disso? – perguntou Keller.

– Paul Martin.

– Ah...

Havia desaprovação no murmúrio.

– O que está querendo insinuar?

– Lara... investiguei Martin. Ele é da Máfia. Fique longe desse homem.

Ela protestou, indignada:

– Ele nada tem a ver com a Máfia. É um bom amigo. E, de qualquer forma, o que isso tem a ver com a propriedade? Você gosta?

– Acho que é excelente.

– Então vamos comprá-la.

Fecharam o negócio dois dias depois.

Lara enviou um enorme buquê de flores para Paul Martin. Havia um bilhete anexo: "Paul, por favor, não as devolva. Elas são muito sensíveis."

LARA RECEBEU um telefonema dele naquela tarde.

– Obrigado pelas flores. Não estou acostumado a receber flores de mulheres bonitas.

Sua voz parecia mais ríspida do que o habitual.

– Sabe qual é o seu problema? – indagou Lara. – Ninguém jamais o mimou o suficiente.

– É o que quer fazer comigo, me mimar?

– Nojento.

Paul riu.

– Falo sério, Paul.

– Sei disso.

– Por que não conversamos sobre o assunto durante o almoço? – indagou Lara.

PAUL MARTIN NÃO fora capaz de tirar Lara dos pensamentos. Sabia que podia se apaixonar por ela com a maior facilidade. Havia uma vulnerabilidade nela, uma inocência e ao mesmo tempo algo extremamente sensual. Sabia que deveria ser inteligente o suficiente para nunca mais tornar a vê-la, mas era incapaz de se controlar. Sentia-se atraído por algo mais poderoso do que sua vontade.

Almoçaram no Clube 21.

– Quando estiver tentando esconder alguma coisa – aconselhou Paul –, sempre o faça à vista de todo mundo. Assim, ninguém acreditará que está fazendo algo errado.

– Estamos tentando esconder alguma coisa? – perguntou Lara, baixinho.

154

Ele fitou-a e tomou sua decisão. *Ela é linda e inteligente, mas há mil e uma outras mulheres iguais. Será fácil tirá-la da minha cabeça. Irei para a cama com ela uma vez e será o fim dessa história.*

Mas ele estava enganado.

PAUL SE MOSTRAVA inexplicavelmente nervoso quando chegaram ao apartamento de Lara.

– Eu me sinto como uma porra de um colegial – murmurou ele. – Estou sem prática.

– É como andar de bicicleta – comentou Lara. – Tudo vai lhe voltar com a maior naturalidade. Deixe-me despi-lo.

Ela tirou o paletó e a gravata de Paul e começou a desabotoar a camisa.

– Sabe que isso nunca pode se tornar sério, Lara.

– Claro que sei.

– Tenho 62 anos. Poderia ser seu pai.

Ela ficou imóvel por um instante, recordando o sonho.

– Sei disso. – Lara acabou de despi-lo. – Tem um lindo corpo.

– Obrigado.

A esposa nunca lhe dissera isso. Lara passou os braços em torno de suas coxas.

– É muito forte, não é?

Ele descobriu que se empertigava.

– Joguei basquete quando estava...

Os lábios de Lara se comprimiram contra os dele, foram para a cama e Paul experimentou algo que nunca lhe acontecera antes, em toda a sua vida. Teve a sensação de que seu corpo pegava fogo. Faziam amor, e era sem princípio nem fim, um rio que o arrastava cada vez mais depressa, sugando-o para baixo, mais e mais fundo, para uma suave escuridão, que explodiu em mil estrelas. E o milagre foi que aconteceu de novo, e mais outra vez, até que ele se estendeu na cama, ofegante e exausto.

– Não posso acreditar – murmurou Paul.

O ato de amor com a esposa sempre fora convencional, rotineiro. Com Lara, porém, foi uma experiência incrivelmente sensual. Paul

Martin tivera muitas mulheres antes, mas Lara era diferente de todas as outras que já conhecera. Ela lhe concedera uma dádiva que nenhuma outra mulher jamais lhe dera: fizera com que se sentisse jovem.

Quando ele estava se vestindo, Lara perguntou:

– Voltarei a vê-lo?

– Claro. – *Que Deus me ajude.* – Claro que sim.

A DÉCADA DE 1980 foi um período de mudanças. Ronald Reagan foi eleito presidente dos Estados Unidos e Wall Street teve o dia mais movimentado de sua história. O xá do Irã morreu no exílio e Anwar Sadat foi assassinado. A dívida pública alcançou 1 trilhão de dólares e os reféns americanos no Irã foram libertados. Sandra Day O'Connor tornou-se a primeira mulher a servir na Suprema Corte americana.

LARA SE ENCONTRAVA no lugar certo, na hora certa. O mercado imobiliário vivia um surto de prosperidade. O dinheiro era abundante e os bancos se mostravam dispostos a financiar projetos que eram ao mesmo tempo especulativos e podiam proporcionar lucros elevados.

As companhias de poupança e empréstimo constituíam uma grande fonte de capital. Os títulos de elevados lucros e altos riscos – apelidados de *junk*, que significa lixo em inglês – haviam sido popularizados por um jovem gênio financeiro, Mike Milken, e eram um maná para a indústria imobiliária. O financiamento se achava à disposição de quem pedisse.

– Vou construir um hotel na propriedade da Rua 69, em vez de um prédio de escritórios.

– Por quê? – indagou Howard Keller. – É um lugar perfeito para um prédio de escritórios. Com um hotel, você tem de administrar 24 horas por dia. Os hóspedes entram e saem como formigas. Com um prédio de escritórios, você só precisa se preocupar com um contrato de locação a cada cinco ou dez anos.

– Sei disso, mas com um hotel a gente passa a ter poder e prestígio, Howard. Podemos oferecer suítes a pessoas importantes, recebê-las em nosso próprio restaurante. Gosto dessa ideia. Será um hotel.

Quero que marque reuniões com os principais arquitetos de Nova York: Skidmore, Owings e Merrill, Peter Eisenman e Philip Johnson.

As reuniões foram realizadas durante as duas semanas seguintes. Alguns arquitetos se mostraram condescendentes. Nunca haviam trabalhado antes para uma mulher incorporadora. Um deles comentou:

– Se deseja que copiemos...

– Não. Faremos um hotel que os *outros* construtores vão copiar. Se quer uma indicação, experimente "elegância". Vejo uma entrada flanqueada por chafarizes gêmeos, um saguão com mármore italiano. Junto do saguão teremos uma confortável sala de reuniões, em que...

Ao final da reunião, todos estavam impressionados.

Lara formou uma equipe. Contratou um advogado chamado Terry Hill, um assessor chamado Jim Belon, um gerente de projeto chamado Tom Chriton e uma agência de publicidade dirigida por Tom Scott. Contratou também a firma de arquitetura Higgins, Almont & Clark e o projeto deslanchou.

– Vamos nos reunir uma vez por semana, mas quero relatórios diários de cada um – disse Lara ao grupo. – O hotel tem de ser construído no prazo e dentro do orçamento. Escolhi todos vocês porque são os melhores no que fazem. Não me decepcionem. Alguma pergunta?

Ela passou as duas horas seguintes respondendo às perguntas. Mais tarde, indagou a Keller:

– Como acha que foi a reunião?

– Muito boa, chefe.

Era a primeira vez que ele a chamava assim. E Lara gostou.

CHARLES COHN telefonou.

– Estou em Nova York. Podemos almoçar?

– Pode apostar que sim! – exclamou Lara.

Foram almoçar no Sardi's.

– Está com uma aparência maravilhosa, Lara. O sucesso combina com você.

– E é apenas o começo. Charles... não gostaria de trabalhar na Cameron Enterprises? Eu lhe darei sociedade e...

Ele sacudiu a cabeça.

– Obrigado, mas a resposta é não. Você acaba de iniciar a jornada, enquanto eu me aproximo do fim da estrada. Vou me aposentar no próximo verão.

– Vamos permanecer em contato. Não quero perdê-lo.

NA PRÓXIMA VEZ em que Paul Martin foi a seu apartamento, Lara disse:

– Tenho uma surpresa para você, querido.

Ela entregou-lhe meia dúzia de pacotes.

– Ei, não é meu aniversário!

– Abra.

Havia nos pacotes uma dúzia de camisas Bergdorf Goodman e uma dúzia de gravatas Pucci.

– Já tenho camisas e gravatas – comentou ele, rindo.

– Não como estas. Farão com que se sinta mais jovem. E também arrumei o nome de um bom alfaiate para você.

Na semana seguinte, Lara providenciou um barbeiro para cortar os cabelos de Paul num estilo diferente.

Paul Martin contemplou-se no espelho e pensou: *Pareço mesmo mais jovem.* A vida se tornara excitante. E tudo por causa de Lara.

A esposa de Paul tentou não notar a mudança no marido.

ESTAVAM TODOS ALI para a reunião: Keller, Tom Chriton, Jim Belon e Terry Hill.

– Vamos acelerar a construção do hotel, trabalhando nas diversas fases ao mesmo tempo – anunciou Lara.

Os homens se entreolharam.

– É perigoso – comentou Keller.

– Não se fizermos tudo certo.

Tom Chriton disse:

– Srta. Cameron, a maneira segura é concluir uma fase de cada vez. Nivela-se o terreno, depois começa-se a escavar as valas para as

fundações. Quando essa parte fica pronta, instalamos as tubulações de esgotos e serviços. Depois...

Lara interrompeu-o:

– Fazemos as formas de madeira para o trabalho de concreto e instalamos as vigas de aço. Já sei de tudo isso.

– Então por que...?

– Porque isso levaria dois anos. E não quero esperar dois anos.

Jim Belon interveio:

– Isso implicaria iniciar todas as etapas diferentes ao mesmo tempo. Se alguma coisa sair errada, nada vai se ajustar. Poderíamos ter um prédio inclinado, com os circuitos elétricos no lugar errado, ou...

– Nesse caso, temos de cuidar para que nada saia errado, não é mesmo? – declarou Lara. – Se trabalharmos assim, teremos o prédio pronto em um ano, em vez de dois, e pouparemos quase 20 milhões de dólares.

– É verdade, mas seria correr um grande risco.

– Gosto de correr riscos.

15

Lara falou A Paul Martin sobre sua decisão de acelerar a construção do hotel e relatou a discussão que tivera com o comitê da obra.

– Talvez eles estejam certos – sugeriu Paul. – O que você pretende fazer pode ser perigoso.

– Trump trabalha assim. E Uris também.

Paul protestou, gentilmente:

– Meu bem, você não é Trump nem Uris.

– Serei maior do que eles, Paul. Construirei mais prédios em Nova York do que qualquer outro já construiu antes. Esta será minha cidade.

Ele fitou-a em silêncio por um longo momento.

– Acredito.

Lara mandou instalar um telefone fora da lista no escritório. Só Paul Martin tinha o número. Ele também instalou um telefone em seu escritório para as ligações de Lara. Falavam-se várias vezes por dia.

Sempre que conseguiam encontrar uma folga à tarde, iam para o apartamento de Lara. Paul Martin aguardava ansioso por essas escapadas mais do que jamais julgara possível. Lara tornara-se uma obsessão para ele.

QUANDO SOUBE O QUE estava acontecendo, Keller ficou preocupado.

– Lara, acho que está cometendo um erro. Ele é perigoso.

– Você não o conhece. Ele é maravilhoso.

– Está apaixonada por ele?

Lara pensou a respeito. Paul Martin preenchia uma necessidade em sua vida. Mas sentia-se apaixonada por ele?

– Não.

– E ele está apaixonado por você?

– Acho que sim.

– Tome cuidado... tome muito cuidado.

Lara sorriu. Num súbito impulso, deu um beijo no rosto de Keller.

– Amo a maneira como você cuida de mim, Howard.

LARA ESTAVA NA OBRA, estudando um relatório.

– Estamos gastando um bocado de dinheiro com madeira.

Ela falava com Pete Reese, o novo gerente do projeto.

– Eu não quis mencionar isso antes, Srta. Cameron, por que não tinha certeza... mas tem toda razão. Uma boa parte de nossa madeira tem desaparecido. Fomos obrigados a dobrar a encomenda.

Ela levantou o rosto para fitá-lo nos olhos.

– Quer dizer que alguém anda roubando?

– É o que parece.

– Tem alguma ideia de quem seja?

– Não.

– Não temos vigias noturnos aqui?

– Um vigia.

– E ele não viu nada?

– Não. Mas com tanta atividade ocorrendo por aqui, pode também ter sido durante o dia. E pode ter sido qualquer um.

Lara ficou pensativa.

– Entendo... Obrigada por me avisar, Pete. Cuidarei disso.

Naquela tarde, Lara contratou um detetive particular, Steve Kane.

– Como alguém pode sair da obra em plena luz do dia com uma carga de madeira? – indagou Kane.

– É isso que quero que me diga.

– Há um vigia noturno, não é?

– Há, sim.

– Talvez ele esteja envolvido.

– Não estou interessada em talvez. Descubra quem está por trás disso e me informe.

– Pode me contratar como um operário na obra?

– Darei um jeito.

Steve Kane foi trabalhar na obra no dia seguinte. Quando Lara contou a Keller o que estava acontecendo, ele protestou:

– Você não precisava se envolver. Eu poderia cuidar disso.

– Gosto de cuidar das coisas pessoalmente.

E foi o fim da conversa.

Cinco dias depois, Kane compareceu ao escritório de Lara.

– Descobriu alguma coisa?

– Tudo.

– Era o vigia?

– Não. A madeira não foi roubada da obra.

– Como assim?

– Nunca chegou lá. Era enviada para outra obra, em Jersey, e faturada duas vezes. As faturas eram forjadas.

– Quem está por trás disso?

Kane informou.

NA TARDE SEGUINTE, houve uma reunião do comitê. Terry Hill, o advogado de Lara, estava presente, Howard Keller, Jim Belon, o

gerente do projeto, e Pete Reese. Havia também um estranho à mesa de reunião. Lara apresentou-o como Sr. Conroy.

– Vamos ouvir um relatório – disse Lara.

– Estamos dentro do prazo – declarou Pete Reese. – Calculamos mais quatro meses. Você tinha razão na proposta de acelerar a construção. Tudo vem correndo tão suave quanto seda. Já começamos a instalar os circuitos elétricos e encanamentos.

– Ótimo – murmurou Lara.

– E a madeira roubada? – indagou Keller.

– Ainda não há nenhuma novidade – respondeu Pete Reese. – Mas continuamos atentos

– Creio que não precisamos mais nos preocupar com isso – anunciou Lara. – Descobrimos quem tem roubado a madeira.

Lara acenou com a cabeça para o estranho e acrescentou:

– O Sr. Conroy é da delegacia especial de defraudações. Na verdade, é o *detetive* Conroy.

– O que ele está fazendo aqui? – perguntou Pete Reese.

– Veio para levar você.

Reese fitou-a, aturdido.

– Como?

Lara virou-se para o grupo.

– O Sr. Reese vem vendendo nossa madeira para outra obra. Quando descobriu que eu verificava os relatórios, decidiu me contar que havia um problema.

– Ei, espere um pouco! – protestou Pete Reese. – Eu... eu... você não está entendendo.

Ela olhou para Conroy.

– Quer tirá-lo daqui, por favor?

E tornando a se virar para os outros, Lara disse:

– Agora, vamos discutir a inauguração do hotel.

À MEDIDA QUE SE aproximava a conclusão do hotel, a pressão aumentava mais e mais. Lara foi se tornando insuportável. Atormentava a todos constantemente. Telefonava para as pessoas em plena madrugada.

– Howard, você sabia que a remessa de papel de parede ainda não chegou?

– Pelo amor de Deus, Lara, são 4 horas da manhã!

– Faltam noventa dias para a inauguração do hotel e não podemos abri-lo sem papel de parede.

– Verificarei isso pela manhã.

– Já é de manhã. Verifique agora.

O nervosismo de Lara se intensificou com a aproximação do prazo final. Reuniu-se com Tom Scott, o diretor da agência de publicidade.

– Tem filhos pequenos, Sr. Scott?

Ele se mostrou surpreso.

– Não. Por quê?

– Porque acabei de examinar a nova campanha e tive a impressão de que foi criada por uma criança. Não posso acreditar que adultos se reúnam para criar tamanha porcaria.

Scott franziu o rosto.

– Se há alguma coisa na campanha que a desagrada...

– Tudo me desagrada. Falta excitamento. É morna. Podia ser sobre qualquer hotel, em qualquer lugar. E este não é *qualquer* hotel, Sr. Scott. É o mais lindo e mais moderno hotel de Nova York. Fez com que pareça um prédio frio, indistinguível. Mas é um lar, aconchegante, emocionante. E temos de espalhar essa notícia. Acha que pode cuidar disso?

– Claro que podemos. Vamos revisar a campanha e, dentro de duas semanas...

– Segunda-feira – interrompeu-o Lara, incisiva. – Quero ver a nova campanha na segunda-feira.

Os novos anúncios saíram em jornais, revistas e cartazes por todo o país.

– Acho que a campanha saiu espetacular – comentou Tom Scott. – Você estava certa.

Lara fitou-o nos olhos e disse calmamente:

– Não quero estar certa. Quero que *você* esteja certo. É para isso que lhe pago.

163

Ela virou-se para Jerry Townsend, responsável pela divulgação.

– Todos os convites já foram expedidos?

– Sim. E recebemos a maioria das respostas. Todos virão à inauguração. Será uma grande festa.

– Nem poderia deixar de ser – resmungou Keller. – Vai custar uma fortuna.

Lara sorriu.

– Pare de agir como um banqueiro. Obteremos uma publicidade no valor de 1 milhão de dólares. Teremos dezenas de celebridades na festa e...

Keller levantou a mão.

– Está bem, está bem.

DUAS SEMANAS ANTES da inauguração, tudo parecia estar acontecendo ao mesmo tempo. O papel de parede chegara, os carpetes eram colocados, os corredores pintados, os quadros pendurados. Lara inspecionou cada suíte, acompanhada por uma equipe de cinco pessoas. Entrava numa suíte e ela dizia:

– As cortinas aqui estão erradas. Devem ser trocadas com as cortinas da suíte ao lado.

Em outra suíte, ela experimentou o piano.

– Está desafinado. Acertem isso.

Numa terceira suíte, a lareira não funcionava.

– Consertem.

Parecia à equipe angustiada que Lara tentava fazer tudo pessoalmente. Ela inspecionava a cozinha, a lavanderia e os armários de material de limpeza. Estava por toda parte, exigindo, reclamando, reparando. O homem que ela contratara para dirigir o hotel comentou:

– Não precisa ficar tão preocupada, Srta. Cameron. Na inauguração de qualquer hotel, sempre há pequenas coisas que saem erradas.

– Não em meus hotéis – declarou Lara. – Não em meus hotéis.

NO DIA DA INAUGURAÇÃO, Lara acordou às 4 horas da manhã, nervosa demais para continuar a dormir. Queria desesperadamente falar com Paul Martin, mas não havia a menor possibilidade de ligar para ele àquela hora. Resolveu se vestir e sair para dar uma volta.

Tudo vai dar certo, disse a si mesma. *O computador de reservas será consertado. Vão pôr o terceiro forno para funcionar. Darão um jeito na fechadura da suíte sete. Encontraremos substitutas para as empregadas que foram embora ontem. A unidade de ar-condicionado na cobertura vai funcionar...*

ÀS 18 HORAS daquela tarde, os convidados começaram a chegar. Um guarda uniformizado em cada entrada verificava os convites, antes de permitir o acesso. Havia uma mistura de celebridades, atletas famosos e importantes executivos. Lara examinara a lista de convidados com o maior cuidado, eliminando os nomes dos parasitas e adeptos da boca-livre. Postou-se no amplo saguão, cumprimentando os convidados.

– Sou Lara Cameron. Foi muita gentileza sua ter vindo... Por favor, sinta-se à vontade para olhar tudo.

Lara levou Keller para um lado.

– Por que o prefeito não vem?

– Ele é muito ocupado, você sabe, e...

– Ou seja, ele acha que não sou bastante importante.

– Um dia ele mudará de ideia.

Um dos assessores do prefeito chegou.

– Obrigada por ter vindo – disse Lara. – É uma honra para o hotel.

Lara procurava nervosamente por Todd Grayson, o crítico de arquitetura do *New York Times*, que fora convidado. *Se ele gostar*, pensou ela, *teremos um vencedor*.

Paul Martin chegou, acompanhado pela esposa. Era a primeira vez que Lara via a Sra. Martin. Era uma mulher atraente e elegante. Lara sentiu uma inesperada pontada de culpa. Paul aproximou-se.

– Srta. Cameron, sou Paul Martin. Esta é minha esposa, Nina. Obrigado por nos convidar.

Lara apertou a mão dele por um segundo a mais do que o necessário.

– Sinto-me feliz por estarem aqui. Por favor, fiquem à vontade.

Paul correu os olhos pelo saguão. Já o vira meia dúzia de vezes antes.

– É lindo! – exclamou ele. – Acho que será muito bem-sucedida

Nina Martin olhava atentamente para Lara.

– Tenho certeza que ela será.

E Lara se perguntou se ela sabia.

O fluxo de convidados aumentou.

UMA HORA DEPOIS, Lara continuava parada no saguão, quando Keller a procurou, apressado.

– Pelo amor de Deus, Lara! Todos estão à sua espera, no salão de baile, já comendo. Por que não foi para lá?

– Todd Grayson ainda não chegou. Estou aguardando-o.

– O crítico de arquitetura do *Times*? Eu o vi há cerca de uma hora.

– O quê?

– Ele foi fazer a excursão pelo hotel, junto com outros.

– Por que não me contou?

– Pensei que você soubesse.

– O que ele disse? – indagou Lara, na maior ansiedade. — Qual foi sua reação? Parecia impressionado?

– Ele não disse nada. Parecia bem. E não sei se ficou ou não impressionado.

– Ele não disse *nada*?

– Não.

Lara franziu o rosto.

– Teria dito alguma coisa se gostasse. É um mau sinal, Howard.

A FESTA FOI UM tremendo sucesso. Os convidados comeram e beberam, brindaram ao hotel. Ao final, Lara foi bastante elogiada.

– É um hotel adorável, Srta. Cameron...

– Pode estar certa de que me hospedarei aqui quando voltar a Nova York...

– Que grande ideia, ter um piano em cada sala de estar...

– Adoro lareiras...

– Pode contar que recomendarei este hotel a todos os meus amigos...

Mesmo que o New York Times *deteste*, pensou Lara, *será um sucesso.*

Lara se encontrou com Paul Martin e a esposa quando eles se retiravam.

– Acho que tem um vencedor aqui, Srta. Cameron. Vai ser o assunto em toda Nova York.

– É muita gentileza sua, Sr. Martin – disse Lara. – Obrigada por terem vindo.

Nina Martin murmurou:

– Boa noite, Srta. Cameron.

– Boa noite.

Quando os dois passavam pela porta do saguão, Lara ouviu-a dizer:

– Não acha que ela é muito bonita, Paul?

NA QUINTA-FEIRA, ao sair a primeira edição do *New York Times*, Lara estava na banca da esquina da Rua 42 com a Broadway, às 4 horas da manhã, para pegar um exemplar. Abriu apressada na seção de arquitetura. O artigo de Todd Grayson começava assim:

Manhattan há muito precisava de um hotel que não lembrasse aos viajantes que se encontram num hotel. As suítes no Cameron Plaza são espaçosas e graciosas, tudo decorado com extremo bom gosto. Lara Cameron finalmente deu a Nova York...

Ela soltou um grito de alegria. Telefonou para Keller, acordando-o.

– Conseguimos! – anunciou ela. – O *Times* nos adora!

Ele sentou na cama, tonto de sono.

– Isso é maravilhoso. O que eles disseram?

Lara leu o artigo.

– Ainda bem – murmurou Keller. – Agora posso dormir um pouco.

– Dormir? Está brincando? Já tenho um novo local escolhido. Assim que os bancos abrirem, quero que você comece a negociar um empréstimo...

O CAMERON PLAZA de Nova York foi um triunfo. Teve reservas imediatas e havia uma longa fila de espera.

– É apenas o começo – afirmou Lara a Keller. – Há dez mil construtores na área metropolitana... mas apenas uns poucos são grandes... os Tische, os Rudin, os Rockefeller, os Stern. E, quer você goste, quer não, vamos jogar no mesmo time que eles. Vamos mudar a linha do céu de Nova York. Vamos criar o futuro.

Lara começou a receber visitas de bancos, oferecendo empréstimos. Cultivava os corretores imobiliários mais importantes, levando-os para jantar e ao teatro. Tinha cafés da manhã de negócios no Regency e era informada sobre propriedades prestes a entrarem no mercado. Adquiriu mais dois terrenos no centro da cidade e começou a construir. Paul Martin telefonou para Lara no escritório.

– Já viu a *Business Week*? Você virou uma grande notícia. Dizem que é uma nova força. Alguém que faz as coisas acontecerem.

– Eu tento.

– Está livre para jantar?

– Darei um jeito.

LARA ESTAVA REUNIDA com os sócios de um grande escritório de arquitetura. Examinava as plantas que eles haviam trazido.

– Vai gostar do projeto – disse o arquiteto principal. – Tem graça e simetria, a imponência que você pediu. Deixe-me explicar alguns detalhes...

– Não será necessário. Compreendo tudo. – Lara levantou os olhos. – Quero que entregue estas plantas a um artista.

– Como?

– Quero grandes desenhos em cores do prédio. Quero desenhos do saguão, corredores e salas. Banqueiros não têm imaginação. E quero lhes *mostrar* como o prédio vai parecer.

– Grande ideia!

A secretária de Lara apareceu.

– Desculpe o atraso.

– Esta reunião foi marcada para as 9 horas, Kathy. São 9h15.

– Desculpe, Srta. Cameron. Meu despertador não tocou e...

– Falaremos sobre isso mais tarde.

Ela virou-se para os arquitetos.

– Quero que sejam feitas algumas mudanças...

Duas horas depois, Lara concluíra a discussão das alterações que desejava. Assim que os arquitetos se retiraram, ela disse a Kathy:

– Fique aqui. Sente-se.

Kathy sentou.

– Gosta de seu emprego?

– Gosto, Srta. Cameron.

– É a terceira vez que você se atrasa esta semana. Não admitirei isso de novo.

– Lamento muito. Eu... não tenho me sentido bem ultimamente...

– Qual é o seu problema?

– Não é nada...

– É com certeza o suficiente para impedi-la de chegar no horário. Do que se trata?

– Não venho dormindo bem. Para dizer a verdade... estou apavorada.

– Apavorada com o quê? – indagou Lara, impaciente.

– Eu... tenho um caroço.

– Ah... – Lara se manteve em silêncio por um momento. – O que o médico disse?

Kathy engoliu em seco.

– Ainda não fui ao médico.

– Não foi ao médico? – explodiu Lara. – Pelo amor de Deus, você vem de uma família de avestruzes? Claro que tem de procurar um médico!

Lara pegou o telefone.

– Ligue-me com o Dr. Peters.

Ela repôs o fone no gancho.

– Provavelmente não é nada demais, mas você não pode ignorar.

– Minha mãe e um irmão morreram de câncer – explicou Kathy, angustiada. – Não quero que um médico me diga que também tenho câncer.

O telefone tocou. Lara atendeu.

– Alô? Ele o quê? Não quero saber se ele está. Diga que quero falar com ele *agora*.

Ela largou o telefone. Tornou a tocar poucos momentos depois. Lara atendeu.

– Olá, Alan... não, não, estou bem. Vou lhe enviar minha secretária para uma consulta. O nome dela é Kathy Turner. Estará aí dentro de meia hora. Quero que seja examinada ainda esta manhã e quero que você cuide de tudo o mais depressa possível... Sei que está... Eu compreendo... Obrigada.

Lara desligou.

– Vá agora para o Hospital Sloan-Kettering. O Dr. Peters está à sua espera.

– Não sei o que dizer, Srta. Cameron.

– Diga que chegará no horário amanhã.

HOWARD KELLER entrou na sala.

– Temos um problema, chefe.

– Pode falar.

– É a propriedade na Rua 14. Já tiramos os ocupantes de todo o quarteirão, exceto de um prédio, o Dorchester Apartments. Seis moradores se recusam a sair e a prefeitura não nos permite despejá-los.

– Ofereça-lhes mais dinheiro.

– Não é uma questão de dinheiro. Essas pessoas moram ali há muito tempo. Não querem sair. Sentem-se confortáveis em seus apartamentos.

– Pois então faça com que se sintam desconfortáveis.

– Como assim?

Lara levantou-se.

– Vamos dar uma olhada no prédio.

No caminho, passaram por mulheres que viviam de restos de comida e desabrigados, vagueando pelas ruas, pedindo esmolas.

– Num país tão rico quanto o nosso – comentou Lara –, isso é uma desgraça.

O Dorchester era um prédio de alvenaria de seis andares, no meio de um quarteirão de construções antigas, esperando pela demolição. Lara parou na frente, examinando-o.

– Quantos moradores ainda estão aqui?

– Já desocupamos 16 apartamentos. Seis ainda resistem.

– Isso significa que temos 16 apartamentos disponíveis.

A perplexidade de Keller era óbvia.

– Exatamente. Por quê?

– Vamos encher esses apartamentos.

– Pretende alugá-los? Mas qual o sentido...?

– Não vamos alugá-los, mas sim cedê-los aos desabrigados. Há milhares de pessoas sem teto em Nova York. Vamos cuidar de algumas. Ponha tantas quanto for possível nos apartamentos. E providencie para que recebam alguma comida.

Keller franziu o rosto.

– O que me faz pensar que essa não é uma de suas melhores ideias?

– Vamos nos tornar benfeitores, Howard. Faremos uma coisa de que a prefeitura não é capaz... daremos abrigo aos desabrigados.

Lara observava o prédio mais atentamente, olhando para as janelas.

– E quero que as janelas sejam tapadas com tábuas.

– Como?

– Vamos fazer com que o prédio pareça bem velho e abandonado. O apartamento do último andar ainda está ocupado, aquele com um jardim no telhado?

– Está, sim.

– Ponha um enorme cartaz no telhado, para bloquear a vista.

– Mas...

– Comece logo a trabalhar nisso.

QUANDO VOLTOU ao escritório, Lara encontrou um recado à sua espera.

– O Dr. Peters pediu que ligasse para ele assim que chegasse – informou Tricia.

– Pode fazer a ligação.

Ele atendeu quase no mesmo instante.

– Lara, examinei sua secretária.

– E qual é a conclusão?

– Ela tem um tumor. E receio que seja maligno. Recomendo uma mastectomia imediata.

– Quero uma segunda opinião – declarou Lara.

– Claro, se você assim quer, mas sou o chefe do departamento e...

– Ainda quero uma segunda opinião. Arrume outro médico para examiná-la. Volte a me procurar o mais depressa possível. Onde está Kathy agora?

– Voltando para seu escritório.

– Obrigada, Alan.

Lara repôs o fone no gancho. Apertou o botão do interfone.

– Mande Kathy vir falar comigo assim que ela voltar.

Lara estudou o calendário em sua mesa. Só lhe restavam trinta dias para desocupar o Dorchester, antes da data marcada para o início da construção.

Seis moradores obstinados, pensou ela. *Muito bem, vamos descobrir por quanto tempo eles conseguem aguentar.*

KATHY ENTROU NA sala de Lara. Tinha o rosto inchado, os olhos avermelhados.

– Já fui avisada – disse Lara. – Sinto muito, Kathy.

– Vou morrer...

Lara levantou-se, abraçou-a, apertou-a bem firme.

– Nada disso. Houve muitos progressos com o câncer. Fará a cirurgia e ficará boa.

– Srta. Cameron, não tenho condições...

– Não se preocupe com essas coisas. O Dr. Peters vai providenciar para que você seja submetida a um segundo exame. Se for confirmado o diagnóstico, você deve fazer a cirurgia imediatamente. Agora, vá para casa e descanse um pouco.

Os olhos de Kathy tornaram a se encher de lágrimas.

– Eu... eu... obrigada.

Ao sair da sala, Kathy pensou: *Ninguém conhece realmente essa mulher.*

16

Lara recebeu um visitante na segunda-feira seguinte.

– Há um Sr. O'Brian aqui, querendo lhe falar, Srta. Cameron. Ele é do departamento de planejamento urbano.

– Falar sobre o quê?

– Ele não disse.

Lara ligou para Keller, pelo interfone.

– Pode dar um pulo até aqui, Howard? – Ela acrescentou para a secretária: – Mande o Sr. O'Brian entrar.

Andy O'Brian era um irlandês corpulento, de cara vermelha e um ligeiro sotaque.

– Srta. Cameron?

Lara permaneceu sentada.

– Sou eu. O que deseja, Sr. O'Brian?

– Receio ter de comunicar que está violando a lei, Srta. Cameron.

– É mesmo? Em quê?

– É a proprietária do Dorchester Apartments, na Rua 14 Leste?

– Sou.

– Recebemos a informação de que cerca de cem desabrigados se instalaram naqueles apartamentos.

– Ah, isso... – Lara sorriu. – É verdade. Já que a prefeitura não fazia nada pelos desabrigados, achei que deveria ajudá-los. Estou lhes oferecendo abrigo.

Howard Keller entrou na sala.

– Este é o Sr. Keller. Sr. O'Brian.

Os dois homens trocaram um aperto de mão. Lara virou-se para Keller.

– Eu estava explicando como resolvemos ajudar a prefeitura, oferecendo alojamentos aos desabrigados.

– Convidou-os a irem para o prédio, Srta. Cameron?

– Isso mesmo.

– Tem uma licença da prefeitura?

– Licença para quê?

– Se está criando um abrigo, deve ser aprovado pela prefeitura. É preciso cumprir algumas normas rigorosas.

– Sinto muito. Eu não sabia disso. Providenciarei a licença imediatamente.

– Acho que não.

– Como assim?

– Recebemos queixas de moradores do prédio. Dizem que está tentando forçá-los a sair.

– Isso é bobagem.

– Srta. Cameron, a prefeitura lhe concede 48 horas para retirar aqueles desabrigados do prédio. E assim que eles saírem, terá de retirar as tábuas com que tapou as janelas.

Lara ficou furiosa.

– Isso é tudo?

– Não. O morador que tem o jardim no telhado diz que pôs um enorme cartaz ali para bloquear sua vista. Terá de retirá-lo também.

– E se eu não o fizer?

– Acho que fará. Tudo isso está dentro dos regulamentos municipais. Vai se poupar de muitos problemas e uma publicidade desagradável se não nos forçar a levá-la aos tribunais. – Ele acenou com a cabeça. – Tenha um bom dia.

O'Brian se retirou. Keller virou-se para Lara.

– Teremos de tirar todas aquelas pessoas de lá.

– Nada disso.

Ela continuou sentada, pensando.

– Como assim? O homem disse...

– Sei o que ele disse. Quero que leve *mais* desabrigados para o prédio. Quero que o lugar fique transbordando de pessoas que vivem nas ruas. Vamos ganhar tempo. Ligue para Terry Hill. Relate o problema. Peça que ele entre com uma medida cautelar, ou qualquer

coisa parecida. Precisamos tirar aqueles seis inquilinos até o final do mês, ou isso vai nos custar 3 milhões de dólares.

O INTERFONE tocou.

– O Dr. Peters está na linha.

Lara atendeu.

– Olá, Alan.

– Só queria lhe dizer que acabamos a cirurgia. Parece que tiramos tudo. Kathy vai ficar boa.

– É uma notícia maravilhosa. Quando posso visitá-la?

– Esta tarde, se quiser.

– Estarei aí. Obrigada, Alan. Pode me mandar a conta, está bem?

– Certo.

– E pode avisar ao hospital para esperar um donativo. De 50 mil dólares.

– Encha o quarto de Kathy de flores. – Ela consultou sua agenda. – Irei visitá-la às 16 horas – disse Laura para sua assistente.

Terry Hill entrou na sala.

– Expediram um mandado de prisão contra você.

– O quê?

– Não foi avisada para tirar aqueles desabrigados do prédio?

– Fui, mas...

– Não pode escapar impune de algo assim, Lara. Há um adágio antigo: "Não lute contra a prefeitura, porque não pode vencer."

– E vão mesmo me prender?

– Pode ter certeza que sim. Recebeu um aviso da prefeitura para tirar aquelas pessoas de lá.

– Muito bem, vamos tirá-las de lá. – Lara virou-se para Keller. – Providencie tudo. Mas não as jogue na rua. Isso não é certo... Temos aquelas pensões vazias que esperávamos para reformar em algumas ruas da zona oeste. Vamos transferi-las para lá. E dê toda a ajuda de que precisarem. Quero que saiam em uma hora.

Ela olhou para Terry Hill.

– Sairei daqui, para que não possam me prender. Quando me encontrarem, o problema já estará resolvido.

O interfone tocou.

– Há dois senhores aqui do gabinete do promotor distrital.

Lara gesticulou para Howard Keller. Ele foi até o interfone e disse:

– A Srta. Cameron não está.

Houve um momento de silêncio.

– Quando ela deve voltar?

Keller olhou para Lara, que sacudiu a cabeça. Ele acrescentou pelo interfone, antes de desligá-lo:

– Não sabemos.

– Vou sair pelos fundos – disse Lara.

ELA DETESTAVA HOSPITAIS. Um hospital era a lembrança de seu pai estendido na cama, pálido e subitamente velho. *O que está fazendo aqui? Tem muito trabalho na pensão.*

Lara entrou no quarto de Kathy. Estava cheio de flores e Kathy se encontrava sentada na cama.

– Como se sente? – perguntou Lara.

Kathy sorriu.

– O médico disse que ficarei boa.

– Pode apostar que sim. Seu trabalho vem se acumulando. Preciso de você.

– Eu... não sei como lhe agradecer por tudo isso.

– Não agradeça.

Lara pegou o telefone na mesinha de cabeceira, ligou para o escritório. Falou com Terry Hill.

– Eles ainda estão aí?

– Ainda. E pretendem permanecer até que você volte.

– Verifique com Howard. Assim que ele tirar os desabrigados do prédio, eu voltarei.

Lara desligou.

– Se precisar de alguma coisa, Kathy, basta me avisar. Voltarei amanhã.

A PARADA SEGUINTE de Lara foi no escritório de arquitetura de Higgins, Almont & Clark. Foi levada à sala do Sr. Clark. Ele se levantou assim que Lara entrou.

– Mas que surpresa agradável! O que deseja, Srta. Cameron?

– Tem aqui as plantas do projeto da Rua 14?

– Tenho, sim.

Ele foi até a prancheta.

– Aqui estão.

Era o projeto de um lindo complexo de prédios de apartamentos, com lojas ao redor.

Quero que reformule o projeto – disse Lara.

– O quê?

Ela apontou para uma área no meio do quarteirão.

– Há um prédio aqui neste ponto. Quero que mantenha o mesmo conceito, mas construa tudo em torno desse prédio.

– Quer um projeto com um dos prédios antigos ainda de pé? Nunca daria certo. Em primeiro lugar, ficaria horrível, e...

– Faça o que estou pedindo, por favor. E mande para meu escritório esta tarde.

Lara se retirou. Do carro, telefonou para Terry Hill.

– Já teve notícias de Howard?

– Já. Todos os desabrigados foram removidos.

– Ótimo. Ligue para o promotor distrital. Diga a ele que eu mandei os desabrigados saírem do prédio há dois dias, mas houve um problema de comunicação. No instante em que eu soube disso, hoje, providenciei logo para que fossem despejados. Voltarei ao escritório agora. Descubra se ele ainda quer me prender.

Ela disse ao motorista:

– Dê uma volta pelo parque. Não tenho pressa.

Trinta minutos depois, quando Lara chegou ao escritório, os homens com o mandado de prisão já tinham ido embora.

LARA REUNIU-SE com Howard Keller e Terry Hill.

– Os inquilinos não querem mesmo sair – informou Keller. – Até voltei lá e lhes ofereci mais dinheiro. Eles não irão embora. E só nos restam cinco dias antes do início da demolição.

– Pedi ao Sr. Clark que providenciasse uma nova disposição para o projeto – anunciou Lara.

177

– Eu já vi – disse Keller. – Não faz o menor sentido. Não podemos deixar aquele prédio velho no meio de uma gigantesca construção nova. Precisamos voltar ao banco e pedir uma prorrogação da data de início das obras.

– Não – declarou Lara. – Quero começar logo.

– Como assim?

– Ligue para o empreiteiro. Diga a ele que queremos começar a demolição amanhã.

– *Amanhã?* Lara...

– Amanhã de manhã, bem cedo. Leve esta planta e entregue ao chefe da turma de construção.

– De que vai adiantar? – perguntou Keller.

– Veremos.

NA MANHÃ SEGUINTE, os moradores restantes do Dorchester foram despertados pelo barulho de um trator. Olharam pela janela. Pelo meio do quarteirão, um mamute mecânico avançava em sua direção, arrasando tudo o que encontrava pela frente. Os moradores ficaram aturdidos.

O Sr. Hershey, que morava no último andar, saiu correndo para a rua e procurou o capataz.

– O que pensa que está fazendo? – gritou ele. – Não podem continuar a demolição!

– Quem disse?

– A prefeitura. – Hershey apontou para o prédio em que morava. – Não tem permissão para tocar naquele prédio.

O capataz examinou a planta em suas mãos.

– É verdade. Temos ordens para deixar aquele prédio de pé.

Hershey franziu o rosto.

– O quê? Deixe-me dar uma olhada nessa planta! – Ele ficou atordoado ao vê-la. – Quer dizer que vão construir tudo e deixar este prédio intacto?

– É isso mesmo.

– Mas não podem fazer isso! O barulho e a sujeira!

– Não é problema meu. E agora, se sair do meu caminho, eu gostaria de voltar ao trabalho.

Trinta minutos depois a secretária de Lara avisou:

– Há um certo Sr. Hershey na linha dois, Srta. Cameron.

– Diga que não posso atender.

Quando Hershey ligou pela terceira vez, naquela tarde, Lara finalmente atendeu.

– Pois não, Sr. Hershey. O que deseja?

– Eu gostaria de marcar uma reunião, Srta. Cameron.

– Lamento, mas ando muito ocupada. O que quer que seja, pode dizer pelo telefone.

– Ficará contente por saber que conversei com os outros moradores de nosso prédio e todos concordamos que talvez seja melhor, no final das contas, aceitar sua oferta e desocupar nossos apartamentos.

– Essa oferta não está mais de pé, Sr. Hershey. Todos podem ficar onde estão.

– Se construir ao nosso redor, nunca mais vamos conseguir dormir!

– Quem lhe disse que vamos construir ao redor? – perguntou Lara. – Onde obteve essa informação?

– O capataz da obra me mostrou uma planta e...

– Ele será despedido. – Havia fúria na voz de Lara. – Era uma informação confidencial.

– Espere um pouco. Vamos conversar como duas pessoas razoáveis, está bem? Seu projeto ficaria melhor se saíssemos daqui e eu acho melhor nós sairmos. Não quero morrer no meio de edifícios enormes.

– Não faz diferença para mim se quer ir embora ou ficar, Sr. Hershey. – Lara abrandou a voz ao acrescentar: – Mas farei uma coisa por vocês. Se esse prédio estiver desocupado no próximo mês, estou disposta a manter nossa primeira oferta.

Ela quase podia ouvir Hershey pensando. Ao final, relutante, ele concordou.

– Está certo. Falarei com os outros, mas tenho certeza que não haverá problemas. Agradeço sua compreensão, Srta. Cameron.

– Ora, Sr. Hershey, não foi nada.

Na semana seguinte, o trabalho no novo projeto foi iniciado para valer.

A REPUTAÇÃO DE LARA crescia. A Cameron Enterprises estava construindo um edifício no Brooklyn, um shopping center em Westchester, um centro comercial em Washington, D.C. Havia um projeto habitacional de baixo custo sendo construído em Dallas e um condomínio de prédios baixos em Los Angeles. O capital fluía dos bancos, financiadoras e ávidos investidores particulares. Lara se tornara um Nome.

Kathy retornou ao trabalho.

– Estou de volta.

Lara estudou-a por um momento.

– Como se sente?

Kathy sorriu.

– Muito bem. Graças...

– Com bastante energia?

Ela ficou surpresa com a pergunta.

– Claro. Eu...

– Ótimo. Vai precisar de toda a sua energia. Vou promovê-la a minha assistente executiva. E terá um bom aumento.

– Não sei o que dizer. Eu...

– Você fez por merecer.

Lara viu o memorando na mão de Kathy.

– O que é isso?

– A revista *Gourmet* gostaria de publicar sua receita predileta. Está interessada?

– Não. Diga que estou muito... Espere um pouco. – Lara se calou, imersa em pensamentos. – Está certo. Darei uma receita.

A receita apareceu na revista um mês depois. Era a seguinte:

180

Black Bun – Um prato escocês típico. Uma mistura envolta por uma massa fina, feita com 200 gramas de farinha de trigo, 100 gramas de manteiga, um pouco de água fria e meia colher de chá de fermento em pó. Dentro, há um quilo de passas, 200 gramas de amêndoas picadas, 300 gramas de farinha de trigo, 200 gramas de açúcar, duas colheres de chá de pimenta-da-jamaica, uma colher de chá de gengibre moído, uma colher de chá de canela, meia colher de chá de fermento em pó e algumas gotinhas de conhaque...

Lara ficou olhando para a receita por um longo tempo e isto lhe trouxe de volta o gosto, o cheiro da pensão da cozinha, o barulho que os pensionistas faziam ao jantar. Seu pai desamparado na cama. Ela largou a revista.

AS PESSOAS RECONHECIAM Lara na rua, e quando ela entrava num restaurante sempre havia murmúrios. Era escoltada pela cidade por meia dúzia de pretendentes aceitáveis e recebera lisonjeiros pedidos de casamento, mas não estava interessada. De uma maneira estranha, quase mística, ainda procurava por alguém. Alguém familiar. Alguém que jamais encontrara.

Lara levantava às 5 horas todas as manhãs e mandava que seu motorista, Max, a levasse a um dos prédios em construção. Parava ali, contemplando sua criação, e pensava: *Você estava enganado, pai. Posso cobrar os aluguéis.*

Para Lara, os sons do dia começavam com o matraquear dos martelos hidráulicos, o rugido dos tratores, o estrondo de metal batendo em metal. Subia pelo elevador da obra para o topo, saía para as vigas de aço, com o vento soprando em seu rosto, e pensava: *Eu possuo esta cidade.*

PAUL MARTIN e Lara estavam na cama.

– Soube que você passou uma boa descompostura em dois de seus operários hoje.

– Eles mereceram – garantiu Lara. – Faziam um trabalho desleixado.

Paul sorriu.

– Pelo menos aprendeu a não esbofeteá-los.

– Veja o que aconteceu quando esbofeteei um. – Ela aconchegou-se em Paul. – Conheci você.

– Tenho de fazer uma viagem a Los Angeles. Gostaria que fosse comigo. Pode tirar alguns dias de folga.

– Eu adoraria, Paul, mas é impossível. Programo meus dias com um cronômetro.

Ele sentou e fitou-a.

– Talvez você esteja exagerando no trabalho, meu bem. Nunca fique ocupada demais para mim.

Lara sorriu e começou a acariciá-lo.

– Não se preocupe com isso. É uma coisa que nunca vai acontecer.

ESTIVERA NA SUA frente durante todo o tempo e ela não percebera. Era uma enorme propriedade à beira d'água, na área da Wall Street, em frente ao World Trade Center. E estava à venda. Lara passara por ali uma dúzia de vezes, mas só agora olhou e viu o que deveria ter constatado desde o início: em sua imaginação, podia contemplar o edifício mais alto do mundo. Sabia o que Howard diria: *Não está pensando com a cabeça, Lara. Não pode se meter numa coisa dessas.* Mas sabia também que nada a deteria.

Ao chegar ao escritório, ela convocou uma reunião da equipe.

– A propriedade na Wall Street à beira d'água – anunciou Lara. – Vamos comprá-la. E vamos construir ali o edifício mais alto do mundo.

– Lara...

– Antes que você diga qualquer coisa, Howard, deixe-me ressaltar alguns pontos. O local é perfeito. Fica no coração do centro financeiro. Haverá gente brigando pelo espaço de um escritório ali. E não se pode esquecer que será o edifício mais alto do mundo. O que é uma tremenda atração. Será o nosso carro-chefe. Vamos dar o nome de Cameron Towers.

– De onde sairá o dinheiro?

Lara entregou-lhe um pedaço de papel. Keller examinou as cifras.

– Está sendo otimista.

– Estou sendo realista. Não se trata de uma construção qualquer, Howard, mas sim de uma autêntica joia.

Ele pensava com toda objetividade.

– Vai estender demais os seus recursos.

Lara sorriu.

– Já não fizemos isso antes?

Keller murmurou, pensativo:

– O edifício mais alto do mundo...

– Exatamente. E os bancos vão nos procurar todos os dias, oferecendo dinheiro. Não perderão uma oportunidade dessas.

– É bem provável. – Keller olhou para Lara. – Você quer muito isso, não é?

– Quero.

Keller suspirou. Correu os olhos pelo grupo.

– Muito bem. O primeiro passo é obter uma opção sobre a propriedade.

Lara tornou a sorrir.

– Já cuidei disso. E tenho outra notícia para você, Howard. Steve Murchison estava negociando a propriedade.

– Lembro dele. Nós lhe tiramos o terreno daquele hotel em Chicago.

Vou deixar passar desta vez, sua vaca, porque acho que não sabe o que está fazendo. Mas, no futuro, fique longe do meu caminho... ou pode se machucar.

– É isso mesmo.

Murchison se tornara um dos mais implacáveis e bem-sucedidos incorporadores imobiliários de Nova York.

– Ele não é fácil, Lara. Ele gosta de destruir as pessoas.

– Você se preocupa demais.

NÃO HOUVE QUALQUER dificuldade na obtenção do financiamento para a Cameron Towers. Lara acertara em cheio. Os banqueiros achavam que havia uma atração irresistível no edifício mais alto do mundo. E o nome de Cameron era um trunfo adicional. Mostravam-se ansiosos para se associarem a ela.

Lara era mais do que uma figura fascinante. Era um símbolo para as mulheres do mundo, um ícone. *Se ela pode conseguir tudo isso, por que não eu?* Um perfume recebeu seu nome. Era convidada a todos os eventos sociais importantes e as anfitriãs disputavam sua presença em jantares. Seu nome num prédio parecia garantir o sucesso.

– Vamos criar a nossa própria companhia construtora – decidiu Lara um dia. – Temos as turmas de operários. E poderemos prestar serviços a outros construtores.

– Não é uma má ideia – disse Keller.

– Pois então vamos resolver logo isso. Quando podemos começar a preparar o terreno para o Cameron Towers?

– O negócio está todo acertado. Eu diria que daqui a três meses.

Lara recostou-se na cadeira.

– Dá para imaginar, Howard? O edifício mais alto do mundo!

Keller especulou qual seria o comentário de Freud a respeito.

A cerimônia de início das obras do Cameron Towers teve o clima de um circo de três picadeiros. A Princesa da América, Lara Cameron, era a atração principal. O evento recebera ampla divulgação nos jornais e emissoras de televisão, e mais de duzentas pessoas se reuniram ali, à espera de Lara. Quando sua limusine branca parou junto da propriedade, a multidão delirou.

– Lá está ela!

Enquanto Lara saía do carro e se adiantava para cumprimentar o prefeito, guardas e seguranças contiveram a multidão. As pessoas tentavam se aproximar, gritando e chamando seu nome, os flashes dos fotógrafos espocavam.

Numa área especial, dentro de um cordão de isolamento, encontravam-se os banqueiros, executivos de agências de publicidade, diretores de empresas, empreiteiros, representantes da comunidade e arquitetos. A trinta metros de distância, enormes tratores e retroescavadeiras aguardavam, prontos para entrarem em ação. Cinquenta caminhões se enfileiravam para levar o entulho.

Lara postou-se ao lado do prefeito e do presidente do conselho do distrito de Manhattan. Começara a chuviscar. Jerry Townsend, chefe de relações-públicas da Cameron Enterprises, aproximou-se de Lara com um guarda-chuva. Ela sorriu e acenou para que ele se afastasse. O prefeito falou, olhando para as câmeras:

– Hoje é um grande dia para Manhattan. Esta cerimônia no Cameron Towers assinala o início de um dos maiores projetos imobiliários na história de Manhattan. Seis quarteirões de Manhattan serão convertidos numa moderna comunidade, que incluirá prédios de apartamentos, dois shopping centers, um centro de convenções e o edifício mais alto do mundo.

A multidão aplaudiu.

– Para onde quer que olhem, podem ver a contribuição de Lara Cameron gravada em concreto. – O prefeito apontou. – Mais além, fica o Cameron Center. Bem perto, o Cameron Plaza e meia dúzia de projetos habitacionais. E por todo o país vão encontrar a grande rede de hotéis Cameron.

Ele virou-se para Lara e sorriu

– E ela não apenas é inteligente, mas também bonita.

Houve risos e mais aplausos.

– E agora, senhoras e senhores, Lara Cameron!

Lara olhou para as câmeras de televisão e sorriu.

– Obrigada, Sr. Prefeito. Sinto-me muito satisfeita por essa pequena contribuição à nossa fabulosa cidade. Meu pai sempre disse que um dos motivos para a nossa presença neste mundo...

Ela hesitou. Pelo canto dos olhos, avistara uma figura familiar na multidão. Steve Murchison. Já vira sua fotografia em jornais. O que ele fazia ali? Lara continuou:

– ...era deixá-lo um lugar melhor do que no momento em que nascemos. Pois espero que, à minha maneira insignificante, eu tenha feito isso.

Houve mais aplausos. Lara recebeu um capacete de operário cerimonial e uma pá cromada.

– Hora de trabalhar, Srta. Cameron.

Os flashes tornaram a espocar.

Lara enfiou a pá na terra, para abrir o primeiro buraco.

Ao final da cerimônia, foram distribuídas bebidas, enquanto as câmeras de televisão continuavam a registrar o evento. Quando Lara tornou a olhar ao redor, Murchison já desaparecera.

Meia hora depois, Lara estava de novo na limusine, seguindo para o escritório. Jerry Townsend sentava ao seu lado.

– Achei que foi ótimo – comentou ele. – Sensacional.

– Nada mal. – Lara sorriu. – Obrigada, Jerry.

AS SUÍTES EXECUTIVAS da Cameron Enterprises ocupavam todo o 50º andar do Cameron Center.

Lara saiu do elevador no 50º andar, e a esta altura já se espalhara a notícia de sua chegada. As secretárias e o restante dos funcionários trabalhavam ativamente. Lara virou-se para Jerry Townsend.

– Venha à minha sala.

Era uma suíte enorme, de esquina, com uma vista espetacular da cidade.

Lara deu uma olhada em alguns papéis em cima da mesa e depois fitou Jerry Townsend.

– Como está seu pai? Melhorou?

O que ela podia saber sobre o pai dele?

– Ah... não. Ele não está nada bem.

– Sei disso. Ele tem Doença de Huntington, não é, Jerry?

– É, sim.

A doença era terrível, progressiva e degenerativa, caracterizada por movimentos espasmódicos involuntários do rosto e extremidades, acompanhados por uma deterioração das faculdades mentais.

– Como sabe sobre meu pai?

– Pertenço ao conselho do hospital em que ele vem sendo tratado. Ouvi alguns médicos discutirem o caso.

Jerry murmurou, muito tenso:

– É incurável.

– Tudo é incurável, até que descubram a cura – disse Lara. – Fiz algumas indagações. Há um médico na Suíça que vem realizando uma pesquisa avançada sobre a doença. Ele está disposto a aceitar seu pai como paciente. Eu arcarei com todas as despesas.

Jerry permaneceu imóvel, aturdido.

– Certo?

Ele teve dificuldade para falar:

– Certo.

Eu não a conheço, pensou Jerry Townsend. *Ninguém a conhece.*

A HISTÓRIA ESTAVA acontecendo, mas Lara andava ocupada demais para notar. Ronald Reagan fora reeleito e um homem chamado Mikhail Gorbachev sucedera Chernenko como líder da União Soviética.

Lara construiu um conjunto habitacional para pessoas de baixa renda em Detroit.

Em 1986, Ivan Boesky foi multado em 100 milhões de dólares num escândalo de manobras no mercado financeiro com informações privilegiadas e condenado a três anos de prisão.

Lara iniciou a construção de condomínios em Queens. Os investidores se mostravam ansiosos para participar da magia de seu nome. Um grupo de banqueiros de investimentos alemães voou até Nova York para uma reunião com Lara. Ela marcou a reunião para logo depois do desembarque. Eles protestaram, mas Lara insistiu:

– Sinto muito, senhores, mas é meu único horário disponível. Estou de partida para Hong Kong.

Serviram café aos alemães. Lara tomou chá. Um dos alemães queixou-se do gosto do café.

– É uma marca especial fabricada para mim – explicou Lara. – O sabor é diferente, mas tenho certeza de que vai gostar. Tome outra xícara.

Ao final das negociações, Lara prevalecera em todos os pontos discutidos.

A VIDA ERA UMA sucessão de eventos felizes, exceto por um incidente perturbador. Lara tivera várias confrontações com Steve Murchison, em diversas propriedades, e sempre conseguira levar a melhor.

– Acho que devemos recuar – advertiu Keller.

– Ele que recue.

E uma manhã chegou de Bendel's um lindo pacote, embrulhado em papel cor-de-rosa. Kathy pôs em cima da mesa de Lara.

É um bocado pesado – avisou ela. – Se for um chapéu, você está perdida.

Curiosa, Lara desembrulhou e abriu a tampa. A caixa estava cheia de terra. Um cartão impresso lá dentro dizia: *Capela Funerária Frank E. Campbell.*

TODOS OS PROJETOS de prédios corriam muito bem. Quando leu sobre um playground no centro da cidade que se achava parado por causa da burocracia, Lara entrou em ação, mandou sua companhia construí-lo e doou à prefeitura. Ganhou uma tremenda publicidade. Uma manchete dizia: LARA CAMERON REPRESENTA O "EU FAÇO".

Ela se encontrava com Paul uma ou duas vezes por semana e falava com ele todos os dias.

Comprou uma casa em Southampton e vivia num mundo de fantasia, de joias, casacos de pele e limusines. Seus armários estavam repletos com as mais lindas roupas da alta-costura. *"Preciso de roupas para a escola, papai." "Não sou feito de dinheiro. Vá pedir alguma coisa ao Exército da Salvação."*

E Lara encomendava mais um vestido.

OS EMPREGADOS eram sua família. Preocupava-se com eles, era generosa. Eram tudo o que tinha. Lembrava seus aniversários de nascimento e casamento. Ajudava a matricular os filhos em boas escolas e instituiu fundos para bolsas de estudos. Quando tentavam lhe agradecer, Lara sentia-se embaraçada. Era difícil para ela expressar suas emoções. O pai escarnecia quando ela tentava. Lara erguera um muro protetor ao seu redor. *Ninguém jamais vai me magoar de novo,* jurou ela. *Absolutamente ninguém.*

Livro III

17

— Partirei para Londres pela manhã, Howard.

– Para quê?

– Lorde MacIntosh convidou-me a ir até lá para conhecer uma propriedade em que está interessado. Quer fazer uma sociedade.

Brian MacIntosh era um dos mais ricos incorporadores imobiliários da Inglaterra.

– A que horas iremos?

– Resolvi viajar sozinha.

– É?

– Quero que você fique de olho nas coisas aqui.

Keller acenou com a cabeça.

– Certo. Pode deixar comigo.

– Sei disso. Sempre posso contar com você.

A VIAGEM PARA Londres transcorreu sem problemas. O 727 particular que ela comprara decolou pela manhã e pousou no terminal Magec, no aeroporto de Luton, nos arredores de Londres. Lara não tinha a menor ideia de que sua vida estava prestes a mudar.

Quando Lara chegou ao saguão do Claridges, Ronald Jones, o gerente, ali se encontrava para cumprimentá-la.

– É um prazer tê-la de volta, Srta. Cameron. Vou levá-la à sua suíte. E temos algumas mensagens à sua espera.

Havia mais de duas dúzias. A suíte era adorável. Havia flores de Brian MacIntosh e de Paul Martin, champanhe e *hors d'oeuvres* como oferta da casa. O telefone começou a tocar no instante em que Lara entrou. Eram ligações de todos os cantos dos Estados Unidos.

– O arquiteto quer fazer algumas alterações no projeto. Custará uma fortuna...

– Há um atraso na entrega de cimento...

– O First National Savings and Loan quer entrar em nossa próxima incorporação...

– O prefeito quer saber se você pode estar em Los Angeles para a inauguração. Gostaria de fazer uma cerimônia grande...

– Os vasos sanitários ainda não chegaram...

– O mau tempo está nos atrasando. O cronograma ficou prejudicado...

Cada problema exigia uma decisão e Lara sentia-se exausta quando finalmente terminou. Jantou sozinha no quarto e ficou sentada, olhando pela janela, para os Rolls-Royces e Bentleys que paravam na entrada da Brook Street. Um sentimento de exultação a envolveu. *A menina de Glace Bay percorreu um longo caminho, papai.*

NA MANHÃ SEGUINTE, Lara foi com Brian MacIntosh examinar a propriedade, à beira do rio. Era enorme – 3 quilômetros ao longo da margem, ocupados por prédios velhos, quase em ruínas, e galpões.

– O governo britânico nos dará diversos incentivos fiscais no projeto – explicou Brian MacIntosh –, porque vamos reabilitar toda esta parte da cidade.

– Eu gostaria de pensar um pouco a respeito – disse Lara. Ela já tomara sua decisão.

– Antes que eu me esqueça, tenho ingressos para um concerto esta noite – disse Brian MacIntosh. – Minha mulher tem uma reunião no clube. Gosta de música clássica?

Lara não tinha o menor interesse por música clássica.

– Gosto.

– Philip Adler vai tocar Rachmaninoff.

Ele olhou para Lara, como se esperasse que ela fizesse algum comentário. Lara nunca ouvira falar de Philip Adler.

– Parece maravilhoso – murmurou ela.

– Então está combinado. Jantaremos depois no Scotts. Irei buscá-la às sete.

Por que eu disse que gostava de música clássica?, especulou Lara. Seria uma noite chata. Teria preferido tomar um banho quente e ir

dormir. *Ora, mais uma noite não vai me fazer mal. Voarei de volta a Nova York pela manhã.*

O Festival Hall estava lotado de aficionados da música. Os homens usavam smokings e as mulheres, elegantes vestidos longos. Era uma noite de gala e havia um clima de expectativa.

Brian MacIntosh comprou dois programas e os dois sentaram. Ele entregou um programa a Lara, que mal olhou. A Orquestra Filarmônica de Londres... Philip Adler tocando o Concerto para Piano Nº 3, em Ré Menor, Opus 30, de Rachmaninoff.

Tenho de ligar para Howard e lembrá-lo da revisão dos custos para a obra na Quinta Avenida.

O maestro entrou em cena e a plateia aplaudiu. Lara não prestou atenção. *O empreiteiro em Boston está indo muito devagar. Precisa de um incentivo. Direi a Howard para lhe oferecer uma bonificação.*

Houve outra rodada de aplausos da plateia. Um homem sentava ao piano, no centro do palco. O maestro deu a marcação e a música começou.

Os dedos de Philip Adler correram pelas teclas.

Uma mulher sentada atrás de Lara, com um forte sotaque texano, murmurou:

– Ele não é fantástico? Eu bem que lhe disse, Agnes!

Lara tentou se concentrar outra vez. *O negócio de Londres é inaceitável, pois o lugar é errado,* pensou ela. *As pessoas não vão morar ali. O local, o local e o local.* Ela refletiu sobre outro projeto que lhe fora oferecido, perto de Columbus Circle. *Já esse pode dar certo.*

A mulher por trás de Lara disse, a voz um pouco alta:

– Sua expressão... ele é fabuloso! É um dos mais...

Lara tentou eliminar sua voz.

O custo de um prédio de escritórios ali seria de aproximadamente dólares por metro quadrado. Se eu conseguir conter o custo de* *strução em 150 milhões, o custo do terreno em 125 milhões, os* *s adicionais...*

Oh, Deus! – exclamou a mulher por trás de Lara.

Lara foi arrancada de seu devaneio

– Ele é tao brilhante!

Houve um ressoar de tambores da orquestra, Philip Adler tocou quatro compassos sozinho e depois a orquestra passou a tocar mais e mais depressa. Os tambores tornaram a ressoar... A mulher não pôde se conter.

– Escute só isso! A música vai de *più vivo* a *più masso*. Já ouviu algo tão emocionante?

Lara rangeu os dentes.

O equilíbrio entre o custo e a receita deve funcionar, pensou ela. *O custo do metro quadrado chegaria a 350 milhões, os juros de 10 por cento dariam 35 milhões, mais 10 milhões para despesas de operação...*

O ritmo da música aumentava, reverberando pelo auditório. A música alcançou um súbito clímax e parou, a plateia de pé, aplaudindo. Havia gritos de *"bravo!"*. O pianista se levantara e fazia reverências.

Lara nem sequer se deu ao trabalho de levantar os olhos para fitá-lo. *Os impostos ficariam em torno de 6 milhões, as concessões de aluguel gratuito em 2. O resultado seria de 58 milhões.*

– Ele não é incrível? – disse Brian MacIntosh.

– É, sim.

Lara sentia-se aborrecida pela nova interrupção em seus pensamentos.

– Vamos aos bastidores. Philip é meu amigo.

– Eu não...

Ele pegou a mão de Lara, e se encaminharam para uma das saídas.

– Fico contente por ter a oportunidade de apresentá-la a ele – comentou Brian MacIntosh.

São 18 horas em Nova York, pensou Lara. *Poderei telefonar para Howard e dizer a ele para iniciar as negociações.*

– Não acha que ele é uma experiência única em toda uma vida?

E uma única vez é suficiente para mim, pensou Lara.

– Claro.

Chegaram à entrada externa dos artistas. Uma enorme m' dão aguardava ali. Brian MacIntosh bateu na porta. Um por entreabriu-a.

– Pois não, senhor?

– Lorde MacIntosh, para falar com o Sr. Adler.

– Entre, por favor, senhor.

Ele puxou a porta o suficiente para permitir a passagem de Brian MacIntosh e Lara e depois tornou a fechá-la contra a multidão.

– O que todas essas pessoas querem? – indagou Lara.

Ele fitou-a, surpreso.

– Estão aqui para ver Philip.

Ela não entendeu por quê.

– Pode ir direto para a sala verde, Lorde MacIntosh – disse o porteiro.

– Obrigado.

Cinco minutos, pensou Lara, *e direi que preciso ir embora.*

A sala verde já se encontrava lotada, havia o maior barulho ali. As pessoas se agrupavam em torno de uma figura que Lara não podia ver. A multidão se entreabriu de repente, e por um instante ele se tornou claramente visível. Lara ficou congelada, sentiu que seu coração parava por um momento. A imagem vaga e um tanto indefinida, que permanecera no fundo de sua mente durante todos aqueles anos, subitamente surgia do nada. Lochinvar, a visão em suas fantasias, adquirira vida! O homem no centro da multidão era alto e louro, com feições delicadas e sensíveis. Usava fraque e gravata branca, e um sentimento de *déjà vu* invadiu Lara: *Ela estava parada à pia da cozinha, na pensão, e o belo jovem, de casaca e gravata branca, se aproximava por trás e sussurrava: "Posso ajudá-la?"*

Brian MacIntosh observava Lara, preocupado.

– Você está bem?

– Eu... eu... estou, sim.

Ela encontrava dificuldade para respirar. Philip Adler se aproximou, sorrindo, e era o mesmo sorriso afetuoso que Lara imaginara. Ele estendeu a mão.

– Brian, foi muita gentileza sua ter vindo!

– Eu não perderia por nada – disse MacIntosh. – Você foi simplesmente maravilhoso.

– Obrigado.

– Ah, Philip, eu gostaria de apresentá-lo a Lara Cameron.

Lara fitava-o nos olhos e as palavras saíram espontâneas:

– Quer enxugar?

– Como?

Lara ficou vermelha.

– Nada. Eu...

Ela ficou muda de repente. As pessoas tornaram a cercar Philip Adler, cumulando-o de louvores.

– Nunca tocou melhor...

– Acho que Rachmaninoff estava com você esta noite...

E os elogios continuaram. As mulheres na sala o tocavam e puxavam. Lara ficou parada, observando, mesmerizada. O sonho de sua infância se tornara realidade. Sua fantasia adquirira carne e osso.

– Vamos embora? – perguntou Brian MacIntosh a Lara.

Não. O que ela mais queria naquele momento era permanecer ali. Queria falar outra vez com a visão, tocá-lo, certificar-se de que era real.

– Vamos – murmurou ela, relutante.

Na manhã seguinte, Lara voltou a Nova York. Especulava se algum dia tornaria a ver Philip Adler.

ELA SE DESCOBRIU incapaz de tirá-lo dos pensamentos. Tentou dizer a si mesma que isso era ridículo, que apenas se empenhava em reviver um sonho da infância, mas foi tudo em vão. Continuou a ver o rosto dele, a ouvir sua voz. *Tenho de encontrá-lo de novo*, pensou Lara.

Paul Martin telefonou no início da manhã seguinte.

– Oi, meu bem. Senti muita saudade. Como foram as coisas em Londres?

– Tudo bem – respondeu ela, cautelosa.

Depois que terminou a conversa, Lara continuou sentada à sua mesa, pensando em Philip Adler.

196

– Estão à sua espera na sala de reuniões, Srta. Cameron.

– Já estou indo.

– PERDEMOS O NEGÓCIO em Queens – anunciou Keller.

– Por quê? Pensei que já tínhamos acertado tudo.

– E eu também, mas o conselho comunitário se recusa a apoiar a mudança do zoneamento.

Lara correu os olhos pelos integrantes de seu comitê executivo, reunidos na sala. Eram arquitetos, advogados, executivos de publicidade e engenheiros de construção.

– Não posso entender – disse ela. – Aqueles inquilinos têm uma renda média de 9 mil dólares por ano e pagam menos de 200 dólares por mês de aluguel. Vamos reabilitar os apartamentos para eles, sem qualquer aumento de aluguel, e vamos fornecer novos apartamentos para alguns dos outros moradores da área. Seria o Natal em julho, e mesmo assim eles recusam? Qual é o problema?

– Não é tanto o conselho, mas sim sua presidente, Edith Benson.

– Marque outra reunião com ela. Irei pessoalmente.

LARA LEVOU SEU supervisor de construção, Bill Whitman, à reunião.

– Para ser franca, fiquei espantada quando soube que seu conselho rejeitou nossa proposta – disse ela. – Vamos investir mais de 100 milhões de dólares para melhorar a área, e ainda assim recusam...

Edith Benson interrompeu-a:

– Vamos ser honestas, Srta. Cameron. Não vai investir esse dinheiro para melhorar a área. Só entrará com o dinheiro para que a Cameron Enterprises possa ganhar ainda mais.

– Claro que esperamos ganhar dinheiro, mas só poderemos consegui-lo se ajudarmos vocês. Vamos melhorar as condições de vida na área e...

– Desculpe, mas não concordo. Neste momento, vivemos num lugar pequeno e sossegado. Se a deixarmos entrar, teremos uma área de densidade maior... mais tráfego, mais automóveis, mais poluição. Não queremos nada disso.

– Nem eu – declarou Lara. – Não pretendemos construir caixotes que...

– Caixotes?

– Esses prédios quadrados horríveis de três andares. Estamos interessados em projetos que não aumentarão o nível de ruído, nem reduzirão a claridade, ou mudarão o clima de tranquilidade. Não nos interessa a arquitetura de exibição. Já contratei Stanton Fielding, o maior arquiteto do país, e Andrew Burton, de Washington, para cuidar do paisagismo.

Edith Benson deu de ombros.

– Sinto muito, mas não adianta. E creio que não temos mais nada a conversar.

Ela começou a se levantar. *Não posso perder este negócio,* pensou Lara, desesperada. *Será que não podem perceber o que é bom para seu bairro? Tento fazer alguma coisa por eles e não querem me deixar.* E de repente ela teve uma ideia incrível.

– Espere um instante. Soube que os outros integrantes do conselho estão dispostos a concordar, mas você vem bloqueando o projeto.

– É isso mesmo.

Lara respirou fundo.

– Ainda temos algo a conversar. – Ela hesitou por um instante, parecendo um pouco nervosa agora. – É muito pessoal. Diz que não estou preocupada com a poluição nem com o que vai acontecer ao meio ambiente na área se fizermos o nosso projeto. Pois vou lhe revelar uma coisa que espero que mantenha em segredo. Tenho uma filha de dez anos, que amo demais, e ela vai morar no novo prédio com o pai. Ele tem a custódia.

Edith Benson mostrou-se espantada.

– Não sabia que tinha uma filha.

– Ninguém sabe. Nunca fui casada. É por isso que estou lhe pedindo para manter segredo. Se a notícia vazar, pode ser muito prejudicial para mim. Tenho certeza de que compreende.

– Claro que compreendo.

– Amo muito minha filha, e posso garantir que nunca faria coisa alguma que a prejudicasse. Pretendo fazer tudo o que for possível

para tornar este projeto maravilhoso para todas as pessoas que vivem aqui. E minha filha será uma delas.

Houve um momento de silêncio compreensivo.

– Devo dizer que isso... isso torna tudo diferente, Srta. Cameron. Gostaria de algum tempo para pensar a respeito.

– Obrigada. Fico feliz com a sua compreensão.

Se eu tivesse uma filha, pensou Lara, *seria seguro para ela morar aqui*

TRÊS SEMANAS DEPOIS, Lara obteve a aprovação da comissão de planejamento urbano para a execução do projeto.

– Ótimo! – disse Lara. – Agora, é melhor procurarmos Stanton Fielding e Andrew Burton para perguntar se não se interessam em trabalhar no projeto.

Howard Keller não podia acreditar na notícia.

– Já soube o que aconteceu. Conseguiu enganá-la. É incrível. Você não tem uma filha.

– Eles precisam do projeto e essa foi a única maneira que encontrei de fazê-la mudar de ideia.

Bill Whitman estava escutando.

– Haverá a maior confusão se algum dia eles descobrirem.

EM JANEIRO, foi concluído um novo edifício, na Rua 63 Leste. Era um prédio de apartamentos de 45 andares e Lara ficou com o dúplex na cobertura. Os cômodos eram enormes e havia terraços que se estendiam por um quarteirão inteiro. Ela contratou um decorador de renome para arrumar o apartamento. Ofereceu uma recepção para cem pessoas.

– Só carece de um homem – comentou uma das convidadas, insinuante.

E Lara pensou em Philip Adler, especulou onde ele estaria naquele momento e fazendo o quê.

LARA E HOWARD KELLER se encontravam no meio de uma discussão quando Bill Whitman entrou na sala.

– Oi, chefe. Tem um minuto?

Lara fitou-o.

– Não mais do que isso, Bill. Qual é o problema?

– Minha mulher.

– Se enfrenta dificuldades conjugais...

– Não é isso. Ela acha que devemos viajar em férias. Talvez passar algumas semanas em Paris.

Lara franziu o rosto.

– Paris? Estamos com uma dezena de projetos em andamento.

– Sei disso, mas tenho trabalhado até tarde ultimamente e quase não vejo minha mulher. Sabe o que ela me disse hoje de manhã? "Se tivesse uma promoção e um bom aumento, Bill, não precisaria trabalhar tanto."

Ele sorriu. Lara se recostou em sua cadeira, estudando-o.

– Não tem um aumento previsto até o ano que vem.

Whitman deu de ombros.

– Quem sabe o que pode acontecer em um ano? Podemos ter problemas com aquele projeto em Queens, por exemplo. A velha Edith Benson pode ouvir alguma coisa para fazê-la mudar de ideia, não é mesmo?

Lara ficou imóvel.

– Entendo...

Bill Whitman levantou-se.

– Pense a respeito e depois me avise.

Lara forçou um sorriso.

– Claro.

Ela observou-o deixar a sala com uma expressão sombria.

– Mas que história é essa? – indagou Keller.

– É o que se chama de chantagem.

NO DIA SEGUINTE, Lara almoçou com Paul Martin.

– Tenho um problema, Paul. E não sei como resolvê-lo.

Ela relatou a conversa com Bill Whitman.

– Acha mesmo que ele seria capaz de procurar a velha? – perguntou Paul.

– Não sei. Mas se isso acontecer, posso ter muitos problemas com o departamento de habitação.

Paul Martin deu de ombros.

– Eu não me preocuparia com ele. Provavelmente está blefando.

Lara suspirou.

– Espero que sim.

– Gostaria de ir para Reno? – perguntou Paul.

– Eu adoraria, mas não posso me afastar do trabalho neste momento.

– Não estou pedindo para se afastar do trabalho, mas perguntando se não gostaria de comprar um hotel e um cassino ali.

Lara estudou-o.

– Fala sério?

– Recebi o aviso de que um dos hotéis vai perder sua licença. O lugar é uma mina de ouro. Quando a notícia se espalhar, todos vão querer comprá-lo. O hotel será leiloado, mas acho que posso dar um jeito para você ganhar.

Lara hesitou.

– Não sei... Estou bastante comprometida neste momento. Howard Keller diz que os bancos não me emprestarão mais dinheiro até que eu pague alguns dos empréstimos.

– Não precisa recorrer a um banco.

– Mas como...?

– Pode usar os títulos de alto risco, os *junk bonds*. Há as financiadoras. Você entra com 5 por cento do capital e uma financiadora dá 65 por cento em títulos de grande rentabilidade. Ficam faltando 30 por cento. Pode obter esse dinheiro de bancos estrangeiros que investem em cassinos. Teria opções... Suíça, Alemanha, Japão. Há meia dúzia de bancos que dariam os 30 por cento em notas promissórias.

Lara começava a se sentir excitada.

– Parece uma boa perspectiva. Tem certeza que pode me conseguir o hotel?

Paul sorriu.

– Será seu presente de Natal.

– Você é maravilhoso. Por que é tão bom para mim?

– Não tenho a menor ideia.

Mas ele conhecia a resposta. Estava obcecado por Lara. Ela fazia com que se sentisse jovem de novo, fazia com que tudo se tornasse emocionante para ele. *Não quero perdê-la nunca*, pensou Paul Martin.

KELLER ESPERAVA quando Lara voltou ao escritório.

– Onde você esteve? – indagou ele. – Havia uma reunião às 14 horas que...

– Fale-me sobre os *junk bonds*, Howard. Como os títulos são cotados?

– No topo, temos o Triplo A. Seriam os títulos de uma companhia como a AT&T. Descendo pela escala, temos o Duplo A, A Simples, BAA, e lá no fundo o Duplo B... estes são os *junk bonds*. Um título convencional paga 9 por cento. Um *junk bond* paga 14 por cento. Por que pergunta?

Lara contou.

– Um *cassino*, Lara? Essa não! Paul Martin está por trás disso, não é?

– Não, Howard. Se levar adiante o projeto, *eu* estou por trás. Já tivemos uma resposta para a nossa oferta sobre a propriedade em Battery Park?

– Já, sim. Ela não vai nos vender.

– Mas a propriedade não está à venda?

– De certa forma.

– Pare de fazer rodeios.

– Pertence à viúva de um médico, Eleanor Royce. Todos os incorporadores da cidade apresentaram ofertas pela propriedade.

– E alguém ofereceu mais do que nós?

– Não foi isso. A velha não se interessa por dinheiro. Já tem demais.

– E por que então ela se interessa?

– Quer alguma espécie de monumento ao marido. Aparentemente, pensa que foi casada com um Albert Schweitzer. Quer manter acesa a chama do marido. Não deseja que a propriedade seja

transformada em algo grosseiro ou comercial. Ouvi dizer que Steve Murchison vem tentando persuadi-la a vender.

– É mesmo?

Lara permaneceu em silêncio por um minuto inteiro, antes de indagar:

– Quem é o seu médico, Howard?

– Como?

– Quem é o seu médico?

– Seymour Bennett. É chefe de clínica no Midtown Hospital.

NA MANHÃ SEGUINTE, o advogado de Lara, Terry Hill, estava sentado no consultório do Dr. Seymour Bennett.

– A recepcionista disse que queria falar comigo com urgência, e que a conversa nada tem a ver com um problema médico.

– De certa forma, envolve um problema médico, Dr. Bennett – disse Terry Hill. – Represento um grupo de investimentos que deseja criar uma clínica sem fins lucrativos. Queremos atender aos desafortunados que não podem pagar cuidados médicos regulares.

– É uma esplêndida ideia. O que posso fazer para ajudá-lo?

Terry Hill explicou.

NO DIA SEGUINTE, o Dr. Bennett foi tomar chá na casa de Eleanor Royce.

– Pediram-me para procurá-la, Sra. Royce, em nome desse grupo. Querem construir uma boa clínica e dar o nome de seu falecido marido. Imaginam a clínica como um santuário para ele.

O rosto da Sra. Royce se iluminou.

– É mesmo?

Conversaram sobre os planos do grupo durante uma hora e ao final a Sra. Royce disse:

– George teria adorado. Diga a eles que o negócio está fechado.

A CONSTRUÇÃO COMEÇOU seis meses depois. Era um projeto gigantesco. Ao ser concluído, todo o quarteirão era ocupado por enormes prédios de apartamentos, um imenso centro comercial

e um complexo de diversões. Num canto remoto da propriedade havia um pequeno prédio de alvenaria, de um só andar. Uma placa simples por cima da porta dizia: CLÍNICA MÉDICA GEORGE ROYCE.

18

Lara ficou em casa no dia de Natal. Fora convidada para uma dezena de festas, mas Paul Martin prometera que iria procurá-la.

– Tenho de passar o dia com Nina e as crianças – explicara ele –, mas quero dar uma passada para vê-la.

E Lara se perguntou o que Philip Adler estaria fazendo naquele dia de Natal.

Nova York se encontrava coberta por um lindo manto de neve, prevalecia um estranho silêncio. Paul Martin chegou com uma sacola de compras cheia de presentes para Lara.

– Tive de passar no escritório para pegar os presentes – informou ele.

Para que sua esposa não saiba.

– Já me dá muita coisa, Paul. Não precisava trazer nada.

– Mas eu queria. Abra agora.

Lara sentiu-se comovida pela ansiedade dele para ver sua reação. Os presentes eram selecionados e caros. Um colar de Cartier, echarpes de Hermes, livros da Rizzoli, um relógio de carrilhão antigo e um pequeno envelope branco. Lara abriu-o. Lia-se, em letras de forma grandes: "Cameron Reno Hotel & Casino". Ela olhou para Paul, surpresa.

– O hotel é meu?

Ele acenou com a cabeça, confiante.

– Será seu. A licitação começa na próxima semana. Tenho certeza de que você vai se divertir.

– Não sei como dirigir um cassino.

– Não se preocupe. Providenciarei alguns profissionais para cuidarem de tudo por você. E o hotel você mesma pode administrar.

– Não sei como agradecer, Paul. Tem feito coisas demais por mim.

Ele pegou as mãos de Lara.

– Não há nada neste mundo que eu não faria por você. Nunca se esqueça disso.

– Não esquecerei – prometeu Lara, solene.

Ele olhou para seu relógio.

– Tenho de voltar para casa agora. Eu gostaria...

Paul hesitou.

– Gostaria de quê?

– Não tem importância. Feliz Natal, Lara.

– Feliz Natal, Paul.

Ela foi até a janela, olhou para fora. O céu se convertera numa delicada cortina de flocos de neve caindo. Irrequieta, Lara deu alguns passos para ligar o rádio. Um locutor dizia:

– ...e agora, no seu programa de feriado, a Orquestra Sinfônica de Boston apresenta o Concerto para Piano Nº 5, em Mi Bemol, de Beethoven, com Philip Adler como solista.

Lara escutou com os olhos, vendo-o ao piano, bonito e elegante. Quando a música terminou, ela pensou: *Tenho de vê-lo outra vez.*

BILL WHITMAN ERA um dos melhores supervisores de construção no mercado. Galgara os degraus da profissão e era um dos profissionais mais solicitados. Trabalhava com afinco e ganhava um bom dinheiro, mas sentia-se insatisfeito. Durante anos observara os construtores ganhando vastas fortunas, enquanto ele recebia apenas um salário. *De certa forma*, pensava Whitman, *eles estão ganhando dinheiro à minha custa.* Mas tudo mudou no dia em que Lara Cameron foi ao conselho comunitário. Ela mentira para obter a aprovação do conselho e isso poderia destruí-la. *Se eu procurar o conselho e contar a verdade, sua licença será cassada.*

Mas Bill Whitman não tinha a menor intenção de denunciá-la. Imaginara um plano melhor. Pretendia usar o que acontecera como uma alavanca. A chefe lhe daria qualquer coisa que pedisse. Podia sentir, pela conversa em que pedira uma promoção e um aumento, que Lara

Cameron cederia. Ela nao tinha opção. *Começarei com pouca coisa, pensou Bill Whitman, feliz, e depois passarei a espremê-la para valer.*

Dois dias depois do Natal, foram iniciadas as obras no projeto da Eastside Plaza. Whitman correu os olhos pela vasta propriedade e pensou: *Esta obra vai dar dinheiro que não acaba mais. Só que desta vez eu também vou ganhar minha parte.*

Havia uma porção de equipamentos pesados no local. Guindastes escavavam a terra e transferiam toneladas para caminhões à espera. Um guindaste com uma imensa caçamba serrilhada parecia enguiçado. O braço comprido parou, suspenso em pleno ar. Whitman encaminhou-se para a cabine, sob a enorme caçamba de metal.

– Ei, Jesse – gritou ele –, qual é o problema aí em cima?

O homem na cabine murmurou alguma coisa que Whitman não conseguiu ouvir. Ele chegou mais perto.

– O quê?

Tudo aconteceu numa fração de segundo. Uma corrente se soltou e a caçamba de metal caiu em cima de Whitman, esmagando-o contra o solo. Os homens correram para o corpo, mas não havia mais nada que se pudesse fazer.

– A trava de segurança escapuliu – explicou o operador mais tarde. – Eu me sinto horrível. Gostava muito do Bill.

Ao receber a notícia, Lara telefonou imediatamente para Paul Martin.

– Já soube o que aconteceu com Bill Whitman?

– Já, sim. Deu na televisão.

– Paul, você não...?

Ele riu.

– Não precisa ter ideias malucas. Tem visto filmes demais. Lembre-se apenas de que, no final, os mocinhos sempre vencem.

E Lara se perguntou: *Sou uma mocinha?*

Havia mais de uma dezena de licitantes pelo hotel em Reno.

– Quando apresento minha proposta? – perguntou Lara a Paul.

– Não apresente enquanto eu não lhe disser. Deixe que os outros saiam na frente.

A licitação era secreta, com as propostas lacradas, para serem abertas na sexta-feira seguinte. Na quarta-feira, Lara ainda não encaminhara sua oferta. Telefonou para Paul Martin.

– Aguente firme – disse ele. – Avisarei quando chegar o momento.

Eles se falavam pelo telefone várias vezes por dia.

Às 17 horas, uma hora antes do encerramento do prazo para a apresentação de propostas, Lara recebeu um telefonema.

– Agora! A oferta mais alta é de 120 milhões. Quero que ofereça 5 milhões a mais.

Lara ficou aturdida.

– Mas, se eu fizer isso, perderei dinheiro no negócio.

– Confie em mim – disse Paul. – Depois que comprar o hotel e começar a reformá-lo, pode conseguir uma redução nas mudanças. Todas serão endossadas pelo engenheiro supervisor. Compensará os 5 milhões e ainda ganhará mais alguma coisa.

No dia seguinte, Lara foi informada de que sua oferta era a vencedora.

Lara e Keller seguiram para Reno.

O HOTEL SE CHAMAVA Reno Palace. Era grande e suntuoso, com 1.500 quartos e um cassino enorme e reluzente, que estava vazio. Lara e Howard Keller foram conduzidos pelas dependências do cassino por um homem chamado Tony Wilkie.

– As pessoas que dirigiam este cassino fizeram a maior burrada – comentou Wilkie.

– Que tipo de burrada? – indagou Keller.

– Parece que dois sujeitos andavam embolsando algum dinheiro da caixa...

– Um desvio – interrompeu Keller.

– Isso mesmo. Os donos, é claro, não sabiam de nada.

– Com toda certeza.

– Mas alguém os denunciou e a Comissão de Jogo virou a mesa. O que foi uma pena. Era uma operação lucrativa.

– Sei disso.

Keller já examinara os livros. Encerrada a excursão, quando ficou a sós com Howard, Lara disse:

– Paul tinha razão. Isto é uma mina de ouro. – Ela percebeu a expressão de Howard. – Qual é o problema?

Ele deu de ombros.

– Não sei. Apenas não gosto de me envolver numa coisa assim.

– E o que é "uma coisa assim", Howard? Isto é uma mina de ouro.

– Quem vai dirigir o cassino?

– Encontraremos as pessoas certas – respondeu Lara, evasiva.

– Onde? Entre os escoteiros? É preciso jogadores para dirigir uma operação como esta. Eu não conheço nenhum. Você conhece?

Lara permaneceu calada.

– Aposto que Paul Martin conhece.

– Deixe-o fora disso, Howard.

– Eu bem que gostaria, e gostaria também de deixá-la fora. Não creio que seja uma boa ideia.

– Também não achava que o projeto de Queens não era uma boa ideia? E tinha a mesma opinião sobre o shopping center na Houston Street. Mas ambos não estão dando dinheiro agora?

– Lara, eu nunca disse que não eram bons negócios. Apenas argumentei que estávamos avançando depressa demais. Você está engolindo tudo que aparece à vista, mas ainda não digeriu coisa alguma.

Lara passou a mão pelo rosto de Howard.

– Relaxe.

OS MEMBROS DA Comissão de Jogo receberam Lara com extrema cortesia.

– Não é com frequência que recebemos uma linda jovem aqui – declarou o presidente. – Anima o nosso dia.

Lara estava mesmo bonita. Usava um costume bege de lã de Donna Karan, com uma blusa de seda cor de creme e, para dar sorte, uma das echarpes que Paul lhe dera no Natal. Ela sorriu.

– Obrigada.

– O que podemos fazer para ajudá-la? – perguntou um dos comissários.

Todos sabiam muito bem o que podiam fazer por ela.

– Estou aqui porque gostaria de fazer alguma coisa por Reno – respondeu Lara, muito séria. – Gostaria de dar à cidade o maior e mais lindo hotel de Nevada. Quero acrescentar mais cinco andares ao Reno Palace e construir um grande centro de convenções, a fim de atrair turistas até aqui para jogar.

Os comissários trocaram olhares. O presidente disse:

– Creio que algo assim teria um efeito benéfico sobre a cidade. Nosso trabalho é cuidar para que uma operação assim seja mantida totalmente dentro dos limites legais.

– Não sou exatamente uma condenada fugitiva – murmurou Lara, sorrindo.

Todos riram de seu gracejo.

– Conhecemos os seus antecedentes, Srta. Cameron, e são admiráveis. Contudo, não tem qualquer experiência de dirigir um cassino.

– É verdade – admitiu Lara. – Por outro lado, tenho certeza de que será fácil encontrar empregados competentes e qualificados que receberão a aprovação desta comissão. E podem estar certos de que eu agradeceria toda e qualquer orientação que possam me oferecer.

Um dos membros da comissão interveio:

– No aspecto do financiamento, pode garantir...?

O presidente interrompeu-o:

– Toda essa parte já foi acertada, Tom. A Srta. Cameron apresentou a proposta financeira. Enviarei uma cópia a cada um mais tarde.

Lara ficou calada, esperando. O presidente acrescentou:

– Não posso lhe prometer coisa alguma neste momento, Srta. Cameron, mas creio que é seguro dizer que não vejo qualquer obstáculo para que lhe seja concedida uma licença.

Lara se mostrou radiante:

– Isso é maravilhoso! Eu gostaria de começar a trabalhar o mais depressa possível.

– Infelizmente, as coisas não são tão rápidas por aqui. Haverá um período de espera de um mês, antes que possamos lhe dar uma resposta definitiva.

A consternação de Lara foi evidente.

– Um mês?

– Isso mesmo. Precisamos efetuar algumas verificações.

– Eu compreendo. Mas tudo bem.

HAVIA UMA LOJA de música no complexo do hotel. Na vitrine, podia-se ver um enorme cartaz de Philip Adler, anunciando seu novo CD.

Lara não se interessava por música. Comprou o CD pela fotografia de Philip na caixa.

NA VOLTA PARA Nova York, ela perguntou:

– Howard, o que você sabe sobre Philip Adler?

– Apenas o que todo mundo sabe. Ele é provavelmente o maior pianista de concerto do mundo na atualidade. Toca com as melhores orquestras sinfônicas. Li em algum lugar que ele acaba de instituir uma fundação para conceder bolsas de estudos para músicos de minorias nas grandes cidades.

– Como se chama?

– Fundação Philip Adler, se não me engano.

– Eu gostaria de dar uma contribuição. Mande um cheque de 10 mil dólares, em meu nome.

Keller se surpreendeu.

– Pensei que não se interessasse por música clássica.

– Estou começando a me interessar.

A MANCHETE dizia:

PROMOTOR DISTRITAL
INVESTIGA PAUL MARTIN – ADVOGADO TERIA
LIGAÇÕES COM A MÁFIA

Lara leu a matéria, aflita, e telefonou no mesmo instante para Paul.

– O que está acontecendo? – perguntou ela.

Paul riu.

– O promotor se lançou em outra expedição de pescaria. Há anos que tentam me vincular aos rapazes, mas nunca tiveram sorte.

Toda vez que se aproxima uma eleição, tentam me usar como um bode expiatório. Não se preocupe com isso. Que tal jantarmos hoje?

– Grande ideia.

– Conheço um pequeno restaurante na Mulberry Street onde ninguém vai nos incomodar.

DURANTE O JANTAR, Paul Martin disse:

– Soube que a reunião com a Comissão de Jogo correu muito bem.

– Acho que sim. Eles pareciam amistosos, mas nunca fiz nada assim antes.

– Creio que não terá qualquer problema. Providenciarei bons rapazes para cuidarem do cassino. O homem que tinha a licença se tornou ganancioso demais. – Ele mudou de assunto. – Como vão todas as outras obras?

– Muito bem. Tenho três projetos em andamento, Paul.

– Não está fazendo coisas demais, Lara?

Ele até se parecia com Howard Keller.

– Não. Cada obra se mantém dentro do orçamento e segue de acordo com o cronograma.

– Ainda bem, querida. Eu não gostaria que nada saísse errado para você.

– E nada sairá. – Ela pôs a mão sobre a de Paul. – Você é minha rede de segurança.

– E sempre estarei disponível – murmurou Paul, apertando sua mão.

DUAS SEMANAS PASSARAM e Lara não teve notícias de Philip Adler. Chamou Keller.

– Mandou aquela contribuição de 10 mil dólares para a Fundação Adler?

– Mandei, no mesmo dia em que me pediu.

– Estranho... Pensei que ele me telefonaria.

Keller deu de ombros.

– Provavelmente ele está excursionando por algum lugar.

– Deve ser isso. – Lara tentou ocultar seu desapontamento. – Vamos falar sobre o projeto no Queens.

– Vai exigir uma grande parte de nossos recursos financeiros – comentou Keller.

– Sei como nos proteger. Eu gostaria de fechar negócio com um cliente.

– Tem alguém em mente?

– A Mutual Security Insurance. O presidente é Horace Guttman. Ouvi dizer que eles estão procurando por uma nova sede. Gostaria que fosse nosso prédio.

– Vou verificar.

Lara já tinha notado que ele nunca tomava anotações.

– Você nunca deixa de me espantar, Howard. Lembra de tudo, não é?

Keller sorriu.

– Tenho uma memória fotográfica. Costumava usá-la para estatísticas de beisebol.

Tudo isso parece ter acontecido há muito tempo, pensou Howard. *O garoto do braço mágico, o astro da equipe juvenil dos Cubs de Chicago. Outra pessoa, outra época.*

– Às vezes é uma maldição – acrescentou ele. – Há umas poucas coisas em minha vida que eu gostaria de esquecer.

– Howard, mande o arquiteto aprontar as plantas para o prédio no Queens. Descubra quantos andares a Mutual Security vai precisar e quanta área em cada andar.

Dois dias depois, Keller voltou à sala de Lara.

– Infelizmente tenho más notícias.

– Qual é o problema?

– Andei bisbilhotando por aí. Você estava certa sobre a Mutual Security. Eles procuram mesmo uma nova sede, mas Guttman pensa em se transferir para um prédio na Union Square. Pertence a seu velho amigo, Steve Murchison.

Murchison de novo! Lara tinha certeza de que a caixa com terra fora enviada por ele. *Mas não permitirei que ele me blefe.*

– Guttman já firmou algum compromisso, Howard?

– Ainda não.

212

– Muito bem. Pode deixar que cuidarei de tudo.

Naquela tarde, Lara deu uma dezena de telefonemas. Acertou no alvo na última ligação.

– Horace Guttman? Claro que o conheço, Lara. Qual é o seu interesse nele?

– Gostaria de conhecê-lo. Sou uma grande fã sua. Poderia fazer o favor de convidá-lo para jantar no próximo sábado, Barbara?

– Claro.

O JANTAR FOI SIMPLES, mas elegante. Havia 14 pessoas na residência dos Roswell. Alice Guttman não se sentia bem naquela noite e por isso Horace Guttman foi ao jantar sozinho. Lara sentou ao seu lado. Ele estava na casa dos 60 anos, mas parecia muito mais velho. Tinha um rosto severo e enrugado, um queixo obstinado. Lara se apresentava encantadora, provocante. Usava um vestido Halston preto, com um enorme decote, joias simples mas deslumbrantes. Tomaram coquetéis antes de sentarem à mesa do jantar.

– Há muito tempo que eu queria conhecê-lo – declarou Lara. – Tenho ouvido uma porção de coisas a seu respeito.

– Também tenho ouvido falar de você, minha jovem. Causou a maior sensação nesta cidade.

– Espero estar dando minha contribuição – respondeu Lara, modesta. – É uma cidadezinha maravilhosa.

– De onde você é?

– Gary, Indiana.

– É mesmo? – Ele fitou-a com uma expressão de surpresa. – Foi lá que eu nasci. Então é uma *Hoosier*, hein?

Lara sorriu.

– Exatamente. Tenho as melhores recordações de Gary. Meu pai trabalhava no *Post-Tribune*. Cursei a escola secundária Roosevelt. Nos fins de semana, íamos ao Gleason Park para piqueniques e concertos ao ar livre, ou jogávamos boliche no Twelve and Twenty. Detestei sair de lá.

– Mas saiu-se muito bem, Srta. Cameron.

– Lara.

– Lara. O que anda fazendo agora?

– O projeto que mais me atrai neste momento é um prédio que vou construir em Queens. Terá trinta andares e 18 mil metros quadrados de área útil.

– Muito interessante – comentou Guttman, pensativo.

– Acha mesmo? – indagou Lara, com um ar de inocência. – Por quê?

– Acontece que estamos procurando um prédio mais ou menos com esse tamanho para nossa nova sede.

– E já escolheu algum?

– Não exatamente, mas...

– Se quiser, posso lhe mostrar as plantas para o nosso novo prédio. Já ficaram prontas.

Ele estudou-a por um momento.

– Eu gostaria de vê-las.

– Posso levá-las a seu escritório na segunda-feira de manhã.

– Estarei à espera.

O resto da noite transcorreu muito bem.

Naquela noite, ao chegar em casa, Horace Guttman foi até o quarto da esposa.

– Como está se sentindo? – perguntou ele.

– Melhor, querido. Como foi o jantar?

Ele sentou na cama.

– Todos sentiram a sua falta, mas foi agradável. Já ouviu falar de Lara Cameron?

– Claro. Todo mundo já ouviu falar de Lara Cameron.

– É uma mulher e tanto. Um pouco estranha. Diz que nasceu em Gary, Indiana, como eu. Sabia de tudo sobre Gary... o Gleason Park, o Twelve and Twenty.

– E o que há de estranho nisso?

Guttman sorriu para a esposa.

– Ela vem da Nova Escócia.

No início da manhã de segunda-feira, Lara apareceu no escritório de Horace Guttman, levando as plantas do projeto de Queens. Foi levada até a sala dele imediatamente.

– É um prazer tornar a vê-la, Lara.

Ela pôs as plantas em cima da mesa e sentou à sua frente.

– Antes de examinar as plantas, Horace, eu queria lhe confessar uma coisa.

Guttman recostou-se na cadeira.

– O quê?

– Aquela história que contei no jantar, sobre Gary, Indiana...

– O que tem ela?

– Nunca estive em Gary, Indiana. Apenas tentava impressioná-lo.

Ele riu.

– Agora conseguiu me confundir. Não tenho certeza se serei capaz de acompanhá-la, minha jovem. Vamos dar uma olhada nessas plantas.

Guttman terminou de examiná-las meia hora depois e comentou, pensativo:

– Sabe, eu já optara praticamente por outro local.

– É mesmo?

– Por que deveria mudar de ideia e me transferir para o seu prédio?

– Porque será mais feliz lá. Providenciarei para que tenha tudo de que precisar. – Ela sorriu. – Além do mais, vai custar à sua companhia 10 por cento a menos.

– É mesmo? Não sabe qual é o meu preço para o outro prédio.

– Não importa. Aceitarei sua palavra.

– Você podia ter vindo mesmo de Gary, Indiana – comentou Guttman. – Muito bem, vamos fechar o negócio.

QUANDO VOLTOU AO escritório, Lara recebeu o recado de que Philip Adler telefonara.

19

O salão de baile do Waldorf-Astoria estava lotado com os frequentadores do Carnegie Hall. Lara circulou pela multidão, à procura de Philip. Recordou a conversa telefônica poucos dias antes.

– Srta. Cameron, aqui é Philip Adler.

Ela sentira a garganta subitamente ressequida.

– Lamento não ter podido agradecer antes pelo seu donativo à fundação. Acabei de voltar da Europa e só soube agora.

– O prazer foi meu. – Lara precisava dar um jeito para que ele continuasse a falar. – Ah... para dizer a verdade, estou interessada em saber mais sobre a fundação. Talvez pudéssemos nos encontrar para conversar a respeito.

Houvera uma pausa.

– Haverá um jantar de caridade no Waldorf na noite de sábado. Poderíamos nos encontrar lá. Está livre?

Lara consultara rapidamente sua agenda. Tinha um jantar marcado com um banqueiro do Texas naquela noite. Tomara uma decisão imediata.

– Estou, sim. Terei o maior prazer em comparecer.

– Maravilhoso. Haverá um ingresso na porta à sua espera.

Lara estava radiante ao desligar.

PHILIP ADLER NÃO se encontrava em nenhum lugar à vista. Lara foi andando pelo vasto salão, escutando as conversas ao seu redor.

– ...e então o tenor principal disse: "Dr. Klemperer, só me restam dois dós agudos. Quer ouvi-los agora ou esta noite na apresentação?"...

– ...reconheço que ele tem uma boa condução. Sua dinâmica e variações tonais são excelentes... mas o *tempi! Tempi!* Não dá para aguentar!...

– ...Você está louco! Stravinski é estruturado demais. Sua música poderia ter sido composta por um robô. Bartók, por outro lado, abre as comportas e somos inundados pelas emoções...

– ...não consigo suportá-la ao piano. Seu Chopin é um exercício de torturado *rubato*, texturas esquartejadas e paixão púrpura...

Era uma linguagem misteriosa, além da compreensão de Lara. E de repente ela avistou Philip cercado por um círculo de admiradores. Lara abriu caminho pela multidão. Uma jovem atraente estava dizendo:

– Quando tocou a Sonata em Si Bemol Menor, senti que Rachmaninoff sorria. O tom e o fraseado, os registros mais profundos... Maravilhoso!

Philip sorriu.

– Obrigado.

Uma matrona de meia-idade declarou:

– Sempre escuto sua gravação de *Hammerklavier*. Santo Deus! A vitalidade é irresistível! Acho que deve ser o único pianista que resta no mundo que realmente compreende essa sonata de Beethoven...

Philip avistou Lara e murmurou:

– Ah, com licença...

Ele se encaminhou para Lara, pegou sua mão. O contato deixou-a excitada.

– Fico contente que tenha podido vir, Srta. Cameron.

– Obrigada. – Ela olhou ao redor. – É uma multidão e tanto.

Philip acenou com a cabeça.

– Tem razão. Posso presumir que é uma amante da música clássica?

Lara pensou na música com que fora criada. *Annie Laurie, Comin' Through the Rye, The Hills of Home...*

– Claro que pode. Meu pai me criou com a música clássica.

– Quero lhe agradecer de novo por sua contribuição. Foi muita generosidade.

– Sua fundação parece muito interessante. Eu adoraria conhecer mais a respeito. Se...

– Philip, querido! Não há palavras! Magnífico!

Ele foi cercado outra vez. Lara conseguiu se fazer ouvir:

– Se estiver livre em alguma noite desta semana...

Philip sacudiu a cabeça.

– Lamento, mas viajo para Roma amanhã.

Lara experimentou um súbito sentimento de perda.

– Ah...

– Mas voltarei dentro de três semanas. Talvez pudéssemos então...

– Maravilhoso! – exclamou Lara.

– ...passar uma noite conversando sobre música.

Lara sorriu.

– Claro. Aguardarei ansiosa.

Eles foram interrompidos nesse momento por dois homens de meia-idade. Um deles usava um rabo de cavalo, o outro tinha um brinco na orelha.

– Philip! Você precisa resolver uma discussão para nós. Quando está tocando Liszt, o que considera mais importante: um piano com uma ação pesada, o que lhe proporciona um som colorido, ou uma ação leve em que pode obter uma manipulação colorida?

Lara não tinha a menor ideia do que eles falavam. Afastaram-se numa discussão sobre sonoridade neutra, sons longos e transparência. Ela observou a animação no rosto de Philip enquanto ele falava e pensou: *Este é o seu mundo. Tenho de encontrar uma maneira de ingressar nele.*

NA MANHÃ SEGUINTE, Lara apareceu na Escola de Música de Manhattan. Disse à mulher na recepção:

– Gostaria de falar com um dos professores de música, por favor.

– Alguém em particular?

– Não.

– Um momento, por favor.

A recepcionista desapareceu em outra sala. Poucos minutos depois, um homem pequeno, grisalho, aproximou-se de Lara.

– Bom dia. Sou Leonard Meyers. Como posso ajudá-la?

– Estou interessada em música clássica.

– Ah, sim, veio se matricular aqui. Que instrumento toca?

– Não toco nenhum instrumento. Apenas quero aprender sobre música clássica.

– Receio que tenha vindo ao lugar errado. Esta não é uma escola para principiantes.

– Pagarei 5 mil dólares por duas semanas de seu tempo.

O professor Meyers piscou, aturdido.

– Desculpe, Srta... Não ouvi seu nome.

– Cameron... Lara Cameron.

– Deseja me pagar 5 mil dólares por uma *conversa* de duas semanas sobre música clássica?

Ele demonstrou alguma dificuldade para enunciar as palavras.

– Isso mesmo. Pode usar o dinheiro para uma bolsa de estudos, se assim desejar.

O professor Meyers baixou a voz.

– Não será necessário. Isso pode ficar só entre nós.

– Por mim, não tem problema.

– Quando... bem... gostaria de começar?

– Agora.

– Tenho uma aula no momento, mas se me der cinco minutos...

Lara e o professor Meyers sentaram numa sala de aula, sozinhos.

– Vamos começar pelo início. Sabe alguma coisa sobre música clássica?

– Bem pouco.

– Muito bem. Há duas maneiras de se compreender a música, a intelectual e a emocional. Alguém disse que a música revela ao homem sua alma oculta. Todos os grandes compositores foram capazes de realizar isso.

Lara escutava atentamente.

– Conhece alguns compositores, Srta. Cameron?

Ela sorriu.

– Não muitos.

O professor franziu o rosto.

– Não consigo entender seu interesse por...

– Quero conhecer o suficiente para ter uma conversa inteligente com um músico profissional sobre a música clássica. Eu... me interesso particularmente por música de piano.

– Hum... – Meyers pensou por um momento. – Já sei como vamos começar. Eu lhe darei alguns CDs para ouvir.

Lara observou-o ir até uma prateleira e pegar alguns CDs.

– Começaremos por estes. Quero que escute com toda atenção o *allegro* no Concerto para Piano Nº 21 em Dó, Köchel 467, de Mozart,

o *adagio* no Concerto para Piano Nº 1 de Brahms, o *moderato* no Concerto para Piano Nº 2 em Dó Menor, Opus 18, de Rachmaninoff, e finalmente o *romanze* no Concerto para Piano Nº 1 de Chopin.

– Certo.

– Se quiser ouvir essas músicas e voltar dentro de poucos dias...

– Voltarei amanhã.

No DIA SEGUINTE, Lara chegou com meia dúzia de CDs de concertos e recitais de Philip Adler.

– Ah, esplêndido! – exclamou o professor Meyers. – O maestro Adler é o melhor. Está particularmente interessada por sua música?

– Isso mesmo.

– O *maestro* gravou muitas belas sonatas.

– Sonatas?

Ele suspirou.

– Não sabe o que é uma sonata?

– Infelizmente, não.

– Uma sonata é uma peça, geralmente em vários movimentos, que possui uma certa forma musical básica. E quando essa forma é usada numa peça para um instrumento solo, como um piano ou violino, a peça é chamada de sonata. Uma sinfonia é uma sonata para uma orquestra.

– Estou entendendo.

Não deve ser difícil falar sobre isso numa conversa.

– O piano era originalmente conhecido como *pianoforte*. É o termo italiano para "suave-alto"...

Eles passaram os dias seguintes conversando sobre gravações que Philip fizera – Beethoven, Liszt, Bartók, Mozart, Chopin.

Lara escutava, absorvia, lembrava.

– Ele gosta de Liszt. Fale-me a seu respeito.

– Franz Liszt foi um menino-prodígio. Todos o admiravam. Ele era brilhante. Era tratado como um favorito pela aristocracia, e acabou se queixando que se tornara igual a um malabarista ou um cachorro amestrado...

– Fale-me sobre Beethoven.

– Um homem difícil. Era uma pessoa tão infeliz que no meio do seu grande sucesso decidiu que não gostava da obra que realizara, e mudou-a para composições mais longas e mais emocionais, como a *Eroica* e a *Pathétique*...

– Chopin?

– Chopin foi criticado por compor música para piano, e por isso os críticos da época consideravam-no limitado...

Mais tarde:

– Liszt podia tocar Chopin melhor do que o próprio Chopin...

Em outro dia:

– Há uma diferença entre os pianistas franceses e os pianistas americanos. Os franceses gostam de clareza de estilo e elegância. Tradicionalmente, seu aprendizado técnico baseia-se no *jeu perlé*... uma perfeita regularidade da articulação, com o pulso firme...

A cada dia, eles tocavam uma das gravações de Philip e conversavam a respeito. Ao final das duas semanas, o professor Meyers disse:

– Devo confessar que estou impressionado, Srta. Cameron. É uma discípula das mais devotadas. Talvez devesse aprender um instrumento.

Lara riu.

– Não vamos exagerar. – Ela entregou-lhe um cheque. – Aqui está.

Mal podia esperar que Philip voltasse a Nova York.

20

O dia começou com boas notícias.

Terry Hill telefonou.

– Lara?

– O que é?

– Acabamos de receber um aviso da Comissão de Jogos. Concederam a licença.

– Mas isso é maravilhoso, Terry!

– Darei os detalhes quando nos encontrarmos, mas é o sinal verde. Ao que parece, você os impressionou demais.

– Tomarei as providências para começar tudo o mais depressa possível – disse Lara. – Obrigada.

Ela comunicou a Keller o que acontecera.

– Isso é ótimo. Bem que precisamos do fluxo de caixa. Vai resolver muitos problemas nossos...

Lara consultou sua agenda.

– Podemos voar até lá na terça-feira e começar logo o trabalho.

Kathy chamou-a pelo interfone.

– Há um certo Sr. Adler na linha dois. O que digo a ele?

Lara sentiu-se subitamente nervosa.

– Vou atender. – Ela pegou o telefone. – Philip?

– Olá. Estou de volta.

– Fico contente por isso.

Senti muita saudade.

– Sei que é em cima da hora, mas gostaria de saber se está livre para jantar hoje.

Ela marcara um jantar com Paul Martin.

– Estou, sim.

– Maravilhoso! Onde gostaria de jantar?

– Não faz diferença.

– La Côte Basque?

– Ótimo.

– Por que não nos encontramos lá? Às 20 horas?

– Combinado.

– Até de noite.

Lara sorria ao desligar.

– Era *Philip* Adler? – indagou Keller.

– O próprio. Vou casar com ele.

Keller ficou aturdido.

– Fala sério?

– Claro.

Foi um choque. *Vou perdê-la*, pensou Keller. E depois: *A quem estou tentando enganar? Ela nunca poderia ser minha.*

– Lara... você mal o conhece!

Eu o conheci por toda a minha vida.

– Não quero que cometa um erro.

– Não vou cometer. Eu...

O telefone particular tocou. O que ela mandara instalar para falar com Paul Martin. Lara atendeu.

– Olá, Paul.

– Oi, Lara. A que horas gostaria de me encontrar para o jantar? Oito?

Ela experimentou um súbito sentimento de culpa.

– Paul... receio não poder me encontrar com você esta noite. Surgiu uma dificuldade. Eu já ia lhe telefonar.

– É mesmo? Mas está tudo bem?

– Está, sim. Algumas pessoas acabam de chegar de Roma... – Essa parte pelo menos era verdadeira. – ... e tenho de me reunir com elas.

– O azar é meu. Outra noite, então.

– Claro.

– Já soube que recebeu a licença para o hotel em Reno.

– É verdade.

– Vamos nos divertir com o lugar.

– Estou ansiosa por isto. Lamento pelo jantar. Falarei com você amanhã.

A linha ficou muda.

Lara repôs o fone, lentamente.

Keller a observava. Ela podia perceber a desaprovação em seu rosto.

-- Alguma coisa o incomoda?

– Incomoda. Todo esse equipamento moderno.

– Do que está falando?

– Acho que tem telefones demais em sua sala. Ele é má notícia, Lara.

Ela se empertigou.

223

– O Sr. Má Notícia salvou nossas peles umas poucas vezes, Howard. Mais alguma coisa?

Keller balançou a cabeça.

– Não.

– Então vamos voltar ao trabalho.

PHILIP JÁ A ESPERAVA quando ela chegou ao La Côte Basque. Pessoas se viraram para contemplá-la quando Lara entrou no restaurante. Philip levantou-se para cumprimentá-la e ela sentiu seu coração parar por um instante.

– Espero não ter me atrasado muito.

– De jeito nenhum. – Ele a fitava com admiração, com uma atração evidente. – Está adorável.

Lara trocara de roupa meia dúzia de vezes. *Devo usar alguma coisa simples, elegante ou sensual?* Acabara se decidindo por um Dior simples.

– Obrigada.

– Eu me sinto como um idiota – disse Philip depois que se sentaram.

– Por quê?

– Nunca liguei o nome. Você e *aquela* Cameron.

Ela riu.

– Culpada.

– Essa não! Você é uma rede de hotéis, é prédios de apartamentos, é prédios de escritórios. Quando excursiono, vejo seu nome por todo o país.

– Ótimo. – Lara sorriu. – Vai lembrar-se de mim.

Ele a estudava.

– Não creio que eu precise de alguma coisa para lembrar. Cansa-se de ouvir as pessoas lhe dizerem que é muito bonita?

Lara pretendia dizer "Sinto-me contente por você me achar bonita", mas as palavras que saíram foram outras:

– Você é casado?

Ela teve vontade de morder a língua. Philip sorriu.

– Não. O casamento é impossível para mim.

– Por quê?

Por um instante, Lara prendeu a respiração. *Certamente ele não é..*

– Porque passo a maior parte do ano em excursão. Uma noite estou em Budapeste, na noite seguinte em Londres, Paris ou Tóquio.

Ela experimentou um profundo sentimento de alívio.

– Ah... Fale-me de você, Philip.

– O que quer saber?

– Tudo.

Ele riu.

– Levaria pelo menos cinco minutos.

– Falo sério. Quero saber de tudo a seu respeito.

Philip respirou fundo.

– Meus pais eram vienenses, meu pai um regente e minha mãe uma professora de piano. Deixaram Viena para escapar de Hitler e foram se instalar em Boston, onde nasci.

– Sempre soube que queria ser um pianista?

– Sempre.

Ele tinha 6 anos. Praticava piano e o pai entrou na sala, furioso.

– Não, não, não! Não sabe distinguir um acorde maior de um menor? – O dedo cabeludo bateu na pauta musical. – Isto é um acorde menor. Menor. Está me entendendo?

– Posso ir agora, pai, por favor? Meus amigos me esperam lá fora.

– Não. Ficará sentado aqui até tocar direito.

Ele tinha 8 anos. Praticara por quatro horas naquela manhã e tivera uma briga terrível com os pais.

– Odeio o piano! – gritara ele. – Nunca mais quero tocar!

– Está certo. Agora, quero ouvir o andante *de novo – disse a mãe.*

Ele tinha 10 anos. O apartamento estava cheio de convidados, a maioria velhos amigos dos pais, de Viena. Todos eram músicos.

– Philip vai tocar alguma coisa para nós agora – anunciou a mãe.

– Adoraríamos ouvir o pequeno Philip tocar – disseram eles, num tom condescendente.

– Toque Mozart, Philip.

Philip contemplou os rostos entediados e sentou ao piano, irritado. Os convidados continuaram a conversar.

Ele começou a tocar, os dedos voando pelo teclado. As conversas cessaram de repente. Philip tocou uma sonata de Mozart e a música adquiriu vida. E naquele momento ele era Mozart, povoando a sala com a magia do mestre.

Quando os dedos de Philip tocaram os últimos acordes, reinava na sala um silêncio reverente. Os amigos dos pais correram para o piano, falando no maior excitamento, efusivos nos elogios. Ele escutou os aplausos e a adulação, e esse foi o momento de sua epifania, quando soube quem era e o que queria fazer com sua vida.

– Isso mesmo, eu sempre soube que queria ser um pianista – disse Philip a Lara.

– Onde estudou piano?

– Mamãe me ensinou até os 14 anos, e depois me mandaram estudar no Instituto Curtis, em Filadélfia.

– E gostou de lá?

– Muito.

Ele tinha 14 anos, sozinho na cidade, sem amigos. O Instituto de Música Curtis se localizava em quatro mansões da passagem do século, perto da Rittenhouse Square, em Filadélfia. Era o mais próximo equivalente americano do Conservatório de Viardo, Egorov e Toradze, de Moscou. Entre seus graduados se incluíam Samuel Barber, Leonard Bernstein, Gian Carlo Menotti, Peter Serkin e dezenas de outros músicos excepcionais.

– Não se sentia solitário lá?

– Não.

Ele se sentia desesperado. Nunca antes estivera longe de casa. Fizera audições no Instituto Curtis, e ao ser aceito compreendera abruptamente que se encontrava prestes a iniciar uma vida nova, que nunca mais voltaria para casa. Os mestres logo reconheceram o talento do rapaz. Seus professores de piano foram Isabelle Vengerova e Rudolf Serkin, e Philip estudou piano, teoria, harmonia, orquestração e flauta. Quando não se achava em aula, tocava música de câmara com os outros estudantes. O piano que fora obrigado a praticar desde

os 3 anos de idade era agora o foco de sua vida. Para ele, tornara-se um instrumento mágico, do qual seus dedos podiam extrair romance, paixão e trovoada. Falava uma linguagem universal.

– Meu primeiro concerto foi aos 18 anos, com a Sinfônica de Detroit.

– Ficou assustado?

Ele estava apavorado. Descobria que uma coisa era tocar diante de um grupo de amigos, outra era enfrentar um vasto auditório, lotado com pessoas que pagaram para ouvi-lo. Andava de um lado para outro nos bastidores, muito nervoso, quando o diretor de cena pegou-o pelo braço e disse:

– Entre agora. Chegou a sua vez.

Jamais esquecera a sensação que experimentara quando entrou no palco e a plateia começou a aplaudi-lo. Sentou ao piano e seu nervosismo desapareceu no mesmo instante. Depois disso, sua vida tornou-se uma maratona de concertos. Excursionou por toda a Europa e Ásia, e sua reputação crescia ainda mais ao final de cada excursão. William Ellerbee, um agente de artistas importantes, concordou em representá-lo. Em dois anos, havia uma demanda por Philip Adler no mundo inteiro.

Ele olhou para Lara e sorriu.

– Claro. Ainda me sinto assustado antes de um concerto.

– Como é excursionar por toda parte?

– Nunca é insípido. Uma ocasião eu fazia uma excursão com a Sinfônica de Filadélfia. Estávamos em Bruxelas, a caminho de um concerto em Londres. O aeroporto local foi fechado por causa do nevoeiro e por isso nos levaram de ônibus para o aeroporto Schiphol, em Amsterdã. O encarregado explicou que o avião fretado para nós era pequeno e que os músicos podiam levar seus instrumentos ou a bagagem. Como não podia deixar de ser, eles escolheram os instrumentos. Chegamos a Londres bem a tempo de iniciar o concerto. Tocamos de jeans, tênis e com a barba por fazer.

Lara riu.

– E aposto que a plateia adorou.

– É verdade. Em outra ocasião, fui dar um concerto em Indiana, o piano fora trancado numa sala e ninguém tinha a chave. Foi preciso arrombar a porta.

Lara riu de novo.

– No ano passado eu tinha programado um concerto de Beethoven em Roma. Um dos críticos musicais escreveu: "Adler teve um desempenho fraco, com o fraseado no *finale* se desviando por completo do objetivo. O andamento foi largo demais, em desacordo com a vitalidade da peça."

– Que coisa terrível! – murmurou Lara, consternada.

– E o pior de tudo é que nunca dei esse concerto. Perdi o avião.

Lara inclinou-se para a frente, ansiosa.

– Conte-me mais.

– Uma ocasião, em São Paulo, os pedais caíram do piano no meio de um concerto de Chopin.

– O que você fez?

– Acabei a sonata sem os pedais. Em outra ocasião, o piano deslizou pelo palco.

Quando Philip falava de seu trabalho, a voz vibrava de entusiasmo.

– Tenho muita sorte. É maravilhoso ser capaz de comover as pessoas, transportá-las para outro mundo. A música proporciona um sonho a cada um. Às vezes penso que a música é a única sanidade que restou num mundo insano. – Ele riu, contrafeito. – Não quis parecer pomposo.

– E não pareceu. Faz com que milhões de pessoas se sintam felizes. Adoro ouvi-lo tocar. – Lara respirou fundo. – Quando o ouço tocar *Voiles* de Debussy, eu me sinto numa praia solitária e vejo o mastro de um navio navegando a distância...

Ele sorriu.

– Eu também me sinto assim.

– E quando ouço seu Scarlatti, estou em Nápoles, posso ouvir os cavalos e carruagens, vejo as pessoas andando pelas ruas...

Ela podia perceber a satisfação no rosto de Philip enquanto a escutava. Desencavava todas as lembranças das sessões com o professor Meyers.

– Com Bartók, você me leva às aldeias da Europa Central, aos camponeses da Hungria. Pinta as imagens e me perco nelas.

– Está sendo muito lisonjeira – comentou Philip.

– Não estou, não. Cada palavra é verdadeira.

O jantar foi servido. Consistiu em um *Chateaubriand* com *pommes frites*, uma salada Waldorf, aspargos frescos e uma torta de fruta na sobremesa. Houve um vinho para cada prato. Durante o jantar, Philip disse:

– Lara, já falamos muito de mim. Agora, conte-me sobre você. Como é construir enormes edifícios por todo o país?

Ela ficou em silêncio por um momento.

– É difícil descrever. *Você* cria com as mãos. *Eu* crio com a mente. Não construo fisicamente um prédio, mas faço com que se torne possível. Tenho um sonho de tijolos, concreto e aço e o converto em realidade. Crio empregos para centenas de pessoas: arquitetos, pedreiros, desenhistas, carpinteiros, encanadores. Graças a mim, eles podem sustentar suas famílias. Dou às pessoas lindos ambientes em que podem viver, em que se sentem confortáveis. Construo lojas atraentes, em que as pessoas podem comprar as coisas de que precisam. Construo monumentos ao futuro. – Ela sorriu, contrafeita. – Não pretendia fazer um discurso.

– É extraordinária... e sabe disso, não é?

– Quero que você pense assim.

FOI UMA NOITE encantada. Ao final, Lara sabia que, pela primeira vez na vida, estava apaixonada. Sentira muito medo de acabar desapontada, de que nenhum homem pudesse corresponder à imagem em sua fantasia. Mas ali se encontrava Lochinvar, em carne e osso, e ela se apaixonara.

Quando chegou em casa, sentia-se tão excitada que não foi capaz de ir logo dormir. Repassou a noite em sua mente, reconstituiu a conversa muitas e muitas vezes. Philip Adler era o homem mais fascinante que já conhecera. O telefone tocou. Lara sorriu e atendeu. Já ia murmurar "Philip...", quando Paul Martin disse:

– Só estou verificando se você chegou em casa sã e salva.

– Cheguei.

– Como foi a reunião?

– Muito bem.

– Ótimo. Vamos jantar amanhã de noite.

Lara hesitou.

– Combinado.

Será que vai haver algum problema?

21

N a manhã seguinte, uma dúzia de rosas vermelhas foi entregue no apartamento de Lara. *Portanto, ele também gostou da noite*, pensou ela, feliz. Abriu apressada o envelope que acompanhava as flores. O cartão dizia: "Querida, aguardo ansioso o nosso jantar esta noite. Paul."

Lara sentiu uma pontada de decepção. Esperou durante toda a manhã por um telefonema de Philip. Tinha uma agenda movimentada, mas não conseguiu se concentrar no trabalho. Às 14 horas, Kathy avisou:

– As novas secretárias estão aqui para serem entrevistadas.

– Comece a mandá-las entrar.

Havia meia dúzia, todas altamente qualificadas. Gertrude Meeks foi a escolhida do dia. Tinha 30 e poucos anos, era inteligente e informada, sentia um respeito óbvio por Lara. Seu currículo era esplêndido.

– Já trabalhou antes no ramo de incorporações imobiliárias.

– Isso mesmo. Mas nunca trabalhei antes para uma firma como esta. Para dizer a verdade, aceitaria este emprego até de graça!

Lara sorriu.

– Isso não será necessário. Tem boas referências. Muito bem, vamos fazer uma experiência.

– Muito obrigada!

Ela estava quase corando.

– Terá de assinar um formulário concordando em não dar nenhuma entrevista, nem jamais falar fora daqui sobre qualquer coisa que aconteça nesta empresa. Aceita isso?

– Claro!

– Kathy lhe mostrará sua mesa.

HOUVE UMA REUNIÃO de publicidade, às 11 horas, com Jerry Townsend.

– Como vai seu pai? – perguntou Lara.

– Está na Suíça. O médico diz que ele pode ter uma chance. – A voz de Jerry se tornou rouca. – Se tiver, será graças a você.

– Todo mundo merece uma chance, Jerry. Espero que ele se recupere.

– Obrigado. – Jerry limpou a garganta. – Ahn... não sei como agradecer...

Lara levantou-se.

– Estou atrasada para uma reunião.

E ela saiu da sala, deixando-o sozinho ali, a acompanhá-la com os olhos.

A REUNIÃO ERA com os arquitetos de um projeto em Nova Jersey.

– Fizeram um bom trabalho, mas eu gostaria que providenciassem algumas alterações – disse Lara. – Quero uma arcada elíptica, com saguões em três lados e paredes de mármore. Mudem o telhado para uma pirâmide de cobre, com um refletor que ficará aceso à noite. Isso acarreta algum problema?

– Não creio, Srta. Cameron.

O interfone tocou assim que a reunião terminou.

– Srta. Cameron, Raymond Duffy, um dos supervisores de obras, está na linha, querendo lhe falar. Diz que é urgente.

Lara atendeu.

– Olá, Raymond.

– Temos um problema, Srta. Cameron.

– Pode falar.

– Acabam de entregar uma carga de blocos de cimento. Não passaram pela inspeção. Apresentam rachaduras. Vou devolvê-los, mas queria avisá-la primeiro.

Lara pensou por um momento.

– Estão muito ruins?

– Estão, sim. O fato é que não atendem às nossas especificações e..

– Podem ser reparados?

– Acho que sim, mas sairia muito caro.

– Repare-os.

Houve um instante de silêncio no outro lado da linha.

– Certo. Você é quem manda.

Lara desligou. Havia apenas dois fornecedores de cimento na cidade e seria suicídio hostilizá-los.

Às 17 horas Philip ainda não telefonara. Lara ligou para sua fundação.

– Philip Adler, por favor.

– O Sr. Adler deixou a cidade, numa excursão. Posso ajudá-la?

Ele não avisara que deixaria a cidade.

– Não, obrigada.

Ficamos assim, pensou Lara. *Por enquanto.*

O DIA TERMINOU com uma visita de Steve Murchison. Era um homem enorme, parecia uma pilha de tijolos. Avançou furioso pela sala de Lara.

– O que posso fazer para ajudá-lo, Sr. Murchison? – indagou ela.

– Pode manter a porra do seu nariz fora dos meus negócios!

Lara fitou-o calmamente.

– Qual é o seu problema?

– Você! Não gosto de pessoas se metendo em meus negócios!

– Se está se referindo ao Sr. Guttman...

– É claro que estou!

– ...ele preferiu meu prédio ao seu.

– Você o enganou. Já vem me sacaneando há tempo demais. Avisei-a uma vez. Não vou avisar de novo. Não há espaço suficiente para nós dois nesta cidade. Não sei onde guarda seus bagos, mas trate de escondê-los, porque vou cortá-los se alguma vez me sacanear de novo.

E ele saiu, ainda mais furioso.

O JANTAR EM SEU apartamento com Paul foi tenso.

– Parece preocupada, meu bem – disse ele. – Algum problema?

Lara conseguiu exibir um sorriso.

– Não. Está tudo bem.

Por que Philip não me contou que ia viajar?

– Quando começa o trabalho no projeto de Reno?

– Howard e eu tornaremos a voar para lá na próxima semana. Devemos inaugurar dentro de nove meses.

– Poderia ter um filho em nove meses.

Lara ficou surpresa.

– Como?

Paul Martin pegou sua mão.

– Sabe que sou louco por você, Lara. Mudou toda a minha vida. Eu bem que gostaria que as coisas tivessem ocorrido de maneira diferente. Adoraria ter filhos com você.

Não havia nada que Lara pudesse dizer a isso.

– Tenho uma pequena surpresa para você. – Ele enfiou a mão no bolso, tirou uma caixa de joia. – Abra.

– Paul, você já me deu tanta coisa...

– Abra.

Dentro da caixa havia um magnífico colar de diamantes.

– É lindo!

Ele se levantou, e Lara sentiu suas mãos quando ele prendeu o colar em torno de seu pescoço. As mãos de Paul deslizaram, acariciando os seios, enquanto ele murmurava, a voz rouca:

– Vamos ver se ficou bonito...

Paul começou a levá-la para o quarto. A mente de Lara girava. Nunca estivera apaixonada por Paul, e sempre fora fácil ir para a cama com ele – o pagamento por tudo o que fizera para ajudá-la –, mas agora havia uma diferença. Ela estava apaixonada. *Sou uma tola*, pensou Lara. *Provavelmente nunca mais tornarei a ver Philip.*

Ela se despiu devagar, relutante e foram para a cama. Paul Martin estava em cima dela, dentro dela, sussurrando:

– Ah, meu bem, sou louco por você...

E Lara fitou-o, mas o rosto que viu ali era o de Philip.

TUDO CORRIA muito bem. As reformas no hotel em Reno progrediam com rapidez, o complexo do Cameron Towers seria concluído

dentro do prazo e a reputação de Lara continuava a crescer. Ela telefonara várias vezes para Philip Adler, durante os últimos meses, mas ele sempre se achava ausente, em alguma excursão.

– O Sr. Adler está em Pequim...

– O Sr. Adler está em Paris...

– O Sr. Adler está em Sydney...

Ele que se dane, pensou Lara.

AO LONGO DOS seis meses seguintes, Lara conseguiu superar Steve Murchison em três propriedades que ele desejava comprar. Keller foi procurá-la, preocupado.

– A notícia que corre pela cidade é de que Murchison vem fazendo ameaças contra você. Talvez devêssemos nos manter um pouco afastados dele. É um inimigo perigoso, Lara.

– Eu também sou. Talvez ele devesse mudar de ramo.

– Não é brincadeira, Lara. Ele...

– Esqueça-o, Howard. Acabo de receber um aviso sobre uma propriedade em Los Angeles. Ainda não foi posta no mercado. Se agirmos depressa, creio que podemos consegui-la. Voaremos para lá pela manhã.

A PROPRIEDADE ERA o terreno do velho Biltmore Hotel, um total de 2,5 hectares. Um corretor foi mostrá-la a Lara e Howard.

– Uma propriedade de primeira – disse ele. – Nada pode sair errado neste caso. Pode-se construir uma linda cidadezinha nesta área... prédios de apartamentos, shopping centers, cinemas e restaurantes...

– Não.

O corretor olhou para Lara, espantado.

– Como disse?

– Não estou interessada.

– Não? E por quê?

– Por causa do bairro. Não creio que as pessoas queiram se mudar para esta área. Los Angeles se desloca a oeste. As pessoas são como lemingues. Não dá para fazer com que invertam a direção.

– Mas...

234

– Posso lhe dizer em que estou interessada. Condomínios. Arrume-me um bom local.

Lara virou-se para Howard.

– Desculpe ter desperdiçado nosso tempo. Voaremos de volta esta tarde.

A caminho do hotel, Keller comprou um jornal.

– Vamos verificar o que o mercado está fazendo hoje.

Na seção de diversões, havia um anúncio grande: ESTA NOITE NO HOLLYWOOD BOWL – PHILIP ADLER. O coração de Lara disparou.

– Vamos deixar para voltar amanhã – murmurou ela.

Keller estudou-a por um momento.

– Seu interesse é pela música ou pelo músico?

– Compre dois ingressos.

LARA NUNCA ESTIVERA antes no Hollywood Bowl. O maior anfiteatro natural do mundo é cercado pelas colinas de Hollywood e o terreno ao redor é um parque, aberto o ano inteiro aos visitantes. O anfiteatro propriamente dito tem lugar para 18 mil pessoas sentadas. O Bowl estava lotado e Lara pôde sentir a expectativa ansiosa da multidão. Os músicos começaram a entrar no palco e foram recebidos com aplausos. André Previn apareceu e os aplausos se tornaram ainda mais entusiasmados. Houve uma agitação e mais aplausos na plateia no momento em que Philip Adler entrou no palco, elegante, de casaca e gravata branca. Lara apertou o braço de Keller e sussurrou:

– Ele não é lindo?

Keller não respondeu.

Philip sentou ao piano, e o programa começou. Sua magia se afirmou no mesmo instante, envolvendo a plateia. Havia um misticismo na noite. As estrelas brilhavam, iluminando as colinas escuras em torno do Bowl. Milhares de pessoas sentavam ali em silêncio, comovidas pela majestade da música. Quando os últimos acordes do concerto se desvaneceram, houve um verdadeiro rugido da multidão, todos se levantando, aplaudindo e aclamando. Philip ficou de pé, fazendo uma reverência depois de outra.

– Vamos aos bastidores – sugeriu Lara.

Keller virou-se para fitá-la. A voz de Lara tremia de excitamento.

A entrada dos bastidores ficava ao lado do poço da orquestra. Havia um guarda na porta, impedindo o acesso da multidão.

– A Srta. Cameron está aqui para falar com o Sr. Adler – disse Keller.

– Ele a espera? – indagou o guarda.

– Espera – respondeu Lara.

– Aguardem aqui, por favor. – O guarda voltou um momento depois. – Pode entrar, Srta. Cameron.

Lara e Keller foram para a sala verde. Philip se encontrava no meio de uma multidão, que lhe dava os parabéns.

– Querido, nunca ouvi Beethoven tocado de forma tão refinada. Você foi incrível...

Philip murmurava "Obrigado" a todo instante.

– ...obrigado... com uma música assim, é fácil encontrar inspiração...

– ...obrigado... André é um regente brilhante...

– ...obrigado... sempre gostei de tocar no Bowl...

Ele levantou os olhos, avistou Lara, tornou a exibir aquele sorriso.

– Com licença. – Philip abriu caminho pela multidão até Lara. Não sabia que você estava na cidade.

– Chegamos hoje de manhã. Este é Howard Keller, meu sócio.

– Olá – disse Keller, bruscamente.

Philip virou-se para um homem baixo e atarracado ao seu lado.

– Este é meu agente, William Ellerbee.

Trocaram cumprimentos. Philip tornou a olhar para Lara.

– Há uma festa esta noite no Beverly Hilton. Gostaria...

– Adoraríamos ir – declarou Lara.

QUANDO LARA E KELLER chegaram, o International Ballroom do Beverly Hilton estava lotado de músicos e amantes da música, conversando sobre música.

– ...já notou que quanto mais perto se chega do Equador, mais demonstrativo e entusiasmado é o público...?

– ...quando Franz Liszt tocava, seu piano se transformava numa orquestra...

236

– ...discordo de você. O talento de De Groote não é para Liszt ou os estudos de Paganini, mas sim para Beethoven...

– ...é preciso dominar a paisagem emocional do concerto...

Músicos falando em sua língua, pensou Lara.

Como sempre, Philip se encontrava cercado por fãs que o adoravam. Lara sentiu um calor só de vê-lo. Quando a avistou, Philip recebeu-a com um sorriso largo.

– Você veio. Fico muito contente.

– Eu não perderia esta festa de jeito nenhum.

Howard Keller observou os dois conversando e pensou: *Talvez eu devesse aprender a tocar piano. Ou talvez devesse apenas despertar para a realidade.* Parecia que já se passara muito tempo desde que conhecera a jovem inteligente, ansiosa e ambiciosa. O tempo fora generoso para Lara e permanecera parado para ele. Lara dizia:

– Tenho de voltar a Nova York amanhã, mas talvez possamos nos encontrar para o café da manhã.

– Eu bem que gostaria, mas viajo para Tóquio ao amanhecer.

Lara sentiu uma pontada de decepção.

– Por quê?

Ele riu.

– É o que eu faço, Lara. Dou 150 concertos por ano. Às vezes duzentos.

– Por quanto tempo ficará ausente desta vez?

– Oito semanas.

– Sentirei saudade – murmurou Lara.

E não faz ideia do quanto.

22

Durante as semanas subsequentes, Lara e Keller voaram para Atlanta, a fim de examinarem duas propriedades no Ainsley Park e uma em Dunwoody.

– Verifique os preços em Dunwoody – determinou Lara. – Podemos construir alguns condomínios ali.

De Atlanta, eles voaram para Nova Orleans. Passaram dois dias explorando o distrito central e um dia no lago Pontchartrain. Lara encontrou duas propriedades de que gostou.

Um dia depois de voltarem, Keller entrou na sala de Lara e anunciou:

– Tivemos azar no projeto de Atlanta.

– Como assim?

– Alguém chegou à nossa frente.

Lara ficou surpresa.

– Como é possível? As propriedades nem mesmo estavam no mercado.

– Sei disso. A notícia deve ter vazado.

Lara deu de ombros.

– Acho que não se pode vencer todas.

Naquela tarde, Keller apareceu com outra má notícia.

– Perdemos o negócio no lago Pontchartrain.

Na semana seguinte, eles voaram para Seattle e exploraram Mercer Island e Kirkland. Havia uma propriedade que interessou Lara. Ao voltarem a Nova York, ela disse a Keller:

– Vamos comprá-la. Acho que pode dar muito dinheiro.

– Certo.

Numa reunião no dia seguinte, Lara perguntou:

– Apresentou a oferta pela propriedade de Kirkland?

Keller sacudiu a cabeça.

– Alguém se antecipou a nós.

Lara pensou por um momento.

– Hum... Veja se consegue descobrir quem está sempre chegando à nossa frente, Howard.

Levou menos de vinte e quatro horas para se conhecer a resposta.

– Steve Murchison.

– Foi ele quem fez todos esses negócios?

– Foi, sim.

– Então alguém neste escritório tem a boca grande.

– É o que parece.

A expressão de Lara era sombria. Na manhã seguinte, ela contratou uma agência de detetives para encontrar o culpado. Não tiveram sucesso.

– Até onde pudemos determinar, Srta. Cameron, todos os seus empregados estão limpos. Não há microfones em nenhuma das salas e os telefones não foram grampeados.

Era um beco sem saída.

Talvez tenham sido apenas coincidências, pensou Lara. Só que ela não acreditava nessa possibilidade.

A TORRE RESIDENCIAL de 68 andares no Queens já estava na metade da construção e Lara convidara banqueiros para visitá-la e inspecionar o andamento das obras. Quanto maior o número de andares, mais cara se tornava a unidade. Os 68 andares de Lara eram na verdade apenas 57. Era um truque que ela aprendera com Paul Martin.

– Todo mundo faz isso – comentara Paul, rindo. – Basta apenas trocar os números dos andares.

– E como se faz isso?

– É muito simples. O primeiro banco de elevadores serve do térreo ao 24º andar. O segundo vai do 34º ao 68º. Todo mundo faz isso.

Por causa dos sindicatos, as obras tinham meia dúzia de fantasmas na folha de pagamento... pessoas que não existiam. Havia um Diretor de Práticas de Segurança, o Coordenador de Construção, o Supervisor de Materiais e outros com títulos pomposos. No começo, Lara questionara o sistema, mas Paul dissera:

– Não se preocupe com isso. É tudo parte do CFN... custo de fazer negócios.

HOWARD KELLER vivia num pequeno apartamento na Washington Square. Lara o visitara ali uma noite, correra os olhos pelos aposentos mínimos e comentara:

– Isto é uma ratoeira. Precisa sair daqui.

Por insistência de Lara, ele se mudara para um condomínio longe do centro.

Uma noite, Lara e Keller trabalharam até tarde. Ao terminarem, ela disse:

– Você parece exausto. Por que não vai para casa e dorme um pouco, Howard?

– Boa ideia. – Keller bocejou. – Até amanhã.

– Não chegue muito cedo – recomendou Lara.

KELLER ENTROU em seu carro e seguiu para casa. Pensava numa transação que acabara de ser fechada e como Lara cuidara de tudo com a maior habilidade. Era maravilhoso trabalhar com ela. Maravilhoso e frustrante. De certa forma, no fundo de sua mente, ele continuava a esperar que um milagre acontecesse. *Eu estava cega por não ter percebido antes, Howard querido. Não me interesso por Paul Martin ou Philip Adler. É você que eu amava durante todo o tempo.*

Não havia a menor possibilidade.

CHEGANDO A SEU apartamento, Keller pegou a chave e enfiou na fechadura. Não se ajustava. Perplexo, ele tentou de novo. Subitamente, a porta foi aberta por dentro e um estranho se encontrava parado ali.

– Que droga pensa que está fazendo?

Keller fitou-o, aturdido.

– Eu moro aqui.

– Mora porra nenhuma!

– Mas eu... – A compreensão atingiu-o de repente e Keller balbuciou, o rosto vermelho: – Eu... desculpe... é que eu morava aqui... e...

A porta foi batida em sua cara. Keller continuou parado ali por mais um instante, desconcertado. *Como pude esquecer que me mudei? Venho trabalhando demais.*

LARA SE ACHAVA no meio de uma reunião quando seu telefone particular tocou.

– Tem andado muito ocupada ultimamente, meu bem. Estou com saudade.

– Tenho viajado muito, Paul.

Ela não foi capaz de dizer que também sentira saudade dele.

– Vamos almoçar hoje.

Lara pensou em tudo o que Paul fizera por ela.

– Eu adoraria.

A última coisa no mundo que ela queria fazer era magoá-lo.

ALMOÇARAM NO Mr. Chow's.

– Está com uma aparência deslumbrante – disse Paul. – O que quer que ande fazendo, combina com você. Como está o hotel em Reno?

– Está muito bem – respondeu Lara, com o maior entusiasmo.

Ela passou os 15 minutos seguintes descrevendo o progresso das obras e arrematou:

– Devemos estar prontos para a inauguração em dois meses.

Um homem e uma mulher deixavam o restaurante nesse momento. O homem estava de costas para Lara, mas parecia familiar. Quando ele se virou por um instante, Lara teve um vislumbre de seu rosto. Steve Murchison. A mulher também parecia familiar. Ela se inclinou para pegar a bolsa e Lara sentiu seu coração bater mais forte. *Gertrude Meeks, minha secretária.*

– Bingo – murmurou ela.

– Algum problema? – indagou Paul.

– Não. Está tudo bem.

Lara continuou a descrever o hotel.

AO VOLTAR DO almoço, Lara chamou Keller.

– Lembra daquela propriedade em Phoenix que examinamos há alguns meses?

– Claro que lembro. Nós a recusamos. Você disse que não prestava.

– Mudei de ideia. – Lara apertou o botão do interfone. — Gertrude, pode vir até aqui, por favor?

– Pois não, Srta. Cameron.

241

Gertrude Meeks entrou na sala.

– Quero ditar um memorando – disse Lara. – À Baron Brothers, em Phoenix.

Gertrude começou a escrever.

– Prezados senhores, reconsiderei as possibilidades da propriedade de Scottsdale e decidi fechar o negócio o mais depressa possível. Creio que, com o passar do tempo, será o meu patrimônio mais valioso. – Keller a fitava, aturdido, enquanto ela continuava: – Entrarei em contato para discutir o preço nos próximos dias. Atenciosamente. Eu assinarei.

– Certo, Srta. Cameron. Isso é tudo?

– É, sim.

Keller observou Gertrude se retirar. Virou-se para Lara.

– O que está fazendo, Lara? Já analisamos aquela propriedade. Não vale nada. Se você...

– Acalme-se. Não vamos fechar o negócio.

– Então por que...?

– A menos que eu esteja completamente enganada, Steve Murchison fará o negócio. Vi Gertrude almoçando com ele hoje.

O espanto de Keller era total.

– Essa não!

– Quero que espere dois dias, depois ligue para a Baron e pergunte pela propriedade.

Dois dias depois, Keller entrou na sala de Lara, sorrindo.

– Murchison engoliu a isca... com anzol, linha e todo o resto. É agora o orgulhoso proprietário de 20 hectares de terra sem valor.

LARA CHAMOU Gertrude Meeks.

– Pois não, Srta. Cameron?

– Você está despedida.

Gertrude ficou aturdida.

– Despedida? Mas por quê?

– Não gosto das companhias em que anda. Vá dizer isso a Steve Murchison.

O rosto de Gertrude perdeu a cor.

– Mas eu...

– Isso é tudo. Será escoltada até sair daqui.

À MEIA-NOITE, Lara ligou para Max, seu motorista.

– Leve o carro para a frente.

– Certo, Srta. Cameron.

O carro estava ali, à sua espera, quando ela saiu.

– Para onde deseja ir, Srta. Cameron?

– Dê uma volta por Manhattan. Quero ver o que tenho feito.

Ele se mostrou surpreso.

– Como?

– Quero dar uma olhada em meus prédios.

Circularam pela cidade e pararam diante do centro comercial, do conjunto residencial e do edifício de escritórios. Havia o Cameron Square, Cameron Plaza, Cameron Center e o esqueleto de Cameron Towers. Lara permaneceu sentada no carro, observando cada prédio, pensando nas pessoas que moravam e trabalhavam ali. Afetara suas vidas. *Tornei esta cidade melhor*, pensou ela. *Fiz tudo o que queria fazer. Então por que me sinto tão irrequieta? O que está faltando?* Ela sabia.

NA MANHÃ SEGUINTE, Lara telefonou para William Ellerbee, o agente de Philip.

– Bom dia, Sr. Ellerbee.

– Bom dia, Srta. Cameron. Em que posso ajudá-la?

– Gostaria de saber onde Philip Adler vai tocar esta semana.

– Philip está com uma programação intensa. Tocará amanhã de noite em Amsterdã, depois vai para Milão, Veneza e... quer saber o resto da...?

– Não, não. Já é suficiente. Eu estava apenas curiosa. Obrigada.

– De nada.

Lara entrou na sala de Keller.

– Howard, tenho de ir a Amsterdã.

Ele fitou-a, espantado.

– O que temos por lá?

– É apenas uma ideia – respondeu Lara, evasiva. – Contarei tudo a você se der certo. Mande aprontarem o jato, está bem?

– Já esqueceu que enviou Bert a Londres? Direi para estarem aqui amanhã e...

– Quero viajar hoje. – Havia um tom de urgência em sua voz que a pegou de surpresa. – Irei num voo comercial.

Lara retornou à sua sala e disse a Kathy:

– Providencie um lugar para mim no primeiro voo para Amsterdã pela KLM.

Certo, Srta. Cameron.

– Vai demorar muito? – indagou Keller. – Temos algumas reuniões importantes que...

– Voltarei em um ou dois dias.

– Quer que eu vá com você?

– Obrigada, Howard, mas desta vez não precisa.

– Falei com um senador amigo meu em Washington. Ele acha que há uma possibilidade de aprovarem um projeto que removerá a maior parte dos incentivos fiscais para a construção. Se isso acontecer, acabará com as taxas de ganhos de capital e com a depreciação acelerada.

– O que seria uma estupidez – comentou Lara. – Prejudicaria toda a indústria de construção civil.

– Sei disso. Ele é contra o projeto.

– Muitas pessoas ficarão contra. Nunca será aprovado – previu Lara. – Em primeiro lugar...

O telefone particular tocou nesse momento. Lara olhou. Tocou de novo.

– Não vai atender? – indagou Keller.

Lara tinha a boca ressequida.

– Não.

PAUL MARTIN ESCUTOU a campainha tocar uma dúzia de vezes antes de desligar. Continuou sentado por um longo tempo, pensan-

do em Lara. Tinha a impressão de que ultimamente ela se tornara menos acessível, um pouco mais fria. *Poderia haver outro? Não*, pensou Paul. *Ela me pertence. E sempre me pertencerá.*

O VOO PELA KLM foi agradável. As poltronas de primeira classe no 747 eram amplas e confortáveis e as aeromoças atenciosas.

Lara sentia-se nervosa demais para comer ou beber qualquer coisa. *O que estou fazendo?*, perguntou-se. *Vou para Amsterdã sem ser convidada e é bem provável que ele esteja ocupado demais para sequer me ver. Correr atrás dele vai arruinar qualquer possibilidade que eu poderia ter. Mas agora já é tarde demais.*

Ela foi para o Grand Hotel, na Oudezijds Voorburgwal, 197, um dos mais bonitos hotéis de Amsterdã.

– Temos uma excelente suíte à sua espera, Srta. Cameron – informou o recepcionista.

– Obrigada. Soube que Philip Adler vai dar um recital esta noite. Sabe onde ele tocará?

– Claro, Srta. Cameron. No Concertgebouw.

– Poderia me providenciar um ingresso?

– Com todo prazer.

O TELEFONE ESTAVA tocando quando Lara entrou na suíte. Era Howard Keller.

– Fez um bom voo?

– Fiz, sim, obrigada.

– Achei que gostaria de saber que falei com os dois bancos sobre o projeto na Sétima Avenida.

– E o que eles disseram?

A voz de Keller vibrava ao responder:

– Vão entrar no negócio.

Lara ficou exultante.

– Eu sabia! Este será um grande projeto. Quero que comece a montar uma equipe de arquitetos, empreiteiros... nosso pessoal... todo o resto.

– Certo. Falarei com você amanhã.

Ela desligou e pensou em Howard Keller. Ele era extraordinário. *Tenho muita sorte. Howard sempre me apoia em tudo. Preciso encontrar uma mulher maravilhosa para ele.*

PHILIP ADLER SEMPRE se sentia nervoso antes de se apresentar. Ensaiou com a orquestra pela manhã, comeu um almoço leve e, depois, para afastar os pensamentos do concerto, foi assistir a um filme inglês. Enquanto olhava para a tela, sua mente foi povoada pela música que tocaria naquela noite. Não percebeu que tamborilava com os dedos no braço da poltrona, até que a pessoa ao seu lado pediu:

– Será que se importaria de parar com esse som horrível?

– Desculpe – murmurou Philip, educadamente.

Ele se levantou e deixou o cinema, vagueou pelas ruas de Amsterdã. Visitou o Rijksmuseum, deu uma volta pelo Jardim Botânico da Universidade Livre e espiou as vitrines ao longo da P. C. Hooftstraat. Às 16 horas retornou ao hotel para tirar um cochilo. Não tinha ideia de que Lara Cameron se encontrava na suíte diretamente acima dele.

Às 19 horas, Philip chegou à entrada dos artistas do Concertgebouw, o adorável teatro antigo no coração de Amsterdã. O saguão já se encontrava apinhado com os primeiros aficionados.

Nos bastidores, Philip se encontrava em seu camarim, trocando de roupa. O diretor do Concertgebouw entrou.

– Estamos lotados, Sr. Adler. E ainda tivemos de recusar muitas pessoas. Se lhe fosse possível permanecer por mais um ou dois dias, eu poderia... sei que sua agenda está totalmente ocupada... Falarei com o Sr. Ellerbee sobre seu retorno aqui no próximo ano e talvez...

Philip não escutava. Sua mente se concentrava no recital iminente. O diretor acabou dando de ombros, num gesto de desculpas, e se retirou. Philip tocou a música em sua mente várias vezes. Um funcionário bateu na porta do camarim.

– Estão à sua espera no palco, Sr. Adler.

– Obrigado.

Era o momento. Philip levantou-se. Estendeu as mãos. Tremiam um pouco. O nervosismo antes de um concerto nunca desaparecia.

Acontecia com todos os grandes pianistas – Horowitz, Rubenstein, Serkin. Philip sentia o estômago embrulhado, o coração disparado. *Por que me submeto a essa agonia?*, perguntou a si mesmo. Mas conhecia a resposta. Deu uma última olhada no espelho, saiu do camarim, atravessou o longo corredor e começou a descer os 33 degraus que levavam ao palco. Um refletor o acompanhou enquanto se encaminhava para o piano. Os aplausos tornaram-se estrondosos. Ele sentou ao piano e, como num passe de mágica, o nervosismo sumiu por completo. Era como se outra pessoa tomasse o seu lugar, uma pessoa calma e equilibrada, no domínio absoluto da situação. Philip começou a tocar.

Lara, sentada na plateia, sentiu uma emoção intensa ao ver Philip entrar no palco. Havia nele uma presença mesmerizante. *Vou me casar com ele*, pensou Lara. *Tenho certeza*. Ela recostou-se, deixou que a música a envolvesse.

O recital foi um triunfo e depois a sala de espera dos artistas ficou lotada. Philip há muito que aprendera a dividir a multidão naquela sala em dois grupos: os fãs e outros músicos. Os fãs sempre se mostravam entusiasmados. Se a apresentação fora um sucesso, os parabéns dos outros músicos eram cordiais. Se fora um fracasso, os parabéns eram *muito* cordiais.

Philip tinha muitos fãs ardorosos em Amsterdã, que lotavam a sala naquela noite em particular. Ele parou no meio da sala, sorrindo, dando autógrafos e sendo pacientemente cortês com uma centena de estranhos. Era invariável que alguém dissesse: "Lembra de mim?" Philip fingia que sim.

– Seu rosto me parece familiar...

Sempre se lembrava da história de Sir Thomas Beecham, que inventara um artifício para disfarçar sua péssima memória. Quando alguém perguntava "Lembra de mim?", o grande regente respondia:

– Claro que lembro! Como tem passado? Como vai seu pai? O que ele está fazendo?

O artifício sempre funcionara muito bem, até um concerto em Londres, quando uma jovem lhe dissera:

– Sua performance foi maravilhosa, maestro. Lembra de mim?

– Claro que lembro, minha cara. Como vai seu pai? O que ele tem feito? – Beecham respondera, galante.

– Meu pai está bem, obrigada. E ainda é o rei da Inglaterra.

Philip dava autógrafos e escutava as frases familiares:

– Você fez Brahms renascer para mim!

– Não tenho palavras para expressar como me senti comovida!

– Tenho todas as suas gravações!

– Poderia dar um autógrafo para minha mãe também? Ela é a sua maior fã.

Mas, de repente, alguma coisa fez com que levantasse os olhos. Lara se encontrava parada na porta, olhando. Os olhos de Philip se arregalaram de surpresa.

– Com licença.

Ele se encaminhou para Lara e pegou sua mão.

– Mas que surpresa maravilhosa! O que está fazendo em Amsterdã?

Cuidado, Lara.

– Tinha alguns negócios para cuidar aqui, soube que estava dando um recital e resolvi comparecer. – *Era uma resposta bastante inocente.* – Esteve extraordinário, Philip.

– Obrigado... eu... – Ele parou para dar outro autógrafo. – Se estiver livre para jantar...

– Estou, sim.

FORAM JANTAR NO restaurante Bali, na Leidsestraat. Ao entrarem, os outros clientes se levantaram e aplaudiram. *Nos Estados Unidos,* pensou Lara, *todo esse entusiasmo seria por mim.* Mas ela experimentou uma intensa satisfação só por se encontrar ao lado de Philip.

– É uma grande honra tê-lo conosco, Sr. Adler – disse o *maître,* enquanto os conduzia para a mesa.

– Obrigado.

Ao sentarem, Lara olhou ao redor, para as pessoas que observavam Philip com admiração.

– Eles o amam de verdade, não é?

Philip balançou a cabeça.

– É a música que eles amam. Sou apenas o mensageiro. Aprendi isso há muito tempo. Quando eu era jovem, e talvez um pouco arrogante, dei um concerto. Ao terminar meu solo, houve um tremendo aplauso. Fiz uma reverência para a plateia, com um sorriso presunçoso. Foi nesse instante que o regente virou-se para a plateia e suspendeu a batuta acima da cabeça, a fim de lembrar a todos que estavam na realidade aplaudindo Mozart. É uma lição que jamais esqueci.

– Nunca se cansa de tocar a mesma música muitas e muitas vezes, noite após noite?

– Não, porque não há dois recitais iguais. A música pode ser a mesma, mas o regente é diferente e a orquestra é diferente.

Pediram um jantar *rijsttafel*. Philip comentou:

– Tentamos fazer com que cada concerto seja perfeito, mas não existe nenhum concerto totalmente bem-sucedido, porque lidamos com a música, que é sempre melhor do que nós. Temos de repensar a música a cada vez, a fim de recriar o som do compositor.

– Nunca fica satisfeito?

– Nunca. Cada compositor possui seu som característico. Quer seja Debussy, Brahms, Haydn, Beethoven... nosso objetivo é captar esse som específico.

O jantar foi servido. O *rijsttafel* era um banquete indonésio, consistindo em 21 pratos, inclusive uma variedade de carnes, peixe, galinha, talharim e duas sobremesas.

– Como alguém consegue comer tudo isso? – indagou Lara, rindo.

– Os holandeses têm um apetite voraz.

Philip encontrava dificuldade para desviar os olhos de Lara. Descobriu-se ridiculamente satisfeito por ela estar ali. Já se envolvera com muitas mulheres bonitas, mas Lara era diferente de todas as outras que já conhecera. Era forte e ao mesmo tempo muito feminina, e totalmente alheia à sua beleza. Gostava de sua voz sensual, um tanto gutural. *Na verdade, gosto de tudo nela,* Philip admitiu para si mesmo.

– Para onde vai daqui? – perguntou Lara.

– Amanhã estarei em Milão. Depois, Veneza e Viena, Paris e Londres e, finalmente, Nova York.

– Parece tão romântico...

Ele riu.

– Não tenho certeza se romântico é a palavra que eu escolheria. Falamos de horários de aviões apertados, hotéis estranhos e comer em restaurantes todas as noites. Não me importo tanto, porque o ato de tocar é maravilhoso. É a síndrome de "diga giz" que eu detesto.

– O que é isso?

– Passar o tempo todo em exposição, sorrir para pessoas com as quais não se importa, levar sua vida num mundo de estranhos.

– Sei o que é isso – murmurou Lara, a voz pausada.

AO CONCLUÍREM o jantar, Philip disse:

– Sempre fico muito aceso depois de um concerto. Importa-se de dar uma volta comigo pelo canal?

– Eu adoraria.

Entraram num barco de turismo que navegava pelo Amstel. Não havia lua e a cidade faiscava com milhares de luzes. A viagem pelo canal foi um encantamento. Um alto-falante transmitia informações em quatro línguas:

– Passamos agora por casas seculares de mercadores, com seus frontões ricamente ornamentados. À frente podem-se ver antigas torres de igrejas. Há 1.200 pontes sobre os canais, todas à sombra de magníficas avenidas arborizadas com olmos...

Passaram pela Smalste Huis – a rua mais estreita de Amsterdã – que não ia além da largura de uma porta, pelo Westerkerk, com a coroa do Imperador Maximiliano de Hapsburgo, sob a ponte levadiça de madeira cruzando o Amstel, a Magere Brug – a ponte magra – e por dezenas de barcos-casas que serviam como lar a incontáveis famílias.

– É uma linda cidade – comentou Lara.

– Nunca esteve aqui antes?

– Nunca.

– E veio a negócios.

Lara respirou fundo.

– Não.

Ele ficou perplexo.

– Pensei que tinha dito...

– Vim a Amsterdã para vê-lo.

Philip experimentou um *frisson* de prazer.

– Eu... sinto-me lisonjeado.

– E tenho outra confissão a fazer. Disse que me interessava por música clássica. Não é verdade.

Um sorriso contraiu os cantos dos lábios de Philip.

– Sei disso.

Foi a vez de Lara se surpreender.

– Sabe?

– O professor Meyers é um velho amigo. Ligou para informar que estava lhe dando um curso intensivo sobre Philip Adler. Estava preocupado, pensando que você poderia ter estranhos projetos para mim.

Lara murmurou:

– Ele tinha razão. Está envolvido com alguém?

– A sério?

Lara sentiu-se subitamente embaraçada.

– Se não está interessado, irei embora e...

Philip pegou sua mão.

– Vamos saltar na próxima parada.

Ao voltarem ao hotel, havia uma dezena de mensagens de Howard Keller à espera. Lara guardou-as na bolsa, sem ler. Naquele momento, nada mais em sua vida parecia importante.

– Seu quarto ou o meu? – perguntou Philip, jovial.

– O seu.

Havia uma urgência ardente em Lara.

Parecia-lhe que esperara durante toda a sua vida por aquele instante. Era o que sempre lhe faltara. Encontrara o estranho por quem estava apaixonada. Chegaram ao quarto de Philip e havia urgência em ambos. Philip tomou-a nos braços, beijou-a com suavidade e ternura, explorando. Lara murmurou "Oh, Deus!" e começaram a despir um ao outro.

O silêncio do quarto foi rompido por um repentino estrondo de trovoada lá fora. Lentamente, as nuvens cinzentas no céu abriram suas comportas e uma chuva fina passou a cair. Começou discreta e gentil, acariciando o ar quente com erotismo, lambendo os lados dos prédios, pingando sobre a relva, beijando todos os recantos escuros da noite. Era uma chuva quente, leviana e sensual, escorrendo devagar, muito devagar, até que o ritmo se acelerou e mudou para uma tempestade impetuosa, feroz e exigente, uma batida orgíaca num ritmo firme e selvagem, martelando com uma força cada vez maior, mais e mais depressa, até finalmente explodir numa sucessão de trovoadas. E de repente, tão depressa quanto se iniciara, a tempestade acabou.

Lara e Philip se encontravam nos braços um do outro, exaustos. Philip apertava Lara com firmeza, podia sentir as batidas de seu coração. Pensou numa frase que ouvira num filme. *A Terra se mexeu por você? Por Deus, é verdade!* E pensou também: *Se ela fosse música, seria a* Barcarolle *de Chopin ou a* Fantasia *de Schumann.*

Dava para sentir os suaves contornos do corpo de Lara comprimido contra o seu, e Philip começou a ficar excitado de novo.

– Philip...

A voz de Lara saiu meio rouca.

– O que é?

– Gostaria que eu o acompanhasse a Milão?

Ele se descobriu sorrindo.

– Oh, Deus, claro que sim!

– Que bom...

Lara recostou-se nele, seus cabelos foram descendo pelo corpo esguio e firme de Philip.

A chuva recomeçou.

QUANDO FINALMENTE voltou a seu quarto, Lara telefonou para Keller.

– Eu o acordei, Howard?

– Não. – A voz estava grogue de sono. – Sempre estou de pé às 4 horas da madrugada. O que aconteceu por aí?

Lara sentiu um ímpeto de contar tudo, mas se limitou a dizer:

– Nada. Viajarei amanhã para Milão.

252

– O quê? Não estamos fazendo nada em Milão!

Estamos, sim, pensou Lara, feliz.

– Já viu meus recados?

Ela esquecera de dar uma olhada. Murmurou, com um sentimento de culpa:

– Ainda não.

– Tenho ouvido rumores sobre o cassino.

– Qual é o problema?

– Houve algumas queixas contra a licitação.

– Não se preocupe com isso. Se houver algum problema, Paul Martin dará um jeito.

– Você é quem manda.

– Quero que envie o avião para Milão. Diga aos pilotos para me esperarem lá. Entrarei em contato com eles no aeroporto.

– Certo, mas...

– Volte a dormir.

Às 4 HORAS da madrugada, Paul Martin se achava completamente desperto. Deixara vários recados na secretária eletrônica do telefone particular de Lara no apartamento, mas nenhuma de suas chamadas fora respondida. No passado, ela sempre o avisava quando ia viajar. Algo estava acontecendo. O que ela andava fazendo? *Tome cuidado, minha querida*, sussurrou ele. *Tome muito cuidado.*

23

Em Milão, Lara e Philip Adler foram para o Antica Locanda Solferino, um hotelzinho encantador, com apenas 12 quartos, e passaram a manhã fazendo amor. Depois, seguiram de carro para Cernobbia, almoçaram à beira do lago Como, no aprazível Villa d'Este.

O CONCERTO DAQUELA noite foi um triunfo e a sala dos artistas no La Scala ficou repleta de aficionados.

Lara postou-se num lado, observando os fãs de Philip cercarem-no, tocando-o, adorando-o, pedindo autógrafos, entregando pequenos presentes. Ela sentiu uma pontada de ciúme. Algumas mulheres eram jovens e lindas, e Lara teve a impressão de que todas eram óbvias em suas intenções. Uma americana, num elegante vestido Fendi, disse, insinuante:

– Se estiver livre amanhã, Sr. Adler, vou oferecer um pequeno jantar íntimo em minha casa... *muito* íntimo...

Lara teve vontade de estrangular a mulher. Philip sorriu.

– Ah... obrigado, mas não estarei livre.

Outra mulher tentou passar para Philip a chave de seu quarto de hotel. Ele balançou a cabeça.

Philip olhou para Lara e sorriu. As mulheres continuaram a assediá-lo.

– *Lei era magnifico, maestro.*

– *Molto gentile da parte tua* – respondeu Philip.

– *L'ho sentita suonare l'anno scorso. Bravo!*

– *Grazie* – murmurou Philip, sorrindo.

Uma mulher agarrou seu braço.

– *Sarebbe possibile cenare insieme?*

Philip sacudiu a cabeça.

– *Ma non credo che sarà impossibile.*

Para Lara, aquilo pareceu se prolongar por toda uma eternidade. Ao final, Philip aproximou-se e sussurrou para ela:

– Vamos sair daqui.

– *Sì!* – exclamou Lara, sorrindo.

FORAM PARA O BIFFY, o restaurante do teatro. No momento em que entraram, todos os presentes, vestidos a rigor para o concerto, levantaram-se e se puseram a aplaudir. O *maître* conduziu Philip e Lara para uma mesa no centro da sala.

– É uma grande honra tê-lo conosco, Sr. Adler.

Chegou uma garrafa de champanhe, uma oferta da casa, e eles fizeram um brinde.

– A nós – disse Philip, efusivo.

– A nós.

Philip pediu duas das especialidades do restaurante, *osso buco* e *penne all'arrabbiata*. Conversaram durante todo o jantar e era como se sempre tivessem se conhecido.

Eram interrompidos a todo instante por pessoas que vinham à mesa para elogiar Philip e pedir autógrafos.

– É sempre assim? – perguntou Lara.

Philip deu de ombros.

– Acompanha o sucesso. A cada duas horas que se passa no palco, perde-se incontáveis mais dando autógrafos e concedendo entrevistas.

Como a sublinhar o que ele dizia, foi interrompido por outro pedido de autógrafo.

– Fez com que esta excursão se tornasse maravilhosa para mim. – Philip suspirou. – A má notícia é que tenho de partir para Veneza amanhã. Sentirei muito sua falta.

– Nunca estive em Veneza – murmurou Lara.

O JATO DE LARA OS aguardava no aeroporto de Linate. Ao chegarem, Philip olhou aturdido para o enorme avião.

– Esse avião é *seu*?

– É, sim. Vai nos levar a Veneza.

– E você vai me mimar, querida.

Lara sussurrou:

– É o que tenciono.

Pousaram no aeroporto Marco Polo, em Veneza, 35 minutos depois. Uma limusine esperava para transportá-los pelo curto trajeto até o cais. Seguiram de lancha para Giudecca, onde se situava o Hotel Cipriani.

– Reservei duas suítes para nós – disse Lara. – Achei que seria mais discreto assim.

Na lancha, a caminho do hotel, ela perguntou:

– Por quanto tempo ficará aqui?

– Apenas uma noite, infelizmente. Darei um recital em La Fenice e depois nós seguiremos para Veneza.

O "nós" proporcionou a Lara uma pequena emoção. Haviam conversado na noite anterior.

– Eu gostaria que me acompanhasse por tanto tempo quanto puder – dissera Philip. – Mas tem certeza de que isso não a afastará de algo mais importante?

– Não há *nada* mais importante.

– Não terá problemas se passar esta tarde sozinha? Ficarei ocupado com o ensaio.

– Não se preocupe comigo.

Depois de irem a suas suítes, Philip abraçou Lara.

– Tenho de ir ao teatro agora, mas há muita coisa para ver aqui. Aproveite Veneza. Tornaremos a nos ver ao final da tarde.

Trocaram um beijo. Deveria ser breve, mas se transformou num beijo longo e persistente.

– É melhor eu sair daqui enquanto posso – murmurou Philip – ou não conseguirei mais atravessar o saguão.

– Feliz ensaio – disse Lara, sorrindo.

E Philip se foi.

Ela telefonou para Howard Keller.

– Onde você se meteu? – indagou Keller. – Venho tentando localizá-la há uma tempão.

– Estou em Veneza.

Houve uma pausa.

– Estamos comprando um canal?

– Vou sondar as possibilidades – respondeu Lara, rindo.

– Você deveria voltar, Lara. Há muita coisa acontecendo por aqui. O jovem Frank Rose trouxe o novo projeto. Eu gostei, mas preciso de sua aprovação para...

– Se você gostou, pode ir em frente.

– Não quer ver o projeto?

A surpresa era incontestável na voz de Keller.

– Não agora, Howard.

– Tudo bem. E, no caso das negociações da propriedade do West Side, preciso de sua aprovação para...

– Já tem minha aprovação.

– Lara... está se sentindo bem?

– Nunca me senti melhor em toda a minha vida.

– Quando voltará?

– Não sei. Manterei contato. Adeus, Howard.

Veneza era o tipo de cidade mágica que Prospero poderia ter criado. Lara passou o resto da manhã e toda a tarde em exploração. Vagueou pela praça de San Marco, visitou o Palácio de Doge e o Campanário, passeou pela apinhada Riva degli Schiavoni e por toda parte pensava em Philip. Percorreu as pequenas ruas transversais sinuosas, cheias de joalherias, lojas de artigos de couro e restaurantes, comprou elegantes suéteres, echarpes e lingerie para as secretárias no escritório, carteiras e gravatas para Keller e alguns outros homens. Entrou numa joalheira e comprou para Philip um relógio Piaget, com uma corrente de ouro.

– Poderia fazer uma inscrição? "Para Philip, com amor, de Lara."

Só pronunciar o nome dele já a deixava com saudade. Quando Philip voltou ao hotel, tomaram um café no jardim do Cipriani.

Lara fitou Philip e pensou: *Este seria um lugar perfeito para uma lua de mel.*

– Tenho um presente para você.

Ela entregou a caixa com o relógio. Philip abriu-a e se mostrou aturdido.

– Mas deve ter custado uma fortuna! Não deveria ter feito isso, Lara.

– Não gosta?

– Claro que gosto. É lindo, mas...

– Não diga mais nada. Use-o e pense em mim.

– Não preciso de um relógio para pensar em você, mas obrigado.

– A que horas devemos partir para o teatro?

– Sete horas.

Lara olhou para o relógio novo de Philip e murmurou, com um ar de inocência:

– Isso nos dá duas horas.

O teatro estava lotado. A plateia era efusiva, aplaudindo e aclamando cada número.

Terminado o concerto, Lara foi se encontrar com Philip na sala dos artistas. Era Londres, Amsterdã e Milão outra vez, e as mulheres pareciam ainda mais oferecidas e ansiosas. Havia pelo menos meia dúzia de lindas mulheres na sala e Lara especulou com qual delas Philip teria passado a noite, se não fosse por sua presença.

Jantaram no famoso Harry's Bar e foram cumprimentados calorosamente pelo afável proprietário, Arrigo Cipriani.

– Mas que prazer tornar a vê-lo, *signore*! E a *signorina*! Por favor.

Ele levou-os a uma mesa no canto. Pediram *Bellinis*, a especialidade da casa. Philip disse a Lara:

– Recomendo começarmos com a *pasta e fagiole*. É a melhor do mundo.

Mais tarde, Philip não se lembrou do que comera ao jantar. Sentia-se mesmerizado por Lara. Sabia que estava se apaixonando por ela e isso o assustava. *Não posso assumir um compromisso*, pensou ele. *É impossível. Sou um nômade.* Detestava pensar no momento em que ela teria de deixá-lo e voltar a Nova York. Queria prolongar a noite por tanto tempo quanto fosse possível. Ao terminarem o jantar, ele indagou:

– Há um cassino no Lido. Você joga?

Lara riu.

– O que há de tão engraçado?

Lara pensou nas centenas de milhões de dólares que apostara em prédios.

– Nada. Eu adoraria ir até lá.

Pegaram uma lancha para a ilha Lido. Passaram a pé pelo Hotel Excelsior e encaminharam-se para o imenso prédio branco que alojava o cassino. Estava repleto de jogadores ansiosos.

– Sonhadores – comentou Philip.

Ele jogou na roleta, e meia hora depois ganhara 2 mil dólares. Virou-se para Lara.

– Jamais ganhei antes. Você é o meu amuleto da sorte.

Jogaram até 3 horas da madrugada, e a esta altura já sentiam fome de novo.

Uma lancha levou-os de volta à praça de San Marco, e vaguearam pelas ruas transversais até encontrarem a Cantina do Mori.

– Este é um dos melhores *bacari* de Veneza – informou Philip.

– Acredito em você... mas o que é um *bacaro*?

– É um bar de vinho, onde servem *cicchetti*... pequenas porções de iguarias locais.

Portas de vidro de garrafa levavam a um espaço escuro e estreito, com panelas de cobre penduradas do teto e pratos brilhando numa bancada comprida.

Já amanhecia quando voltaram ao hotel. Despiram-se e Lara murmurou:

– Por falar em iguarias...

NO INÍCIO DA MANHÃ seguinte, Lara e Philip voaram para Viena.

– Ir a Viena é como entrar em outro século – explicou Philip. – Há uma lenda de que os pilotos de aviões comerciais anunciam: "Senhoras e senhores, estamos nos aproximando do aeroporto de Viena. Por favor, certifiquem-se de que os encostos das poltronas e as bandejas para comida se encontram em posição vertical, abstenham-se de fumar até chegarem ao terminal e atrasem seus relógios em cem anos."

Lara riu.

– Meus avós nasceram aqui. Costumavam me falar sobre os velhos tempos e isso sempre me deixou invejoso.

Seguiram pela Ringstrasse e Philip demonstrava o maior excitamento, como um menino ansioso para partilhar seus tesouros com ela.

– Viena é a cidade de Mozart, Haydn, Beethoven, Brahms. – Ele olhou para Lara e sorriu. – Ah, eu esqueci... você é uma especialista em música clássica.

Foram para o Hotel Imperial.

– Tenho de ir agora para o salão de concerto – disse Philip –, mas decidi que amanhã tiraremos o dia inteiro de folga. Quero lhe mostrar Viena.

– Eu adoraria, Philip.

Ele abraçou-a, murmurando, pesaroso:

– Eu gostaria que tivéssemos mais tempo agora.

– Eu também.

Ele beijou-a de leve na testa.

– Compensaremos esta noite.

Lara apertou-o.

– Promessas, promessas...

O CONCERTO FOI no Musikverein, com composições de Chopin, Schumann e Prokofiev. Foi outro triunfo para Philip.

A sala dos artistas ficou lotada de novo, só que desta vez a língua era o alemão.

– *Sie waren wunderbar, Herr Adler!*

Philip sorriu.

– *Das ist sehr nett von Ihnen. Danke.*

– *Ich bin ein grosser Anhänger von Ihner.*

Philip tornou a sorrir.

– *Sie sind sehr freundlich.*

Ele falava com as pessoas mas não conseguia desviar os olhos de Lara.

Depois do recital, Lara e Philip jantaram tarde no hotel. Foram cumprimentados pelo *maître*.

– Mas que honra! – exclamou ele. – Fui ao concerto esta noite. Esteve magnífico! Magnífico!

– É muito gentil – murmurou Philip, modesto.

O jantar foi delicioso, mas ambos sentiam-se muito excitados para comer direito. Quando o garçom perguntou:

– Desejam uma sobremesa?

Philip respondeu, olhando para Lara:

– Desejo.

O INSTINTO LHE dizia que havia algo errado. Ela nunca se ausentara por tanto tempo sem avisá-lo onde se encontrava. Será que o evitava deliberadamente? Se assim fosse, só poderia haver um motivo. *E isso eu não posso permitir,* pensou Paul Martin.

UM RAIO DE LUAR pálido entrava pela janela, projetando sombras suaves no teto. Lara e Philip se achavam na cama, nus, observando

as sombras se moverem por cima de suas cabeças. A ondulação das cortinas fazia as sombras dançarem. Juntavam-se lentamente, se separavam, tornavam a se unir, até que os dois se entrelaçaram de novo, viraram um só, e o movimento da dança foi ficando mais e mais rápido, selvagem e desenfreado, mas logo cessou de repente e restou apenas a gentil ondulação das cortinas.

No início da manhã seguinte, Philip disse:

– Temos um dia inteiro e o início da noite aqui. Quero lhe mostrar uma porção de coisas.

Tomaram o café da manhã, no restaurante do hotel, saíram para passear pela Karntnerstrasse, onde os carros não eram permitidos. As lojas exibiam lindas roupas, joias e antiguidades.

Philip contratou um fiacre puxado por um cavalo e percorreram as ruas largas da cidade. Visitaram o Palácio Schönbrunn, foram ver a pitoresca coleção de carruagens imperiais. À tarde, compraram ingressos para a Escola de Equitação Espanhola e admiraram os garanhões Lipizzaner. Andaram na enorme roda-gigante em Prater e depois Philip disse:

– Agora, vamos pecar!

– Hum...

– Não é isso. – Philip riu. – Pensei em outra coisa.

E ele levou Lara ao Demel's, para seus incomparáveis doces e café.

Lara sentia-se fascinada pela mistura de arquitetura em Viena: lindos prédios barrocos com centenas de anos contrastando com as construções neomodernas. Philip interessava-se pelos compositores.

– Sabia que Franz Schubert começou como um cantor aqui, Lara? Integrava o coral da Capela Imperial e foi afastado quando sua voz mudou, aos 17 anos. Foi nessa ocasião que decidiu compor.

Jantaram sem pressa num pequeno bistrô e passaram por uma taverna em Grinzing. Depois, Philip indagou:

– Não gostaria de fazer um cruzeiro pelo Danúbio?

– Adoraria.

Era uma noite perfeita, com uma lua cheia brilhante e uma suave brisa de verão. As estrelas brilhavam. *Brilham para nós*, pensou Lara, *porque somos tão felizes*. Lara e Philip embarcaram nos dos barcos de cruzeiro e pelo sistema de alto-falantes saíam os suaves acordes do *Danúbio Azul*. A distância, avistaram uma estrela cadente.

– Depressa! – disse Philip. – Faça um desejo!

Lara fechou os olhos, manteve-se calada por um momento.

– Fez seu desejo?

– Fiz.

– O que pediu?

Ela fitou-o, muito séria.

– Não posso contar, ou não vai acontecer.

Farei com que se torne verdade, pensou Lara. Ele se recostou, sorriu para Lara.

– É perfeito, não acha?

– Pode ser sempre assim, Philip.

– Como?

– Poderíamos casar.

E ali estava, em aberto. Philip não pensara em outra coisa durante os últimos dias. Estava profundamente apaixonado por Lara, mas sabia que não podia assumir um compromisso com ela.

– É impossível, Lara.

– É mesmo? Por quê?

– Já expliquei, querida. Estou quase sempre fazendo excursões como esta. E você não poderia viajar comigo durante todo o tempo, não é mesmo?

– Não, mas...

– Aí está. Nunca daria certo. Amanhã, em Paris, eu lhe mostrarei...

– Não irei a Paris com você, Philip.

Ele pensou não ter ouvido direito.

– Como?

Lara respirou fundo.

– Nunca mais tornarei a vê-lo.

Era como um soco no estômago.

– Por quê? Eu amo você, Lara, e...

– E eu também amo você. Mas sou diferente. Não quero ser apenas outra de suas fãs, perseguindo-o por toda parte. Pode ficar com todas elas.

– Lara, não quero mais ninguém além de você. Mas será que não entende, querida, que nosso casamento nunca poderia dar certo? Temos vidas separadas, que são importantes para ambos. Eu ia querer que permanecêssemos juntos durante todo o tempo e não seria possível.

– Então é assim? – murmurou Lara, muito tensa. – Nunca mais tornarei a vê-lo, Philip.

– Espere, por favor! Precisamos conversar a respeito. Vamos para o seu quarto e...

– Não, Philip. Eu o amo muito, mas não continuarei assim. Acabou.

– Não quero que acabe – insistiu Philip. – Mude de ideia.

– Não posso. Sinto muito. É tudo ou nada.

Mantiveram-se em silêncio pelo resto do percurso de volta ao hotel. Ao entrarem no saguão, Philip sugeriu:

– Por que não subo para o seu quarto? Poderíamos conversar...

– Não, meu querido. Não há mais nada para conversar.

Ele observou Lara embarcar no elevador e desaparecer.

O TELEFONE TOCOU no momento em que Lara alcançou sua suíte. Ela correu para atender.

– Philip...

– Sou eu, Howard. Venho tentando encontrá-la durante o dia inteiro.

Lara conseguiu disfarçar seu desapontamento.

– Algum problema?

– Não. Estou apenas verificando. Há muita coisa acontecendo por aqui. Quando acha que vai voltar?

– Amanhã – respondeu Lara. – Voltarei a Nova York amanhã.

Ela desligou, lentamente. Continuou sentada ali, olhando para o telefone, torcendo para que tocasse. Ainda permanecia silencioso duas horas depois. *Cometi um erro*, pensou Lara, desesperada. *Dei*

um ultimato e o perdi. Se ao menos eu esperasse um pouco... Se ao menos tivesse ido a Paris com ele... se... se... Ela tentou visualizar sua vida sem Philip. Era angustiante demais sequer pensar a respeito. *Mas não podemos continuar assim,* refletiu Lara. *Quero que pertençamos um ao outro.* Amanhã teria de voltar a Nova York.

Lara deitou no sofá, vestida, com o telefone ao lado. Sentia-se esgotada. E sabia que seria impossível dormir.

Mas dormiu.

Philip, em seu quarto, andava de um lado para outro, como um animal enjaulado. Estava furioso com Lara, furioso consigo mesmo. Não podia suportar a perspectiva de nunca mais tornar a vê-la, de nunca mais tê-la em seus braços. *Malditas sejam todas as mulheres!,* pensou ele. Bem que os pais haviam-no advertido. *Sua vida é a música. Se quer ser o melhor, não há espaço para mais nada.* E, até conhecer Lara, ele acreditara nisso. Agora, no entanto, tudo mudara. *Droga! Era maravilhoso o que nós tínhamos. Por que ela precisava destruir?* Ele a amava, mas sabia que jamais poderia se casar com ela.

LARA FOI DESPERTADA pela campainha do telefone. Sentou no sofá, ainda tonta de sono, e olhou para o relógio na parede. Eram 5 horas da manhã. Sonolenta, ela atendeu.

– Howard?

Era a voz de Philip:

– Não gostaria de casar em Paris?

24

O casamento de Lara Cameron e Philip Adler foi notícia no mundo inteiro. Quando Howard Keller soube, saiu para a rua e tomou um porre, pela primeira vez na vida. Insistira em dizer a si mesmo que a paixão de Lara por Philip Adler era passageira. *Lara e eu formamos*

uma dupla. Pertencemos um ao outro. Ninguém poderá se interpor entre nós. Ele ficou de porre durante dois dias. Ao recuperar a sobriedade, telefonou para Lara em Paris.

– Se é verdade, Lara, diga a Philip que eu afirmei que ele é o homem mais afortunado que já existiu.

– É verdade – assegurou Lara, jovial.

– Você parece feliz.

– Nunca me senti mais feliz em toda a minha vida!

– Eu... fico satisfeito por você, Lara. Quando voltará?

– Philip dará um concerto em Londres amanhã e depois iremos para Nova York.

– Falou com Paul Martin antes do casamento?

Lara hesitou.

– Não.

– E não acha que deve falar agora?

– Claro. – Ela estivera mais preocupada com isso do que desejava admitir para si própria. Não sabia como ele receberia a notícia de seu casamento. – Falarei com ele assim que voltar.

– Terei o maior prazer em revê-la. Estou com saudade.

– Também tenho saudade de você, Howard.

E era verdade. Gostava muito dele. Howard sempre fora um amigo bom e leal. *Não sei o que eu faria sem ele*, pensou Lara.

QUANDO O 727 taxiou para o terminal Butler, no aeroporto de La Guardia, em Nova York, toda a imprensa esperava, na maior ansiedade. Havia repórteres de jornais e câmeras de televisão. O administrador do aeroporto levou Lara e Philip para a sala de recepção.

– Posso tirá-los daqui sem que a imprensa os encontre – disse ele – ou...

Lara virou-se para Philip.

– Vamos enfrentar os jornalistas logo de uma vez, querido. Caso contrário, nunca nos deixarão em paz.

– Provavelmente você tem razão.

A entrevista coletiva prolongou-se por duas horas.

– Onde se conheceram?

– Sempre se interessou por música clássica, Sra. Adler?

– Há quanto tempo se conhecem?

– Vai deixar de fazer excursões, Sr. Adler?

Finalmente acabou.

Havia duas limusines à espera. A segunda era para a bagagem.

– Não estou acostumado a viajar nesse estilo – comentou Philip.

Lara riu.

– Vai se acostumar.

Quando entraram na limusine, Philip perguntou:

– Para onde vamos? Tenho um apartamento na Rua 57...

– Acho que ficaria mais confortável em meu apartamento, querido. Dê uma olhada e, se gostar, poderemos levar suas coisas para lá.

Chegaram ao Cameron Plaza. Philip contemplou o enorme edifício.

– Você é dona de tudo isso?

– Eu e alguns bancos.

– Estou impressionado.

Lara apertou-lhe o braço.

– Ótimo. Quero mesmo que fique.

O saguão fora ornamentado com flores. Meia dúzia de empregados esperava para cumprimentá-los.

– Sejam bem-vindos, Sra. Adler, Sr. Adler.

Philip olhou ao redor.

– Puxa! É tudo seu?

– *Nosso*, querido.

O elevador levou-os ao apartamento. Ocupava todo o 45º andar. A porta foi aberta pelo mordomo.

– Seja bem-vinda, Sra. Adler.

– Obrigada, Simms.

Lara apresentou Philip ao resto dos empregados e mostrou-lhe todo o apartamento dúplex. Havia uma enorme sala de estar decorada em branco, cheia de antiguidades, um terraço anexo, sala de jantar, quatro quartos principais, três quartos para criados, seis banheiros, uma cozinha, uma biblioteca e um escritório.

– Acha que pode se sentir confortável aqui, querido? – perguntou Lara.

Philip sorriu.

266

– É um pouco pequeno... mas darei um jeito.

No meio da sala de estar havia um lindo e novo piano Bechstein. Philip se aproximou, passou os dedos pelas teclas.

– É maravilhoso!

Lara foi para o seu lado.

– Seu presente de casamento.

– É mesmo?

Ele ficou comovido. Sentou ao piano, começou a tocar.

– Mandei afinar para você. – Lara escutou por um momento, enquanto a cascata de notas se espalhava pela sala. – Gosta?

– Adoro! Obrigado, Lara.

– Pode tocar aqui sempre que quiser.

Philip levantou-se e disse:

– É melhor eu telefonar para Ellerbee. Ele vem tentando me localizar.

– Há um telefone na biblioteca, querido.

Lara foi para seu escritório e ligou a secretária eletrônica. Havia meia dúzia de recados de Paul Martin. "Lara, onde você está? Sinto saudade, querida." ... "Lara, presumo que deixou o país, caso contrário teria notícias suas." ... "Estou preocupado com você, Lara. Ligue para mim..." Depois, o tom mudou: "Acabei de ser informado de seu casamento. É verdade? Vamos conversar." Philip entrou na sala.

– Quem é o misterioso interlocutor? – indagou ele.

Lara virou-se.

– Um... velho amigo.

Philip adiantou-se, abraçou-a.

– Alguém de quem eu deva ter ciúme?

Lara murmurou:

– Não precisa ter ciúme de ninguém no mundo. É o único homem que já amei.

E é verdade.

– E você é a única mulher que já amei.

NAQUELA TARDE, enquanto Philip sentava ao piano, Lara foi para seu escritório e ligou para Paul Martin. Ele atendeu quase no mesmo instante.

– Você voltou. – A voz dele era tensa.

– Voltei.

Ela estivera temendo aquela conversa.

– Não me importo de lhe dizer que a notícia foi um choque e tanto, Lara.

– Sinto muito, Paul... eu... aconteceu de repente.

– Deve ter sido.

– Foi, sim.

Ela tentou decifrar o ânimo de Paul.

– Pensei que tínhamos algo muito bom entre nós. Algo especial.

– E era mesmo, Paul, mas...

– É melhor conversarmos a respeito.

– Bom...

– Vamos almoçar amanhã. No Vitello's. Uma hora da tarde.

Era uma ordem. Lara hesitou. Seria tolice hostilizá-lo ainda mais.

– Combinado, Paul. Estarei lá.

A linha emudeceu. Lara continuou sentada ali, preocupada. Até que ponto Paul estava furioso, e o que poderia fazer?

25

Na manhã seguinte, quando Lara chegou ao Cameron Center, toda a equipe a aguardava para dar os parabéns.

– É uma notícia maravilhosa!

– Foi uma surpresa e tanto para todos nós!

– Tenho certeza de que será muito feliz.

E assim por diante.

Howard Keller esperava na sala de Lara. Deu-lhe um abraço apertado.

– Para uma mulher que não gosta de música clássica, você foi lá e conseguiu o que queria!

Lara sorriu.

– Não é que consegui mesmo?

– Terei de me acostumar a chamá-la de Sra. Adler.

O sorriso de Lara se desvaneceu.

– Não acha que, por razões comerciais, seria melhor eu continuar a usar o nome Cameron?

– Como quiser. Fico contente por vê-la de volta. O trabalho vem se acumulando por aqui.

Lara sentou na frente de Howard.

– Muito bem, conte-me o que tem acontecido.

– O hotel no West Side é um projeto que pode dar prejuízo. Temos um comprador do Texas interessado, mas fui até lá ontem. O estado é o pior possível. Precisa de uma reforma completa, que custaria 5 ou 6 milhões de dólares.

– O comprador já o viu?

– Ainda não. Eu disse que mostraria amanhã.

– Mostre na próxima semana. Mande alguns pintores para lá. Faça com que pareça limpo. E providencie para que haja bastante gente no saguão quando ele chegar.

Keller sorriu.

– Certo. Frank Rose trouxe as novas plantas. Espera na minha sala.

– Darei uma olhada.

– Tem também a Midland Insurance Company, que ia se instalar no novo prédio.

– Qual é o problema?

– Eles ainda não assinaram o contrato. Parecem um pouco hesitantes.

Lara escreveu uma anotação.

– Conversarei com eles. O que mais?

– O empréstimo de 75 milhões do Gotham Bank para o novo projeto.

– O que houve?

– Eles estão recuando. Acham que você está se estendendo demais.

– Qual a taxa de juros que eles iam nos cobrar?

– Dezessete por cento.

– Marque uma reunião. Vamos oferecer juros de 20 por cento.

Keller se espantou.

– Vinte por cento? Ora, Lara, ninguém paga 20 por cento!

– Prefiro continuar viva a 20 por cento a morrer a 17 por cento. Faça isso, Howard.

– Está certo.

A manhã passou depressa. Ao meio-dia e meia, Lara anunciou:

– Vou sair para almoçar com Paul Martin.

Howard parecia preocupado.

– Cuide para que você não seja o almoço.

– Como assim?

– Ele é siciliano, e os sicilianos não perdoam e não esquecem.

– Está sendo melodramático. Paul nunca faria qualquer coisa que me prejudicasse.

– Espero que tenha razão.

PAUL MARTIN já esperava no restaurante quando Lara chegou. Parecia magro e encovado, exibia olheiras, como se não viesse dormindo muito bem.

– Olá, Lara.

Ele não se levantou.

– Paul.

Ela sentou à sua frente.

– Deixei alguns recados estúpidos em sua secretária eletrônica. Sinto muito. Não tinha ideia...

Ele deu de ombros.

– Eu deveria ter avisado a você, Paul, mas tudo aconteceu muito depressa.

– Posso imaginar. – Ele estudava o rosto de Lara. – Você está ótima.

– Obrigada.

– Onde conheceu Adler?

– Em Londres.

– E se apaixonou por ele assim de repente?

Havia alguma amargura nas palavras.

– Paul, o que você e eu tivemos foi maravilhoso, mas não era suficiente para mim. Eu precisava de algo mais. Precisava de alguém que viesse para casa todas as noites.

Ele escutava, observando-a.

– Eu nunca faria coisa alguma para magoá-lo, Paul, mas isso... simplesmente aconteceu.

Mais silêncio.

– Compreenda, por favor.

– Muito bem. – Um sorriso gelado espalhou-se pelo rosto de Paul Martin. – Acho que não tenho opção, não é? O que está feito, está feito. Mas foi um choque ler a respeito pelos jornais, ver na televisão. Pensei que éramos mais íntimos.

– Tem toda razão, Paul. Eu deveria tê-lo avisado.

Ele estendeu a mão, acariciou o queixo de Lara.

– Eu era louco por você, Lara. E acho que ainda sou. Você era meu *miracolo*. Poderia lhe dar qualquer coisa no mundo que quisesse, menos o que ele podia oferecer... uma aliança de casamento. E a amo o suficiente para querer que seja feliz.

Lara sentiu uma onda de alívio percorrê-la.

– Obrigada, Paul.

– Quando vou conhecer seu marido?

– Daremos uma festa para nossos amigos na próxima semana. Quer ir?

– Estarei lá. Diga a ele que é melhor tratá-la bem ou terá de se ver comigo

Lara sorriu.

– Eu direi.

HOWARD KELLER esperava quando Lara retornou ao escritório.

– Como foi o almoço? – indagou ele, nervoso.

– Muito bem. Você estava enganado sobre Paul. Ele se comportou de uma forma maravilhosa.

– Ainda bem. Fico contente por ter me enganado. Marquei reuniões para você amanhã de manhã com...

– Cancele tudo. Ficarei em casa com meu marido amanhã. Passaremos os próximos dias em lua de mel.

– Sinto-me satisfeito por vê-la tão feliz.

– Howard, estou tão feliz que até me assusto. Tenho medo de acordar e descobrir que tudo não passa de um sonho. Nunca imaginei que uma pessoa pudesse ser tão feliz.

Ele sorriu.

– Tudo bem. Cuidarei sozinho das reuniões.

– Obrigada. – Ela beijou-o no rosto. – Philip e eu vamos dar uma festa na próxima semana. Contamos com a sua presença.

A FESTA FOI NO sábado seguinte, no apartamento. Havia um bufê suntuoso e mais de cem convidados. Lara chamara os homens e mulheres com quem trabalhava: banqueiros, empreiteiros, arquitetos, engenheiros, autoridades municipais, líderes sindicais. Philip chamara seus amigos músicos, amantes e patronos da música. A combinação foi desastrosa.

Não que os dois grupos não *tentassem* se misturar. O problema era o fato de que a maioria nada tinha em comum. Os empreiteiros se interessavam por construção e arquitetura e os músicos se interessavam por música e compositores.

Lara apresentou um funcionário da prefeitura a um grupo de músicos. Ele ficou parado ali, tentando acompanhar a conversa.

– Sabem o que Rossini sentia sobre a música de Wagner? Um dia ele encostou a bunda nas teclas do piano e disse: "É assim que Wagner soa para mim."

– Wagner mereceu. Quando houve um incêndio no teatro Ring, em Viena, durante uma apresentação dos *Contos de Hoffmann*, quatrocentas pessoas morreram queimadas. Ao tomar conhecimento, Wagner comentou: "É o que dá escutar uma opereta de Offenbach."

O comissário se afastou apressado.

Lara apresentou alguns amigos de Philip a um grupo de executivos do mercado imobiliário.

– O problema é que se precisa da assinatura de 35 por cento dos ocupantes antes de se fazer um condomínio – comentou um deles.

– Se quer minha opinião, é uma norma das mais estúpidas.

– Concordo. Estou trocando de hotel. Sabia que os hotéis de Manhattan passaram a cobrar em média 200 dólares por noite para um quarto? No próximo ano...

Os músicos se afastaram.

As conversas pareciam se desenvolver em duas linguagens diferentes.

– O problema dos vienenses é que eles amam os compositores mortos...

– Há um novo hotel em construção, entre as ruas 47 e 48. O Chase Manhattan está financiando...

– Ele pode não ser o maior regente do mundo, mas sua técnica é *genau*...

– Lembro que muitos incorporadores comentaram que o desastre do mercado de ações em 1929 não foi tão ruim assim. Ensinaria as pessoas a investirem seu dinheiro em imóveis...

– Horowitz não quis tocar por anos porque achava que seus dedos eram de vidro...

– Já vi as plantas. Haverá uma base clássica subindo por três andares na Oitava Avenida e, lá dentro, uma arcada elíptica, com saguões em três lados...

– Einstein adorava piano. Costumava tocar com Rubenstein, só que tocava fora do ritmo. Ao final, Rubenstein não conseguiu mais suportar e berrou: "Albert, você não sabe contar?"...

– O Congresso devia estar de porre ao aprovar a lei de reforma fiscal. Vai mutilar toda a indústria da construção civil...

– Ao final da noite, quando deixou a festa, Brahms disse: "Se há alguém aqui que esqueci de insultar, peço desculpas."...

A Torre de Babel.

Paul Martin chegou sozinho e Lara se encaminhou apressada até a porta para saudá-lo.

– Fico contente que tenha podido vir, Paul.

– Eu não perderia de jeito nenhum. – Ele correu os olhos pela sala. – Quero conhecer Philip.

Lara conduziu-o a Philip, no meio de um grupo.

– Philip, este é um velho amigo meu, Paul Martin.

Philip estendeu a mão.

– Prazer em conhecê-lo.

Os dois trocaram um aperto de mão.

– É um homem de sorte, Sr. Adler. Lara é uma mulher extraordinária.

– É o que vivo dizendo a ele – murmurou Lara, sorrindo.

– Ela não precisa me dizer – garantiu Philip. – Sei muito bem como sou afortunado.

Paul o estudava.

– Sabe mesmo?

Lara pôde sentir a súbita tensão no ar e se apressou em dizer:

– Deixe-me servir-lhe um drinque, Paul.

– Não, obrigado. Já esqueceu? Eu não bebo.

Lara mordeu o lábio.

– Claro que lembro. Deixe-me apresentá-lo a algumas pessoas.

Ela escoltou-o através da sala, apresentando-o a alguns convidados. Um dos músicos dizia:

– Leon Fleisher dará um recital amanhã à noite. Eu não o perderia por nada neste mundo. – Ele virou-se para Paul Martin, parado ao lado de Howard Keller. – Já o ouviu tocar?

– Não.

– É excepcional. Ele toca apenas com a mão esquerda, é claro.

Paul Martin ficou perplexo.

– Por quê?

– Fleisher desenvolveu uma síndrome do túnel cárpico na mão direita há cerca de dez anos.

– Mas como ele pode dar um recital só com uma das mãos?

– Meia dúzia de compositores escreveu concertos para a mão esquerda. Há um de Demuth, Franz Schmidt, Korngold, e um lindo concerto de Ravel.

Alguns dos convidados estavam pedindo a Philip que tocasse.

– Muito bem. Em homenagem à minha esposa.

Ele sentou ao piano, começou a tocar um concerto para piano de Rachmaninoff. A sala ficou em silêncio. Todos pareciam fascinados pelos acordes adoráveis que povoavam o apartamento. Houve aplausos estrondosos quando Philip se levantou.

Os convidados começaram a se retirar uma hora depois. Depois de acompanharem o último até a porta, Philip comentou:

– Foi uma festa e tanto.

– Você detesta grandes festas, não é? – disse Lara.

Philip abraçou-a, sorrindo.

– Deu para perceber?

– Só daremos uma festa assim de dez em dez anos – prometeu Lara. – Philip, você também teve a impressão de que nossos convidados eram de dois planetas diferentes?

Ele encostou os lábios no rosto de Lara.

– Não importa. Temos o nosso próprio planeta. Vamos fazê-lo girar...

26

Lara decidiu passar as manhãs em casa trabalhando.

– Quero ficar junto de você pelo máximo de tempo possível – disse ela a Philip.

Lara pediu a Kathy que enviasse algumas secretárias para serem entrevistadas no apartamento. Conversou com meia dúzia, antes de Marian Bell aparecer. Ela tinha 20 e poucos anos, loura, feições atraentes, uma personalidade exuberante.

– Sente-se – disse Lara.

– Obrigada.

Lara olhou para o currículo.

– Estudou no Wellesley College?

– Isso mesmo.

– E tirou o diploma. Por que quer um emprego como secretária?

– Acho que posso aprender muita coisa trabalhando aqui. Quer eu consiga, quer não o emprego, Srta. Cameron, quero que saiba que sou sua grande admiradora.

– É mesmo? Por quê?

– É o meu modelo. Realizou uma porção de coisas, e tudo por conta própria.

Lara estudou a moça.

– Este emprego implicaria longas horas de trabalho. Levanto cedo. Viria trabalhar em meu apartamento, a partir das 6 horas da manhã.

– Não seria um problema. Não tenho medo de trabalhar.

Lara sorriu. Gostara da moça.

– Vamos fazer uma experiência de uma semana.

Ao final da semana, Lara sabia que encontrara uma joia preciosa. Marian era competente, inteligente e simpática. Pouco a pouco, uma rotina foi estabelecida. A menos que houvesse uma emergência, Lara passava as manhãs trabalhando no apartamento. Só ia para o escritório à tarde.

Todas as manhãs, Lara e Philip tomavam o café da manhã juntos. Depois, Philip sentava ao piano, de jeans e camiseta, praticava por duas ou três horas, enquanto Lara permanecia em seu escritório, ditando para Marian. De vez em quando, Philip tocava antigas canções escocesas para Lara, como *Annie Laurie* e *Comin' Through the Rye*. Ela sempre se comovia. Almoçavam juntos.

– Conte-me como era a sua vida em Glace Bay – pediu Philip.

– Levaria menos de cinco minutos – respondeu Lara, sorrindo.

– Falo sério. Quero realmente saber.

Ela falou sobre a pensão, mas não foi capaz de falar do pai. Contou a história de Charles Cohn, e Philip disse:

– Parece ser uma ótima pessoa. Eu gostaria de conhecê-lo um dia.

– Tenho certeza de que vai conhecer.

Lara relatou sua experiência com Sean MacAllister, e Philip disse:

– Mas que filho da puta! Eu gostaria de matá-lo! – Ele abraçou-a. – Ninguém jamais vai magoá-la de novo.

PHILIP TRABALHAVA num concerto. Ela o ouvia tocar três notas de cada vez, várias e várias vezes, e depois seguir adiante, praticando devagar, absorvendo o ritmo, até que as diferentes frases fluíssem numa só.

NO COMEÇO, LARA entrava na sala de estar quando Philip praticava e o interrompia:

– Querido, fomos convidados para o fim de semana em Long Island. Gostaria de ir?

Ou:

– Tenho ingressos para a nova peça de Neil Simon.

Ou:

– Howard Keller gostaria de nos levar para jantar fora no sábado.

Philip tentara ser paciente, mas acabou dizendo:

– Lara, por favor, não me interrompa quando eu estiver ao piano. Quebra a minha concentração.

– Desculpe. Mas não entendo por que você pratica todos os dias. Afinal, não dará nenhum concerto agora.

– Pratico todos os dias para poder dar um concerto. Quando constrói um prédio e um erro é cometido, minha querida, é possível corrigi-lo. Pode alterar as plantas, refazer o encanamento ou a fiação, ou qualquer outra coisa. Mas num concerto não há uma segunda chance. Você está ao vivo, na frente de uma plateia, e cada nota tem de ser perfeita.

– Desculpe, Philip. Compreendo agora.

Philip tomou-a nos braços.

– Há uma piada antiga sobre um homem em Nova York carregando uma caixa de violino. Estava perdido. Deteve um estranho e perguntou: "Como se chega ao Carnegie Hall?" "Pratique", respondeu o estranho. "Pratique."

Lara riu.

– Volte ao piano. Vou deixá-lo sossegado.

Ela sentou em seu escritório, escutando os tênues acordes de Philip, e pensou: *Sou afortunada. Milhares de mulheres me invejariam por estar sentada aqui, ouvindo Philip Adler tocar.*

Ela só gostaria que Philip não tivesse de praticar com tanta frequência.

AMBOS GOSTAVAM de jogar gamão e, à noite, depois do jantar, sentavam junto da lareira e disputavam partidas com um ímpeto zombeteiro. Lara dava a maior importância a esses momentos de intimidade.

O CASSINO DE RENO estava quase pronto para a inauguração. Seis meses antes, Lara tivera uma reunião com Jerry Townsend.

– Quero que leiam sobre a inauguração até em Timbuctu – dissera ela. – Levarei o *chef* do Maxim's de avião para a inauguração. Quero que contrate o maior talento disponível. Comece por Frank Sinatra e vá descendo. Quero que a lista de convidados inclua os principais nomes de Hollywood, Nova York e Washington. Quero as pessoas disputando para entrar nessa lista.

Agora, ao examinar a lista, Lara comentou:

– Fez um bom trabalho, Jerry. Quantas recusas recebemos?

– Duas dezenas. Não é tão mau assim, numa lista de seiscentos.

– Tem razão, não é nada mau.

KELLER TELEFONOU para Lara pela manhã.

– Boas notícias. Recebi uma ligação dos banqueiros suíços. Eles estão voando para uma reunião com você amanhã, a fim de discutir o empreendimento conjunto.

– Ótimo. Nove horas, na minha sala.

– Pode deixar que acertarei tudo.

Ao jantar, naquela noite, Philip disse:

– Farei uma gravação amanhã, Lara. Você nunca esteve em nenhuma, não é?

– Nunca.

– Gostaria de assistir?

Lara hesitou, pensando na reunião com os suíços, mas respondeu:

– Claro que sim.

Telefonou para Keller.

– Comece a reunião sem a minha presença. Chegarei o mais cedo que puder.

O estúdio ficava na Rua 34 Oeste, num enorme armazém, cheio de equipamentos eletrônicos. Havia 130 músicos sentados no estúdio e uma cabine de controle envidraçada, onde trabalhavam os técnicos de som. Lara teve a impressão de que a gravação seguia muito devagar. Paravam a todo instante e logo recomeçavam. Durante um dos intervalos, ela telefonou para Keller.

– Onde você se meteu, Lara? Estou ganhando tempo, mas eles querem falar com você.

278

– Estarei aí dentro de uma ou duas horas. Mantenha-os falando.

Duas horas depois, a gravação ainda continuava.

Lara tornou a ligar para Keller.

– Desculpe, Howard, mas não posso sair agora. Diga a eles que voltem amanhã.

– O que é tão importante?

– Meu marido.

E Lara desligou.

AO VOLTAREM AO apartamento, Lara anunciou:

– Iremos a Reno na próxima semana.

– O que tem em Reno?

– A inauguração do hotel e cassino. Voaremos na quarta-feira.

A voz de Philip estava impregnada de aflição:

– Oh, droga!

– Qual é o problema?

– Desculpe, querida, mas não poderei ir.

Ela ficou espantada.

– Por quê?

– Pensei que tinha mencionado. Partirei para uma excursão na segunda-feira.

– Mas que história é essa?

– Ellerbee organizou uma excursão de seis semanas. Tocarei na Austrália e...

– *Austrália?*

– Isso mesmo. Depois Japão e Hong Kong.

– Não pode ir, Philip. Isto é... por que faz isso? Não precisa. Quero ficar com você.

– Pois então viaje comigo, Lara. Eu adoraria.

– Sabe que não posso. Não agora. Há muita coisa acontecendo por aqui. – Lara estava desconsolada. – Não quero que você me deixe.

– Eu também não quero. Mas avisei antes de casarmos, querida, que minha vida é assim.

– Eu sei, mas isso foi antes. Agora é diferente. Tudo mudou.

– Nada mudou – disse Philip, gentilmente –, exceto que agora sou louco por você e sentirei a maior saudade quando viajar.

Não havia mais nada que Lara pudesse dizer.

PHILIP PARTIU e Lara descobriu que nunca sentira tanta solidão. No meio de uma reunião, pensava subitamente em Philip e seu coração se derretia.

Queria que ele continuasse em sua carreira, mas também precisava de sua companhia. Pensava nos momentos maravilhosos que haviam passado juntos, nos braços de Philip a envolverem-na, em seu ardor e ternura. Nunca imaginara que pudesse amar tanto alguém. Philip telefonava todos os dias, mas de certa forma isso só aumentava a solidão.

– Onde você está, querido?

– Ainda em Tóquio.

– Como vai a excursão?

– Muito bem. Sinto a maior saudade.

– Eu também.

Lara não podia dizer a profundidade de sua saudade.

– Viajo para Hong Kong amanhã e depois...

– Eu gostaria que voltasse para casa.

Ela se arrependeu no instante mesmo em que falou.

– Sabe que não posso.

Houve um momento de silêncio.

– Sei que não pode.

Conversaram por meia hora. Ao desligar, Lara sentia-se mais solitária do que nunca. As diferenças de fusos horários eram angustiantes. Às vezes a terça-feira de Lara já era a quarta-feira de Philip, e ele ligava em plena madrugada.

– COMO ESTÁ PHILIP? – indagou Keller.

– Muito bem. Por que ele faz isso, Howard?

– Faz o quê?

– Essa excursão. Não precisa. Isto é, não é por necessidade de dinheiro.

– Tenho certeza de que não é por dinheiro, Lara. É o que ele faz.

As mesmas palavras que Philip usara. Ela podia compreender em termos intelectuais, mas não nos emocionais.

– Lara, você apenas casou com o homem... não o possui.

– Nem quero possuí-lo. Apenas esperava que eu fosse mais importante para ele do que... – Ela parou no meio da frase. – Não importa. Sei que estou bancando a tola.

LARA LIGOU PARA William Ellerbee e perguntou:

– Pode almoçar comigo hoje?

– Posso dar um jeito. Algum problema?

– Não, não. Apenas pensei que deveríamos conversar.

Encontraram-se em Le Cirque.

– Tem falado com Philip ultimamente? – indagou Ellerbee.

– Falo com ele todos os dias.

– A excursão tem sido o maior êxito.

– Eu sei.

– Para ser franco, nunca pensei que Philip viesse a casar. Ele é como um sacerdote... dedicado ao que faz.

– Sei disso... – Lara hesitou – ...mas não acha que ele viaja demais?

– Não estou entendendo.

– Philip tem um lar agora. Não há motivo para que saia correndo pelo mundo inteiro. – Ela percebeu a expressão de Ellerbee. – Não acho que ele devesse permanecer sempre em Nova York. Tenho certeza de que poderia arrumar concertos em Boston, Chicago, Los Angeles. Sabe... lugares para os quais ele não teria de viajar tanto.

Ellerbee perguntou, cauteloso:

– Já conversou sobre isso com Philip?

– Não. Queria falar com você primeiro. Seria possível, não é? Afinal, Philip não precisa mais do dinheiro.

– Sra. Adler, Philip ganha 35 mil dólares por apresentação. No ano passado, ele passou quarenta semanas em excursão.

– Eu compreendo, mas...

– Tem alguma ideia de quão poucos pianistas conseguem chegar ao topo, ou como tiveram de lutar para chegar lá? Há milhares de pianistas por aí, tocando até gastarem os dedos, mas há apenas quatro

ou cinco superastros. Seu marido é um deles. Não conhece muita coisa sobre o mundo dos concertos. A competição é feroz. Pode ir a um concerto e ver um solista no palco, vestindo casaca, com uma aparência próspera e fascinante, mas quando ele sai do palco mal tem condições de pagar o aluguel ou comer uma refeição decente. Philip levou muito tempo para se tornar um pianista de categoria internacional. Agora, pede-me que tire isso dele.

– Não, não é isso o que quero. Apenas estou sugerindo...

– Sua sugestão destruiria a carreira de Philip. E não é realmente isso o que deseja, não é?

– Claro que não. – Lara hesitou. – Soube que você tem uma comissão de 15 por cento sobre o que Philip recebe.

– É verdade.

– Eu não ia querer que fosse prejudicado se Philip desse menos concertos – disse Lara, com extremo cuidado. – Teria o maior prazer em compensar a diferença e...

– Sra. Adler, acho que deve conversar com Philip sobre isso. Vamos pedir?

27

A coluna de Liz Smith dizia: "BORBOLETA DE FERRO PRESTES A TER SUAS ASAS CORTADAS... Quem é a linda magnata do mercado imobiliário que vai subir pela parede de seu deslumbrante apartamento de cobertura quando souber que um livro a seu respeito, escrito por uma ex-funcionária, será publicado pela Candlelight Press? A notícia é de que será quente, muito quente!"

Lara bateu com o jornal na mesa. Só podia ser Gertrude Meeks, a secretária que ela despedira! Lara chamou Jerry Townsend.

– Viu a coluna de Liz Smith esta manhã?

– Acabei de ler. Não há muita coisa que possamos fazer a respeito, chefe. Se quiser...

– Há muita coisa que podemos fazer. Todos os meus funcionários assinam uma declaração de que não escreverão coisa alguma a meu respeito, durante ou depois de trabalharem aqui. Gertrude Meeks não tem o direito de fazer isso. Vou processar a editora até levá-la à falência.

Jerry Townsend balançou a cabeça.

– Eu não faria isso.

– Por que não?

– Porque criaria muita publicidade desfavorável. Se deixar correr, torna-se uma pequena brisa que logo se extingue. Se tentar impedir, virará um furacão.

Lara não ficou impressionada.

– Descubra quem é o dono da editora.

Uma hora depois, Lara falava pelo telefone com Henry Seinfeld, o proprietário e editor da Candlelight Press.

– Aqui é Lara Cameron. Soube que pretende publicar um livro a meu respeito.

– Já leu a coluna de Liz Smith, hein? Pois é verdade, Srta. Cameron.

– Quero avisá-lo que, se publicar o livro, vou processá-lo por invasão da privacidade.

A voz no outro lado da linha respondeu:

– Acho que talvez seja melhor consultar seu advogado. É uma figura pública, Srta. Cameron. Não tem direito a privacidade. E segundo o original de Gertrude Meeks, é uma personalidade bastante pitoresca.

– Gertrude Meeks assinou um documento proibindo-a de escrever qualquer coisa a meu respeito.

– É um problema seu e de Gertrude. Pode processá-la...

Mas a esta altura, é claro, o livro já teria saído.

– Não quero que seja publicado. Se eu puder compensá-lo pela não publicação...

– Espere um instante. Acho que começa a pisar em terreno perigoso. Sugiro que encerremos a conversa. Adeus.

Ele desligou. *Desgraçado!* Lara ficou pensando. Chamou Howard Keller.

– O que você sabe sobre a Candlelight Press?

Ele deu de ombros.

– É uma editora pequena. Publica livros de exploração de personalidades. Já lançou livros sobre Cher, Madonna...

– Obrigada. Isso é tudo.

HOWARD KELLER tinha uma dor de cabeça. Parecia-lhe que vinha tendo muitas dores de cabeça ultimamente. Falta de sono. Vivia sob pressão e sentia que as coisas progrediam depressa demais. Precisava encontrar uma maneira de conter Lara. *Talvez seja uma dor de cabeça de fome.* Ele ligou para a secretária.

– Bess, peça um almoço para mim, está bem?

Houve silêncio.

– Bess?

– Está brincando, Sr. Keller?

– Brincando? Não. Por quê?

– Acaba de almoçar.

Keller sentiu um calafrio percorrer-lhe o corpo.

– Mas se ainda sente fome...

– Não, não.

Lembrava agora. Comera uma salada, um sanduíche de rosbife e... *Oh, Deus, o que está acontecendo comigo?*

– Foi brincadeira, Bess.

A quem estou tentando enganar?

A INAUGURAÇÃO DO Cameron Hotel & Casino, em Reno, foi um tremendo sucesso. As reservas foram totais e o cassino ficou apinhado de jogadores. Lara não poupara despesas para que as celebridades convidadas fossem muito bem-tratadas. Todos compareceram. *Só há uma pessoa faltando,* pensou Lara. Philip. Ele enviara um enorme buquê de flores, com um bilhete: "Você é a música na minha vida. Eu a adoro e sinto saudade. Beijos."

Paul Martin chegou. Aproximou-se de Lara.

– Meus parabéns. Você se superou.

– Graças a você, Paul. Não poderia ter feito nada sem a sua ajuda.

Ele olhou ao redor.

– Onde está Philip?

– Não pôde vir. Está no meio de uma excursão.

– Quer dizer que ele foi tocar piano em algum lugar? É uma grande noite para você, Lara. Ele deveria estar ao seu lado.

Lara sorriu.

– E ele queria muito estar.

O gerente do hotel aproximou-se.

– É uma noite e tanto, hein? Temos reservas para lotar o hotel pelos próximos três meses.

– Vamos manter assim, Donald.

Lara contratara um agente japonês e outro brasileiro para trazer grandes jogadores do exterior. Gastara 1 milhão de dólares em cada suíte de luxo, mas tudo isso seria compensado.

– Tem uma mina de ouro aqui, Srta. Cameron. – O gerente olhou ao redor. – Por falar nisso, onde está seu marido? Gostaria muito de conhecê-lo.

– Ele não pôde vir.

Foi tocar piano em algum lugar.

O espetáculo apresentado foi brilhante, mas Lara era a estrela da noite. Sammy Cahn escrevera uma letra especial para *My Kind of Town*. Dizia: "Meu tipo de garota, Lara é..." Ela levantou-se para fazer um discurso e houve aplausos entusiasmados. Todos queriam conhecê-la, tocá-la. A imprensa compareceu em peso e Lara concedeu entrevistas para emissoras de rádio e televisão, para jornais e revistas. Tudo corria bem até que os entrevistadores perguntavam: "Onde está seu marido?" E Lara descobriu-se cada vez mais transtornada. *Ele deveria estar aqui, ao meu lado. O concerto poderia esperar.* Mas ela sorria docemente e respondia:

– Philip ficou muito desapontado por não poder comparecer.

Terminado o espetáculo, os convidados começaram a dançar. Paul Martin foi até a mesa de Lara.

– Vamos dançar?

Lara levantou-se, adiantou-se para os braços dele.

– Qual é a sensação de possuir tudo isso? – perguntou Paul.

– Maravilhosa. Obrigada por sua ajuda.

– Para que servem os amigos? Notei que tem aqui alguns jogadores de peso. Tome cuidado com eles, Lara. Alguns perderão muito dinheiro e você precisa fazer com que se sintam vencedores. Ofereça-lhes um carro novo, garotas, ou qualquer outra coisa que os faça se sentirem importantes.

– Não esquecerei.

– É bom tê-la em meus braços de novo.

– Paul...

– Já sei. Lembra o que eu disse sobre seu marido cuidar bem de você?

– Lembro.

– Parece que ele não está fazendo um bom trabalho.

– Philip queria vir – protestou Lara, na defensiva.

E no momento em que falava, ela pensou: *Queria mesmo?*

Ele telefonou tarde da noite, e o som de sua voz fê-la se sentir duas vezes mais solitária.

– Lara, querida, pensei em você durante o dia inteiro. Como foi a inauguração?

– Correu tudo bem. Eu gostaria que você estivesse aqui, Philip.

– Eu também. Sinto a maior saudade.

Então por que não está aqui comigo?

– Também estou morrendo de saudade. Volte logo.

HOWARD KELLER entrou na sala de Lara, carregando um grosso envelope pardo.

– Não vai gostar disto – avisou ele.

– O que é?

Keller pôs o envelope na mesa de Lara.

– É uma cópia do original de Gertrude Meeks. Não me pergunte como a obtive. Ambos poderíamos parar na cadeia.

– Já leu?

Ele acenou com a cabeça.

– Já.

– E o que achou?

– É melhor você ler pessoalmente. Ela nem sequer trabalhava aqui quando alguns dos fatos ocorreram. Deve ter feito muita investigação.

– Obrigada, Howard.

Lara esperou até que ele se retirasse, depois apertou a tecla do interfone e disse:

– Não atendo ninguém.

Abriu o livro e começou a ler.

Era devastador, o retrato de uma mulher manipuladora e autoritária, que não hesitara diante de coisa alguma para chegar ao topo. Descrevia seus acessos de raiva e o comportamento arrogante com os empregados. Era mesquinho, repleto de incidentes desagradáveis. Só deixava de fora a independência e a coragem de Lara, seu talento, visão e generosidade. Ela continuou a ler:

"...Um dos truques da Borboleta de Ferro era marcar as reuniões no início da manhã, a fim de que as negociações fossem realizadas quando os outros ainda se encontravam cansados da viagem e Cameron estava com todo vigor."

"...Numa reunião com os japoneses, eles foram servidos de chá com Valium, enquanto Lara Cameron tomava café com Ritalin, um estimulante que acelera o processo de pensamento."

"...Numa reunião com banqueiros alemães, eles tomaram café com Valium, enquanto ela bebia chá com Ritalin."

"...Quando negociava a propriedade no Queens e o conselho comunitário rejeitou seu projeto, ela fez com que mudassem de ideia, inventando a história de que tinha uma filha pequena que iria morar num dos prédios..."

"...Quando os moradores se recusaram a deixar um prédio, o Dorchester Apartments, Lara Cameron encheu-o com desabrigados..."

Nada ficara de fora. Ao terminar de ler, Lara continuou sentada à sua mesa, imóvel, por um longo tempo. Depois, chamou Howard Keller.

– Quero que providencie uma verificação da Dun e Bradstreet sobre Henry Seinfeld. Ele é o dono da Candlelight Press.

– Certo.

Keller voltou 15 minutos depois.

– Seinfeld tem uma classificacão D-C.

– O que isso significa?

– É a classificação mais baixa. Uma linha de crédito de quarta classe é mínima e ele ainda se encontra quatro pontos abaixo. Um vento mais forte pode derrubá-lo. Ele vive de um livro para outro. Um fracasso pode liquidá-lo.

– Obrigada, Howard.

Lara telefonou para Terry Hill, seu advogado.

– Gostaria de se tornar um editor de livros, Terry?

– Qual é sua ideia?

– Quero comprar a Candlelight Press em seu nome. Pertence a Henry Seinfeld.

– Não deve ser problema. Quanto quer pagar?

– Tente comprar por 500 mil. Se for necessário, suba até 1 milhão. Cuide para que a transação inclua todas as propriedades literárias da editora. E mantenha meu nome de fora.

A SEDE DA CANDLELIGHT Press era no centro, num velho prédio na Rua 34. Consistia em uma pequena sala para a secretária e uma sala um pouco maior para Henry Seinfeld. A secretária informou:

– Está aqui um Sr. Hill desejando lhe falar, Sr. Seinfeld.

– Mande-o entrar.

Terry Hill telefonara no início da manhã.

Ele entrou na sala miserável. Seinfeld sentava por trás de sua escrivaninha.

– O que deseja, Sr. Hill?

– Represento uma editora alemã que pode estar interessada em comprar sua empresa.

Seinfeld procurou ganhar tempo, acendendo um charuto.

– Minha empresa não está à venda.

– É uma pena. Estamos tentando entrar no mercado americano e gostamos de sua operação.

– Construí esta editora do nada. É como minha filha. Detestaria abrir mão dela.

– Compreendo como se sente. Estamos dispostos a lhe pagar 500 mil dólares.

Seinfeld quase engasgou com o charuto.

– Quinhentos mil? Ora, tenho um livro prestes a ser lançado que vai me valer sozinho 1 milhão de dólares. Não, senhor. Sua oferta é um insulto.

– Minha oferta é muito generosa. Não tem patrimônio e suas dívidas atrasadas somam mais de 100 mil dólares. Subirei para 600 mil. É minha oferta final.

– Nunca me perdoarei por isso. Se puder chegar a 700 mil...

Terry Hill levantou-se.

– Adeus, Sr. Seinfeld. Procurarei outra editora.

Ele se encaminhou para a porta.

– Espere um pouco – disse Seinfeld. – Não vamos nos precipitar. O fato é que minha mulher vem pressionando para eu me aposentar. Talvez esta seja uma ocasião.

Terry Hill foi até a mesa, tirou um contrato do bolso.

– Tenho aqui um cheque de 600 mil dólares. Basta assinar.

LARA CHAMOU Keller.

– Acabamos de comprar a Candlelight Press.

– Ainda bem. O que você quer fazer com ela?

– Em primeiro lugar, liquidar o livro de Gertrude Meeks. Providencie para que não seja publicado. Há muitas maneiras de ganhar tempo. Se ela nos processar para recuperar os direitos, poderemos imobilizá-la nos tribunais por muitos e muitos anos.

– Quer fechar a editora?

– Claro que não. Arrume alguém para dirigi-la. Vamos mantê-la pelos benefícios fiscais dos prejuízos.

AO VOLTAR à sua sala, Keller disse à secretária:

– Quero ditar uma carta. Jack Hellman, Hellman Realty. Prezado Jack, conversei sobre sua proposta com a Srta. Cameron, e achamos que não seria conveniente entrar em seu empreendimento neste momento. Contudo, queremos que saiba que estaremos interessados em futuras...

A secretária parou de escrever. Keller fitou-a.

– Já anotou tudo?

O espanto dela era óbvio.

– Sr. Keller...

– O que é?

– Ditou esta carta ontem.

Keller engoliu em seco.

– Como?

– Já foi até remetida.

Howard Keller tentou sorrir.

– Acho que estou estafado.

Às 16 HORAS daquela tarde, Keller foi examinado pelo Dr. Seymour Bennett.

– Você parece estar em excelente forma – declarou o Dr. Bennett. – Fisicamente, não tem qualquer problema.

– E esses lapsos de memória?

– Há quanto tempo não tira férias, Howard?

Keller fez um esforço para lembrar.

– Creio que já tem alguns anos. Temos andado muito ocupados.

O Dr. Bennett sorriu.

– Aí está seu problema. Tem uma estafa. É mais comum do que imagina. Vá para algum lugar em que possa relaxar, por uma ou duas semanas. Não pense nos negócios. Quando voltar, vai se sentir um homem novo.

Keller levantou-se, aliviado.

ELE FOI À sala de Lara.

– Pode me dispensar por uma semana?

– Seria tão fácil quanto dispensar meu braço direito. O que estava pensando?

– O médico acha que preciso tirar umas pequenas férias, Lara. Para dizer a verdade, venho tendo alguns problemas com a memória.

Lara o observava com um ar preocupado.

– Algo sério?

– Não muito. É apenas irritante. Pensei que poderia passar alguns dias no Havaí.

– Pegue o jato.

– Não, porque você pode precisar. Irei num voo comercial.

– Cobre tudo da companhia.

– Obrigado. Telefonarei todos...

– Nada disso. Quero que esqueça o escritório. Limite-se a cuidar de você mesmo. Não quero que nada lhe aconteça.

Espero que ele esteja mesmo bem, pensou Lara. *Ele tem de estar bem.*

PHILIP TELEFONOU no dia seguinte. Marian Bell avisou:

– O Sr. Adler está ligando de Taipei.

Lara correu para atender.

– Philip!

– Olá, querida. Houve uma greve na companhia telefônica aqui. Há horas que venho tentando falar com você. Como se sente?

Solitária.

– Muito bem. Como está a excursão?

– O mesmo de sempre. Sinto muita saudade de você.

Lara podia ouvir música e vozes ao fundo.

– Onde você está?

– Estão dando uma pequena festa em minha homenagem. Sabe como é.

Lara ouviu uma mulher rindo.

– Claro que sei.

– Estarei em casa na quarta-feira.

– Philip...

– O que é?

– Nada, querido. Volte correndo.

– Eu voltarei. Adeus.

Lara desligou. O que ele faria depois da festa? Quem seria a mulher? Ela experimentou um sentimento de ciúme tão forte que quase a sufocou. Nunca sentira ciúme de ninguém em toda a sua vida.

Tudo está perfeito, pensou Lara. *Não quero perder. Não posso perder.*

Ela ficou acordada naquela noite, pensando em Philip e no que ele estaria fazendo.

HOWARD KELLER se encontrava deitado na Kona Beach, na frente de um pequeno hotel, na maior ilha do Havaí. O tempo era ideal. Ele nadava no mar todos os dias. Pegara um bronzeado, jogava golfe, recebia massagens diárias. Estava agora completamente relaxado, nunca se sentira melhor. *O Dr. Bennett tinha razão*, pensou ele. *Estafa. Terei de reduzir um pouco o ritmo de trabalho quando voltar.* A verdade é que se assustara muito mais do que queria admitir com os episódios de perda de memória.

Finalmente chegou o momento de voltar a Nova York. Ele pegou um voo à meia-noite e chegou a Manhattan por volta das 16 horas. Foi direto para o escritório. Sua secretária o recebeu com um sorriso.

– Seja bem-vindo, Sr. Keller. Está com uma ótima aparência.

– Obrigado...

Howard Keller ficou parado ali e toda cor se esvaiu do seu rosto. Não conseguia lembrar o nome da secretária.

28

Philip chegou a Nova York na tarde de quarta-feira e Lara pegou a limusine para ir recebê-lo no aeroporto. Philip saiu do avião e no mesmo instante a imagem de Lochinvar aflorou na mente de Lara.

Ah, como ele é bonito! Ela correu para seus braços.

– Senti muita saudade – murmurou, apertando-o.

– E eu também, querida.

– Quanta saudade?

Ele entreabriu meio centímetro entre o polegar e o indicador.

– Isto tudo.

– Seu animal! – murmurou Lara, rindo. – Onde está sua bagagem?

– Vem por aí.

Estavam no apartamento uma hora depois. Marian Bell abriu a porta.

– É um prazer tê-lo de volta, Sr. Adler.

– Obrigado, Marian. – Ele olhou ao redor. – Tenho a sensação de que me ausentei por um ano.

– Dois anos – murmurou Lara.

Ela já ia acrescentar "Nunca mais me deixe assim", mas mordeu o lábio.

– Deseja mais alguma coisa, Sra. Adler? – perguntou Marian.

– Não, obrigada. Pode ir agora. Ditarei algumas cartas pela manhã. Não vou mais trabalhar hoje.

– Está bem. Até amanhã.

Marian se retirou.

– Uma doce menina – comentou Philip.

– Não é mesmo? – Lara adiantou-se para os braços do marido. – E agora me mostre o tamanho de sua saudade.

LARA NÃO FOI ao escritório pelos três dias subsequentes. Queria ficar com Philip, conversar com ele, tocá-lo, certificar-se de que era real. Pela manhã, depois do café, Lara foi ditar uma carta para Marian, enquanto Philip praticava ao piano.

Durante o almoço do terceiro dia, Lara relatou a inauguração do cassino.

– Eu gostaria que você tivesse comparecido, querido. Foi fantástico.

– Lamento muito ter perdido.

Ele está tocando piano em algum lugar.

– Terá uma nova oportunidade no próximo mês. O prefeito vai me entregar as chaves da cidade.

Philip disse, consternado:

– Querida, receio que perderei essa cerimônia também.

Lara ficou gelada.

– Como assim?

– Ellerbee já acertou outra excursão. Viajo para a Alemanha dentro de três semanas.

– Mas não pode ir!

– Os contratos já foram assinados. Não há mais nada que eu possa fazer.

– Acaba de voltar. Como pode partir outra vez tão cedo?

– É uma excursão importante, querida.

– E nosso casamento não é importante?

– Lara...

– Não precisa ir – insistiu Lara, irritada. – Quero um marido, não alguém ocasional...

Marian Bell entrou na sala, trazendo algumas cartas.

– Oh, desculpem. Não tive a intenção de interromper. Trouxe estas cartas para serem assinadas.

– Obrigada – disse Lara, a voz tensa. – Eu a chamarei quando precisar.

– Pois não, Srta. Cameron.

Observaram Marian se retirar e Lara continuou:

– Sei que você precisa dar concertos, mas não com essa frequência. Afinal, não é nenhuma espécie de caixeiro-viajante.

– De jeito nenhum, não é mesmo?

A voz de Philip era fria.

– Por que não fica aqui para a cerimônia e só depois parte em sua excursão?

– Lara, sei que isso é importante para você, mas deve compreender que meus concertos também são importantes para mim. Tenho o maior orgulho de você e de tudo o que faz, mas quero que também se orgulhe de mim.

– E eu me orgulho. Perdoe-me, Philip, eu apenas...

Lara fazia um grande esforço para não chorar.

– Eu sei, querida. – Ele tomou-a nos braços. – Nós vamos superar tudo. Quando eu voltar, tiraremos umas longas férias juntos.

É impossível tirar férias, pensou Lara. *Há projetos demais em andamento.*

– Para onde vai desta vez, Philip?

– Alemanha, Noruega, Dinamarca e Inglaterra, depois voltarei a Nova York.

Lara respirou fundo.

– Entendo...

– Eu gostaria que pudesse me acompanhar, Lara. Eu me sinto muito solitário sem você.

Ela pensou na mulher rindo.

– É mesmo? – Lara desvencilhou-se do ânimo sombrio, conseguiu rir. – Podemos fazer uma coisa. Por que não pega o jato? Terá assim uma viagem mais confortável.

– Tem certeza de que não...?

– Absoluta. Darei um jeito de dispensar o avião até seu retorno.

– Não há ninguém no mundo como você – murmurou Philip.

Lara passou um dedo lentamente pelo rosto dele.

– Nunca se esqueça disso.

A EXCURSÃO DE PHILIP foi um tremendo sucesso. Em Berlim, as plateias deliraram e as críticas foram extasiadas.

Depois, a sala dos artistas ficava lotada de aficionados entusiasmados, mulheres na maioria.

– Viajei 500 quilômetros para ouvi-lo tocar...

– Tenho um pequeno castelo, não muito longe daqui, e gostaria...

– Preparei uma ceia à meia-noite só para nós dois...

Algumas eram ricas e lindas, e quase todas estavam dispostas a se entregar. Mas Philip era um homem apaixonado. Ligou para Lara depois do concerto na Dinamarca.

– Sinto muita saudade.

– Eu também sinto, Philip. Como foi o concerto?

– Ninguém saiu enquanto eu tocava.

Lara riu.

– É um bom sinal. Estou no meio de uma reunião agora, querido. Ligarei para seu hotel dentro de uma hora.

– Não irei direto para o hotel, Lara. O diretor do salão de concerto está me oferecendo um jantar e...

– É mesmo? E ele tem uma linda filha?

Lara se arrependeu no momento mesmo em que falou.

– Como?

– Nada. Tenho de desligar agora. Falarei com você mais tarde.

Ela virou-se para os homens na sala. Keller a observava.

– Está tudo bem?

– Claro que sim – respondeu Lara, jovial.

Mas ela descobriu que era difícil se concentrar na reunião. Visualizava Philip no jantar, com belas mulheres lhe entregando as chaves de seus quartos em hotéis. Sentia-se consumida pelo ciúme e se odiava por isso.

A CERIMÔNIA DO PREFEITO homenageando Lara foi um sucesso. A imprensa compareceu em peso.

– Podemos tirar uma foto sua e de seu marido juntos?

Lara foi obrigada a confessar:

– Ele queria muito estar aqui.

Paul Martin estava.

– Ele viajou de novo, hein?

– Philip gostaria muito de ter vindo, Paul.

– Porra nenhuma! É uma grande honra para você. Ele deveria se encontrar ao seu lado. Que tipo de marido ele é? Alguém deveria ter uma conversa com aquele homem!

NAQUELA NOITE, Lara deitou na cama sozinha, incapaz de dormir. Philip se achava a 15 mil quilômetros de distância. A conversa com Paul Martin aflorou em sua mente. *Que tipo de marido ele é? Alguém deveria ter uma conversa com aquele homem!*

AO VOLTAR DA EUROPA, Philip parecia feliz por estar em casa. Trouxe uma porção de presentes para Lara. Havia uma linda estatueta de porcelana da Dinamarca, adoráveis bonecas da Alemanha, blusas de seda e uma bolsa de ouro da Inglaterra. Dentro havia uma pulseira de diamantes.

– É linda! – murmurou Lara. – Obrigada, querido.

Na manhã seguinte, Lara disse a Marian Bell:

– Trabalharei em casa durante todo o dia de hoje.

Ela sentou em seu escritório, ditando para Marian, e podia ouvir os sons de Philip ao piano na sala de estar. *Nossa vida é perfeita assim,* pensou Lara. *Por que Philip quer estragá-la?*

William Ellerbee telefonou para Philip.

– Meus parabéns – disse ele. – Já soube que a excursão foi maravilhosa.

– É verdade. As plateias europeias são fantásticas.

– A direção do Carnegie Hall me procurou. Há uma vaga inesperada dentro de uma semana, a contar da próxima sexta-feira, no dia 17. Gostariam de contratá-lo para um concerto. Está interessado?

– Muito.

– Ótimo. Acertarei tudo. Por falar nisso, está pensando em reduzir seus concertos?

Philip ficou surpreso.

– Reduzir? Claro que não. Por quê?

– Tive uma conversa com Lara, e ela sugeriu que talvez você quisesse excursionar apenas pelos Estados Unidos. Seria bom você conversar com ela e...

– É o que farei. Obrigado.

Philip desligou, foi para o escritório de Lara. Ela ditava para Marian.

– Pode nos dar licença? – pediu Philip.

Marian sorriu.

– Claro.

Ela saiu da sala. Philip virou-se para Lara.

– Acabei de falar com William Ellerbee. Conversou com ele sobre a redução de minhas excursões pelo exterior?

– Talvez eu tenha comentado o assunto, Philip. Achei que seria melhor para nós dois...

– Por favor, não faça isso de novo. Sabe quanto eu a amo. Mas, além de nossa vida em comum, você tem uma carreira e eu tenho uma carreira. Vamos fazer uma regra. Eu não interfiro na sua e você não interfere na minha. É justo assim?

– Claro que é, querido. Desculpe, Philip. É que sinto muita saudade quando você viaja. – Ela foi para os braços do marido. – Perdoa?

– Está perdoado e esquecido.

HOWARD KELLER foi ao apartamento, levando alguns contratos para Lara assinar.

– Como vão as coisas?

– Tudo bem – respondeu Lara.

– O menestrel errante está em casa?

– Está.

– Então a música é agora a sua vida, hein?

– O músico é a minha vida. Não faz ideia do quanto ele é maravilhoso, Howard.

– Quando voltará ao escritório? Precisamos de você.

– Dentro de poucos dias.

Ele acenou com a cabeça.

– Certo.

E começaram a examinar os documentos que Keller trouxera.

TERRY HILL TELEFONOU na manhã seguinte.

– Lara, acabo de receber um telefonema da Comissão de Jogos de Reno. Haverá uma audiência sobre a licença para seu cassino.

– Por quê?

– Houve algumas alegações de que a licitação foi fraudada. Querem que você vá até lá e testemunhe, no próximo dia 17.

– A situação é muito grave?

O advogado hesitou.

– Você tem conhecimento de alguma irregularidade na licitação?

– Claro que não.

– Então não há nada com que se preocupar. Voarei para Reno com você.

– O que acontece se eu não for?

– Será intimada. Ficará melhor se comparecer por sua livre e espontânea vontade.

– Está bem.

298

Lara ligou para o telefone particular de Paul Martin no escritório. Ele atendeu no mesmo instante.

– Lara?

– Sou eu mesma, Paul.

– Há muito tempo que eu não usava esta linha.

– Sei disso. Estou ligando por causa de Reno...

– Já soube.

– Há algum problema real?

Ele riu.

– Não. Os perdedores estão aborrecidos porque você os venceu.

– Tem certeza de que está tudo bem, Paul? – Ela hesitou. – Conversamos sobre as outras propostas.

– Acredite em mim, isso sempre acontece. De qualquer forma, eles não têm como provar. Não se preocupe.

– Certo.

Lara desligou e ficou olhando para o telefone, preocupada.

No almoço, Philip anunciou:

– Ofereceram-me um concerto no Carnegie Hall e aceitei.

– Maravilhoso! – Lara sorriu. – Comprarei um vestido novo. Quando será?

– No dia 17.

O sorriso de Lara desapareceu.

– Oh...

– Qual é o problema?

– Infelizmente, não poderei comparecer, querido. Tenho de ir a Reno. Sinto muito.

Philip pôs as mãos sobre as dela.

– Nossas agendas parecem não combinar, não é? Mas tudo bem. Não se preocupe. Haverá muitos outros concertos.

Lara se encontrava em sua sala no Cameron Center. Howard Keller telefonara para o apartamento naquela manhã.

– Acho melhor você vir até aqui – dissera ele. – Temos alguns problemas.

– Estarei aí dentro de uma hora.

Começaram a reunião.

– Temos alguns negócios que saíram errados – informou Keller.
– A seguradora que se instalaria no nosso prédio em Houston foi à falência. Era a única locatária.

– Encontraremos outra – assegurou Lara.

– Não será tão simples assim. A lei de reforma fiscal vem nos prejudicando. Mais do que isso, tem prejudicado todo mundo. O Congresso acabou com os abrigos fiscais das empresas e eliminou a maioria das deduções. Creio que nos encaminhamos para uma tremenda recessão. As companhias de poupança e empréstimo com que operamos enfrentam dificuldades. Drexel Burnham Lambert pode encerrar suas atividades. Os *junk bonds* vêm se transformando em armadilhas mortais. Temos problemas com meia dúzia de nossos prédios. Dois se encontram ainda pela metade. Sem financiamento, os custos vão nos sufocar.

Lara pensou por um momento.

– Podemos dar um jeito. Venda as propriedades que forem necessárias para manter em dia os pagamentos hipotecários.

– O lado melhor da situação é que temos um fluxo de caixa de Reno que nos proporciona quase 50 milhões por ano.

Lara não disse nada.

NA SEXTA-FEIRA, dia 17, ela viajou para Reno. Philip acompanhou-a até o aeroporto. Terry Hill já esperava no avião.

– Quando vai voltar? – perguntou Philip.

– Provavelmente amanhã. Não devo demorar.

– Sentirei a maior saudade.

– Eu também, querido.

Ele ficou parado ali, observando o avião decolar. *Sentirei muito sua falta*, pensou Philip. *Ela é a mulher mais fantástica do mundo.*

NA SEDE DA COMISSÃO de Jogos de Nevada, Lara confrontava os mesmos homens com que se reunira ao solicitar a licença para o cassino. Desta vez, no entanto, eles não se mostravam tão cordiais.

Lara prestou juramento e um funcionário anotou seu depoimento.

– Srta. Cameron, houve algumas acusações perturbadoras envolvendo a concessão da licença a seu cassino – afirmou o presidente da comissão.

– Que tipo de acusações? – perguntou Terry Hill.

– Falaremos sobre isso no momento oportuno. – O presidente voltou a se concentrar em Lara. – Pelo que sabemos, foi a sua primeira experiência em aquisição de um cassino.

– Isso mesmo. Foi o que declarei na primeira audiência.

– Como chegou ao lance que ofereceu? Isto é... como determinou aquela cifra precisa?

Terry Hill interveio:

– Eu gostaria de saber o motivo para a pergunta.

– Espere um momento, Sr. Hill. Permitirá que sua cliente responda à pergunta?

Terry olhou para Lara, acenou com a cabeça, e ela disse:

– Pedi a meu diretor financeiro que me desse uma estimativa do quanto poderíamos oferecer, calculamos um pequeno lucro que poderíamos acrescentar e essa foi minha proposta.

O presidente consultou um papel à sua frente.

– Sua proposta foi de 5 milhões a mais que a segunda.

– É mesmo?

– Não sabia disso na ocasião em que apresentou sua proposta?

– Claro que não.

– Srta. Cameron, conhece um homem chamado Paul Martin?

Terry Hill tornou a interferir:

– Não vejo qualquer relevância nessa linha de interrogatório.

– Já chegaremos a esse ponto. Antes, porém, eu gostaria que a Srta. Cameron respondesse à pergunta.

– Não tenho qualquer objeção – declarou Lara. – É verdade, conheço Paul Martin.

– Já fez negócios com ele?

Lara hesitou.

– Não. Somos apenas amigos.

– Srta. Cameron, sabia que Paul Martin é acusado de ter ligações com a Máfia, que...

– Protesto. É testemunho indireto e não pode constar dos autos.

– Muito bem, Sr. Hill. Retirarei isso. Srta. Cameron, quando foi a última vez que se encontrou ou falou com Paul Martin?

Lara hesitou de novo.

– Não me lembro exatamente. Para ser franca, quase não tenho visto o Sr. Martin desde que me casei. Podemos nos encontrar de vez em quando em festas, mas isso é tudo.

– Mas não tinha o hábito de falar com ele pelo telefone regularmente?

– Não depois de meu casamento.

– Alguma vez conversou com Paul Martin sobre o cassino?

Lara olhou para Terry Hill, que acenou com a cabeça.

– Conversei. Logo depois que ganhei a licitação, se bem me lembro, ele telefonou para me dar os parabéns. E logo depois que recebi a licença para operar o cassino.

– Mas não falou com ele em qualquer outra ocasião?

– Não.

– Devo lembrá-la que se encontra sob juramento, Srta. Cameron.

– Sei disso.

– Sabe qual é a pena para perjúrio?

– Sei.

Ele levantou um papel.

– Tenho aqui uma relação de 15 ligações telefônicas entre você e Paul Martin, efetuadas durante o período em que foram apresentadas as propostas lacradas para o cassino.

29

A maioria dos solistas é ofuscada pelo vasto auditório do Carnegie Hall, com lugares para 2.800 pessoas. Não há muitos músicos

que sejam capazes de encher essa prestigiada sala de concerto, mas estava lotada na noite de sexta-feira. Philip Adler avançou pelo enorme palco sob os aplausos estrondosos da plateia. Sentou ao piano, fez uma pausa, começou a tocar. O programa consistia em sonatas de Beethoven. Ao longo dos anos, ele se disciplinara para se concentrar apenas na música. Naquela noite, porém, os pensamentos de Philip vaguearam para Lara e seus problemas, e por uma fração de segundo seus dedos se atrapalharam, um suor frio brotou por todo o corpo. Aconteceu tão depressa que a plateia nem percebeu.

Houve aplausos vigorosos ao final da primeira parte do concerto. No intervalo, Philip foi para seu camarim. O diretor da sala disse:

– Maravilhoso, Philip. Você os manteve fascinados. Deseja alguma coisa?

– Não, obrigado.

Philip fechou a porta do camarim. Gostaria que o concerto já tivesse terminado. Sentia-se profundamente perturbado pela situação com Lara. Amava-a muito, e sabia que ela também o amava, mas pareciam ter chegado a um impasse. Houvera muita tensão entre os dois antes da partida de Lara para Reno. *Preciso fazer alguma coisa*, pensou Philip. *Mas o quê? Como podemos chegar a um acordo?* Ele ainda pensava a respeito quando houve uma batida na porta, e a voz do diretor de cena avisou:

– Cinco minutos, Sr. Adler.

– Obrigado.

A segunda metade do programa consistia na sonata *Hammerklavier*. Era uma peça comovente, emocionada, e quando os últimos acordes espalharam-se pelo vasto auditório a plateia se levantou, em aclamações delirantes. Philip permaneceu no palco, fazendo reverências, mas sua mente se encontrava longe dali. *Tenho de voltar para casa e conversar com Lara.* E depois ele se lembrou que ela viajara. *Teremos de acertar tudo agora*, pensou Philip. *Não podemos mais continuar assim.*

Os aplausos continuaram. A plateia gritava "bravo" e "bis". Normalmente, Philip tocaria outra seleção, mas naquela noite sentia-se transtornado demais. Voltou a seu camarim, trocou de roupa. Podia ouvir o rumor distante de trovoadas. Os jornais previram chuva, mas isso não afastara a multidão. A sala dos artistas se achava repleta de pessoas à sua espera. Era sempre emocionante sentir e ouvir a aprovação dos aficionados, mas naquela noite Philip não tinha o menor ânimo para eles. Ficou no camarim até ter certeza de que a multidão já fora embora.

Já era quase meia-noite quando saiu. Atravessou os bastidores vazios, deixou o Carnegie Hall pela porta dos artistas. A limusine não estava ali. *Arrumarei um táxi*, decidiu Philip.

Foi andando sob uma chuva forte. Um vento frio soprava e a Rua 57 estava escura. Quando ele se encaminhava para a Sexta Avenida, um homem grandalhão, de capa, emergiu das sombras.

– Com licença – disse ele –, como posso chegar ao Carnegie Hall?

Philip lembrou da piada antiga que contara a Lara e sentiu-se tentado a dizer "pratique", mas apontou para o prédio por trás.

– É aquele ali.

No momento em que Philip tornou a se virar, o homem empurrou-o contra a parede. Tinha na mão um canivete de lâmina retrátil, com uma aparência letal.

– Entregue sua carteira.

O coração de Philip disparou. Ele olhou ao redor, à procura de ajuda. A rua varrida pela chuva estava deserta.

– Tudo bem – disse Philip. – Não precisa ficar nervoso. Pode levar minha carteira.

A lâmina se comprimia contra sua garganta.

– Escute, não há necessidade...

– Cale a boca! Apenas me dê a carteira!

Philip enfiou a mão no bolso e tirou a carteira. O homem pegou-a com a mão livre, meteu-a em seu bolso. Olhou para o relógio de Philip. Baixou a mão, arrancou-o do pulso. Ao pegar o relógio, segurou a mão esquerda de Philip, apertou com toda força e passou a

lâmina afiada pelo pulso, cortando-o. Philip soltou um grito de dor. O sangue começou a correr. O homem fugiu.

Philip continuou parado ali, em choque, observando seu sangue se misturar com a chuva, pingando para a rua.

E desmaiou.

Livro IV

Livro IV

30

Lara recebeu a notícia sobre Philip em Reno.

Marian Bell estava ao telefone, quase histérica.

– Ele ficou gravemente ferido? – indagou Lara.

– Ainda não temos detalhes. Levaram-no para o pronto-socorro do Roosevelt Hospital.

– Voltarei imediatamente.

QUANDO LARA CHEGOU ao hospital, seis horas depois, encontrou Howard Keller à sua espera. Ele parecia abalado.

– O que aconteceu, Howard?

– Ao que tudo indica, Philip foi assaltado ao deixar o Carnegie Hall. Encontraram-no caído na rua, inconsciente.

– O estado é grave?

– O pulso sofreu um corte profundo. Ele se encontra sob o efeito de sedativos, mas está consciente.

Foram para o quarto. Philip se achava estendido na cama, com tubos de soro pingando em seu braço.

– Philip... Philip...

Era a voz de Lara, chamando-o de uma longa distância. Ele abriu os olhos. Avistou Lara e Howard Keller. Parecia haver dois de cada um. Sentia a boca ressequida, uma tontura profunda.

– O que aconteceu? – sussurrou Philip.

– Você foi ferido – respondeu Lara. – Mas ficará bom.

Philip baixou os olhos, viu o pulso todo enfaixado. A memória voltou.

– Fui... é muito grave?

– Não sei, querido – respondeu Lara. – Tenho certeza de que ficará bom. O médico logo virá vê-lo.

Keller acrescentou, tranquilizador:

– Os médicos podem fazer qualquer coisa hoje em dia.

Philip resvalava de volta ao sono.

– Disse a ele que podia levar o que quisesse. Não deveria ter cortado meu pulso... não deveria ter cortado meu pulso...

DUAS HORAS DEPOIS, o Dr. Dennis Stanton entrou no quarto. Ao ver a expressão do médico, Philip compreendeu o que ele ia dizer. Respirou fundo, e murmurou:

– Pode falar.

O Dr. Stanton suspirou.

– Lamento, Sr. Adler, mas não tenho boas notícias.

– Qual é a gravidade?

– Os tendões flexores foram cortados e por isso não terá movimentos na mão. Além disso, haverá uma dormência permanente. Houve também danos aos nervos mediano e ulnário. – Ele mostrou em sua própria mão. – O nervo mediano afeta o polegar e os outros três dedos adjacentes. O nervo ulnário vai a todos os dedos.

Philip fechou os olhos, apertando com toda força, contra a onda de súbito desespero que o engolfava. Depois de um momento, ele disse:

– Está querendo dizer que eu... que nunca mais recuperarei o uso da mão esquerda?

– Isso mesmo. O fato é que teve muita sorte por continuar vivo. Quem quer que fez isso, cortou a artéria. É de admirar que não tenha sangrado até a morte. Precisamos dar sessenta pontos em seu pulso.

Philip balbuciou, desesperado:

– Não há nada que possa fazer?

– Há, sim. Podemos fazer um implante na mão esquerda, a fim de que tenha algum movimento, mas seria bastante limitado.

Seria melhor que ele tivesse me matado, pensou Philip, angustiado.

– À medida que a mão for curando, sentirá muita dor. Daremos medicamentos para controlar a dor, mas posso lhe adiantar que cessará por completo com o passar do tempo.

Mas não a dor real, pensou Philip. *Não a dor real.* Fora apanhado num pesadelo. E não havia como escapar.

UM DETETIVE FOI falar com Philip no hospital. Ficou de pé ao lado da cama. Era da velha guarda, 60 e tantos anos, cansado, com olhos que já tinham visto tudo duas vezes.

– Sou o tenente Mancini. Lamento o que aconteceu, Sr. Adler. É uma pena que não tenham quebrado sua perna em vez disso. Isto é... se tinha de acontecer...

– Já entendi – disse Philip, bruscamente.

Howard Keller entrou no quarto.

– Pensei que Lara estivesse aqui. – Ele viu o estranho. – Oh, desculpe...

– Ela acaba de sair daqui – informou Philip. – Este é o tenente Mancini. Howard Keller.

Mancini o fitava atentamente.

– Você me parece familiar. Já nos encontramos antes?

– Não creio.

O rosto de Mancini se iluminou.

– Keller! Você jogava beisebol em Chicago!

– Isso mesmo. Mas como...?

– Fui olheiro do Cubs durante um verão. Ainda me lembro de seus lançamentos espetaculares. Poderia ter feito uma grande carreira.

– É possível. Agora, se me dá licença... – Ele olhou para Philip. – Esperarei por Lara lá fora.

Ele saiu do quarto. Mancini virou-se para Philip.

– Deu uma olhada no homem que o atacou?

– Caucasiano, do sexo masculino. Um homem grandalhão. Beirando 1,90 metro. Talvez 50 anos, ou por aí.

– Poderia identificá-lo se o visse outra vez?

– Claro.

Era um rosto que Philip jamais esqueceria.

– Sr. Adler, poderia lhe pedir que examinasse os álbuns de fotografias de criminosos, mas acho, para ser franco, que seria um desperdício de tempo. Afinal, não se trata exatamente de um crime

de alta tecnologia. Há centenas de assaltantes por toda a cidade. A menos que sejam apanhados em flagrante, quase sempre escapam impunes. – O tenente tirou do bolso um caderninho de anotações.

– O que ele roubou?

– A carteira e o relógio.

– Que tipo de relógio era?

– Um Piaget.

– Havia algo distintivo nele? Tinha uma inscrição, por exemplo? Era o relógio que Lara lhe dera.

– Tinha, sim. Atrás, estava inscrito "A Philip, com amor, de Lara". Mancini anotou.

– Sr. Adler... tenho de lhe fazer essa pergunta. Já tinha visto o homem antes?

Philip ficou surpreso.

– Visto antes? Não. Por quê?

– Apenas tive uma ideia... – Mancini guardou o caderninho de anotações. – Muito bem, veremos o que podemos fazer. É um homem de sorte, Sr. Adler.

– Acha mesmo?

A voz de Philip estava impregnada de amargura.

– Acho, sim. Temos milhares de assaltos por ano nesta cidade e não temos condições de gastar muito tempo com eles. Mas acontece que nosso capitão é seu admirador. Coleciona todos os seus discos. Fará tudo o que puder para descobrir o filho da puta que o atacou. Mandaremos uma descrição de seu relógio a todas as lojas de penhores do país.

– Se conseguirem prendê-lo, acha que ele poderia me devolver a mão? – indagou Philip, a amargura cada vez maior.

– Como?

– Nada.

– Receberá notícias nossas. Tenha um bom dia.

LARA E KELLER esperavam pelo detetive no corredor.

– Queria falar comigo? – perguntou Lara.

– Queria, sim – respondeu o tenente Mancini. – Gostaria de lhe fazer algumas perguntas. Sra. Adler, sabe se seu marido tem inimigos?

Lara franziu o rosto.

– Inimigos? Não. Por quê?

– Ninguém que sentisse inveja dele? Talvez outro músico? Alguém que quisesse prejudicá-lo?

– Aonde está querendo chegar? Não foi um simples assalto?

– Para ser absolutamente franco, as circunstâncias não se ajustam a um assalto comum. Ele cortou o pulso de seu marido *depois* de tirar a carteira e o relógio.

– Não vejo que diferença...

– Foi um ato que não faz o menor sentido, a menos que tenha sido deliberado. Seu marido não ofereceu qualquer resistência. É verdade que um garoto dopado poderia fazer uma coisa dessas, mas... – Ele deu de ombros. – Manterei contato.

Eles ficaram observando o detetive se afastar.

– Santo Deus! – exclamou Keller. – Ele acha que foi de propósito!

Lara empalidecera. Keller fitou-a e murmurou:

– Essa não! Um dos capangas de Paul Martin! Mas por que ele faria isso?

Lara encontrou alguma dificuldade para falar.

– Ele... ele pode ter pensado que fazia isso por mim. Philip... tem viajado muito, e Paul vivia dizendo... que não era certo, que alguém deveria ter uma conversa com ele. Oh, Howard!

Ela comprimiu o rosto contra o ombro de Keller, lutando para conter as lágrimas.

– Mas que filho da puta! Eu a avisei para ficar longe daquele homem.

Lara respirou fundo.

– Philip vai ficar bom. Tem de ficar.

TRÊS DIAS DEPOIS, Philip deixou o hospital e Lara levou-o para casa. Ele parecia pálido e abalado. Marian Bell se encontrava na porta, esperando-os. Fora visitar Philip no hospital todos os dias,

levando as mensagens para ele. Houvera manitestaçoes de simpatia do mundo inteiro – cartões e cartas, telefonemas de admiradores transtornados. Os jornais haviam dado destaque à história, condenando a violência nas ruas de Nova York.

LARA ESTAVA na biblioteca quando o telefone tocou.

– É para você – avisou Marian Bell. – Um tal de Sr. Paul Martin.

– Eu... não posso falar com ele – balbuciou Lara.

E ela permaneceu parada ali, fazendo um esforço para evitar que o corpo tremesse.

31

A vida conjugal mudou da noite para o dia. Lara comunicou a Keller:

– Trabalharei em casa daqui por diante. Philip precisa de mim.

– Claro. Eu compreendo.

Os telefonemas e cartões continuaram a chegar, e Marian Bell demonstrou ser uma bênção. Era discreta e nunca se intrometia.

– Não se preocupe com eles, Sra. Adler. Cuidarei de tudo, se quiser.

– Obrigada, Marian.

William Ellerbee telefonou várias vezes, mas Philip recusou-se a atendê-lo.

– Não quero falar com ninguém – disse ele a Lara.

O Dr. Stanton tinha razão quanto à dor. Era terrível. Philip tentou evitar os analgésicos, até que não conseguiu mais suportar. Lara sempre se mantinha ao seu lado.

– Vamos procurar os melhores médicos do mundo, querido. Deve haver *alguém* capaz de recuperar sua mão. Ouvi falar de um médico na Suíça...

Philip balançou a cabeça.

– Não adianta. – Ele olhou para a mão enfaixada. – Sou um aleijado.

– Não fale assim! – protestou Lara, veemente. – Há mil coisas que ainda pode fazer. Eu me culpo pelo que aconteceu. Se não fosse a Reno naquele dia, se o acompanhasse ao concerto, isso nunca teria ocorrido. Se...

Philip sorriu, amargurado.

– Queria que eu ficasse mais em casa. Agora, não tenho qualquer outro lugar para ir.

Lara comentou, com a voz rouca:

– Alguém disse: "Tome cuidado com o que deseja, porque pode obter." Queria que você ficasse em casa, mas não assim. Não suporto vê-lo tão desesperado.

– Não precisa se preocupar comigo. Apenas tenho de trabalhar algumas coisas em minha cabeça. Tudo aconteceu tão de repente que acho que ainda não entendi direito.

HOWARD KELLER foi ao apartamento, levando alguns contratos.

– Olá, Philip. Como se sente?

– Maravilhoso – respondeu Philip em tom ríspido. – Eu me sinto simplesmente maravilhoso.

– Foi uma pergunta estúpida. Desculpe.

– Não me leve a mal. Não ando conseguindo me controlar. – Philip bateu com a mão direita na cadeira. – Se ao menos o desgraçado tivesse cortado minha mão *direita*! Há uma dúzia de concertos para a mão esquerda que eu poderia tocar.

E Keller lembrou-se da conversa na festa. *"Meia dúzia de compositores fez concertos para a mão esquerda. Há um de Demuth, Franz Schmidt, Korngold e um lindo concerto de Ravel."*

E Paul Martin se achava ali, ouvira a conversa.

O DR. STANTON foi ao apartamento para ver Philip. Com todo cuidado, ele removeu a atadura, expondo a cicatriz comprida e avermelhada.

– Consegue flexionar a mão?

Philip tentou.

Era impossível.

– Como está a dor?

– Muito forte, mas não quero mais tomar aqueles malditos analgésicos.

– Deixarei outra receita assim mesmo. Poderá tomá-los se precisar. E tenha certeza de que a dor vai cessar nas próximas semanas.

Ele se levantou para ir embora.

– Lamento muito. Acontece que sou um grande admirador seu.

– Compre meus discos – sugeriu Philip, bruscamente.

MARIAN BELL fez uma sugestão a Lara:

– Acha que poderia ajudar ao Sr. Adler se um fisioterapeuta viesse trabalhar em sua mão?

Lara pensou por um momento.

– Podemos tentar. Vamos ver o que acontece.

Quando Lara transmitiu a sugestão a Philip, ele sacudiu a cabeça.

– Não. De que adianta? O médico disse...

– Médicos podem se enganar – protestou Lara com firmeza. – Vamos tentar tudo.

NO DIA SEGUINTE, um jovem terapeuta apareceu no apartamento. Lara conduziu-o a Philip.

– Este é o Sr. Rossman. Ele trabalha no Hospital Columbia. Vai tentar ajudá-lo, Philip.

– Boa sorte – murmurou Philip, amargo.

– Vamos dar uma olhada nessa mão, Sr. Adler.

Philip estendeu a mão. Rossman examinou-a com toda atenção.

– Parece que houve muita lesão muscular, mas veremos o que é possível fazer. Consegue mexer os dedos?

Philip tentou.

– Não há muito movimento, não é? Vamos tentar um exercício.

Foi extremamente doloroso. Trabalharam por meia hora e Rossman disse ao final:

– Voltarei amanhã.

– Nada disso – declarou Philip. – Não precisa se incomodar.

Lara entrou na sala.

– Não vai tentar, Philip?

– Já tentei. Será que não compreende? Minha mão está morta. Nada poderá ressuscitá-la.

– Philip...

Os olhos de Lara se encheram de lágrimas.

– Desculpe – disse Philip. – É que... Dê-me algum tempo.

Naquela noite, Lara foi despertada pelo som do piano. Saiu da cama, foi em silêncio até a porta da sala de estar. Philip sentara ao piano, de robe, a mão direita tocava baixinho. Olhou para Lara.

– Desculpe se a acordei.

Lara adiantou-se.

– Querido...

– Não é uma grande piada? Casou com um pianista de concerto, e acabou com um aleijado.

Ela enlaçou-o e apertou-o com força.

– Você não é um aleijado. Há muitas coisas que pode fazer.

– Pare de bancar a Poliana!

– Desculpe. Eu apenas queria...

– Sei disso. Perdoe-me, eu... – Philip ergueu a mão mutilada. – Não consigo me acostumar a isto.

– Volte para a cama.

– Não. Deite você. E não se preocupe comigo.

Ele passou a noite inteira acordado, pensando em seu futuro, e se perguntou, furioso: *Que futuro?*

Lara e Philip jantavam juntos todas as noites, depois liam ou assistiam à televisão e iam para a cama. Philip disse, contrafeito:

– Sei que não estou sendo grande coisa como marido, Lara. É que... não me sinto com ânimo para o sexo. E não tem nada a ver com você.

Lara sentou na cama e disse, com a voz trêmula:

– Não me casei com você pelo seu corpo. Casei porque estava perdidamente apaixonada. E ainda estou. Se nunca mais fizermos amor, não tem problema para mim. Tudo o que quero é que você me abrace e me ame.

– Eu a amo, Lara.

Os convites para jantares e eventos beneficentes chegavam constantemente, mas Philip recusava todos. Não queria sair do apartamento.

– Vá você – dizia a Lara. – É importante para o seu negócio.

– Nada é mais importante para mim do que você. Teremos um jantar saboroso e tranquilo em casa.

Lara providenciou para que a cozinheira fizesse todos os pratos prediletos de Philip. Ele não tinha apetite. Lara passou a marcar as reuniões no apartamento. Quando era necessário sair durante o dia, dizia a Marian:

– Terei de me ausentar por algumas horas. Fique de olho no Sr. Adler.

– Pode deixar.

Uma manhã, Lara anunciou:

– Querido, detesto deixá-lo sozinho aqui, mas preciso ir a Cleveland por um dia. Vai ficar bem?

– Claro. Não sou um inválido. Por favor, pode viajar quando precisar. Não se preocupe comigo.

Marian levou algumas cartas que acabara de datilografar para Philip.

– Pode assinar, por favor, Sr. Adler?

– Pois não. Ainda bem que sou destro, não é? – Havia um tom de amargura em sua voz. Ele olhou para Marian e acrescentou: – Desculpe. Não tive a intenção de descarregar em você.

– Sei disso, Sr. Adler. Não acha que seria uma boa ideia sair e se encontrar com seus amigos?

– Todos os meus amigos estão trabalhando. São músicos e se ocupam em tocar em concertos. Como pode ser tão estúpida?

Philip saiu da sala, num acesso de raiva.

Marian continuou parada ali, observando-o.

Uma hora depois, Philip voltou à sala. Marian batia a máquina.

– Marian?

Ela levantou os olhos.

– Pois não, Sr. Adler?

– Perdoe-me, por favor. Estou fora de mim. Não queria ser grosseiro.

– Eu compreendo.

Philip sentou na sua frente.

– E o motivo para ficar fora de mim é que me sinto uma aberração. Tenho certeza de que todo mundo vai olhar fixamente para minha mão. E não quero a compaixão de ninguém.

Ela o fitava, sem dizer nada.

– Tem sido muito gentil, Marian, e fico grato por isso, sinceramente. Conhece o ditado "quanto maiores eles são, mais dura é a queda"? Pois eu fui grande, Marian... muito grande. Todos iam me ouvir tocar... reis e rainhas e...

Philip fez uma pausa.

– Pessoas do mundo inteiro ouviam minha música. Dei concertos na China e Rússia, Índia e Alemanha. – A voz se tornou embargada, as lágrimas escorriam pelas faces. – Já percebeu que choro muito ultimamente?

Ele lutava para se controlar. Marian murmurou:

– Por favor, não chore. Tudo vai acabar bem.

– Não vai, não! Nada acabará bem! Absolutamente nada! Não passo de um aleijado!

– Não diga isso. A Sra. Adler tem razão. Há uma centena de coisas que poderia fazer. E depois que passar a dor, começará a fazê-las.

Philip tirou um lenço do bolso e enxugou os olhos.

– Estou me tornando um bebê chorão.

– Se o ajuda, então chore.

Ele fitou-a e sorriu.

– Quantos anos você tem?

– Vinte e seis.

– Uma garota de 26 anos muito sábia, hein?

– Não. Apenas sei o que está passando e daria qualquer coisa para que não tivesse acontecido. Mas aconteceu, e tenho certeza de que vai encontrar a melhor maneira de enfrentar a situação.

– Está desperdiçando seu tempo aqui, Marian. Deveria ser uma psicóloga.

– Gostaria que eu lhe preparasse um drinque?

– Não, obrigado. Está interessada numa partida de gamão?

– Adoraria, Sr. Adler.

– Se vai ser minha parceira no gamão, é melhor passar a me tratar por Philip.

– Philip.

Desse momento em diante, eles jogavam gamão todos os dias.

LARA RECEBEU um telefonema de Terry Hill.

– Infelizmente, Lara, tenho más notícias.

Lara preparou-se para o golpe.

– O que foi?

– A Comissão de Jogos de Nevada votou pela suspensão da licença do seu cassino, até que haja investigações adicionais. Talvez você tenha de enfrentar um processo criminal.

Foi um choque. Ela pensou nas palavras de Paul Martin: *Não se preocupe. Eles não podem provar nada.*

– Não há nada que possamos fazer, Terry?

– Não, pelo menos por enquanto. Aguente firme. Estou trabalhando no caso.

Quando Lara lhe transmitiu a informação, Keller disse:

– Essa não! Contávamos com o fluxo de caixa do cassino para pagar as hipotecas de três prédios. Vão restituir a licença?

– Não sei.

Keller pensou por um momento.

– Tudo bem. Venderemos o hotel de Chicago e usaremos o dinheiro para pagar a hipoteca da propriedade de Houston. O mercado imobiliário sofreu uma tremenda queda. Muitos bancos e financia-

doras enfrentam dificuldades. Drexel Burnham Lambert fechou. É o fim da bonança.

– Haverá o retorno.

– Pois é melhor que aconteça *depressa*. Os bancos vêm me pressionando pelos nossos empréstimos.

– Não se preocupe – declarou Lara, confiante. – Se você deve 1 milhão de dólares a um banco, ele o possui. Se deve 100 milhões de dólares, você possui o banco. Não podem se dar ao luxo de permitir que algo me aconteça.

No dia seguinte, apareceu um artigo na *Business Week*. Tinha o seguinte título: IMPÉRIO CAMERON ABALADO – LARA CAMERON ENFRENTA POSSÍVEL AÇÃO PENAL EM RENO. A BORBOLETA DE FERRO CONSEGUIRÁ SALVAR SEU IMPÉRIO?

Lara bateu com o punho na revista.

– Como eles se atrevem a publicar isto? Vou processá-los!

– Não acho uma boa ideia – protestou Keller.

O rosto franzido, Lara perguntou:

– Howard, quase todo o espaço no Cameron Towers já foi locado, não é?

– Setenta por cento, até agora, e continua subindo. A Southern Insurance ficou com vinte andares e o International Investment Banking com dez.

– Assim que ficar pronto, teremos dinheiro suficiente para resolver todos os nossos problemas. Falta muito para a conclusão das obras?

– Seis meses.

A voz de Lara vibrava de excitamento:

– Olhe só o que teremos então! O maior prédio do mundo! Será uma beleza!

Ela virou-se para o desenho emoldurado por trás de sua mesa. Mostrava um enorme monólito envolto por vidro, as facetas refletindo os prédios ao redor. Nos andares inferiores haveria um passeio e um átrio, com lojas de luxo ao redor. Por cima, ficariam as salas e o escritório de Lara.

– Teremos uma grande promoção de publicidade, Howard.

– Boa ideia.

Ele franziu o rosto.

– Qual é o problema?

– Nada. Apenas me lembrei de Steve Murchison. Ele queria muito aquela propriedade.

– Mas nós o vencemos, não é?

– É verdade, nós o vencemos – murmurou Keller.

Lara chamou Jerry Townsend.

– Jerry, quero fazer algo especial na inauguração do Cameron Towers. Alguma ideia?

– Tenho uma grande ideia. A inauguração será no dia 10 de setembro?

– Isso mesmo.

– Isso não a faz pensar em alguma coisa?

– Bom, é meu aniversário...

– Exatamente! – Um sorriso iluminou o rosto de Jerry Townsend. – Por que não damos uma grande festa de aniversário para comemorar a conclusão do prédio?

Lara pensou a respeito por um momento.

– Gostei. É uma ideia maravilhosa. Convidaremos todo mundo. Faremos tanto barulho que será ouvido no mundo inteiro. Jerry, quero que prepare uma lista de convidados. Duzentas pessoas. E quero que cuide disso pessoalmente.

Townsend sorriu.

– Deixe comigo. Eu lhe apresentarei a lista de convidados para aprovação.

Lara tornou a bater com o punho na revista.

– Vamos mostrar a eles!

– COM LICENÇA, Sra. Adler – disse Marian. – Tenho a secretária da Associação Nacional de Construtores na linha três. Ainda não respondeu ao convite para o jantar na sexta-feira.

– Diga que não poderei ir. Apresente minhas desculpas.

– Certo.

Marian deixou a sala. Philip disse:

322

– Não pode se transformar numa eremita por minha causa, Lara. É importante para você ir a essas coisas.

– Nada é mais importante para mim do que ficar aqui com você. Aquele homenzinho engraçado que nos casou em Paris disse "para o melhor ou para o pior". – Ela franziu o rosto. – Pelo menos eu acho que foi isso que ele falou. Não sei francês.

Philip sorriu.

– Quero que saiba o quanto a aprecio. Sinto que a estou fazendo passar por um inferno.

Lara chegou mais perto.

– É a palavra errada... a certa é paraíso.

PHILIP ESTAVA se vestindo. Lara ajudava-o com os botões da camisa. Philip contemplou-se no espelho.

– Pareço um hippie. Preciso cortar o cabelo.

– Quer que eu peça a Marian para marcar uma hora com seu barbeiro?

Ele balançou a cabeça.

– Não. Desculpe, Lara. Ainda não me sinto preparado para sair.

Na manhã seguinte, o barbeiro de Philip e uma manicure foram ao apartamento. Ele ficou surpreso.

– Mas o que é isso?

– Se Maomé não vai à montanha, a montanha vai a Maomé. Eles virão aqui todas as semanas.

– Você é maravilhosa, Lara.

– E você ainda não viu nada – murmurou Lara, sorrindo.

No dia seguinte, apareceu um alfaiate com amostras de tecidos para ternos e camisas.

– O que está acontecendo? – indagou Philip.

– É o único homem que eu conheço que tem seis fraques, quatro *smokings* e dois ternos. Acho que é hora de providenciar um guarda-roupa apropriado.

– Para quê? – protestou Philip. – Não vou a lugar nenhum.

Mas ele permitiu que fossem tiradas as medidas para os ternos e camisas.

Poucos dias depois, foi a vez de um sapateiro.

– Para que isso? – perguntou Philip.

– É tempo de você ter sapatos novos.

– Já lhe disse que não vou sair.

– Sei disso, querido. Mas quando quiser sair, terá os sapatos prontos.

Philip abraçou-a.

– Não mereço você...

– É o que estou sempre lhe dizendo.

ESTAVAM NUMA reunião no escritório.

– Vamos perder o shopping center em Los Angeles. Os bancos decidiram cobrar os empréstimos – avisou Howard Keller.

– Não podem fazer isso.

– Estão fazendo. Passamos do limite da linha de crédito.

– Podemos pagar os empréstimos com uma hipoteca de um dos outros prédios.

Keller explicou, paciente:

– Lara, você já se hipotecou até o máximo. Tem um pagamento iminente de 60 milhões de dólares pelo Cameron Towers.

– Sei disso, mas faltam apenas quatro meses para a conclusão das obras. Podemos rolar essa dívida. A construção não está dentro do prazo?

– Está.

Keller estudou-a, pensativo. Era uma pergunta que Lara não teria feito um ano antes. Ela sabia então qual a posição exata de tudo.

– Creio que seria melhor você passar mais algum tempo aqui no escritório, Lara. Há muitas coisas que estão ficando em suspenso, e decisões que só você pode tomar.

Lara acenou com a cabeça.

– Muito bem – concordou ela, relutante. – Virei amanhã de manhã.

– WILLIAM ELLERBEE está ao telefone – informou Marian.

– Diga-lhe que não posso atender.

Philip observou-a voltar ao telefone.

– Lamento, Sr. Ellerbee, mas o Sr. Adler não pode atender neste momento. Quer deixar recado? – Ela escutou por um instante. – Direi a ele. Obrigada.

Marian desligou, olhou para Philip.

– Ele está ansioso para almoçar com você.

– Provavelmente quer me falar sobre as comissões que não tem mais recebido.

– É possível – concordou Marian, suavemente. – Tenho certeza de que ele deve odiá-lo por ter sido assaltado.

– Desculpe – murmurou Philip. – Foi assim que pareceu?

– Foi.

– Como consegue me aturar?

Marian sorriu.

– Não é tão difícil assim.

NO DIA SEGUINTE, William Ellerbee tornou a ligar. Philip não se encontrava na sala. Marian falou com ele por uns poucos minutos, depois saiu à procura de Philip.

– Era o Sr. Ellerbee.

– Na próxima vez, diga a ele que pare de telefonar.

– Talvez seja melhor você mesmo dizer pessoalmente. Almoçará com ele na quinta-feira, às 13 horas.

– O quê?

– Ele sugeriu Le Cirque, mas achei que um restaurante menor poderia ser melhor. – Ela consultou o bloco em sua mão. – O Sr. Ellerbee vai encontrá-lo no Fu's, à uma hora. Providenciarei para que Max o leve.

Philip a fitava com uma expressão furiosa.

– Marcou um almoço para mim sem me consultar?

Marian respondeu calmamente:

– Se eu o consultasse, não marcaria. Pode me despedir, se quiser.

Ele continuou a fitá-la com raiva por um longo momento, depois se desmanchou num lento sorriso.

– Sabe de uma coisa? Há muito tempo que não como uma comida chinesa.

– VOU SAIR PARA almoçar com Ellerbee na quinta-feira – disse Philip assim que Lara chegou do escritório.

– Mas isso é maravilhoso, querido! Quando foi que decidiu?

– Foi Marian quem decidiu por mim. Ela achou que seria uma boa ideia eu sair de casa.

– É mesmo? – *Mas não quis sair quando eu sugeri.* – Ela foi muito atenciosa.

– Também acho. É uma mulher e tanto.

Tenho sido uma idiota, pensou Lara. *Não deveria ter juntado os dois desse jeito. E Philip se encontra vulnerável demais neste momento.*

Foi esse o momento em que Lara compreendeu que precisava se livrar de Marian.

NO DIA SEGUINTE, quando Lara voltou para casa, Philip e Marian jogavam gamão.

O nosso jogo, pensou Lara.

– Como posso vencê-la se você não para de tirar duplos? – disse Philip, rindo.

Lara parou na porta, observando. Há muito tempo que não ouvia Philip rir. Marian levantou os olhos e avistou-a.

– Boa noite, Sra. Adler.

Philip levantou-se de um pulo.

– Olá, querida. – Ele beijou-a. – Ela vai me arrancar até a calça.

Não se eu puder evitar, pensou Lara.

– Vai precisar de mim esta noite, Sra. Adler?

– Não, Marian. Pode ir. Eu a verei pela manhã.

– Obrigada. Boa noite.

– Boa noite, Marian.

Eles a observaram se retirar.

– Ela é uma boa companhia – comentou Philip.

Lara acariciou seu rosto.

– Fico contente, querido.

– Como foi no escritório?

– Tudo bem.

Ela não tinha a menor intenção de sobrecarregar Philip com seus problemas. Teria de voar para Reno e prestar um novo depoimento perante a Comissão de Jogos. Se fosse obrigada, encontraria uma maneira de sobreviver à suspensão do jogo no hotel, mas tudo seria muito mais fácil se conseguisse dissuadi-los.

– Lamento, Philip, mas terei de passar mais tempo no escritório. Howard não pode tomar todas as decisões sozinho.

– Não tem problema. Ficarei bem.

– Irei a Reno dentro de um ou dois dias – acrescentou Lara. – Por que não vai comigo?

Ele sacudiu a cabeça.

– Ainda não estou preparado. – Philip olhou para a mão esquerda entrevada. – Ainda não.

– Tudo bem, querido. Não deverei me ausentar por mais que dois ou três dias.

No INÍCIO DA MANHÃ seguinte, quando Marian chegou para o trabalho, encontrou Lara à sua espera. Philip ainda dormia.

– Marian... sabe aquela pulseira de diamantes que o Sr. Adler me deu de presente de aniversário?

– Sei qual é, Sra. Adler. O que houve?

– Quando a viu pela última vez?

Ela pensou por um momento.

– Estava na penteadeira em seu quarto.

– Quer dizer que a viu ali?

– Vi, sim. Aconteceu alguma coisa?

– Infelizmente. A pulseira sumiu.

Marian se mostrou aturdida.

– Sumiu? Mas quem poderia...?

– Já interroguei todos os empregados. Ninguém sabe de nada.

– Devo chamar a polícia e...?

– Não será necessário. Não quero fazer qualquer coisa que possa constrangê-la.

– Não estou entendendo.

– Não? Para o seu próprio bem, acho que seria melhor se abafássemos o caso.

Marian a fitava em choque.

– Sabe que não peguei a pulseira, Sra. Adler.

– Não, não sei de nada. Terá de ir embora.

E Lara se odiou pelo que estava fazendo. *Mas ninguém, absolutamente ninguém, vai tirar Philip de mim.*

QUANDO PHILIP desceu para o café da manhã, Lara comunicou:

– Estou contratando uma nova secretária para trabalhar aqui no apartamento.

Philip se surpreendeu.

– O que aconteceu com Marian?

– Ela foi embora. Recebeu... uma oferta de emprego melhor em São Francisco.

O espanto de Philip aumentou.

– Ah... É uma pena. Pensei que ela gostasse daqui.

– Tenho certeza de que gostava, mas não podemos prejudicá-la, não é?

Perdoe-me, pensou Lara.

– Claro que não. Eu gostaria de lhe desejar boa sorte. Ela ainda...?

– Já foi embora.

– Acho que terei de arrumar uma nova parceira para o gamão – comentou Philip.

– Assim que a situação se acalmar um pouco, estarei sempre aqui para jogar com você.

PHILIP E WILLIAM ELLERBEE sentaram a uma mesa no canto, no restaurante Fu's. Ellerbee disse:

– É um prazer tornar a vê-lo, Philip. Tenho telefonado, mas...

– Sei disso. Desculpe. Eu não tinha vontade de falar com ninguém, Bill.

– Espero que agarrem o filho da puta que fez isso com você.

– A polícia teve a gentileza de me explicar que os assaltantes não constituem uma de suas prioridades. Situam-se abaixo dos gatos perdidos. Nunca vão prendê-lo.

– Soube que nunca mais vai poder tocar – disse Ellerbee, hesitante.

– É isso mesmo. – Philip levantou a mão entrevada. – Está morta. Ellerbee inclinou-se para a frente, solene.

– Mas *você* não está, Philip. Ainda tem toda uma vida pela frente.

– Fazendo o quê?

– Ensinando.

Um sorriso amargo contraiu os lábios de Philip.

– Não acha uma ironia? Eu pensava em fazer isso um dia, quando parasse de dar concertos.

– Não acha que esse dia chegou? Tomei a liberdade de falar com o diretor da Escola de Música Eastman, em Rochester. Dariam qualquer coisa para tê-lo lecionando ali.

Philip franziu o rosto.

– Implicaria minha mudança para lá. O escritório de Lara é em Nova York. – Ele balançou a cabeça. – Eu não poderia fazer isso com ela. Não imagina como ela tem sido maravilhosa para mim, Bill.

– Não duvido.

– Ela renunciou praticamente aos seus negócios para cuidar de mim. É a mulher mais generosa e atenciosa que já conheci. Sou louco por ela.

– Pode pelo menos pensar sobre a proposta da Eastman, Philip?

– Diga-lhes que agradeço, mas a resposta é não.

– Se mudar de ideia, pode me avisar?

Philip acenou com a cabeça.

– Você será o primeiro a saber.

LARA JÁ SAÍRA para o escritório quando Philip voltou ao apartamento. Ele vagueou de um cômodo para outro, irrequieto. Pensou na conversa com Ellerbee. *Eu adoraria ensinar, mas não posso pedir a Lara que se mude para Rochester, e não posso ir para lá sem ela.*

Ele ouviu a porta da frente ser aberta.

– Lara?

Era Marian.

– Oh, desculpe, Philip. Não sabia que havia alguém aqui. Vim devolver minha chave.

– Pensei que já estivesse em São Francisco a esta altura.

Ela ficou perplexa.

– São Francisco? Por quê?

– Não é lá que arrumou um novo emprego?

– Não tenho nenhum novo emprego.

– Mas Lara disse...

Marian compreendeu tudo subitamente.

– Ah... Ela não contou por que me despediu?

– Despediu? Ela me disse que você resolveu ir embora... que recebera uma proposta melhor.

– Não é verdade.

– Acho melhor você sentar, Marian.

Sentaram de frente um para o outro.

– O que está acontecendo por aqui? – perguntou Philip.

Marian respirou fundo.

– Acho que sua esposa acredita que eu... que eu tinha ideias a seu respeito.

– O que isso significa?

– Ela me acusou de roubar a pulseira de diamantes que você lhe deu, como um pretexto para me despedir. Mas tenho certeza de que a escondeu em algum lugar.

– Não posso acreditar – protestou Philip. – Lara nunca faria uma coisa dessas.

– Faria qualquer coisa para não o perder.

Ele a estudava, aturdido.

– Eu... não sei o que dizer. Deixe-me falar com Lara e...

– Não, por favor. Talvez seja melhor se não a informar que estive aqui.

Marian levantou-se.

– O que fará agora?

330

– Não se preocupe. Arrumarei outro emprego.

– Marian, se houver alguma coisa que eu possa fazer...

– Não há nada.

– Tem certeza?

– Tenho, sim. Cuide-se, Philip.

E ela foi embora. Philip observou-a se retirar, perturbado. Não podia acreditar que Lara fosse capaz de tamanho embuste, e se perguntou por que ela não lhe contara nada. Talvez, pensou ele, Marian tivesse mesmo roubado a pulseira e Lara não quisera aborrecê-lo. Marian mentira.

32

A loja de penhores era na South State Street, no coração do Loop. Quando Jesse Shaw passou pela porta, o velho por trás do balcão levantou os olhos.

– Bom dia. O que deseja?

Shaw pôs um relógio de pulso no balcão.

– Quanto me dá por isto?

O velho estudou o relógio.

– Piaget. Um bom relógio.

– É verdade. Detesto me separar dele, mas entrei numa maré de azar. Pode compreender, não é?

O velho deu de ombros.

– Meu ofício é compreender. Não acreditaria nas histórias de azar que escuto.

– Virei resgatá-lo dentro de poucos dias. Começo num emprego novo na segunda-feira. Até lá, preciso de todo o dinheiro que puder obter.

O penhorista examinou o relógio mais atentamente. Atrás, havia uma inscrição que fora arranhada. Ele olhou para o freguês.

– Se me der licença por um minuto, vou até a oficina para dar uma olhada no mecanismo. Às vezes esses relógios são feitos em Bangcoc, e eles esquecem de pôr todas as coisas lá dentro.

Ele levou o relógio para a sala dos fundos. Ajeitou uma lupa no olho, estudou a inscrição arranhada. Conseguiu divisar algumas letras: "A Phi p c m a o de L ra." O velho abriu uma gaveta, tirou uma circular da polícia. Tinha uma descrição do relógio, e a inscrição atrás: "A Philip, com amor, de Lara." Ele estendeu a mão para o telefone quando o freguês berrou:

– Ei, estou com pressa! Quer o relógio ou não?

– Já estou indo! – O velho voltou à loja. – Posso lhe emprestar 500 dólares por este relógio.

– Só quinhentos? O relógio vale...

– É pegar ou largar.

– Está bem – resmungou Shaw, relutante. – Eu aceito.

– Terá de preencher este formulário.

– Certo.

Ele escreveu *John Jones, Hunt Street, 21*. Até onde sabia, não havia nenhuma Hunt Street em Chicago, muito menos algum John Jones. Embolsou o dinheiro.

– Obrigado. Voltarei dentro de poucos dias para resgatar o relógio.

– Tudo bem.

Assim que ele saiu, o penhorista pegou o telefone e fez uma ligação.

UM DETETIVE CHEGOU à loja de penhores vinte minutos depois.

– Por que não ligou enquanto ele estava aqui?

– Bem que tentei, mas ele estava com pressa e muito nervoso.

O detetive examinou o formulário que o homem preenchera.

– Isso não vai adiantar coisa alguma – comentou o penhorista. – O nome e o endereço devem ser falsos.

O detetive soltou um grunhido.

– Não brinca? Ele preencheu isto pessoalmente?

332

– Preencheu.

– Então vamos agarrá-lo.

Na delegacia de polícia, o computador levou menos de três minutos para identificar a impressão digital no formulário. *Jesse Shaw.*

O mordomo entrou na sala de estar.

– Com licença, Sr. Adler, mas há um cavalheiro ao telefone querendo lhe falar. Tenente Mancini. Devo...?

– Eu atendo. – Philip pegou o telefone. – Alô?

– Philip Adler?

– Sou eu.

– Aqui é o tenente Mancini. Fui procurá-lo no hospital.

– Eu me lembro.

– Queria informá-lo sobre o que está acontecendo. Tivemos um pouco de sorte. Lembra que eu falei que o capitão ia enviar uma circular com a descrição do relógio às lojas de penhores de todo o país?

– Lembro.

– Pois encontraram o relógio. Foi empenhado em Chicago. Estão agora procurando o homem que o empenhou. Disse que poderia identificar seu atacante, não é?

– E posso.

– Ótimo. Manteremos contato.

Jerry Townsend entrou na sala de Lara. Parecia muito animado.

– Já preparei a lista de convidados. E quanto mais penso na ideia, mais me agrada. Vamos celebrar seu quadragésimo aniversário no dia em que for inaugurado o edifício mais alto do mundo. – Ele entregou a lista a Lara. – Inclui o vice-presidente. Ele é um grande admirador seu.

Lara examinou a relação. Era um autêntico "Quem É Quem" de Washington, Hollywood, Nova York e Londres. Havia autoridades do governo, celebridades do cinema, astros e estrelas do rock... era mesmo notável.

– Gostei, Jerry. Vamos seguir em frente.

Townsend guardou a lista no bolso.

Certo. Mandarei imprimir e distribuir os convites. Já falei com Carlos, pedi que reservasse o salão de baile principal e providenciasse seu cardápio predileto. Fizemos a previsão para duzentas pessoas. Sempre podemos acrescentar ou subtrair algumas, se for necessário. Por falar nisso, há mais alguma notícia sobre a situação em Reno?

Lara falara com Terry Hill naquela manhã. *"Um grande júri está estudando o caso, Lara. Há uma possibilidade de que decida por uma ação penal."*

"Mas como é possível? O fato de que tive algumas conversas ao telefone com Paul Martin não prova coisa alguma. Poderíamos ter conversado sobre a situação internacional, a úlcera dele, ou uma dezena de outras coisas."

"Não se irrite comigo, Lara. Estou do seu lado."

"Então faça alguma coisa. É meu advogado. Tire-me dessa situação."

– Não, Jerry. Mas tudo está correndo muito bem.

– Ótimo. Soube que você e Philip vão ao jantar do prefeito no sábado.

– É verdade.

Ela quisera recusar a princípio, mas Philip insistira.

– Precisa dessa gente, Lara. Não pode se dar ao luxo de ofendê-las. Quero que vá.

– Não sem você, querido.

Ele respirara fundo.

– Muito bem, irei com você. Acho que é tempo de parar de bancar o eremita.

NA NOITE DE sábado, Lara ajudou Philip a se vestir. Pôs os botões do peitilho e as abotoaduras na camisa, deu o laço na gravata. Ele ficou imóvel, em silêncio, remoendo sua incapacidade.

– É como Ken e Barbie, não acha?

– Como?

– Nada.

– Está pronto, querido. Será o homem mais bonito na festa.

– Obrigado.

– É melhor eu me vestir agora – acrescentou Lara. – O prefeito não gosta de esperar.

– Estarei na biblioteca – avisou Philip.

Trinta minutos depois, Lara entrou na biblioteca. Estava deslumbrante. Usava um lindo vestido branco de Oscar de la Renta e tinha no pulso a pulseira de diamantes que Philip lhe dera.

PHILIP TEVE dificuldade para dormir na noite do sábado. Olhou através da cama para Lara e se perguntou como ela fora capaz de acusar falsamente Marian de roubar a pulseira. Sabia que tinha de confrontá-la, mas queria primeiro falar com Marian.

No início da manhã de domingo, enquanto Lara ainda dormia, Philip vestiu-se sem fazer barulho e deixou o apartamento. Pegou um táxi até o apartamento de Marian. Tocou a campainha e esperou. Uma voz sonolenta indagou:

– Quem é?

– Sou eu, Philip. Preciso falar com você.

Marian abriu a porta.

– Aconteceu alguma coisa, Philip?

– Precisamos conversar.

– Entre.

Philip entrou no apartamento.

– Desculpe se a acordei, mas é muito importante.

– O que aconteceu?

Ele respirou fundo.

– Tinha razão sobre a pulseira. Lara usou-a ontem à noite. Eu lhe devo desculpas. Pensei que... talvez você... queria apenas lhe dizer que sinto muito.

– Claro que você teria de acreditar nela, Philip. É sua esposa.

– Confrontarei Lara com a história esta manhã, mas queria primeiro falar com você.

– Fico contente que tenha me procurado primeiro. Não quero que discuta o assunto com ela.

– Por que não? – indagou Philip. – E por que ela faria uma coisa dessas?

– Você não sabe mesmo, não é?

– Francamente, não. Não faz o menor sentido.

– Creio que a compreendo melhor do que você, Philip. Lara é loucamente apaixonada por você. Faria qualquer coisa para mantê-lo. É provável que você seja a única pessoa que ela amou de verdade em toda a sua vida. Precisa de você. E acho que você precisa dela. Ama-a muito, não é, Philip?

– Amo.

– Pois então vamos esquecer tudo isso. Se levantar o assunto com ela, não vai adiantar nada e só servirá para agravar a situação entre os dois. Posso arrumar outro emprego com a maior facilidade.

– Mas é injusto com você, Marian.

Ela sorriu, amargurada.

– A vida nem sempre é justa, não é mesmo? – *Se fosse justa, eu seria a Sra. Philip Adler.* – Não se preocupe comigo. Ficarei bem.

– Pelo menos deixe-me fazer alguma coisa por você. Quero lhe dar algum dinheiro para compensar...

– Obrigada, mas não.

Havia tanto que ela queria dizer, mas sabia que seria inútil. Ele era um homem apaixonado. Por isso, Marian limitou-se a murmurar:

– Volte para ela, Philip.

A OBRA FICAVA na Wabash Avenue, em Chicago, ao sul do Loop. Era um prédio de escritórios de 25 andares, ainda pela metade. Um carro da polícia sem identificação parou na esquina e dois detetives saltaram. Encaminharam-se para a obra, detiveram um operário.

– Onde está o capataz?

Ele apontou para um homem alto e corpulento, que dava um esporro em outro operário.

– É aquele ali.

Os detetives se aproximaram.

– É você quem está no comando aqui?

O homem virou-se, impaciente.

336

– Não apenas estou no comando, mas também muito ocupado. O que vocês querem?

– Tem aqui um operário chamado Jesse Shaw?

– Shaw? Claro. Está lá em cima.

O capataz apontou para um homem trabalhando sobre uma viga de aço, 12 andares acima.

– Pode pedir a ele que desça, por favor?

– De jeito nenhum. Ele tem muito trabalho...

Um dos detetives mostrou seu emblema.

– Mande-o descer.

– Qual é o problema? Jesse se meteu em alguma encrenca?

– Não. Apenas queremos conversar com ele.

– Muito bem. – O capataz virou-se para um operário próximo. – Suba e peça a Jesse que desça.

– Certo.

Jesse Shaw aproximou-se dos detetives poucos minutos depois.

– Esses homens querem falar com você – informou o capataz, afastando-se em seguida.

Jesse sorriu.

– Obrigado. Eu bem que precisava de uma folga. Em que posso ajudá-los?

Um dos detetives tirou um relógio do bolso.

– Este relógio é seu?

O sorriso de Shaw desapareceu.

– Não.

– Tem certeza?

– Tenho. – Ele apontou para seu pulso. — Uso um Seiko.

– Mas empenhou este relógio.

Shaw hesitou.

– É verdade. O velho avarento só quis me dar 500 dólares. Vale no mínimo...

– Disse que o relógio não era seu.

– E não é.

– Onde o conseguiu?

– Encontrei.

337

– É mesmo? Onde?

– Na calçada perto do prédio em que moro. — Ele começou a se animar com a história. – Estava na grama, e avistei-o quando saltei de meu carro. O sol bateu na corrente e fez com que faiscasse. Foi só por isso que vi.

– Teve sorte de não ser um dia nublado.

– É verdade.

– Gosta de viajar, Sr. Shaw?

– Não.

– É uma pena, porque terá de fazer uma pequena viagem a Nova York. Vamos ajudá-lo a arrumar as malas.

Chegando ao apartamento de Shaw, os dois detetives começaram a revistá-lo.

– Ei, vamos com calma! – protestou Shaw. – Trouxeram um mandato de busca?

– Não precisamos. Estamos apenas ajudando-o a arrumar as malas.

Um dos homens abriu um armário de roupas. Havia uma caixa de sapatos numa prateleira. Ele pegou, abriu-a e exclamou:

– Essa não! Olhem só o que Papai Noel deixou!

LARA SE ENCONTRAVA em sua sala quando a voz de Kathy saiu pelo interfone:

– O Sr. Tilly está na linha quatro, Srta. Cameron.

Tilly era o gerente de projeto do Cameron Towers. Lara atendeu no mesmo instante.

– Alô?

– Tivemos um pequeno problema esta manhã, Srta. Cameron.

– O que foi?

– Um incêndio. Já foi apagado.

– O que aconteceu?

– Houve uma explosão na unidade de ar-condicionado. Um transformador estourou. Deu um curto-circuito. Parece que alguém o ligara da forma errada.

– E a situação é grave?

– Parece que vamos perder um dia ou dois. Precisamos limpar tudo e fazer as religações.

– Cuide disso o mais depressa possível. E me mantenha informada.

AO CAIR DA NOITE, Lara chegava em casa exausta e ansiosa.

– Estou preocupado com você – disse-lhe Philip. – Há alguma coisa que eu possa fazer para ajudar?

– Nada, querido. Mas obrigada. – Ela conseguiu exibir um sorriso. – Apenas alguns problemas no escritório.

Philip abraçou-a.

– Já lhe disse alguma vez que sou louco por você?

Ela fitou-o, tornou a sorrir.

– Diga de novo.

– Sou louco por você.

Lara apertou-o com força e pensou: *É isso o que quero. É disso que preciso.*

– Assim que meus probleminhas terminarem, querido, vamos viajar para algum lugar. Só nós dois.

– Combinado.

Algum dia, pensou Lara, *terei de contar a ele o que fiz com Marian. Sei que foi errado. Mas morreria se o perdesse.*

TILLY LIGOU de novo no dia seguinte.

– Cancelou a encomenda para o mármore do saguão?

– Por que faria isso? – indagou Lara, a voz pausada.

– Não sei. Mas alguém fez. O mármore deveria ser entregue hoje. Quando liguei, disseram que a encomenda fora cancelada há dois meses, por ordem sua.

Lara ficou furiosa.

– Entendo. Até que ponto isso vai nos atrasar?

– Ainda não determinei.

– Diga-lhes que providenciem o mármore em regime de urgência.

Keller entrou na sala de Lara.

– Os bancos se mostram cada vez mais nervosos, Lara. Não sei por quanto tempo mais poderei contê-los.

– Só até o Cameron Towers acabar. Já estamos quase lá, Howard. Faltam apenas três meses.

– Já disse isso a eles. – Keller suspirou. – Muito bem, voltarei a falar.

A voz de Kathy saiu pelo interfone:

– O Sr. Tilly na linha um.

Lara olhou para Keller.

– Não saia. – Ela atendeu. – O que é?

– Estamos com outro problema aqui, Srta. Cameron.

– Pode falar.

– Os elevadores não funcionam direito. Os programas estão fora de sincronia e os sinais, embaralhados. Você aperta o botão para descer e o elevador sobe. Aperta o décimo oitavo andar e o leva ao porão. Nunca vi nada assim antes.

– Acha que foi deliberado?

– É difícil dizer. Pode ter sido negligência.

– Quanto tempo levará para reparar tudo?

– Os técnicos estão vindo para cá.

– Volte a me falar.

Lara desligou.

– Está tudo bem? – indagou Keller.

Lara esquivou-se à pergunta.

– Howard, teve alguma notícia recente de Steve Murchison? Ele fitou-a surpreso.

– Não. Por quê?

– Apenas queria saber.

O CONSÓRCIO DE bancos que financiava a Cameron Enterprises tinha bons motivos para se preocupar. Não era apenas a Cameron Enterprises que enfrentava dificuldades; a maioria de seus clientes empresariais também tinha problemas. O declínio nos *junk bonds* se tornara um tremendo desastre e constituíra um golpe terrível para as empresas que deles dependiam.

340

Havia seis banqueiros na sala com Howard Keller e o clima era sombrio.

– Estamos segurando pagamentos atrasados no valor de quase 100 milhões de dólares – disse o porta-voz. – Não poderemos protelar por mais tempo a execução das dívidas da Cameron Enterprises.

– Parece que esqueceram duas coisas – protestou Keller. – Primeiro, esperamos que a licença do cassino em Reno seja renovada a qualquer momento. Esse fluxo de caixa será mais do que suficiente para cobrir qualquer déficit. Segundo, o Cameron Towers segue dentro do prazo. Ficará pronto em noventa dias. Já contamos com uma ocupação de 70 por cento, e podem ter certeza de que no dia em que for concluído haverá briga pelo espaço ali. O dinheiro de vocês não poderia estar mais seguro. Lembrem-se de que lidam com a magia de Lara Cameron.

Os banqueiros trocaram olhares.

– Vamos discutir o assunto entre nós e voltaremos a procurá-lo – disse o porta-voz.

– Ótimo. Falarei com a Srta. Cameron.

KELLER RELATOU a reunião a Lara.

– Acho que eles vão nos apoiar, Lara. Mas, enquanto aguardamos uma decisão, precisamos vender mais algum patrimônio para permanecer à tona.

– Faça isso.

Lara chegava cedo ao escritório pela manhã e só saía tarde da noite, lutando desesperadamente para salvar seu império. Quase não via Philip. Também não queria que ele soubesse a extensão de suas dificuldades. *Ele já tem problemas suficientes*, pensou Lara. *Não posso sobrecarregá-lo com mais.*

TILLY TELEFONOU às 6 horas da manhã de segunda-feira.

– Acho que é melhor dar um pulo até aqui, Srta. Cameron.

Lara sentiu uma pontada de apreensão.

– Qual é o problema?

– Prefiro que veja pessoalmente.

– Estou a caminho.

Lara ligou para Keller.

– Howard, há outro problema no Cameron Towers. Passarei por aí para pegá-lo.

Meia hora depois, os dois seguiam para a obra.

– Tilly disse qual era o problema? – indagou Keller.

– Não, mas não acredito mais que sejam meros acidentes. Estive pensando no que você disse. Steve Murchison queria muito a propriedade. E eu a tirei dele.

Chegando à obra, eles viram enormes engradados com vidro fumê espalhados pelo chão, e mais ainda sendo entregue por caminhões. Tilly encaminhou-se apressado para Lara e Keller.

– Fico contente que tenham vindo.

– Qual é o problema?

– Este não é o vidro que encomendamos. Tem a tonalidade e o corte errados. Não há a menor possibilidade de ajustá-lo nos lados do prédio.

Lara e Keller trocaram um olhar.

– Podemos fazer um novo corte aqui? -- indagou Keller.

Tilly balançou a cabeça.

– Não há a menor possibilidade. Acabaríamos com uma montanha de silicato.

– De quem encomendamos o vidro? – perguntou Lara.

– Da Companhia de Painéis e Vidros de Nova Jersey.

– Falarei com eles – disse Lara. – Qual é o nosso último prazo?

Tilly fez os cálculos depressa.

– Se recebermos tudo em duas semanas, poderemos recuperar o atraso. Seria puxado, mas daríamos um jeito.

Lara virou-se para Keller.

– Vamos embora.

OTTO KARP ERA o gerente da empresa fabricante do vidro. Atendeu o telefone quase no mesmo instante.

– O que deseja, Srta. Cameron? Soube que tem um problema.

– Não! – respondeu Lara, em tom ríspido. – *Você* é que tem um problema. Enviou-nos o vidro errado. Se eu não receber a encomenda certa dentro de duas semanas, vou processá-lo até acabar com a sua empresa. Está nos atrasando um projeto de 300 milhões de dólares.

– Não entendo. Pode esperar um momento, por favor?

A espera foi de quase cinco minutos. Ao voltar à linha, Karp disse:

– Lamento profundamente, Srta. Cameron. A encomenda foi escrita errada. O que aconteceu...

– Não quero saber o que aconteceu. Tudo o que quero é que apronte a encomenda certa e a envie para nós.

– Terei o maior prazer em fazer isso.

Lara experimentou uma onda de alívio.

– Quando pode entregar?

– Dentro de dois ou três meses.

– Dois ou três meses? Mas é impossível! Precisamos *agora*!

– Teríamos o maior prazer em atendê-la, mas infelizmente temos um atraso em nossas outras encomendas.

– Não está entendendo! – protestou Lara. – Trata-se de uma emergência e...

– Claro que compreendo, e farei o melhor que for possível. Terá a encomenda dentro de dois ou três meses. Lamento não podermos...

Lara bateu o telefone.

– Não acredito... – Ela olhou para Tilly. – Há outra companhia que possa nos fornecer?

Tilly coçou a testa.

– Não com tanta urgência. Se procurássemos outra, eles teriam de começar do nada e ainda poriam seus outros clientes na nossa frente.

Keller interveio:

– Lara, posso falar com você por um momento? – Ele levou-a para um lado. – Detesto sugerir isso, mas...

– Pode falar.

– ...seu amigo Paul Martin talvez tenha algumas ligações por lá. Ou pode conhecer alguém que conheça alguém.

Lara acenou com a cabeça.

– Boa ideia, Howard. Vou descobrir se é possível.

Duas horas depois, Lara estava sentada no escritório de Paul Martin.

– Não imagina como fiquei feliz por ter me procurado – disse o advogado. — Já faz muito tempo. Puxa, Lara, você está linda!

– Obrigada, Paul.

– Em que posso ajudá-la?

Lara ainda hesitou por um instante.

– Parece que sempre o procuro quando me meto numa encrenca.

– E sempre me dispus a ajudá-la, não é?

– É verdade. Você é um bom amigo. – Lara suspirou. – E neste momento preciso de um bom amigo.

– Qual é o problema? Outra greve?

– Não. É com o Cameron Towers.

Ele franziu o rosto.

– Soube que continua dentro do prazo.

– E está. Ou melhor, estava. Acho que Steve Murchison vem tentando sabotar o projeto. Quer se vingar de mim. De repente, tudo começou a sair errado no prédio. Até hoje, conseguimos contornar as dificuldades. Mas agora... Temos um grande problema. Que pode adiar a data de conclusão do projeto. Nossos dois maiores locatários cancelariam seus contratos. E não posso permitir que isso aconteça.

Ela respirou fundo, tentando controlar sua raiva.

– Há seis meses, encomendamos vidro fumê da Companhia de Painéis e Vidros de Nova Jersey. Recebemos a encomenda esta manhã. Não era o nosso vidro.

– Falou com eles?

– Falei, mas disseram que só poderiam entregar o vidro certo dentro de dois ou três meses. Preciso em duas semanas. Até que chegue, não há nada para os operários fazerem. Teriam de parar de trabalhar. E, se o prédio não for concluído no prazo, perderei tudo o que tenho.

Paul Martin fitou-a nos olhos e murmurou:

– Não, Lara, não vai perder. Deixe-me ver o que posso fazer.

Lara sentiu um alívio intenso.

– Paul, eu... – Era difícil traduzir em palavras. – Obrigada.

Ele pegou a mão de Lara e sorriu.

– O dinossauro ainda não morreu. Devo ter alguma notícia para você amanhã.

NA MANHÃ SEGUINTE, o telefone particular tocou, pela primeira vez em meses. Ela atendeu, na maior ansiedade.

– Paul?

– Olá, Lara. Conversei com alguns amigos. Não será fácil, mas é possível. Prometeram uma entrega dentro de uma semana, a contar da próxima segunda-feira.

NO DIA MARCADO para a primeira remessa do vidro, Lara tornou a telefonar para Paul Martin.

– O vidro ainda não chegou, Paul

– Não? – Houve um momento de silêncio. – Vou verificar o que houve. Sabe, meu bem, a única coisa boa nesta história toda é que posso falar outra vez com você.

– Sei disso. Paul... se eu não receber o vidro a tempo...

– Vai receber. Não se preocupe.

AO FINAL DA semana, ainda não havia qualquer sinal do vidro. Keller entrou na sala de Lara.

– Acabei de falar com Tilly. Nosso prazo fatal é sexta-feira. Se o vidro chegar até lá, tudo bem. Caso contrário, estaremos liquidados.

Na quinta-feira nada mudara.

LARA FOI VISITAR o Cameron Towers. Não havia operários ali. O edifício se erguia imponente pelo céu, ofuscando tudo ao seu redor. Seria um lindo prédio. Seu monumento. *Não permitirei que fracasse*, pensou Lara, decidida.

Ela tornou a ligar para Paul Martin.

– Lamento, mas o Sr. Martin não está – disse a secretária. – Quer deixar recado?

– Por favor, peça a ele que me telefone.

Lara desligou, olhou para Keller.

– Tenho um pressentimento que gostaria de verificar. Descubra se o dono daquela fábrica de vidro é por acaso Steve Murchison.

Keller voltou à sala de Lara meia hora depois. Estava pálido.

– E então, descobriu quem é o dono da fábrica?

– Descobri. A matriz fica em Delaware. Pertence à Etna Enterprises.

– Etna Enterprises?

– Isso mesmo. Compraram a fábrica há um ano... e a Etna Enterprises pertence a Paul Martin.

33

A publicidade negativa sobre a Cameron Enterprises continuou. Os repórteres, antes tão ansiosos para elogiarem Lara, agora se viravam contra ela.

Jerry Townsend foi conversar com Howard Keller.

– Estou preocupado – disse ele.

– Qual é o problema?

– Tem lido os jornais?

– Claro. Andam bastante ativos.

– A festa de aniversário me preocupa, Howard. Enviei os convites. Desde que começou toda essa publicidade negativa, só tenho recebido recusas. Os filhos da puta têm medo de serem contaminados. Será um fracasso.

– O que sugere?

– Que cancelemos a festa. Inventaremos alguma desculpa.

– Acho que tem razão. Não quero que nada a embarace.

– Então está combinado. Cancelarei a festa. Você avisa a Lara?

– Aviso.

TERRY HILL telefonou.

– Acabo de receber a notícia de que você será intimada a testemunhar perante o grande júri, em Reno, depois de amanhã. Irei com você.

TRANSCRIÇÃO DO INTERROGATÓRIO de Jesse Shaw pelo tenente-detetive Sal Mancini:

M: Bom dia, Sr. Shaw. Sou o tenente Mancini. Já sabe que um estenógrafo vai registrar nossa conversa?

S: Sei.

M: E renunciou a seu direito à presença de um advogado?

S: Não preciso de nenhum advogado. Afinal, tudo o que fiz foi encontrar um relógio, e por causa disso me arrastaram até aqui, como se eu fosse um animal.

M: Sr. Shaw, sabe quem é Philip Adler?

S: Não. Deveria saber?

M: Ninguém lhe pagou para atacá-lo?

S: Já falei... nunca ouvi falar dele.

M: A polícia de Chicago encontrou 50 mil dólares em dinheiro no seu apartamento. De onde saiu esse dinheiro?

S: (Sem resposta)

M: Sr. Shaw...?

S: Ganhei no jogo.

M: Onde?

S: Nas corridas de cavalos... apostas no futebol americano... essas coisas.

M: É um homem de sorte, hein?

S: Acho que sim.

M: No momento, tem um emprego em Chicago. Certo?

S: Certo.

M: Alguma vez trabalhou em Nova York?

S: Já trabalhei uma vez.

M: Tenho aqui um relatório da polícia que diz que você operava um guindaste numa obra em Queens que matou o capataz chamado Bill Whitman. Isso é correto?

S: É, sim. Foi um acidente.

M: Quanto tempo passou nesse emprego?

S: Não me lembro.

M: Deixe-me refrescar sua memória. Passou 72 horas nesse emprego. Voou de Chicago no dia anterior ao acidente com o guindaste e pegou outro avião de volta a Chicago dois dias depois. Isso é correto?

S: Acho que sim.

M: Segundo os registros da American Airlines, tornou a voar de Chicago para Nova York dois dias antes de Philip Adler ser atacado e retornou a Chicago no dia seguinte. Qual foi o propósito dessa viagem tão curta?

S: Queria assistir a algumas peças de teatro.

M: Lembra os nomes das peças a que assistiu?

S: Não. Já passou muito tempo.

M: Por ocasião do acidente com o guindaste, para quem você trabalhava?

S: Cameron Enterprises.

M: E para quem trabalha agora, naquela obra em Chicago?

S: Cameron Enterprises.

HOWARD KELLER se encontrava reunido com Lara. Durante a última hora, discutiram o controle de danos, a fim de contrabalançar a publicidade negativa que a companhia vinha recebendo. Ao final da reunião, Lara perguntou:

– Mais alguma coisa?

Keller franziu o rosto. Alguém lhe pedira que avisasse alguma coisa a Lara, mas não podia se lembrar o que era. Ora, provavelmente não é importante.

SIMMS, O MORDOMO, avisou:

– O tenente Mancini chama-o ao telefone, Sr. Adler.

Philip foi atender.

– O que deseja, tenente?

– Tenho algumas notícias, Sr. Adler.

– O que é? Encontraram o homem?

– Eu preferia ir até aí para conversarmos pessoalmente. Posso ir?

– Claro.

– Estarei aí dentro de meia hora.

Philip desligou, especulando por que o detetive não queria falar pelo telefone.

Quando Mancini chegou, Simms conduziu-o à biblioteca.

348

– Boa tarde, Sr. Adler.

– Boa tarde. O que está acontecendo?

– Pegamos o homem que o atacou.

– Pegaram? Isso me surpreende. Pensei que tinha dito que era impossível capturar assaltantes.

– Ele não é um assaltante comum.

Philip franziu o rosto.

– Não estou entendendo.

– É um operário da construção civil. Trabalha em Chicago e Nova York. Tem ficha na polícia... agressão, assalto, arrombamento. Empenhou seu relógio, e obtivemos suas impressões digitais. – Mancini levantou o Piaget. – Este não é seu relógio?

Philip ficou olhando, atordoado, sem querer tocá-lo. A visão do relógio trazia de volta o momento horrível em que o homem agarrara seu pulso e o cortara. Relutante, ele acabou estendendo a mão e pegou o relógio. Olhou atrás, onde algumas das letras haviam sido raspadas.

– É o meu relógio.

O tenente Mancini pegou o relógio de volta.

– Vamos ficar com ele por enquanto, como prova. Gostaria que fosse à delegacia amanhã de manhã, a fim de identificar o homem.

O pensamento de ver o atacante de novo, frente a frente, incutiu em Philip uma súbita fúria.

– Estarei lá.

– O endereço é Police Plaza, 1, sala 212. Às 10 horas?

– Combinado. – Philip tornou a franzir o rosto. – Por que disse que ele não é um assaltante comum?

O tenente Mancini hesitou.

– Ele foi pago para atacá-lo.

A perplexidade de Philip foi total.

– O quê?

– Não foi um acidente o que lhe aconteceu. Ele recebeu 50 mil dólares para cortar seu pulso.

– Não acredito. Quem pagaria 50 mil dólares a alguém para me deixar entrevado?

– Ele foi contratado por sua esposa.

34

"*Ele foi contratado* por sua *esposa*!"

Philip sentia-se atordoado. *Lara?* Ela seria capaz de fazer uma coisa tão terrível? E que motivo teria?

"*Não entendo por que você pratica todos os dias. Não vai dar nenhum concerto agora...*"

"*Você não precisa ir. Quero um marido. Não alguém que está sempre viajando... Afinal, não é um caixeiro-viajante.*"

"*Ela me acusou de roubar a pulseira de diamantes que você lhe deu... Faria qualquer coisa para não o perder...*"

E Ellerbee: "*Está pensando em reduzir os concertos?.. Tive uma conversa com Lara.*"

Lara.

Na Police Plaza 1, havia uma reunião com a presença do promotor distrital, o chefe de polícia e o tenente Mancini. O promotor disse:

– Não estamos lidando com uma mulher qualquer. Ela tem muito prestígio e influência. Dispõe de provas concretas, tenente?

– Falei com o pessoal na Cameron Enterprises. Jesse Shaw foi contratado a pedido de Lara Cameron. Perguntei se ela já tinha antes contratado algum operário pessoalmente. A resposta foi "não".

– E o que mais?

– Houve um rumor de que um capataz da obra chamado Bill Whitman andara se gabando para os companheiros que sabia algo contra Lara Cameron que o faria rico. Pouco depois disso, ele foi morto por um guindaste operado por Jesse Shaw. Shaw fora tirado de seu emprego em Chicago para ir a Nova York. Logo depois do acidente, ele voltou a Chicago. Não resta a menor dúvida de que foi proposital. Outra coisa: sua passagem de avião foi paga pela Cameron Enterprises.

– E o ataque a Adler?

– O mesmo *modus operandi*. Shaw veio de avião de Chicago dois dias antes do ataque e partiu no dia seguinte. Se não se mostrasse

350

ganancioso, e decidisse ganhar um dinheirinho extra, empenhando o relógio, em vez de jogá-lo fora, nunca conseguiríamos apanhá-lo.

O chefe de polícia perguntou:

– E qual seria o motivo? Por que ela faria isso com o marido?

– Conversei com alguns empregados. Lara Cameron era louca pelo marido. Só brigavam por causa de suas viagens em excursões de concertos. Ela queria que o marido ficasse em casa.

– E é o que acontece agora.

– Exatamente.

O promotor perguntou:

– O que ela diz? Nega tudo?

– Ainda não a confrontamos. Queríamos lhe falar primeiro, para saber se temos um caso sólido em sua opinião.

– Disse que Philip Adler pode identificar Shaw?

– Isso mesmo.

– Ótimo.

– Por que não manda um de seus homens interrogar Lara Cameron? Descubra o que ela tem a dizer.

Lara estava numa reunião com Howard Keller quando o interfone tocou.

– Há um tenente Mancini aqui, querendo lhe falar.

Lara franziu o rosto.

– Sobre o quê?

– Ele não disse.

– Mande-o entrar.

O tenente Mancini pisava em terreno delicado. Sem provas concretas, seria difícil arrancar qualquer coisa de Lara Cameron. *Mas tenho de tentar*, pensou ele. Não esperava encontrar Howard Keller na sala.

– Boa tarde, tenente.

– Boa tarde.

– Já conhece Howard Keller.

– Claro que conheço. O melhor lançador de Chicago.

– O que deseja? – perguntou Lara.

Essa era a parte mais difícil. *Primeiro, determine que ela conhecia Jesse Shaw e depois siga em frente.*

– Prendemos o homem que atacou seu marido.

– Prenderam? O que...?

Howard Keller interveio:

– Como o apanharam?

– Ele empenhou um relógio que a Srta. Cameron deu ao marido. – Mancini tornou a olhar para Lara. – O nome do homem é Jesse Shaw.

Não houve a menor alteração na expressão. *Ela é boa*, pensou Mancini. *Muito boa.*

– Conhece-o?

Lara franziu o rosto.

– Não. Deveria conhecer?

É o seu primeiro deslize, pensou Mancini. *Vou pegá-la.*

– Ele trabalhou na construção de um dos seus prédios em Chicago. E também trabalhou num projeto seu em Queens. Operava um guindaste que matou um homem. – Ele fingiu consultar seu caderninho de anotações. – Um tal de Bill Whitman. O inquérito judicial decidiu que fora um acidente.

Lara engoliu em seco.

– Sei...

Antes que ela pudesse continuar, Howard Keller tornou a interferir:

– Temos centenas de pessoas trabalhando para esta companhia, tenente. Não pode esperar que conheçamos todas.

– Não conhece Jesse Shaw?

– Não. E tenho certeza que a Srta. Cameron...

– Prefiro ouvir dela pessoalmente, se não se importa.

– Nunca ouvi falar desse homem – declarou Lara.

– Ele recebeu 50 mil dólares para atacar seu marido...

– Não... não posso acreditar!

Agora estou chegando perto, pensou Mancini.

– Não sabe nada a respeito?

Lara o fitava fixamente, com os olhos ardendo em fúria.

– Está sugerindo...? Mas como ousa? Se alguém é responsável pelo que aconteceu a meu marido, quero saber quem foi!

– E seu marido também, Srta. Cameron.

– Já conversou com Philip sobre isso?

– Já, sim. Eu...

Um momento depois, Lara saía correndo do escritório.

QUANDO ELA CHEGOU ao apartamento, encontrou Philip no quarto, arrumando as malas, meio sem jeito, por causa da mão entrevada.

– Philip... o que está fazendo?

Ele virou-se para fitá-la, e foi como se a visse pela primeira vez.

– Vou embora.

– Por quê? Não acredita nessa... nessa história horrível, não é?

– Basta de mentiras, Lara.

– Mas não estou mentindo! Tem de me escutar! Nada tive a ver com o que lhe aconteceu. Não o magoaria por nada neste mundo. Eu o amo, Philip.

– A polícia diz que o homem trabalhava para você. Que recebeu 50 mil dólares para... para fazer o que fez.

Lara balançou a cabeça.

– Não sei de nada a respeito. Só sei que nada tive a ver com isso. Acredita em mim?

Ele continuou a fitá-la, sem dizer nada.

Lara permaneceu parada ali por um longo momento, depois virou-se e saiu do quarto, às cegas.

PHILIP PASSOU A NOITE sem dormir, num hotel no centro. Visões de Lara afloravam em sua mente. *"Estou interessada em conhecer mais sobre a fundação. Talvez pudéssemos nos encontrar e conversar..."*

"Você é casado?... Fale-me a seu respeito..."

"Quando escuto seu Scarlatti, estou em Nápoles..."

"Tenho um sonho de tijolos, concreto e aço, e faço com que se torne realidade..."

353

"Vim a Amsterdã para vê-lo..."
"Gostaria que eu o acompanhasse a Milão...?"
"Vai me estragar, Lara..." *"É o que pretendo..."*
E o afeto de Lara, a compaixão, o zelo. Será que me enganei tanto a seu respeito?

Quando Philip entrou na delegacia, o tenente Mancini o aguardava. Conduziu Philip a um pequeno auditório, com uma plataforma alta numa das extremidades.

— Tudo de que precisamos é que identifique o homem na fila.

A fim de poderem ligá-lo a Lara, pensou Philip.

Havia seis homens na fila, todos mais ou menos com a mesma constituição física e idade. Jesse Shaw se encontrava no meio.Quando Philip o viu, sua cabeça começou a latejar violentamente. Podia ouvir a voz: *Passe a carteira.* Podia sentir a dor terrível da faca cortando seu pulso. *Lara seria capaz de fazer isso comigo? "Você é o único homem que já amei."* O tenente Mancini disse:

— Dê uma boa olhada, Sr. Adler.

"Vou trabalhar em casa daqui por diante. Philip precisa de mim..."

— Sr. Adler...

"Vamos procurar os melhores médicos do mundo." Ela se mantivera ao seu lado em cada momento, acalentando-o, cuidando-o. *"Se Maomé não vai à montanha..."*

— Quer apontá-lo para mim?

"Casei porque era perdidamente apaixonada por você, e ainda sou. Se nunca fizermos amor de novo, tudo bem para mim. Quero apenas que você me abrace e me ame..." E ela falara sério.

E a cena final no apartamento. *"Nada tive a ver com o que lhe aconteceu. Não o magoaria por nada neste mundo..."*

— Sr. Adler...

A polícia deve ter cometido um erro, pensou Philip. *Acredito nela. Lara não seria capaz de uma coisa assim.* Mancini insistiu:

— Qual deles?

Philip virou-se para ele.

— Não sei.

– O quê?

– Não o vejo aqui.

– Disse-nos que deu uma boa olhada no atacante.

– É verdade.

– Então me diga qual deles é.

– Não posso – respondeu Philip. – Ele não está lá em cima.

A expressão do tenente Mancini era sombria.

– Tem certeza?

Philip levantou-se.

– Absoluta.

– Então acho que isso é tudo, Sr. Adler. Muito obrigado por sua cooperação.

Preciso encontrar Lara, pensou Philip. *Preciso encontrar Lara.*

ELA ESTAVA SENTADA à sua escrivaninha, olhando pela janela. Philip não acreditara nela. Era o que mais a magoava. E Paul Martin. *Claro que era Paul que estava por trás de tudo. Mas por que ele fez isso? "Lembra o que eu disse a respeito de seu marido cuidar bem de você? Parece que ele não está fazendo um bom trabalho. Alguém deveria ter uma conversa com ele."* Seria porque ele a amava? Ou seria um ato de vingança, porque a odiava?

Howard Keller entrou na sala, muito pálido, o rosto contraído.

– Acabo de largar o telefone. Perdemos o Cameron Towers, Lara. A Southern Insurance e a Mutual Overseas Investment cancelaram seus contratos, porque o prédio não ficará pronto no prazo. E não temos a menor possibilidade de atender aos pagamentos hipotecários. Quase conseguimos, não é? O maior edifício do mundo. Eu... lamento muito. Sei o quanto significava para você.

Lara virou-se para fitá-lo e Keller ficou chocado com sua aparência. Ela estava pálida, com olheiras profundas. Parecia atordoada, como se tivesse perdido toda a energia.

– Lara... ouviu o que eu disse? Perdemos o Cameron Towers.

Quando ela falou, a voz era anormalmente calma:

– Ouvi, sim. Não se preocupe, Howard. Faremos outro empréstimo e pagaremos tudo.

Ela o assustava agora.

– Não há como fazer mais empréstimos, Lara. Terá de apresentar um pedido de falência e...

– Howard...

– O que é?

– Uma mulher pode amar um homem demais?

– Como?

A voz não tinha qualquer vibração.

– Philip me deixou.

O que explicava uma porção de coisas.

– Sinto muito, Lara.

Ela exibia um estranho sorriso.

– Não é engraçado? Estou perdendo tudo ao mesmo tempo. Primeiro Philip, agora meus prédios. Sabe o que é, Howard? É o destino. Está contra mim. E não se pode lutar contra o destino, não é?

Ele nunca a vira tão angustiada. Deixava-o desesperado.

– Lara...

– Ainda não acabaram comigo. Terei de voar a Reno esta tarde. Há uma audiência do grande júri. Se...

O interfone tocou.

– O tenente Mancini está aqui.

– Mande-o entrar.

Howard Keller fitou Lara com uma expressão inquisitiva.

– Mancini? O que ele quer?

Lara respirou fundo.

– Veio me prender, Howard.

– Prendê-la? Mas que história é essa?

A voz de Lara continuava calma.

– Acham que eu tramei o ataque a Philip.

– Mas isso é um absurdo! Não podem...

A porta foi aberta e o tenente Mancini entrou. Parou depois de alguns passos, olhando para Lara e Keller por um momento, depois tornou a avançar.

– Tenho aqui um mandado de prisão.

Howard Keller empalideceu ainda mais. E ele disse, a voz rouca:

356

– Não pode prendê-la. Ela não fez nada.

– Tem toda razão, Sr. Keller. Não vou prendê-la. O mandado de prisão é para você.

35

Transcrição do interrogatório de Howard Keller pelo tenente-detetive Sal Mancini:

M: Seus direitos já foram lidos, Sr. Keller?

K: Sim.

M: E renunciou ao direito de contar com a presença de um advogado?

K: Não preciso de um advogado. Eu ia me apresentar de qualquer maneira. Não podia deixar que nada acontecesse com Lara.

M: Pagou a Jesse Shaw 50 mil dólares para atacar Philip Adler?

K: Paguei.

M: Por quê?

K: Ele a fazia infeliz. Ela suplicava que ele ficasse em casa, mas Adler insistia em viajar.

M: Por isso planejou para que ele ficasse entrevado.

K: Não foi bem assim. Nunca tive a intenção de que Jesse fosse tão longe. Ele exagerou.

M: Fale-me sobre Bill Whitman.

K: Era um filho da puta. Tentou fazer chantagem com Lara. Eu não podia permitir. Ele poderia arruiná-la.

M: Então mandou matá-lo?

K: Mandei, pelo bem de Lara.

M: Ela sabia o que você estava fazendo?

K: Claro que não. Lara nunca teria permitido. Mas eu estava ali para protegê-la, entende? Qualquer coisa que eu fazia, era por ela. Seria capaz de morrer por Lara.

M: Ou matar.

K: Posso fazer uma pergunta? Como descobriu que eu estava envolvido?

Fim do interrogatório.

NA DELEGACIA DE POLÍCIA, o capitão Bronson perguntou a Mancini:

– Como soube que era ele quem se encontrava por trás de tudo?

– Keller deixou um fio solto e desemaranhei o resto. Quase o perdi, é verdade. Nos antecedentes de Jesse Shaw, havia o registro de uma detenção aos 17 anos, por roubar equipamento de beisebol do time juvenil dos Cubs de Chicago. Investiguei e descobri tudo. Eles haviam sido companheiros no time. Foi o deslize de Keller. Quando o interroguei, ele disse que nunca ouvira falar em Jesse Shaw. Liguei para um amigo que fora editor esportivo do *Sun Times* de Chicago. Ele se lembrava dos dois. Eram amigos. Calculei que fora Keller quem arrumara o emprego para Shaw na Cameron Enterprises. Lara Cameron contratou Jesse Shaw porque Howard Keller lhe pediu. É bem provável que nunca tenha sequer visto Shaw.

– Bom trabalho, Sal.

Mancini balançou a cabeça.

– Sabe de uma coisa? No final das contas, não faria a menor diferença. Se eu não o descobrisse e continuássemos atrás de Lara Cameron, Howard Keller teria se apresentado e confessado tudo.

SEU MUNDO DESABAVA. Era inacreditável para Lara que Howard Keller, entre todas as pessoas, pudesse ser o responsável pelas coisas terríveis que haviam ocorrido. *Ele fez isso por mim*, pensou Lara. *Devo tentar ajudá-lo.* Kathy chamou-a pelo interfone.

– O carro chegou, Srta. Cameron. Está pronta?

– Estou.

Ela ia para Reno, a fim de depor perante o grande júri.

PHILIP TELEFONOU para o escritório cinco minutos depois de Lara sair.

– Sinto muito, Sr. Adler. Perdeu-a por uns poucos minutos. Ela foi para Reno.

Ele sentiu uma pontada intensa de desapontamento. Estava desesperadamente ansioso para vê-la, pedir perdão.

– Quando falar com ela, diga-lhe que estou à sua espera.

– Certo.

Philip deu outro telefonema, conversou por cerca de dez minutos, em seguida ligou para William Ellerbee.

– Bill... ficarei em Nova York. Vou lecionar na Juilliard.

– O QUE ELES podem fazer comigo? – perguntou Lara.

– Depende – respondeu Terry Hill. – Ouvirão seu depoimento. Podem decidir que é inocente e, neste caso, terá seu cassino de volta, ou podem recomendar que há evidências suficientes para que seja indiciada. Se for esse o veredicto, você será submetida a um julgamento criminal e poderá ir para a prisão.

Lara murmurou alguma coisa.

– O que disse?

– Disse que papai tinha razão. É o destino.

A AUDIÊNCIA DO grande júri durou quatro horas. Lara foi interrogada sobre a aquisição do Cameron Palace Hotel & Casino. Quando deixaram a sala de audiência, Terry Hill apertou a mão de Lara, e disse:

– Você se saiu muito bem, Lara. Creio que os impressionou de modo favorável. Não têm provas concretas contra você, e por isso há uma boa possibilidade...

Ele parou de falar, aturdido. Lara virou-se. Paul Martin entrara na antessala. Vestia um antiquado terno trespassado, com colete, os cabelos brancos no mesmo penteado da ocasião em que Lara o conhecera.

– Essa não! Ele veio testemunhar! – Terry Hill tornou a se virar para Lara. – Até que ponto ele a odeia?

– Como assim?

– Se lhe oferecerem clemência para depor contra você, Lara, está perdida. Irá para a prisão.

Lara olhava através da sala para Paul Martin.

– Mas... neste caso ele também destruiria a si próprio.

– Por isso é que perguntei o quanto ele a odeia. Seria capaz de fazer uma coisa dessas a si mesmo só para destruí-la?

Lara balbuciou, atordoada:

– Não sei...

Paul Martin se aproximou.

– Olá, Lara. Soube que as coisas andam muito mal para o seu lado. – Os olhos de Paul nada revelavam. – Lamento muito.

Lara lembrou as palavras de Howard Keller. *"Ele é siciliano. Os sicilianos nunca perdoam e nunca esquecem."* Paul acalentara aquela sede de vingança e ela nem imaginara. Paul Martin começou a se afastar.

– Paul...

Ele parou.

– O que é?

– Preciso falar com você.

Ele hesitou por um instante.

– Está bem.

Paul acenou com a cabeça para uma sala vazia no corredor.

– Podemos conversar ali.

Terry Hill observou os dois se encaminharem para a sala. Daria qualquer coisa para ouvir a conversa.

ELA NÃO SABIA como começar.

– O que você quer, Lara?

Era muito mais difícil do que ela previra. Quando falou, a voz saiu rouca:

– Quero que me deixe ir embora.

Paul alteou as sobrancelhas.

– Como posso? Não a tenho.

Ele estava zombando. Lara tinha dificuldade para respirar.

– Não acha que já me puniu o suficiente?

Paul Martin manteve uma expressão indecifrável.

– O tempo que passamos juntos foi maravilhoso, Paul. Além de Philip, você significou mais para mim do que qualquer outra pessoa

em minha vida. Devo-lhe mais do que jamais seria capaz de pagar. Nunca tive a intenção de magoá-lo. Deve acreditar nisso.

Era difícil continuar.

– Tem o poder de me destruir, Paul. É realmente isso o que quer? Mandar-me para a prisão vai fazê-lo feliz? – Lara lutava para conter as lágrimas. – Estou implorando, Paul. Devolva minha vida. Por favor, pare de me tratar como uma inimiga...

Paul Martin permaneceu imóvel, os olhos pretos nada deixando transparecer.

– Peço seu perdão. Sinto-me... cansada demais para continuar a lutar, Paul. Você venceu...

E ela não conseguiu falar mais nada. Houve uma batida na porta, um oficial de justiça abriu-a e disse:

– O grande júri o espera, Sr. Martin.

Ele não se mexeu, fitando Lara em silêncio por um longo tempo, depois virou-se e saiu da sala.

Acabou tudo, pensou Lara. *Não resta mais nada.* Terry Hill entrou na sala.

– Eu gostaria muito de saber como será o seu depoimento. Não resta mais nada a fazer agora, a não ser esperar.

E ELES ESPERARAM. Pareceu uma eternidade. Quando Paul Martin finalmente deixou a sala de audiência, dava a impressão de velho e cansado. *Ele se tornou um velho*, pensou Lara. *E me culpa por isso.* Paul a observava. Hesitou por um momento, depois se adiantou.

– Nunca poderei perdoá-la. Você me fez de tolo. Mas foi a melhor coisa que já me aconteceu na vida. Acho que lhe devo algo por isso. Não lhes contei nada, Lara.

Os olhos dela se encheram de lágrimas.

– Oh, Paul... não sei como...

– Considere que foi meu presente de aniversário. Feliz aniversário, meu bem.

Lara observou-o se afastar e de repente as palavras dele atingiram-na. *Era seu aniversário!* Tantos eventos haviam se acumulado que esquecera por completo. E a festa. Duzentos convidados a esperavam no Manhattan Cameron Plaza! Virou-se para Terry Hill.

– Tenho de voltar a Nova York esta noite. Há uma grande festa para mim. Vão me deixar viajar?

– Espere um instante.

Terry Hill entrou na sala de audiência. Voltou cinco minutos depois e disse:

– Pode ir para Nova York. O grande júri dará seu veredicto pela manhã, mas será apenas uma formalidade agora. Teria de voltar esta noite mesmo, depois da festa. Por falar nisso, seu amigo disse a verdade. Ele não contou nada.

MEIA HORA DEPOIS, Lara seguia para Nova York.

– Vai ficar bem? – perguntou Terry Hill.

– Claro que vou.

Haveria centenas de pessoas importantes na festa em sua homenagem naquela noite. Manteria a cabeça erguida. Era Lara Cameron...

ELA PAROU NO MEIO do salão deserto, olhou ao redor. *Eu criei isto. Criei monumentos que se projetaram para o céu, que mudaram a vida de milhares de pessoas, por toda a América. E, agora, tudo passará a pertencer a banqueiros.* Podia ouvir a voz do pai com absoluta nitidez: "*É o destino. Sempre foi contra mim.*" Pensou em Glace Bay e na pequena pensão em que fora criada. Lembrou como ficara apavorada no primeiro dia de escola. "*Alguém sabe uma palavra que comece com 'F'?*" Lembrou-se dos pensionistas. Bill Rogers... "*A primeira regra no mercado imobiliário é DOP. Nunca se esqueça disso.*" E Charles Cohn: "*Só como comida kosher e receio que não haja nenhuma em Glace Bay.*"

"*Se eu pudesse adquirir a propriedade... você me daria um arrendamento de cinco anos?*"

"*Não. Teria de ser um arrendamento de dez anos.*"

E Sean MacAllister... "*Eu precisaria de um motivo muito especial para lhe conceder esse empréstimo!... Já teve um amante?*"

E Howard Keller: "*Está fazendo tudo da maneira errada.*"

"*Gostaria de trabalhar para mim?*"

E, depois, os sucessos. Os triunfos maravilhosos, espetaculares. E Philip. Seu Lochinvar. O homem que adorava. E que fora a maior de todas as perdas.

UMA VOZ chamou-a:

– Lara...

Ela virou-se. Era Jerry Townsend.

– Carlos me disse que você estava aqui. – Ele se aproximou. – Lamento pela festa de aniversário.

– O que... o que aconteceu?

Ele se mostrou surpreso.

– Howard não lhe disse?

– Disse o quê?

– Houve tantos cancelamentos por causa da publicidade negativa que decidimos que seria melhor suspendê-la. Pedi a Howard que falasse com você.

Para dizer a verdade, venho enfrentando alguns problemas com a memória.

– Não importa – murmurou Lara, lançando um último olhar para o lindo salão. – Tive meus 15 minutos, não é?

– Como assim?

– Nada.

Ela se encaminhou para a porta.

– Lara, vamos subir para o escritório. Há algumas coisas que precisam ser resolvidas.

– Está bem.

É bem provável que eu nunca mais torne a entrar neste prédio, pensou Lara.

No elevador, subindo para o escritório, Jerry disse:

– Já soube sobre Keller. É difícil acreditar que ele seja o responsável pelo que aconteceu.

Lara sacudiu a cabeça.

– *Eu* fui a responsável, Jerry. E nunca me perdoarei por isso.

– Não foi culpa sua.

Ela foi envolvida por uma onda de solidão.

– Jerry, se você ainda não jantou...

– Desculpe, Lara, mas tenho muito o que fazer esta noite.

– Ah... tudo bem.

As portas do elevador se abriram e eles saíram.

– Os papéis que você tem de assinar estão na mesa da sala de reuniões – informou Jerry.

– Certo.

A porta se encontrava fechada. Lara abriu-a e, neste momento, quarenta vozes começaram a cantar:

– Parabéns pra você, parabéns pra você...

Lara ficou parada, aturdida. A sala se achava repleta das pessoas com quem trabalhara ao longo dos anos... arquitetos, engenheiros, todo o pessoal. Charles Cohn estava presente, assim como o professor Meyers. Horace Guttman, Kathy e o pai de Jerry Townsend. Mas a única pessoa que Lara viu foi Philip. Ele avançava em sua direção, com os braços estendidos, e ela descobriu de repente que mal conseguia respirar.

– Lara...

Era uma carícia.

Ela se lançou nos braços de Philip, lutando para reprimir as lágrimas, e pensou: *Estou em casa. Este é o lugar a que pertenço.* E veio uma sensação de paz, abençoada, curando tudo. Lara sentiu um calor envolvê-la, enquanto o abraçava. *Isso é tudo o que importa*, pensou.

As pessoas se agrupavam ao seu redor, todas pareciam falar ao mesmo tempo.

– Feliz aniversário, Lara.

– Você está maravilhosa.

– Teve uma surpresa?

Ela virou-se para Jerry Townsend.

– Jerry, como pôde...?

Ele balançou a cabeça.

– Philip é que acertou tudo.

– Oh, querido!

Garçons entraram com *hors d'oeuvres* e drinques. Charles Cohn declarou:

364

– Não importa o que aconteça, sinto-me orgulhoso de você, Lara. Disse que queria fazer uma diferença e conseguiu.

O pai de Jerry Townsend comentou:

– Devo minha vida a essa mulher.

– E eu também – acrescentou Kathy, sorrindo.

– Vamos fazer um brinde – disse Jerry Townsend. – À melhor chefe que já tive e jamais terei!

Charles Cohn levantou seu copo.

– A uma garotinha maravilhosa que se tornou uma mulher maravilhosa!

Os brindes continuaram e, por fim, chegou a vez de Philip. Havia muito o que dizer, mas ele resumiu tudo em cinco palavras:

– À mulher que eu amo.

As lágrimas transbordaram dos olhos de Lara. Teve dificuldade para falar.

– Eu... devo muito a vocês todos. E não tenho como retribuir. Apenas quero dizer... – Ela engasgou, incapaz de continuar. – ...obrigada.

Lara virou-se para Philip.

– Obrigada por isto, querido. É a melhor festa de aniversário que já tive. – E nesse instante ela se lembrou. – Tenho de voltar a Reno ainda esta noite!

Philip sorriu.

– Nunca estive em Reno...

Meia hora depois eles embarcaram na limusine, a caminho do aeroporto. Lara segurava a mão de Philip, e pensou: *Não perdi tudo, no final das contas. Passarei o resto de minha vida compensando Philip. Nada mais importa. A única coisa importante é permanecer ao seu lado, cuidar dele. Não preciso de mais nada.*

– Lara...

Ela olhava pela janela.

– Pare, Max!

A limusine parou abruptamente, com um ranger dos pneus.

365

Philip estava perplexo. Havia ali um vasto terreno baldio coberto pelo mato. Lara o contemplava fixamente.

Lara...

– Olhe só, Philip! Olhe!

Ele virou-se para olhar.

– O quê?

– Não percebe?

– Perceber o quê?

– Oh, é lindo! Um centro comercial ali, naquela esquina! No meio, faremos prédios de apartamentos de luxo. Há espaço suficiente para quatro prédios. Percebe agora, não é?

Ele olhava para Lara, fascinado.

Ela virou-se para Philip, a voz impregnada de excitamento:

– Meu plano...

fim

EDIÇÕES BESTBOLSO

Lembranças da meia-noite

O escritor norte-americano Sidney Sheldon (1917-2007) era um adolescente pobre na Chicago dos anos 1930 quando decidiu participar de um programa de calouros que acabou conduzindo-o a Hollywood, onde passou a revisar roteiros. Depois de prestar serviço militar durante a Segunda Guerra Mundial, Sheldon começou a escrever musicais para a Broadway e roteiros cinematográficos. O sucesso das peças possibilitou o acesso aos estúdios de cinema e o aproximou de astros como Frank Sinatra, Marilyn Monroe e Cary Grant. Na TV, os seriados *Nancy*, *Casal 20* e *Jeannie é um gênio* levaram a sua assinatura. Em 1969, Sidney Sheldon publicou seu primeiro romance, *A outra face*, e a partir de então seu nome se tornou sinônimo de best-seller. Foi o único escritor que recebeu três dos mais cobiçados prêmios da indústria cultural norte-americana: o Oscar, do cinema, o Tony, do teatro e o Edgar Allan Poe, da literatura de suspense.

SIDNEY SHELDON

LEMBRANÇAS DA MEIA-NOITE

LIVRO VIRA-VIRA 2

Tradução de
A. B. PINHEIRO DE LEMOS

6ª edição

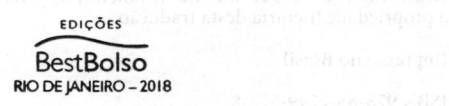

EDIÇÕES
BestBolso
RIO DE JANEIRO – 2018

CIP-BRASIL. CATALOGAÇÃO NA FONTE
SINDICATO NACIONAL DOS EDITORES DE LIVROS, RJ

S548e
6ª ed.

Sheldon, Sidney, 1917-2007
    Lembranças da meia-noite – Livro vira-vira 2 / Sidney Sheldon; tradução de
A.B. Pinheiro de Lemos. – 6ª ed. – Rio de Janeiro: BestBolso, 2018.
    12 × 18 cm

    Tradução de: Memories of Midnight
    Obras publicadas juntas em sentido contrário.
    Com: Escrito nas estrelas / Sidney Sheldon; tradução de A. B.
Pinheiro de Lemos
    ISBN 978-85-7799-573-8

    1. Romance norte-americano. I. Lemos, A. B. Pinheiro de (Alfredo Barcellos
Pinheiro de), 1938-2008. II. Título.

11-6631

CDD: 813
CDU: 821.111 (73)-3

Lembranças da meia-noite, de autoria de Sidney Sheldon.
Título número 285 das Edições BestBolso.
Sexta edição vira-vira impressa em julho de 2018.
Texto revisado conforme o Acordo Ortográfico da Língua Portuguesa.

Título original norte-americano:
MEMORIES OF MIDNIGHT

Copyright © 1990 by The Sidney Sheldon Family Limited Partnership.
Publicado mediante acordo com Sidney Sheldon Family Limited Partnership c/o
Morton L. Janklow Associates. All rights reserved including the rights of reproduc-
tion in whole or in part in any form.
Copyright da tradução © by Distribuidora Record de Serviços de Imprensa S.A.
Direitos de reprodução da tradução cedidos para Edições BestBolso, um selo da
Editora Best Seller Ltda. Distribuidora Record de Serviços de Imprensa S.A. e Editora
Best Seller Ltda são empresas do Grupo Editorial Record.

A logomarca vira-vira (vira-vira) e o slogan 2 LIVROS EM 1 são marcas registradas e de
propriedade da Editora Best Seller Ltda, parte integrante do Grupo Editorial Record.

www.edicoesbestbolso.com.br

Todos os direitos reservados. Proibida a reprodução, no todo ou em parte, sem
autorização prévia por escrito da editora, sejam quais forem os meios empregados.

Direitos exclusivos de publicação em língua portuguesa para o Brasil em formato
bolso adquiridos pelas Edições BestBolso um selo da Editora Best Seller Ltda. Rua
Argentina 171 – 20921-380 Rio de Janeiro, RJ – Tel.: (21) 2585-2000 que se reserva
a propriedade literária desta tradução.

Impresso no Brasil

ISBN 978-85-7799-573-8

Para Alexandra
com amor

Não me cante canções do dia,
pois o sol é inimigo dos amantes.
Cante as sombras e a escuridão,
cante as lembranças da meia-noite.

SAFO

Prólogo

Kowloon,
maio de 1949

— Deve parecer um acidente. Pode dar um jeito?

Era um insulto. Ele podia sentir a raiva subindo. Essa era uma pergunta que se fazia a algum amador que se encontrava nas ruas. Ele sentiu-se tentado a responder, com sarcasmo: *Claro, claro, acho que posso dar um jeito. Prefere um acidente dentro de casa? Posso cuidar para que ela quebre o pescoço ao cair de uma escada. A dançarina em Marselha. Ou ela pode tomar um porre e se afogar na banheira. A herdeira em Gstaad. Pode também tomar uma overdose de heroína.* Já liquidara três dessa maneira. *Ou pode adormecer na cama com um cigarro aceso.* O detetive sueco no L'Hôtel, na Rive Gauche, Paris. *Ou será que prefere alguma coisa fora de casa? Posso arrumar um acidente de carro, um desastre de avião ou um desaparecimento no mar.*

Mas ele não disse nenhuma dessas coisas, pois a verdade é que tinha medo do homem sentado à sua frente. Ouvira muitas histórias assustadoras a seu respeito e tinha bons motivos para acreditar nelas. Por isso, limitou-se a dizer:

— Claro, senhor. Posso providenciar um acidente. Ninguém jamais saberá. — Mesmo enquanto falava, o pensamento ocorreu-lhe: *Ele sabe que eu saberei.* Ficou esperando.

Estavam no segundo andar de um prédio na cidade murada de Kowloon, construída em 1840 por um grupo de chineses para se protegerem dos bárbaros britânicos. As muralhas haviam sido derrubadas na Segunda Guerra Mundial, mas havia outras muralhas que mantinham os forasteiros a distância: bandos de assassinos, viciados em drogas e estupradores vagueando pelas ruas estreitas e sinuosas e

escadas escuras que levavam à perdição. Os turistas eram advertidos a não se aproximarem, e nem mesmo a polícia se aventurava além da rua Tung Tau Tsuen, nos arredores. Ele podia ouvir os ruídos da rua além da janela, a confusão poliglota, estridente e rouca, das muitas línguas faladas pelos habitantes da cidade murada.

O homem estudava-o com olhos frios e insidiosos. E finalmente disse:

– Está certo. Deixarei o método a seu critério.

– Certo, senhor. O alvo está aqui em Kowloon?

– Em Londres. Seu nome é Catherine... Catherine Alexander.

UMA LIMUSINE, seguida por um segundo carro com dois seguranças armados, levou o homem para a Casa Azul, em Lascar Row, na área da Tsim Sha Tsui. A Casa Azul só era acessível a clientes especiais. Chefes de Estado a frequentavam, bem como artistas de cinema e presidentes de empresas. A direção orgulhava-se de sua discrição. Meia dúzia de anos antes, uma das moças que trabalhavam ali conversara sobre seus clientes com um jornalista, e na manhã seguinte fora encontrada em Aberdeen Harbor com a língua cortada. Tudo estava à venda na Casa Azul: virgens, meninos, lésbicas que se satisfaziam sem os "talos de jade" dos homens e animais. Era o único lugar que ele conhecia em que ainda se praticava a arte do *Ishinpo*, do século X. A Casa Azul era uma cornucópia de prazeres proibidos.

O homem reservara as gêmeas desta vez. Eram idênticas, com belas feições, corpos incríveis e sem inibições. Ele recordou a última vez em que estivera ali... o banco de metal sem fundo e as suaves carícias de línguas e dedos, a banheira cheia de água quente fragrante que transbordara para o chão de ladrilhos e as bocas quentes explorando seu corpo. Sentiu o princípio de uma ereção.

– Chegamos, senhor.

TRÊS HORAS mais tarde, após acabar com as gêmeas, saciado e contente, o homem ordenou que a limusine seguisse para a Mody Road. Olhou através da janela para as luzes faiscantes da cidade que nunca dormia. Os chineses chamavam-na de Gau-lung – nove

dragões – e ele imaginou-os à espreita nas montanhas por cima da cidade, prontos para descerem e destruírem os fracos e incautos. Ele não era nenhuma das duas coisas.

CHEGARAM à Mody Road.

O sacerdote taoista à sua espera parecia uma figura de um pergaminho antigo, com uma clássica túnica oriental desbotada e uma barba branca comprida e rala.

– *Jou sahn.*
– *Jou sahn.*
– *Gei do chin?*
– *Yat-Chihn.*
– *Jou.*

O sacerdote fechou os olhos numa oração silenciosa e começou a sacudir o *chim*, a taça de madeira cheia de varetas de oração numeradas. Uma vareta caiu e ele parou de sacudir. No silêncio, o sacerdote taoista consultou sua tabela e virou-se para o visitante, dizendo num inglês hesitante:

– Os deuses dizem que em breve se livrará de perigoso inimigo.

O homem experimentou um agradável ímpeto de surpresa. Era bastante inteligente para compreender que a antiga arte do *chim* não passava de uma superstição. E era também bastante inteligente para ignorá-la. Além disso, havia outro presságio de sorte. Hoje era o Dia de Agios Constantinous, seu aniversário.

– Os deuses o abençoaram com bom *fung shui.*
– *Do jeh.*
– *Hou wah.*

CINCO MINUTOS DEPOIS, ele estava de novo na limusine, a caminho de Kai Tak, o aeroporto de Hong Kong, onde seu avião particular aguardava para levá-lo de volta a Atenas.

1

Ioannina, Grécia,
julho de 1948

Despertava gritando todas as noites e era sempre o mesmo sonho. Estava no meio de um lago, numa tempestade furiosa, um homem e uma mulher forçavam sua cabeça sob as águas geladas, afogando-a. Despertava em pânico, ofegando para respirar, encharcada de suor.

Não fazia ideia de quem era e não tinha lembrança do passado. Falava inglês – mas não sabia de que país era ou como fora parar na Grécia, no pequeno convento carmelita que a abrigava.

À medida que o tempo passava, havia lampejos angustiantes de memória, vislumbres de imagens vagas e efêmeras, que afloravam e desapareciam tão depressa que não podia apreendê-las, retê-las e examiná-las. Ocorriam em momentos inesperados, pegando-a desprevenida e deixando-a na maior confusão.

Fizera perguntas no começo. As freiras carmelitas eram gentis e compreensivas, mas a ordem era de silêncio, e a única que tinha permissão para falar era irmã Theresa, a idosa e frágil madre superiora.

– Sabe quem eu sou?

– Não, minha criança – respondeu irmã Theresa.

– Como cheguei aqui?

– Ao pé destas montanhas há uma aldeia chamada Ioannina. Você estava num pequeno barco no lago durante uma tempestade, no ano passado. O barco afundou, mas, pela graça de Deus, duas de nossas irmãs a viram e a salvaram. Trouxeram-na para cá.

– Mas... de onde vim antes disso?

– Lamento, criança, mas não sei.

Ela não podia se satisfazer com isso.

11

– Ninguém perguntou por mim? Ninguém tentou me encontrar?

Irmã Theresa sacudiu a cabeça.

– Ninguém.

Ela sentiu vontade de gritar em frustração. Tentou de novo.

– Os jornais... devem ter publicado uma notícia sobre o meu desaparecimento.

– Como sabe, não temos permissão para qualquer comunicação com o mundo exterior. Devemos aceitar a vontade de Deus, criança. Devemos agradecer a Ele por sua misericórdia. Você está viva.

E isso foi o máximo que ela conseguiu. No começo estava muito doente para se preocupar consigo mesma, mas pouco a pouco, à medida que os meses passavam, recuperou a força e a saúde.

Quando se tornou forte o suficiente para se movimentar de um lado para outro, passava os dias cuidando da colorida horta nos fundos do convento, sob a luz incandescente que banhava a Grécia com um brilho celestial, com a brisa que trazia os aromas pungentes de limoeiros e videiras.

O ambiente era sereno e calmo, mas ela não conseguia encontrar paz. *Estou perdida e ninguém se importa*, pensava. *Por quê? Fiz alguma coisa horrível? Quem sou eu? Quem sou eu? Quem sou eu?*

As imagens continuaram a aflorar, espontâneas. Despertou certa manhã, abruptamente, com a visão de si mesma num quarto, um homem nu a despi-la. Seria um sonho? Ou algo que lhe acontecera no passado? Quem era o homem? Seria alguém com quem ela casara? Tinha um marido? Não usava aliança. Na verdade, não tinha coisa alguma além do hábito preto da Ordem das Carmelitas dado por irmã Theresa e um broche, um pequeno pássaro dourado com olhos de rubi e asas estendidas.

Era anônima, uma estranha vivendo entre estranhas. Não havia ninguém para ajudá-la, nenhum psiquiatra para lhe dizer que sua mente fora tão traumatizada que só podia permanecer sã se a fechasse para o terrível passado.

E as imagens continuavam a surgir, mais e mais depressa. Era como se sua mente tivesse se transformado de repente num gigantesco quebra-cabeça, com peças insólitas caindo nos lugares. Só que

as peças não faziam sentido. Teve uma visão de um enorme estúdio, repleto de homens em uniforme militar. Pareciam estar fazendo um filme. *Eu era uma atriz?* Não, parecia estar no comando. *Mas no comando de quê?*

Um soldado entregou-lhe um buquê de flores. *Terá de pagar por isso,* disse ele, rindo.

Duas noites depois, teve um sonho sobre o mesmo homem. Despedia-se dele no aeroporto e acordou chorando, porque estava perdendo-o.

Não houve mais paz para ela depois disso. Não eram meros sonhos. Eram fragmentos de sua vida, de seu passado. *Preciso descobrir quem eu era. Quem eu sou.*

E, inesperadamente, no meio da noite, sem aviso, um nome se projetou de seu subconsciente. *Catherine. Meu nome é Catherine Alexander.*

2

Atenas, Grécia

O império de Constantin Demiris não podia ser localizado em qualquer mapa, mas ele era o soberano de um feudo maior e mais poderoso do que muitos países. Um dos dois ou três homens mais ricos do mundo e sua influência era incalculável. Não possuía título ou posição oficial, mas regularmente comprava e vendia primeiros-ministros, cardeais, embaixadores e reis. Os tentáculos de Demiris estavam por toda parte, envolvendo dezenas de países. Era um homem carismático, com uma mente brilhantemente incisiva, um físico impressionante, muito acima da estatura mediana, peito estufado e ombros largos. A pele era trigueira, tinha um nariz grego e olhos muito pretos. Possuía o rosto de um falcão, um predador. Quando se dava ao trabalho, Demiris podia ser extremamente encantador.

Falava oito línguas e era um afamado contador de histórias. Possuía uma das mais importantes coleções de arte do mundo, uma frota de aviões particulares e uma dúzia de apartamentos, castelos e mansões espalhados pelo globo. Era um conhecedor da beleza e achava as mulheres lindas irresistíveis. Tinha a reputação de amante vigoroso e suas aventuras românticas eram tão pitorescas quanto as aventuras financeiras.

Constantin Demiris orgulhava-se de ser um patriota – a bandeira grega azul e branca estava sempre hasteada em sua *villa* em Kolonaki e em Psara, sua ilha particular – mas não pagava impostos. Não se sentia obrigado a obedecer às regras que se aplicavam aos homens comuns. Em suas veias corria *ichor* – o sangue dos deuses.

QUASE TODAS AS PESSOAS com que Demiris se encontrava sempre queriam alguma coisa dele: financiamento para um projeto; um donativo para uma obra de caridade; ou apenas o poder que sua amizade podia proporcionar. Demiris gostava do desafio de descobrir o que as pessoas realmente procuravam, pois quase nunca era o que parecia ser. Sua mente analítica era cética da verdade superficial e por isso não acreditava em nada do que lhe diziam, não confiava em ninguém. Seu lema era: "Mantenha os amigos próximos, mas os inimigos ainda mais próximos." Os repórteres que cobriam sua vida tinham permissão para ver apenas sua jovialidade e charme, o homem do mundo, sofisticado e cortês. Não tinham motivos para desconfiar que por trás daquela fachada amável havia um assassino, um lutador da sarjeta, cujo instinto era sempre procurar a jugular.

Era um homem implacável, que jamais esquecia uma afronta. Para os antigos gregos, a palavra *dikaiosini*, justiça, era muitas vezes sinônimo de *ekdikisis*, vingança – Demiris era obcecado pelas duas coisas. Lembrava-se de cada insulto de que fora vítima e as pessoas desafortunadas o suficiente para incorrerem em sua inimizade recebiam um troco cem vezes maior. Nunca sabiam disso, pois a mente matemática de Demiris promovia um jogo de retaliação meticulosa, pacientemente desenvolvendo armadilhas requintadas e teias complexas que acabavam por capturar e destruir seus inimigos.

Ele apreciava as horas que passava planejando a queda de seus adversários. Estudava as vítimas com todo cuidado, analisando suas personalidades, avaliando suas forças e fraquezas.

Uma noite, num jantar, Demiris ouviu um produtor de cinema referir-se a ele como "aquele grego untuoso". Deixou o tempo passar. Dois anos depois, o produtor contratou uma linda atriz de fama internacional para estrelar seu novo filme, com um vultoso orçamento, em que estava investindo seu próprio dinheiro. Demiris esperou até o filme estar pela metade, depois seduziu a atriz e persuadiu-a a um passeio em seu iate.

– Será uma lua de mel – prometeu Demiris.

Ela teve a lua de mel, mas não o casamento. O filme finalmente teve de ser cancelado e o produtor faliu.

HAVIA UNS POUCOS jogadores na roda de Demiris com quem ele ainda não acertara as contas, mas não tinha pressa. Gostava da expectativa, planejamento e execução. Agora não fazia mais inimigos, pois nenhum homem podia se dar ao luxo de ser seu inimigo; por isso, suas presas estavam limitadas aos que haviam cruzado seu caminho no passado.

Mas o senso de *dikaiosini* de Constantin Demiris funcionava nos dois sentidos. Assim como nunca perdoava uma afronta, também não esquecia um favor. Um pobre pescador que dera abrigo a um menino descobria-se de repente como o proprietário de uma frota pesqueira. Uma prostituta que alimentara e sustentara o rapaz, quando ele era pobre demais para pagá-la, misteriosamente herdava um prédio de apartamentos, sem ter a menor ideia de quem era seu benfeitor.

DEMIRIS COMEÇARA a vida como filho de um estivador no Pireu. Tinha 14 irmãos e nunca havia comida suficiente na mesa.

Desde cedo Constantin Demiris demonstrara um talento fantástico para os negócios. Ganhava um dinheiro extra fazendo trabalhos variados depois da escola e aos 16 anos economizara o bastante para abrir um estande de comida no cais, com um sócio mais velho. O negócio prosperou e o sócio enganou Demiris, roubando sua metade.

Demiris levou dez anos para destruí-lo. O jovem ardia com uma ambição intensa. Ficava acordado à noite, os olhos brilhando no escuro. *Serei rico. Serei famoso. Um dia todos conhecerão meu nome.* Era o único acalanto que podia pô-lo para dormir. Não tinha ideia de como isso aconteceria. Só sabia que aconteceria.

EM SEU 17º ANIVERSÁRIO, Demiris leu um artigo num jornal sobre os campos petrolíferos da Arábia Saudita. Foi como se uma porta mágica para o futuro se abrisse subitamente à sua frente. Procurou o pai.

– Vou para a Arábia Saudita, trabalhar nos campos petrolíferos.

– Essa não! O que sabe sobre petróleo?

– Nada, pai. Mas aprenderei.

Um mês depois, Constantin Demiris estava a caminho.

ERA A POLÍTICA DA Trans-Continental Oil Corporation para os empregados no exterior exigir a assinatura de um contrato de trabalho de dois anos, mas Demiris não teve escrúpulos a respeito. Planejava permanecer na Arábia Saudita por tanto tempo quanto fosse necessário para fazer sua fortuna. Imaginava uma aventura maravilhosa das Mil e Uma Noites, uma terra encantadora e maravilhosa, com mulheres de aparência exótica e o ouro negro jorrando do solo. A realidade foi um choque.

No início de uma manhã de verão, Demiris chegou em Fadili, um desolado acampamento no meio do deserto, consistindo em um horrível prédio de pedra, cercado por *barastis*, pequenas cabanas feitas com arbustos. Havia mil operários de baixo nível ali, quase todos sauditas. As mulheres que circulavam pelas ruas poeirentas e sem calçamento estavam cobertas por grossos véus.

DEMIRIS ENTROU no prédio onde ficava o escritório de J.J. McIntyre, o gerente de pessoal. McIntyre levantou os olhos quando o rapaz entrou na sala.

– Foi contratado pelo escritório central, não é mesmo?

– Sim, senhor.

– Já trabalhou alguma vez antes em campos petrolíferos, filho?

Por um instante, Demiris sentiu-se tentado a mentir.

– Não, senhor.

McIntyre sorriu.

– Vai adorar isto aqui. Fica a um milhão de quilômetros do nada, a comida é péssima, não há mulheres em que possa tocar sem que cortem seus ovos e absolutamente porra nenhuma para fazer de noite. Mas o salário é bom, certo?

– Estou aqui para aprender – respondeu Demiris, na maior ansiedade.

– É mesmo? Pois então vou lhe dizer o que é melhor aprender depressa. Está agora num país muçulmano. Isso significa que não pode beber álcool. Qualquer pessoa pega roubando tem a mão direita cortada. Na segunda vez, a mão esquerda. Na terceira vez, você perde um pé. Se matar alguém, é decapitado.

– Não estou planejando matar ninguém.

– Espere um pouco – resmungou McIntyre. – Você acabou de chegar.

O ACAMPAMENTO ERA uma Torre de Babel, pessoas de uma dúzia de países diferentes, todas falando suas línguas nativas. Demiris tinha um bom ouvido e aprendeu as línguas depressa. Os homens ali estavam para construir estradas no meio de um deserto inóspito, erguer conjuntos habitacionais, instalar equipamentos elétricos e comunicações telefônicas, montar oficinas, providenciar suprimentos de água e alimentos, projetar um sistema de drenagem, ministrar cuidados médicos e, assim pareceu ao jovem Demiris, cem outras tarefas. Trabalhavam em temperaturas acima de 38°, sofrendo com as moscas, mosquitos, poeira, febre e disenteria. Mesmo no deserto havia uma hierarquia social. No topo estavam os homens empenhados em localizar petróleo e abaixo os operários empregados nas construções, chamados de "burros de carga", e os escriturários, conhecidos como "fundilhos brilhantes".

Quase todos os homens envolvidos diretamente na perfuração – geólogos, agrimensores, engenheiros e químicos – eram americanos, pois a nova broca rotativa fora inventada nos Estados Unidos

e eles eram os que mais conheciam sua operação. O jovem grego empenhou-se em fazer amizade com os americanos.

Constantin Demiris passava tanto tempo quanto podia em torno dos perfuradores e nunca parava de fazer perguntas. Acumulava as'informações, absorvendo-as da maneira como as areias quentes absorviam a água. Notou que estavam usando dois métodos diferentes de perfuração.

Aproximou-se de um perfurador, trabalhando ao lado de uma torre gigantesca de 40 metros.

– Eu gostaria de saber por que há dois tipos diferentes de perfuração.

O perfurador explicou:

– Temos o cabo de ferramenta e a rotativa, filho. Agora usamos mais a rotativa. As duas formas começam exatamente da mesma maneira.

– É mesmo?

– É, sim. Para qualquer das duas, é preciso erguer uma torre como esta para levantar os equipamentos que serão baixados para o poço. – Ele fitou o rosto ansioso do rapaz. – Aposto que não tem a menor ideia do motivo para o nome da torre em inglês, *derrick*.

– Não tenho mesmo, senhor.

– Era o nome de um famoso carrasco do século XVII.

– Ah...

– A perfuração com cabo de ferramenta é muito antiga. Há centenas de anos os chineses já cavavam poços-d'água dessa maneira. Abriam um buraco na terra levantando e deixando cair uma ferramenta pesada e aguçada, pendurada de um cabo. Mas hoje cerca de oitenta e cinco por cento de todos os poços são perfurados pelo método rotativo.

O homem virou-se para voltar a se concentrar em seu trabalho.

– Com licença, senhor, mas como funciona o método rotativo?

O homem parou o que fazia.

– Em vez de abrir um buraco na terra pelo impacto, você simplesmente perfura com uma broca. Está vendo aqui? No meio do chão da torre fica essa plataforma giratória de aço, que é girada por engre-

nagens. Essa plataforma giratória pega e gira um tubo que se projeta para baixo. Há uma broca presa na extremidade inferior do tubo.

– Parece simples, não é mesmo?

– É mais complicado do que parece. É preciso dar um jeito de remover o material solto enquanto se perfura. É preciso evitar que as paredes do poço desmoronem e é preciso tampar a água e o gás do poço.

– Com toda essa perfuração, a broca giratória nunca fica rombuda?

– Claro que fica. E nesse caso temos de remover todo o equipamento, atarraxar uma nova broca na ponta do tubo e tornar a baixar tudo pelo buraco. Está planejando ser um perfurador?

– Não, senhor. Estou planejando possuir poços de petróleo.

– Meus parabéns. E agora posso voltar ao trabalho?

CERTA MANHÃ, Demiris observou um equipamento ser baixado pelo poço. Mas em vez de perfurar para baixo, ele notou que cortava pequenas áreas circulares nos lados do buraco e trazia fragmentos de rocha para cima.

– Com licença – disse Demiris. – Para que estão fazendo isso?

O perfurador fez uma pausa para enxugar o suor do rosto.

– É o que chamamos de descaroçamento das paredes laterais. Usamos essas rochas para análise, a fim de verificar se estão impregnadas de petróleo.

– Ah...

QUANDO TUDO CORRIA bem, Demiris ouvia os perfuradores gritarem:

– Estou virando para a direita.

Isso significava que estavam abrindo um buraco. Demiris notou que havia dezenas de pequenos buracos perfurados por todo o campo, com diâmetros tão diminutos quanto 5 ou 6 centímetros.

– Com licença. Para que servem esses buracos?

– São poços de prospecção. Dizem o que há por baixo. Poupam muito tempo e dinheiro para a companhia.

– Ah...

Era tudo extremamente fascinante para o jovem e suas perguntas eram intermináveis.

– Com licença. Como sabem *onde* perfurar?

– Temos uma porção de geólogos, que fazem medições das camadas e estudam os fragmentos retirados do poço. E depois os homens da corda...

– Com licença, mas o que é um homem da corda?

– Um perfurador. Quando eles...

CONSTANTIN DEMIRIS trabalhava do amanhecer ao anoitecer, carregando máquinas pelo deserto ardente, limpando equipamentos e guiando caminhões entre as chamas que se projetavam dos picos rochosos. As chamas ardiam dia e noite, eliminando os gases venenosos.

J.J. McIntyre dissera a verdade a Demiris. A comida era horrível, as condições de vida péssimas, e à noite não havia nada para fazer. Pior ainda, Demiris tinha a sensação de que cada poro de seu corpo estava entupido por um grão de areia. O deserto estava vivo e não havia jeito de escapar disso. A areia infiltrava-se pela cabana e por suas roupas, penetrava no corpo, até que ele tinha a impressão de que ia enlouquecer. E depois ficou ainda pior.

O *shamal* começou a soprar. Houve tempestades de areia todos os dias, durante um mês, tangidas por um vento uivante, com intensidade suficiente para enlouquecer os homens.

Demiris olhou através da porta da cabana para a areia turbilhonante.

– Vai sair para trabalhar nesse tempo?

– Claro que vou, Charlie. Isto aqui não é uma estação de repouso.

As descobertas de petróleo estavam sendo feitas por toda parte. Havia um novo achado em Abu Hadriya e outros em Qatif e Harad e os homens estavam mais ocupados do que nunca.

HAVIA DOIS recém-chegados, um geólogo inglês e sua esposa. Henry Potter aproximava-se dos 70 anos e sua mulher, Sybil, tinha

30 e poucos anos. Em qualquer outro ambiente, Sybil Potter seria descrita como uma mulher feia e obesa, com voz estridente, bastante desagradável. Mas em Fadili era uma beldade deslumbrante. Como Henry Potter ausentava-se constantemente, à procura de novos lençóis petrolíferos, a mulher passava muito tempo sozinha.

O jovem Demiris foi designado para ajudá-la a se transferir para novos alojamentos e se instalar ali.

– Este é o lugar mais miserável que já conheci em toda a minha vida – queixou-se Sybil Potter, em sua voz lamurienta. – Henry está sempre me arrastando para lugares horríveis como este. Não sei por que aturo isso.

– Seu marido está fazendo um trabalho muito importante – protestou Demiris.

Ela fitou o atraente jovem com uma expressão especulativa.

– Meu marido não está realizando todos os trabalhos que deveria fazer. Entende o que estou querendo dizer?

Demiris entendeu perfeitamente.

– Não, madame.

– Qual é o seu nome?

– Demiris, madame, Constantin Demiris.

– Como os seus amigos o chamam?

– Costa.

– Muito bem, Costa, acho que você e eu vamos nos tornar bons amigos. Certamente não temos nada em comum com esses gringos, não é mesmo?

– Gringos?

– Sabe como é... esses estrangeiros.

– Tenho de voltar ao trabalho.

Durante as semanas seguintes, Sybil Potter encontrou constantemente pretextos para chamar o jovem.

– Henry viajou outra vez esta manhã. Foi fazer uma perfuração qualquer. – Uma pausa e ela acrescentou, insinuante: – Ele devia fazer mais perfurações em casa.

Demiris não teve resposta. O geólogo era um homem muito importante na hierarquia da companhia e Demiris não tinha a menor

intenção de se envolver com sua esposa, arriscando com isso seu próprio emprego. Não sabia exatamente como, mas tinha certeza, sem a menor sombra de dúvida, que de um jeito ou de outro aquele emprego seria seu passaporte para tudo com que sonhava. O petróleo era o futuro e ele estava determinado a fazer parte dele.

CERTA MEIA-NOITE, Sybil Potter mandou chamar Demiris. Ele entrou no alojamento em que a mulher vivia e bateu na porta.

– Entre.

Sybil usava uma camisola fina, que infelizmente nada escondia.

– Eu... queria me falar, madame?

– Queria, sim. Venha até aqui, Costa. Este abajur na mesinha de cabeceira parece não estar funcionando.

Demiris desviou os olhos, enquanto se encaminhava para o abajur. Pegou-o para examinar.

– Não tem lâmpada... – Ele sentiu o corpo de Sybil comprimindo-se contra suas costas, as mãos apalpando-o. – Sra. Potter...

Os lábios dela cobriram os de Demiris, que foi empurrado para a cama. E ele não teve controle sobre o que aconteceu em seguida.

Suas roupas foram arrancadas e ele a penetrou. No instante seguinte Sybil estava gritando de alegria.

– Ah, assim! Assim! Oh, Deus, há quanto tempo! – Ela soltou um ofego final e estremeceu. – Oh, querido, eu amo você!

Demiris permaneceu deitado, em pânico. *O que eu fiz? Estarei liquidado se Potter algum dia descobrir!* Como se lesse seus pensamentos, Sybil Potter soltou uma risadinha e comentou:

– Será o nosso segredinho, não é mesmo, querido?

O SEGREDINHO CONTINUOU por vários meses. Demiris não tinha como evitá-la, e já que o marido ausentava-se por dias a fio, em suas explorações, ele não podia pensar em qualquer desculpa para não ir para a cama com ela. O que agravava a situação era o fato de Sybil Potter ter se apaixonado loucamente por ele.

– Você é bom demais para trabalhar num lugar como este, querido – ela declarou. – Você e eu vamos voltar para a Inglaterra.

– Minha terra é a Grécia.

– Não é mais. – Ela acariciou o corpo comprido e esguio de Demiris. – Voltará para casa comigo. Vou me divorciar de Henry e poderemos casar.

Demiris sentiu um súbito pânico.

– Sybil, eu... eu não tenho dinheiro... e...

Ela passou os lábios por seu peito.

– Isso não é problema. Sei como você pode fazer para ganhar algum dinheiro, querido.

– Sabe?

Ela sentou-se na cama.

– Ontem à noite Henry me contou que acaba de descobrir um novo e enorme lençol petrolífero. Ele é muito competente nessas coisas. Parecia excitado. Escreveu seu relatório antes de partir e me pediu para enviá-lo pelo correio da manhã. Está aqui comigo. Gostaria de dar uma olhada?

O coração de Demiris começou a bater mais depressa.

– Claro. Eu... gostaria muito.

Ele observou-a sair da cama e ir até uma escrivaninha escalavrada no canto. Sybil pegou um envelope pardo grande e voltou para a cama.

– Abra.

Demiris hesitou apenas por um instante. Abriu o envelope e tirou os papéis que estavam lá dentro. Eram cinco páginas. Examinou-as rapidamente, depois voltou ao princípio e leu cada palavra.

– Essa informação vale alguma coisa?

Se a informação valia alguma coisa? Era um relatório sobre um novo campo que podia se transformar num dos mais ricos lençóis petrolíferos da história. Demiris engoliu em seco.

– Vale, sim. Isto é... pode valer.

– Pois aí está! – exclamou Sybil, na maior felicidade. – Agora temos dinheiro.

Ele suspirou.

– Não é tão simples assim.

23

– Por que não?

Demiris explicou:

– É uma informação valiosa para alguém que tenha condições de comprar opções sobre a terra em torno desta área. Mas isso exige dinheiro. – Ele tinha 300 dólares em sua conta bancária.

– Ora, não se preocupe com isso. Henry tem dinheiro. Farei um cheque. Cinco mil dólares serão suficientes?

Constantin Demiris não podia acreditar no que estava ouvindo.

– Claro! Eu... não sei o que dizer.

– É por nós, querido. Por nosso futuro.

Ele sentou-se na cama, pensando rapidamente.

– Sybil, acha que pode segurar este relatório por um ou dois dias?

– Claro. Ficarei com ele até sexta-feira. Isso lhe dará tempo suficiente, querido?

Demiris acenou com a cabeça, lentamente.

– Será tempo suficiente.

COM OS 5 MIL DÓLARES fornecidos por Sybil – *não, não é um presente, é um empréstimo* – Constantin Demiris comprou opções sobre vários hectares em torno do novo campo petrolífero em potencial. Alguns meses depois, quando o petróleo começou a jorrar no campo principal, Constantin Demiris tornou-se subitamente um milionário.

Devolveu os 5 mil dólares a Sybil Potter, mandou-lhe uma camisola nova e voltou para a Grécia. Ela nunca mais tornou a vê-lo.

3

Há uma teoria de que nada na natureza jamais se perde – que cada som já emitido, cada palavra já pronunciada, tudo isso ainda existe em algum lugar no espaço e tempo e pode um dia ser recuperado.

Antes da invenção do rádio, dizem as pessoas, quem poderia acreditar que o ar ao nosso redor estivesse repleto com os sons de música, notícias e vozes do mundo inteiro? Um dia conseguiremos viajar de volta no tempo e ouviremos o Discurso de Gettysburg de Lincoln, a voz de Shakespeare, o Sermão da Montanha...

CATHERINE ALEXANDER ouvia vozes de seu passado, mas eram abafadas e fragmentadas, enchiam-na de confusão...

— Sabe que é uma mulher muito especial, Cathy? Senti isso desde a primeira vez que a vi...

— Está acabado. Quero o divórcio... Estou apaixonada por outro...

— Sei que me comportei muito mal. ...Gostaria de compensá-la...

— Ele tentou me matar.

— Quem tentou matá-la?

— Meu marido.

As vozes não paravam. Eram um tormento. O passado tornou-se um caleidoscópio de imagens instáveis que passavam vertiginosamente por sua mente.

O convento deveria ser um refúgio tranquilo e maravilhoso, mas convertera-se subitamente numa prisão. *Não pertenço a este lugar. Mas a que lugar pertencia?* Ela não tinha a menor ideia.

Não havia espelhos no convento, mas havia um poço refletivo lá fora, perto da horta. Catherine evitara-o com todo cuidado, temendo o que poderia lhe revelar. Mas naquela manhã foi até lá, ajoelhou-se lentamente e olhou para baixo. A água refletiu uma mulher bronzeada, de aparência adorável, feições impecáveis e solenes olhos cinzentos, que pareciam repletos de angústia... mas talvez isso fosse apenas uma ilusão de ótica. Ela viu uma boca generosa, que parecia pronta a sorrir, um nariz ligeiramente arrebitado... uma linda mulher, de trinta e poucos anos. Mas uma mulher sem passado e sem futuro. Uma mulher perdida. *Preciso de alguém para me ajudar*, pensou Catherine, desesperada, *alguém com quem possa conversar*. Ela foi para a sala de irmã Theresa.

— Irmã...

— O que é, criança?

– Eu... acho que gostaria de ver um médico. Alguém que possa me ajudar a descobrir quem eu sou.

Irmã Theresa fitou-a em silêncio por um longo momento.

– Sente-se.

Catherine sentou-se na cadeira diante da escrivaninha velha e escalavrada. Irmã Theresa disse suavemente:

– Minha cara, Deus é o seu médico. No momento apropriado, Ele a fará saber o que deseja que você saiba. Além disso, ninguém de fora jamais teve permissão para entrar nestes muros.

Catherine teve um súbito lampejo de memória... uma imagem vaga de um homem lhe falando no jardim do convento, entregando alguma coisa... mas logo desapareceu.

– Não pertenço a este lugar.

– Pertence a qual?

Era esse o problema.

– Não sei. Estou procurando alguma coisa. Perdoe-me, irmã Theresa, mas tenho certeza de que não está aqui.

Irmã Theresa a estudava com uma expressão pensativa.

– Entendo. Se saísse daqui, para onde iria?

– Não sei.

– Deixe-me pensar a respeito, criança. Voltaremos a conversar em breve.

– Obrigada, irmã.

DEPOIS QUE CATHERINE se retirou, irmã Theresa continuou sentada à escrivaninha, o olhar perdido no espaço. Era uma decisão difícil a que tinha de tomar. Finalmente, pegou um pedaço de papel e uma caneta e começou a escrever.

"Prezado senhor: Aconteceu uma coisa para a qual devo chamar sua atenção. Nossa amiga comum informou-me que deseja deixar o convento. Por favor, aconselhe-me sobre o que fazer."

ELE LEU O BILHETE uma vez e depois recostou-se na cadeira, analisando as consequências da mensagem. *Pronto! Catherine Alexander*

quer voltar dos mortos. Uma pena. Terei de me livrar dela. Com cuidado. Muito cuidado.

O primeiro passo era removê-la do convento. Demiris decidiu que estava na hora de fazer uma visita a irmã Theresa.

NA MANHÃ SEGUINTE, Demiris ordenou que seu motorista o levasse a Ioannina. Constantin Demiris ficou pensando em Catherine Alexander. Recordou como ela era linda ao conhecê-la. Era inteligente, alegre e espirituosa, excitada por estar na Grécia. *Ela tivera tudo*, pensou Demiris. E depois os deuses haviam se vingado. Catherine casara com um dos seus pilotos e o casamento se tornara um inferno. Quase da noite para o dia ela envelhecera dez anos e se tornara uma bêbada gorda e desgrenhada. Demiris suspirou. *Que desperdício!*

DEMIRIS ESTAVA sentado no gabinete de irmã Theresa.

– Detestei ser obrigada a incomodá-lo por causa disso – desculpou-se irmã Theresa –, mas a criança não tem para onde ir e...

– Agiu certo – assegurou Constantin Demiris. – Ela se lembra de alguma coisa do seu passado?

Irmã Theresa sacudiu a cabeça.

– Não. A pobre coitada... – Irmã Theresa foi até a janela e olhou para diversas freiras que trabalhavam na horta. – Ela está lá fora agora.

Constantin Demiris adiantou-se e também olhou pela janela. Havia três freiras ali, de costas para a janela. Ele esperou. Uma delas virou-se e Demiris pôde ver seu rosto e ficou com a respiração presa na garganta. Ela estava linda. O que acontecera com aquela mulher gorda e devastada?

– Ela é a do meio – disse irmã Theresa.

Demiris balançou a cabeça.

– Sei disso. – As palavras de irmã Theresa eram mais verdadeiras do que ela imaginava.

– O que quer que eu faça com ela?

Cuidado!

27

– Deixe-me pensar um pouco a respeito – disse Demiris. – Voltarei a procurá-la.

CONSTANTIN DEMIRIS tinha uma decisão a tomar. A aparência de Catherine Alexander pegara-o de surpresa. Ela mudara completamente. *Ninguém saberia que é a mesma mulher*, ele pensou. E a ideia que aflorou em sua cabeça era tão diabolicamente simples que ele quase riu alto.

Ao final daquela tarde mandou uma mensagem para irmã Theresa.

É UM MILAGRE, pensou Catherine *Um sonho que se converte em realidade*. Irmã Theresa fora à sua pequena cela depois das matinas.

– Tenho notícias para você, criança.

– O que é?

Irmã Theresa escolheu suas palavras com o maior cuidado:

– Boas notícias. Escrevi para um amigo do convento a seu respeito e ele deseja ajudá-la.

Catherine sentiu o coração disparar.

– Ajudar-me... como?

– Eis uma coisa que ele próprio terá de lhe dizer. Mas é um homem muito gentil e generoso. Você vai deixar o convento.

E as palavras provocaram um súbito e inesperado calafrio em Catherine. Sairia para o estranho mundo de que não podia sequer lembrar-se. *E quem era seu benfeitor?*

Irmã Theresa limitou-se a acrescentar:

– Ele é um homem que se preocupa com os outros. Deve sentir-se grata. Seu carro virá buscá-la na manhã de segunda-feira.

CATHERINE NÃO conseguiu dormir nas duas noites seguintes. A perspectiva de deixar o convento e ir para o mundo exterior era subitamente aterradora. Sentia-se nua e perdida. *Talvez seja melhor se não souber quem eu sou. Por favor, Deus, fique de olho em mim.*

A LIMUSINE PAROU no portão do convento às 7 horas da manhã de segunda-feira. Catherine passara a noite inteira acordada, pensando no futuro desconhecido que se estendia à sua frente.

Irmã Theresa acompanhou-a até o portão que levava ao mundo exterior.

– Rezaremos por você. E não se esqueça: se decidir voltar para nós, sempre haverá um lugar aqui para você.

– Obrigada, irmã. Não esquecerei.

Mas no fundo de seu coração Catherine tinha certeza de que jamais voltaria.

A LONGA VIAGEM de carro de Ioannina a Atenas povoou Catherine com uma sucessão de sentimentos conflitantes. Era tremendamente emocionante estar fora dos portões do convento e, no entanto, havia algo ameaçador no mundo além. Descobriria que coisa terrível acontecera em seu passado? Teria algo a ver com o sonho recorrente em que alguém tentava afogá-la?

NO INÍCIO DA TARDE os campos cederam lugar a pequenas aldeias e finalmente alcançaram os arredores de Atenas. Não demorou muito para que estivessem no meio da cidade fervilhante. Tudo parecia estranho e irreal para Catherine... e, ao mesmo tempo, estranhamente familiar. *Já estive aqui antes*, pensou Catherine, excitada.

O motorista seguiu para leste e 15 minutos depois chegaram a uma enorme propriedade, no alto de um morro. Passaram por um portão de ferro e uma casinha de pedra ao lado, subiram por um longo caminho entre ciprestes imponentes e foram parar diante de uma imensa e branca *villa* mediterrânea, emoldurada por meia dúzia de estátuas magníficas.

O motorista abriu a porta do carro para Catherine e ela saltou. Um homem aguardava na porta da frente.

– *Kalimehra*. – A palavra para bom dia aflorou espontânea dos lábios de Catherine.

– *Kalimehra*.

– Você é... é a pessoa que vim ver?

– Não, não sou eu. O Sr. Demiris está à sua espera na biblioteca.

Demiris. Era um nome que ela nunca ouvira antes. Por que ele estava interessado em ajudá-la?

Catherine seguiu o homem através de uma imensa rotunda, com um domo em placas de Wedgewood. O chão era de um mármore italiano cremoso.

A sala de estar era enorme, com teto alto de vigas à mostra, sofás e poltronas baixos e confortáveis por toda parte. Uma tela vasta, um Goya escuro e ameaçador, cobria toda uma parede. O homem parou ao se aproximarem da biblioteca.

– O Sr. Demiris a espera lá dentro.

As paredes da biblioteca eram de painéis de madeira brancos e dourados, as prateleiras estavam ocupadas por livros encadernados em couro e gravações douradas. Um homem sentava-se atrás de uma vasta escrivaninha. Levantou os olhos quando Catherine entrou e ficou de pé. Procurou por um sinal de reconhecimento no rosto da mulher, mas não houve nenhum.

– Seja bem-vinda. Sou Constantin Demiris. Qual é o seu nome? – Ele fez a pergunta num tom casual. *Será que ela se lembrava de seu nome?*

– Catherine Alexander.

Ele não deixou transparecer qualquer reação.

– Seja bem-vinda, Catherine Alexander. Sente-se, por favor.

Demiris sentou-se na frente dela, num sofá de couro preto. Catherine era ainda mais linda de perto. *Ela é magnífica,* pensou Demiris. *Mesmo vestida com esse hábito preto. É uma pena destruir uma coisa tão bonita. Mas pelo menos ela morrerá feliz.*

– É... é muita gentileza sua me receber – murmurou Catherine. – Mas não entendo por que...

Demiris sorriu afavelmente.

– É muito simples. De vez em quando ajudo irmã Theresa. O convento tem muito pouco dinheiro e faço o que posso. Quando ela me escreveu a seu respeito e indagou se eu poderia ajudar, respondi que ficaria feliz em tentar.

– É muito... – Ela parou, sem saber como continuar. – Irmã Theresa lhe explicou que eu... que eu perdi a memória?

– Explicou, sim. – Demiris fez uma pausa e depois acrescentou, suavemente: – Quanto se lembra?

– Sei meu nome, mas não sei de onde venho ou quem realmente sou. – E Catherine acrescentou, esperançosa: – Talvez eu possa encontrar aqui em Atenas alguém que me conheça.

Constantin Demiris experimentou um súbito calafrio de alarme. Era a última coisa no mundo que ele queria.

– É bem possível, claro. Mas por que não deixamos para conversar sobre isso pela manhã? Infelizmente, tenho de comparecer a uma reunião agora. Mandei arrumar uma suíte para você. Creio que ficará confortável.

– Eu... eu não sei como agradecer.

Ele acenou com a mão.

– Não é necessário. Será bem cuidada aqui. Quero apenas que se sinta em casa.

– Obrigado, Sr....

– Os amigos me chamam de Costa.

UMA GOVERNANTA conduziu Catherine a um quarto fantástico, em tons suaves de branco, uma cama enorme com dossel de seda, sofás e poltronas brancos, mesinhas e abajures antigos e quadros impressionistas nas paredes. Persianas de um verde claro impediam a entrada do sol ofuscante. Através das janelas, Catherine pôde ver o mar turquesa lá embaixo.

– O Sr. Demiris mandou que algumas roupas fossem trazidas até aqui para a sua aprovação – informou a governanta. – Deve ficar com o que lhe agradar.

Catherine percebeu, pela primeira vez, que ainda usava o hábito que haviam lhe dado no convento.

– Obrigada. – Ela arriou na cama macia, com a sensação de que estava num sonho. Quem era aquele estranho e por que se mostrava tão gentil?

UMA HORA DEPOIS, um furgão chegou à casa, cheio de roupas. Uma costureira foi conduzida ao quarto de Catherine.

– Sou madame Dimas. Vamos ver com que teremos de trabalhar. Quer se despir, por favor?

31

– Co... como?

– Quer se despir? Não posso saber como é seu corpo com essa roupa.

Quanto tempo já passara desde que ela ficara nua na presença de outra pessoa?

Catherine começou a tirar as roupas, sentindo-se inibida. Quando ela ficou nua, madame Dimas avaliou-a com seus olhos experientes. E ficou impressionada.

– Tem um corpo maravilhoso. Creio que poderemos fazer muita coisa para ajudá-la.

Duas assistentes entraram no quarto, carregando caixas de vestidos, roupas de baixo, blusas, saias e sapatos.

– Escolha o que quiser e vamos experimentar – sugeriu a costureira.

– Eu... não posso comprar nada disso – protestou Catherine. – Não tenho dinheiro.

A costureira riu.

– Não creio que o dinheiro será problema. O Sr. Demiris cuidará disso.

Mas por quê?

Os tecidos despertaram memórias táteis de roupas que ela devia ter usado outrora. Havia sedas, tweeds e algodões, numa profusão de cores.

As três mulheres eram rápidas e eficientes, e duas horas depois Catherine tinha meia dúzia de lindos trajes. Era desconcertante. Ela ficou sentada, sem saber o que fazer.

Estou completamente vestida, ela pensou, *mas não tenho para onde ir.* Mas havia um lugar para ir – para a cidade. A pista para o que quer que lhe acontecera estava em Atenas. Não tinha a menor dúvida quanto a isso. Ela se levantou. *Vamos embora, estranha. Tentaremos descobrir quem você é.*

Catherine entrou no vestíbulo e um mordomo aproximou-se.

– Posso ajudá-la, madame?

– Pode, sim. Eu gostaria de ir à cidade. Pode me chamar um táxi?

– Isso não será necessário, madame. Temos limusines à sua disposição. Providenciarei um motorista.

Catherine hesitou.

– Obrigada. – O Sr. Demiris ficaria zangado se ela fosse à cidade? Ele não dissera coisa alguma a respeito. Poucos minutos depois, ela estava sentada no banco traseiro de uma limusine Daimler, seguindo para o centro de Atenas.

CATHERINE SENTIU-SE atordoada com a cidade barulhenta e agitada, com a pungente sucessão de ruínas e monumentos que surgiam ao seu redor. O motorista apontou para a frente e comentou, orgulhoso:

– Ali está o Parthenon, madame, por cima da Acrópole.

Catherine olhou fixamente para o prédio de mármore branco familiar e se ouviu murmurar:

– Dedicado a Atena, a deusa da sabedoria.

O motorista deu um sorriso de aprovação.

– É estudiosa da história grega, madame?

Lágrimas de frustração toldaram a visão de Catherine.

– Não sei – ela balbuciou. – Não sei.

Estavam passando por outra ruína.

– Este é o teatro de Herodes Ático. Como pode observar, parte dos muros ainda está de pé. Outrora cabiam mais de cinco mil pessoas sentadas.

– Seis mil duzentas e cinquenta e sete – murmurou Catherine.

Havia modernos hotéis e prédios de escritórios por toda parte, em meio às ruínas eternas, uma exótica mistura do passado e presente. A limusine passou por um enorme parque no centro da cidade, com chafarizes cintilantes no meio. Havia no parque dezenas de mesas com postes pintados de verde e laranja, cobertas por guarda-sóis azuis.

Já vi isso antes, pensou Catherine, sentindo que as mãos ficavam geladas. *E era feliz naquele tempo.*

HAVIA CAFÉS AO ar livre praticamente em cada quarteirão e nas esquinas homens vendiam esponjas recém-apanhadas. Por toda

33

parte vendedores ofereciam flores, as barracas uma violenta profusão de cores.

A limusine chegou à praça Syntagma. Ao passarem por um hotel na esquina, Catherine gritou:

– Pare, por favor!

O motorista encostou no meio-fio. Catherine sentia dificuldade para respirar. *Reconheço este hotel. Já estive hospedada aqui.* A voz tremia quando ela disse:

– Eu gostaria de saltar aqui. Poderia vir me buscar... dentro de duas horas?

– Claro, madame. – O motorista apressou-se para lhe abrir a porta e Catherine saiu para o ar quente do verão. As pernas estavam trêmulas. – Está se sentindo bem, madame?

Ela não respondeu. Tinha a sensação de que se encontrava à beira de um precipício, prestes a cair num abismo desconhecido e terrível.

ELA FOI ANDANDO pela multidão, espantada com as hordas de pessoas que seguiam apressadas pelas ruas, criando uma algazarra de conversa atordoante. Depois do silêncio e solidão do convento, tudo parecia irreal. Catherine descobriu-se a seguir para o Plaka, o antigo distrito de Atenas, no coração da cidade, com suas vielas sinuosas e decrépitas, escadas gastas que levavam a casas minúsculas, cafés, precárias estruturas brancas. Descobriu o caminho por algum instinto que não entendia nem tentou controlar. Passou por uma taverna no alto de um telhado, com ampla vista da cidade. Parou de repente, olhando fixamente. *Já me sentei àquela mesa. E me entregaram um cardápio em grego. Éramos três pessoas.*

O que você gostaria de comer?, eles perguntaram.

Não se importam de pedir para mim? Tenho medo de pedir o proprietário.

Eles riram. Mas quem eram "eles"?

Um garçom aproximou-se de Catherine.

– *Boro na sas voithiso?*

– *Ochi efharisto.*

34

Posso ajudá-la? Não, obrigada. Como eu soube disso? Sou grega?
Catherine seguiu em frente, apressada. Era como se alguém a guiasse. Parecia saber exatamente para onde ir.

Tudo parecia familiar. E nada, ao mesmo tempo. *Santo Deus,* ela pensou, *estou enlouquecendo. Tendo alucinações.* Passou por um café em que estava escrito Treflinkas. Uma lembrança aflorou num canto da mente. Alguma coisa lhe acontecera ali, algo importante. Não podia recordar o quê.

Continuou andando pelas ruas sinuosas e movimentadas e virou à esquerda em Voukourestiou. Estava cheia de lojas elegantes. *Eu fazia compras aqui.* Começou a atravessar a rua e um sedã azul virou a esquina em disparada, por pouco não a atropelando.

Recordou uma voz dizendo: *Os gregos não fizeram a transição para os automóveis. Em seus corações ainda estão conduzindo burros. Se quer entender os gregos, não leia os guias turísticos; leia as antigas tragédias gregas. Transbordamos de grandes paixões, alegrias profundas e pesares imensos, ainda não aprendemos a nos cobrir com um verniz civilizado.*

Quem lhe dissera isso?

UM HOMEM SE aproximava depressa pela rua, fitando-a fixamente. Passou a andar mais devagar, com uma expressão de reconhecimento. Era alto e moreno. Catherine tinha certeza de que nunca o vira antes. E, no entanto...

– Olá. – Ele parecia satisfeito em vê-la.

– Olá. – Catherine respirou fundo. – Você me conhece?

Ele estava sorrindo.

– Claro que conheço.

– Poderíamos... poderíamos conversar?

– Acho que devemos.

Catherine se encontrava à beira do pânico. O mistério de sua identidade estava prestes a ser resolvido. E, no entanto, ela sentia um medo terrível. *E se eu não quiser saber? E se fiz alguma coisa pavorosa?* O homem a levava na direção de uma pequena taverna ao ar livre, comentando:

35

– Estou contente por tê-la encontrado.

Catherine engoliu em seco.

– Eu também.

Um garçom conduziu-os a uma mesa.

– O que vai querer beber? – perguntou o homem.

Ela sacudiu a cabeça.

– Nada.

Havia muitas perguntas a fazer. *Por onde devo começar?*

– Está muito bonita – disse o homem. – É o destino. Não concorda?

– Concordo. – Catherine quase tremia de excitamento. Respirou fundo. – Há... onde nos conhecemos?

Ele sorriu.

– Isso é importante, *koritsimon*? Paris ou Roma, nas corridas ou numa festa. – O homem inclinou-se para a frente e apertou a mão de Catherine. – É a mais linda que já vi por aqui. Quanto cobra?

Catherine fitou-o aturdida por um instante, sem compreender, depois levantou-se, chocada.

– Ei, qual é o problema? Pagarei o que quiser...

Catherine virou-se e fugiu, desceu correndo a rua. Virou uma esquina e diminuiu os passos, os olhos repletos de lágrimas de humilhação.

À sua frente havia uma pequena taverna com uma tabuleta na janela que dizia: MADAME PIRIS – CARTOMANTE. Catherine foi andando mais devagar, e acabou parando. *Conheço madame Piris. Já estive aqui antes.* Seu coração começou a disparar. Sentiu que ali, além da entrada escura, estava o começo do fim do mistério. Ela abriu a porta e entrou. Demorou um momento para se ajustar à escuridão no interior da taverna. Havia um balcão familiar no canto e uma dúzia de mesas e cadeiras. Um garçom adiantou-se e lhe falou em grego:

– *Kalimehra.*

– *Kalimehra. Pou ineh* madame Piris?

– Madame Piris?

O garçom gesticulou para uma mesa vazia no canto. Catherine foi até lá e sentou. Tudo era exatamente como lembrava.

Uma mulher incrivelmente velha, vestida de preto, com um rosto murcho em ângulos e planos, aproximou-se da mesa.

– Em que posso...? – Ela parou, observando o rosto de Catherine. Arregalou os olhos. – Eu a conheci, mas seu rosto... – Ela soltou uma exclamação de espanto. – Você voltou!

– Sabe quem eu sou? – perguntou Catherine, ansiosa.

A mulher não desviava os olhos dela, com uma expressão horrorizada.

– Não! Você morreu! Saia!

Catherine gemeu baixinho e sentiu os cabelos na nuca começarem a arrepiar.

– Por favor... eu queria apenas...

– Saia, Sra. Douglas!

– Preciso saber...

A velha fez o sinal da cruz, virou-se e fugiu.

Catherine continuou sentada ali por um momento, tremendo toda, depois saiu às pressas para a rua. A voz em sua cabeça acompanhou-a. *Sra. Douglas!*

E foi como se uma comporta se abrisse. Dezenas de cenas brilhantemente iluminadas afloraram de súbito em sua cabeça, uma sucessão de caleidoscópios fora de controle. *Sou a Sra. Larry Douglas.* Podia ver o rosto bonito do marido. Estava perdidamente apaixonada por ele, mas alguma coisa saíra errado. Alguma coisa...

A imagem seguinte foi dela própria tentando cometer suicídio e despertando num hospital.

Catherine parou no meio da rua, temendo que as pernas não a sustentassem, deixando que as imagens desfilassem por sua mente.

Vinha bebendo muito porque perdera Larry. Mas depois ele voltara. Estavam no apartamento de Catherine e Larry dizia:

– Sei que me comportei da pior forma possível. Gostaria de compensá-la, Cathy. Eu a amo. Nunca realmente amei qualquer outra. Quero outra chance. Não gostaria de viajar comigo numa segunda lua de mel? Conheço um lugarzinho maravilhoso para onde podemos ir. Chama-se Ioannina.

37

E depois o horror começara.

As imagens que surgiam em sua mente eram agora aterradoras.

Estava no topo de uma montanha com Larry, envoltos por um turbilhão cinzento de neblina. Ele avançava em sua direção, os braços estendidos, pronto para empurrá-la pela beira. Alguns turistas chegaram nesse momento e salvaram-na.

E depois as cavernas.

– *O recepcionista do hotel me falou que há cavernas aqui perto. Todos os casais em lua de mel vão até lá.*

E foram às cavernas, Larry levou-a bem para o fundo e deixou-a lá para morrer.

Catherine comprimiu as mãos contra os ouvidos, como se quisesse eliminar os terríveis pensamentos que a invadiam.

Fora resgatada e levada de volta ao hotel, um médico lhe dera um sedativo. Mas acordara no meio da noite e ouvira Larry e a amante na cozinha, planejando assassiná-la, o vento trazendo suas palavras.

...ninguém jamais saberá...

...eu disse que cuidaria de tudo...

...saiu errado. Não há nada que eles possam fazer...

...agora, enquanto ela dorme.

E Catherine lembrou-se de ter fugido em meio à terrível tempestade... sendo perseguida por eles... embarcando no bote, o vento empurrando o bote para o meio do lago. O bote começara a afundar e ela perdera os sentidos.

Catherine arriou num banco na rua, exausta demais para continuar a andar. Então, seus pesadelos eram reais. O marido e a amante haviam tentado matá-la.

Ela pensou outra vez no estranho que fora visitá-la no convento pouco depois de ser salva. Ele lhe dera uma pequena ave de ouro, as asas levantadas para o voo. *"Ninguém lhe fará mal agora. As pessoas iníquas estão mortas."* Ainda não podia ver seu rosto claramente.

A cabeça de Catherine começou a latejar.

Finalmente, ela levantou e foi andando devagar para a rua em que encontraria o motorista que a levaria de volta para a casa de Constantin Demiris, onde estaria sã e salva.

4

– **P**or que a deixou sair de casa? – perguntou Constantin Demiris.

– Desculpe, senhor – respondeu o mordomo. – Não disse que ela não poderia sair e por isso...

Demiris forçou-se a parecer calmo.

– Não é importante. Provavelmente ela estará de volta em breve.

– Mais alguma coisa, senhor?

– Não.

Ele ficou observando o mordomo se retirar. Demiris foi até uma janela e olhou para o jardim impecável. Era perigoso para Catherine Alexander aparecer nas ruas de Atenas, onde alguém poderia reconhecê-la. *É uma pena que eu não possa deixá-la viver. Mas primeiro... minha vingança. Ela permanecerá viva até eu concluir minha vingança. Vou me divertir com ela. Eu a despacharei para longe daqui, para algum lugar em que ninguém a conhecerá. Londres é um lugar seguro. Poderemos vigiá-la. Eu lhe darei um emprego em meu escritório ali.*

UMA HORA DEPOIS, quando Catherine voltou à casa, Constantin Demiris pôde sentir no mesmo instante a mudança que ocorrera nela. Era como se alguma cortina escura tivesse sido levantada e Catherine adquirisse vida subitamente. Usava um atraente conjunto de seda branca, com uma blusa branca... e Demiris ficou impressionado pela mudança de sua aparência. *Nostimi,* ele pensou. *Sensual.*

– Sr. Demiris...

– Costa.

– Eu... sei quem sou... e o que aconteceu.

O rosto de Demiris nada deixava transparecer.

– É mesmo? Pois sente-se, minha cara, e me conte tudo.

Catherine estava excitada demais para sentar. Começou a andar de um lado para outro, em movimentos bruscos, as palavras despejando-se impetuosamente:

39

– Meu marido e sua... sua amante, Noelle, tentaram me matar. – Ela parou, fitando-o com uma expressão ansiosa. – Parece uma loucura? Eu... não sei. Talvez seja.

– Continue, minha cara – disse Demiris, suavemente.

– Algumas freiras do convento me salvaram. Meu marido trabalhava para você, não é mesmo?

Demiris hesitou, avaliando sua resposta com o maior cuidado.

– Trabalhava. – Até quanto deveria contar? – Era um dos meus pilotos. E eu tinha um senso de responsabilidade em relação a você. É só isso...

Ela fitou-o nos olhos.

– Mas sabia quem eu era. Por que não me disse esta manhã?

– Receei o choque. Achei que era melhor que descobrisse as coisas por si mesma.

– Sabe o que aconteceu com meu marido e aquela... aquela mulher? Onde estão?

Foi a vez de Demiris fitar Catherine nos olhos.

– Foram executados.

Ele observou o sangue se esvair do rosto de Catherine. Ela deixou escapar um pequeno som. Sentiu-se subitamente muito fraca para ficar de pé e arriou numa cadeira.

– Eu não...

– Foram executados pelo Estado, Catherine.

– Mas... por quê?

Cuidado. Perigo.

– Porque tentaram assassiná-la.

Catherine franziu o rosto.

– Não entendo. Por que o Estado os executou? Estou viva...

Ele interrompeu-a.

– As leis gregas são muito rigorosas, Catherine. E a justiça aqui é rápida. Eles foram submetidos a um julgamento público. Diversas testemunhas declararam que seu marido e Noelle Page tentaram matá-la. Eles foram julgados culpados e condenados à morte.

– É difícil acreditar. – Catherine estava atordoada. – O julgamento...

Constantin Demiris adiantou-se e pôs a mão em seu ombro.

– Deve remover o passado de sua mente. Eles tentaram fazer uma coisa horrível com você e pagaram por isso. – Demiris assumiu um tom mais jovial. – Acho que você e eu deveríamos agora conversar sobre o futuro. Tem algum plano?

Ela não o ouvia. *Larry*, pensou. *O rosto bonito de Larry, rindo. Os braços de Larry, a voz...*

– Catherine...

Ela levantou os olhos.

– Como?

– Já pensou no futuro?

– Não. Eu... não sei o que vou fazer. Acho que poderia ficar em Atenas...

– Nada disso – declarou Demiris, com firmeza. – Não seria uma boa ideia. Traria de volta muitas lembranças desagradáveis. Sugiro que deixe a Grécia.

– Mas não tenho para onde ir...

– Pensei um pouco a respeito, Catherine. Tenho escritório em Londres. Houve uma época em que você trabalhou para um homem chamado William Fraser, em Washington. Lembra disso?

– William...?

E de repente ela lembrou. Fora um dos períodos mais felizes de sua vida.

– Creio que era a assistente administrativa dele.

– Isso mesmo...

– Poderia fazer o mesmo trabalho para mim em Londres.

Catherine hesitou.

– Não sei... não quero parecer ingrata, mas...

– Eu compreendo. Sei que tudo parece estar acontecendo muito depressa. – A voz de Demiris era de simpatia. – Precisa de algum tempo para pensar a respeito de tudo. Por que não janta sozinha em seu quarto e pela manhã voltamos a conversar?

Sugerir que ela jantasse em seu quarto fora uma inspiração de última hora. Não podia permitir que sua esposa a encontrasse.

41

– É muito gentil – murmurou Catherine. – E muito generoso. As roupas são...

Ele afagou a mão de Catherine, segurando-a por uma fração a mais do que o necessário.

– O prazer foi meu.

ELA SENTOU NO QUARTO, contemplando o sol ardente mergulhar no Egeu azul, numa explosão de cores. *Não há sentido em reconstituir o passado. Há o futuro para pensar. Graças a Deus por Constantin Demiris.* Ele era o seu cabo salva-vidas. Sem ele, não teria a quem recorrer. E lhe oferecera um emprego em Londres. *Vou aceitá-lo?* Seus pensamentos foram interrompidos por uma batida na porta.

– Trouxemos o seu jantar, madame.

MUITO DEPOIS de Catherine se retirar, Constantin Demiris continuou sentado na biblioteca, pensando a respeito da conversa. *Noelle.* Apenas uma vez na vida Demiris permitira-se perder o controle de suas emoções. Apaixonara-se perdidamente por Noelle Page e ela se tornara sua amante. Jamais conhecera uma mulher como ela. Era conhecedora de arte, música e negócios, tornara-se indispensável. Nada em Noelle o surpreendia. Tudo em Noelle o surpreendia. Estava obcecado por ela. Era a mulher mais linda e sensual que já conhecera. Renunciara ao estrelato para ficar ao seu lado. Noelle lhe despertara emoções que nunca experimentara antes. Era sua amante, confidente e amiga. Confiara completamente em Noelle e ela o traíra com Larry Douglas. Fora um erro pelo qual Noelle pagou com a própria vida. Constantin Demiris providenciara com as autoridades para que o corpo fosse sepultado no cemitério em Psara, sua ilha particular no Egeu. Todos comentaram que fora um gesto belo e sentimental. Na verdade, Demiris cuidara do enterro ali só para ter o prazer requintado de pisar na sepultura da sacana. Na mesinha de cabeceira de Demiris havia uma fotografia de Noelle, adorável, fitando-o e sorrindo. Sorrindo eternamente, congelada no tempo.

Mesmo agora, mais de um ano depois, Demiris não era capaz de parar de pensar em Noelle. Era uma ferida aberta que nenhum médico jamais seria capaz de curar.

Por quê, Noelle, por quê? Dei tudo a você. E a amava, sua puta. Isso mesmo, eu a amava. E amo.

E havia também Larry Douglas. Ele também pagara com a vida. Mas isso não era suficiente para Demiris. Tinha outra vingança em mente. Perfeita. Iria desfrutar de todo prazer com a esposa de Douglas, assim como Douglas fizera com Noelle. E depois despacharia Catherine ao encontro do marido.

– Costa...

Era a voz de sua esposa.

Melina entrou na Biblioteca.

Constantin Demiris era casado com Melina Lambrou, uma mulher atraente, de uma tradicional e aristocrática família grega. Era alta e magnífica, com uma dignidade inata.

– Costa, quem é a mulher que vi no vestíbulo?

Sua voz estava tensa. A pergunta pegou-o desprevenido.

– Como? Ah, sim... é amiga de um associado nos negócios. Vai trabalhar para mim em Londres.

– Só a vi de passagem, mas ela me lembra alguém.

– É mesmo?

– É, sim. – Melina hesitou. – Lembra-me a esposa do piloto que trabalhava para você. Mas isso é impossível. Eles a mataram.

– É verdade – concordou Demiris. – Eles a mataram.

Ele observou Melina se afastar. Teria de tomar cuidado. Melina não era tola. *Nunca deveria ter casado com ela*, pensou Demiris. *Foi um tremendo erro...*

Dez anos antes o casamento de Melina Lambrou e Constantin Demiris chocara profundamente círculos empresariais e sociais, de Atenas à Riviera e Newport. O que tornara o casamento tão excitante

43

era o fato de que apenas um mês antes do casamento Melina estava noiva de outro homem.

QUANDO CRIANÇA, Melina consternara a família por ser voluntariosa. Aos 10 anos decidira que queria ser marinheira. O motorista da família a encontrara no porto, tentando entrar num navio, e levara-a para casa em desgraça. Aos 12 anos tentara fugir com um circo itinerante.

Ao completar 17 anos, Melina já se resignara a seu destino – era bela, fabulosamente rica e filha de Mihalis Lambrou. Os jornais adoravam escrever a seu respeito. Era uma figura de conto de fadas e seus companheiros eram príncipes e princesas. Apesar de tudo, por algum milagre, Melina conseguira permanecer imaculada. Tinha um irmão, Spyros, dez anos mais velho, e adoravam um ao outro. Os pais morreram quando Melina tinha 13 anos e fora Spyros quem a criara.

Ele era extremamente protetor da irmã... até demais, pensava Melina. Quando ela alcançou o final da adolescência, Spyros tornou-se ainda mais cauteloso com os pretendentes de Melina, investigando meticulosamente cada candidato à mão da irmã. Nenhum deles se mostrara bom o suficiente.

– Você precisa tomar cuidado – ele advertia constantemente a Melina. – É um alvo para todos os caçadores de fortuna do mundo. É jovem, rica e bonita, tem um nome famoso.

– Bravo, meu querido irmão. Isso será de grande conforto para mim quando tiver 80 anos e morrer solteirona.

– Não se preocupe, Melina. O homem certo acabará aparecendo.

SEU NOME ERA CONDE Vassilis Manos, tinha 40 e poucos anos, um bem-sucedido empresário, de uma antiga e distinta família grega. O conde apaixonou-se de imediato pela linda e jovem Melina. O pedido de casamento foi formulado poucas semanas após se conhecerem.

– Ele é perfeito para você – declarou Spyros, na maior felicidade – Manos tem os pés no chão e é louco por você.

Melina não sentia tanto entusiasmo.

– Ele não tem nada de excitante, Spyros. Quando estamos juntos, só sabe falar de negócios, negócios e mais negócios. Gostaria que ele fosse mais... mais romântico.

O irmão garantiu, com toda firmeza:

– Há mais num casamento do que apenas romance. Deve ter um marido que seja sólido e estável, que se devotará a você.

E Melina acabou sendo convencida a aceitar o pedido de casamento do conde Manos. Ele ficou emocionado.

– Acaba de me transformar no homem mais feliz do mundo. Tenho uma nova companhia e vou lhe dar o nome de Melina Internacional.

Ela teria preferido uma dúzia de rosas. A data do casamento foi marcada, mil convites entregues, planos elaborados formulados.

E FOI ENTÃO QUE Constantin Demiris entrou na vida de Melina Lambrou.

Conheceram-se em uma das dezenas de festas oferecidas aos noivos. A anfitriã apresentou-os.

– Esta é Melina Lambrou... Constantin Demiris.

Demiris contemplou-a com seus olhos pretos pensativos.

– Por quanto tempo eles a deixarão ficar?

– Como?

– Certamente foi enviada dos céus para ensinar a nós, os mortais, o que é a beleza.

Melina riu.

– É muito lisonjeiro, Sr. Demiris.

Ele sacudiu a cabeça.

– Você está além da lisonja. Nada que eu pudesse dizer lhe faria justiça.

O conde Manos aproximou-se nesse instante e interrompeu a conversa.

Naquela noite, pouco antes de dormir, Melina pensou em Demiris. Já ouvira falar a seu respeito, é claro. Ele era rico, viúvo,

45

tinha a reputação de ser um financista implacável e um conquistador compulsivo. *Fico contente por não estar apaixonada por ele*, pensou Melina.

Os deuses estavam rindo.

NA MANHÃ SEGUINTE à festa, o mordomo de Melina entrou na sala do desjejum e informou:

– Acabam de lhe trazer um pacote, Srta. Lambrou. Foi entregue pelo motorista do Sr. Demiris.

– Pode trazer, por favor.

Então Constantin Demiris pensa que vai me impressionar com sua riqueza. Pois ele terá um grande desapontamento. O que quer que ele tenha mandado... uma joia valiosa ou alguma antiguidade inestimável... vou devolver imediatamente.

O pacote era pequeno e retangular, muito bem embrulhado. Melina abriu-o. O cartão dizia, simplesmente: "Achei que poderia gostar disso. Constantin."

Era um exemplar encadernado em couro de *Toda Raba*, de Nikos Kazantzakis, seu autor predileto. *Como ele descobrira?*

Melina escreveu um bilhete de agradecimento polido e pensou: *Ponto final.*

Na manhã seguinte, chegou outro embrulho. Era um disco de Delius, seu compositor predileto. O bilhete dizia: "Pode gostar de ouvir isso enquanto lê *Toda Raba*."

Daquele dia em diante houve presentes diários. Suas flores prediletas, perfumes, músicas e livros. Constantin Demiris se dera ao trabalho de descobrir quais eram os gostos de Melina e ela não podia deixar de se sentir lisonjeada por sua atenção. Quando Melina telefonou para agradecer, Demiris disse:

– Nada que eu possa um dia dar lhe faria justiça.

A quantas mulheres ele já dissera isso antes?

– Quer almoçar comigo, Melina?

Ela já ia dizer não, mas pensou: *Não há mal nenhum em almoçar com ele. É um homem muito atencioso.*

46

– Está bem.

Quando comentou com o conde Manos que ia almoçar com Constantin Demiris, ele protestou.

– Qual é o sentido, minha cara? Não tem nada em comum com aquele homem horrível. Por que vai se encontrar com ele?

– Ele tem me enviado presentes todos os dias, Vassilis. Vou pedir-lhe que pare com isso.

E mesmo enquanto falava, Melina pensou: *Eu poderia ter falado isso pelo telefone.*

CONSTANTIN DEMIRIS fizera reserva no popular restaurante Floca, na rua Panepistimiou, e estava esperando quando Melina chegou. Levantou-se no mesmo instante.

– Você está aqui. Receei que pudesse mudar de ideia.

– Sempre cumpro a minha palavra.

Ele fitou-a nos olhos e declarou solenemente:

– E eu também cumpro a minha. Vou casar com você.

Melina sacudiu a cabeça, meio divertida, meio irritada.

– Sr. Demiris, estou noiva de outro homem.

– Manos? – Ele acenou com a mão em dispensa. – Não é o homem certo para você.

– É mesmo? E por que não?

– Já mandei investigá-lo. A insanidade multiplica-se em sua família, ele é hemofílico e procurado pela polícia por assédio sexual em Bruxelas, além de péssimo jogador de tênis.

Melina não pôde deixar de rir.

– E você?

– Não jogo tênis.

– E é por isso que devo casar com você?

– Não. Casará comigo porque vou torná-la a mulher mais feliz que já existiu.

– Sr. Demiris...

Ele cobriu a mão de Melina.

– Costa.

47

Melina retirou a mão.

– Sr. Demiris, vim aqui hoje para lhe dizer que quero que pare de me mandar presentes. Não pretendo tornar a vê-lo.

Ele fitou-a em silêncio por um momento.

– Tenho certeza de que não é uma pessoa cruel.

– Espero que não.

Demiris sorriu.

– Ótimo. Então não vai querer partir meu coração.

– Duvido que seu coração seja tão facilmente partido. Tem uma reputação e tanto.

– Isso foi antes de conhecê-la. Sonhava com você há muito tempo.

Melina riu.

– Falo sério. Quando era muito jovem, costumava ler sobre a família Lambrou. Vocês eram muito ricos e eu muito pobre. Não tinha nada. Vivíamos de um dia para outro. Meu pai era um estivador que trabalhava nas docas do Pireu. Éramos 14 irmãos e tínhamos de lutar por tudo o que queríamos.

Melina sentiu-se comovida, a contragosto.

– Mas agora é um homem rico.

– Sou, sim... mas não tão rico quanto ainda serei.

– O que o fez rico?

– A fome. Eu estava sempre com fome. E ainda continuo faminto.

Ela podia ler a verdade nos olhos de Demiris.

– Como... como começou?

– Quer mesmo saber?

E Melina ouviu-se a responder:

– Quero, sim.

– Quando tinha 17 anos, fui trabalhar numa pequena companhia petrolífera no Oriente Médio. E não estava indo muito bem. Uma noite, jantei com um jovem geólogo que trabalhava para uma grande companhia. Pedi um bife naquela noite, mas ele tomou apenas sopa. Perguntei por que não comia um bife também e ele explicou que não tinha os dentes de trás e não dispunha de dinheiro para comprar uma dentadura. Dei-lhe 50 dólares para comprá-la. Um mês

depois, ele me telefonou no meio da noite para dizer que acabara de descobrir um novo depósito de petróleo. Ainda não comunicara a seu empregador. Pela manhã, comecei a tomar emprestado todo dinheiro que podia e ao final da tarde comprara opções em todas as terras ao redor da nova descoberta. E era um dos maiores depósitos de petróleo do mundo.

Melina absorvia cada palavra, fascinada.

– Esse foi o começo. Eu precisava de petroleiros para transportar meu petróleo e acabei comprando uma frota. Depois uma refinaria. E uma empresa aérea. – Demiris deu de ombros. – E continuei assim.

Só muito depois do casamento é que Melina descobriu que a história do bife não passava de pura ficção.

MELINA LAMBROU não tinha a menor intenção de tornar a se encontrar com Constantin Demiris. Mas por uma série de coincidências cuidadosamente arranjadas, Demiris dava um jeito de aparecer na mesma festa, teatro ou evento beneficente a que Melina comparecia. E cada vez ela sentia seu magnetismo intenso. Em comparação com ele, Vassilis Manos parecia – ela detestava admitir, até para si mesma – um chato.

Melina Lambrou gostava dos pintores flamengos, e quando uma tela de Bruegel, *Caçadores na neve*, foi posta à venda, antes que ela pudesse comprá-la Constantin Demiris mandou-a para sua casa como um presente. Melina sentia-se fascinada pelo conhecimento extraordinário que ele tinha de seus gostos.

– Não posso aceitar um presente tão dispendioso – ela protestou.

– Mas não é um presente. Terá de pagar. Jante comigo esta noite.

E ela acabou aceitando. O homem era irresistível.

Uma semana depois, Melina rompeu o noivado com o conde Manos.

QUANDO MELINA lhe deu a notícia, o irmão ficou aturdido.

– Mas por quê? – indagou Spyros. – *Por quê?*

– Porque vou me casar com Constantin Demiris.

49

Ele ficou consternado.

– Deve estar louca. Não pode casar com Demiris. Ele é um monstro. Vai destruí-la. Se...

– Está enganado em relação a ele, Spyros. É um homem maravilhoso. Estamos apaixonados. E...

– *Você* está apaixonada – interrompeu-a Spyros, bruscamente. - Não sei o que ele está querendo, mas não tem nada a ver com amor. Sabe qual é a reputação de Demiris com as mulheres? Ele...

– Tudo isso pertence ao passado, Spyros. Serei sua esposa.

E nada do que ele falou foi capaz de dissuadir a irmã do casamento.

Um mês depois, Melina Lambrou e Constantin Demiris estavam casados.

No INÍCIO PARECIA um casamento perfeito. Constantin era divertido e atencioso. Era um amante excitante e ardente, constantemente surpreendendo Melina com presentes suntuosos e viagens a lugares exóticos. Ele disse na primeira noite da lua de mel:

– Minha primeira esposa nunca pôde me dar uma criança. Agora teremos muitos filhos.

– E nenhuma filha?

– Se você quiser. Mas primeiro um homem.

Constantin ficou extasiado no dia em que Melina soube que estava grávida.

– Ele vai assumir meu império – declarou Demiris, na maior felicidade.

Melina abortou no terceiro mês. Constantin Demiris estava fora do país quando aconteceu. Ao voltar e ouvir a notícia, reagiu como um louco.

– O que você fez? – ele gritou. – Como pôde acontecer?

– Costa, eu...

– Foi negligente!

– Não... juro...

Ele respirou fundo.

– Muito bem. O que está feito, está feito. Teremos outro filho.

– Eu... não posso.

Melina não foi capaz de fitá-lo nos olhos.

– O que está dizendo?

– Tiveram de fazer uma operação. Não posso t r outro filho.

Ele ficou absolutamente imóvel por um longo tempo, depois virou-se e saiu sem dizer nada.

Daquele momento em diante, a vida de Melina tornou-se um inferno. Constantin Demiris comportava-se como se a esposa tivesse deliberadamente matado seu filho. Ignorava-a e começou a sair com outras mulheres.

Melina poderia até suportar isso, mas o que tornava a humilhação tão angustiante era o prazer que o marido sentia em ostentar publicamente suas ligações. Levava as amantes para Psara, sua ilha particular, perto de Chios, em cruzeiros no seu iate e a funções públicas. A imprensa registrava alegremente as aventuras românticas de Constantin Demiris.

ESTAVAM NUM jantar na casa de um proeminente banqueiro.

– Você e Melina não podem deixar de ir – dissera o banqueiro. – Tenho um novo cozinheiro oriental que prepara a melhor comida chinesa do mundo.

A lista de convidados era prestigiosa. À mesa de jantar havia uma coleção fascinante de artistas, políticos e industriais. A comida era de fato maravilhosa. O cozinheiro preparara sopa de barbatana de tubarão, trouxinhas de camarão, porco *mu shu*, pato de Pequim, costeletas de porco, talharim de Cantão e uma dúzia de outros pratos.

Melina sentava-se ao lado do anfitrião, numa extremidade da mesa, o marido ao lado da anfitriã, na outra extremidade. À direita de Demiris estava uma linda e jovem artista de cinema. Demiris concentrava-se nela, ignorando todas as outras pessoas à mesa. Melina podia ouvir trechos do que ele dizia.

– Assim que terminar o filme, deve ir para o meu iate. Serão férias maravilhosas para você. Faremos um cruzeiro pela costa dálmata...

51

Melina bem que tentou não ouvir, mas era impossível. Demiris não fazia o menor esforço para manter a voz baixa.

– Nunca esteve em Psara, não é mesmo? É uma ilhazinha adorável, completamente isolada. Vai adorar.

Melina sentia vontade de rastejar por baixo da mesa. Mas o pior ainda estava por acontecer.

Haviam acabado o prato de costeletas de porco e os garçons trouxeram tigelas de prata para limpar os dedos.

Quando uma tigela foi colocada diante da jovem estrela do cinema, Demiris disse:

– Não vai precisar disso.

Sorrindo, ele pegou as mãos da jovem e começou lentamente a lamber o molho de seus dedos, um a um. Os outros convidados desviaram os olhos. Melina levantou-se e virou-se para o anfitrião.

– Se me dá licença... estou morrendo de dor de cabeça.

Os convidados observaram-na fugir da sala. Demiris não voltou para casa naquela noite nem na seguinte.

AO SABER DO incidente, Spyros ficou lívido.

– Basta me dar uma palavra e matarei o filho da puta, Melina.

– Ele não pode fazer nada. É a sua natureza.

– Sua natureza? Ele é um animal! Deveria ser internado! Por que não se divorcia?

Era uma pergunta que Melina Demiris já se fizera muitas vezes, nas noites longas e solitárias que passava sozinha. E sempre aflorava a mesma resposta: *Eu o amo.*

ÀS 5H 30 DA MANHÃ, Catherine foi acordada por uma criada contrafeita.

– Bom dia, madame...

Catherine abriu os olhos e olhou ao redor, confusa. Em vez da pequena cela no convento, estava num lindo quarto na... A memória voltou impetuosa. *A viagem para Atenas... Você é Catherine Douglas... Eles foram executados pelo Estado...*

– Madame...

– Pois não?

– O Sr. Demiris pergunta se não gostaria de acompanhá-lo no desjejum no terraço.

Catherine, ainda sonolenta, fitou a criada. Ficara acordada até 4 horas, a mente em turbilhão.

– Obrigada. Diga ao Sr. Demiris que descerei num instante.

VINTE MINUTOS DEPOIS, um mordomo conduziu Catherine para um enorme terraço, dando para o mar. Havia um pequeno muro de pedra, com jardins 6 metros abaixo. Constantin Demiris estava sentado a uma mesa, esperando. Estudou Catherine, enquanto ela se aproximava. Havia uma inocência excitante naquela mulher. Ia conquistá-la, possuí-la, torná-la sua. Imaginou-a em sua cama, ajudando-o a punir Noelle e Larry mais uma vez. Demiris levantou-se.

– Bom dia. Perdoe-me por acordá-la tão cedo, mas devo partir para o escritório dentro de poucos minutos e queria primeiro ter a oportunidade de conversar com você.

– Não tem problema.

Catherine se sentou à mesa de mármore grande, de frente para ele, virada para o mar. O sol começava a surgir, despejando mil centelhas sobre o mar.

– De que gostaria para o desjejum?

Ela sacudiu a cabeça.

– Não estou com fome.

– Talvez um café?

– Obrigada.

O mordomo despejou café quente numa xícara Belleek.

– Muito bem, Catherine, pensou em nossa conversa?

Catherine não pensara em outra coisa durante a noite inteira. Nada restava para ela em Atenas e não tinha qualquer lugar para onde ir. *Não voltarei para o convento*, ela decidiu. O convite para trabalhar em Londres para Constantin Demiris parecia atraente. *Na*

53

verdade, Catherine admitiu para si mesma, *parece excitante. Pode ser o início de uma vida nova.*

– Pensei, sim.

– E o que decidiu?

– Acho que eu gostaria de tentar.

Constantin Demiris conseguiu ocultar seu alívio.

– Fico contente por isso. Já esteve alguma vez em Londres?

– Não. Isto é... acho que não.

Por que não sei com certeza? Ainda havia muitas lacunas assustadoras em sua memória. *Quantas surpresas mais ainda terei?*

– É uma das poucas cidades civilizadas que ainda restam no mundo. Tenho certeza de que vai gostar muito.

Catherine hesitou.

– Sr. Demiris, por que está se dando a todo esse trabalho por mim?

– Digamos apenas que tenho um senso de responsabilidade. – Ele fez uma pausa. – Apresentei seu marido a Noelle Page.

– Ah...

Noelle Page. O nome provocou um pequeno calafrio em Catherine. Os dois haviam morrido um pelo outro. *Larry devia amá-la muito.* Catherine forçou-se a fazer uma pergunta que a atormentara durante a noite inteira:

– Como... como eles foram executados?

Houve uma pequena pausa.

– Foram executados por um pelotão de fuzilamento.

– Oh! – Ela podia sentir as balas penetrando na carne de Larry, dilacerando o corpo do homem que tanto amara outrora. E arrependeu-se de ter perguntado.

– Permita que eu lhe dê um conselho: não pense mais no passado. Só pode deixá-la magoada. Ponha tudo isso para trás.

Catherine respondeu lentamente:

– Tem razão. Tentarei.

– Assim é melhor. Por acaso tenho um avião partindo para Londres esta manhã, Catherine. Pode se aprontar para partir num instante?

Catherine pensou em todas as viagens que fizera com Larry, os animados preparativos, a arrumação das malas, a expectativa. Desta vez não haveria ninguém para acompanhá-la, pouco para arrumar e nenhuma expectativa.

– Claro que posso.

– Excelente. Por falar nisso, agora que recuperou a memória, talvez haja alguém com quem gostaria de entrar em contato, alguém de seu passado a quem gostaria de avisar que está bem.

O nome que aflorou instantaneamente na mente de Catherine foi o de William Fraser. Era a única pessoa no mundo que restava de seu passado. Mas sabia que ainda não estava preparada para encará-lo. *Depois que eu me instalar*, pensou Catherine. *Depois que recomeçar a trabalhar, entrarei em contato com ele.*

Constantin Demiris observava-a atentamente, esperando sua resposta.

– Não – respondeu Catherine finalmente. – Não há ninguém.

Ela não tinha a menor ideia de que acabara de salvar a vida de William Fraser.

– Providenciarei um passaporte para você. – Ele estendeu um envelope. – Aqui está um adiantamento sobre o seu salário. Não terá de se preocupar com um lugar para morar. A companhia possui um apartamento em Londres. Você ficará lá.

Era demais.

– É muito generoso...

Ele pegou a mão de Catherine.

– Vai descobrir que sou... – Demiris resolveu mudar o que ia dizer. *Trate-a com cuidado*, ele pensou. *Devagar. Não pode assustá-la.* – ...que sou um bom amigo.

– E é mesmo um bom amigo.

Demiris sorriu. *Espere só!*

DUAS HORAS DEPOIS, Constantin Demiris ajudou Catherine a embarcar no banco traseiro do Rolls-Royce que a levaria ao aeroporto.

– Divirta-se em Londres – ele disse. – Manterei contato com você.

Cinco minutos depois do carro partir, Demiris falava pelo telefone com Londres.

– Ela está a caminho.

5

O avião estava para deixar o Aeroporto Hellenikon às 9 horas da manhã. Era um Hawker Siddeley e, para surpresa de Catherine, ela era a única passageira. O piloto, um grego simpático de meia-idade, providenciou para que Catherine estivesse confortavelmente sentada e afivelada, depois informou:

– Partiremos dentro de alguns minutos.

– Obrigada.

Catherine observou-o se dirigir à carlinga, a fim de se juntar ao copiloto, e seu coração começou subitamente a bater mais depressa. *Este é o avião que Larry pilotava. Noelle Page sentou-se no lugar em que estou agora?* Catherine experimentou a sensação de que ia desmaiar; as paredes começaram a se fechar sobre ela. Contraiu os olhos e respirou fundo. *Tudo isso acabou*, ela pensou. *Demiris tem razão. É o passado e nada pode mudá-lo.*

Ela ouviu o rugido dos motores e abriu os olhos. O avião estava decolando, seguindo para noroeste, na direção de Londres. *Quantas vezes Larry realizara aquele voo? Larry.* Sentia-se abalada pelo turbilhão de emoções que o nome provocava. E as recordações. As lembranças terríveis e maravilhosas...

ERA O VERÃO DE 1940, o ano antes de os Estados Unidos entrarem na guerra. Ela acabara de concluir a Universidade do Noroeste e fora de Chicago para Washington, D.C., à procura de um emprego. Sua colega de quarto lhe dissera:

– Soube de uma oportunidade de emprego que pode interessá-la. Uma das moças na festa disse que vai voltar para o Texas. Ela trabalha

para Bill Fraser. Ele está no comando das relações públicas do Departamento de Estado. Soube disso ontem à noite. Portanto, se você partir agora pode chegar na frente de todas as outras.

Catherine foi correndo, só para encontrar a sala de recepção de Fraser abarrotada com dezenas de candidatas ao emprego. *Não tenho a menor chance*, pensou Catherine. A porta da sala interna foi aberta e William Fraser apareceu. Era alto e atraente, cabelos louros crespos, grisalhos nas têmporas, olhos azuis brilhantes, um queixo forte e um tanto intimidante.

– Preciso de um exemplar de *Life* – ele disse à recepcionista. – O número que saiu há três ou quatro semanas. Tem uma fotografia de Stalin na capa.

– Vou pedir, Sr. Fraser.

– Sally, estou com o Senador Borah no telefone. Quero ler para ele um parágrafo desta revista. Você tem dois minutos para providenciá-la.

Ele tornou a entrar em sua sala e fechou a porta. As candidatas se entreolharam e deram de ombros.

Catherine ficou imóvel, pensando depressa. Virou-se e abriu caminho pela multidão para sair da sala. Ouviu uma das mulheres comentar:

– Ótimo. É menos uma na disputa.

Três minutos depois, Catherine voltou à sala com um exemplar antigo da revista *Life* com uma fotografia de Stalin na capa. Entregou-o à recepcionista. Cinco minutos depois, Catherine descobriu-se sentada na sala de William Fraser.

– Sally me disse que foi você quem conseguiu a revista.

– Fui, sim, senhor.

– Presumo que por acaso não tinha um exemplar atrasado de três semanas na bolsa.

– Não, senhor.

– Como conseguiu tão depressa?

– Fui até a barbearia. As barbearias e consultórios de dentistas sempre têm números atrasados.

– É tão esperta assim em tudo?

– Não, senhor.

– Vamos descobrir – disse William Fraser.

Ela foi contratada.

CATHERINE ADOROU o excitamento de trabalhar para Fraser. Ele era solteiro, rico e sociável, parecia conhecer todo mundo em Washington. A revista *Time* classificara-o como "O solteiro mais cobiçado do ano".

Seis meses depois de Catherine começar a trabalhar para William Fraser, eles se apaixonaram. No quarto dele, Catherine murmurou:

– Tenho de lhe contar uma coisa: sou virgem.

Fraser sacudiu a cabeça, espantado.

– Isso é incrível. Como fui encontrar a única virgem na cidade de Washington?

WILLIAM FRASER disse um dia a Catherine:

– Pediram a nosso escritório para supervisionar um filme de recrutamento para o Corpo Aéreo do Exército, que está sendo rodado nos estúdios da MGM, em Hollywood. Eu gostaria que você cuidasse disso, enquanto estou em Londres.

– Eu? Ora, Bill, não sei sequer pôr filme numa Brownie! O que sei sobre a produção de um filme de recrutamento?

Fraser sorriu.

– Sabe tanto quanto qualquer outra pessoa. Não precisa se preocupar. Eles têm um diretor, chamado Allan Benjamin. O Exército planeja usar atores no filme.

– Por quê?

– Tenho a impressão que eles acham que os soldados não serão bastante convincentes para representarem soldados.

– Parece típico do Exército.

E Catherine voou para Hollywood a fim de supervisionar o filme.

O ESTÚDIO ESTAVA repleto de figurantes, a maioria usando uniformes mal-ajustados do Exército.

– Com licença – disse Catherine a um homem que passava. – O Sr. Allan Benjamin está aqui?

– O pequeno cabo? – O homem apontou. – É aquele ali.

Catherine virou-se e viu um homem franzino, de aparência frágil, num uniforme com divisas de cabo. Ele gritava com um homem que usava estrelas de general.

– Que se dane o que disse o diretor de elenco! Estou cheio de generais! Preciso de soldados! – Ele ergueu as mãos em desespero. – Todo mundo quer ser cacique, ninguém quer ser índio!

– Com licença – disse Catherine. – Sou Catherine Alexander.

– Graças a Deus! Você assume o comando. Não sei o que estou fazendo aqui. Tinha um emprego de 35 mil dólares por ano em Dearborn editando uma revista de móveis, fui recrutado para o Corpo de Sinalização e incumbido de escrever filmes de recrutamento e treinamento. O que sei de produção e direção? É tudo seu!

Ele virou-se e encaminhou-se apressado para a saída, deixando Catherine parada ali. Um homem magro e grisalho, de suéter, aproximou-se dela, com um sorriso divertido.

– Precisa de ajuda?

– Preciso de um milagre – respondeu Catherine. – Estou no comando disso e não sei o que devo fazer.

O sorriso do homem se alargou.

– Bem-vinda a Hollywood. Sou Tom O'Brien, o assistente de diretor.

– Acha que pode dirigir esse filme?

Ele contraiu os cantos dos lábios.

– Posso tentar. Já fiz seis filmes com Willie Wyler. A situação não é tão ruim quanto parece. Tudo o que precisamos é de um pouco de organização. O roteiro foi escrito e o cenário está pronto.

Catherine correu os olhos pelo estúdio.

– Alguns desses uniformes parecem horríveis. Vamos ver se não podemos melhorá-los.

O'Brien acenou com a cabeça em aprovação.

– Certo.

59

Catherine e O'Brien encaminharam-se para o grupo de figurantes. O barulho de conversa no enorme estúdio era ensurdecedor.

– Fiquem quietos, por favor! – gritou O'Brien. – Esta é a Srta. Alexander. Ela está no comando aqui.

– Entrem em fila para que possamos dar uma boa olhada em vocês, por favor – disse Catherine.

O'Brien organizou os homens numa fila irregular. Catherine ouviu risos e vozes bem perto e virou-se, irritada. Um dos homens de uniforme continuava parado num canto, sem dar a menor atenção, conversando com algumas moças, que absorviam cada palavra sua e riam. A atitude do homem enfureceu Catherine.

– Com licença, mas pode fazer o favor de se juntar aos outros?

Ele virou-se e indagou, indolente:

– Está falando comigo?

– Estou, sim. Gostaríamos de começar a trabalhar.

Era um homem extraordinariamente bonito, alto e forte, cabelos de um preto-azulado e olhos escuros arrebatadores. O uniforme ajustava-se com perfeição. Tinha nos ombros as divisas de capitão e várias fitas coloridas no peito. Catherine examinou-as.

– Essas medalhas...?

– Não são bastante impressionantes, chefe?

Sua voz era grave, um tom divertido e insolente.

– Tire-as.

– Por quê? Achei que dariam um pouco de cor ao filme.

– Só há uma coisinha que esqueceu. Os Estados Unidos ainda não estavam em guerra. Só poderia ganhar essas medalhas num parque de diversões.

– Tem razão – ele admitiu, envergonhado. – Não pensei nisso. Tirarei algumas.

– Tire *todas*! – ordenou Catherine, bruscamente.

DEPOIS DA FILMAGEM da manhã, quando Catherine almoçava na cantina, o homem aproximou-se de sua mesa.

– Como acha que me saí esta manhã? Fui convincente?

O comportamento do homem enfureceu Catherine.

– Gosta de usar esse uniforme e se exibir para as garotas, mas já pensou em se alistar?

Ele parecia chocado.

– E levar um tiro? Isso é coisa para otários.

Catherine estava prestes a explodir.

– Acho que você é desprezível.

– Por quê?

– Se não sabe por quê, eu nunca poderia lhe explicar.

– Por que não tenta? Durante o jantar, hoje à noite. No seu apartamento. Sabe cozinhar?

– Não se incomode em voltar ao estúdio – disse Catherine, rispidamente. – Avisarei ao Sr. O'Brien para lhe enviar um cheque pelo trabalho desta manhã. Qual é o seu nome?

– Douglas... Larry Douglas.

A EXPERIÊNCIA COM o jovem e arrogante ator deixou Catherine irritada e ela decidiu esquecê-lo. Por algum motivo, no entanto, descobriu que isso era difícil.

QUANDO CATHERINE voltou a Washington, William Fraser lhe disse:

– Senti saudade. E pensei muito em você. Você me ama?

– Muito, Bill.

– Eu também amo você. Por que não saímos esta noite para comemorar?

Catherine sabia que naquela noite ele a pediria em casamento.

FORAM AO EXCLUSIVO Jefferson Club. No meio do jantar, Larry Douglas entrou no salão, ainda usando seu uniforme do Corpo Aéreo do Exército, com todas as medalhas. Catherine observou incrédula enquanto ele se aproximava e cumprimentava não a ela, mas Fraser. Bill Fraser se levantou.

– Cathy, este é o capitão Lawrence Douglas. Larry, esta é a Srta. Alexander... Catherine. Larry voava com a RAF. Era o líder da esquadrilha americana ali. Convenceram-no a comandar uma base

de caças na Virgínia, a fim de preparar alguns dos nossos homens para o combate.

Como a representação de um filme antigo, Catherine recordou como lhe ordenara que tirasse as medalhas e como ele obedecera, jovialmente. Ela fora presunçosa, arrogante... e o chamara de covarde! Sentiu vontade de se esconder debaixo da mesa.

No dia seguinte, Larry Douglas telefonou para Catherine, no escritório. Ela recusou-se a atender. Ao final do expediente, ele estava lá fora, à sua espera. Tirara as medalhas e as fitas, usava as divisas de um segundo-tenente. Sorriu e encaminhou-se para ela.

– Está melhor assim?

Catherine fitava-o fixamente.

– Não... não está usando a insígnia errada, contra os regulamentos?

– Não sei. Pensei que você é que estivesse encarregada de tudo isso.

Ela fitou-o nos olhos e compreendeu que estava perdida. Havia em Douglas uma força magnética irresistível.

– O que quer de mim?

– Tudo. Quero você.

Foram para o apartamento dele e fizeram amor. E foi uma alegria profunda, como Catherine nunca sonhara que fosse possível, um gozo simultâneo fantástico que sacudiu o quarto e o universo, uma explosão que se tornou um êxtase delirante, uma jornada inacreditável, uma chegada e uma partida, um fim e um começo. E ela ficou estendida ali, exausta e atordoada, apertando-o com força, disposta a nunca mais largá-lo, não querendo que aquele sentimento acabasse.

Casaram-se cinco horas depois em Maryland.

Agora, sentada no avião, a caminho de Londres para iniciar uma vida nova, Catherine pensou: *Éramos tão felizes... Onde tudo saiu errado? Os filmes românticos e as canções de amor nos enganaram a acreditar nos finais felizes, em cavaleiros de armaduras reluzentes e no amor que nunca morria. Acreditávamos sinceramente que James*

Stewart e Donna Reed achavam que A felicidade não se compra *e sabíamos que Clark Gable e Claudette Colbert ficariam juntos para sempre depois do que* Aconteceu naquela noite, *derramamos lágrimas quando Frederic March voltou para Mirna Loy para* Os melhores anos de nossas vidas, *tínhamos certeza que Joan Fontaine encontrou a felicidade nos braços de Laurence Olivier em* Rebeca, a mulher inesquecível. *E eram mentiras. Tudo não passava de mentiras. E as canções.* "I'll Be Loving You, Always" (Sempre amarei você). *Como os homens calculam sempre? Com um marcador de ovos pochês?* "How Deep is the Ocean?" (Quão profundo é o oceano?) *O que Irving Berlin tinha em mente? Um palmo? Dois palmos? E...* "Forever and a Day" (A eternidade e um dia). *Estou partindo. Quero o divórcio...* "Some Enchanted Evening" (Uma noite encantada). *Vamos escalar o Monte Tzoumerka...* "You and the Night and the Music" (Você, a noite e a música). *O gerente do hotel me falou sobre algumas cavernas aqui perto...* "I Love You for Sentimental Reasons" (Eu Amo Você por Razões Sentimentais). *Ninguém jamais saberá... agora, enquanto ela está dormindo.* "Be My Love" (Seja meu amor). *E ouvíamos as canções, assistíamos aos filmes, pensávamos sinceramente que a vida seria assim. Eu acreditava demais em meu marido. Será que algum dia poderei acreditar de novo em alguém? O que fiz para que ele quisesse me assassinar?*

– Srta. Alexander...

Catherine levantou os olhos, aturdida, desfocada. O piloto estava parado à sua frente.

– Pousamos. Seja bem-vinda a Londres.

HAVIA UMA LIMUSINE à espera de Catherine no aeroporto. O motorista disse:

– Pegarei sua bagagem, Srta. Alexander. Meu nome é Alfred. Gostaria de seguir direto para seu apartamento?

Meu apartamento.

– Seria ótimo.

Catherine recostou-se no banco. Era incrível. Constantin Demiris providenciara um avião particular para ela e um apartamento. Ou era

o homem mais generoso do mundo ou... Ela não podia pensar em qualquer alternativa. Não. *Ele é o homem mais generoso do mundo. Terei de encontrar uma maneira apropriada de demonstrar minha gratidão.*

O APARTAMENTO, na Elizabeth Street, perto da Eaton Square, era excepcionalmente luxuoso. Tinha um enorme vestíbulo, uma sala de estar muito bem decorada e com um lustre de cristal, uma biblioteca toda revestida de madeira, uma cozinha estocada com comida, três quartos atraentemente decorados e alojamentos para empregadas.

Catherine foi recebida na porta por uma mulher na casa dos quarenta anos, usando um vestido preto.

– Boa tarde, Srta. Alexander. Sou Anna, sua governanta.

Claro. Minha governanta. Catherine começava a aceitar tudo tranquilamente.

– Como vai?

O motorista levou as malas de Catherine para o quarto.

– A limusine está à sua disposição – ele informou. – Basta avisar a Anna quando estiver pronta para ir ao escritório e virei buscá-la.

A limusine está à minha disposição. Naturalmente.

– Obrigada.

– Vou desfazer as malas – disse Anna. – Se precisar de alguma coisa, basta me dizer.

– Não posso pensar em nada – respondeu Catherine, sinceramente.

CATHERINE VAGUEOU pelo apartamento até Anna acabar de arrumar suas coisas. Entrou no quarto, contemplou os lindos vestidos novos que Demiris lhe comprara e pensou: *Tudo isso é como um sonho maravilhoso.* Havia uma sensação de total irrealidade. Quarenta e oito horas antes ela estava regando as roseiras no convento. Agora levava a vida de uma duquesa. Especulou como seria o trabalho. *Seja como for, trabalharei com afinco. Não quero decepcioná-lo. Ele tem sido maravilhoso.* Ela sentiu-se subitamente cansada. Deitou-se na cama macia e confortável. *Descansarei só um minuto,* ela pensou. E fechou os olhos.

Estava se afogando e gritando por socorro. E Larry nadava em sua direção, alcançava-a e empurrava-a para o fundo. E ela se encontrava numa caverna escura, morcegos voavam para cima dela, arrancavam seus cabelos, batiam com as asas pegajosas em seu rosto. Catherine despertou com um sobressalto e sentou-se na cama, tremendo.

Respirou fundo várias vezes para se controlar. *Já chega*, ela pensou. *Está acabado. Isso foi ontem. Agora é hoje. Ninguém vai lhe fazer mal. Ninguém. Nunca mais.*

Fora do quarto de Catherine, Anna, a governanta, estivera escutando os gritos. Esperou um momento; como o silêncio persistiu, afastou-se e foi para o telefone, a fim de fazer seu relatório a Constantin Demiris.

A CORPORAÇÃO COMERCIAL HELÊNICA ficava na Bond Street, 217, perto de Piccadilly, num velho prédio do governo que anos antes fora convertido em prédio de escritórios particulares. A fachada era uma obra-prima da arquitetura, elegante e graciosa.

Quando Catherine chegou, os funcionários estavam à espera. Havia meia dúzia de pessoas perto da porta para cumprimentá-la.

– Seja bem-vinda, Srta. Alexander. Sou Evelyn Kaye. Este é Carl... Tucker... Matthew... Jennie...

Os nomes e rostos tornaram-se confusos.

– Como têm passado?

– Sua sala está pronta. Vou mostrar o caminho.

– Obrigada.

A sala de recepção era mobiliada com bom gosto, com um sofá Chesterfield, flanqueado por duas poltronas Chippendale e com uma tapeçaria por trás. Percorreram um longo corredor atapetado e passaram por uma sala de reuniões, as paredes revestidas por placas de pinheiro e cadeiras de couro ao longo de uma mesa envernizada.

Catherine foi introduzida numa sala atraente, com móveis antigos e confortáveis e um sofá de couro.

– É todo seu.

– É lindo! – ela murmurou.

Havia flores frescas na mesa.

– Do Sr. Demiris.

Ele é muito atencioso.

Evelyn Kaye, a mulher que a conduzira à sala, era corpulenta, de meia-idade, com um rosto simpático e um comportamento acolhedor.

– Levará alguns dias para se acostumar ao trabalho, mas a operação é realmente muito simples. Somos um dos centros nervosos do império Demiris. Coordenamos os relatórios das divisões do exterior e mandamos para a matriz em Atenas. Sou gerente do escritório. Será minha assistente.

– Ah... – *Então sou a assistente da gerente do escritório.* Catherine não tinha a menor ideia do que esperavam dela. Fora lançada num mundo de fantasia. Aviões particulares, limusines, um lindo apartamento com empregados...

– Wim Vandeen é o nosso gênio matemático residente. Ele computa todas as informações e as reúne numa tabela de análise financeira. Sua mente funciona mais depressa do que a maioria das máquinas calculadoras. Vamos até sua sala para você conhecê-lo.

Elas continuaram pelo corredor até uma sala na extremidade. Evelyn abriu-a sem bater.

– Wim, esta é minha nova assistente.

Catherine entrou na sala e parou, olhando fixamente. Wim Vandeen parecia ter trinta e poucos anos, magro, a boca frouxa, uma expressão vazia. Olhava para seus pés.

– Wim... Wim! Esta é Catherine Alexander.

Ele levantou os olhos.

– O verdadeiro nome de Catherine I era Marta Skowronka, uma serva nascida em 1684 e que foi capturada pelos russos. Casou com Pedro I e foi imperatriz da Rússia de 1725 a 1727. Catherine a Grande era filha de um príncipe alemão e nasceu em 1729, casou com Pedro, que se tornou o imperador Pedro III em 1762 e sucedeu-o no trono nesse mesmo ano, depois de assassiná-lo. Sob seu reinado houve três divisões da Polônia e duas guerras contra a Turquia... – As informações se despejavam como se saíssem de uma fonte, a voz monótona. Catherine ficou escutando, aturdida.

– Isso... isso é muito interessante – ela conseguiu balbuciar.

Wim Vandeen desviou os olhos. Evelyn disse:

– Wim é inibido quando conhece as pessoas.

Inibido?, pensou Catherine. O *homem é esquisito. E é um gênio? Que tipo de trabalho será este?*

EM SEU ESCRITÓRIO EM ATENAS, na rua Aghiou Geronda, Constantin Demiris escutava um relatório pelo telefone de Alfred, falando de Londres.

– Levei a Srta. Alexander diretamente do aeroporto para o apartamento, Sr. Demiris. Perguntei se desejava que a levasse a algum lugar, como o senhor sugeriu, e ela disse que não.

– Ela não teve qualquer contato externo?

– Não, senhor. Isto é, a menos que tenha dado algum telefonema do apartamento.

Constantin Demiris não estava preocupado com isso. Anna, a governanta, informaria tudo a respeito. Ele desligou, satisfeito. Catherine não representava qualquer perigo imediato para ele e providenciaria para que fosse vigiada. Ela estava sozinha no mundo. Não tinha ninguém a quem recorrer, a não ser seu benfeitor, Constantin Demiris. *Preciso acertar tudo para ir a Londres em breve*, pensou Demiris, feliz. *Muito em breve.*

CATHERINE ALEXANDER descobriu que seu novo emprego era bastante interessante. As informações chegavam diariamente do vasto império de Constantin Demiris. Havia contas de carregamento de uma usina siderúrgica em Indiana, Estados Unidos, auditorias numa fábrica de automóveis na Itália, faturas de uma cadeia de jornais na Austrália, uma mina de ouro, uma companhia seguradora. Catherine conferia os relatórios e providenciava para que as informações fossem encaminhadas a Wim Vandeen. Wim olhava os relatórios uma vez, passava-os pelo incrível computador que era o seu cérebro e quase instantaneamente calculava as porcentagens de lucro ou prejuízos para a companhia.

Catherine gostou de conhecer seus novos colegas e ficou impressionada pela beleza do velho prédio em que trabalhava.

Fez um comentário a respeito para Evelyn Kaye, na presença de Wim, que disse no mesmo instante:

– Este prédio era uma alfândega do governo, projetado por *Sir* Christopher Wren, em 1721. Depois do grande incêndio de Londres, Christopher Wren reformou cinquenta igrejas, inclusive as de St. Paul, St. Michael e St. Bride. Projetou a Bolsa Real e a Casa Buckingham. Morreu em 1723 e está sepultado em St. Paul. Esta casa foi convertida em prédio de escritórios em 1907 e na Segunda Guerra Mundial, durante a *blitz*, o governo declarou-a um abrigo antiaéreo oficial.

O abrigo antiaéreo era uma sala grande à prova de bombas, ao lado do porão, com o acesso através de uma pesada porta de ferro. Catherine deu uma olhada na sala fortificada e não pôde deixar de pensar nos bravos homens, mulheres e crianças britânicos que ali se abrigavam durante os terríveis bombardeios da Luftwaffe de Hitler.

O porão propriamente dito era imenso, espalhando-se por toda a extensão do prédio. Tinha uma caldeira quente para aquecer o prédio e estava repleto de equipamentos telefônicos e eletrônicos. A caldeira era um problema. Várias vezes Catherine teve de escoltar um mecânico ao porão para examiná-la. Cada um mexia em algum lugar, declarava que consertara o defeito e ia embora.

– Parece um perigo – comentava Catherine. – Não há nenhuma possibilidade de explodir?

– Claro que não, madame. Está vendo esta válvula de segurança aqui? Se a caldeira algum dia ficar muito quente, a válvula de segurança solta todo o vapor em excesso. Não há problema.

Depois que o expediente terminava, havia Londres. Londres... uma cornucópia de maravilhosos espetáculos de teatro, balés e concertos. Havia velhas livrarias muito interessantes, como Hatchard's e Foyle's, e dezenas de museus, pequenas lojas de antiguidades e restaurantes. Catherine visitava as lojas de litografias em Cecil Court, fazia compras na Harrods, Fortnum e Mason, Marks e Spencer, aos domingos tomava chá no Savoy.

De vez em quando pensamentos espontâneos afloravam na mente de Catherine. Havia muitas coisas que a lembravam de Larry. Uma voz... uma frase... uma colônia... uma canção. *Não. O passado acabou. Só o futuro é importante.* E a cada dia ela se tornava mais forte.

CATHERINE E EVELYN KAYE tornaram-se amigas e de vez em quando saíam juntas. Num domingo visitaram a exposição de arte ao ar livre na margem do Tâmisa. Havia dezenas de artistas ali, jovens e velhos, expondo seus quadros. Todos tinham uma coisa em comum: eram fracassados que não haviam conseguido expor suas obras em qualquer galeria. Os quadros eram horríveis. Catherine comprou um por compaixão.

– Onde vai colocá-lo? – perguntou Evelyn.

– Na sala da caldeira – respondeu Catherine.

ANDANDO PELAS RUAS de Londres, sempre encontravam os artistas das calçadas, homens que usavam giz colorido para pintar no chão. Algumas obras eram espantosas. As pessoas paravam para admirá-las e jogavam algumas moedas para os artistas. Uma tarde, ao voltar do almoço, Catherine parou para observar um velho trabalhar numa linda paisagem. Quando ele terminava, começou a chover e o velho ficou imóvel, contemplando sua obra ser dissolvida pela água. *É muito parecido com minha vida passada*, pensou Catherine.

EVELYN LEVOU Catherine ao Shepherd Market.

– É um lugar muito interessante – garantiu Evelyn.

E sem dúvida era pitoresco. Havia um restaurante de trezentos anos chamado Tiddy Dols, uma banca de jornais, um mercado, um salão de beleza, uma padaria, lojas de antiguidades e várias residências de dois e três andares.

As etiquetas nas caixas de correspondência eram estranhas. Uma dizia "Helen" e embaixo "Aulas de francês". Outra dizia "Rosie" e embaixo "Ensina-se grego aqui".

– Esta é uma área educacional? – perguntou Catherine.

Evelyn riu.

– De certa forma, acho que sim. Só que o tipo de educação que essas mulheres oferecem não pode ser ensinada na escola.

Evelyn riu ainda mais alto e Catherine corou.

CATHERINE FICAVA sozinha na maior parte do tempo, mas mantinha-se ocupada demais para se sentir solitária. Mergulhava nos dias como se tentasse compensar os preciosos momentos de sua vida que lhe haviam sido roubados. Não queria se preocupar com o passado ou futuro. Visitou o Castelo de Windsor, Canterbury com sua linda catedral e Hampton Court. Nos fins de semana ia para o campo e se hospedava em pequenas e exóticas estalagens, e fazia longas caminhadas por lá.

Estou viva, ela pensava. *Ninguém nasce feliz. Todos precisam construir a própria felicidade. Sou uma sobrevivente. Sou jovem e saudável, coisas maravilhosas vão acontecer.*

Na segunda-feira ela voltava ao trabalho. Voltava a Evelyn, às colegas e a Wim Vandeen.

Wim Vandeen era um enigma.

Catherine jamais conhecera alguém como ele. Havia vinte funcionários no escritório e, sem se dar ao trabalho de usar uma calculadora, Wim Vandeen lembrava o salário de cada um, o número de registro na previdência social e as deduções. Tudo isso estava arquivado, mas ele mantinha todos os registros da companhia na cabeça. Conhecia o fluxo de caixa mensal de cada divisão e como se comparava com os melhores meses dos últimos cinco anos, quando ingressara na companhia.

WIM VANDEEN se lembrava de tudo que já vira, ouvira ou lera. A extensão de seu conhecimento era incrível. As perguntas mais simples, sobre qualquer assunto, desencadeavam um fluxo de informações, embora ele fosse antissocial. Catherine comentou com Evelyn.

– Não consigo entender Wim.

– Wim é um excêntrico – disse Evelyn. – Deve aceitá-lo como ele é. Só se interessa por números. Não creio que se preocupe com as pessoas.

– Ele tem amigos?

– Não.

– Nunca sai com ninguém... com garotas?

– Não.

Catherine tinha a impressão de que Wim se sentia isolado e solitário, e não podia deixar de experimentar uma afinidade por ele.

A EXTENSÃO DO conhecimento de Wim impressionava Catherine. Certa manhã ela sentiu dor de ouvido e Wim disse asperamente:

– Este tempo não vai ajudar. É melhor procurar um médico.

– Obrigada, Wim. Eu...

– As partes do ouvido são aurícula, meato auditivo, membrana timpanal, a cadeia de ossículos... martelo, bigorna e estribo, cavidade timpanal, duto semicircular, janela oval e trompa de Eustáquio, nervo auditivo e duto coclear. – E ele se afastou.

Em outra ocasião, Catherine e Evelyn levaram Wim para almoçar no Ram's Head, um pub próximo. Os fregueses jogavam dardos na sala dos fundos.

– Interessa-se por esportes, Wim? – perguntou Catherine. – Já assistiu a alguma partida de beisebol?

– Beisebol – repetiu Wim. – A bola tem 24 centímetros de circunferência. É feita de fio em torno de um cone de borracha dura e coberta por couro branco. O bastão é geralmente feito de freixo, com 7 centímetros no diâmetro maior, com 1,06 metro de comprimento.

Ele conhece todos os detalhes, pensou Catherine, *mas alguma vez já experimentou a emoção de fazer algo?*

– Já praticou algum esporte? Basquete, por exemplo?

– O basquete é jogado num piso de madeira ou concreto. A bola tem uma cobertura esférica de couro com 78 centímetros de diâmetro, inflada por uma câmara de borracha a 13 libras de pressão. Pesa de 560 a 620 gramas. O basquete foi inventado por James Naismith, em 1891.

Catherine tinha a sua resposta.

ÀS VEZES, WIM podia ser um embaraço em público. Num domingo, Catherine e Evelyn levaram-no a Maidenhead, na margem do Tâmisa. Foram almoçar no Compleat Angler. O garçom aproximou-se da mesa.

– Temos mariscos frescos hoje.

Catherine virou-se para Wim.

– Gosta de mariscos?

– Há mariscos longos, redondos, amêijoas, lingueirão e vermelhos.

O garçom fitava-o aturdido.

– Vai pedir algum, senhor?

– Não gosto de mariscos – respondeu Wim, bruscamente.

Catherine gostava de todas as pessoas com que trabalhava, mas Wim tornou-se especial para ela. Ele era brilhante além de sua compreensão e ao mesmo tempo parecia retraído e solitário. Catherine disse a Evelyn um dia:

– Não há qualquer possibilidade de que Wim possa levar uma vida normal? Apaixonar-se e casar?

Evelyn suspirou.

– Já expliquei. Ele não tem emoções. Nunca se afeiçoará a ninguém.

Mas Catherine não acreditava nisso. Uma ou outra vez teve a impressão de divisar um lampejo de interesse, afeição ou riso nos olhos de Wim e sentiu vontade de puxá-lo para fora, ajudá-lo. Ou fora apenas sua imaginação?

UM DIA, O PESSOAL do escritório recebeu um convite para um baile de caridade no Savoy. Catherine foi à sala de Wim.

– Você dança, Wim?

Ele fitou-a fixamente.

– Um compasso e meio de música no tempo de quatro e quatro completa uma unidade rítmica no *foxtrote*. O homem inicia o passo básico com o pé esquerdo e dá dois passos para a frente. A mulher começa com o pé direito e dá dois passos para trás. Os dois passos lentos são seguidos por um passo rápido em ângulo reto com os passos lentos. Para a inclinação, o homem adianta-se sobre o pé esquerdo e se inclina... devagar... depois se adianta sobre o pé direito... devagar. Depois desloca-se para a esquerda com o pé esquerdo... depressa. Depois, aproxima o pé direito do pé esquerdo... depressa.

Catherine ficou imóvel, sem saber o que dizer. *Ele conhece todas as palavras, mas não compreende o significado delas.*

CONSTANTIN DEMIRIS telefonou. Era tarde da noite e Catherine se preparava para deitar.

– Espero não estar incomodando-a. Sou eu, Costa.

– Claro que não incomoda. – Catherine sentiu-se contente por ouvir a voz de Demiris. Sentia falta da possibilidade de conversar com ele, pedir seu conselho. Afinal, Demiris era a única pessoa no mundo que conhecia seu passado. Sentia como se fosse um velho amigo.

– Tenho pensado em você, Catherine. Fiquei preocupado que pudesse achar Londres um lugar solitário. Afinal, não conhece ninguém aí.

– Às vezes me sinto um pouco solitária – admitiu Catherine –, mas estou me aguentando. Sempre me lembro do que disse. Esquecer o passado, viver para o futuro.

– É isso mesmo. Por falar em futuro, estarei em Londres amanhã. Gostaria de levá-la para jantar.

– Terei o maior prazer – disse Catherine, efusiva.

Aguardava ansiosa por uma oportunidade assim. Queria demonstrar como se sentia grata.

Ao desligar, Constantin Demiris sorriu para si mesmo. *A caçada começou.*

JANTARAM NO Ritz. O restaurante era elegante e a comida estava deliciosa, mas Catherine sentia-se entusiasmada demais para prestar atenção a outra coisa que não fosse o homem sentado à sua frente. Tinha muito para lhe dizer.

– O pessoal do seu escritório é maravilhoso – ela comentou. – Wim é espantoso. Nunca vi ninguém que pudesse...

Mas Demiris não escutava as palavras. Estudava Catherine, pensando como ela era linda e vulnerável. *Mas não vou pressioná-la,* pensou Demiris. *De jeito nenhum. Levarei o jogo lentamente e saborearei a vitória. Esta será por você, Noelle, e por seu amante.*

– Vai passar muito tempo em Londres? – perguntou Catherine.

– Apenas um ou dois dias. Tenho alguns negócios para acertar.

Era verdade. Mas ele sabia que poderia ter resolvido tudo pelo telefone. Viera a Londres para iniciar sua campanha de atrair Catherine ainda mais, deixá-la emocionalmente dependente. Demiris inclinou-se para a frente.

– Já lhe contei alguma vez, Catherine, sobre o tempo em que trabalhei nos campos petrolíferos da Arábia Saudita?

DEMIRIS TORNOU a levar Catherine para jantar na noite seguinte.

– Evelyn me disse que você tem feito um excelente trabalho no escritório. Vou lhe dar um aumento.

– Já tem sido generoso demais – protestou Catherine. – Eu acho... Demiris fitou-a nos olhos.

– Não sabe o quanto posso ser generoso.

Catherine ficou constrangida. Ele está apenas sendo gentil, ela pensou. *Não devo imaginar coisas.*

NO DIA SEGUINTE, Demiris estava pronto para partir.

– Não quer me acompanhar até o aeroporto, Catherine?

– Claro.

Ela achava-o fascinante. Era um homem divertido e inteligente, sentia-se lisonjeada por sua atenção. No aeroporto, Demiris deu um beijo rápido no rosto de Catherine.

– Fiquei contente porque pudemos passar algum tempo juntos, Catherine.

– Eu também fiquei. Obrigada, Costa.

Catherine ficou observando o avião decolar. *Ele é muito especial,* ela pensou. *Vou sentir saudade.*

6

Todos sempre se mostraram espantados com a evidente amizade profunda entre Constantin Demiris e seu cunhado, Spyros Lambrou.

Spyros Lambrou era quase tão rico e poderoso quanto Demiris. Demiris possuía a maior frota de cargueiros do mundo; Spyros Lambrou possuía a segunda maior. Demiris controlava uma cadeia de jornais, empresas aéreas, campos petrolíferos, bancos, extensas propriedades imobiliárias e uma indústria petroquímica. Pareciam concorrentes quase amistosos; mais do que isso, companheiros.

– Não é maravilhoso que os dois homens mais poderosos do mundo sejam tão grandes amigos? – comentavam as pessoas.

Na verdade, eram rivais implacáveis que desprezavam um ao outro. Quando Spyros Lambrou comprou um iate de 100 pés, Constantin Demiris imediatamente encomendou um iate de 150 pés com quatro motores diesel G.M., uma tripulação de 13 homens, duas lanchas e uma piscina de água-doce.

Quando a frota de Spyros Lambrou alcançou um total de 12 petroleiros, com uma tonelagem de duzentas mil, Constantin Demiris aumentou sua própria frota para 23 petroleiros, com uma tonelagem de 650 mil. Spyros Lambrou comprou diversos cavalos de corrida e Demiris adquiriu uma cavalariça maior para correr contra ele, ganhando sistematicamente.

Os dois homens encontravam-se com frequência, pois serviam juntos em comitês de caridade, integravam os conselhos de várias corporações e ocasionalmente compareciam a reuniões familiares.

Eram exatamente opostos em temperamento. Enquanto Constantin Demiris viera da sarjeta e lutara para chegar ao topo, Spyros Lambrou nascera aristocrata. Era esguio e elegante, sempre impecavelmente vestido, sempre cortês, com uma classe tradicional. Sua árvore genealógica incluía Otto da Baviera, que outrora reinara como rei da Grécia. Durante os primeiros levantes políticos na Grécia, uma pequena minoria, a oligarquia, acumulara fortunas no comércio, navegação e terras. O pai de Spyros Lambrou fora um deles e Spyros herdara seu império.

Ao longo dos anos, Spyros Lambrou e Constantin Demiris haviam mantido a farsa de amizade. Mas cada um estava determinado a destruir o outro no final, Demiris por causa de seu instinto de sobrevivência, Lambrou por causa do tratamento que o cunhado dispensava a Melina.

Spyros Lambrou era supersticioso. Apreciava a sua sorte na vida e se preocupava em não hostilizar os deuses. De vez em quando consultava videntes em busca de orientação. Era inteligente o bastante para identificar charlatões, mas havia uma que considerava extraordinária. Ela previra o aborto de Melina, o que aconteceria a seu casamento e uma dúzia de outras coisas que se consumaram. Ela vivia em Atenas.

Seu nome era madame Piris.

CONSTANTIN DEMIRIS tinha o hábito de chegar a seu escritório na rua Aghiou Geronda todos os dias, pontualmente às 6 horas da manhã. Quando seus rivais começavam a trabalhar, Demiris já realizara diversas operações com seus agentes, em uma dúzia de países.

A sala de Demiris era espetacular. A vista era magnífica, com janelas panorâmicas deixando a cidade de Atenas a seus pés. O chão era de granito preto. Os móveis eram de aço e couro. Nas paredes havia uma coleção de arte cubista, com Légers, Braques e meia dúzia de Picassos. Havia uma enorme escrivaninha de vidro e aço e um verdadeiro trono de couro. Na escrivaninha havia uma máscara mortuária de Alexandre o Grande, montada em cristal. A inscrição por baixo dizia: "Alexandros. O defensor do homem."

Naquela manhã em especial, o telefone particular estava tocando no momento em que Constantin Demiris entrou na sala. Havia apenas meia dúzia de pessoas que conheciam aquele número. Demiris atendeu.

– *Kalimehra.*
– *Kalimehra.*

A voz no outro lado da linha pertencia ao secretário particular de Spyros Lambrou. Ele parecia nervoso.

– Desculpe incomodá-lo, Sr. Demiris, mas mandou-me ligar quando tivesse alguma informação que pudesse...

– Tudo bem. O que é?

– O Sr. Lambrou está planejando adquirir uma companhia chamada Aurora International. Está registrada na Bolsa de Valores de Nova York. O Sr. Lambrou tem um amigo no conselho de administração que o informou que a companhia vai fechar um grande contrato com o go-

verno para construir bombardeiros. Trata-se de uma informação confidencial, é claro. A ação terá um grande aumento quando o anúncio...

– Não estou interessado no mercado de ações – interrompeu-o Demiris, bruscamente. – Não torne a me incomodar se não tiver algo importante para me dizer.

– Desculpe, Sr. Demiris. Pensei...

Mas Demiris já desligara.

Às 8 HORAS, QUANDO seu assistente, Giannis Tcharos, entrou na sala, Constantin Demiris levantou os olhos da escrivaninha.

– Há uma companhia na Bolsa de Nova York, Aurora International. Avise a todos os jornais que a companhia está sendo investigada por fraude. Use uma fonte anônima, mas espalhe a notícia. Quero que insistam na história até as ações caírem. Depois comece a comprar, até que eu tenha o controle acionário.

– Pois não, senhor. Isso é tudo?

– Não. Depois que eu adquirir o controle, anuncie que os rumores eram infundados. Ah, mais uma coisa. Providencie para que a Bolsa de Nova York seja avisada de que Spyros Lambrou comprou suas ações com base em informações internas.

Giannis Tcharos disse, suavemente:

– Sr. Demiris, nos Estados Unidos isso é um crime.

Constantin Demiris sorriu.

– Sei disso.

A 1,5 QUILÔMETRO de distância, na praça Syntagma, Spyros Lambrou trabalhava em seu escritório. A sala refletia seu gosto eclético. Os móveis eram antiguidades raras, uma mistura de francês e italiano. Três das paredes estavam cobertas por obras de impressionistas franceses. A quarta parede era dedicada a artistas belgas, de Van Rysselbeghe a De Smet. A placa na porta da sala externa dizia LAMBROU & ASSOCIADOS, mas nunca houvera associados. Spyros Lambrou herdara um próspero negócio do pai e ao longo dos anos o desenvolvera para um conglomerado internacional.

Spyros Lambrou deveria ser um homem feliz. Era rico e bem-sucedido, desfrutava de excelente saúde. Mas era-lhe impossível

ser realmente feliz enquanto Constantin Demiris estivesse vivo. O cunhado era um anátema para ele. Lambrou desprezava-o. Demiris era *polymichanos*, um homem fértil em estratagemas, um patife sem moral. Lambrou sempre odiara Demiris pelo tratamento que dispensava a Melina, mas a selvagem rivalidade entre os dois tinha o seu próprio nexo terrível.

Começara dez anos antes, num almoço de Spyros Lambrou com a irmã. Ela nunca o vira tão entusiasmado.

– Melina, sabia que a cada dia o mundo consome todo o combustível fóssil que levou mil anos para se formar?

– Não, Spyros, não sabia.

– Haverá uma tremenda demanda por petróleo no futuro e não haverá petroleiros suficientes para transportá-lo.

– Vai construir alguns?

Ele acenou com a cabeça.

– Mas não apenas petroleiros comuns. Construirei a primeira frota de superpetroleiros. Serão duas vezes maiores do que os atuais. – Sua voz transbordava de entusiasmo. – Passei meses estudando os dados. Um galão de petróleo bruto transportado do golfo Pérsico para um porto na costa leste dos Estados Unidos custa sete *cents*. Mas num superpetroleiro o custo cairia para três *cents* por galão. Tem alguma ideia do que isso pode significar.

– Spyros... de onde vai tirar o dinheiro para construir uma frota assim?

Ele sorriu.

– Essa é a melhor parte do meu plano. Não vai me custar nada.

– Como assim?

Ele inclinou-se para a frente.

– Vou aos Estados Unidos no próximo mês para conversar com os executivos das grandes companhias petrolíferas. Com esses petroleiros, posso transportar o petróleo para eles pela metade do preço que gastam agora.

– Mas... você não tem nenhum grande petroleiro!

O sorriso de Spyros se alargou.

– Não, não tenho, mas se obtiver contratos de frete a longo prazo das companhias petrolíferas, os bancos me emprestarão o dinheiro de que preciso para construí-los. O que você acha?

– Acho que você é um gênio. O plano é brilhante.

Melina ficou tão empolgada com a ideia do irmão que a mencionou para Demiris naquela noite, ao jantar. Ao terminar a explicação, ela indagou:

– Não é uma ideia maravilhosa?

Constantin Demiris ficou em silêncio por um momento.

– Seu irmão é um sonhador. Nunca poderia dar certo.

Melina fitou-o surpresa.

– Por que não, Costa?

– Porque é um esquema temerário. Em primeiro lugar, não haverá uma demanda tão grande de petróleo e com isso esses petroleiros míticos navegarão vazios. Segundo, as companhias petrolíferas não estão dispostas a entregar seu precioso petróleo a uma frota fantasma, que ainda não existe. E terceiro, os banqueiros vão rir quando ele apresentar a proposta.

O rosto de Melina se contraiu em desapontamento.

– Spyros estava muito entusiasmado. Não gostaria de discutir o assunto com ele?

Demiris sacudiu a cabeça.

– Deixe-o ter seu sonho, Melina. E seria melhor se ele não soubesse de nossa conversa.

– Está bem, Costa. Tudo o que você disser.

No INÍCIO DA MANHÃ seguinte, Constantin Demiris viajou para os Estados Unidos, a fim de discutir a questão dos grandes petroleiros. Sabia que as reservas mundiais de petróleo fora dos Estados Unidos e dos territórios do bloco soviético eram controladas pelas sete irmãs: Standard Oil Company of New Jersey, Standard Oil Company of California, Gulf Oil, Texas Company, Socony-Vacuum, Royal Dutch-Shell e Anglo-Iranian. Sabia que se pudesse obter o apoio de uma única, as outras certamente seguiriam atrás.

A PRIMEIRA VISITA de Constantin Demiris foi aos escritórios executivos da Standard Oil of New Jersey. Tinha um encontro com Owen Curtiss, um quarto vice-presidente.

– Em que posso ajudá-lo, Sr. Demiris?

– Tenho um conceito que acho que poderá proporcionar um grande benefício financeiro à sua companhia.

– Já disse isso pelo telefone. – Curtiss olhou para o relógio. – Tenho uma reunião dentro de poucos minutos. Se puder ser breve...

– Serei breve. Custa sete *cents* transportar um galão de petróleo bruto do golfo Pérsico para a costa leste dos Estados Unidos.

– Correto.

– O que diria se eu lhe garantisse que posso transportar seu petróleo por três *cents* o galão?

Curtiss sorriu, condescendente.

– E como faria esse milagre?

Demiris respondeu suavemente:

– Com uma frota de petroleiros que terão o dobro da capacidade de carga dos atuais. Posso transportar petróleo tão depressa quanto vocês forem capazes de bombeá-lo do solo.

Curtiss estudou-o com uma expressão pensativa.

– Onde conseguiria uma frota de grandes petroleiros?

– Vou construí-los.

– Lamento, mas não estamos interessados em investir em...

Demiris interrompeu-o:

– Não vai lhes custar nada. Tudo o que estou pedindo é um contrato a longo prazo para transportar seu petróleo pela metade do preço que estão pagando agora. Obterei o financiamento dos bancos.

Houve um silêncio prolongado e expectante. Owen Curtiss limpou a garganta.

– Acho melhor levá-lo para conversar com o nosso presidente.

ESSE FOI O COMEÇO. As outras companhias petrolíferas se mostraram igualmente ansiosas em fechar contratos com os novos petroleiros de Constantin Demiris. Quando Spyros Lambrou soube o que estava acontecendo, já era tarde demais. Ele voou para os Estados Unidos e ainda conseguiu realizar uns poucos negócios com algumas companhias independentes, mas Demiris já conquistara a melhor parte do mercado.

– Ele é seu marido – trovejou Lambrou –, mas juro para você, Melina, que algum dia ainda o farei pagar pelo que fez.

Melina sentia-se consternada pelo que acontecera. Achava que traíra o irmão. Mas quando confrontou o marido, ele deu de ombros.

– Não fui procurá-los, Melina. Eles é que vieram a mim. Como podia recusar?

E isso encerrou a discussão.

MAS AS CONSIDERAÇÕES financeiras eram insignificantes em comparação com os sentimentos de Lambrou pela maneira como Demiris tratava sua irmã.

Poderia ignorar o fato de que Constantin Demiris era um notório conquistador – afinal, um homem devia ter os seus prazeres. Mas o fato de Demiris ser tão clamoroso em suas conquistas era um insulto, não apenas para Melina, mas para toda a família Lambrou. A ligação de Demiris com a atriz Noelle Page fora o exemplo mais escandaloso. Virara manchete no mundo inteiro. *Um dia*, pensava Spyros Lambrou. *Um dia...*

NIKOS VERITOS, o assistente de Lambrou, entrou em sua sala. Veritos trabalhava com Lambrou há 15 anos. Era competente, mas desprovido de imaginação, um homem sem futuro, indefinido e anônimo. A rivalidade entre os cunhados proporcionava a Veritos o que considerava uma oportunidade de ouro. Apostava na vitória de Constantin Demiris e de vez em quando lhe passava uma informação confidencial, esperando por uma recompensa apropriada.

Veritos aproximou-se de Lambrou.

– Com licença. Está aqui um certo Sr. Anthony Rizzoli, querendo vê-lo.

Lambrou suspirou.

– Vamos acabar logo com isso. Mande-o entrar.

Anthony Rizzoli tinha quarenta e poucos anos, cabelos pretos, nariz aquilino, olhos castanhos fundos. Movia-se com a agilidade de um pugilista treinado. Usava um caro terno bege sob medida, uma

camisa de seda amarela e sapatos de couro macio. Era educado e de fala suave, mas havia algo estranhamente ameaçador nele.

– É um prazer conhecê-lo, Sr. Lambrou.

– Sente-se, Sr. Rizzoli.

Rizzoli obedeceu.

– Em que posso ajudá-lo?

– Como já expliquei ao Sr. Veritos, gostaria de fretar um dos seus cargueiros. Tenho uma fábrica em Marselha e quero transportar alguns equipamentos pesados para os Estados Unidos. Se fecharmos o negócio, poderei lhe oferecer muitas outras operações no futuro.

Spyros Lambrou recostou-se na cadeira e estudou o homem sentado à sua frente. *Repulsivo.*

– Isso é tudo o que planeja transportar, Sr. Rizzoli?

Tony Rizzoli franziu o rosto.

– Como assim? Não estou entendendo.

– Acho que compreende. Meus navios não estão à sua disposição.

– Por que não? Do que está falando?

– Drogas, Sr. Rizzoli. É um traficante de drogas.

Os olhos de Rizzoli se contraíram.

– Está louco! Tem dado atenção a rumores!

Mas eram mais do que rumores. Spyros Lambrou investigara o homem cuidadosamente. Tony Rizzoli era um dos maiores contrabandistas de drogas da Europa. Era a Máfia, parte da organização, a informação era de que as fontes de transporte de Rizzoli haviam secado. Era por isso que se mostrava agora tão ansioso em fazer um acordo.

– Terá de procurar em outro lugar.

Tony Rizzoli ficou imóvel, fitando-o com olhos frios. Finalmente, acenou com a cabeça e disse:

– Está certo. – Ele tirou um cartão do bolso e largou-o na mesa. – Se mudar de ideia, aqui está onde poderá me encontrar.

Rizzoli se levantou e saiu. Spyros Lambrou pegou o cartão: "Anthony Rizzoli – Exportação & Importação". Havia o endereço e o telefone de um hotel de Atenas na base do cartão.

Nikos Veritos permanecera sentado em silencio, olhos arregalados, escutando a conversa. Depois que Rizzoli se retirou, ele murmurou:

– Ele é mesmo...?

– É, sim. O Sr. Rizzoli negocia com heroína. Se algum dia o deixasse usar um dos nossos navios, o governo poderia suspender as operações de toda a nossa frota.

TONY RIZZOLI SAIU do gabinete de Lambrou furioso. *Aquele grego miserável me tratando como se eu fosse um camponês! E como soubera das drogas? O embarque era excepcionalmente grande, com um valor nas ruas de pelo menos 10 milhões de dólares. Mas o problema era levar a carga até Nova York. Os agentes de narcóticos enxameiam por toda Atenas. Terei de dar um telefonema para a Sicília e adiar o embarque.* Tony Rizzoli nunca perdera uma remessa e não tencionava perder aquela. Considerava-se um vencedor nato.

Fora criado em Hell's Kitchen, em Nova York. Geograficamente, ficava no meio do West Side de Manhattan, entre a Oitava Avenida e o rio Hudson, os limites norte e sul estendiam-se da rua 23 à rua 59. Mas em termos psicológicos e emocionais, Hell's Kitchen era uma cidade dentro de uma cidade, um encrave armado. As ruas eram dominadas por quadrilhas. Havia os Gophers, a Parlor Mob, os Gorillas e a quadrilha Rhodes. Os contratos de assassinato valiam 100 dólares, lesões corporais um pouco menos.

Os habitantes de Hell's Kitchen viviam em cortiços sórdidos, infestados de piolhos, ratos e baratas. Não havia banheiras e os jovens resolviam a deficiência à sua maneira, mergulhando nus nas águas ao largo das docas do rio Hudson, onde os esgotos das ruas de Kitchen se esvaziavam. As docas recendiam de uma massa estagnada de gatos e cachorros, mortos e inchados.

As ruas ofereciam uma interminável variedade de ação. Um carro dos bombeiros atendendo a um alarme... uma briga de quadrilhas num dos telhados dos cortiços... um cortejo nupcial... partidas de beisebol estilizado na calçada... uma perseguição a um cavalo desgarrado... um tiroteio. Os únicos recreios com que as crianças

contavam eram as ruas, os telhados dos cortiços, os terrenos baldios cheios de lixo e – no verão – as águas malcheirosas do rio. E pairando acima o cheiro acre da pobreza. Fora essa a atmosfera em que Tony Rizzoli crescera.

A LEMBRANÇA MAIS antiga de Tony Rizzoli era a de ser derrubado no chão e ter o dinheiro do leite roubado. Tinha 7 anos. Os garotos mais velhos e maiores eram uma constante ameaça. O percurso para a escola era uma terra de ninguém e a própria escola era um campo de batalha. Aos 15 anos Rizzoli desenvolvera um corpo forte e uma considerável habilidade como lutador. Gostava de brigar, e ser bom nisso proporcionava-lhe um sentimento de superioridade. Ele e os amigos costumavam lutar boxe no ginásio de Stillman.

De vez em quando alguns mafiosos apareciam por lá para assistir aos treinos dos pugilistas que possuíam. Frank Costello aparecia uma ou duas vezes por mês, assim como Joe Adonis e Lucky Luciano. Divertiam-se com as lutas de boxe dos garotos e começaram a fazer apostas. Tony Rizzoli era sempre o vencedor e rapidamente tornou-se um dos prediletos dos mafiosos.

Um dia, quando trocava de roupa no vestiário, Rizzoli ouviu uma conversa entre Frank Costello e Lucky Luciano.

– O garoto é uma mina de ouro – Luciano estava dizendo. – Ganhei cinco mil nele na semana passada.

– Vai apostar na luta dele com Lou Domenic?

– Claro. Apostarei dez mil.

– Qual é a cotação?

– Dez para um. Mas que diferença faz? Rizzoli é uma barbada.

Tony Rizzoli não sabia direito o que a conversa significava. Foi procurar o irmão mais velho, Gino, e contou a história.

– Santo Deus! – exclamou o irmão. – Esses caras estão apostando dinheiro alto em você.

– Mas por quê? Não sou um profissional.

Gino pensou por um momento.

– Nunca perdeu uma luta, não é mesmo, Tony?

– Nunca.

– O que provavelmente aconteceu é que eles fizeram algumas apostas pequenas para se divertirem e quando descobriram o que você podia fazer começaram a apostar para valer.

O garoto mais jovem deu de ombros.

– Não significa nada para mim.

Gino pegou seu braço e disse, na maior ansiedade:

– Pode significar muito para você. Para nós dois. Preste atenção, garoto...

A LUTA COM Lou Domenic foi no ginásio de Stillman, numa tarde de sexta-feira. Todos os homens importantes estavam presentes – Frank Costello, Joe Adonis, Albert Anastasia, Lucky Luciano e Meyer Lansky. Gostavam de assistir às lutas dos garotos, mas gostavam ainda mais de terem descoberto uma maneira de ganhar dinheiro com os garotos.

Lou Domenic tinha 17 anos, um ano mais velho do que Tony e 2,5 quilos mais pesado. Mas não era adversário para a habilidade de pugilista e o instinto de matador de Tony Rizzoli.

A luta era em cinco rounds. Tony ganhou fácil o primeiro. Também o segundo. E o terceiro. Os mafiosos já estavam contando o dinheiro.

– O garoto vai crescer para se tornar um campeão do mundo! – exultou Lucky Luciano. – Quanto apostou nele?

– Dez mil – respondeu Frank Costello. – A melhor cotação que consegui foi de 15 para 1. O garoto já tem uma reputação.

E, subitamente, aconteceu o inesperado. No meio do quinto round Lou Domenic derrubou Tony com um *uppercut*. O juiz iniciou a contagem... bem devagar, olhando apreensivo para a audiência impassível.

– Levante, seu filho da puta! – berrou Joe Adonis. – Levante e lute!

A contagem continuou, ainda mais lentamente, até chegar a dez. Tony Rizzoli ainda estava na lona, apagado.

– Filho da puta! Um soco de sorte!

Os homens começaram a somar seus prejuízos. Eram substanciais. Tony Rizzoli foi levado para um dos vestiários por Gino,

carregado. Tony mantinha os olhos firmemente fechados, temendo que pudessem descobrir que estava consciente e lhe fizessem alguma coisa horrível.

Foi só depois que estava são e salvo em casa é que Tony começou a relaxar.

– Conseguimos! – exclamou seu irmão, excitado. – Sabe quanto dinheiro ganhamos? Quase mil dólares!

– Não entendo...

– Tomei emprestado dos agiotas deles para apostar em Domenic e me deram 15 por 1. Estamos ricos.

– Eles não vão ficar zangados? – perguntou Tony.

Gino sorriu.

– Nunca saberão.

NO DIA SEGUINTE, quando Tony Rizzoli saiu da escola, havia uma longa limusine preta esperando no meio-fio. Lucky Luciano estava no banco de trás. Acenou para o garoto.

– Entre.

O coração de Tony Rizzoli disparou.

– Não posso, Sr. Luciano. Estou atrasado para...

– Entre.

Tony Rizzoli embarcou na limusine. Lucky Luciano disse ao motorista:

– Dê uma volta pelo quarteirão.

Graças a Deus ele não estava sendo levado para um passeio! Lucky Luciano virou-se para o garoto.

– O nocaute foi simulado.

Rizzoli corou.

– Não, senhor. Eu...

– Não tente me sacanear. Quanto ganhou com a luta?

– Nada, Sr. Luciano. Eu...

– Só vou perguntar mais uma vez. Quanto ganhou com aquele nocaute falso?

O garoto hesitou.

– Mil dólares.

Lucky Luciano riu.

– Isso é ninharia. Mas acho que para um... Quantos anos você tem?

– Quase 16.

– Acho que não é tão ruim assim para um garoto de 16 anos. Sabe que custou muito dinheiro a mim e a meus amigos?

– Desculpe. Eu...

– Esqueça. É um garoto esperto. Tem futuro.

– Obrigado.

– Não vou contar nada, Tony, pois meus amigos poderiam cortar seus colhões e obrigá-lo a comer. Mas quero que me procure na segunda-feira. Vamos trabalhar juntos.

UMA SEMANA DEPOIS, Tony Rizzoli estava trabalhando para Lucky Luciano. Começou como mensageiro do jogo dos números e depois se tornou um guarda-costas. Era esperto e dinâmico, foi subindo até se tornar lugar-tenente de Luciano.

Quando Lucky Luciano foi preso, condenado e mandado para a penitenciária, Tony Rizzoli continuou com sua organização.

AS FAMÍLIAS PROMOVIAM o jogo, agiotagem, prostituição e qualquer outra coisa em que se pudesse obter um lucro ilegal. O tráfico de drogas era em geral desprezado, mas alguns membros insistiam em se envolver e as Famílias, com bastante relutância, concederam permissão para montarem operações particulares.

A ideia tornou-se uma obsessão para Tony Rizzoli. Pelo que pudera observar, as pessoas no tráfico de drogas eram completamente desorganizadas. *Todos eles improvisam. Com um cérebro certo e a força por trás...*

Ele tomou sua decisão.

TONY RIZZOLI NÃO era homem de entrar em qualquer coisa casualmente. Começou por ler tudo o que pôde encontrar sobre heroína.

A heroína estava se tornando rapidamente o principal narcótico. A maconha e a cocaína proporcionavam um "barato", mas a

heroína criava um estado de completa euforia, sem angústia, sem problemas, sem preocupações. As pessoas escravizadas pela heroína mostravam-se dispostas a vender qualquer coisa que possuíssem, a roubar qualquer coisa a seu alcance, a cometer qualquer crime. A heroína tornava-se uma religião, uma razão de viver.

A Turquia era uma das principais produtoras de papoula, da qual derivava a heroína.

A Família tinha contatos na Turquia e por isso Rizzoli teve uma conversa com Pete Lucca, um dos *capi*.

– Pretendo entrar no tráfico – anunciou Rizzoli. – Mas tudo o que eu fizer será pela Família. Quero que saiba disso.

– Você é um bom garoto, Tony.

– Eu gostaria de ir à Turquia para avaliar a situação. Pode providenciar?

O velho hesitou.

– Mandarei um aviso. Mas eles não são como nós, Tony. Não têm moral. São animais. Se não confiarem em você, vão matá-lo.

– Tomarei cuidado.

– Deve mesmo.

Duas semanas depois, Tony Rizzoli estava a caminho da Turquia. Foi a Izmir, Afyon e Eskisehir, as regiões de cultivo da papoula. No início, Rizzoli era recebido com profunda suspeita. Era um estrangeiro e os estrangeiros não eram bem-vindos.

– Vamos fazer muitos negócios juntos – disse Rizzoli. – Gostaria de dar uma olhada nas plantações de papoula.

Um dar de ombros.

– Não sei de nada sobre plantações de papoulas. Está perdendo seu tempo. Volte para sua terra.

Mas Rizzoli estava determinado. Houve meia dúzia de telefonemas e telegramas em código. Finalmente, em Kilis, na fronteira turco-síria, ele teve permissão para assistir à colheita do ópio na fazenda de Carella, um dos maiores plantadores.

– Não dá para entender – comentou Tony. – Como se pode extrair heroína de uma porra de uma flor?

Um cientista de casaco branco explicou:

– Há várias etapas, Sr. Rizzoli. A heroína é sintetizada do ópio, que é produzido pelo tratamento da morfina com ácido acético. A heroína é extraída de uma variedade específica da papoula, chamada *Papaver somniferum*, a flor do sono. O ópio tira seu nome da palavra grega *opos*, que significa suco.

– Já entendi.

NA ÉPOCA DA COLHEITA, Tony foi convidado a visitar a propriedade principal de Carella. Cada membro da família de Carella estava equipado com um *çizgi biçak,* um facão em formato de bisturi, para efetuar uma incisão precisa na planta. Carella explicou:

– As papoulas devem ser colhidas num período de 24 horas ou a colheita estará perdida.

Havia nove pessoas na família e cada uma trabalhou freneticamente para concluir a colheita a tempo. O ar ficou impregnado de vapores que induziam à sonolência. Rizzoli sentiu-se tonto.

– Tome cuidado – advertiu Carella. – Fique acordado. Se deitar no campo, nunca mais vai levantar.

As janelas e portas da casa da plantação eram mantidas fechadas durante o período de 24 horas da colheita.

DEPOIS QUE AS PAPOULAS foram colhidas, Rizzoli observou a massa branca viscosa de uma base de morfina ser convertida em heroína num "laboratório" nas colinas.

– Então é assim que se faz, hein?

Carella sacudiu a cabeça.

– Não, meu amigo. Isso é apenas o começo. Produzir a heroína é a parte mais fácil. O segredo do negócio é transportá-la sem ser apanhado.

Tony Rizzoli podia sentir o excitamento crescer. Era nesse ponto que sua competência faria a diferença. Até agora o negócio fora operado por trapalhões. Mostraria a todos como um profissional agia.

– Como transportam a mercadoria?

– Há muitas maneiras. Caminhão, ônibus, trem, carro, mula, camelo...

– Camelo?

– Costumávamos contrabandear heroína em latas na barriga de camelos... até que os guardas começaram a usar detectores de metal. Por isso, trocamos para sacos de borracha. Ao final da viagem matamos os camelos. O problema é que às vezes os sacos estouram dentro dos camelos, os animais chegam à fronteira cambaleando como bêbados. E os guardas descobrem.

– Qual é o percurso que usam?

– Às vezes a heroína segue por Alepo, Beirute e Istambul, e depois Marselha. Às vezes vão de Istambul para a Grécia, depois para a Sicília, através da Córsega e Marrocos, em seguida atravessam o Atlântico.

– Agradeço sua cooperação – disse Rizzoli. – Falarei a respeito com os rapazes. Tenho outro pedido a lhe fazer.

– Qual é?

– Gostaria de acompanhar a próxima remessa.

Houve uma longa pausa.

– Pode ser perigoso.

– Correrei os riscos.

NA TARDE SEGUINTE, Tony Rizzoli foi apresentado a um bandido alto e corpulento, com um enorme bigode de pontas caídas.

– Este é Mustafá de Afyon. Em turco, *afyon* significa ópio. Mustafá é um dos nossos mais hábeis contrabandistas.

– Não se pode deixar de ser hábil – comentou Mustafá, modesto. – Há muitos perigos.

Tony Rizzoli sorriu.

– Mas vale o risco, não é mesmo?

Mustafá respondeu com extrema dignidade:

– Está falando de dinheiro. Para nós, o ópio é mais do que uma colheita que dá dinheiro. Há toda uma mística envolvendo-o. É a única colheita que é mais do que apenas alimento. A seiva branca da planta é um elixir concedido por Deus, um medicamento natural, se tomado em pequenas quantidades. Pode ser comido ou aplicado

90

diretamente na pele e curará a maioria das aflições mais comuns... problemas de estômago, resfriados, febre, dores, torceduras. Mas é preciso tomar cuidado. Se tomar em grandes quantidades, não apenas turvará os sentidos, como também o impedirá de proezas sexuais... e nada na Turquia pode destruir mais a dignidade de um homem do que a impotência.

– Claro, claro... Tem toda razão.

A JORNADA DE AFYON começou à meia-noite. Um grupo de camponeses, andando em fila indiana pela noite escura, encontrou-se com Mustafá. As mulas foram carregadas com ópio, 350 quilos, empilhadas nos lombos de sete mulas vigorosas. O odor doce e pungente do ópio, como feno molhado, pairava no ar em torno dos homens. Havia uma dúzia de camponeses para guardar o ópio na transação com Mustafá. Cada um estava armado com um rifle.

– Precisamos tomar cuidado hoje em dia – Mustafá explicou a Rizzoli. – Temos a Interpol e muitas polícias procurando por nós. Era mais divertido nos velhos tempos. Transportávamos ópio através de uma aldeia ou cidade em um caixão envolto por um pano preto. Era uma visão comovente as pessoas e os guardas nas ruas tirando o chapéu em respeito à passagem do caixão com ópio.

A província de Afyon fica no centro da região ocidental da Turquia, na base das montanhas Sultan, num platô alto, remoto e virtualmente isolado das principais cidades da nação.

– O território é ótimo para o nosso trabalho – comentou Mustafá. – Não é fácil nos encontrar.

As mulas deslocavam-se lentamente pelas montanhas desoladas e à meia-noite, três dias depois, alcançaram a fronteira turco-síria. Foram recebidos ali por uma mulher vestida de preto. Ela conduzia um cavalo carregando um inocente saco de farinha de trigo, com uma corda presa frouxamente na sela. A corda estendia-se para trás, mas nunca encostava no solo. Era comprida, com 60 metros. A outra extremidade era suspensa por Mustafá e seus 15 homens contratados. Andavam agachados, uma das mãos segurando a corda

e a outra um saco de ópio. Cada saco pesava 15 quilos. A mulher e seu cavalo avançaram por uma área coalhada de minas, mas havia uma trilha definida por um pequeno rebanho de ovelhas conduzido por ali antes. Se a corda caía no chão, era um sinal para Mustafá e os outros de que havia guardas à frente. Se a mulher era detida para interrogatório, os contrabandistas esperavam um pouco e depois concluíam a travessia na fronteira, sãos e salvos.

Efetuaram a travessia em Kilis, o ponto mais minado da fronteira. Depois de passarem pela área controlada pelas patrulhas, os contrabandistas entraram na terra de ninguém, com 5 quilômetros de extensão, até o ponto de encontro, onde foram recebidos por contrabandistas sírios. Puseram os sacos de ópio no chão e foram presenteados com uma garrafa de *raki*, que os homens passaram de um para o outro. Rizzoli ficou observando enquanto o ópio era pesado, examinado e amarrado nos lombos de uma dúzia de burros sírios, imundos. O trabalho fora concluído.

Muito bem, pensou Rizzoli. *Agora vamos verificar como faz o pessoal da Tailândia.*

BANGKOK FOI A ESCALA seguinte de Rizzoli. Depois que se asseguraram que ele merecia confiança, permitiram-lhe acompanhar um barco de pesca tailandês, que carregava a droga em sacos de polietileno dentro de tambores de querosene vazios, com argolas presas na tampa. Ao se aproximar de Hong Kong, os tambores foram lançados nas águas rasas, em fila, nas proximidades de Lima e ilhas Ladrone, onde era simples para um barco de pesca de Hong Kong recolhê-los com uma vara e um gancho.

– Nada mal – comentou Rizzoli.

Mas tem de haver uma maneira melhor.

OS PLANTADORES referiam-se à heroína como "H" e *"horse"* (cavalo), mas para Tony Rizzoli a heroína era ouro. Os lucros eram espetaculares. Os camponeses que cultivavam o ópio ganhavam 350 dólares por 10 quilos, mas depois de processado e vendido nas ruas de Nova York o valor aumentava para 250 mil dólares.

É muito fácil, pensou Rizzoli. *Carella estava certo. O segredo do negócio é não ser apanhado.*

Isso fora o começo, dez anos antes. Mas agora era tudo mais difícil. A Interpol, a organização policial internacional, pusera recentemente o tráfico de drogas no topo de sua lista. Todos os navios que deixavam os principais portos do tráfico e que pareciam suspeitos, mesmo ligeiramente, eram abordados e revistados. Fora por isso que Rizzoli procurara Spyros Lambrou. A frota dele estava acima de qualquer suspeita. Era improvável que a polícia revistasse um de seus cargueiros. Mas o desgraçado o repelira. *Encontrarei outro jeito,* pensou Rizzoli. *Mas é melhor encontrá-lo depressa.*

– CATHERINE... estou incomodando-a?

Era meia-noite.

– Não, Costa. É um prazer ouvir sua voz.

– Está tudo bem aí?

– Está, sim... graças a você. Gosto cada vez mais do meu trabalho.

– Ótimo. Irei a Londres dentro de poucas semanas. E aguardo ansioso a oportunidade de revê-la. – *Cuidado. Não pressione demais* – Quero discutir alguns problemas da companhia.

– Está certo.

– Então boa noite.

– Boa noite.

DESTA VEZ FOI ela quem ligou.

– Costa... não sei o que dizer. O medalhão é lindo, mas não deveria...

– É uma pequena lembrança, Catherine. Evelyn me disse que você tem sido de grande valia para ela. Eu queria apenas expressar meu agradecimento.

É MUITO FÁCIL, pensou Demiris. Pequenos presentes e lisonjas.

Mais tarde: Minha mulher e eu estamos nos separando.

Depois o estágio de "Eu me sinto solitário".

93

Uma vaga conversa de casamento e um convite para seu iate e ilha. A rotina nunca falhava. *Esta será particularmente excitante*, pensou Demiris, *porque terá um final diferente. Ela vai morrer.*

ELE TELEFONOU para Napoleon Cotas. O advogado mostrou-se satisfeito por ouvi-lo.

– Já faz bastante tempo, Costa. Está tudo bem?

– Está sim, obrigado. Preciso de um favor.

– Claro.

– Noelle Page possuía uma pequena *villa* em Rafina. Quero que a compre para mim, sob o nome de outra pessoa.

– Não há problema. Mandarei um dos advogados do meu escritório...

– Quero que cuide de tudo pessoalmente.

Houve uma pausa.

– Está certo. Cuidarei de tudo.

– Obrigado.

Napoleon Cotas continuou sentado depois de desligar, olhando fixamente para o telefone. A *villa* era o ninho de amor em que Noelle Page e Larry Douglas haviam conduzido sua ligação amorosa. O que Constantin Demiris estaria possivelmente querendo?

7

O Palácio da Justiça Arsakion, no centro de Atenas, é um prédio de pedra, grande e cinzento, ocupando todo o quarteirão, na rua da Universidade e Strada. Dos trinta tribunais que funcionam no prédio, apenas três estão reservados aos processos criminais: nas salas 21, 30 e 33.

Por causa do enorme interesse despertado pelo julgamento por homicídio de Anastasia Savalas, as audiências estavam sendo realizadas na sala 33. Tinha 12 metros de largura e 90 de comprimento, os lugares eram divididos em três seções, separadas por 2 metros, com

nove bancos de madeira em cada uma. Na frente do tribunal havia um estrado alto, por trás de uma divisória de mogno de 2 metros, com cadeiras de encostos altos para os três juízes presidindo o julgamento.

Na frente do estrado havia um banco de testemunhas, sobre uma pequena plataforma. Na parede do outro lado ficava o recinto do júri, ocupado agora por dez jurados, com a mesa dos advogados na frente.

O julgamento era bastante espetacular por si mesmo, mas a *pièce de résistance* era o fato de a defesa ser conduzida por Napoleon Cotas, um dos mais eminentes advogados criminais do mundo. Cotas só atuava em casos de homicídio e tinha uma série de vitórias notáveis. Napoleon Cotas era magro, de aparência emaciada, os olhos grandes e tristes de um sabujo no rosto enrugado. Vestia-se mal e sua aparência física não inspirava confiança. Mas por trás da atitude vagamente confusa escondia-se uma mente brilhante e incisiva.

A imprensa especulara intensamente sobre o motivo que levara Napoleon Cotas a defender a mulher em julgamento. Não havia possibilidade de vitória. As apostas eram de que seria a primeira derrota de Cotas.

Peter Demonides, o promotor, já enfrentara Cotas antes e – embora nunca o admitisse, nem para si mesmo – sentia o maior respeito e temor de sua competência. Desta vez, porém, Demonides achava que não havia muito com que se preocupar. Se alguma vez já houvera um caso líquido e certo de homicídio, era o julgamento de Anastasia Savalas.

Os fatos eram simples: Anastasia Savalas era uma linda jovem, casada com um homem rico, George Savalas, trinta anos mais velho. Anastasia mantinha uma ligação com o jovem motorista do casal, Josef Pappas. Segundo testemunhas, o marido ameaçara-a com o divórcio e a exclusão do testamento. Na noite do crime ela dispensara os criados e preparara o jantar para o marido. George Savalas estava resfriado. Teve um acesso de tosse durante o jantar. A mulher fora buscar o xarope para a tosse. Savalas tomara um gole e caíra morto.

Um caso líquido e certo.

A SALA 33 ESTAVA apinhada de espectadores no início da manhã. Anastasia Savalas sentou à mesa dos réus, usando um conjunto sim-

ples de saia e blusa pretas, sem joias, quase nenhuma maquiagem. Era extraordinariamente bela.

O promotor, Peter Demonides, estava falando para o júri:

– Senhoras e senhores. Às vezes, num caso de homicídio, um julgamento se prolonga por três ou quatro meses. Mas não creio que tenham de se preocupar com sua permanência aqui durante todo esse tempo. Quando ouvirem os fatos deste caso, tenho certeza de que concordarão, sem a menor sombra de dúvida, que só há um veredicto possível: homicídio em primeiro grau. O Estado provará que a ré deliberadamente assassinou seu marido porque ele a ameaçava com o divórcio, quando descobriu sua ligação com o motorista da família. Provaremos que a ré teve o motivo, a oportunidade e os meios para executar seu plano a sangue-frio. Obrigado.

Ele voltou a seu lugar e o juiz principal virou-se para Cotas.

– A defesa está pronta para apresentar as alegações iniciais?

Napoleon Cotas levantou-se lentamente.

– Está, sim, meritíssimo.

Ele se encaminhou para o júri, indeciso, quase arrastando os pés. Parou, piscando para os jurados, e quando falou era quase como se falasse para si mesmo:

– Já vivi muito tempo e aprendi que nenhum homem ou mulher pode esconder uma natureza má. Sempre aparece. Um poeta disse uma vez que os olhos são as janelas da alma. Acho que é verdade. E peço que vocês, senhoras e senhores do júri, observem os olhos da ré. Não há a menor possibilidade de que ela pudesse encontrar em seu coração o ânimo para assassinar alguém.

Napoleon Cotas ficou imóvel por um instante, como se tentasse pensar em mais alguma coisa para dizer, depois voltou à sua cadeira.

Peter Demonides experimentou um súbito sentimento de triunfo. *Santo Deus! Essa é a pior alegação inicial que já ouvi em toda a minha vida! O velho está liquidado!*

– A acusação está preparada para chamar sua primeira testemunha?

– Está, sim, meritíssimo. Eu gostaria de chamar Rosa Lykourgos.

Uma mulher de meia-idade, corpulenta, levantou-se na área dos espectadores e avançou para a frente do tribunal, com uma expressão determinada. Prestou juramento.

– Sra. Lykourgos, qual é a sua ocupação?

– Sou a governanta... – Ela hesitou. – Eu *era* a governanta do Sr. Savalas.

– Sr. George Savalas?

– Isso mesmo, senhor.

– E pode nos informar há quanto tempo trabalhava para o Sr. Savalas?

– Há 25 anos.

– É um bocado de tempo. Gostava de seu patrão?

– Ele era um santo.

– Já era empregada do Sr. Savalas durante seu primeiro casamento?

– Sim, senhor. Estava a seu lado quando a primeira esposa foi sepultada.

– Seria justo dizer que eles tinham um bom relacionamento?

– Eram profundamente apaixonados um pelo outro.

Peter Demonides olhou para Napoleon Cotas, esperando seu protesto a essa linha de interrogatório. Mas Cotas permaneceu sentado, aparentemente perdido em seus pensamentos. O promotor continuou:

– E continuava trabalhando para o Sr. Savalas durante o seu segundo casamento, com Anastasia Savalas?

– Continuava, senhor.

A resposta saiu em tom ríspido.

– Diria que era um casamento feliz?

Demonides tornou a olhar para Napoleon Cotas, mas também não houve reação agora.

– Feliz? Não, senhor. Eles brigavam como cão e gato.

– Testemunhou alguma dessas brigas?

– Não se podia deixar de tomar conhecimento. Ouviam-se suas vozes por toda a casa... e é uma casa grande.

97

– Devo presumir que essas brigas eram verbais, em vez de físicas? Ou seja, o Sr. Savalas nunca bateu na esposa?

– Oh, não, eram mesmo físicas. Só que acontecia o inverso, era a madame quem batia nele. O Sr. Savalas já era bastante idoso e se tornara um homem frágil.

– E viu a Sra. Savalas bater no marido?

– Mais de uma vez. – A testemunha olhou para Anastasia Savalas enquanto falava, com uma sombria satisfação em sua voz.

– Sra. Lykourgos, na noite em que o Sr. Savalas morreu, quais os membros da criadagem que estavam trabalhando na casa?

– Nenhum.

Peter Demonides demonstrou surpresa.

– Está querendo dizer que numa casa que diz ser tão grande não havia nenhum criado presente? O Sr. Savalas não empregava uma cozinheira ou copeira... um mordomo...?

– Claro que sim, senhor. Havia todo esse pessoal. Mas a madame mandou que tirássemos a noite de folga. Disse que queria preparar o jantar para o marido pessoalmente. Seria como uma segunda lua de mel.

A última frase foi encerrada com uma risada desdenhosa.

– Quer dizer que a Sra. Savalas queria se livrar da presença de todos?

Desta vez foi o juiz principal quem olhou para Napoleon Cotas, esperando seu protesto. Mas o advogado de defesa continuou impassível, distraído. O juiz virou-se para Demonides.

– O promotor deve parar de induzir a testemunha.

– Peço desculpas, meritíssimo. Reformularei a pergunta.

Demonides chegou mais perto da Sra. Lykourgos.

– O que está querendo dizer é que, numa noite em que os criados normalmente ficariam na casa, a Sra. Savalas ordenou que todos saíssem, a fim de poder ficar a sós com o marido?

– Sim, senhor. E o pobre coitado sofria de um terrível resfriado.

– A Sra. Savalas preparava o jantar para o marido com frequência?

A Sra. Lykourgos torceu o nariz.

– Ela? Não, senhor. De jeito nenhum. Nunca levantou um dedo na casa.

E Napoleon Cotas permaneceu sentado, escutando como se não passasse de um espectador.

– Obrigado, Sra. Lykourgos. Foi bastante útil.

Peter Demonides olhou para Cotas, tentando esconder sua satisfação. O depoimento da Sra. Lykourgos tivera um efeito perceptível no júri. Todos lançavam olhares de desaprovação para a ré. *Vamos ver se o velho consegue dar um jeito nisso.*

– A testemunha é sua.

Napoleon Cotas levantou os olhos.

– Como! Ah... Não tenho perguntas a fazer.

O juiz principal fitou-o com uma expressão aturdida.

– Sr. Cotas... não deseja reinquirir a testemunha?

Napoleon Cotas levantou-se.

– Não, meritíssimo. Ela parece ser uma mulher absolutamente honesta.

Ele tornou a se sentar. Peter Demonides não podia acreditar em sua sorte. *Cotas nem mesmo tenta lutar,* ele pensou. *O velho está acabado.* Demonides já saboreava a vitória. O juiz fitou-o.

– Pode chamar sua próxima testemunha.

– O Estado gostaria de chamar Josef Pappas.

Um jovem alto, bonito, cabelos pretos, levantou-se na área dos espectadores e se encaminhou para o banco das testemunhas. Prestou juramento. Peter Demonides começou:

– Sr. Pappas, poderia fazer o favor de informar ao tribunal qual é a sua ocupação?

– Sou motorista.

– Está empregado no momento?

– Não.

– Mas estava empregado até recentemente. Isto é, esteve empregado até a morte de George Savalas.

– Isso mesmo.

– Há quanto tempo trabalhava para a família Savalas?

– Pouco mais de um ano.

– Era um emprego agradável?

Josef Pappas lançou um olhar para Cotas, esperando que ele viesse em seu socorro. Houve apenas silêncio.

– Era um emprego agradável, Sr. Pappas?

– Acho que era bom.

– Tinha um bom salário?

– Tinha.

– E não diria que o emprego era mais do que bom? Afinal, não havia alguns extras que acompanhavam a função? Não ia para a cama regularmente com a Sra. Savalas?

Josef Pappas tornou a olhar para Napoleon Cotas, suplicando ajuda. Mas não houve nenhuma.

– Eu... Sim, senhor. Acho que sim.

Peter Demonides foi fulminante em seu desdém:

– Você *acha*? Está sob juramento. Ou tinha uma ligação com ela ou não tinha. Qual dos dois?

Pappas se contorcia no assento.

– Tínhamos uma ligação.

– Apesar de trabalhar para o marido dela... de receber um salário generoso do marido e viver sob o seu teto?

– Sim, senhor.

– Não o perturbou receber o dinheiro do Sr. Savalas semana após semana, enquanto mantinha uma ligação com sua esposa?

– Não era apenas uma ligação.

Peter Demonides armou a armadilha com o maior cuidado.

– Não era apenas uma ligação? O que está querendo dizer com isso? Não entendi.

– Anastasia e eu planejávamos casar.

Houve murmúrios de surpresa no tribunal. Os jurados olhavam fixamente para a ré.

– O casamento era ideia sua ou da Sra. Savalas?

– Nós dois queríamos.

– Mas quem sugeriu?

– Acho que foi ela.

Ele olhou para Anastasia Savalas, que sustentou o olhar sem hesitação.

– Francamente, Sr. Pappas, estou espantado. Como esperava casar? A Sra. Savalas já tinha um marido, não é mesmo? Planejavam esperar que ele morresse de velhice? Ou que sofresse algum acidente fatal? O que exatamente tinham em mente?

As perguntas eram tão inflamadas que o promotor e os três juízes olharam para Napoleon Cotas, esperando o seu protesto. Mas o advogado de defesa estava ocupado rabiscando num bloco, sem prestar qualquer atenção. Anastasia Savalas também começava a parecer preocupada. Peter Demonides tratou de aproveitar a vantagem:

– Não respondeu à minha pergunta, Sr. Pappas.

Josef Pappas remexeu-se na cadeira, contrafeito.

– Não sei direito.

A voz de Peter Demonides era como o estalo de um chicote.

– Pois então vou lhe explicar *direito*. A Sra. Savalas planejava assassinar o marido para tirá-lo do caminho. Sabia que o marido ia se divorciar e excluí-la do testamento e isso a deixaria sem nada. Ela...

– Protesto! – Não partiu de Napoleon Cotas, mas do juiz principal. – Está pedindo à testemunha para especular.

Ele olhou para Napoleon Cotas, aturdido com o silêncio do advogado de defesa. O velho se sentava imóvel, os olhos meio fechados.

– Desculpe, meritíssimo. – Mas Peter Demonides sabia que a sugestão ficara gravada. Virou-se para Cotas. – A testemunha é sua.

Napoleon Cotas levantou-se.

– Obrigado, Sr. Demonides. Não tenho perguntas.

Os três juízes se entreolharam, perplexos. Um deles falou:

– Sr. Cotas, está consciente de que esta será sua única oportunidade de reinquirir a testemunha?

Napoleon Cotas piscou.

– Estou, sim, meritíssimo.

– E tendo em vista o seu depoimento, não deseja lhe fazer nenhuma pergunta?

Napoleon Cotas sacudiu a mão no ar, vagamente.

– Não, meritíssimo.

101

O juiz suspirou.

– Muito bem. O promotor pode chamar sua próxima testemunha.

A próxima testemunha era Mihalis Haritonides, um homem corpulento, na casa dos 60 anos. Depois que ele prestou juramento, o promotor perguntou:

– Pode informar ao tribunal a sua ocupação, por favor?

– Pois não, senhor. Dirijo um hotel.

– E pode nos dizer o nome desse hotel?

– Argos.

– Onde fica esse hotel?

– Em Corfu.

– Vou lhe perguntar, Sr. Haritonides, se alguma das pessoas nesta sala já estiveram hospedadas em seu hotel.

Haritonides olhou ao redor.

– Sim, senhor. Ele e ela.

– Que fique registrado nos autos que a testemunha está apontando para Josef Pappas e Anastasia Savalas. – Demonides tornou a se virar para a testemunha. – Eles se hospedaram em seu hotel mais de uma vez?

– Sim, senhor. Estiveram lá meia dúzia de vezes, no mínimo.

– E passaram a noite ali, juntos, no mesmo quarto?

– Sim, senhor. Geralmente ficavam durante o fim de semana.

– Obrigado, Sr. Haritonides. – Ele olhou para Napoleon Cotas. – A testemunha é sua.

– Não tenho perguntas a fazer.

O juiz principal olhou para os dois colegas e sussurraram entre si por um momento. O juiz principal olhou para Napoleon Cotas.

– Não tem perguntas a fazer a esta testemunha, Sr. Cotas?

– Não, meritíssimo. Acredito em seu depoimento. É um bom hotel. Eu mesmo já estive lá.

O juiz principal fitou o advogado de defesa em silêncio por um longo momento. Depois, virou-se para o promotor.

– O Estado pode chamar sua próxima testemunha.

– O Estado gostaria de chamar o Dr. Vassilis Frangescos.

Um homem alto, de aparência distinta, levantou-se e seguiu para o banco das testemunhas. Prestou juramento.

– Dr. Frangescos, pode fazer o favor de informar ao tribunal qual é o tipo de medicina que pratica?

– Sou clínico geral.

– Isso é o equivalente ao médico de família?

– É outra maneira de dizer.

– Há quanto tempo exerce a profissão, doutor?

– Quase trinta anos.

– E tem o registro oficial?

– Claro.

– Dr. Frangescos, George Savalas era seu paciente?

– Era, sim.

– Por quanto tempo?

– Há pouco mais de dez anos.

– E tratava o Sr. Savalas por algum problema específico?

– Na primeira vez em que o vi, ele foi me procurar porque tinha pressão alta.

– E tratou-o por isso?

– Tratei.

– E tornou a vê-lo depois disso?

– Ele me procurava de vez em quando, sempre que tinha um problema de bronquite ou fígado... nada de mais grave.

– Quando foi a última vez que viu o Sr. Savalas?

– Foi em dezembro do ano passado.

– Ou seja, pouco antes de sua morte.

– Isso mesmo.

– Ele esteve em seu consultório, doutor?

– Não. Fui vê-lo em casa.

– Geralmente dá consultas em casa?

– Quase nunca.

– Mas neste caso abriu uma exceção.

– Abri.

– Por quê?

O médico hesitou.

103

– Porque ele não estava em condições de ir ao meu consultório.

– E qual era o seu estado?

– Tinha lacerações, diversas equimoses e uma concussão.

– Sofrera algum acidente?

O Dr. Frangescos tornou a hesitar.

– Não. Ele me contou que fora espancado pela esposa.

Houve murmúrios aturdidos por todo o tribunal. O juiz principal indagou, irritado:

– Sr. Cotas, não vai protestar contra um testemunho indireto nos autos?

Napoleon levantou os olhos e disse baixinho:

– Ah, sim... Obrigado, meritíssimo. Isso mesmo, eu protesto.

Mas é claro que o dano já fora causado. Os jurados olhavam agora para a ré com franca hostilidade.

– Obrigado, Dr. Frangescos. Não tenho mais perguntas. – Peter Demonides virou-se para Cotas e disse, em tom presunçoso: – A testemunha é sua.

– Não tenho perguntas a fazer.

SEGUIRAM-SE DIVERSAS testemunhas: uma criada que declarou ter visto a Sra. Savalas entrar no quarto do motorista em diversas ocasiões... um mordomo que testemunhou ter ouvido George Savalas ameaçar a esposa com o divórcio e a mudança do testamento... vizinhos que ouviram as ruidosas brigas dos Savalas.

E Napoleon Cotas continuava a não ter perguntas a fazer a todas as testemunhas.

A rede fechava-se depressa sobre Anastasia Savalas.

Peter Demonides já podia sentir a exultação da vitória. Em sua imaginação, via as manchetes nos jornais. Seria o mais rápido julgamento de homicídio na história judiciária. *O julgamento pode terminar até hoje*, ele pensou. *O grande Napoleon Cotas é um homem derrotado.*

– Eu gostaria de chamar o Sr. Nikos Mentakis para prestar depoimento.

Mentakis era um jovem magro e nervoso, falava devagar, com o maior cuidado.

– Sr. Mentakis, pode informar ao tribunal qual é a sua ocupação?

– Pois não, senhor. Trabalho numa chácara.

– Como assim?

– Cultivamos árvores, flores, todas as espécies de plantas.

– Ou seja, é um especialista no cultivo de plantas.

– Acho que se pode dizer assim. Trabalho nisso há bastante tempo.

– E posso presumir que parte do seu trabalho é cuidar para que as plantas à venda permaneçam saudáveis?

– Claro, senhor. Cuidamos muito bem das plantas. Não venderíamos plantas doentes a nossos fregueses. Quase todos são regulares.

– Está querendo dizer com isso que alguns fregueses sempre voltam?

– Sim, senhor. – O tom era orgulhoso. – Prestamos um serviço de primeira.

– Diga-me uma coisa, Sr. Mentakis: a Sra. Savalas era uma de suas freguesas regulares?

– Era, sim, senhor. A Sra. Savalas adora flores e plantas.

O juiz principal interveio, impaciente:

– Sr. Demonides, o tribunal considera que essa linha de interrogatório não é pertinente. Deve passar logo para algo pertinente ou...

– Se o tribunal me permitir terminar, meritíssimo, esta testemunha mostrará que tem uma importante relação com o caso.

O juiz olhou para Napoleon Cotas.

– Sr. Cotas, não vai protestar contra essa linha de interrogatório?

Napoleon Cotas levantou os olhos e piscou aturdido.

– Como? Não, meritíssimo.

O juiz continuou a fitá-lo por um momento, em frustração, depois virou-se para Peter Demonides.

– Muito bem, pode continuar.

– Sr. Mentakis, a Sra. Savalas procurou-o em dezembro e lhe disse que tinha problemas com algumas de suas plantas?

– Isso mesmo, senhor.

105

– Ela não disse que havia uma infestação de insetos matando suas plantas?

– Foi, sim, senhor.

– E não lhe pediu alguma coisa para se livrar dos insetos?

– Pediu, senhor.

– Pode informar ao tribunal o que era?

– Eu lhe vendi antimônio.

– E pode dizer ao tribunal o que exatamente é isso?

– É um veneno, como arsênico.

Houve o maior tumulto no tribunal. O juiz principal bateu com o martelo.

– Se houver outra manifestação assim, ordenarei aos guardas que evacuem o tribunal. – Ele virou-se para Peter Demonides. – Pode continuar a interrogar a testemunha.

– Então vendeu à Sra. Savalas uma quantidade de antimônio?

– Isso mesmo, senhor.

– E diria que é um veneno letal? Comparou a arsênico.

– É sem dúvida letal, senhor.

– E registrou a venda em seu livro, como é obrigado a fazer por lei quando vende qualquer veneno?

– Registrei, senhor.

– E trouxe esse registro para o tribunal, Sr. Mentakis?

– Trouxe.

Ele entregou um livro de registros a Demonides. O promotor aproximou-se dos juízes.

– Meritíssimo, eu gostaria que este livro fosse registrado nos autos como "Prova A". – Ele virou-se para a testemunha. – Não tenho mais perguntas.

Demonides olhou para Napoleon Cotas, que levantou os olhos e sacudiu a cabeça.

– Não tenho perguntas a fazer.

Peter Demonides respirou fundo. Era o momento para a sua bomba.

– Eu gostaria de apresentar a Prova B. – Ele virou-se para a porta nos fundos da sala e disse a um guarda parado ao lado: – Pode trazer agora, por favor?

O guarda saiu apressado e voltou um instante depois com um vidro de xarope numa bandeja. Faltava uma quantidade considerável. Os espectadores observavam, fascinados, enquanto o guarda entregava o vidro ao promotor. Peter Demonides colocou-o na mesa diante dos jurados.

– Senhoras e senhores, estão olhando para a arma do crime. Esta é a arma que matou George Savalas. Este é o xarope para tosse que a Sra. Savalas deu ao marido na noite em que ele morreu. Está cheio de antimônio. Como podem observar, a vítima tomou um pouco... e vinte minutos depois estava morta.

Napoleon Cotas levantou-se e murmurou:

– Protesto. O promotor não tem como saber que o falecido foi medicado desse vidro em particular.

E Peter Demonides fechou a armadilha:

– Com o devido respeito ao meu nobre colega, a Sra. Savalas admitiu que deu este xarope ao marido quando ele teve um acesso de tosse, na noite em que ele morreu. O vidro estava sob a guarda da polícia até ser trazido a este tribunal, há poucos minutos. O médico-legista testemunhou que George Savalas morreu de envenenamento por antimônio.

Ele olhou para Napoleon Cotas com uma expressão desafiadora. O advogado de defesa sacudiu a cabeça, derrotado.

– Então acho que não pode haver a menor dúvida.

Peter Demonides declarou, triunfante:

– Absolutamente nenhuma. Obrigado, Sr. Cotas. A promotoria encerra a apresentação de provas.

O juiz principal virou-se para Napoleon Cotas.

– A defesa está pronta para apresentar seu sumário?

Napoleon Cotas levantou-se.

– Está, sim, meritíssimo. – Ele ficou parado por um longo momento. Depois, adiantou-se lentamente. Parou diante do recinto do júri, coçando a cabeça, como se tentasse descobrir o que ia dizer. Quando finalmente começou, falava devagar, procurando as palavras. – Creio que alguns de vocês devem estar especulando por que não reinquiri nenhuma das testemunhas. Para dizer a verdade,

107

achei que o Sr. Demonides fez um trabalho tão bom que não havia necessidade que eu fizesse qualquer pergunta.

O idiota está reforçando a minha argumentação, pensou Peter Demonides, exultante. Napoleon Cotas virou-se e olhou para o vidro de xarope por um instante, depois voltou a fitar os jurados

– Todas as testemunhas pareciam muito honestas. Mas não provaram realmente coisa alguma, não é mesmo? O que estou querendo dizer... – Ele sacudiu a cabeça. – Quando se soma tudo o que as testemunhas disseram, temos apenas uma coisa: Uma linda moça casa com um velho, que provavelmente não podia satisfazer suas necessidades sexuais. – Cotas acenou com a cabeça na direção de Josef Pappas.

"Assim, ela encontrou um jovem que podia satisfazê-la. Mas já sabíamos de tudo isso pelos jornais, não é mesmo? Não há nada de secreto na ligação dos dois. Todo mundo sabia. Saiu por escrito em todas as revistas escandalosas do mundo. Claro que não podemos aprovar esse comportamento de Anastasia Savalas, senhoras e senhores, mas ela não está sendo julgada aqui por adultério. Não está neste tribunal porque tem impulsos sexuais normais que qualquer moça poderia ter. Nada disso. Ela está sendo julgada por homicídio."

Ele tornou a olhar para o vidro de xarope, como se o deixasse fascinado.

Que o velho continue a divagar, pensou Peter Demonides. Ele olhou para o relógio na parede do tribunal. Faltavam cinco minutos para meio-dia. Os juízes sempre determinavam um recesso ao meio-dia. *O velho idiota não conseguirá acabar seu sumário.* Nem mesmo era bastante esperto para esperar até que o tribunal voltasse do recesso. *Por que algum dia tive medo dele?*, especulou Peter Demonides.

– Vamos examinar as provas juntos, está certo? – continuou Napoleon Cotas. – Algumas plantas da Sra. Savalas estavam doentes e ela se importava o suficiente para querer salvá-las. Procurou o Sr. Mentakis, um especialista em plantas, que a aconselhou a usar antimônio. E ela seguiu seu conselho. Chamam isso de homicídio? Eu não chamo. E há também o depoimento da governanta, que disse que

a Sra. Savalas dispensou todos os criados a fim de poder ter um jantar de lua de mel com o marido, um jantar que ela própria prepararia. Ora, creio que a verdade é que provavelmente a governanta estava meio apaixonada pelo Sr. Savalas. Não se trabalha durante vinte e cinco anos para um homem sem ter profundos sentimentos por ele. E ela se ressentia de Anastasia Savalas. Não perceberam isso por seu tom? – Cotas tossiu de leve e limpou a garganta. – Vamos presumir que a ré, no fundo de seu coração, realmente amava o marido e tentava desesperadamente fazer com que o casamento desse certo. Como qualquer mulher demonstra amor por um homem? Creio que um dos meios mais básicos é cozinhar para ele. Não se trata de uma forma de amor? Eu acho que é. – Ele tornou a olhar para o vidro de xarope. – E outra não é cuidar do homem quando ele está doente... na saúde e na doença?

O relógio na parede indicava que faltava um minuto para o meio-dia.

– Senhoras e senhores, eu lhes disse quando este julgamento começou para fitarem o rosto daquela mulher. Não é o rosto de uma assassina. Aqueles não são os olhos de uma assassina.

Peter Demonides observou os jurados olharem para a ré. Nunca vira uma hostilidade tão evidente. Tinha o júri no bolso.

– A lei é bastante clara, senhoras e senhores. Como serão informados por nossos honrados juízes, para apresentarem um veredicto de culpa não deverão ter qualquer dúvida sobre a culpa da ré. Absolutamente nenhuma.

Enquanto falava, Napoleon Cotas tornou a tossir e tirou um lenço do bolso para cobrir a boca. Aproximou-se do vidro de xarope na mesa diante do júri.

– Quando se chega ao fundo da questão, o promotor não provou realmente coisa alguma, não é mesmo? Só que este é o vidro que a Sra. Savalas entregou ao marido. A verdade é que o Estado não tem nenhuma prova.

Enquanto terminava a frase, ele teve um acesso de tosse. Automaticamente, estendeu a mão para o vidro de xarope, tirou a tampa,

levou-o aos lábios e tomou um gole grande. Todos no tribunal olhavam fixamente, fascinados, houve murmúrios de horror.

E no instante seguinte a agitação no tribunal era total. O juiz principal disse, alarmado:

– Sr. Cotas...

Napoleon Cotas tomou outro gole.

– Meritíssimo, as alegações do promotor são um escárnio da justiça. George Savalas não morreu nas mãos desta mulher. A defesa encerra suas alegações.

O relógio bateu meio-dia. Um guarda aproximou-se apressado do juiz principal e sussurrou alguma coisa. O juiz bateu com o martelo.

– Ordem! Ordem! Vamos entrar em recesso. Os jurados devem se retirar e tentar chegar a um veredicto. O tribunal voltará a entrar em sessão às 14 horas.

Peter Demonides continuou imóvel, paralisado. Alguém trocara os vidros! Não, isso era impossível. A prova estivera guardada em todos os momentos. O patologista teria se enganado tanto assim? Demonides virou-se para falar com seu assistente. Quando olhou ao redor, à procura de Napoleon Cotas, descobriu que ele desaparecera.

Às 14 horas, quando o tribunal reiniciou a sessão, os jurados retornaram lentamente à sala e ocuparam seus lugares. Napoleon Cotas ainda não aparecera.

O filho da puta está morto, pensou Peter Demonides.

E no instante mesmo em que assim pensava, Napoleon Cotas passou pela porta, parecendo absolutamente saudável. Todos no tribunal se viraram para observá-lo, enquanto ele ocupava seu lugar. O juiz principal indagou:

– Senhoras e senhores do júri, chegaram a um veredicto?

O primeiro jurado levantou-se.

– Chegamos, meritíssimo. Consideramos que a ré é inocente.

Houve uma explosão espontânea de aplausos dos espectadores.

Peter Demonides sentiu o sangue se esvair de seu rosto. *O filho da puta conseguiu de novo*, ele pensou. E olhou para Napoleon Cotas, que o observava, sorrindo.

8

A firma de Tritsis e Tritsis era sem dúvida o escritório de advocacia de maior prestígio na Grécia. Os fundadores há muito que haviam se aposentado e a firma pertencia agora a Napoleon Cotas. Havia meia dúzia de sócios, mas Cotas era o gênio orientador.

Sempre que as pessoas ricas eram acusadas de assassinato, pensavam logo em Napoleon Cotas. Seu trabalho era fenomenal. Durante os anos em que defendera pessoas acusadas de crimes capitais, conquistara um sucesso depois de outro. O recente julgamento de Anastasia Savalas fora manchete no mundo inteiro. Cotas defendera uma cliente no que todos consideravam um caso de homicídio líquido e certo e obtivera uma vitória espetacular. Assumira um grande risco, mas sabia que era a única maneira de salvar a vida de sua cliente.

Não podia deixar de sorrir para si ao recordar os rostos dos jurados quando tomara um gole do xarope impregnado com um veneno mortal. Calculara seu sumário com todo cuidado para ser interrompido exatamente ao meio-dia. Esse detalhe era fundamental. *Se os juízes mudassem sua rotina e passassem de meio-dia...* Ele estremeceu ao pensar no que aconteceria.

E surgira uma ocorrência inesperada que quase lhe custara a vida. Depois de declarado o recesso, Cotas descia apressado pelo corredor quando um grupo de repórteres lhe bloqueara o caminho.

— Sr. Cotas, como sabia que o xarope para tosse não estava envenenado?

— Pode explicar como...?

— Acha que alguém trocou os vidros...?

— Anastasia Savalas teve...?

— Por favor, senhores, preciso atender a um chamado da natureza. Terei o maior prazer em responder a todas as perguntas depois.

Ele se encaminhou apressado para o banheiro na extremidade do corredor. Um cartaz pendurado na maçaneta dizia: COM DEFEITO. Um repórter dissera:

— Acho que terá de procurar outro banheiro.

Napoleon Cotas sorrira.

111

– Infelizmente, não posso esperar.

Ele abrira a porta, entrara e trancara. A equipe estava lá dentro, à sua espera. O médico queixara-se:

– Eu já começava a me preocupar. O antimônio trabalha depressa. – E ele acrescentara bruscamente para o assistente: – Apronte a bomba estomacal.

– Pois não, doutor.

O médico tornara a se virar para Napoleon Cotas.

– Deite no chão. Lamento, mas será bastante desagradável.

– Quando penso na alternativa – comentara Napoleon Cotas, sorrindo –, tenho certeza de que não me importo.

OS HONORÁRIOS DE Napoleon Cotas por salvar a vida de Anastasia Savalas foram de um milhão de dólares, depositados numa conta num banco suíço. Cotas tinha uma mansão em Kolonarai – um dos melhores bairros residenciais de Atenas –, uma *villa* na ilha de Corfu e um apartamento em Paris, na Avenue Foch.

Em tudo e por tudo, Napoleon Cotas tinha bons motivos para se sentir satisfeito com sua vida. Havia apenas uma sombra em seu horizonte.

Chamava-se Frederick Stavros, o mais novo associado de Tritsis e Tritsis. Os outros advogados da firma viviam se queixando de Stavros.

– Ele é de segunda classe, Napoleon. Não pode pertencer a uma firma como a nossa...

– Stavros quase arruinou meu caso. É um idiota...

– Já soube o que Stavros fez ontem no tribunal? O juiz quase o expulsou...

– Por que não despede logo Stavros? Ele é supérfluo aqui. Não precisamos dele e está prejudicando nossa reputação.

Napoleon Cotas sabia muito bem disso. E quase se sentia tentado a revelar a verdade: *Não posso despedi-lo.* Mas se limitava a dizer:

– Vamos lhe dar uma oportunidade. Stavros acabará acertando.

E isso era tudo que os sócios podiam arrancar de Cotas.

UM FILÓSOFO DISSERA: "Cuidado com o que deseja; você pode conseguir."

Frederick Stavros, o associado mais novo de Tritsis e Tritsis, conseguira o que desejava e isso o transformara num dos homens mais angustiados do mundo. Não conseguia dormir ou comer direito, emagrecera de maneira alarmante.

– Deve procurar um médico, Frederick – insistia a esposa. – Está com uma aparência horrível.

– Não... não adiantaria.

Ele sabia que o seu problema não poderia ser curado por nenhum médico. A consciência o estava matando.

Frederick Stavros era um jovem impetuoso, ansioso, ambicioso e idealista. Durante anos trabalhara num escritório miserável num bairro pobre de Atenas, Monastiraki, lutando por clientes indigentes, muitas vezes sem receber honorários. Sua vida mudara da noite para o dia quando conhecera Napoleon Cotas.

Um ano antes, Stavros defendera Larry Douglas, julgado junto com Noelle Page pelo assassinato da esposa de Douglas, Catherine. Napoleon Cotas fora contratado pelo poderoso Constantin Demiris para defender sua amante. Desde o início Stavros ficara feliz em deixar que Cotas assumisse o comando das duas defesas. Sentia o maior respeito pelo brilhante advogado.

– Devia ver Cotas em ação – ele comentava para a esposa. – O homem é incrível. Eu gostaria de poder ingressar um dia em sua firma.

Quase ao final do julgamento, houvera uma reviravolta inesperada. Um sorridente Napoleon Cotas reunira Noelle Page, Larry Douglas e Frederick Stavros numa sala particular. E dissera a Stavros:

– Acabo de ter uma reunião com os juízes. Se os réus estiveram dispostos a se declararem culpados, os juízes concordaram em dar a cada um deles uma sentença de cinco anos, quatro dos quais serão suspensos. Na verdade, não terão que passar mais de seis meses na prisão. – Ele se virara para Larry. – Como é americano, Sr. Douglas, será deportado. Nunca mais terá permissão para voltar à Grécia.

Noelle Page e Larry Douglas concordaram ansiosos em se declararem culpados. Quinze minutos, com os réus e seus advogados de pé à sua frente, o juiz principal declarara:

113

– Os tribunais gregos nunca aplicaram a pena de morte num caso em que não foi provado de forma incontestável que ocorreu um homicídio. Por isso, meus colegas e eu ficamos surpresos quando os réus mudaram de ideia e se declararam culpados no meio do julgamento. Proclamo que a sentença para os dois réus, Noelle Page e Lawrence Douglas, será de execução por um pelotão de fuzilamento... a ser realizada num prazo de noventa dias, a contar desta data.

E fora nesse instante que Stavros compreendera que Napoleon Cotas enganara a todos. Nunca houvera um acordo. Cotas fora contratado por Constantin Demiris não para defender Noelle Page, mas sim para providenciar que ela fosse condenada. Era a vingança de Demiris contra a mulher que o traíra. E Stavros fora um cúmplice involuntário numa execução a sangue-frio.

Não posso permitir que isso aconteça, pensara Stavros. *Contarei aos juízes o que Cotas fez e o veredicto será revogado.*

E depois Napoleon Cotas procurara Stavros, dizendo:

– Se estiver livre amanhã, Frederick, por que não almoça comigo? Gostaria que conhecesse meus sócios...

QUATRO SEMANAS depois, Frederick Stavros era sócio da prestigiada firma Tritsis e Tritsis, com uma sala grande e um salário generoso. Vendera a alma ao demônio. Mas concluíra que era uma barganha terrível demais para manter. *Não posso continuar assim.*

Ele não conseguia se livrar dos sentimentos de culpa. *Sou um assassino*, pensava.

Frederick Stavros angustiava-se com seu dilema e acabou tomando uma decisão. Entrou uma manhã na sala de Napoleon Cotas.

– Leon...

– Santo Deus, homem, está com uma aparência horrível! – exclamou Napoleon Cotas. – Por que não tira umas férias, Frederick? Vai lhe fazer bem.

Mas Stavros sabia que isso não seria uma solução para o problema.

– Leon, sou grato pelo que fez por mim, mas... não posso continuar aqui.

Cotas ficou surpreso.

– Mas do que está falando? Tem se saído muito bem.

– Não. Estou... angustiado.

– Angustiado? Não sei o que pode estar perturbando você assim. Frederick Stavros fitou-o com uma expressão de incredulidade.

– O que... o que você e eu fizemos com Noelle Page e Larry Douglas. Você não... não sente qualquer remorso?

Os olhos de Cotas se contraíram. *Cuidado!*

– Frederick, às vezes é preciso servir à justiça por caminhos tortuosos. – Napoleon Cotas sorriu. – Pode estar certo de uma coisa: nós não temos com que nos censurar. Eles eram culpados.

– *Nós* os condenamos. Enganamos os dois. Não posso mais viver com isso. Sinto muito. Vim lhe dar o aviso prévio. Só continuarei na firma até o fim do mês.

– Não aceito a sua demissão – protestou Cotas, com firmeza. – Por que não faz o que sugeri... tira umas férias e...?

– Não. Eu nunca poderia me sentir feliz aqui, sabendo o que sei. Sinto muito.

Napoleon Cotas estudou-o atentamente, com olhos frios.

Tem alguma ideia do que está fazendo? Joga fora uma carreira brilhante... sua vida.

– Não. Estou salvando minha vida.

– Essa decisão é definitiva?

– É, sim, Leon. Sinto muito. Mas não se preocupe. Jamais falarei sobre... o que aconteceu.

Stavros virou-se e saiu da sala. Napoleon Cotas continuou sentado à sua mesa por um longo tempo, imerso em pensamentos. E acabou tomando uma decisão. Pegou o telefone e discou.

– Pode avisar ao Sr. Demiris que eu gostaria de encontrá-lo esta tarde? Diga que é urgente.

Às 16 HORAS daquele dia, Napoleon Cotas estava sentado na sala de Constantin Demiris.

– Qual é o problema, Leon?

– Talvez não haja qualquer problema – respondeu Cotas, cauteloso –, mas achei que deveria informá-lo de que Frederick Stavros me procurou esta manhã. Decidiu deixar a firma.

– Stavros? O advogado de Larry Douglas? E daí?

115

– Parece que a consciência o incomoda.

Houve um silêncio opressivo.

– Entendo.

– Ele prometeu que não falaria sobre... o que ocorreu naquele dia no tribunal.

– Acredita nele?

Para ser franco, Costa, acredito.

Constantin Demiris sorriu.

– Neste caso, não temos com que nos preocupar, não é mesmo?

Napoleon Cotas levantou-se, aliviado.

– Acho que não. Apenas pensei que você deveria saber.

– Fez bem em me contar. Pode jantar comigo na próxima semana?

– Claro.

– Ligarei depois para você e combinaremos um dia.

– Obrigado, Costa.

NA SEXTA-FEIRA, ao final da tarde, a antiga igreja de Kapnikarea, no centro de Atenas, estava repleta de silêncio, sereno e acolhedor. Num canto próximo do altar, Frederick Stavros ajoelhou-se diante do padre Konstantinou. O padre pôs um pano sobre sua cabeça.

– Eu pequei, padre. Estou além da redenção.

– O maior problema do homem, meu filho, é que ele pensa que é apenas humano. Quais são os seus pecados?

– Sou um assassino.

– Acabou com vidas?

– Isso mesmo, padre. Não sei o que fazer para expiar.

– Deus sabe o que fazer. Vamos perguntar a Ele.

– Eu me deixei desencaminhar, por vaidade e ganância. Aconteceu há um ano. Eu defendia um homem acusado de homicídio. O julgamento estava correndo bem. E foi então que Napoleon Cotas...

AO DEIXAR A IGREJA, meia hora depois, Frederick Stavros sentia-se um homem diferente. Era como se um tremendo fardo tivesse sido removido de seus ombros. Estava purificado pelo antigo ritual da confissão. Contara tudo ao padre e sentia-se outra vez íntegro, pela primeira vez desde aquele dia terrível.

Começarei vida nova. Vou me mudar para outra cidade e começarei tudo de novo. Tentarei compensar de alguma forma a coisa terrível que fiz. Obrigado, Senhor, por me dar outra oportunidade.

A noite já caíra e o centro da praça Ermos estava quase deserto. O sinal passou para verde no instante em que Frederick Stavros chegou à esquina e começou a atravessar a rua. Estava no meio do cruzamento quando uma limusine preta desceu pela ladeira com os faróis apagados, movendo-se ruidosamente em sua direção como um monstro gigantesco e insensato. Stavros ficou olhando, paralisado. Era tarde demais para se desviar. Houve um estrondo e Stavros sentiu seu corpo ser atingido e esmagado, num instante de dor intensa, seguido pelas trevas.

NAPOLEON COTAS levantava cedo. Gostava daqueles momentos de solidão antes que as pressões do dia começassem a envolvê-lo. Sempre tomava o café da manhã sozinho e lia os jornais matutinos durante a refeição. Naquela manhã em particular, havia várias notícias de interesse. O primeiro-ministro Themistocles Sophoulis formara um novo gabinete, com uma coalizão de cinco partidos. *Devo lhe mandar um bilhete de parabéns.* Forças comunistas chinesas teriam alcançado a margem norte do rio Iangtsé. Harry Truman e Alben Barkley tomavam posse como presidente e vice-presidente dos Estados Unidos. Napoleon Cotas virou para a segunda página e sentiu o sangue gelar nas veias. A notícia que atraiu sua atenção dizia o seguinte:

O Sr. Frederick Stavros, sócio da prestigiosa firma de advocacia Tritsis e Tritsis, foi atropelado e morto ontem à noite por um motorista que fugiu, quando deixava a igreja de Kapnikarea. Testemunhas informam que o veículo era uma limusine preta sem placas. O Sr. Stavros teve uma participação destacada no sensacional julgamento de homicídio de Noelle Page e Larry Douglas. Era o advogado de Larry Douglas e...

Napoleon Cotas parou de ler. Ficou rígido na cadeira, o café da manhã esquecido. Um acidente. *Teria sido mesmo um acidente?*

117

Constantin Demiris lhe dissera que não havia motivos para se preocupar. Mas muitas pessoas haviam cometido o erro de aceitar o que Demiris dizia.

Cotas pegou o telefone e ligou para Constantin Demiris. Uma secretária completou a ligação.

– Já leu os jornais? – perguntou Cotas.

– Ainda não. Por quê?

– Frederick Stavros está morto.

– *O quê?* – O tom era de surpresa. – Mas o que aconteceu?

– Ele foi morto ontem à noite por um motorista que fugiu.

– Santo Deus! Lamento muito, Leon. Pegaram o motorista?

– Ainda não.

– Talvez eu possa aplicar uma pressão extra na polícia. Ninguém está seguro hoje em dia. Por falar nisso, que tal jantarmos juntos na quinta-feira?

– Pode ser.

– Então está combinado.

Napoleon Cotas era um perito em ler nas entrelinhas. *Constantin Demiris ficou genuinamente surpreso. Nada teve a ver com a morte de Stavros*, decidiu.

NA MANHÃ SEGUINTE, Napoleon Cotas entrou na garagem particular de seu prédio de escritório e estacionou o carro. Ao se encaminhar para o elevador, um jovem surgiu das sombras.

– Tem um fósforo?

Um alarme soou na mente de Cotas. O homem era um estranho, não podia estar naquela garagem.

– Tenho, sim. – Sem pensar, Cotas bateu com a pasta na cara do homem. O estranho soltou um grito de dor.

– Seu filho da puta! – Ele enfiou a mão no bolso e tirou um revólver munido de silenciador.

– Ei, o que está acontecendo aqui? – gritou uma voz.

Um guarda uniformizado se aproximava correndo. O estranho hesitou por um instante, depois correu para a porta aberta. O guarda alcançou Cotas.

– Está tudo bem, Sr. Cotas?

– Hã... está, sim. – Napoleon Cotas descobriu-se fazendo um esforço para respirar. – Não aconteceu nada comigo.

– O que ele queria?

Napoleon Cotas respondeu lentamente:

– Não sei.

PODE TER SIDO uma coincidência, Cotas disse a si mesmo, ao se sentar à sua escrivaninha. *É possível que o homem estivesse apenas tentando me assaltar. Não, ele tinha tentado me matar.* E Constantin Demiris se mostraria tão chocado pela notícia quanto fingira ficar pela morte de Frederick Stavros.

Eu deveria ter imaginado, pensou Cotas. *Demiris não é um homem de correr riscos. Não pode deixar qualquer fio solto. Pois muito bem, o Sr. Demiris terá uma surpresa.*

A voz da secretária de Napoleon Cotas avisou pelo interfone:

– Sr. Cotas, deve comparecer ao tribunal dentro de trinta minutos.

Ele deveria apresentar hoje o seu sumário no caso de assassinato múltiplo, mas sentia-se abalado demais para se apresentar num tribunal.

– Ligue para o juiz e avise que estou doente. E peça a um dos sócios para atender todas as minhas ligações. Não quero ser incomodado.

Cotas tirou um gravador de uma gaveta da mesa e ficou imóvel, pensando. Depois, começou a falar.

NO INÍCIO DA TARDE, Napoleon Cotas apareceu no gabinete do promotor, Peter Demonides, levando um envelope pardo. A recepcionista reconheceu-o no mesmo instante.

– Boa tarde, Sr. Cotas. Em que posso servi-lo?

– Quero falar com o Sr. Demonides.

– Ele está numa reunião. Marcou um encontro?

– Não. Pode fazer o favor de avisar a ele que estou aqui e que é urgente?

– Pois não.

Quinze minutos depois, Napoleon Cotas foi recebido na sala do promotor.

– Ora, ora – disse Demonides. – Maomé vem à montanha. Em que posso ajudá-lo? Vamos fazer algum acordo esta tarde?

– Não. É uma questão pessoal, Peter.

– Sente-se, Leon.

Depois que os dois se instalaram, Cotas disse:

– Quero deixar um envelope com você. Está lacrado e só deve ser aberto no caso de minha morte acidental.

Peter Demonides estudava-o, curioso.

– Receia que alguma coisa lhe aconteça?

– É uma possibilidade.

– Entendo. Um cliente ingrato?

– Não importa quem. Você é o único em quem posso confiar. Pode guardar o envelope num cofre em que ninguém possa encontrá-lo?

– Claro. – Demonides inclinou-se para a frente. – Você parece assustado.

– Eu estou.

– Gostaria que meu gabinete lhe desse alguma proteção? Posso mandar um policial acompanhá-lo.

Cotas bateu no envelope.

– Aqui está a única proteção de que preciso.

– Está certo. Se tem certeza...

– Tenho certeza. – Cotas levantou-se e estendeu a mão. – *Efharisto*. Não sabe como estou agradecido.

Peter Demonides sorriu.

– *Parakalo*. Você fica me devendo.

UMA HORA DEPOIS, um mensageiro uniformizado entrou no escritório da Corporação Comercial Helênica. Aproximou-se de uma das secretárias.

– Tenho um pacote para o Sr. Demiris.

– Pode me dar que assino o recibo.

– Tenho ordens para entregá-lo pessoalmente ao Sr. Demiris.

– Desculpe, mas não posso interrompê-lo. De quem é o pacote?

– De Napoleon Cotas.

– Tem certeza que não pode deixá-lo comigo?

– Tenho, madame.

– Verei se o Sr. Demiris pode recebê-lo.

Ela apertou um botão no interfone.

– Com licença, Sr. Demiris. Está aqui um mensageiro com uma encomenda enviada pelo Sr. Cotas.

A voz de Demiris saiu pelo interfone:

– Pode trazê-lo, Irene.

– Ele diz que tem ordens para entregar pessoalmente.

Houve uma pausa.

– Traga-o até aqui.

Irene e o mensageiro entraram na sala.

– Você é Constantin Demiris?

– Sou, sim.

– Quer assinar aqui, por favor?

Demiris assinou um recibo. O mensageiro pôs o envelope em sua mesa.

– Obrigado.

Constantin Demiris observou a secretária e o mensageiro se retirarem. Estudou o envelope por um momento, com uma expressão pensativa, depois abriu-o. Havia um gravador lá dentro, com uma fita no lugar. Curioso, ele apertou um botão e a fita começou a rodar

A voz de Napoleon Cotas soou na sala:

Meu caro Costa, tudo seria muito mais simples se você acreditasse que Frederick Stavros não tencionava revelar nosso segredinho. Lamento ainda mais que você não acreditasse que eu não tinha a menor intenção de discutir esse caso deplorável. Tenho todos os motivos para acreditar que você estava por trás da morte do pobre Stavros e que agora tem a intenção de me matar. Como minha vida é tão preciosa para mim quanto a sua é para você, devo me recusar respeitosamente a ser sua próxima vítima... Tomei a precaução de

121

escrever os detalhes do papel que você e eu desempenhamos no julgamento de Noelle Page e Larry Douglas, pus num envelope lacrado e entreguei ao promotor, para ser aberto no caso de minha morte acidental. Portanto, meu amigo, agora é do seu interesse cuidar para que eu permaneça vivo e saudável.

A gravação terminou. Constantin Demiris continuou sentado, com o olhar perdido no espaço.

AO VOLTAR A SEU escritório, naquela tarde, Napoleon Cotas não sentia mais medo. Constantin Demiris era um homem perigoso, mas estava longe de ser um idiota. Não faria mal a alguém com o risco de correr perigo. *Ele fez seu movimento e dei-lhe um xeque-mate*, pensou Cotas, sorrindo para si mesmo. *Acho que é melhor fazer outros planos para o jantar na quinta-feira.*

DURANTE OS DIAS seguintes, Napoleon Cotas esteve bastante ocupado, preparando-se para um novo julgamento de homicídio, envolvendo uma esposa que matara as duas amantes do marido. Cotas levantava cedo todas as manhãs e trabalhava até tarde da noite, elaborando as reinquirições. O instinto lhe dizia, contra todas as probabilidades, que teria outra vitória espetacular.

Na noite de quarta-feira trabalhou no escritório até meia-noite, depois pegou seu carro e foi para casa. Chegou lá à 1 hora da madrugada. O mordomo abriu a porta.

– Deseja alguma coisa, Sr. Cotas? Posso preparar um *mezedes*, se estiver com fome, ou...

– Não, obrigado. Não preciso de nada. Pode ir se deitar.

Napoleon Cotas subiu para seu quarto. Passou a hora seguinte repassando mentalmente o julgamento e por fim às 2 horas da madrugada, pegou no sono. E sonhou.

Estava no tribunal, reinquirindo uma testemunha, quando abruptamente o homem começou a arrancar as próprias roupas.

– Por que está fazendo isso? – perguntou Cotas.

– Estou pegando fogo.

Cotas correu os olhos pelo tribunal e descobriu que todos os espectadores também estavam se despindo. Virou-se para o juiz.

– Meritíssimo, devo protestar...

O juiz também tirava as roupas.

– Está quente demais aqui – ele murmurou.

Está quente demais aqui. E há muito barulho.

Napoleon Cotas abriu os olhos. Chamas lambiam a porta do quarto, a fumaça espalhava-se por toda parte.

Ele se sentou na cama, instantaneamente desperto e alerta.

A casa está em chamas. Por que o alarme não soou?

A porta começava a empenar com o calor intenso. Cotas correu para a janela, sufocando com a fumaça. Tentou abri-la, mas estava bem trancada. A fumaça se tornava mais densa, era cada vez mais difícil respirar. Não havia escapatória.

Brasas começaram a cair do teto. Uma parede desabou e um lençol de chamas envolveu-o. Ele gritou. Os cabelos e o pijama pegaram fogo. Às cegas, lançou-se contra a janela fechada e passou pelo vidro, o corpo em chamas indo se espatifar no chão 5 metros abaixo.

NO INÍCIO DA MANHÃ seguinte, o promotor público Peter Demonides foi anunciado por uma criada no estúdio na casa de Constantin Demiris.

– *Kalihmera*, Peter – disse Demiris. – Obrigado por ter vindo. Você trouxe?

– Sim, senhor. – Ele entregou a Demiris o envelope lacrado que Napoleon Cotas lhe dera. – Achei que poderia preferir ficar com isto em casa.

– Foi muito atencioso, Peter. Não quer me acompanhar no café da manhã?

– *Efharisto*. É muita gentileza sua, Sr. Demiris.

– Costa. Pode me chamar de Costa. Estou de olho em você há algum tempo, Peter. Acho que tem um futuro importante. Gostaria de lhe arrumar uma posição condizente em minha organização. Está interessado?

Peter Demonides sorriu.

– Claro que sim, Costa. Estou muito interessado.

– Ótimo. Vamos conversar a respeito enquanto comemos.

9

Londres

Catherine falava com Constantin Demiris pelo menos uma vez por semana. Ele continuava a lhe mandar presentes e assegurava, quando ela protestava, que eram apenas pequenos símbolos de seu reconhecimento.

– Evelyn me contou que você cuidou muito bem do caso Baxter.

Ou então:

– Soube por Evelyn que sua ideia está nos poupando muito dinheiro nas questões de frete.

Na verdade, a própria Catherine sentia-se orgulhosa de sua atuação. Descobrira meia dúzia de coisas no escritório que podiam ser melhoradas. Recuperara a antiga competência e sabia que a eficiência do escritório aumentara bastante por sua causa.

– Estou muito orgulhoso de você – disse-lhe Constantin Demiris.

E Catherine ficou exultante. Ele era um homem maravilhoso, sempre interessado.

Está quase na *hora de fazer meu movimento*, decidiu Demiris. Com Stavros e Cotas eliminados, a única pessoa que podia ligá-lo aos acontecimentos era Catherine. O perigo de que isso ocorresse era mínimo, mas Demiris, como Napoleon Cotas descobrira, não era homem de se expor a riscos. *É uma pena que ela tenha de morrer,* pensou Demiris. *É muito bonita. Mas, primeiro, a* villa *em Rafina.*

Ele comprara a propriedade. Levaria Catherine para lá e faria amor com ela, como Larry Douglas fizera com Noelle. E depois...

DE VEZ EM QUANDO Catherine tinha uma lembrança do passado. Leu no *Times* de Londres as notícias das mortes de Frederick Stavros e Napoleon Cotas. Os nomes nada significaram para ela se não fosse pela menção de que haviam sido advogados de Larry Douglas e Noelle Page.

Naquela noite ela tornou a ter o sonho.

CERTA MANHÃ, Catherine leu no jornal uma notícia que lhe provocou um sobressalto.

William Fraser, assessor do presidente dos Estados Unidos, Harry Truman, chegara a Londres para discutir um novo acordo comercial com o primeiro-ministro britânico.

Ela largara o jornal, sentindo-se absurdamente vulnerável. *William Fraser.* Ele fora uma parte muito importante de sua vida. *O que haveria acontecido se eu não o tivesse deixado?*

Catherine continuou sentada à sua escrivaninha, trêmula, sorrindo, olhando fixamente para a notícia. William Fraser era um dos homens mais ternos que ela já conhecera. Só a lembrança dele a fazia sentir-se protegida e amada. E ele estava em Londres. *Preciso vê-lo,* ela pensou. Segundo o jornal, William Fraser estava hospedado no Claridge.

Catherine ligou para o hotel, com os dedos trêmulos. Tinha a sensação de que o passado estava prestes a se tornar o presente. Descobria-se emocionada com a perspectiva de ver Fraser. *O que ele dirá quando ouvir minha voz? Quando tornar a me ver?*

– Claridge, bom dia – disse a telefonista.

Catherine respirou fundo.

– O Sr. William Fraser, por favor.

– Desculpe, madame, mas disse o *Sr.* ou *Sra.* William Fraser?

Catherine experimentou a sensação de que recebera um golpe violento. *Que tola eu sou! Por que não pensei nisso? Claro que ele podia estar casado a esta altura.*

– Madame...

– Eu... Não importa. Obrigada. – Ela repôs o fone no gancho, lentamente.

Cheguei tarde demais. Está acabado. Costa tinha razão. Deixe o passado permanecer como passado.

A SOLIDÃO PODE ser corrosiva, destruindo o espírito. Todos precisam partilhar a alegria, a glória e a angústia. Catherine vivia num mundo repleto de estranhos, observando a felicidade de outros casais, ouvindo o eco dos risos de amantes. Mas recusava-se a sentir pena de si mesma.

Não sou a única mulher no mundo que se encontra sozinha. Estou viva! Estou viva!

NUNCA FALTAVA o que fazer em Londres. Os cinemas da cidade exibiam muitos filmes americanos e Catherine gostava de assisti-los. Viu *O fio da navalha* e *O rei e eu. A luz é para todos* era um filme desconcertante e Cary Grant estava maravilhoso em *O solteirão cobiçado.*

Catherine frequentava concertos no Albert Hall e ia ao balé em Sadler's Wells. Foi a Stratford-upon-Avon para assistir Anthony Quayle em *A megera domada* e Sir Laurence Olivier em *Ricardo III.* Mas não era muito divertido ir sozinha.

E foi então que Kirk Reynolds apareceu.

Um homem alto e atraente aproximou-se de Catherine no escritório e disse:

– Sou Kirk Reynolds. Onde você estava?

– Como?

– Tenho esperado por você.

Foi assim que começou.

KIRK REYNOLDS era um advogado americano, trabalhando para Constantin Demiris em fusões internacionais. Tinha quarenta e

poucos anos, era sério, inteligente e atencioso. Ao conversar sobre Kirk Reynolds com Evelyn, Catherine comentou:

– Sabe o que mais aprecio nele? Faz com que eu me sinta como uma mulher. E há muito tempo não me sentia assim.

– Tenho minhas dúvidas – disse Evelyn. – Se fosse você, eu tomaria o maior cuidado. Não me precipitaria em coisa alguma.

– Isso não acontecerá – prometeu Catherine.

KIRK REYNOLDS levou Catherine numa excursão por Londres. Estiveram no Old Bailey, onde os criminosos haviam sido julgados por séculos, percorreram os corredores dos tribunais, passando por advogados de aparência solene, usando togas e perucas. Foram ao local da Prisão Newgate, construída no século XVIII. A rua se alargava na frente do lugar em que outrora se erguia a prisão e depois voltava a se estreitar inesperadamente.

– É estranho – comentou Catherine. – Por que fizeram a rua desse jeito?

– Para acomodar as multidões. Era aqui que realizavam as execuções públicas.

Catherine estremeceu. A informação era sinistra demais.

UMA NOITE Kirk Reynolds levou Catherine à East India Dock Road, na área portuária.

– Há pouco tempo este era um lugar em que os guardas só andavam aos pares – comentou Reynolds. – Era um antro de criminosos.

A área era tão escura e assustadora que ainda parecia perigosa a Catherine.

Jantaram no Prospect de Whitby, um dos mais antigos pubs da Inglaterra, sentados num balcão que se projetava sobre o Tâmisa, observando as barcaças descerem o rio e passarem pelos grandes navios, que estavam a caminho do mar.

Catherine adorava os nomes insólitos dos pubs de Londres, como Ye Olde Cheshire Cheese (O Velho Queijo Cheshire), o Falstaff e o Goat in Boots (Bode de Botas). Em outra noite foram a um restaurante pitoresco e antigo na City Road, chamado de Eagle (Águia).

127

– Aposto que você conhecia uma canção sobre este lugar quando era pequena – comentou Kirk.

Catherine ficou aturdida.

– Canção sobre este lugar? Nunca antes ouvi falar dele.

– Ouviu, sim. É daqui que se originou uma antiga canção infantil.

– Que canção?

– Há muitos anos a City Road era o coração do distrito dos alfaiates. Ao final da semana, os alfaiates descobriam-se sem dinheiro e punham o ferro de passar no prego, até o dia do pagamento. E alguém escreveu uma cantiga infantil a respeito.

> Pela City Road,
> passando no Eagle,
> É por onde vai o dinheiro
> Do ferro de papai.

Catherine riu.

– Como soube disso?

– Os advogados supostamente sabem de tudo. Mas há uma coisa que não sei. Você esquia?

– Infelizmente, não. Por quê?

Ele se tornou subitamente sério.

– Vou a St. Moritz. Há instrutores de esqui maravilhosos por lá. Não quer ir comigo, Catherine?

A pergunta pegou-a completamente desprevenida.

Kirk aguardava uma resposta.

– Eu... não sei, Kirk.

– Vai pensar a respeito?

– Vou. – O corpo de Catherine tremia. Lembrava como era emocionante fazer amor com Larry e especulou se algum dia voltaria a se sentir assim. – Pensarei a respeito.

CATHERINE RESOLVEU apresentar Kirk a Wim.

Pegaram Wim em seu apartamento e levaram-no ao The Ivy para jantar. Durante toda a noite Wim não olhou diretamente para

Kirk Reynolds uma única vez. Parecia totalmente retraído. Kirk lançou um olhar inquisitivo para Catherine. Ela sugeriu com um movimento silencioso da boca: *Fale com ele.* Kirk acenou com a cabeça e virou-se para Wim.

– Gosta de Londres, Wim?

– Está tudo bem.

– Tem alguma cidade predileta?

– Não.

– Gosta de seu trabalho?

– Está tudo bem.

Kirk olhou para Catherine, sacudiu a cabeça e deu de ombros. Catherine pediu silenciosamente: *Por favor.* Kirk suspirou e tornou a se virar para Wim.

– Vou jogar golfe no domingo. Você também joga?

– Os tacos de cabeça de ferro no golfe são o *driving iron midiron mid mashie mashie iron mashie spade mashie mashie niblick niblick shorter niblick* e *putter.* Os tacos de cabeça de madeira são os *driver brassie spoon* e *baffy.*

Kirk Reynolds piscou aturdido.

– Você deve ser muito bom.

– Ele nunca jogou – explicou Catherine. – Wim apenas... sabe das coisas. Pode fazer qualquer coisa com matemática.

Kirk Reynolds já não aguentava mais. Esperava passar uma noite a sós com Catherine e ela trouxera aquele inconveniente. Ele forçou um sorriso.

– É mesmo? – Virando-se para Wim, Kirk perguntou, com um ar de inocência: – Por acaso sabe quanto é 2 elevado à 59ª potência?

Wim ficou em silêncio por trinta segundos, olhando para a toalha da mesa. Quando Kirk já ia falar de novo, Wim respondeu:

– 576.460.752.303.423.488.

– Santo Deus! – exclamou Kirk. – Isso é para valer?

– É, sim – disse Wim, bruscamente. – É para valer.

Catherine virou-se para Wim.

– Wim, você pode extrair a raiz sexta de... – Ela escolheu um número ao acaso. – ...24.137.585?

Os dois ficaram observando enquanto Wim permanecia em silêncio, impassível, por 25 segundos.

– Dezessete; o resto é 16.

– Não dá para acreditar! – exclamou Kirk.

– Pois pode acreditar – disse Catherine.

Kirk olhou para Wim.

– Como faz isso?

Wim deu de ombros.

– Ele pode multiplicar dois números de quatro dígitos em trinta segundos e memorizar cinquenta números de telefones em cinco minutos – informou Catherine. – E depois que os memorizou, nunca mais esquece.

Kirk Reynolds olhava espantado para Wim Vanden.

– Meu escritório, sem dúvida, pode aproveitar alguém como você.

– Tenho um emprego – disse Wim.

QUANDO DEIXOU Catherine no prédio de apartamentos, ao final da noite, Kirk Reynolds disse:

– Não esqueça de St. Moritz, está bem?

– Pode deixar que não esquecerei.

Por que não posso simplesmente dizer sim?

Constantin Demiris telefonou ainda naquela noite. Catherine sentiu-se tentada a lhe falar de Kirk Reynolds, mas no último instante decidiu não fazê-lo.

10

Atenas

O padre Konstantinou sentia-se inquieto. Desde que lera no jornal a notícia da morte de Frederick Stavros estava angustiado. O padre ouvira milhares de confissões desde que fora ordenado, mas

a dramática confissão de Frederick Stavros, seguida por sua morte deixara uma impressão indelével.

– Ei, qual é o problema?

O padre Konstantinou virou-se para contemplar o lindo rapaz estendido nu na cama, ao seu lado.

– Nenhum, amor.

– Eu não o faço feliz?

– Sabe que faz, Georgios.

– Então qual é o problema? Por Jesus Cristo, está se comportando como se eu não estivesse aqui!

– Não blasfeme.

– Não gosto de ser ignorado.

– Desculpe, querido. É que... um dos meus paroquianos foi morto num acidente de automóvel.

– Todos temos de morrer algum dia, não é mesmo?

– Claro. Mas aquele homem estava muito transtornado.

– Quer dizer que estava doente da cabeça?

– Não. Ele tinha um segredo terrível e era um fardo grande demais para carregar.

– Que tipo de segredo?

O padre acariciou a coxa do rapaz.

– Sabe que não posso falar sobre isso. Foi contado no confessionário.

– Pensei que não tínhamos segredos um para o outro.

– E não temos, Georgios, mas...

– *Gamoto!* Ou temos ou não temos. De qualquer maneira, você disse que o garoto morreu. Que diferença pode fazer agora?

– Nenhuma, eu acho, mas...

Georgios Lato abraçou o padre e sussurrou em seu ouvido:

– Estou curioso.

– Está fazendo cócegas no meu ouvido.

Lato começou a acariciar o corpo do padre Konstantinou.

– Ah... não pare...

– Então me conte.

131

– Está bem. Acho que realmente não pode fazer mal nenhum agora...

GEORGIOS LATO SUBIRA no mundo. Nascera num cortiço de Atenas e aos 12 anos se prostituíra. No começo Lato circulava pelas ruas, ganhando uns poucos dólares para atender a bêbados em becos e turistas em quartos de hotel. Era dotado com uma boa aparência, moreno, um corpo forte e firme. Tinha 16 anos quando um cafetão lhe disse:

– Você é um *poulaki*, Georgios. Está desperdiçando seu potencial. Posso fazê-lo ganhar muito dinheiro.

E ele cumprira a promessa. Daquele momento em diante Georgios Lato passou a atender apenas a homens ricos e importantes, sendo muito bem recompensado.

Quando conheceu Nikos Veritos, o assistente pessoal do grande magnata Spyros Lambrou, a vida de Lato mudou.

– Estou apaixonado por você – disse Nikos Veritos ao rapaz. – Quero que pare de se prostituir por aí. Pertence a mim agora.

– Claro, Niki. Também amo você.

Veritos constantemente mimava o rapaz com presentes. Comprava suas roupas, pagava o aluguel de um pequeno apartamento e lhe dava dinheiro para as despesas. Mas se angustiava com o que Lato fazia quando não estavam juntos. Um dia resolveu o problema, anunciando:

– Arrumei um emprego para você na companhia de Spyros Lambrou, onde trabalho.

– Para poder ficar de olho em mim? Não vou...

– Não é nada disso, querido. Gostaria apenas de tê-lo sempre ao meu lado.

Georgios Lato protestou a princípio, mas acabou cedendo. E descobriu que, na verdade, gostava de trabalhar na companhia. Trabalhava na sala de correspondência e como mensageiro, o que lhe proporcionava liberdade para ganhar algum dinheiro extra de clientes como o padre Konstantinou.

QUANDO GEORGIOS LATO deixou a cama do padre Konstantinou, naquela tarde, sua mente era um turbilhão. O segredo que o padre

lhe confidenciara era uma informação sensacional e a mente de Georgios Lato concentrou-se imediatamente na maneira de ganhar dinheiro com aquilo. Poderia contar a Nikos Veritos, mas tinha planos maiores. *Vou procurar diretamente o chefão*, pensou Lato. *É onde está o dinheiro de verdade.*

NA MANHÃ SEGUINTE, Lato entrou na sala de recepção do gabinete de Spyros Lambrou. A secretária por trás da mesa levantou os olhos.

– A correspondência veio cedo hoje, Georgios.

Georgios Lato sacudiu a cabeça.

– Não, madame. Preciso falar com o Sr. Lambrou.

Ela sorriu.

– É mesmo? E sobre o que deseja lhe falar? Tem alguma proposta de negócio a fazer?

Lato manteve-se solene:

– Não, não é nada disso. Acabei de receber o aviso de que minha mãe está morrendo e... tenho de voltar para casa. Queria apenas agradecer ao Sr. Lambrou por me dar um emprego aqui. Levaria apenas um minuto, mas se ele está muito ocupado... – Lato começou a se virar.

– Espere um pouco. Tenho certeza que ele não vai se importar.

Dez minutos depois, Georgios Lato entrou na sala de Spyros Lambrou. Nunca estivera ali antes e ficou impressionado com a opulência.

– Lamento saber que sua mãe está morrendo, meu rapaz. Talvez uma pequena gratificação possa...

– Obrigado, senhor, mas não é realmente por isso que estou aqui.

Lambrou franziu o rosto.

– Não estou entendendo.

– Sr. Lambrou, tenho uma informação importante que acho que pode lhe ser valiosa.

Ele podia perceber o ceticismo no rosto de Lambrou.

– É mesmo? Estou um pouco ocupado, e por isso se você...

– É sobre Constantin Demiris. – Lato passou a falar bem depressa. – Tenho um amigo que é padre. Ele ouviu uma confissão de um homem que morreu logo depois num acidente de automóvel... e esse

homem falou sobre Constantin Demiris. O Sr. Demiris fez uma coisa horrível. Pode ir para a prisão por isso. Mas se não está interessado...

Spyros Lambrou descobriu-se subitamente muito interessado.

– Sente-se... qual é o seu nome?

– Lato, senhor. Georgios Lato.

– Muito bem, Lato, comece do princípio...

O CASAMENTO DE Constantin Demiris e Melina vinha se desintegrando há anos, mas nunca houvera qualquer violência física até recentemente.

Começara no meio de uma discussão acalorada sobre uma ligação de Constantin Demiris com a melhor amiga de Melina.

– Você consegue transformar toda mulher numa prostituta! – ela gritara. – Tudo em que toca se torna lixo!

– *Skaseh!* Cale a porra dessa boca!

– Não pode me obrigar! – bradou Melina, em desafio. – Contarei ao mundo inteiro o *pousti* que você é! Meu irmão tinha razão! Você é um monstro!

Demiris levantou o braço e desferiu um tapa em Melina com toda força. Ela saiu correndo da sala.

Na semana seguinte tiveram outra discussão e Demiris tornou a agredi-la. Melina fez as malas e pegou um avião para Atticos, a ilha particular de seu irmão. Passou ali uma semana, angustiada e solitária. Sentiu saudade do marido e começou a inventar desculpas para o que ele fizera.

A culpa foi minha, pensou Melina. *Eu não deveria ter hostilizado Costa.* E mais: *Ele não queria me bater. Apenas perdeu o controle e não sabia o que estava fazendo.* E mais: *Se Costa não se importasse tanto comigo, não teria me batido, não é mesmo?*

Ao final, no entanto, Melina compreendera que não passavam de desculpas, porque não podia suportar a dissolução do casamento. E voltou para casa no domingo seguinte.

Demiris estava na biblioteca. Levantou os olhos quando Melina entrou.

– Então decidiu voltar.

– Esta é a minha casa, Costa. Você é meu marido e eu o amo. Mas quero lhe dizer uma coisa: se algum dia tornar a me bater, eu o matarei.

E Demiris fitou-a nos olhos e percebeu que ela dizia a verdade.

DE UMA ESTRANHA maneira, o casamento pareceu melhorar depois desse incidente. Durante muito tempo Constantin teve o cuidado de não perder o controle com Melina. Continuava a ter seus romances e Melina era orgulhosa demais para lhe suplicar que parasse. *Um dia ele vai se cansar de todas as suas prostitutas*, ela pensava. *E compreenderá que só precisa de mim.*

NUMA NOITE DE sábado, Constantin Demiris estava vestindo um smoking, preparando-se para sair. Melina entrou no quarto.

– Aonde você vai?

– Tenho um compromisso.

– Já esqueceu que vamos jantar com Spyros esta noite?

– Não esqueci, mas apareceu algo mais importante.

Melina ficou em silêncio por um instante, observando-o, furiosa.

– E sei o que é... seu *poulaki*! Vai procurar uma de suas prostitutas para satisfazê-lo!

– Deve tomar cuidado com sua língua. Está virando uma lavadeira, Melina. – Demiris contemplou-se no espelho.

– Não vou deixá-lo fazer isso! – O que ele fazia a ela já era bastante terrível, mas insultar seu irmão ainda por cima era demais. Tinha de arranjar um jeito de magoá-lo, e só conhecia um. – Nós dois deveríamos ficar em casa esta noite, Costa.

– É mesmo? – ele indagou, indiferente. – E por quê?

– Não sabe que dia é hoje?

– Não.

– É o aniversário do dia em que matei seu filho, Costa. Fiz um aborto.

Ele ficou completamente imóvel e Melina percebeu que os olhos se tornavam sombrios.

135

– E pedi aos médicos que dessem um jeito para que eu nunca mais pudesse ter um filho seu – mentiu Melina.

Ele perdeu o controle.

– *Skaseh!*

Desferiu um soco na cara de Melina e continuou a agredi-la. Ela gritou e correu pelo corredor, com Constantin em seu encalço.

Ele alcançou-a no alto da escada e berrou:

– Vou matá-la por isso!

Quando bateu outra vez em Melina, ela perdeu o equilíbrio e rolou pela escada. Ficou imóvel lá embaixo, gemendo de dor.

– Oh, Deus, ajude-me... quebrei alguma coisa.

Demiris limitou-se a fitá-la, com olhos frios.

– Mandarei uma das criadas chamar um médico. Não quero chegar atrasado ao meu compromisso.

O TELEFONE TOCOU pouco antes da hora do jantar.

– Sr. Lambrou? Aqui é o Dr. Metaxis. Sua irmã pediu que lhe telefonasse. Ela está aqui, em minha clínica particular. Infelizmente, sofreu um acidente...

Spyros Lambrou entrou no quarto de Melina na clínica, aproximou-se da cama e contemplou-a, consternado. Melina tinha um braço quebrado, uma concussão e o rosto todo inchado. Spyros Lambrou disse uma única palavra:

– Constantin. – Sua voz tremia de raiva.

Os olhos de Melina encheram-se de lágrimas e ela balbuciou:

– Ele não tinha a intenção.

– Vou destruí-lo. Juro por minha vida.

Spyros Lambrou nunca sentira tanta raiva. Não suportava pensar no que Constantin Demiris estava fazendo com Melina. Tinha de haver uma maneira de detê-lo... mas como? Tinha de haver uma maneira. Ele sentia-se desorientado. Precisava de conselho. E como já fizera muitas vezes no passado, Spyros Lambrou resolveu consultar madame Piris. Talvez ela pudesse ajudá-lo de alguma forma.

A CAMINHO, LAMBROU pensou, irônico: *Meus amigos ririam de mim se soubessem que estou consultando uma vidente.* Mas a verdade

é que no passado madame Piris lhe dissera coisas extraordinárias que haviam se consumado. *Ela vai me ajudar agora.*

Sentaram a uma mesa num canto escuro do café mal-iluminado. Ela parecia mais velha do que na última ocasião em que Lambrou a vira. Estava imóvel, os olhos fixados nele.

– Preciso de ajuda, madame Piris.

Ela acenou com a cabeça. *Por onde começar?*

– Houve um julgamento de homicídio há cerca de um ano e meio. Uma mulher chamada Catherine Douglas foi...

A expressão de Madame Piris mudou.

– Não!

Spyros Lambrou ficou aturdido.

– Ela foi assassinada por...

Madame Piris levantou-se.

– Não! Os espíritos me disseram que ela morreria!

Spyros Lambrou sentia-se cada vez mais confuso.

– Ela já morreu. Foi morta pelo...

– Ela está viva!

Lambrou estava totalmente atordoado.

– Não é possível.

– Ela esteve aqui. Veio me procurar há três meses. Mantiveram-na no convento.

Ele ficou absolutamente imóvel. E, de repente, todas as peças ajustaram-se nos lugares. Catherine Douglas ficara no convento. Um dos atos de caridade prediletos de Demiris era dar dinheiro ao convento em Ioannina, a cidade em que Catherine Douglas fora supostamente assassinada. A informação que Spyros recebera de Georgios Lato ajustava-se com perfeição. Demiris mandara duas pessoas inocentes para a morte pelo assassinato de Catherine, enquanto ela continuava viva, escondida pelas freiras.

E Lambrou sabia agora como poderia destruir Constantin Demiris.

Tony Rizzoli.

137

11

Os problemas de Tony Rizzoli se multiplicavam. Tudo que podia sair errado, saía. Claro que não era sua culpa o que acontecera, mas ele sabia que a Família o consideraria responsável. Não aceitavam desculpas.

O que aumentava a frustração era o fato de a primeira parte da operação com as drogas ter transcorrido sem dificuldades. Contrabandeara a carga para Atenas sem problemas e a guardara temporariamente num armazém. Subornara um comissário de bordo para contrabandeá-la num voo de Atenas para Nova York. E 24 horas antes do voo, o idiota fora preso por dirigir embriagado e a companhia o despedira.

Tony Rizzoli recorrera a um plano alternativo. Arrumara uma "mula" – neste caso, uma turista de 70 anos chamada Sara Murchison, que visitava a filha em Atenas – para levar uma mala sua para Nova York. Ela não tinha a menor ideia do que estaria carregando.

– São algumas lembranças que prometi mandar para minha mãe – explicara Tony Rizzoli. – Como está disposta a me fazer essa gentileza, quero pagar sua passagem.

– Ora, não é necessário – protestara Sara Murchison. – Fico feliz em ajudá-lo. Moro perto do apartamento de sua mãe e estou ansiosa em conhecê-la.

– E tenho certeza que ela também ficaria satisfeita em conhecê-la – dissera Tony Rizzoli, insinuante. – O problema é que está muito doente. Mas haverá alguém à sua espera para receber a mala.

Era a pessoa perfeita para o serviço – uma terna avó, tipicamente americana. A alfândega só se preocuparia com a possibilidade da mulher contrabandear agulhas de tricô. Sara Murchison deveria partir para Nova York na manhã seguinte.

– Irei buscá-la de carro e a levarei ao aeroporto.

– Obrigada. É um rapaz muito atencioso. Sua mãe deve sentir muito orgulho de você.

– Somos muito ligados.

A mãe de Rizzoli morrera há dez anos.

NA MANHÃ SEGUINTE, quando estava prestes a deixar o hotel, a fim de buscar a mala no armazém, Tony Rizzoli ouviu o telefone tocar.

– Sr. Rizzoli? – A voz era de um estranho.

– O que deseja?

– Aqui é o Dr. Patsaka, do hospital de pronto-socorro de Atenas. Temos uma certa Sra. Sara Murchison internada aqui. Ela caiu ontem à noite e fraturou a bacia. Estava muito preocupada, querendo que eu lhe dissesse como lamenta...

Tony Rizzoli bateu o telefone.

– Merda!

Eram duas frustrações seguidas. Quando conseguiria encontrar outra "mula"?

Rizzoli sabia que precisava tomar cuidado. Havia um rumor de que um importante agente de narcóticos americano se encontrava em Atenas, trabalhando com as autoridades gregas. Vigiavam todas as saídas da cidade, os aviões e navios eram rotineiramente revistados.

Como se não fosse suficiente, havia outro problema. Um de seus informantes – um ladrão que era viciado – avisara-o que a polícia começava a revistar armazéns, à procura de drogas e outras mercadorias de contrabando. A pressão era cada vez maior. Estava na hora de explicar a situação à Família.

Tony Rizzoli deixou o hotel e desceu pela rua Patission até a central telefônica. Não tinha certeza se seu telefone no hotel estava sendo grampeado, mas não queria correr qualquer risco.

O número 85 da Patission era um enorme prédio de pedra, com uma fileira de colunas na frente e uma placa que dizia O.T.E. Rizzoli entrou no saguão e olhou ao redor. Duas dúzias de cabines telefônicas estendiam-se pelas paredes, numeradas. Havia prateleiras com listas telefônicas do mundo inteiro. No centro do saguão havia uma mesa com quatro atendentes, que anotavam os pedidos de ligações. As pessoas entravam em fila à espera das ligações. Tony Rizzoli aproximou-se de uma das atendentes.

– Bom dia.

– O que deseja?

– Gostaria de fazer uma ligação internacional.

– Lamento, mas haverá uma espera de meia hora.

– Não tem problema.

– Quer me dar o país e o número do telefone, por favor?

Tony Rizzoli hesitou.

– Claro. – Ele estendeu um pedaço de papel para a mulher. – Eu gostaria que a ligação fosse a cobrar.

– Seu nome?

– Brown... Tom Brown.

– Muito bem, Sr. Brown, chamarei assim que a ligação for completada.

– Obrigado.

Ele foi sentar num dos bancos no outro lado. *Eu poderia tentar esconder a mercadoria num automóvel e pagar a alguém para levá-lo até o outro lado da fronteira. Mas é arriscado; os carros são revistados. Talvez, se eu pudesse encontrar outra...*

– Sr. Brown... Sr. Tom Brown...

O nome foi repetido duas vezes antes que Rizzoli compreendesse que estava sendo chamado. Levantou e seguiu apressado até a mesa.

– Sua ligação foi aceita. Cabine 7, por favor.

– Obrigado. Pode me devolver o papel que lhe dei? Vou precisar do número.

– Pois não.

A mulher devolveu o papel. Tony Rizzoli entrou na cabine sete e fechou a porta.

– Alô?

– É você, Tony?

– Eu mesmo. Como vai, Pete?

– Para ser franco, estamos um pouco preocupados, Tony. Os rapazes esperavam que a encomenda já estivesse a caminho a esta altura.

– Tive alguns problemas.

– A encomenda foi despachada?

– Não. Ainda está aqui.

140

Houve um momento de silêncio.

– Não gostaríamos que acontecesse algo errado, Tony.

– Nada demais vai acontecer. Só preciso descobrir outra maneira de despachá-la. Há agentes de narcóticos por toda parte.

– Estamos falando de 10 milhões de dólares, Tony.

– Sei disso. Mas não se preocupe, darei um jeito.

– Isso mesmo, Tony, dê um jeito.

A ligação foi cortada.

UM HOMEM DE terno cinza observou Tony Rizzoli se encaminhar para a saída e depois se aproximou da mulher à mesa.

– *Signora*. Vê aquele homem que está saindo?

A mulher levantou os olhos.

– *Ochi?*

– Quero saber para que número ele ligou.

– Sinto muito, mas não temos permissão para fornecer essa informação.

O homem enfiou a mão no bolso de trás da calça e tirou uma carteira. Havia um escudo dourado preso nela.

– Polícia. Sou o inspetor Tinou.

A expressão da mulher mudou.

– Pois não. Ele me deu um pedaço de papel com o número do telefone e pegou-o de volta.

– Mas não fez uma cópia para o registro?

– Sempre fazemos isso.

– E pode me dar o número, por favor?

– Claro.

Ela escreveu o número num papel e entregou ao inspetor. Ele deu uma olhada. O código do país era 39 e a estação 91. *Itália. Palermo.*

– Obrigado. Por acaso lembra o nome que o homem lhe deu?

– Foi Brown... Tom Brown.

A CONVERSA TELEFÔNICA deixara Tony Rizzoli nervoso. Precisava ir ao banheiro. *Maldito Pete Lucca!* À frente, na esquina da praça Kolonaki, Rizzoli avistou uma placa: APOHORITIRION, banheiro. Ho-

mens e mulheres passavam pela porta para usar as mesmas instalações. *E os gregos se consideram civilizados*, pensou Rizzoli. *Repulsivo!*

HAVIA QUATRO HOMENS sentados em torno da mesa de reunião, na *villa* nas montanhas por cima de Palermo.

– A mercadoria já deveria ter sido despachada, Pete – queixou-se um deles. – Qual é o problema?

– Não sei direito, mas o problema pode ser Tony Rizzoli.

– Nunca tivemos problemas com Tony antes.

– Sei disso... mas às vezes as pessoas se tornam gananciosas. Acho que talvez seja melhor mandarmos alguém a Atenas para verificar a situação.

– É uma pena. Sempre gostei de Tony.

NO NÚMERO 10 da rua Stadiou, a chefatura de polícia no centro de Atenas, estava sendo realizada uma reunião. Na sala se encontravam o chefe de polícia Livreri Dmitri, o inspetor Tinou e um americano, tenente Walt Kelly, agente da Divisão Alfandegária do Departamento do Tesouro dos Estados Unidos.

– Temos a informação de que um grande negócio com drogas está prestes a ocorrer – disse Kelly. – A mercadoria será despachada de Atenas. E Tony Rizzoli está envolvido.

O inspetor Tinou permaneceu em silêncio. O departamento de polícia grego não apreciava a interferência de outros países em seus assuntos. Particularmente dos americanos. *Eles são muito seguros de si, muito presunçosos.*

– Já estamos trabalhando nisso, tenente – respondeu o chefe de polícia. – Tony Rizzoli deu um telefonema para Palermo há pouco tempo. Estamos agora verificando o número. Quando descobrirmos teremos a sua fonte.

O telefone na mesa tocou. Dmitri e o inspetor Tinou trocaram um olhar. O inspetor Tinou atendeu.

– Conseguiu?

Ele escutou por um momento, o rosto impassível, depois repôs o fone no gancho.

– E então?

– Descobriram o número.

– E de quem era?

– A ligação foi feita para uma cabine telefônica na praça central da cidade.

– *Gamoto!*

– Nosso Sr. Rizzoli é muito *inch eskipnos.*

Walt Kelly interveio, impaciente:

– Não falo grego.

– Desculpe, tenente. Significa que ele é muito esperto.

– Eu gostaria que aumentassem a vigilância sobre ele – disse Kelly.

A arrogância do homem. O chefe Dmitri virou-se para o inspetor Tinou.

– Não temos realmente provas concretas para fazer mais do que isso, não é mesmo?

– Não, senhor. Apenas fortes suspeitas.

O chefe olhou Walt Kelly.

– Infelizmente, não posso dispensar homens suficientes para seguir cada pessoa que suspeitamos estar envolvida com narcóticos.

– Mas Rizzoli...

– Posso lhe garantir, Sr. Kelly, que temos nossas fontes. Se obtivermos mais informações, sabemos onde encontrá-lo.

Walt Kelly fitou-o fixamente, frustrado.

– Não espere tempo demais ou a mercadoria já terá sido despachada.

A VILLA EM RAFINA estava pronta. O corretor dissera a Constantin Demiris:

– Sei que a comprou mobiliada, mas se me permite sugerir uma nova decoração...

– Não. Quero tudo exatamente como está.

Exatamente como estava quando a sua infiel Noelle o traíra com o amante Larry. Ele entrou na sala de estar. *Será que faziam amor aqui, no chão? No estúdio? Na cozinha?* Demiris foi para o quarto. Havia

143

uma cama grande no canto. A cama *deles*. Onde Douglas acariciava o corpo nu de Noelle, onde roubara o que pertencia a Demiris. Douglas pagara por sua traição e agora pagaria de novo. Demiris ficou olhando para a cama. *Farei amor com Catherine primeiro aqui*, pensou Demiris. *E depois nos outros cômodos. Em todos.* Telefonou para Catherine da *villa*.

– Alô?

– Eu estava pensando em você.

Tony Rizzoli recebeu dois visitantes inesperados da Sicília. Entraram em seu quarto no hotel sem se anunciar e Rizzoli no mesmo instante farejou o perigo. Alfredo Mancuso era enorme. E Gino Laveri ainda maior. Mancuso foi direto ao ponto:

– Pete Lucca nos mandou.

Rizzoli tentou parecer indiferente.

– Isso é ótimo. Sejam bem-vindos a Atenas. Em que posso ajudá-los?

– Pare com essa merda, Rizzoli – disse Mancuso. – Pete quer saber qual é o seu jogo.

– Meu jogo? Mas do que está falando? Expliquei a ele que tenho um pequeno problema.

– É por isso que estamos aqui. Para ajudá-lo a resolver esse problema.

– Ei, espere um pouco! – protestou Rizzoli. – A mercadoria está guardada num lugar seguro. Quando...

– Pete não quer que continue guardada. Tem muito dinheiro investido nisso. – Laveri encostou a mão no peito de Rizzoli e empurrou-o para uma cadeira. – Deixe-me explicar a situação, Rizzoli. Se a mercadoria já estivesse nas ruas de Nova York, como deveria, Pete poderia pegar o dinheiro, lavá-lo e pôr para trabalhar de volta nas ruas. Está-me entendendo?

Provavelmente eu poderia dominar esses dois gorilas, pensou Rizzoli. Mas sabia que não estaria brigando com os dois; seria uma luta contra Pete Lucca.

– Claro, compreendo perfeitamente – murmurou Rizzoli. – Mas já não é mais tão fácil como antes. A polícia grega vigia todas as saídas e conta com a ajuda de um narco de Washington. Tenho um plano...

– Pete também tem – interrompeu-o Laveri. – Sabe qual é o plano dele? Mandou avisar a você que se a mercadoria não for despachada até a semana que vem, você terá de entrar com o dinheiro pessoalmente.

– Essa não! – protestou Rizzoli. – Não tenho tanto dinheiro e...

– Pete achou que você poderia não ter. E por isso nos disse para encontrar outros meios de fazê-lo pagar.

Tony Rizzoli respirou fundo.

– Está bem. Basta avisá-lo que tudo se encontra sob controle.

– Claro, claro... Enquanto isso, ficaremos por aqui. Você tem uma semana.

PARA TONY RIZZOLI era uma questão de honra nunca beber antes de meio-dia, mas assim que os dois homens saíram, ele abriu uma garrafa de *scotch* e tomou dois longos goles. Sentiu o calor do uísque irradiar-se pelo corpo, mas de nada adiantou. *Nada vai ajudar,* ele pensou. *Como o velho pôde se virar contra mim desse jeito? Tenho sido como um filho para ele e agora me dá uma semana para despachar a mercadoria. Preciso de uma mula e depressa. O cassino! Encontrarei uma mula ali.*

ÀS 22 HORAS DAQUELA noite Rizzoli seguiu de carro para o Loutraki, o popular cassino, 80 quilômetros a oeste de Atenas. Circulou pelo enorme e movimentado salão de jogo, observando a ação. Havia sempre muitos perdedores, dispostos a fazer qualquer coisa por mais dinheiro para apostar. Quanto mais desesperada a pessoa, mais se tornava uma presa fácil. Rizzoli avistou seu alvo quase que imediatamente, à mesa de roleta. Era um homem pequeno, cabelos grisalhos, na casa dos 50 anos, constantemente enxugando a testa com um lenço. Quanto mais perdia, mais suava.

Rizzoli observou-o com interesse. Já vira os sintomas antes. Era um caso clássico de jogador compulsivo, perdendo mais do que podia.

Quando as fichas à sua frente acabaram, o homem disse ao crupiê:

– Eu... eu gostaria de assinar por outra pilha de fichas.

O crupiê virou-se para o chefe da mesa.

– Pode dar. Será a última.

Tony Rizzoli se perguntou quanto o otário já teria perdido. Sentou-se ao seu lado e entrou no jogo. A roleta era um jogo para otários, mas Rizzoli sabia como aproveitar as chances e sua pilha de fichas foi crescendo, enquanto a do homem ao seu lado minguava. O perdedor estava desesperado e espalhava fichas por toda a mesa, apostando nos números e cores, a esmo. *Ele não tem a menor ideia do que está fazendo*, pensou Rizzoli.

A última ficha foi recebida pelo crupiê. O homem continuou sentado, rígido. Olhou para o crupiê, esperançoso.

– Eu poderia...?

O crupiê sacudiu a cabeça.

– Sinto muito.

O homem suspirou e levantou-se. Rizzoli também se levantou.

– É uma pena – disse ele, suavemente. – Tive um pouco de sorte. Permita que eu lhe pague um drinque.

O homem piscou e murmurou, a voz trêmula:

– É muita gentileza sua, senhor.

Encontrei minha mula, pensou Rizzoli. Era evidente que o homem precisava de dinheiro. Provavelmente ficaria grato pela oportunidade de levar uma encomenda inofensiva para Nova York, ganhando 100 dólares e a passagem de graça para os Estados Unidos.

– Meu nome é Tony Rizzoli.

– Victor Korontzis.

Rizzoli levou o homem para o bar.

– O que vai querer?

– Eu... infelizmente não me resta qualquer dinheiro.

Tony Rizzoli acenou com a mão, expansivo.

– Não se preocupe com isso.

– Então vou querer um *retsina*. Obrigado.

Rizzoli virou-se para o garçom.

– E traga para mim um Chivas Regal com gelo.

– Está aqui como turista? – perguntou Korontzis, polidamente.

– Isso mesmo. Estou de férias. É um belo país.

Korontzis deu de ombros.

– Acho que sim.

– Não gosta daqui?

– É de fato uma terra bonita, mas a vida é muito cara. Tudo subiu. A menos que você seja um milionário, é difícil pôr comida na mesa, ainda mais quando se tem mulher e quatro filhos.

O tom era amargurado. *Cada vez melhor,* pensou Rizzoli.

– O que você faz, Victor?

– Sou curador do Museu Estatal de Atenas.

– É mesmo? Mas o que faz um curador?

Um tom de orgulho surgiu na voz de Korontzis:

– Sou encarregado de todas as antiguidades desenterradas na Grécia. – Ele tomou um gole de seu drinque. – Isto é, nem tudo. Temos outros museus. O Acrópole e o Museu Arqueológico Nacional. Mas nosso museu tem as peças mais valiosas.

Tony Rizzoli descobriu-se interessado.

– Valiosas até que ponto?

Victor Korontzis deu de ombros.

– A maioria é de valor inestimável. Há uma lei proibindo a saída de antiguidades do país, é claro. Mas temos no museu uma pequena oficina que vende cópias.

O cérebro de Rizzoli começava a funcionar furiosamente.

– E as cópias são boas?

– São excelentes. Só um perito pode distinguir uma cópia do original.

– Deixe-me pagar-lhe outro drinque.

– Obrigado. É muita gentileza sua. Mas, infelizmente, não estou em condições de retribuir.

Rizzoli sorriu.

– Não se preocupe com isso. Mas há uma coisa que pode fazer por mim. Eu gostaria de conhecer seu museu. Parece fascinante.

147

– E é mesmo! – garantiu Korontzis, entusiasmado. – É um dos museus mais interessantes do mundo. Terei o maior prazer em lhe mostrar tudo, quando quiser.

– Que tal amanhã de manhã?

Tony Rizzoli tinha o pressentimento de que podia ser uma coisa mais lucrativa do que uma mula.

O Museu Estatal de Atenas fica perto da Platia Syntagma, no coração de Atenas. É um lindo prédio, ao estilo de um templo antigo, com quatro colunas jônicas na frente, uma bandeira grega hasteada no topo e quatro figuras esculpidas em mármore no telhado.

Os vastos salões de mármore contêm antiguidades de vários períodos da história grega, há incontáveis mostruários de relíquias e artefatos. Pode-se ver muitas taças e coroas de ouro, espadas com pedras preciosas. Uma estante exibe quatro máscaras mortuárias em ouro e outra tem fragmentos de estátuas de muitos séculos.

Victor Korontzis oferecia uma excursão pessoal a Tony Rizzoli. Parou diante de um mostruário com a estatueta de uma deusa usando uma coroa de papoulas de ópio.

– Esta é a deusa da papoula – explicou Korontzis, a voz baixa. – A coroa é simbólica de sua função como portadora do sono, sonhos, revelação e morte.

– Quanto isso valeria?

Korontzis soltou uma risada.

– Se estivesse à venda? Muitos milhões.

– É mesmo?

O pequeno curador demonstrava um orgulho óbvio enquanto andava, apontando os tesouros de valor inestimável.

– Esta é uma cabeça de *kouros*, de 530 a.C. ...esta é a cabeça de Atena com um elmo coríntio, cerca de 1450 a.C. ...e aqui está uma peça fabulosa, uma máscara de ouro de um aqueu, do túmulo real da Acrópole de Micenas, do século XVI a.C. Acredita-se que é de Agamenon.

– Não me diga!

Ele levou Tony Rizzoli a outro mostruário. Era uma ânfora delicada.

– Esta é uma das minhas peças prediletas – anunciou Korontzis, radiante. – Sei que um pai não pode ter um filho predileto, mas não posso evitar. Esta ânfora...

– Parece um vaso para mim.

– Hã... é isso mesmo. Este vaso foi descoberto na sala do trono, durante as escavações em Cnossos. Pode-se ver os fragmentos mostrando a captura de um touro com uma rede. Nos tempos antigos pegavam-se os touros com redes, a fim de evitar o prematuro derramamento de sangue, e por isso...

– Quanto vale? – interrompeu-o Rizzoli.

– Uns 10 milhões de dólares.

Tony Rizzoli franziu o rosto.

– Por isso?

– Deve lembrar que data do final do período minoico, pouco depois de 1500 a.C.

Tony correu os olhos pelas dezenas de mostruários de vidros atulhados de artefatos.

– Todas essas coisas são valiosas?

– Claro que não! Só as antiguidades genuínas. São insubstituíveis e nos proporcionam indicações sobre a maneira como viviam as civilizações antigas.

Tony seguiu Korontzis para outra sala. Pararam na frente de um mostruário no canto. Victor Korontzis apontou para um vaso.

– Este é um dos maiores tesouros. Trata-se de um dos exemplos mais antigos do simbolismo de sinais fonéticos. O círculo com a cruz que está vendo é a forma de Ka. O círculo cruzado é uma das formas mais antigas feitas pelos seres humanos para expressar o cosmo. Só há uma...

Quem se importa com essas merdas?

– Quanto vale? – perguntou Tony.

Korontzis suspirou.

– O resgate de um rei.

AO DEIXAR O MUSEU naquela manhã, Tony Rizzoli contava riquezas além de seus sonhos mais desvairados. Por um fantástico golpe de sorte tropeçara com uma mina de ouro. Procurava por uma mula e em

vez disso descobrira a chave para uma casa de tesouros. Os lucros da operação com a heroína teriam de ser divididos em seis partes. Afinal, ninguém era bastante estúpido para trair a Família; mas uma operação com antiguidades seria diferente. Se contrabandeasse artefatos para fora da Grécia, seria uma operação paralela, só sua; a Família não esperaria coisa alguma disso. Rizzoli tinha todos os motivos para se sentir exultante. E pensou: *Tudo o que tenho de fazer agora é imaginar como fisgar o peixe. Deixarei para mais tarde a preocupação com a mula.*

NAQUELA NOITE, Rizzoli levou seu novo amigo para o Mostrov Athena, um *nightclub* em que a diversão era pornográfica e as mulheres ficavam disponíveis depois do espetáculo.

– Vamos pegar duas mulheres para nos divertirmos um pouco – sugeriu Rizzoli.

– Tenho de voltar para casa – protestou Korontzis – Além do mais, não tenho condições de pagar uma diversão assim.

– Ora, você é meu convidado. Tenho uma conta de despesas. Não me custa nada.

Rizzoli acertou para que uma das mulheres levasse Victor Korontzis para um hotel.

– Não vai também? – perguntou Korontzis.

– Tenho de resolver antes um pequeno problema – explicou Tony. – Vá na frente. Já está tudo acertado.

NA MANHÃ SEGUINTE, Tony Rizzoli voltou ao museu. Havia um bando de turistas percorrendo os salões, admirando os tesouros antigos. Korontzis levou Rizzoli para sua sala. E ficou vermelho quando disse:

– Eu... não sei como lhe agradecer pela noite passada, Tony. Ela... foi maravilhosa.

Rizzoli sorriu.

– Para que servem os amigos, Victor?

– Mas não há nada que eu possa fazer por você em retribuição.

– Nem espero nada em troca. Gosto de você. Gosto de sua companhia. Por falar nisso, haverá um joguinho de pôquer num hotel esta noite. Eu vou jogar. Está interessado?

– Obrigado. Eu adoraria, mas... – Korontzis deu de ombros. – Acho melhor não ir.

– Se o problema é dinheiro, não se preocupe. Cobrirei suas apostas.

Korontzis sacudiu a cabeça.

– Já foi gentil demais. Se eu perdesse, não poderia lhe pagar.

Tony Rizzoli sorriu.

– E quem disse que vai perder? É uma armação.

– Uma armação? Não estou entendendo.

– Um amigo meu, Otto Dalton, está promovendo o jogo. Há alguns turistas americanos endinheirados que adoram jogar na cidade, e Otto e eu vamos dar o golpe em cima deles.

Korontzis arregalou os olhos.

– Dar o golpe? Está querendo dizer... trapacear no jogo? – Ele passou a língua pelos lábios. – Eu... nunca fiz nada assim.

Rizzoli balançou a cabeça, com uma expressão de simpatia.

– Eu compreendo. Se isso o incomoda, não deve fazer. Achei apenas que seria uma maneira fácil de ganhar 2 ou 3 mil dólares.

Os olhos de Korontzis se arregalaram ainda mais.

– Dois ou 3 mil dólares?

– Isso mesmo. No mínimo.

Korontzis tornou a passar a língua pelos lábios.

– Eu... eu... Não é perigoso?

Tony Rizzoli riu.

– Se fosse perigoso, eu não iria me envolver, não é mesmo? É muito fácil. Otto sabe mexer com as cartas... pode tirá-las de cima, de baixo ou do meio do baralho sem que ninguém perceba. Vem fazendo isso há anos e nunca foi apanhado.

Korontzis não desviava os olhos de Rizzoli.

– Quanto... quanto eu precisaria para entrar no jogo?

– Cerca de 500 dólares. Mas vou lhe fazer uma proposta: a coisa é tão fácil que emprestarei os 500 e se perder não precisará me pagar.

– É muita generosidade sua, Tony. Mas por que... por que está fazendo isso por mim?

– Posso explicar. – A voz de Tony transbordava de indignação. – Quando vejo um homem decente e trabalhador como você, ocupando

151

um cargo de responsabilidade, como curador de um dos maiores museus do mundo, sem que o Estado reconheça seus esforços o suficiente para lhe dar um salário decente... e você tem dificuldades para sustentar sua família... então, Victor, para ser franco, isso me deixa furioso. Há quanto tempo não lhe dão um aumento?

– Eles... eles não dão aumentos.

– Pois aí está. Agora você tem uma opção, Victor. Pode deixar que eu lhe preste um pequeno favor esta noite, ganhando uns poucos milhares de dólares e passando a viver como deve, ou continua na penúria pelo resto da vida.

– Eu... eu não sei, Tony. Não deveria...

Rizzoli levantou-se.

– Eu compreendo. Provavelmente voltarei a Atenas dentro de um ou dois anos, e talvez possamos nos encontrar de novo. Foi um prazer conhecê-lo, Victor.

Rizzoli encaminhou-se para a porta. E Korontzis tomou sua decisão.

– Espere! Eu... eu gostaria de ir com você esta noite.

Ele mordera a isca.

– Ei, isso é ótimo! Não sabe como fico satisfeito em poder ajudá-lo.

Korontzis hesitou.

– Desculpe, mas quero ter certeza que entendi tudo direito. Disse que se eu perder os 500 dólares, não terei de lhe pagar?

– Isso mesmo. Porque não pode perder. O jogo é combinado.

– E onde será?

– No quarto 420 do Hotel Metrópole. Às 22 horas. Diga à sua esposa que trabalhará até tarde.

12

Havia quatro homens no quarto do hotel, além de Tony Rizzoli e Victor Korontzis.

– Quero que conheça meu amigo Otto Dalton – disse Rizzoli.
– Victor Korontzis.

Os dois homens trocaram um aperto de mão. Rizzoli olhou para os outros, com uma expressão inquisitiva.

– Creio que não conheço esses outros cavalheiros.

– Otto Dalton fez as apresentações.

– Perry Breslauer, de Detroit... Marvin Seymour, de Houston... Sal Prizzi, de Nova York.

Victor Korontzis limitou-se a acenar com a cabeça para os homens, sem confiar em sua voz.

Otto Dalton estava na casa dos 60 anos, magro, cabelos brancos, afável. Perry Breslauer era mais jovem, mas tinha o rosto enrugado. Marvin Seymour era magro, de aparência suave. Sal Prizzi era um homem enorme, como um carvalho, braços musculosos. Tinha olhos pequenos e frios, o rosto desfigurado por uma cicatriz de faca.

Rizzoli informara Korontzis antes do jogo. *Esses caras têm muita grana. Podem perder alto. Seymour é dono de uma companhia de seguros, Breslauer tem revendedoras de automóveis por todos os Estados Unidos e Sal Prizzi é diretor de um grande sindicato em Nova York.*

– Muito bem, senhores, vamos começar? – propôs Otto Dalton.
– As fichas brancas valem 5 dólares; as azuis, 10, as vermelhas, 25 e as pretas, 50. E agora vamos ver a cor do dinheiro de todos.

Korontzis pegou os 500 dólares que Tony Rizzoli lhe emprestara. *Não*, ele pensou, *emprestara não, dera.* Olhou para Rizzoli e sorriu. *Que amigo maravilhoso Rizzoli é!*

Os outros homens tiraram dos bolsos grossos rolos de notas.

Korontzis experimentou uma súbita pontada de preocupação. E se alguma coisa saísse errada e ele perdesse os 500 dólares? Não teria importância. Seu amigo Tony arcaria com o prejuízo. Mas se ele ganhasse... Korontzis foi dominado pela euforia.

E o jogo começou.

ERA O CARTEADOR quem determinava o jogo. As apostas foram pequenas a princípio. Houve partidas de pôquer aberto de cinco e sete cartas e pôquer fechado.

No começo os ganhos e perdas foram divididos de forma regular, mas pouco a pouco a maré foi virando.

Parecia que Victor Korontzis e Tony Rizzoli não podiam fazer nada de errado. Se tinham cartas ruins, os outros tinham cartas piores. Se os outros tinham boas mãos, Korontzis e Rizzoli tinham mãos ainda melhores.

Victor Korontzis não podia acreditar em sua sorte. Ao final da noite ganhara quase 2 mil dólares. Era como um milagre.

– Vocês tiveram muita sorte – resmungou Marvin Seymour.

– E põe sorte nisso – concordou Breslauer. – Que tal nos darem outra chance amanhã?

– Falarei com vocês depois – prometeu Rizzoli.

Depois que eles se retiraram, Korontzis exclamou:

– Não dá para acreditar! Dois mil dólares!

Rizzoli soltou uma risada.

– E isso ainda não é nada. Eu lhe disse que Otto é um dos mais hábeis carteadores do mundo. E aqueles caras estão ansiosos em tentar a sorte outra vez contra nós. Está interessado?

– Pode apostar. – Havia um sorriso largo no rosto de Korontzis. – Acho que acabei de fazer uma piada.

Na noite seguinte, Victor Korontzis ganhou 3 mil dólares.

– É fantástico! – ele disse a Rizzoli. – Eles não desconfiam de nada?

– Claro que não. Aposto com você como vão pedir para aumentar as apostas amanhã. Acham que vão recuperar todo o seu dinheiro. Você topa?

– Claro, Tony. Não perderia um jogo assim de jeito nenhum.

Ao sentarem à mesa para jogar, Sal Prizzi propôs:

– Somos os grandes perdedores até agora. Que tal aumentarmos as apostas?

Tony Rizzoli olhou para Korontzis e piscou um olho.

– Por mim, está certo – respondeu Rizzoli. – Vocês concordam?

Todos acenaram com a cabeça. Otto Dalton distribuiu as fichas.

– As brancas valem 50 dólares; as azuis, 100, as vermelhas, 500 e as pretas, 1.000 dólares.

Victor Korontzis olhou para Rizzoli, apreensivo. Não imaginara que as apostas seriam tão altas.

Rizzoli acenou com a cabeça, tranquilizador.

O jogo começou.

Nada mudou. As mãos de Victor Korontzis eram mágicas. Quaisquer que fossem as cartas, sempre ganhava. Tony Rizzoli também ganhava, mas não tanto.

– Cartas miseráveis! – resmungou Prizzi. – Vamos mudar o baralho.

Otto Dalton atendeu, pegando um baralho novo.

Korontzis olhou para Rizzoli e sorriu. Sabia que nada mudaria sua sorte.

À meia-noite um garçom trouxe sanduíches. Os jogadores fizeram uma pausa de 15 minutos. Tony Rizzoli levou Korontzis para um lado e sussurrou:

– Eu disse a Otto para amaciá-los um pouco.

– Como assim?

– Deixar eles ganharem umas poucas mãos. Se continuarem a perder o tempo todo, vão acabar desanimados e deixarão o jogo.

– Ah, já entendi. É uma manobra esperta.

– Quando eles pensarem que a sorte mudou, vamos tornar a aumentar as apostas e liquidá-los de vez.

Victor Korontzis ainda hesitava.

– Já ganhei muito dinheiro, Tony. Não acha que devemos parar enquanto...

Tony Rizzoli fitou-o nos olhos.

– Victor, não gostaria de sair daqui esta noite com 50 mil dólares no bolso?

QUANDO O JOGO recomeçou, Breslauer, Prizzi e Seymour passaram a ganhar. As mãos de Korontzis ainda eram boas, mas as dos outros eram melhores.

Otto Dalton é um gênio, pensou Korontzis. Estivera observando a distribuição das cartas e não fora capaz de perceber qualquer movimento falso.

Victor Korontzis continuou a perder. Não estava preocupado. Dentro de alguns minutos, depois que os outros estivessem... como era mesmo a palavra?... *amaciados*, ele, Rizzoli e Dalton dariam o bote final. Sal Prizzi estava exultante.

– Parece que a sorte mudou!

Tony Rizzoli sacudiu a cabeça, pesaroso.

– Isso acontece, não é mesmo? – Ele lançou um olhar sugestivo para Korontzis.

– A sorte de vocês não podia durar para sempre – comentou Marvin Seymour.

E Perry Breslauer sugeriu:

– Por que não aumentamos as apostas de novo, para nos dar uma chance de recuperação?

Tony Rizzoli fingiu refletir sobre a proposta.

– Não sei... – Ele virou-se para Korontzis. – O que você acha, Victor?

Não gostaria de sair daqui esta noite com 50 mil dólares no bolso? Eu poderia comprar uma casa e um carro novo. Posso sair com minha família em férias... Korontzis quase tremia de excitamento. Sorriu.

– Por que não?

– Muito bem – disse Sal Prizzi. – Poremos as fichas na mesa. O céu é o limite.

Estavam jogando pôquer fechado de cinco cartas. As cartas foram distribuídas.

– É a minha vez de abrir – disse Breslauer. – Vamos começar com 5 mil dólares.

Cada jogador pôs sua abertura na mesa.

Victor Korontzis recebeu duas damas. Pediu três cartas e veio outra dama. Rizzoli olhou para suas cartas e disse:

– Aposto mil.

Marvin Seymour estudou sua mão.

– E mais 2 mil.

– Pago para ver – disse Sal Prizzi.

Marvin Seymour ganhou com um *straight*.

Na rodada seguinte, Victor Korontzis recebeu um oito, um nove, um dez e um valete de copas. Só faltava uma carta para um *straight flush*!

– Abro com mil dólares – disse Dalton.

– Pago e ponho mais mil.

– Vamos aumentar em mais mil – disse Sal Prizzi.

Era a vez de Victor Korontzis. Ele tinha certeza de que um *straight flush* ganharia de tudo o que os outros tivessem. E só lhe faltava uma carta.

– Eu pago. – Ele recebeu uma carta e deixou-a fechada, sem coragem para olhá-la. Breslauer abriu seu jogo.

– Dois pares, de quatro e dez.

Prizzi também abriu seu jogo.

– Trinca de setes.

Todos olharam para Victor Korontzis. Ele respirou fundo e levantou a última carta. Era preta.

– Não tenho nada – ele balbuciou.

E empurrou suas cartas.

As MESAS ERAM cada vez mais altas.

A pilha de fichas de Victor Korontzis minguara a quase nada. Ele olhou para Tony Rizzoli, preocupado.

Rizzoli sorriu tranquilizador, um sorriso que dizia: *Não há motivo para se preocupar.*

Rizzoli fez a abertura seguinte.

As cartas foram distribuídas.

– Vamos começar com mil dólares.

Perry Breslauer:

– Ponho mais mil.

Marvin Seymour:

– Vou nos dois mil.

Sal Prizzi:

– Querem saber de uma coisa? Acho que vocês estão blefando. Vamos aumentar essa mesa para cinco mil.

Victor Korontzis ainda não olhara para suas cartas. *Quando essa droga de amaciamento vai acabar?*

– Victor?

Korontzis levantou a mão lentamente e abriu as cartas, uma a uma. Um ás, outro ás e um terceiro ás, mais um rei e um dez. Seu sangue disparou nas veias.

– Vai ao jogo?

Ele sorriu para si mesmo. O amaciamento terminara. Sabia que receberia outro rei para fazer um *full hand*. Descartou o dez e fez um esforço para manter a voz descontraída:

– Eu vou. Uma carta, por favor.

Otto Dalton disse:

– Quero duas. – Ele olhou para suas cartas. – Aposto mil.

Tony Rizzoli sacudiu a cabeça.

– É muito para mim.

Ele largou suas cartas.

– Eu pago e ponho mais cinco mil – disse Sal Prizzi.

Marvin Seymour também largou suas cartas.

– Estou fora.

Estava entre Victor Korontzis e Sal Prizzi.

– Vai pagar? – indagou Prizzi. – Tem de pôr cinco mil.

Victor Korontzis olhou para sua pilha de fichas. Cinco mil dólares era tudo o que lhe restava. *Mas quando eu ganhar esta mesa...* ele pensou. Tornou a olhar para suas cartas. Não podia perder. Empurrou a pilha de fichas para o meio da mesa e pegou uma carta. Era um cinco. Mas ainda tinha três ases. Abriu as cartas.

– Três ases.

Prizzi abriu suas cartas.

– Quatro dois.

Korontzis ficou atordoado, observando Prizzi recolher a mesa. Sentia que de alguma forma falhara com seu amigo Tony. *Se ao*

menos eu pudesse me aguentar até começarmos a ganhar... Era a vez de Prizzi dar as cartas.

– Pôquer aberto de sete cartas – ele anunciou. – A abertura é mil dólares.

Os outros jogadores puseram suas aberturas. Victor Korontzis olhou para Tony Rizzoli, desamparado.

– Não tenho...

– Está tudo bem. – Rizzoli virou-se para os outros. – Pessoal, Victor não pôde trazer muito dinheiro esta noite, mas posso garanti-lo. Vamos lhe dar crédito e acertaremos tudo ao final da noite.

– Ei, vamos devagar! – protestou Prizzi. – Afinal, não somos uma instituição de crédito. Não sabemos quem é Victor Korontzis. Como podemos ter certeza de que ele pagará?

Otto Dalton interveio:

– Se Tony diz que garante o Sr. Korontzis, então eu aceito.

Sal Prizzi deu de ombros.

– Acho que está bem.

– Eu concordo – disse Perry Breslauer.

Otto Dalton virou-se para Victor Korontzis.

– Quanto vai querer?

– Dê-lhe dez mil – disse Tony Rizzoli.

Korontzis fitou-o aturdido. Dez mil dólares era mais do que ele ganhava em dois anos. Mas Rizzoli devia saber o que estava fazendo. Victor Korontzis engoliu em seco.

– Acho... está certo.

Uma pilha de fichas foi posta na sua frente.

AS CARTAS NAQUELA noite eram inimigas de Victor Korontzis. Enquanto as apostas continuavam a subir, sua nova pilha de fichas diminuía. Tony Rizzoli também perdia.

Às 2 horas da madrugada eles fizeram uma pausa. Korontzis levou Tony Rizzoli para um canto.

– O que está acontecendo? – ele sussurrou, em pânico. – Sabe quanto dinheiro estou perdendo?

159

– Não se preocupe, Victor. Também estou perdendo. Mas já dei o sinal a Otto. O jogo vai mudar quando chegar sua vez de dar as cartas. Vamos acertá-los em cheio.

Tornaram a sentar.

– Dê mais 25 mil dólares em fichas a meu amigo – disse Rizzoli.

Marvin Seymour franziu o rosto.

– Tem certeza que ele quer continuar a jogar?

Rizzoli virou-se para Victor Korontzis.

– A decisão é sua.

Korontzis hesitou. *Já dei o sinal a Otto. O jogo vai mudar.*

– Continuo.

– Está certo.

Fichas no valor de 25 mil dólares foram postas na frente de Korontzis. Ele olhou para as fichas e sentiu de repente que sua sorte voltara. Era a vez de Otto Dalton dar as cartas.

– Muito bem, senhores, o jogo é fechado, com cinco cartas. A aposta inicial é mil dólares.

Os jogadores puseram suas fichas no centro da mesa.

Dalton deu cinco cartas para cada um. Korontzis não olhou para sua mão. *Vou esperar*, ele pensou. *Isso me dará sorte.*

– Quem vai ao jogo?

Marvin Seymour, sentado à direita de Dalton, estudou suas cartas por um momento.

– Estou fora.

Ele largou as cartas. Sal Prizzi era o seguinte.

– Eu vou e aumento para mil.

Ele pôs as fichas no meio da mesa. Tony Rizzoli olhou para sua mão e deu de ombros.

– Também estou fora. – Ele largou as cartas.

Perry Breslauer olhou para sua mão e sorriu.

– Pago o aumento e ponho mais cinco mil.

Victor Korontzis teria de pagar 6 mil dólares para continuar no jogo. Lentamente, ele pegou a mão e abriu as cartas. E não podia acreditar no que viu. Tinha um straight flush... cinco, seis, sete,

oito e nove de ouros. Uma mão perfeita! O que significava que Tony estava certo. *Graças a Deus!* Korontzis fez um esforço para esconder sua animação.

– Pago os seis mil e ponho mais cinco mil.

Aquela era a mão que o tornaria rico. Dalton levantou a mão.

– Não dá para mim. Estou fora.

– Pois eu vou – disse Sal Prizzi. – Acho que você está blefando, companheiro. Pago e ponho mais cinco mil.

Victor Korontzis sentiu um pequeno arrepio de excitamento percorrê-lo. Recebera a grande mão de uma vida inteira. Aquela mesa seria a maior do jogo. Perry Breslauer estudava suas cartas.

– Muito bem, eu pago e aumento em mais cinco mil.

Era de novo a vez de Victor Korontzis. Ele respirou fundo.

– Pago e ponho mais cinco mil.

Ele quase tremia de entusiasmo. E tinha de fazer um esforço para não se inclinar e puxar as fichas. Perry Breslauer abriu suas cartas, com uma expressão de triunfo.

– Trinca de reis.

Ganhei!, pensou Korontzis.

– Não é suficiente. – Ele sorriu. – Tenho um *straight flush.*

Ele mostrou as cartas e estendeu as mãos para as fichas, ansioso.

– Espere! – Sal Prizzi baixou lentamente suas cartas. – Ganhei de você com um *royal straight flush.* Dez a ás de espadas.

Victor Korontzis empalideceu. Sentiu que ia desmaiar, o coração começou a palpitar.

– Santo Deus! – exclamou Tony Rizzoli. – Dois *straight flushes!* – Ele virou-se para Korontzis e acrescentou: – Sinto muito, Victor. Eu... não sei o que dizer.

Otto Dalton disse:

– Acho que já chega por esta noite. – Ele consultou um pedaço de papel e virou-se para Victor Korontzis. – Você deve 65 mil dólares.

Victor Korontzis olhou para Tony Rizzoli, desamparado. Rizzoli deu de ombros, com uma expressão desolada. Korontzis tirou um lenço do bolso e começou a enxugar o suor da testa.

– Como quer pagar? – indagou Dalton. – Dinheiro ou cheque?

– Não aceito cheques – disse Prizzi. Ele olhou para Victor Korontzis. – Quero dinheiro.

– Eu... eu... – As palavras não saíam. Korontzis percebeu que tremia todo. – Eu... não tenho isso...

A expressão de Sal Prizzi tornou-se sombria.

– Você *o quê?*

Tony Rizzoli apressou-se em interferir:

– Esperem um pouco. Victor está querendo dizer apenas que não tem esse dinheiro com ele. Eu disse que ele era garantido.

– O que você disse de nada me adianta, Rizzoli. Quero ver a cor do dinheiro dele.

– E vai ver – assegurou Rizzoli, tranquilizador. – Receberá tudo em poucos dias.

Sal Prizzi levantou-se bruscamente.

– Porra nenhuma! Não sou obra de caridade para ficar esperando. Quero o dinheiro até amanhã.

– Não se preocupe. Ele vai entregá-lo.

Victor Korontzis estava preso no meio de um pesadelo e não havia saída. Continuou sentado, incapaz de se mexer, mal percebendo que os outros se retiravam. Ficou a sós com Tony. Sentia-se completamente atordoado.

– Eu... jamais conseguirei arrumar tanto dinheiro! – ele se lamuriou. – Nunca!

Rizzoli pôs a mão em seu ombro.

– Não sei o que lhe dizer, Victor. Não entendo o que saiu errado. Acho que perdi quase tanto quanto você esta noite.

Victor Korontzis enxugou os olhos.

– Mas... mas você tem condições para isso, Tony. Eu... terei de explicar a eles que não posso pagar.

– Eu pensaria duas vezes se fosse você, Victor. Sal Prizzi é o presidente do sindicato dos estivadores da Costa Leste. E já me disseram que essa turma não é de brincadeira.

– Não posso fazer nada. Se não tenho o dinheiro, então não tenho o dinheiro. O que ele pode me fazer?

– Vou explicar o que ele pode fazer – disse Rizzoli, muito sério. – Pode mandar seus homens darem tiros nos seus joelhos. Você nunca mais poderá andar. Pode mandar jogar ácido nos seus olhos. Você nunca mais poderá ver. E depois que você tiver sofrido toda a dor que puder suportar, ele decidirá se o deixará continuar a viver assim ou se prefere matá-lo.

Victor Korontzis fitava-o fixamente, muito pálido.

– Está... está brincando.

– Eu gostaria que fosse mesmo brincadeira. A culpa é minha, Victor. Nunca deveria ter deixado que entrasse num jogo com um homem como Sal Prizzi. Ele é um assassino.

– Oh, Deus! O que vou fazer?

– Tem algum jeito de levantar o dinheiro?

Korontzis começou a rir histericamente.

– Tony... mal consigo sustentar minha família com o que ganho.

– Neste caso, Victor, a única coisa que posso sugerir é que deixe a cidade. E talvez seja melhor sair do país. Vá para algum lugar em que Prizzi não possa encontrá-lo.

– Não posso fazer isso – balbuciou Victor Korontzis. – Tenho mulher e quatro filhos. – Ele fez uma pausa, olhando para Tony Rizzoli com uma expressão acusadora. – Você disse que seria uma armação, que não podíamos perder. Disse que...

– Sei o que disse e lamento profundamente. Sempre deu certo antes. A única coisa que posso pensar é que Prizzi trapaceou.

O rosto de Korontzis encheu-se de esperança.

– Então, se ele trapaceou, não preciso pagar.

– Há um problema aí, Victor – disse Rizzoli, paciente. – Se o acusar de trapacear, ele vai matá-lo... e se não pagar, ele também vai matá-lo.

– Oh, Deus! Sou um homem morto!

– Não pode imaginar como lamento essa situação. Tem certeza de que não há nenhuma maneira de levantar...?

– Precisaria de cem vidas para isso. Mil vidas. Tudo o que tenho está hipotecado. Onde arrumaria...?

163

E foi nesse instante que Tony Rizzoli teve uma súbita inspiração.

– Ei, espere um pouco, Victor! Não disse que aqueles artefatos no museu valiam muito dinheiro?

– E valem mesmo, mas o que isso tem a ver com...?

– Deixe-me acabar. Disse que as cópias eram tão boas quanto os originais.

– Claro que não são. Qualquer perito pode...

– Espere. E se um desses artefatos desaparecesse e uma cópia fosse posta em seu lugar? Afinal, só havia um punhado de turistas quando estive no museu. Eles poderiam perceber a diferença?

– Não, mas... eu... eu entendo o que está sugerindo. Só que eu nunca poderia fazer isso.

Rizzoli disse suavemente:

– Está certo, Victor. Apenas pensei que o museu poderia dispensar um de seus pequenos artefatos. Eles têm muitos.

Victor Korontzis sacudiu a cabeça.

– Sou curador daquele museu há vinte anos. Não conseguiria fazer uma coisa assim.

– Desculpe. Eu nem deveria ter sugerido. Só o fiz porque achei que poderia salvar sua vida. – Rizzoli levantou e esticou-se. – Bom, está ficando tarde. Sua mulher deve estar perguntando a esta altura onde você se meteu.

Victor Korontzis fitava-o fixamente.

– Poderia salvar minha vida? Como?

– É simples. Se pegasse uma daquelas coisas velhas...

– Antiguidades.

– ...antiguidades... e me desse, eu poderia tirá-la do país e vendê-la para você, dando a Prizzi o dinheiro que ficou devendo. Creio que eu poderia convencê-lo a esperar. E você sairia do aperto. Não preciso lhe dizer que correria um grande risco por você, porque estaria na maior encrenca se fosse apanhado. Mas só estou me oferecendo para fazer isso porque acho que estou lhe devendo. Foi por culpa minha que você se meteu nessa confusão.

– Você é um grande amigo, Tony. Mas não posso culpá-lo. Eu não precisava entrar no jogo. Você apenas tentou me fazer um favor.

– Sei disso. E eu gostaria que tudo terminasse de maneira diferente. Mas vamos dormir um pouco. Voltarei a falar com você amanhã. Boa noite, Victor.

– Boa noite, Tony.

A LIGAÇÃO FOI FEITA para o museu no início da manhã seguinte.

– Korontzis?

– Sou eu.

– Aqui é Sal Prizzi.

– Bom dia, Sr. Prizzi.

– Estou ligando para tratar daquela questão dos 65 mil dólares. Quando posso receber?

Victor Korontzis começou a suar profusamente.

– Eu... eu não tenho o dinheiro neste momento, Sr. Prizzi.

Houve um silêncio ameaçador no outro lado da linha.

– Qual é o golpe que está querendo me dar?

– Não é golpe nenhum, Sr. Prizzi. Eu...

– Então quero a porra do meu dinheiro. Está me entendendo?

– Sim, senhor.

– A que horas o museu fecha?

– Dezoito... 18 horas.

– Estarei aí. Esteja com o dinheiro à minha espera ou quebrarei sua cara. E, depois disso, farei ainda pior.

A linha ficou muda.

Victor Korontzis continuou sentado, em pânico. Queria se esconder. Mas onde? Foi envolvido por um sentimento de desespero total, apanhado num turbilhão de "ses": *Se eu não tivesse ido ao cassino naquela noite; se eu não tivesse conhecido Tony Rizzoli; se eu cumprisse a promessa que fiz à minha mulher de nunca mais jogar.* Ele sacudiu a cabeça para desanuviá-la. *Tenho de fazer alguma coisa... agora.*

E foi nesse instante que Tony Rizzoli entrou na sala.

– Bom dia, Victor.

ERAM 18H30. Os funcionários já tinham ido embora e o museu se encontrava fechado há meia hora. Victor Korontzis e Tony Rizzoli

165

observavam a porta da frente. Korontzis mostrava-se cada vez mais nervoso.

– E se ele não concordar? E se ele quiser o dinheiro esta noite?

– Darei um jeito – garantiu Tony Rizzoli. – Só peço que me deixe falar tudo.

– E se ele não aparecer? E se ele... você sabe... apenas mandar alguém para me matar? Acha que ele poderia fazer isso?

– Não enquanto tiver uma possibilidade de receber seu dinheiro – responde Rizzoli, confiante.

Às 19 horas, Sal Prizzi finalmente apareceu. Korontzis adiantou-se apressado e abriu a porta.

– Boa noite.

Prizzi olhou para Rizzoli.

– O que você está fazendo aqui? – Ele olhou para Victor Korontzis. – A coisa é só entre nós dois.

– Calma, calma... – disse Rizzoli. – Só estou aqui para ajudar.

– Não preciso de sua ajuda. – Prizzi tornou a se virar para Korontzis. – Onde está meu dinheiro?

– Eu... eu não tenho o dinheiro. Mas...

Prizzi agarrou-o pela garganta.

– Escute aqui, seu safado. Vai me dar o dinheiro esta noite ou virará comida de peixe. Está me entendendo?

Tony Rizzoli interveio:

– Ei, cara, acalme-se. Vai receber seu dinheiro.

Prizzi virou-se para ele.

Eu lhe disse para não se meter. Não é da sua conta.

– Mas estou fazendo com que seja da minha conta, pois sou amigo de Victor. Ele não tem o dinheiro neste momento, mas temos um jeito de arrumá-lo para você.

– Ele tem ou não tem o dinheiro?

– Tem e não tem – respondeu Rizzoli.

– Mas que merda de resposta é essa?

Tony Rizzoli moveu o braço, indicando a sala.

O dinheiro está aí.

Sal Prizzi correu os olhos pela sala.

– Onde?

– Naqueles mostruários. Estão cheios de velharias...

– Antiguidades – corrigiu Korontzis, automaticamente.

– ...que valem uma fortuna. E estou falando de milhões.

– É mesmo? – Prizzi olhou para os mostruários. – Mas de que me servem se estão trancadas num museu? Quero dinheiro vivo.

– E vai ter – assegurou Rizzoli, suavemente. – Duas vezes mais do que o nosso amigo lhe deve. Só precisa ter um pouco de paciência, mais nada. Victor não é um caloteiro. Apenas necessita de um pouco mais de tempo. Explicarei o plano. Victor pegará uma dessas velharias... antiguidades... e acertará sua venda. Pagará a você assim que receber o dinheiro.

Sal Prizzi sacudiu a cabeça.

– Não gosto disso. Não sei nada sobre essas coisas antigas.

– Nem precisa saber. Victor é um dos maiores peritos do mundo. – Tony Rizzoli foi até um mostruário e apontou para um cabeça de mármore. – Quanto acha que isto vale, Victor?

Korontzis engoliu em seco.

– Essa é a deusa Higeia, século XIV a.C. Qualquer colecionador teria o maior prazer em pagar 2 ou 3 milhões de dólares por isso.

Rizzoli olhou para Sal Prizzi.

– Aí está. Entende agora o que estou propondo?

Prizzi franziu o rosto.

– Não sei, não. Quanto tempo eu teria de esperar?

– Receberá o dobro de seu dinheiro dentro de um mês.

Prizzi pensou por um momento, depois acenou com a cabeça.

– Está certo. Mas se tenho de esperar um mês, quero mais... duzentos mil a mais.

Tony Rizzoli olhou para Victor Korontzis, que acenou com a cabeça, ansiosamente.

– Combinado – disse Rizzoli. – Negócio fechado.

Sal Prizzi aproximou se do pequeno curador.

– Estou lhe dando trinta dias. Se eu não tiver meu dinheiro até lá, você vai virar carne de cachorro. Fui bem claro?

Korontzis engoliu em seco.

– Sim, senhor.

– Não se esqueça... trinta dias.

Ele lançou um olhar longo e duro para Tony Rizzoli.

– Não gosto de você.

Os dois ficaram observando Sal Prizzi virar-se e sair pela porta. Korontzis arriou numa cadeira, enxugando o suor da testa.

– Santo Deus, pensei que ele ia me matar! Acha que podemos conseguir o dinheiro em trinta dias?

– Claro. Tudo o que você tem de fazer é tirar uma dessas coisas do mostruário e pôr uma cópia no lugar.

– Como vai tirá-la do país? Será preso se o apanharem.

– Sei disso – respondeu Rizzoli. – Mas há uma possibilidade e correrei o risco. É o mínimo que devo a você, Victor.

UMA HORA DEPOIS, Tony Rizzoli, Otto Dalton, Perry Breslauer, Sal Prizzi e Marvin Seymour tomavam drinques na suíte de hotel do Dalton.

– Tudo suave como seda – gabou-se Rizzoli. – O filho da puta se mijou de medo.

Sal Prizzi sorriu.

– Eu o deixei apavorado, não é mesmo?

– Até eu fiquei apavorado – comentou Rizzoli. – Devia ser um ator.

– E o que fazemos agora? – indagou Marvin Seymour.

– Ele me entrega uma daquelas antiguidades, eu encontro um meio de tirá-la do país e vendê-la – explicou Rizzoli. – E depois darei a parte de vocês.

– Que beleza! – exclamou Perry Breslauer. – Estou adorando.

É como ter uma mina de ouro, pensou Rizzoli. *Depois que Korontzis fizer uma vez, estará perdido. Não terá mais como recuar. Vou obrigá-lo a limpar toda a porra do museu.*

– E como vamos tirar a coisa do país? – perguntou Marvin Seymour.

– Encontrarei um jeito – assegurou Tony Rizzoli. – Não se preocupem com isso.

Ele tinha mesmo de encontrar. E depressa. Alfredo Mancuso e Gino Laveri estavam à espera.

13

Na chefatura de polícia, na rua Stadiou, fora convocada uma reunião de emergência. Ali estavam o chefe Dmitri, o inspetor Tinou, o inspetor Nicolino, Walt Kelly, o agente do Departamento do Tesouro dos Estados Unidos, e meia dúzia de detetives. O clima era muito diferente do que predominara na reunião anterior. O inspetor Nicolino disse:

– Temos motivos agora para acreditar que sua informação era correta, Sr. Kelly. Nossas fontes informam que Tony Rizzoli está tentando encontrar um meio para contrabandear de Atenas uma grande carga de heroína. Já começamos a revistar os possíveis armazéns em que ele pode ter guardado a droga.

– Puseram alguém para vigiar Rizzoli?

– Aumentamos o número de homens esta manhã – informou o chefe Dmitri.

Walt Kelly suspirou.

– Só peço a Deus que não seja tarde demais.

O INSPETOR NICOLINO designou duas equipes de detetives para manter a vigilância sobre Tony Rizzoli, mas subestimou o alvo. Ao final da tarde, Rizzoli já percebera que tinha companhia. Era seguido sempre que deixava o hotel e ao voltar avistava alguém sem fazer nada no fundo do saguão. Eram autênticos profissionais. O que agradou a Rizzoli. Era um sinal de respeito por ele.

Agora precisava não apenas encontrar uma maneira de tirar a heroína de Atenas, mas também contrabandear uma antiguidade de

169

valor inestimável. *Alfredo Mancuso e Gino Laveri estão em cima de mim e a polícia me cerca por toda parte. Tenho de fazer um contato, e depressa.* O único nome que lhe ocorreu imediatamente foi Ivo Bruggi, um pequeno armador de Roma. Rizzoli já fizera negócios com Bruggi no passado. Era uma possibilidade remota, mas melhor do que nada.

RIZZOLI TINHA CERTEZA de que seu telefone no hotel estava grampeado. *Preciso armar um esquema para poder receber ligações no hotel.* Ele ficou sentado a pensar por um longo tempo. Finalmente se levantou, saiu para o corredor e foi bater na porta no outro lado. Um homem idoso, de aparência rabugenta, abriu-a.

– O que você quer?

Rizzoli exibiu todo o seu charme.

– Desculpe incomodá-lo. Sou o seu vizinho do outro lado do corredor. Importa-se que eu entre para lhe falar por um minuto?

O homem fitou-o de alto a baixo, desconfiado.

– Quero ver você abrir a porta de seu quarto.

Tony Rizzoli sorriu.

– Pois não.

Ele atravessou o corredor, tirou a chave do bolso e abriu a porta. O homem acenou com a cabeça.

– Está certo. Entre.

Tony Rizzoli fechou sua porta e entrou no quarto do velho.

– O que você quer?

– Trata-se de um problema pessoal e detesto incomodá-lo, mas... A verdade é que estou me divorciando e minha esposa mandou me vigiar. – Rizzoli sacudiu a cabeça, com uma expressão de repulsa. – E até grampearam o telefone do meu quarto.

Mulheres! – resmungou o homem. – São todas umas miseráveis. Eu me divorciei no ano passado. Deveria ter feito isso dez anos antes.

– É mesmo? O que eu queria saber é se posso dar a alguns amigos o número de seu quarto, a fim de que eles telefonem para cá. Prometo que não haverá muitas ligações.

O homem começou a sacudir a cabeça.

Não gosto de ser. .

Rizzoli tirou uma nota de 100 dólares do bolso.

– Isso é por seu incômodo.

O homem passou a língua pelos lábios.

– Está bem. Terei prazer em ajudar um companheiro de sofrimento.

– É muita gentileza sua. Sempre que houver uma ligação para mim, basta bater na porta do meu quarto. Estarei aqui durante a maior parte do tempo.

– Combinado.

No INÍCIO DA MANHÃ seguinte, Rizzoli foi a um posto telefônico, a fim de ligar para Ivo Bruggi. Discou para a telefonista e pediu uma ligação para Roma.

– *Signor Bruggi, per piacere.*

– *Non cè in casa.*

– *Quando arriverà?*

– *Non lo so.*

– *Gli dica, per favore, di chiamare il Signor Rizzoli.*

Rizzoli deu o telefone do hotel e o número do quarto de seu vizinho. E voltou para seu quarto no hotel. Detestava aquele quarto. Alguém lhe dissera que a palavra grega para hotel era *xenodochion*, significando um lugar para estranhos. *É mais como uma porra de uma prisão*, pensou Rizzoli. Os móveis eram horríveis: um velho sofá verde, duas mesinhas de cabeceira escalavradas com abajures, uma escrivaninha com um abajur e uma cadeira, uma cama projetada por Torquemada.

Durante os dois dias seguintes Rizzoli permaneceu no quarto, à espera de uma batida na porta, pedindo que o serviço de quarto trouxesse as refeições. E não houve qualquer ligação. *Onde se meteu o sacana do Ivo Bruggi?*

A TURMA DE vigilância relatava tudo ao inspetor Nicolino e Walt Kelly.

– Rizzoli está no hotel. Não sai de lá há 48 horas.

– Tem certeza que ele está mesmo lá?

171

– Absoluta. As criadas o veem pela manhã e à noite, quando arrumam o quarto.

– E ele recebeu telefonemas?

– Nenhum. O que devemos fazer?

– Continuem a vigiá-lo. Ele terá de entrar em ação, mais cedo ou mais tarde. E verifiquem se a intercepção de seu telefone está funcionando direito.

No DIA SEGUINTE, o telefone no quarto de Rizzoli tocou. *Merda!* Bruggi não deveria estar chamando-o naquele quarto. Deixara um recado para que o idiota o chamasse no quarto do vizinho. Precisaria ter muito cuidado. Rizzoli atendeu.

– Alô?

– É Tony Rizzoli?

A voz não era de Ivo Bruggi.

– Quem fala?

– Procurou-me outro dia no escritório com uma proposta de negócio, Sr. Rizzoli. Recusei. Agora acho que talvez devamos conversar de novo.

Tony Rizzoli experimentou uma súbita exultação. *Spyros Lambrou! O filho da puta mudou de ideia!* Rizzoli mal podia acreditar em sua sorte. *Todos os meus problemas estão resolvidos. Posso despachar a heroína e a antiguidade ao mesmo tempo.*

– Claro. Terei o maior prazer. Quando poderíamos nos encontrar?

– Pode ser esta tarde?

Ele está ansioso em fechar o negócio. Esses sacanas ricos são todos iguais. Sempre querem mais.

– Está certo. Onde?

– Por que não vem ao meu escritório?

– Estarei aí.

Tony Rizzoli desligou, exultante. No saguão do hotel um frustrado detetive entrou em contato com a chefatura.

– Rizzoli acaba de receber um telefonema. Vai ao escritório de alguém, mas o homem não deu o nome e não conseguimos localizar a origem da ligação.

– Tudo bem. Siga-o quando ele deixar o hotel. E avise-me para onde ele for.

– Sim, senhor.

Dez minutos depois, Tony Rizzoli esgueirava-se por uma janela do porão que dava para uma viela por trás do hotel. Trocou de táxi duas vezes para se certificar de que não estava sendo seguido e foi para o escritório de Spyros Lambrou.

DESDE O DIA EM QUE visitara Melina no hospital que Spyros Lambrou jurara vingar a irmã. Mas não conseguiria encontrar uma punição bastante terrível para Constantin Demiris. E de repente, com a visita de Georgios Lato e a surpreendente informação de madame Piris, passara a ter nas mãos uma arma para destruir o cunhado. Sua secretária anunciou:

– O Sr. Anthony Rizzoli está aqui e deseja lhe falar, Sr. Lambrou. Não tem hora marcada e eu disse que o senhor...

– Mande-o entrar.

– Pois não, senhor.

Spyros Lambrou observou Rizzoli passar pela porta, sorridente e confiante.

– Obrigado por ter vindo, Sr. Rizzoli.

O sorriso de Tony Rizzoli se alargou ainda mais.

– O prazer é todo meu. Então se decidiu e vamos fazer negócios juntos, hein?

– Não.

O sorriso de Tony Rizzoli desapareceu.

– O que disse?

– Eu disse não. Não tenho a menor intenção de fazer negócios com você.

Rizzoli estava completamente aturdido.

– Então por que me ligou? Disse que tinha uma proposta a me fazer e...

– E tenho. Gostaria de usar a frota de navios de Constantin Demiris?

Tony Rizzoli arriou numa cadeira.

173

– Constantin Demiris? Mas do que está falando? Ele nunca...

– Ele aceitará. Posso garantir que o Sr. Demiris terá o maior prazer em lhe conceder tudo o que quiser.

– Mas por quê? O que ele ganharia com isso?

– Nada.

– Não faz sentido. Por que Demiris concordaria com uma operação assim?

– Fico contente que tenha perguntado. – Lambrou apertou o botão do interfone. – Traga café, por favor. – Ele olhou para Rizzoli. – Como prefere o seu?

– Hã... puro, sem açúcar.

– Puro, sem açúcar, para o Sr. Rizzoli.

Depois que o café foi servido e a secretária se retirou, Lambrou disse:

– Vou lhe contar uma pequena história, Sr. Rizzoli.

Tony Rizzoli observava-o atentamente, cauteloso.

– Estou escutando.

– Constantin Demiris é casado com minha irmã. Há alguns anos ele arrumou uma amante. Seu nome era Noelle Page.

– A atriz?

– Isso mesmo. Ela enganou-o com um homem chamado Larry Douglas. Noelle e Douglas foram levados a julgamento pelo assassinato da esposa de Douglas, porque ela não queria conceder o divórcio. Constantin Demiris contratou um advogado chamado Napoleon Cotas para defender Noelle.

– Lembro de ter lido alguma coisa sobre o julgamento.

– Há coisas que não saíram nos jornais. Meu caro cunhado não tinha a menor intenção de salvar a vida de sua amante infiel. Queria vingança. E contratou Napoleon Cotas para fazer com que Noelle fosse condenada. Quase ao final do julgamento, Napoleon Cotas disse aos réus que fizera um acordo com os juízes, desde que eles se declarassem culpados. Era mentira. Eles se declararam culpados e foram executados.

– Talvez esse tal de Cotas realmente pensasse que...

174

– Deixe-me acabar, por favor. O corpo de Catherine Douglas nunca foi encontrado. E o motivo para que nunca fosse encontrado, Sr. Rizzoli, é que ela está viva. Constantin Demiris a escondeu.

Tony Rizzoli não desviava os olhos de Lambrou.

– Espere um pouco. Demiris *sabia* que ela estava viva e deixou que a amante e seu namorado fossem executados por matá-la?

– Exatamente. Não sei direito o que diz a lei, mas tenho certeza que se os fatos fossem divulgados meu cunhado passaria uma longa temporada na prisão. No mínimo ficaria arruinado.

Tony Rizzoli permaneceu em silêncio por um momento, pensando no que acabara de ouvir. Havia algo que o desconcertava.

– Por que está me contando tudo isso, Sr. Lambrou?

Os lábios de Spyros Lambrou contraíram-se num sorriso de satisfação.

– Porque devo um favor a meu cunhado. Quero que você o procure. Tenho o pressentimento de que ele ficará feliz em permitir que você use seus navios.

14

Havia tempestades a ameaçá-lo sobre as quais não tinha o menor controle, um centro frio em suas profundezas sem lembranças agradáveis para dissolvê-lo. Tudo começara um ano antes, com seu ato de vingança contra Noelle. Pensara que as coisas haviam acabado naquela ocasião, que o passado ficara sepultado. Nunca lhe ocorrera que poderia haver repercussões, até que, inesperadamente, Catherine Alexander ressurgia em sua vida. Isso levara à necessidade de remoção de Frederick Stavros e Napoleon Cotas. Os dois haviam se empenhado num jogo mortal contra ele, do qual saíra como o vencedor. Mas o que surpreendia Constantin Demiris era o quanto apreciara o risco, o excitamento. Os negócios eram fascinantes, mas murchavam em comparação com o jogo de vida e morte. *Sou um as-*

175

sassino, pensou Demiris. *Não... não um assassino. Um carrasco.* E em vez de se sentir consternado por isso, descobriu que era inebriante.

Constantin Demiris recebia um relatório semanal sobre as atividades de Catherine Alexander. Até agora, tudo corria à perfeição. As atividades sociais de Catherine limitavam-se às pessoas com que trabalhava. Segundo Evelyn, Catherine saía de vez em quando com Kirk Reynolds. Mas como Reynolds trabalhava para Demiris, isso não constituía um problema. *A pobre coitada deve estar desesperada*, pensou Demiris. Reynolds era um chato. Não sabia falar de outra coisa que não a advocacia. Mas até que isso era bom. Quanto mais ansiosa Catherine estivesse por companhia, mais fácil seria para ele. *Devo a Reynolds um voto de agradecimento.*

CATHERINE ENCONTRAVA-SE regularmente com Kirk Reynolds e sentia-se cada vez mais atraída por ele. Não era um homem bonito, mas sem dúvida era atraente. *Aprendi a lição sobre os homens bonitos com Larry*, pensou Catherine, amargurada. O *ditado é verdadeiro: Beleza não põe mesa.* Kirk Reynolds era atencioso e confiável. *É alguém com quem posso contar*, pensou Catherine. *Não sinto o grande fogo da paixão, mas provavelmente nunca mais tornarei a senti-lo. Larry acabou com isso. Sou bastante madura agora para me satisfazer com um homem a quem respeito e que me respeita como uma companheira, alguém com quem posso partilhar uma vida agradável e saudável, sem me preocupar com a possibilidade de ser jogada do alto de montanhas ou enterrada em cavernas escuras.*

Foram ao teatro para assistir a *The Lady's Not for Burning*, de Christopher Fry; em outra noite assistiram a *September Tide*, com Gertrude Lawrence. Frequentavam boates. Todas as orquestras pareciam tocar o *Tema do Terceiro Homem* e *La Vie en Rose*.

– PARTIREI PARA St. Moritz na próxima semana – Kirk Reynolds disse a Catherine – Já pensou a respeito?

Catherine pensara e muito. Tinha certeza que Kirk Reynolds estava apaixonado por ela. *E eu o amo*, pensou Catherine. *Mas amar e estar apaixonada são duas coisas diferentes, não é mesmo? Ou será que*

não passo de uma romântica idiota? O que estou procurando – outro Larry? Alguém que consiga me arrebatar, para depois se apaixonar por outra mulher e tentar me matar? Kirk Reynolds seria um marido maravilhoso. Por que estou hesitando?

NAQUELA NOITE Catherine e Kirk jantaram no Mirabelle. Quando comiam a sobremesa, Kirk disse:

– Caso ainda não tenha percebido, Catherine, estou apaixonado por você. E quero me casar.

Ela sentiu um pânico repentino.

– Kirk... – Catherine não sabia o que ia dizer. E pensou: *As próximas palavras mudarão minha vida. Seria muito simples dizer sim. O que está me impedindo? É o medo do passado? Passarei o resto da minha vida com medo? Não posso permitir que isso aconteça.*

– Cathy...

– Kirk... por que não vamos juntos para St. Moritz?

O rosto de Kirk se iluminou.

– Isso significa...?

– Veremos. Depois que me observar esquiando, provavelmente não vai mais querer casar comigo.

Kirk riu.

– Nada no mundo poderia me impedir de querer casar com você. Faz com que eu me sinta muito feliz. Viajaremos no dia 5 de novembro... o Dia de Guy Fawkes.

– O que é o Dia de Guy Fawkes?

– É uma história fascinante. O rei Jaime impôs uma rigorosa política anticatólica, e por isso um grupo de proeminentes católicos romanos conspirou para derrubar seu governo. Um soldado chamado Guy Fawkes foi trazido da Espanha para liderar a conspiração. Escondeu uma tonelada de pólvora, em trinta e seis barris, no porão da Câmara dos Lordes. Mas na manhã do dia marcado para a explosão, um dos conspiradores denunciou os outros e foram todos presos. Guy Fawkes foi torturado, mas se recusou a falar. Todos os homens foram executados. Agora, todos os anos, na Inglaterra, o

dia da descoberta da conspiração é celebrado por fogueiras e fogos de artifício, e os meninos fazem efígies de "Guys".

Catherine sacudiu a cabeça.

– É um feriado dos mais sinistros.

Ele sorriu.

– Prometo que o nosso nada terá de sombrio.

NA NOITE ANTERIOR à viagem, Catherine lavou os cabelos, arrumou e desarrumou a mala duas vezes, sentindo-se tonta com tanto entusiasmo. Só conhecera carnalmente dois homens, em toda a sua vida, William Fraser e o marido. *Será que ainda usam palavras como carnalmente?*, especulou Catherine. *Por Deus, espero me lembrar como se faz. Dizem que é como andar de bicicleta; depois que se faz uma vez, nunca mais se esquece. Talvez ele fique desapontado comigo na cama. Talvez eu própria me desaponte comigo. Talvez seja melhor eu parar de me preocupar com isso e dormir.*

– SR. DEMIRIS?

– Isso mesmo.

– Catherine Alexander viajou esta manhã para St. Moritz.

Houve um momento de silêncio.

– St. Moritz?

– Sim, senhor.

– Ela foi sozinha?

– Não, senhor. Foi com Kirk Reynolds.

Desta vez o silêncio foi mais prolongado.

– Obrigado, Evelyn.

Kirk Reynolds! Era impossível. O que ela podia ver num homem como Reynolds? *Esperei tempo demais. Deveria ter entrado em ação mais depressa. Terei de fazer alguma coisa. Não posso permitir que ela...* A secretária tocou a campainha do interfone.

– Sr. Demiris, está aqui um Sr. Anthony Rizzoli, desejando lhe falar. Não tem hora marcada e...

– Então por que está me incomodando? – indagou Demiris, desligando abruptamente o interfone.

A campainha tocou outra vez.

– Desculpe incomodá-lo, Sr. Demiris, mas ele diz que traz um recado do Sr. Lambrou. E diz que é muito importante.

Um recado? Estranho. Por que seu cunhado não transmitiria o recado pessoalmente?

– Mande-o entrar.

– Pois não, senhor.

Tony Rizzoli foi introduzido na sala de Constantin Demiris. Olhou ao redor, admirado. Era ainda mais suntuosa do que a sala de Spyros Lambrou.

– É muita gentileza sua me receber, Sr. Demiris.

– Você tem dois minutos.

– Spyros me mandou. Achou que nós dois deveríamos ter uma conversa.

– É mesmo? E o que temos para conversar?

– Importa-se que eu sente?

– Não creio que ficará aqui por tanto tempo.

Tony Rizzoli instalou-se na cadeira diante de Demiris.

– Tenho uma fábrica, Sr. Demiris. E despacho coisas de navio para várias partes do mundo.

– Entendo. E quer fretar um dos meus navios.

– Exatamente.

– Por que Spyros o mandou para mim? Por que não freta um dos navios dele? Por acaso ele tem dois navios ociosos no momento.

Tony Rizzoli deu de ombros.

– Tenho a impressão de que ele não gosta das mercadorias que eu remeto.

– Não entendi. Qual é a sua carga?

– Drogas – respondeu Tony Rizzoli suavemente. – Heroína.

Constantin Demiris fitou-o nos olhos com a maior incredulidade.

– E espera que eu...? Saia daqui antes que eu chame a polícia!

Rizzoli acenou com a cabeça para o telefone.

– Pode chamar. – Ele observou Demiris estender a mão para o telefone. – Eu também gostaria de falar com a polícia. Tenho uma coisa para contar sobre o julgamento de Noelle Page e Larry Douglas.

179

Constantin Demiris ficou paralisado.

– Do que está falando?

– De duas pessoas executadas pelo assassinato de uma mulher que ainda está viva.

O rosto de Constantin Demiris tornou-se completamente branco.

– Não acha que a polícia se mostraria interessada por essa história, Sr. Demiris? Se isso não acontecer, talvez a imprensa se interesse, não é mesmo? Já posso imaginar as manchetes... e você? Quer que eu faça a ligação, Costa? Spyros me disse que os amigos o chamam de Costa, e creio que nós dois vamos nos tornar grandes amigos. Sabe por quê? Porque grandes amigos não delatam um ao outro. Guardaremos essas coisas como um segredo nosso, não é mesmo?

Constantin Demiris permanecia rígido na cadeira. E a voz saiu rouca quando falou:

– O que você quer?

– Já lhe disse. Quero fretar um dos seus navios... e como somos grandes amigos, acho que não vai querer me cobrar o frete, não é mesmo? Digamos que é um favor em troca de um favor.

Demiris respirou fundo.

– Não posso permitir que faça isso. Se alguém soubesse que permiti que drogas fossem contrabandeadas em um dos meus navios, eu poderia perder toda a minha frota.

– Mas ninguém vai saber, não é mesmo? Não costumo divulgar os meus negócios. Faremos tudo discretamente.

A expressão de Constantin Demiris endureceu.

– Está cometendo um grande erro. Não pode me chantagear. Sabe quem eu sou?

– Claro que sei... é o meu novo sócio. Faremos negócios juntos por muito tempo, meu querido Costa, porque, se recusar, irei direto para a polícia e os jornais e contarei toda a história. E lá se vai sua reputação e seu império, descendo pelo esgoto.

Houve um silêncio longo e opressivo.

– Como... como meu cunhado descobriu?

Rizzoli sorriu.

– Isso não tem importância. O que importa é que agarrei você pelos colhões. Se eu apertar, você vira um eunuco. Passará a cantar em soprano pelo resto de sua vida, numa cela de prisão.

Tony Rizzoli olhou para seu relógio.

– Ei, meus dois minutos já acabaram! – Ele se levantou. – Tem sessenta segundos para decidir se saio daqui como seu sócio... ou apenas saio.

Constantin Demiris parecia subitamente dez anos mais velho. Não restava mais qualquer cor em seu rosto. Não tinha ilusões sobre o que aconteceria se a verdadeira história do julgamento fosse divulgada. A imprensa o esfolaria vivo. Seria apresentado como um monstro, um assassino. Poderiam até iniciar uma investigação sobre as mortes de Stavros e Cotas.

– Seus sessenta segundos se esgotaram.

Constantin Demiris acenou com a cabeça lentamente e murmurou:

– Está certo.

Tony Rizzoli fitou-o com uma expressão radiante.

– Ainda bem que você é esperto.

Constantin Demiris levantou-se.

– Deixarei que faça desta vez. Não quero saber como ou quando. Porei um de seus homens a bordo de um dos meus navios. E não irei além disso.

– Negócio fechado.

Tony Rizzoli pensou: *Talvez você não seja tão esperto. Basta contrabandear uma carga de heroína e estará perdido, Costa. Nunca mais o deixarei escapar.* Em voz alta, ele repetiu:

– Negócio fechado.

VOLTANDO PARA O HOTEL, Tony Rizzoli estava exultante. *Acertei na mosca. Os narcos nunca sonhariam em interferir com a frota de Constantin Demiris. Daqui por diante poderei despachar cargas em cada navio de Demiris que zarpar de Atenas. Heroína e velharias... desculpe, Victor* – ele soltou uma risada –, *antiguidades.*

Rizzoli foi para uma cabine telefônica na avenida Stadiou e fez duas ligações. A primeira foi para Pete Lucca, em Palermo.

– Pode chamar os seus gorilas de volta, Pete, metê-los de novo no zoológico a que pertencem. A mercadoria está pronta para ser despachada. Seguirá de navio.

– Tem certeza de que é seguro?

Rizzoli soltou uma risada.

– É mais seguro que o Banco da Inglaterra. Contarei tudo quando nos encontrarmos pessoalmente. E tenho mais boas notícias. Daqui por diante poderemos despachar uma carga por semana.

– Isso é maravilhoso, Tony. Eu sempre soube que podia contar com você.

Não me venha com essa agora, seu filho da puta.

A SEGUNDA LIGAÇÃO foi para Spyros Lambrou.

– Correu tudo bem. Seu cunhado e eu vamos fazer negócios juntos.

– Meus parabéns. Fico satisfeito em saber disso, Sr. Rizzoli.

Spyros Lambrou sorriu ao desligar. *Os agentes de narcóticos também ficarão satisfeitos.*

CONSTANTIN DEMIRIS permaneceu no escritório além da meia-noite, sentado à sua mesa, analisando seu novo problema. Vingara-se de Noelle Page e agora ela voltava da sepultura para atormentá-lo. Abriu uma gaveta da mesa e tirou uma fotografia emoldurada de Noelle. *Olá, sua sacana.* Por Deus, como ela era linda! *Então pensa que vai me destruir? É o que veremos, é o que veremos...*

15

St. Moritz ERA um encanto. Havia quilômetros de pistas para descer pelas encostas de esqui, trilhas para excursões, passeios de trenó, torneios de polo e uma dúzia de outras atividades. Enroscada

em torno de um lago cintilante no vale de Engadine, a 2 mil metros de altura, no lado sul dos Alpes, entre Celerina e Piz Nair, a pequena aldeia deixou Catherine fascinada.

Ela e Kirk Reynolds foram para o famoso Palace Hotel. O saguão estava repleto de turistas de uma dezena de países. Kirk Reynolds disse ao recepcionista:

– Uma reserva para o Sr. e Sra. Reynolds.

Catherine desviou os olhos. *Eu deveria ter posto uma aliança.* Tinha a impressão de que todos no saguão olhavam para ela, sabendo o que estava fazendo.

– Pois não, Sr. Reynolds. Suíte 215.

O recepcionista entregou uma chave ao carregador, que disse:

– Por aqui, por favor.

Foram levados a uma suíte adorável, mobiliada com simplicidade, proporcionando uma vista espetacular das montanhas de cada janela. Depois que o carregador se retirou, Kirk Reynolds abraçou Catherine.

– Não tenho palavras para exprimir como me deixa feliz, querida.

– Espero que continue assim. Eu... Já se passou muito tempo, Kirk.

– Não se preocupe. Não vou pressioná-la.

Ele é maravilhoso, pensou Catherine, *mas como reagiria se eu lhe falasse do meu passado?* Nunca mencionara Larry para ele, nunca falara do julgamento por homicídio ou das coisas terríveis que haviam lhe acontecido. Queria se sentir íntima de Kirk, confiar nele, mas alguma coisa a impedia.

– É melhor eu desfazer as malas – murmurou Catherine.

Ela o fez devagar – até demais – e percebeu subitamente que procurava ganhar tempo, receosa de terminar o que fazia porque tinha medo do que aconteceria em seguida. Ouviu Kirk chamá-la do outro lado do quarto:

– Catherine...

Oh, Deus, ele vai dizer para nos despirmos e irmos para a cama! Catherine engoliu em seco e balbuciou:

– O que é?

– Por que não saímos e damos uma olhada ao redor?

Catherine ficou trêmula de alívio.

183

– É uma ideia maravilhosa! – ela exclamou, com o maior entusiasmo.

O que há comigo? Estou num dos lugares mais românticos do mundo, com um homem atraente e que me ama, mas apesar disso sinto o maior pânico. Reynolds a fitava com uma expressão de estranheza.

– Está se sentindo bem?

– Estou, sim – respondeu Catherine, tentando parecer animada. – Muito bem.

– Parece preocupada.

– Não estou. Eu... pensava em... em esquiar. Dizem que é perigoso. Reynolds sorriu.

– Não precisa se preocupar. Começaremos numa encosta suave, amanhã. E agora vamos sair.

Puseram suéteres e casacos forrados, saíram para o ar frio e puro. Catherine respirou fundo.

– É maravilhoso, Kirk. Adoro tudo aqui.

– E ainda não viu nada. – Ele sorriu. – É duas vezes mais bonito no verão.

Será que ele ainda vai querer me ver no verão?, especulou Catherine. *Ou serei um desapontamento grande demais para ele? Por que não paro de me preocupar tanto?*

A ALDEIA DE ST. MORITZ era encantadora, uma maravilha medieval, repleta de lojas, restaurantes e chalés exóticos, no meio dos imponentes Alpes.

Visitaram as lojas e Catherine comprou presentes para Evelyn e Wim. Pararam num pequeno café e pediram fondue.

À tarde, Kirk Reynolds alugou um trenó puxado por um cavalo baio e percorreram os caminhos cobertos de neve entre as colinas.

– Está gostando? – perguntou Reynolds.

– Muito! – Catherine olhou para ele e pensou: *Vou fazê-lo muito feliz esta noite. Isso mesmo, esta noite. Vou fazê-lo feliz esta noite.*

JANTARAM NO HOTEL naquela noite, no Stiibli, um restaurante com a atmosfera de uma antiga hospedaria real.

– Esta sala data de 1480 – comentou Kirk.

– Então é melhor não pedirmos o pão.

– Como?

– Uma piadinha. Desculpe.

Larry entendia minhas piadas; por que estou pensando nele? Porque não quero pensar nesta noite. Sinto-me como Maria Antonieta a caminho da guilhotina. Não comerei brioches como sobremesa.

A refeição foi magnífica, mas Catherine estava nervosa demais para desfrutá-la. Quando acabaram, Reynolds disse:

– Vamos subir? Marquei uma aula de esqui para você amanhã de manhã, bem cedo.

– Claro, claro...

Subiram e Catherine descobriu que seu coração estava disparado. *Ele vai dizer: "Vamos logo para a cama." E por que não deveria? Foi para isso que vim para cá, não é mesmo? Não posso fingir que vim para esquiar.*

Chegaram à suíte, Reynolds abriu a porta e acendeu a luz. Entraram no quarto e Catherine olhou para a cama de casal. Parecia ocupar todo o cômodo. Kirk a observava.

– Catherine... está preocupada com alguma coisa?

– Como? – Ela soltou uma risada contrafeita. – Claro que não. Eu... eu apenas...

– Apenas o quê?

Ela ofereceu-lhe um sorriso jovial.

– Nada. Estou ótima.

– Então vamos nos despir e ir para a cama.

Exatamente o que pensei que ele ia dizer. Mas ele tinha de dizer? Poderíamos continuar sem a sugestão e fazer tudo. Pôr em palavras é tão... tão... grosseiro!

– O que você disse?

Catherine não percebera que falara em voz alta.

– Nada.

Catherine aproximou-se da cama. Era a maior que já vira. Uma cama construída para amantes e só para amantes. Não era uma cama para se dormir. Era uma cama para...

– Não vai se despir, querida?

185

Será que vou? Há quanto tempo não deito numa cama com um homem? Há mais de um ano. E ele era meu marido.

– Cathy...?

– Está bem.

Vou me despir, vou para a cama e vou desapontá-lo. Não estou apaixonada por você, Kirk. Não posso dormir com você.

– Kirk...

Ele virou-se, meio despido.

– O que é?

– Kirk, eu... Perdoe-me. Vai me odiar, mas eu... não posso. Lamento profundamente. Deve pensar que sou...

Ela percebeu a expressão de desapontamento de Reynolds. Ele forçou um sorriso.

– Eu lhe disse que seria paciente, Cathy. Se ainda não está preparada, eu... eu compreendo. Ainda podemos nos divertir muito aqui.

Ela beijou-o no rosto, agradecida.

– Oh, Kirk, muito obrigada! Eu me sinto ridícula. Não sei o que há comigo.

– Não há nada demais com você, Cathy. Eu compreendo.

Ela abraçou-o.

– Obrigada. Você é um anjo.

Reynolds suspirou.

– Enquanto isso, dormirei no sofá da sala.

– Nada disso – protestou Catherine. – Como sou a responsável por esse problema estúpido, o mínimo que posso fazer agora é zelar por seu conforto. Eu dormirei no sofá. Você fica na cama.

– De jeito nenhum!

CATHERINE PERMANECEU acordada, na cama, pensando em Kirk Reynolds. *Algum dia serei capaz de fazer amor com outro homem? Ou Larry liquidou esse desejo em mim? Talvez, de certa forma, no final das contas, Larry tenha mesmo me matado.* Só depois de muito tempo Catherine conseguiu dormir.

KIRK REYNOLDS FOI despertado no meio da noite pelos gritos. Sentou-se no sofá e depois, como os gritos continuassem, correu para o quarto. Catherine agitava-se na cama, os olhos fechados.

– Não! – ela berrava. – Não! Não! Deixe-me em paz!

Reynolds ajoelhou-se, abraçou-a, segurou-a com firmeza.

– Calma, calma... – ele murmurou. – Está tudo bem, está tudo bem...

O corpo de Catherine era sacudido pelos soluços, e ele continuou a enlaçá-la até que os soluços cessaram.

– Eles... tentaram me afogar.

– Foi apenas um sonho, Cathy. Você teve um pesadelo.

Catherine abriu os olhos e sentou.

– Não, não foi um sonho. Foi real. Eles tentaram me matar.

Kirk estava perplexo.

– Quem tentou matá-la?

– Meu... meu marido e sua amante.

Ele sacudiu a cabeça.

– Catherine, você teve um pesadelo e...

– Estou dizendo a verdade. Eles tentaram me assassinar e foram executados por isso.

O rosto de Kirk refletia sua incredulidade.

– Catherine...

– Não contei antes porque é... é angustiante demais para mim falar a respeito.

Ele compreendeu subitamente que Catherine falava sério.

– O que aconteceu?

– Eu não queria dar o divórcio a Larry e ele... ele estava apaixonado por outra mulher. E os dois decidiram me matar.

Kirk escutava agora com a maior atenção.

– Quando foi isso?

– Há um ano.

– E o que aconteceu com eles?

– Foram... foram executados pelo Estado.

Ele levantou a mão.

– Espere um pouco. Eles foram executados por *tentar* matá-la?

– Isso mesmo.

– Não sou um conhecedor da lei grega, mas estou disposto a apostar que não há sentença de morte para *tentativa* de homicídio.

Deve ser um equívoco. Conheço um advogado em Atenas. Ele é promotor. Vou lhe telefonar pela manhã e esclarecer tudo. Seu nome é Peter Demonides.

CATHERINE AINDA DORMIA quando Kirk Reynolds acordou. Ele se vestiu sem fazer barulho e entrou no quarto. Ficou parado por um momento, contemplando Catherine. *Eu a amo demais. Preciso descobrir o que realmente aconteceu e dissipar as sombras que a envolvem.*

KIRK REYNOLDS desceu para o saguão do hotel e pediu uma ligação para Atenas.

– Gostaria de uma ligação, telefonista. Quero falar com Peter Demonides.

A ligação foi completada meia hora depois.

– Sr. Demonides? Aqui é Kirk Reynolds. Não sei se se lembra de mim, mas...

– Claro que lembro. Trabalha para Constantin Demiris.

– Isso mesmo.

– Em que posso ajudá-lo, Sr. Reynolds?

– Desculpe incomodá-lo, mas estou surpreso com uma informação que acabei de receber. Envolve uma questão de lei grega.

– Conheço um pouco a lei grega – disse Demonides, jovial. – Terei o maior prazer em ajudá-lo.

– Há algum dispositivo na lei grega que permita que alguém seja executado por tentativa de homicídio?

Houve um silêncio prolongado no outro lado da linha.

– Posso saber por que pergunta?

– Estou com uma mulher chamada Catherine Alexander. Ela parece pensar que o marido e a amante dele foram executados por tentarem matá-la. Não parece lógico. Está me entendendo?

– Claro. – Demonides fez outra pausa. – Entendo perfeitamente. Onde está, Sr. Reynolds?

– No Palace Hotel, em St. Moritz.

– Deixe-me verificar o que aconteceu e lhe telefonarei depois.

– Agradeço sua atenção. Acho que a Srta. Alexander está imaginando coisas e gostaria de esclarecer tudo para aliviar sua angústia.

– Eu compreendo. E prometo que terá notícias minhas.

O AR ESTAVA CLARO e fresco e a beleza da paisagem dissipou os terrores que Catherine experimentara durante a noite. Os dois fizeram o desjejum na aldeia e depois Reynolds sugeriu:

– Vamos para a encosta de esquiagem, de modo que você possa se tornar uma esquiadora.

Ele levou Catherine para a pista de principiantes e contratou um instrutor. Ela pôs os esquis nos pés e levantou-se. Olhou para os pés.

– Isso é um absurdo. Se Deus quisesse que parecêssemos assim, nossos antepassados seriam árvores.

– Como?

– Nada, Kirk.

O instrutor sorriu.

– Não se preocupe. Em pouco tempo estará esquiando como uma profissional, Srta. Alexander. Vamos começar na Corviglia Sass Ronsol. É a pista dos principiantes.

– Ficará surpresa ao descobrir como pegará o jeito depressa – Reynolds assegurou a Catherine.

Ele olhou para uma encosta distante e virou-se para o instrutor

– Acho que vou experimentar a Fuorcla Grischa hoje.

– Parece uma delícia – disse Catherine. – Quero a minha bem-passada.

Nenhum sorriso.

– É uma pista de esquiagem, querida.

– Ah...

Catherine sentiu-se embaraçada em lhe dizer que fazia uma piada. *Não devo mais fazer isso com ele*, pensou ela.

– A Grischa é bastante íngreme – disse o instrutor. – Pode começar na Corviglia Standard Marguns para aquecimento, Sr. Reynolds

– Boa ideia. Farei isso. Catherine, voltaremos a nos encontrar no hotel para o almoço.

– Combinado.

Reynolds acenou e começou a se afastar.

– Divirta-se! – gritou Catherine. – E não se esqueça de escrever.

– E agora vamos trabalhar – interveio o instrutor.

PARA SURPRESA DE Catherine, a aula foi divertida. Ela sentiu-se nervosa no começo, subindo desajeitada pela encosta.

– Incline-se um pouco para a frente. E mantenha os esquis virados para a frente.

– Diga isso a *eles*. Parece que os esquis possuem uma vontade própria.

– Está se saindo bem. E agora vamos descer a encosta. Dobre os joelhos. Mantenha o equilíbrio. Agora!

Catherine caiu.

– Outra vez. Está indo bem.

Ela caiu de novo. E de novo. Mas, subitamente, encontrou o senso de equilíbrio. E era como se tivesse asas. Desceu a toda pela encosta e era inebriante. Quase como voar. Adorou o barulho da neve sob os esquis e a sensação do vento em seu rosto.

– É maravilhoso! – exclamou Catherine. – Não é de admirar que as pessoas sejam viciadas nisso. Quando podemos descer pela encosta maior?

O instrutor riu.

– Ficaremos por aqui hoje. Amanhã, os Jogos Olímpicos.

Considerando tudo, foi uma manhã gloriosa.

ELA ESPERAVA NO Grill Room, quando Kirk Reynolds voltou. Ele estava com as faces avermelhadas e parecia bastante animado. Aproximou-se da mesa e sentou.

– O que achou, Catherine?

– Foi ótimo. Não quebrei nada de importante. Só caí seis vezes. E quer saber de uma coisa? – Ela empinou a cabeça, orgulhosa. – Quase ao final, eu já estava esquiando muito bem. Acho que o instrutor vai me inscrever nos Jogos Olímpicos.

Reynolds sorriu.

– Ótimo. – Ele já ia mencionar a ligação que fizera para Peter Demonides, mas mudou de ideia. Não queria que Catherine ficasse transtornada outra vez.

Depois do almoço fizeram um longo passeio pela neve, parando em algumas lojas para dar uma olhada nas mercadorias. Catherine começou a se sentir cansada.

– Eu gostaria de voltar para o hotel. Estou precisando tirar um cochilo.

– Boa ideia, Cathy. O ar é bastante rarefeito aqui e a pessoa que não está acostumada pode se cansar facilmente.

– O que você vai fazer, Kirk?

Ele olhou para uma encosta distante.

– Acho que vou descer pela Grischa. Nunca fiz isso antes. É um desafio.

– Ou seja... "porque está lá".

– Como assim?

– Nada, nada... Parece muito perigoso.

Reynolds balançou a cabeça.

– É por isso que é um desafio.

Catherine pegou sua mão.

– Kirk... sobre a noite passada... sinto muito. Tentarei fazer melhor.

– Não se preocupe com isso. Volte para o hotel e durma um pouco.

– Está certo.

Catherine observou-o se afastar e pensou: *Ele é um homem ma ravilhoso. O que será que vê numa idiota como eu?*

CATHERINE DORMIU durante a tarde e desta vez não houve sonhos. Eram 18 horas quando acordou. Mais um pouco e Kirk estaria de volta.

Catherine tomou um banho e vestiu-se, pensando na noite pela frente. *Vou compensá lo pela noite passada*, ela decidiu.

Foi até a janela e olhou para fora. Começava a escurecer. *Kirk deve estar se divertindo muito*, pensou ela. Contemplou a imensa

191

encosta a distância. *Aquela é a Grischa? Será que algum dia conseguirei descer de esqui por ali?*

Às 19 HORAS Kirk Reynolds ainda não voltara. O crepúsculo se transformara numa escuridão profunda. *Ele não pode estar esquiando no escuro*, pensou Catherine. *Aposto que foi para o bar lá embaixo e está tomando um drinque.*

Ela encaminhou-se para a porta e foi nesse instante que o telefone tocou.

Catherine sorriu. *Eu estava certa. Ele vai me chamar para ir ao seu encontro lá embaixo.* Ela tirou o fone do gancho e disse, jovial:

– Encontrou algum *sherpa* no caminho?

Uma voz estranha indagou:

– Sra. Reynolds?

Ela já ia dizer não, mas depois lembrou como Kirk os registrara.

– Isso mesmo. Aqui é a Sra. Reynolds.

– Lamento, mas tenho que lhe dar uma triste notícia. Seu marido sofreu um acidente quando esquiava.

– Oh, não! É... é grave?

– Infelizmente, é.

– Já estou descendo. Onde...?

– Lamento muito, mas ele... está morto, Sra. Reynolds. Foi esquiar na Lagalp e quebrou o pescoço.

16

Tony Rizzoli observou-a sair nua do banheiro e pensou: *Por que as mulheres gregas têm uma bunda tão grande?* Ela se acomodou na cama ao seu lado, enlaçou-o e sussurrou:

– Estou contente que tenha me escolhido, *poulaki*. Desejei você desde o primeiro instante em que o vi.

Tony Rizzoli teve de fazer um esforço para não soltar uma gargalhada. A sacana assistira a muitos filmes de segunda classe.

– Também senti a mesma coisa, meu bem.

ELE A PEGARA no The New Yorker, um *nightclub* ordinário na rua Kallari, onde ela trabalhava como cantora. Era o que os gregos chamavam desdenhosamente de *gavyeezee skilo*, um cão ladrando. Nenhuma das mulheres que trabalhavam ali possuía qualquer talento – pelo menos não na garganta —, mas por um preço todas estavam disponíveis aos fregueses. Aquela, Helena, era relativamente atraente, com olhos escuros, um rosto sensual, um corpo cheio, maduro. Tinha 24 anos, um pouco velha para o gosto de Rizzoli, mas ele não conhecia mulheres em Atenas e não podia ser muito exigente.

– Gosta de mim? – perguntou Helena, recatada.

– Claro. Estou *pazzo* por você.

Ele começou a acariciar os seios da mulher, sentiu os mamilos endurecerem e apertou-os.

– Ui!

– Baixe essa cabeça, meu bem.

Ela sacudiu a cabeça.

– Não faço isso.

Rizzoli a encarou.

– É mesmo?

No instante seguinte, Rizzoli agarrou-lhe os cabelos e puxou com força. Helena soltou um grito.

– *Parakalo!*

Rizzoli deu-lhe um tapa na cara.

– Grite outra vez e quebrarei seu pescoço.

Ele empurrou o rosto da mulher para baixo, entre suas pernas.

– Aí está ele, meu bem. Faça-o feliz.

– Largue-me! – ela choramingou. – Está me machucando!

Rizzoli deu outro puxão em seus cabelos.

– Ei... você está louca por mim... já esqueceu?

Ele largou os cabelos e Helena fitou-o, com uma expressão de fúria nos olhos.

193

– Ora, seu...

A expressão de Rizzoli deteve-a. Havia alguma coisa terrivelmente errada com aquele homem. Por que não percebera isso antes?

– Não há motivo para brigarmos – ela murmurou, apaziguadora. – Você e eu...

Ele comprimiu os dedos contra o pescoço de Helena.

– Não estou lhe pagando para conversar. – E deu um soco no rosto da mulher. – Cale essa boca e comece a trabalhar.

– Claro, meu bem – balbuciou Helena. – Claro...

RIZZOLI ERA INSACIÁVEL e Helena estava exausta quando ele finalmente se sentiu satisfeito. Ela continuou deitada a seu lado até ter certeza de que Rizzoli dormia, depois saiu da cama e vestiu-se sem fazer barulho. Estava dolorida. Rizzoli ainda não lhe pagara e normalmente Helena tiraria o dinheiro de sua carteira, acrescentando uma gorjeta generosa ao dinheiro combinado. Mas algum instinto a persuadiu de que era melhor ir embora sem levar qualquer dinheiro.

Uma hora depois, Tony Rizzoli foi despertado por uma batida na porta. Sentou-se e olhou para o relógio de pulso. Eram 4 horas da madrugada. Olhou ao redor. A mulher desaparecera.

– Quem é?

– Seu vizinho. – A voz estava irritada. – Há um telefonema para você.

Rizzoli esfregou a testa.

– Já estou indo.

Ele pôs um roupão e atravessou o quarto até o lugar em que deixara a calça, no encosto de uma cadeira. Verificou a carteira. O dinheiro todo continuava ali. *Então a sacana não foi estúpida.* Ele tirou uma nota de cem dólares, foi até a porta e abriu-a. O vizinho estava parado no corredor, de chambre e chinelos.

– Sabe que horas são? – ele indagou, indignado. – Você me disse...

Rizzoli estendeu-lhe a nota de 100 dólares.

– Lamento profundamente. E prometo que não vou demorar.

O homem engoliu em seco, a indignação desaparecendo.

– Está certo. Deve ser muito importante para alguém acordar os outros às 4 horas da madrugada.

Rizzoli entrou no quarto no outro lado do corredor e pegou o fone.

– Rizzoli falando.

Uma voz disse:

– Tem um problema, Sr. Rizzoli.

– Quem está falando?

– Spyros Lambrou me pediu para lhe telefonar.

– Ah... – Rizzoli experimentou um súbito senso de alarme. – Qual é o problema?

– Relaciona-se com Constantin Demiris.

– O que há com ele?

– Um dos seus petroleiros, o *Thele*, está em Marselha, ancorado no cais na Bassin de la Grande Joliette.

– E daí?

– Soubemos que o Sr. Demiris ordenou que o navio fosse desviado para Atenas. Atracará aqui na manhã de domingo e zarpará na mesma noite. Constantin Demiris planeja estar a bordo quando o navio partir.

– *O quê?*

– Ele está fugindo.

– Mas nós fizemos um...

– O Sr. Lambrou pediu para avisá-lo que Demiris pretende se esconder nos Estados Unidos até conseguir encontrar uma maneira de se livrar de você.

O filho da puta traiçoeiro!

– Entendo. Agradeça ao Sr. Lambrou por mim.

– O prazer foi dele.

Rizzoli desligou.

– Está tudo bem, Sr. Rizzoli?

– Como? Ah, sim, está tudo bem...

E estava mesmo.

QUANTO MAIS PENSAVA na ligação, mais satisfeito Rizzoli se sentia. Deixara Constantin Demiris apavorado. Isso tornaria muito mais

195

fácil manipulá-lo. *Domingo.* Ele dispunha de dois dias para formular seus planos.

Rizzoli sabia que precisava ter o maior cuidado. Estava sendo seguido onde quer que fosse. *Parecem até os Keystone Kops*, pensou Rizzoli, desdenhoso. *Quando chegar o momento, eu os despistarei.*

NO INÍCIO DA MANHÃ seguinte, Rizzoli foi até uma cabine telefônica na rua Kifissias e ligou para o Museu de Atenas.

Podia ver, refletido no vidro, um homem fingindo olhar uma vitrine, enquanto no outro lado da rua um segundo homem conversava com um florista. Os dois integravam a equipe de vigilância que o acompanhava. *Boa sorte para vocês*, pensou Rizzoli.

– Gabinete do curador. Em que posso servi-lo?

– Victor? Sou eu, Tony.

– Algum problema? – Havia um súbito pânico na voz de Korontzis.

– Não – respondeu Rizzoli, suavemente. – Está tudo bem. Victor, lembra daquele vaso bonito com as figuras em vermelho?

– A ânfora Ka.

– Isso mesmo. Vou buscá-la esta noite.

Houve uma longa pausa.

– Esta noite? Eu... eu não sei, Tony. – A voz de Korontzis tremia. – Se alguma coisa sair errada...

– Está bem, companheiro, esqueça. Eu tentava apenas lhe fazer um favor. Basta dizer a Sal Prizzi que não tem o dinheiro e deixe-o fazer qualquer coisa...

– Não, Tony, espere! Eu... eu... – Houve outra pausa. – Está certo.

– Tem certeza que está certo, Victor? Porque, se não quer fazê-lo, basta me dizer e voltarei para os Estados Unidos, onde não tenho problemas assim. Não preciso de toda essa confusão. Posso...

– Não, não! Agradeço tudo o que está fazendo por mim, Tony. Sinceramente. Não haverá problemas esta noite.

– Ótimo. Depois que o museu fechar, tudo o que você precisa fazer é pôr uma cópia no lugar do vaso autêntico.

– Os guardas verificam todos os pacotes que saem daqui.

– E daí? Os guardas por acaso são peritos em obras de arte?

– Claro que não, mas...

– Preste atenção, Victor. Basta você pôr uma nota de venda de uma cópia junto com a peça original numa sacola de papel. Está me entendendo?

– Hã... claro. Onde nos encontramos?

– Não vamos nos encontrar. Deixe o museu às 18 horas. Haverá um táxi na frente. Saia com o pacote. Diga ao motorista para levá-lo ao Hotel Grande Bretagne. Peça a ele para esperá-lo. Deixe o pacote no táxi. Entre no bar do hotel e tome um drinque. Depois, volte para casa.

– Mas o pacote...

– Não se preocupe. Será bem cuidado.

Victor Korontzis suava profusamente.

– Nunca fiz nada assim, Tony. Nunca roubei coisa alguma. Durante toda a minha vida...

– Sei disso, Victor. Também nunca roubei nada. Mas lembre-se de que estou correndo todos os riscos e não ganharei nada com isso.

– Você é um grande amigo, Tony. O melhor amigo que já tive. – Korontzis retorcia as mãos. – Tem alguma ideia de quando receberei o dinheiro?

– Muito em breve – assegurou Rizzoli. – E depois disso, você não terá mais preocupações.

Nem eu, pensou Rizzoli, exultante. *Nunca mais.*

DOIS NAVIOS DE cruzeiro haviam entrado no porto do Pireu naquela tarde, e por isso o museu estava cheio de turistas. Geralmente Victor Korontzis gostava de estudá-los, tentando adivinhar como eram suas vidas. Havia americanos e britânicos, além de visitantes de dúzia de outros países. Agora, no entanto, Korontzis sentia pânico demais para sequer pensar neles.

Ele olhou para os dois balcões em que eram vendidas as cópias das antiguidades. Havia uma multidão ao redor e as duas vendedoras se apressavam, tentando acompanhar a demanda.

Talvez elas vendam tudo, pensou Korontzis, esperançoso. *Com isso, não poderei executar o plano de Rizzoli.* Mas ele sabia que não estava sendo realista. Havia centenas de réplicas guardadas no porão do museu.

O vaso que Tony lhe pedira para roubar era um dos maiores tesouros do museu. Era do século XV a.C., uma ânfora com figuras mitológicas em vermelho, pintadas sobre um fundo preto. Victor Korontzis tocara a peça pela última vez há 15 anos, quando a colocara, com toda reverência, dentro do mostruário onde deveria permanecer trancada para sempre. *E agora vou roubá-la*, pensou Korontzis, desesperado. *Deus me ajude!*

KORONTZIS PASSOU a tarde atordoado, temendo o momento em que se tornaria um ladrão. Voltou à sua sala, fechou a porta e sentou à mesa, dominado pelo desespero. *Não posso fazer isso*, ele pensou. *Tem de haver alguma outra saída. Mas qual?* Não podia imaginar nenhum meio de levantar tanto dinheiro. E ainda podia ouvir a voz de Prizzi. *Você me dará o dinheiro esta noite ou vai virar comida de peixe. Está me entendendo?* O homem era um matador. Ele não tinha opção.

Pouco antes das 18 horas, Korontzis deixou sua sala. As duas mulheres que vendiam as réplicas dos artefatos começavam a guardar as coisas.

– *Signomi* – disse Korontzis. – Um amigo meu está fazendo aniversário e pensei em lhe dar alguma coisa do museu.

Ele aproximou-se do balcão e fingiu estudar o que havia ali, vasos e bustos, cálices, livros e mapas. Examinou as peças como se tentasse decidir qual escolher. Finalmente, apontou para a cópia da ânfora vermelha.

– Acho que ele vai gostar daquela.

– Tenho certeza disso – garantiu a mulher.

Ela entregou-a a Korontzis.

– Pode me dar um recibo, por favor?

– Claro, Sr. Korontzis. Gostaria que eu embrulhasse para presente?

– Não há necessidade. Basta pôr numa sacola.

Ele observou-a guardar a réplica numa sacola de papel, junto com o recibo.

– Obrigado.

– Espero que seu amigo goste.

– Tenho certeza que ele gostará.

Korontzis pegou a sacola, com as mãos trêmulas, voltou para sua sala.

Trancou a porta, tirou o vaso de imitação da sacola e colocou-o em cima da mesa. *Não é tarde demais*, pensou Korontzis. *Ainda não cometi qualquer crime.* Ele vivia uma agonia de indecisão. Uma sucessão de pensamentos aterradores passou por sua cabeça. *Eu poderia fugir para outro país e abandonar minha mulher e filhos. Ou poderia cometer suicídio. Poderia ir à polícia e contar que estou sendo ameaçado. Mas ficarei arruinado quando os fatos forem revelados.* Não, não havia saída. Se não pagasse o dinheiro que devia, sabia que Prizzi o mataria. *Graças a Deus por meu amigo Tony. Sem ele eu seria um homem morto.*

Korontzis olhou para o relógio. Estava na hora de partir. Levantou-se, as pernas trôpegas. Ficou parado, respirando fundo, tentando se acalmar. As mãos estavam úmidas de suor. Limpou-as na camisa. Tornou a guardar a réplica na sacola de papel e encaminhou-se para a porta. Havia um guarda postado na porta da frente que ia embora às 18 horas, depois que o museu fechava, e outro que fazia a ronda do prédio, percorrendo todas as salas. Devia estar no outro lado do museu naquele momento.

Korontzis saiu de sua sala e esbarrou com o guarda. Teve um estremecimento de culpa.

– Desculpe, Sr. Korontzis. Eu não sabia que ainda estava aqui.

– Eu... já estou de saída.

– Quer saber de uma coisa? – disse o guarda, num tom de admiração. – Eu o invejo.

Se ele soubesse...

– É mesmo? Por quê?

199

– Sabe tudo sobre essas coisas lindas. Fico andando por aqui, olho para as peças, sei que são fragmentos da história, não é mesmo? Mas não sei muita coisa a respeito delas. Talvez algum dia pudesse explicá-las para mim. Eu gostaria...

O idiota não parava de falar.

– Claro, claro, algum dia lhe contarei tudo. Terei o maior prazer.

Korontzis podia ver o mostruário com o precioso vaso no outro lado da sala. Precisava se livrar do guarda.

– Hã... parece que há um problema com o circuito de alarme no porão. Pode verificar?

– Claro. Ouvi dizer que algumas coisas aqui datam...

– Será que se importa de verificar agora? Não quero ir embora sem ter certeza de que está tudo bem.

– Pois não, Sr. Korontzis. Voltarei num instante.

Victor Korontzis ficou observando o guarda atravessar a sala, a caminho do porão. No instante em que ele desapareceu, Korontzis encaminhou-se apressado para o mostruário que continha a ânfora vermelha. Tirou a chave do bolso e pensou: *Vou realmente fazê-lo. Roubarei a peça.* A chave escapuliu de seus dedos e caiu ruidosamente no chão. *Será um sinal? Deus está me dizendo alguma coisa?* O suor escorria pelo corpo. Ele abaixou-se, pegou a chave, ficou olhando fixamente para a ânfora. Era excepcionalmente refinada. Fora feita com o maior carinho por seus ancestrais, há milhares de anos. O guarda tinha razão; era um pedaço da história, algo que nunca poderia ser substituído.

Korontzis fechou os olhos por um momento e estremeceu. Olhou ao redor, para se certificar de que ninguém o observava, depois abriu o mostruário e tirou a ânfora, com todo cuidado. Pegou a réplica na sacola de papel e colocou-a no lugar em que antes se achava a peça genuína.

Ficou imóvel, estudando-a. Era uma reprodução excepcional, mas para ele bradava: "Falsa!" Era óbvio. *Mas apenas para mim e para uns poucos outros peritos,* pensou Korontzis. Ninguém mais poderia perceber a diferença. E não haveria motivos para que alguém

a examinasse atentamente. Korontzis fechou e trancou o mostruário, pôs a ânfora genuína na sacola, junto com o recibo.

Tirou um lenço do bolso e enxugou as mãos e o rosto. Já o fizera. Olhou para o relógio: 18h10. Tinha de se apressar. Encaminhou-se para a porta e avistou o guarda se aproximando.

– Não encontrei nada de errado com o sistema de alarme, Sr. Korontzis, e...

– Ótimo – interrompeu-o Korontzis. – Mas é sempre bom ter todo cuidado.

O guarda sorriu.

– Tem razão. Já vai?

– Já, sim. Boa noite.

– Boa noite.

O segundo guarda estava na porta da frente, preparando-se para ir embora. Olhou para a sacola de papel e sorriu.

– Terei de verificar o que tem aí dentro. São as suas regras.

– Claro.

Korontzis entregou a sacola ao guarda, que tirou o vaso e deu uma olhada no recibo.

– É um presente para um amigo – explicou Korontzis. – Ele é engenheiro.

Por que tive de dizer isso? Como se ele se importasse! Devo agir com naturalidade.

– Muito bonito. – O guarda jogou a ânfora na sacola e por um terrível momento Korontzis pensou que ia quebrar. Pegou a sacola de volta e comprimiu-a contra o peito.

– *Kalispehra.*

O guarda abriu a porta para ele.

– *Kalispehra.*

Korontzis saiu para o ar frio da noite, respirando fundo e fazendo um esforço para reprimir a náusea. Tinha nas mãos uma coisa que valia milhões de dólares, mas Korontzis não pensava nesses termos. Sua noção era a de que traía seu país, roubando um pedaço da história de sua amada Grécia para vender a algum estrangeiro anônimo.

Começou a descer os degraus. Como Rizzoli prometera, havia um táxi à espera na frente do museu. Korontzis adiantou-se e embarcou, dizendo:

– Hotel Grande Bretagne.

Ele afundou no banco. Sentia-se todo doído e exausto, como se acabasse de sair de alguma terrível batalha. Mas vencera ou perdera? Quando o táxi parou diante do hotel, Korontzis disse ao motorista:

– Espere aqui, por favor.

Ele lançou um último olhar para o precioso pacote no banco traseiro, depois saltou e entrou apressado no saguão do hotel. Virou-se e ficou observando. Um homem embarcou no táxi, que partiu no instante seguinte.

Pronto. Estava feito. *Nunca mais terei de fazer algo assim*, pensou Korontzis. *Nunca mais, pelo resto de minha vida. O pesadelo acabou.*

Às 15 HORAS de domingo, Tony Rizzoli saiu de seu hotel e seguiu para a Platia Omonia. Usava um casaco vermelho axadrezado, calça verde e boina vermelha. Dois detetives o seguiram e um deles comentou:

– Ele deve ter comprado essas roupas num circo.

Rizzoli fez sinal para um táxi na rua Metaxa. O detetive falou por seu *walkie-talkie*:

– O alvo pegou um táxi, seguindo para oeste.

Uma voz respondeu:

– Já o vimos. Estamos atrás. Voltem para o hotel.

– Certo.

Um sedã cinza sem qualquer identificação arrancou atrás do táxi, mantendo-se a uma distância discreta. O táxi seguiu para o sul, passando por Monastiraki. No sedã, o detetive sentado ao lado do motorista pegou o microfone.

– Central. Aqui é a Unidade Quatro. O alvo está num táxi, descendo a rua Philhellinon... Espere. Acaba de virar à direita, na rua Peta. Parece que segue para a Plaka. Podemos perdê-lo ali. Podem providenciar uma equipe para segui-lo a pé?

– Só um minuto, Unidade Quatro. – Poucos segundos depois, o rádio voltou a funcionar. – Unidade Quatro, temos ajuda disponível. Se ele saltar na Plaka, será mantido sob vigilância.

– *Kala*. O alvo usa um paletó vermelho axadrezado, calça verde e boina vermelha. O táxi parou. Ele está saltando na Plaka.

– Passaremos a informação. Ele será coberto. Vocês podem se afastar.

DOIS DETETIVES observaram o homem sair do táxi na Plaka.

– Onde será que ele comprou aquela roupa? – especulou um dos detetives, em voz alta.

Aproximaram-se e começaram a seguir o homem pelo labirinto apinhado do velho bairro da cidade. Durante a hora seguinte ele caminhou a esmo pelas ruas, passando por tavernas, bares, lojas de suvenires e pequenas galerias de arte. Desceu a Anaphiotika e parou para dar uma olhada nas mercadorias numa loja de coisas velhas, cheia de espadas, adagas, mosquetes, caldeirões, castiçais, lampiões a óleo e binóculos.

– O que ele está querendo?

– Parece que saiu apenas para um passeio vespertino. Espere um instante. Lá vai ele.

O homem virou na Aghiou Geronda e seguiu para o restaurante Xinos. Os dois detetives permaneceram lá fora, a alguma distância, observando-o fazer o pedido. Começavam a se sentir entediados.

– Espero que ele tente alguma coisa em breve. Eu gostaria de voltar logo para casa. Preciso de um cochilo.

– Fique acordado. Se o perdermos, Nicolino vai nos esfolar vivos.

– Como podemos perdê-lo? Ele se destaca como um farol.

O outro detetive fitou-o, aturdido.

– Como? O que disse?

– Eu disse...

– Não importa! – Havia uma súbita urgência em sua voz. – Viu o rosto dele?

– Não.

– Nem eu. *Tiflo!* Vamos depressa.

Os dois detetives entraram apressados no restaurante e se encaminharam para a mesa do alvo.

E contemplaram o rosto de um total estranho.

O INSPETOR NICOLINO teve um acesso de fúria.

– Destaquei três equipes para seguirem Rizzoli. Como puderam perdê-lo?

– Ele nos deu um golpe, inspetor. A primeira equipe viu-o entrar num táxi e ...

– E eles perderam o táxi?

– Não, senhor. Nós o observamos saltar. Ou pelo menos pensamos que era ele. Usava uma roupa que chamava bastante atenção. Rizzoli tinha outro passageiro escondido no táxi e os dois trocaram de roupa. Seguimos o homem errado.

– E Rizzoli escapou no táxi.

– Isso mesmo, senhor.

– Anotaram a placa?

– Não, senhor. Não parecia importante.

– E o homem que pegaram?

– É um rapaz que trabalha no hotel. Rizzoli lhe disse que estava fazendo uma brincadeira com um amigo. E deu-lhe 100 dólares. Isso é tudo o que ele sabe.

O inspetor Nicolino respirou fundo.

– E ninguém sabe onde o Sr. Rizzoli se encontra neste momento?

– Não, senhor... infelizmente.

A GRÉCIA TEM SETE portos principais – Thessaloniki, Patras, Volos, Igoumenitsa, Kavala, Iraklion e Pireu.

O Pireu fica 11 quilômetros a sudoeste do centro de Atenas e é não apenas o principal porto da Grécia, mas também um dos mais importantes da Europa. O complexo portuário é formado por quatro atracadouros, três deles para embarcações de passeio e navios oceânicos. O quarto, Herakles, está reservado a cargueiros com escotilhas abrindo diretamente para o cais.

O *Thele* se achava atracado em Herakles. Era um enorme petroleiro e parado ali, no porto escuro, parecia uma besta gigantesca, prestes a dar o bote.

Tony Rizzoli, acompanhado por quatro homens, entrou no cais. Contemplou o imenso navio e pensou: *Aqui está. E agora vamos verificar se o nosso amigo Demiris se encontra a bordo.* Ele virou-se para os homens que o acompanhavam.

– Quero que dois de vocês esperem aqui. Os outros dois me acompanhem. Não deixem ninguém sair do navio.

– Certo.

Rizzoli e os dois homens subiram pela prancha. Um taifeiro aproximou-se quando eles chegaram lá em cima.

– O que desejam?

– Queremos falar com o Sr. Demiris.

– O Sr. Demiris está no camarote do proprietário. Ele os espera?

Então o informante estava certo. Rizzoli sorriu.

– Claro que espera. A que horas o navio partirá?

– À meia-noite. Mostrarei o caminho para o camarote.

– Obrigado.

Eles seguiram o tripulante pelo convés até uma escada que levava para baixo. Os três homens desceram atrás dele, seguiram por um corredor estreito, passando por meia dúzia de camarotes. Ao chegarem ao último, o marujo levantou a mão para bater na porta. Rizzoli empurrou-o para o lado.

– Pode deixar que nós mesmos vamos nos anunciar. – Ele empurrou a porta e entrou.

A cabine era maior do que imaginara, mobiliada com uma cama, um sofá, uma escrivaninha e duas cadeiras. Constantin Demiris estava sentado atrás da escrivaninha.

Ao levantar os olhos e deparar com Rizzoli, começou a se erguer, empalidecendo.

– O que... o que está fazendo aqui? – A voz era um sussurro.

– Meus amigos e eu resolvemos lhe fazer uma visita de despedida, Costa.

– Como soube que eu...? Afinal... não estava esperando por você.

– Sei que não estava. – Rizzoli virou-se para o marujo – Obrigado, companheiro.

O marujo se retirou. Rizzoli tornou a se virar para Demiris.

– Planejava fazer uma viagem sem se despedir de seu sócio?

– Não... claro que não. Eu apenas... apenas precisava verificar algumas coisas no navio. Vai partir amanhã de manhã.

Os dedos de Demiris tremiam. Rizzoli adiantou-se. A voz era suave quando ele falou:

– Costa, querido, cometeu um grande erro. Não há sentido em tentar fugir, porque não tem onde se esconder. E temos um acordo, lembra? Sabe o que acontece com as pessoas que trapaceiam nos acordos? Morrem... e morrem da pior forma possível.

Demiris engoliu em seco.

– Eu... eu gostaria de falar com você a sós.

Rizzoli olhou para os homens.

– Esperem lá fora.

Depois que eles saíram, Rizzoli instalou-se numa cadeira.

– Estou muito desapontado com você, Costa.

– Não posso fazer o que me pede – disse Demiris. – Eu lhe darei dinheiro... mais dinheiro do que jamais sonhou.

– Em troca do quê?

– Para sair deste navio e me deixar em paz. – Havia desespero na voz de Demiris. – Não pode fazer isso comigo. O governo confiscaria minha frota. Serei arruinado. Por favor. Eu lhe darei qualquer coisa que quiser.

Tony Rizzoli sorriu.

– Tenho tudo o que quero. Quantos petroleiros você possui? Vinte? Trinta? Vamos manter todos eles ocupados, você e eu. Tudo o que você precisa fazer é acrescentar um ou dois portos de escala no percurso.

– Você... não tem ideia do que está fazendo comigo.

– Acho que deveria ter pensado nisso antes de dar aquele seu golpezinho. – Tony Rizzoli levantou-se. – E agora você terá uma conversa com o comandante. Avise a ele que faremos uma parada extra, ao largo da costa da Flórida.

Demiris hesitou.

– Está certo. Quando você voltar pela manhã...

Rizzoli soltou uma risada.

– Não vou sair daqui. A brincadeira acabou. Você planejava se esgueirar à meia-noite. Muito bem, irei com você. Estamos trazendo uma carga de heroína para bordo, Costa... e para adoçar o negócio, virá também um dos tesouros do Museu de Atenas. E você vai contrabandeá-lo para os Estados Unidos para mim. Essa é a sua punição por tentar me trair.

Havia uma expressão atordoada nos olhos de Demiris.

– Eu... não há nada... não há coisa alguma que eu possa fazer?

Rizzoli bateu de leve em seu ombro.

– Anime-se. Prometo que gostará de ser meu sócio. – Rizzoli foi até a porta e abriu-a. – Muito bem, tragam a mercadoria para bordo.

– Onde devemos pôr?

Há centenas de esconderijos em qualquer navio, mas Rizzoli não sentia a necessidade de ser esperto. A frota de Constantin Demiris se achava acima de qualquer suspeita.

– Ponham num saco de batatas – ele respondeu. – Marquem o saco e deixem no fundo da cozinha. Tragam o vaso para o Sr. Demiris. Ele vai guardá-lo pessoalmente. – Rizzoli virou-se para Demiris, com uma expressão de desprezo, e acrescentou: – Há algum problema nisso?

Demiris tentou falar, mas as palavras não saíram.

– Muito bem, pessoal, vamos ao trabalho – ordenou Rizzoli.

Ele recostou-se na cadeira.

– Um bom camarote... Deixarei que continue aqui, Costa. Eu e meus homens arrumaremos outros alojamentos.

– Obrigado – balbuciou Demiris, desesperado. – Obrigado.

À MEIA-NOITE, o enorme petroleiro deixou o cais, dois rebocadores levando-o para o mar. A heroína fora escondida a bordo e a ânfora entregue no camarote de Constantin Demiris. Tony Rizzoli chamou um de seus homens.

– Quero que vá ao centro de comunicações e desligue o rádio. Demiris não deve despachar qualquer mensagem.

– Certo, Tony.

Constantin Demiris era um homem liquidado, mas Rizzoli não se sentia disposto a correr qualquer risco.

Rizzoli receara até o momento da partida que alguma coisa pudesse dar errado, pois o que estava acontecendo era além dos seus sonhos mais delirantes. Constantin Demiris, um dos homens mais ricos e poderosos do mundo, era seu sócio. *Sócio porra nenhuma!*, pensou Rizzoli. *Eu mando no filho da puta. Toda a sua frota me pertence. Posso despachar tanta mercadoria quanto o pessoal conseguir entregar. Que os outros quebrem a cara tentando descobrir uma maneira de contrabandear a mercadoria para os Estados Unidos. Eu encontrei minha solução. E há também todos os tesouros do museu. É outra autêntica mina de ouro. Só que esta pertence apenas a mim. O que os outros não sabem, não lhes fará mal.*

Tony Rizzoli adormeceu, sonhando com uma frota de navios e palácios de ouro, com jovens submissas para atender a seus desejos.

Quando acordou, pela manhã, foi com seus homens fazer o desjejum no refeitório. Meia dúzia de tripulantes já se encontravam ali. Um camareiro aproximou-se da mesa.

– Bom dia.

– Onde está o Sr. Demiris? – perguntou Rizzoli. – Não vem comer o desjejum?

– Ele prefere permanecer em seu camarote, Sr. Rizzoli. Deu-nos instruções para servir ao senhor e seus amigos tudo o que quiserem

– É muita gentileza dele. – Rizzoli sorriu. – Quero suco de laranja e ovos com *bacon*. E vocês?

– Parece uma boa ideia.

Depois que todos pediram e o camareiro se afastou, Rizzoli disse aos homens:

– Quero que vocês se mantenham calmos. Fiquem com as armas escondidas. Sejam simpáticos e educados. Não se esqueçam de que somos convidados do Sr. Demiris.

Demiris também não apareceu para o almoço naquele dia. Nem para o jantar. Rizzoli foi procurá-lo no camarote.

Demiris estava lá, olhando por uma vigia, o rosto pálido e contraído.

– Precisa comer para manter as forças, sócio. Eu não gostaria que ficasse doente. Temos muita coisa para fazer. Mandei o camareiro trazer o seu jantar para cá.

Demiris respirou fundo.

– Não posso... está certo. E agora saia, por favor.

Rizzoli sorriu.

– Claro. Depois do jantar, procure dormir um pouco. Está com ma aparência horrível.

RIZZOLI FOI PROCURAR o comandante pela manhã.

– Sou Tony Rizzoli, convidado do Sr. Demiris.

– Pois não. O Sr. Demiris disse que viria me procurar. E informou que poderia haver uma mudança de curso.

– Isso mesmo. Eu o avisarei. Quando nos aproximaremos da costa da Flórida?

– Dentro de três semanas aproximadamente, Sr. Rizzoli.

– Ótimo. Voltaremos a conversar mais tarde.

Rizzoli foi dar uma volta pelo navio... *seu* navio. Toda a frota lhe pertencia. O mundo era seu. Rizzoli experimentou uma euforia como jamais conhecera antes.

A VIAGEM FOI tranquila, e de vez em quando Rizzoli passava pelo camarote de Constantin Demiris.

– Deveria ter trazido algumas mulheres para bordo · sugeriu Rizzoli. – Mas acho que os gregos não precisam de mulheres, não é mesmo?

Demiris recusou-se a morder a isca.

OS DIAS PASSAVAM lentamente, mas cada hora levava Rizzoli para mais perto de seus sonhos. Ele sentia uma impaciência febril. Uma semana transcorreu, depois outra, estavam se aproximando do continente norte-americano.

Na noite de sábado Rizzoli se encontrava parado na amurada do navio, contemplando o mar, quando avistou o clarão de um relâmpago. O imediato aproximou-se.

– Talvez tenhamos de enfrentar o mau tempo, Sr. Rizzoli. Espero que seja um bom marinheiro.

Rizzoli deu de ombros.

– Nada me incomoda.

O mar começou a se agitar. O navio mergulhava e subia, avançando pelas ondas.

Rizzoli começou a se sentir enjoado. *Portanto, não sou um bom marinheiro*, ele pensou. *E que diferença isso faz?* Era o dono do mundo. Voltou mais cedo para seu camarote e deitou.

Teve sonhos. Desta vez não houve navios de ouro ou lindas jovens despidas. Foram sonhos tenebrosos. Havia uma guerra e podia ouvir o troar dos canhões. Uma explosão despertou-o.

Rizzoli sentou-se na cama, completamente desperto. O camarote balançava. O navio enfrentava uma droga de tempestade. Ouviu passos correndo lá fora. O que estaria acontecendo?

Tony Rizzoli se levantou e saiu para o corredor. O chão adernou subitamente para um lado e ele quase perdeu o equilíbrio.

– O que está acontecendo? – ele gritou para um homem que passava correndo.

– Uma explosão. O navio está em chamas. Começamos a afundar. É melhor subir para o tombadilho.

– *Afundando?*

Rizzoli não podia acreditar. Tudo transcorrera sem contratempos. *Mas não importa*, pensou Rizzoli. *Posso me dar ao luxo de perder esta carga. Haverá muitas outras. Mas tenho de salvar Demiris. Ele é a chave para tudo. Transmitiremos um pedido de socorro.* E foi então que ele se lembrou de que mandara destruir o rádio.

Fazendo um grande esforço para manter o equilíbrio, Tony Rizzoli foi até a escada e subiu para o tombadilho. Para sua surpresa, descobriu que a tempestade passara. O mar estava sereno. Uma lua cheia brilhava no céu. Houve outra explosão estrondosa e mais ou-

tra, o navio adernou ainda mais. A popa estava na água, afundando depressa. Marinheiros tentavam baixar os escaleres, mas era tarde demais. A água em torno do navio era uma massa de petróleo em chamas. Onde se encontrava Constantin Demiris?

E foi nesse instante que Rizzoli ouviu um barulho inesperado. Era um zumbido, sobrepondo-se ao barulho das explosões. Ele levantou os olhos. Havia um helicóptero 3 metros acima do navio.

Estamos salvos!, pensou Rizzoli, exultante. E acenou freneticamente para o helicóptero.

Um rosto apareceu na janela. Rizzoli levou um momento para compreender que era Constantin Demiris. Sorria e na sua mão levantada segurava a ânfora de valor inestimável.

Rizzoli olhava fixamente, o cérebro tentando definir o que estava acontecendo. Como Constantin Demiris descobrira um helicóptero no meio da noite para...?

E depois Rizzoli soube de tudo, e suas entranhas se transformaram em água. Constantin Demiris nunca tivera qualquer intenção de fazer negócios com ele. O filho da puta planejara toda a coisa desde o início. O telefonema avisando que Demiris estava fugindo... a ligação não partira de Spyros Lambrou, mas sim do próprio Demiris! Preparara sua armadilha para atraí-lo ao navio e Rizzoli caíra direitinho!

O petroleiro passou a afundar mais depressa e Rizzoli sentiu o mar frio atingindo seus pés, depois os joelhos. O filho da puta deixaria que todos morressem ali, no meio do nada, onde não haveria indícios do que acontecera. Rizzoli levantou os olhos para o helicóptero e gritou, frenético:

– Volte! Eu lhe darei qualquer coisa!

O vento dissipou suas palavras. A última coisa que Tony Rizzoli viu, antes do navio virar e seus olhos se encherem de água salgada em chamas, foi o helicóptero subindo para a lua.

211

17

St. Moritz

Catherine se encontrava em estado de choque. Sentou-se no sofá em seu quarto no hotel, escutando o tenente Hans Bergman, chefe da patrulha de esqui, informar que Kirk Reynolds estava morto. O som da voz de Bergman fluía sobre Catherine em ondas, mas ela não ouvia as palavras. Sentia-se atordoada demais pelo horror do que acontecera. *Todas as pessoas ao meu redor acabam morrendo*, ela pensou desesperada. *Larry morreu e agora Kirk*. E havia os outros: Noelle, Napoleon Cotas, Frederick Stavros. Era um pesadelo interminável.

Vagamente, através do nevoeiro de sua angústia, ela ouviu a voz de Bergman:

– Sra. Reynolds... Sra. Reynolds...

Catherine levantou a cabeça e murmurou cansada:

– Não sou a Sra. Reynolds. Sou Catherine Alexander. Kirk e eu éramos... éramos amigos.

– Entendo.

Catherine respirou fundo.

– Como... como aconteceu? Kirk era um bom esquiador.

– Sei disso. Ele já esquiou aqui muitas vezes. – O tenente balançou a cabeça. – Para ser franco, Srta. Alexander, também estou surpreso com o que aconteceu. Encontramos o corpo na Lagalp, uma encosta que estava fechada por causa de uma avalanche na semana passada. A placa deve ter sido derrubada pelo vento. Lamento profundamente.

Lamento... Que palavra fraca, que palavra estúpida...

– Gostaria que tomássemos as providências para o enterro, Srta. Alexander?

Então a morte não era o fim. Havia as *providências* a serem tomadas. Caixões e sepulturas, flores, parentes a serem avisados. Catherine tinha vontade de gritar.

– Srta. Alexander?

Catherine levantou os olhos.

– Avisarei a família de Kirk.

– Obrigado.

A VIAGEM DE VOLTA a Londres foi uma aflição. Fora para as montanhas com Kirk com uma esperança ansiosa, pensando que poderia ser um novo começo, uma porta para uma vida nova.

Kirk fora muito gentil e paciente. *Eu deveria ter feito amor com ele*, pensou Catherine. *Mas, ao final, isso faria alguma diferença? Que importância tinha qualquer coisa? Estou sob alguma espécie de maldição. Destruo tudo que se aproxima de mim.*

AO CHEGAR A LONDRES, Catherine sentia-se deprimida demais para retornar ao trabalho. Permaneceu no apartamento, recusando-se a ver ou a falar com qualquer pessoa. Anna, a governanta, preparava as refeições e levava para o quarto de Catherine, mas as bandejas eram devolvidas intactas.

– Deve comer alguma coisa, Srta. Alexander.

Mas o mero pensamento de comida deixava Catherine nauseada.

NO DIA SEGUINTE, Catherine sentia-se ainda pior. Tinha a sensação de que seu peito estava cheio de ferro. Encontrava dificuldade para respirar.

Não posso continuar assim, ela pensou. *Preciso fazer alguma coisa.*

Conversou a respeito com Evelyn Kaye.

– Não posso deixar de me culpar pelo que aconteceu.

– Isso não faz sentido, Catherine.

– Sei que não faz, mas não posso evitar. Sinto-me responsável. Preciso de alguém para conversar. Talvez se eu procurasse um psiquiatra...

– Conheço um excelente – disse Evelyn. – Na verdade, Wim o consulta de vez em quando. Seu nome é Alan Hamilton. Eu tinha uma amiga com mania de suicídio e ela melhorou muito quando se tratou com o Dr. Hamilton. Gostaria de vê-lo?

E se ele me disser que estou louca? E se eu de fato estiver?

213

– Está certo – concordou Catherine, relutante.

– Tentarei marcar a consulta para você. Ele é bastante ocupado.

– Obrigada, Evelyn.

Catherine foi à sala de Wim. *Ele deve querer saber o que aconteceu com Kirk*, ela pensou.

– Wim... lembra de Kirk Reynolds? Ele morreu há poucos dias, num acidente de esqui.

– É mesmo? Westminster-zero-quatro-sete-um.

Catherine piscou.

– Como?

E de repente ela compreendeu que Wim recitava o número do telefone de Kirk. Era isso o que todas as pessoas significavam para Wim? Uma série de números? Ele não tinha sentimentos pelas pessoas? Era realmente incapaz de amar ou odiar, de sentir compaixão?

Talvez esteja melhor do que eu, pensou Catherine. *Pelo menos é poupado da terrível angústia que as outras pessoas podem sentir.*

EVELYN MARCOU UMA consulta com o Dr. Hamilton para a sexta-feira seguinte. Evelyn pensou em telefonar para Constantin Demiris e informá-lo a respeito, mas concluiu que a importância era mínima e não valia a pena incomodá-lo.

O CONSULTÓRIO DE Alan Hamilton era na Wimpole Street. Catherine sentia-se apreensiva e irritada ao seguir para a primeira consulta. Apreensiva porque temia o que ele poderia dizer a seu respeito e irritada consigo mesma por depender de um estranho para ajudá-la com problemas que achava que deveria ser capaz de resolver sozinha. A recepcionista por trás de uma divisória de vidro informou:

– O Dr. Hamilton está à sua espera, Srta. Alexander.

Mas será que eu estou pronta?, especulou Catherine. E sentiu um repentino pânico. *O que estou fazendo aqui? Não vou me pôr nas mãos de algum charlatão que provavelmente pensa que é Deus.*

Eu... eu mudei de ideia. Não preciso realmente consultar um médico. Mas pagarei a consulta, é claro.

– Hein? Espere um momento, por favor.

– Mas...

A recepcionista já desaparecera pela porta da sala do médico. Um momento depois, a porta foi aberta e Alan Hamilton saiu. Era um homem de quarenta e poucos anos, alto e louro, com olhos azuis brilhantes e uma atitude descontraída. Olhou para Catherine e sorriu.

– Fez-me ganhar o dia.

Catherine franziu o rosto.

– Como assim?

– Eu não imaginava que era um médico tão bom. Bastou você entrar na recepção para já se sentir melhor. Deve ser alguma espécie de recorde.

Catherine murmurou, defensiva:

– Desculpe. Cometi um erro. Não preciso de qualquer ajuda.

– Fico satisfeito em saber disso. Gostaria que todos os meus pacientes se sentissem assim. Mas já que está aqui, Srta. Alexander, por que não entra por um momento? Tomaremos um café.

– Não, obrigada. Eu não...

– Prometo que pode tomar sentada.

Catherine hesitou.

– Está bem... mas só um minuto.

Ela seguiu-o para a outra sala. Era bastante simples, decorada com discrição e bom gosto, mais parecia uma sala de estar do que um consultório. Havia gravuras tranquilas penduradas nas paredes e na mesinha de café a fotografia de uma bela mulher com um menino. *Muito bem, então ele tem um consultório agradável e uma família atraente. O que isso prova?*

– Sente-se, por favor – disse o Dr. Hamilton. – O café estará pronto num instante.

– Eu não deveria desperdiçar seu tempo, doutor. Estou...

– Não se preocupe com isso. – Ele sentou-se numa poltrona, observando-a. – Você passou por muita coisa.

– O que sabe a respeito? – indagou Catherine bruscamente, em tom mais irritado do que tencionava.

– Conversei com Evelyn. Ela me contou o que aconteceu em St. Moritz. Lamento muito.

Outra vez aquela palavra.

– É mesmo? Pois se é um médico tão maravilhoso, pode trazer Kirk de volta à vida. – Todo o sofrimento acumulado irrompeu, numa erupção incontrolável, e Catherine descobriu-se, para seu horror, a soluçar histericamente – Deixe-me em paz! – ela gritou. – Deixe-me em paz!

Alan Hamilton ficou sentado a contemplá-la, sem dizer nada. Quando os soluços finalmente cessaram, Catherine balbuciou, exausta:

– Desculpe. Eu deveria mesmo ter ido embora.

Ela se levantou e se encaminhou para a porta.

– Não sei se posso ajudá-la, Srta. Alexander, mas gostaria de tentar. Só posso prometer que qualquer coisa que eu fizer não lhe fará mal.

Catherine parou na porta, indecisa. Virou-se para fitá-lo, os olhos marejados de lágrimas.

– Não sei o que há comigo – ela sussurrou. – Eu me sinto completamente perdida.

Alan Hamilton se aproximou.

– Então por que não tentamos descobrir? Trabalharemos juntos. Sente-se. Vou providenciar o café.

Ele se ausentou por cinco minutos e Catherine continuou sentada, especulando como Hamilton conseguira persuadi-la a ficar. O homem tinha um efeito calmante. Havia alguma coisa em seu comportamento que era tranquilizadora.

Talvez ele possa me ajudar, pensou Catherine. Alan Hamilton voltou à sala com duas xícaras de café.

– Tenho creme e açúcar, se você quiser.

– Não, obrigada.

Ele sentou-se diante de Catherine.

– Soube que seu amigo morreu num acidente de esqui.

Era angustiante demais falar a respeito.

– Isso mesmo. Ele estava numa encosta fechada por causa de uma avalanche. O vento derrubou a placa de aviso.

– É a sua primeira experiência com a morte de alguém tão próximo?

Como ela deveria responder? *Claro que não. Meu marido e sua amante foram executados por tentarem me assassinar. Todas as pessoas ao meu redor acabam morrendo.* Isso o deixaria abalado. Ele continuava sentado ali, esperando por uma resposta, *o filho da puta presunçoso.* Mas ela não lhe daria essa satisfação. Sua vida não era da conta dele. *Eu o odeio.*

Alan Hamilton percebeu a resposta no rosto de Catherine. E, deliberadamente, mudou de assunto, perguntando:

– Como está Wim?

A pergunta pegou Catherine completamente desprevenida.

– Wim? Ele... ele está bem. Evelyn me disse que ele é seu paciente.

– É, sim.

– Pode me explicar como... por que... ele é assim?

– Wim veio me procurar porque perdia um emprego atrás do outro. Ele é algo muito raro... um autêntico misantropo. Não posso entrar nas razões para isso, mas basicamente ele odeia as pessoas. É incapaz de se relacionar com outras pessoas.

Catherine recordou as palavras de Evelyn. *Ele não tem emoções. Nunca se afeiçoará a ninguém.*

– Mas Wim é brilhante com a matemática – continuou Alan Hamilton. – Tem agora um emprego em que pode aplicar esse conhecimento.

Catherine balançou a cabeça.

– Jamais conheci alguém como ele.

Alan Hamilton inclinou-se para a frente.

– O que está passando, Srta. Alexander, é muito angustiante, mas acho que eu poderia tornar tudo mais fácil. Gostaria de tentar.

– Eu... não sei. Tudo parece tão irremediável...

– Enquanto se sentir assim, não tem outra saída a não ser melhorar, não é mesmo? – Alan Hamilton sorriu, um sorriso contagiante.

217

– Por que não marcamos só mais uma consulta? Se ainda me odiar ao final, não mais nos encontraremos.

– Não o odeio – murmurou Catherine. – Isto é, talvez um pouquinho.

Alan Hamilton foi até sua mesa e estudou a agenda. Todos os horários estavam ocupados.

– Que tal segunda-feira? – ele perguntou. – À uma hora da tarde?

Era a hora do seu almoço, mas renunciaria a isso. Afinal, Catherine Alexander era uma mulher carregando um fardo insuportável e ele sentia-se determinado a fazer qualquer coisa que pudesse para ajudá-la. Catherine fitou-o em silêncio por um longo momento.

– Está bem.

– Estarei à sua espera. – Ele estendeu um cartão. – Até lá, se precisar de mim, aí tem o telefone do consultório e de minha casa. Durmo pouco e por isso não deve se preocupar com a possibilidade de me acordar.

– Obrigada. Estarei aqui na segunda-feira.

O Dr. Hamilton observou-a sair pela porta e pensou: *Ela é muito vulnerável e muito bonita. Preciso tomar cuidado.* Ele olhou para a fotografia na mesa. *O que Angela pensaria?*

A LIGAÇÃO veio de madrugada.

Constantin Demiris escutou por um momento e, quando falou, a voz estava impregnada de surpresa:

– O *Thele* afundou? Não posso acreditar!

– É verdade, Sr. Demiris. A guarda costeira encontrou alguns fragmentos dos destroços.

– Houve sobreviventes?

– Não, senhor. Infelizmente, não. Todos os tripulantes desapareceram.

– Isso é terrível. Alguém sabe o que aconteceu?

– Receio que nunca saberemos, senhor. Todas as evidências estão no fundo do mar.

– O mar – murmurou Demiris. – O mar cruel...

– Devemos apresentar o pedido de pagamento do seguro?

– É difícil se preocupar com essas coisas quando tantos bravos homens perderam a vida... mas está certo, pode apresentar o pedido à seguradora.

Ele guardaria a ânfora em sua coleção particular. E agora estava na hora de se vingar do cunhado.

18

Spyros Lambrou se achava num frenesi de impaciência, esperando a notícia da prisão de Constantin Demiris. Mantinha o rádio no escritório sempre ligado e verificava cada edição dos jornais diários. *Eu já deveria saber de alguma coisa a esta altura*, pensou Lambrou. *A polícia já deveria ter prendido Demiris.*

No momento em que Tony Rizzoli o informara que Demiris estava a bordo do *Thele* e prestes a zarpar, Spyros avisara à alfândega dos Estados Unidos – anonimamente, é claro – que o *Thele* estaria carregando uma grande quantidade de heroína.

Já devem tê-lo apanhado a esta altura. Por que os jornais não haviam divulgado a história? A campainha do interfone soou.

– O Sr. Demiris está na linha dois.

– É alguém falando em nome do Sr. Demiris?

– Não, Sr. Lambrou. É o próprio Sr. Demiris quem está na linha.

As palavras provocaram um calafrio em Spyros.

Era impossível.

Muito nervoso, ele atendeu.

– Costa?

– Spyros! – A voz de Demiris era jovial. – Como vão as coisas?

– Tudo bem. Onde você está?

– Em Atenas.

– Ah... – Lambrou engoliu em seco, cada vez mais nervoso. – Não temos nos falado ultimamente.

– Tenho andado ocupado. Que tal almoçarmos hoje? Está livre?

219

Lambrou tinha um importante almoço de negócios.

– Estou sim. É uma boa ideia.

– Ótimo. Vamos nos encontrar no clube. Às 14 horas.

Lambrou desligou, as mãos trêmulas. O que poderia ter saído errado? Descobriria muito em breve o que acontecera.

CONSTANTIN DEMIRIS manteve Spyros Lambrou esperando por trinta minutos e disse bruscamente quando chegou:

– Desculpe o atraso.

– Não tem problema.

Spyros estudou Demiris com todo cuidado, procurando por indícios da experiência recente por que ele devia ter passado. *Nada.*

– Estou com fome – disse Demiris, expansivo. – E você? Vamos ver o que eles têm no cardápio hoje. – Ele deu uma olhada. – Aqui está. *Stridia.* Não gostaria de começar com algumas ostras, Spyros?

– Acho que não.

Ele perdera o apetite. Demiris se comportava com uma jovialidade exagerada e Lambrou tinha uma terrível premonição. Depois que pediram, Demiris disse:

– Tenho de lhe agradecer, Spyros.

Lambrou fitou-o nos olhos, cauteloso.

– Por quê?

– Por quê? Por me encaminhar um bom cliente... o Sr. Rizzoli.

Lambrou passou a língua pelos lábios.

– Você... encontrou-se com ele?

– Claro. Ele me garantiu que faríamos muitos negócios juntos no futuro. – Demiris suspirou. – Só que receio que o Sr. Rizzoli não terá mais qualquer futuro.

Spyros ficou tenso.

– Como assim?

A voz de Constantin Demiris endureceu:

– Tony Rizzoli morreu.

– Como...? O que aconteceu?

– Ele sofreu um acidente, Spyros. – Demiris fitava o cunhado nos olhos. – Como todas as pessoas que tentam me trair sofrem um acidente.

– Eu não... não compreendo. Você...

– Não compreende? Você tentou me destruir. Falhou. Posso lhe garantir que teria sido muito melhor para você se tivesse conseguido.

– Eu... eu não sei do que está falando.

– Não sabe mesmo, Spyros? – Constantin Demiris sorriu. – Pois saberá muito em breve. Mas primeiro vou destruir sua irmã.

As ostras chegaram.

– Parecem deliciosas – comentou Demiris. – Trate de aproveitar o almoço.

DEPOIS, CONSTANTIN DEMIRIS pensou no encontro com um sentimento de profunda satisfação. Spyros Lambrou era um homem completamente desmoralizado. Demiris sabia o quanto Lambrou adorava a irmã e tencionava punir os dois.

Mas havia uma coisa de que precisava cuidar primeiro. Catherine Alexander. Ela telefonara depois da morte de Kirk, quase histérica.

– É... é horrível!

– Lamento muito, Catherine. Sei o quanto você devia gostar de Kirk. É uma perda terrível para nós dois.

Terei de mudar meus planos, pensou Demiris. *Não há mais tempo para Rafina agora.* Catherine era o único elo restante para ligá-lo ao que acontecera com Noelle Page e Larry Douglas. Fora um erro deixá-la viver por tanto tempo. Enquanto ela continuasse viva, alguém poderia provar o que Demiris fizera. Mas com Catherine morta, ele ficaria absolutamente seguro.

Demiris pegou o telefone em sua mesa e discou um número. Quando uma voz atendeu, ele disse:

– Estarei em Kowloon na segunda-feira. Encontre-se comigo lá.

Ele desligou sem esperar por uma resposta.

OS DOIS HOMENS se sentaram num prédio deserto que Demiris possuía na cidade murada.

– Deve parecer um acidente. Pode dar um jeito?

Era um insulto. Ele podia sentir a raiva subindo. Essa era uma pergunta que se fazia a algum amador que se encontrava nas ruas.

221

Ele sentiu-se tentado a responder, com sarcasmo: *Claro, claro, acho que posso dar um jeito. Prefere um acidente dentro de casa? Posso cuidar para que ela quebre o pescoço ao cair de uma escada.* A dançarina em Marselha. *Ou ela pode tomar um porre e se afogar na banheira.* A herdeira em Gstaad. *Pode também tomar uma overdose de heroína.* Já liquidara três dessa maneira. *Ou pode adormecer na cama com um cigarro aceso.* O detetive sueco no L'Hôtel, na Rive Gauche, Paris. *Ou será que prefere alguma coisa fora de casa? Posso arrumar um acidente de carro, um desastre de avião ou um desaparecimento no mar.*

Mas ele não disse nenhuma dessas coisas, pois a verdade é que tinha medo do homem sentado à sua frente. Ouvira muitas histórias assustadoras a seu respeito e tinha bons motivos para acreditar nelas. Por isso, limitou-se a dizer:

– Claro, senhor. Posso providenciar um acidente. Ninguém jamais saberá. – Mesmo enquanto falava, o pensamento ocorreu-lhe: *Ele sabe que eu saberei.* Ficou esperando. Ele podia ouvir os ruídos na rua além da janela, a confusão poliglota, estridente e rouca, das muitas línguas faladas pelos habitantes da cidade murada.

O homem estudava-o com olhos frios e insidiosos. E finalmente disse:

– Está certo. Deixarei o método a seu critério.

– Certo, senhor. O alvo está aqui em Kowloon?

– Em Londres. Seu nome é Catherine... Catherine Alexander. Ela trabalha no meu escritório em Londres.

– Ajudaria se eu pudesse ser apresentado a ela. Uma apresentação interna.

Demiris pensou por um momento.

– Enviarei uma delegação de executivos a Londres na próxima semana. Providenciarei para que você seja incluído no grupo. – Ele inclinou-se para a frente. – Só mais uma coisa.

– O que é, senhor?

– Não quero que ninguém seja capaz de identificar o corpo.

19

O telefonema era de Constantin Demiris.

– Bom dia, Catherine. Como se sente hoje?

– Muito bem, obrigada, Costa.

– Sente-se melhor?

– Muito melhor.

– Ótimo. Fico satisfeito em saber disso. Estou enviando uma delegação de executivos a Londres para estudar nossa operação aí. Agradeceria se você os recebesse e atendesse.

– Terei o maior prazer. Quando eles chegarão?

– Amanhã de manhã.

– Farei tudo o que puder.

– Sei que posso contar com você. Obrigado, Catherine.

– Não há de quê.

E adeus, Catherine.

A ligação foi cortada.

PORTANTO, ESSA PARTE *estava resolvida!* Constantin Demiris recostou-se na cadeira, pensativo. Com Catherine Alexander liquidada, não haveria mais pontas soltas. Agora, podia concentrar toda a sua atenção na esposa e no cunhado.

– TEREMOS VISITAS esta noite. Alguns executivos do escritório. Quero que você se apresente como a anfitriã.

Havia muito tempo que ela não era anfitriã para o marido. Melina sentiu-se exultante, entusiasmada. *Talvez agora a situação comece a mudar.*

O JANTAR NAQUELA noite não mudou nada. Três homens chegaram, jantaram e foram embora. O jantar foi uma decepção para ela.

Melina foi superficialmente apresentada aos homens e ficou calada enquanto o marido os entretinha. Ela quase havia esquecido como Costa podia ser carismático. Ele contou histórias engraçadas e

223

dispensou elogios pródigos, os três adoraram. Estavam na presença de um grande homem e demonstravam que sabiam disso. Melina não teve uma oportunidade de falar. Cada vez que ela começava a dizer alguma coisa, Costa a interrompia, até que finalmente Melina resolveu permanecer em silêncio.

Por que ele queria a minha presença?, ela especulava.

Ao final da noite, quando os homens estavam de partida, Demiris disse:

– Voarão para Londres amanhã de manhã. Tenho certeza de que cuidarão de tudo que for necessário.

E eles foram embora.

A DELEGAÇÃO CHEGOU em Londres na manhã seguinte. Eram três homens, todos de nacionalidades diferentes.

O americano, Jerry Haley, era alto e musculoso, com um rosto franco e jovial, olhos cinzentos. Catherine nunca vira mãos tão grandes como as dele. Deixaram-na fascinada. Pareciam ter uma vida própria, em constante movimento, como se ansiosas em ter alguma coisa para fazer.

O francês, Yves Renard, era um contraste intenso, baixo e atarracado, o rosto sisudo, olhos frios e inquisitivos, que pareciam ver através de Catherine. Dava a impressão de retraído e controlado. *Cauteloso* foi a palavra que aflorou na mente de Catherine. *Mas cauteloso com o quê?*, ela especulou.

O terceiro membro da delegação era Dino Mattusi, italiano, amistoso e insinuante, exalando charme por todos os poros.

– O Sr. Demiris a tem em alta conta – comentou Mattusi.

– Isso é muito lisonjeiro.

– Ele disse que você cuidaria de nós em Londres. Eu lhe trouxe um presente. – Ele entregou a Catherine um embrulho com a etiqueta da Hermes. Era um lindo lenço de seda.

– Obrigada. É muita gentileza sua. – Catherine olhou para os outros. – E agora vou lhes mostrar nossas instalações.

Houve um estrondo por trás deles. Todos se viraram. Um rapaz estava parado ali, olhando consternado para um pacote que deixara

cair. Carregava três malas. Dava a impressão de ter 15 anos e era pequeno para sua idade. Tinha cabelos castanhos crespos e olhos verdes, uma aparência frágil.

– Pelo amor de Deus! – exclamou Renard, rispidamente. – Tome cuidado com essas coisas!

– Desculpe – balbuciou o rapaz, nervoso. – Onde posso pôr as malas?

Renard respondeu com impaciência:

– Pode largar em qualquer lugar. Nós as pegaremos depois.

Catherine olhou para o rapaz com uma expressão inquisitiva. Evelyn explicou:

– Ele largou seu emprego como office boy em Atenas. E precisávamos de mais alguém aqui.

– Qual é o seu nome? – perguntou Catherine.

– Atanas Stavich, madame. – O rapaz estava quase chorando.

– Está tudo bem, Atanas. Há uma sala nos fundos onde pode deixar as malas. Providenciarei para que sejam apanhadas depois.

– Obrigado, madame.

Catherine tornou a se virar para os homens.

– O Sr. Demiris disse que estudarão nossa operação aqui. Eu os ajudarei por todos os meios que puder. Se precisarem de alguma coisa, tentarei providenciar. E agora, se quiserem me acompanhar, eu os apresentarei a Wim e aos outros funcionários.

Foram seguindo pelo corredor, Catherine parando para fazer as apresentações. Chegaram à sala de Wim.

– Wim, aqui está a delegação que o Sr. Demiris mandou. Estes são Yves Renard, Dino Mattusi e Jerry Haley. Acabaram de chegar da Grécia.

Wim fitou-os com uma expressão furiosa.

– A Grécia tem uma população de apenas sete milhões seiscentos e trinta mil habitantes.

Os homens se entreolharam, perplexos. Catherine sorriu para si mesma. Eles demonstravam exatamente a mesma reação a Wim que ela tivera quando o conhecera.

– Mandei preparar as salas que vão ocupar – Catherine informou aos homens. – Podem me acompanhar, por favor?

Quando voltaram ao corredor, Jerry Haley perguntou:

– Que diabo era aquilo? Alguém disse que ele é importante por aqui.

– E é mesmo – assegurou Catherine. – Wim controla as finanças de várias companhias.

– Eu não o deixaria tomar conta de meu gato – comentou Haley, desdenhoso.

– Quando o conhecer melhor...

– Não tenho o menor desejo de conhecê-lo melhor – murmurou o francês.

– Já reservei os hotéis para vocês – Catherine comunicou ao grupo. – Fui informada que cada um prefere ficar num hotel diferente.

– É isso mesmo – confirmou Mattusi.

Catherine já ia fazer um comentário, mas decidiu não dizê-lo. Não era da sua conta o motivo pelo qual desejavam hotéis diferentes.

ELE OBSERVOU CATHERINE, pensando: *Ela é muito mais bonita do que eu imaginava. O que tornará a coisa mais interessante. E sofreu muita angústia, muita dor. Eu lhe ensinarei como a dor pode ser requintada. Desfrutaremos juntos. E quando acabar com ela, vou mandá-la para um lugar em que não há mais dor. Ela irá para o céu ou para o inferno. Vou gostar desta operação, vou gostar muito.*

CATHERINE MOSTROU aos homens suas respectivas salas. Depois que eles se instalaram, começou a voltar para sua própria mesa. Do corredor, ouviu o francês gritar com o novo rapaz:

– Esta é a pasta errada, seu idiota. A minha é a marrom. A marrom! Entende inglês?

– Sim, senhor. Desculpe, senhor.

A voz estava cheia de pânico. *Terei de fazer alguma coisa em relação a isso*, pensou Catherine.

EVELYN KAYE disse:

– Se precisar de alguma ajuda com esse grupo, pode recorrer a mim.

– Obrigada, Evelyn. Eu a avisarei se precisar de alguma coisa.

Poucos minutos depois, Atanas Stavich passou pela sala de Catherine, que o chamou:

– Quer vir até aqui por um minuto, por favor?

O rapaz fitou-a com uma expressão assustada.

– Pois não, madame.

Ele entrou como se esperasse ser açoitado.

– Feche a porta, por favor.

– Pois não, madame.

– Sente-se, Atanas. Seu nome é Atanas, não é mesmo?

– É, sim, madame.

Ela tentava deixá-lo à vontade e não estava conseguindo.

– Não há motivo para ficar tão apavorado.

– Não, madame.

Catherine estudou-o por um momento, especulando que coisas terríveis haviam feito com ele para deixá-lo tão amedrontado. E resolveu que tentaria descobrir mais sobre o seu passado.

– Atanas, se alguém aqui criar problemas ou tratá-lo mal, quero que me procure. Entendido?

Ele engoliu em seco.

– Sim, madame.

Mas Catherine duvidava que ele tivesse coragem suficiente para procurá-la. Alguém, em algum lugar, destruíra seu espírito.

– Conversaremos depois, Atanas.

Os currículos da delegação indicavam que todos haviam trabalhado em várias divisões do amplo império de Constantin Demiris, e portanto tinham experiência da organização. O que mais desconcertava Catherine era o amável italiano, Dino Mattusi. Ele bombardeou Catherine com perguntas cujas respostas devia conhecer, e não parecia muito interessado em se informar da operação de Londres. Na verdade, parecia menos interessado na companhia do que na vida pessoal de Catherine.

– Você é casada? – perguntou Mattusi.

– Não.

– Mas já foi casada?

– Já.

– Divorciada?

Ela queria encerrar a conversa.

– Sou viúva.

Mattusi sorriu.

– Aposto que tem um amigo. Entende o que estou querendo dizer, não é mesmo?

– Entendo – respondeu Catherine, bruscamente. *E não é dá sua conta.* – É casado?

– *Si, si,* tenho uma esposa e quatro lindos *bambini*. Sentem muita saudade de mim quando viajo.

– E viaja muito, Sr. Mattusi?

Ele parecia magoado.

– Dino, Dino. O Sr. Mattusi é meu pai. É verdade, viajo muito. – Ele tornou a sorrir para Catherine e baixou a voz. – Mas às vezes uma viagem pode proporcionar alguns prazeres extras. Entende o que estou querendo dizer, não é mesmo?

Catherine retribuiu o sorriso.

– Não.

ÀS 12H15 CATHERINE deixou o escritório para ir à consulta com o Dr. Hamilton. Para sua surpresa, descobriu-se aguardando ansiosa a ocasião. Lembrou como ficara transtornada na última vez em que o vira. Desta vez entrou no consultório com alguma expectativa. A recepcionista saíra para almoçar e a porta da sala de Hamilton estava aberta. Ele a esperava.

– Pode entrar.

Catherine entrou na sala e Hamilton indicou uma cadeira.

– Teve uma boa semana?

Fora uma boa semana? Não, não fora. Ela não conseguira tirar da cabeça a morte de Kirk Reynolds.

– Correu tudo bem. Eu... eu me mantive ocupada.

– Isso ajuda muito. Há quanto tempo trabalha para Constantin Demiris?

– Quatro meses.

– Gosta do seu trabalho?

– Mantém a minha mente... longe de certas coisas. Devo muito ao Sr. Demiris. Não posso lhe dizer o quanto ele fez por mim. – Catherine sorriu, tristemente. – Mas acho que vou dizer, não é mesmo?

Alan Hamilton sacudiu a cabeça.

– Só me dirá o que quiser dizer.

Houve silêncio. Catherine finalmente rompeu-o:

– Meu marido trabalhava para o Sr. Demiris. Era seu piloto. Eu... eu sofri um acidente de barco e perdi a memória. Quando a recuperei, o Sr. Demiris me ofereceu o emprego.

Estou deixando de fora o sofrimento e o terror. Sinto-me envergonhada de contar que meu marido tentou me assassinar? Porque receio que ele pense que sou menos digna por isso?

– Não é fácil para nenhuma pessoa falar do passado. – Catherine fitou-o em silêncio. – Disse que perdeu a memória.

– Isso mesmo.

– E que sofreu um acidente de barco.

– Isso mesmo.

Os lábios de Catherine estavam rígidos, como se estivesse determinada a lhe contar o mínimo possível. Estava dilacerada por um terrível conflito. Queria lhe contar tudo e obter sua ajuda. Não queria lhe contar nada, queria que a deixasse em paz. Alan Hamilton estudava-a, pensativo.

– Está divorciada?

Fui divorciada por um pelotão de fuzilamento.

– Ele... meu marido morreu.

– Srta. Alexander... – Hamilton hesitou. – Importa-se se eu chamá-la de Catherine?

– Não.

– Sou Alan. De que tem medo, Catherine?

Ela empertigou-se.

– O que o faz pensar que tenho medo?

– Não tem?

– Não. – Desta vez o silêncio foi mais prolongado.

229

Catherine temia exprimir tudo em palavras, temia expor a realidade.

– As pessoas ao meu redor... parecem morrer.

Se ele ficou impressionado, não deixou transparecer.

– E acredita que é a causa dessas mortes?

– Sim. Não. Não sei. Estou... confusa.

– Muitas vezes nos culpamos por coisas que acontecem com os outros. Se marido e mulher se divorciam, os filhos pensam que são responsáveis. Se alguém amaldiçoa uma pessoa e essa pessoa morre, ele pensa que foi a causa. Esse tipo de convicção não é absolutamente excepcional. Você...

– É mais do que isso.

– É?

Ele ficou observando-a, preparado para escutar. E as palavras saíram.

– Meu marido foi morto, assim como sua... sua amante. Os dois advogados que os defenderam também morreram. E agora... – A voz tremeu. – Kirk...

– E acha que é responsável por todas essas mortes. Não é um tremendo fardo para carregar?

– Eu... tenho a impressão de que dou azar. Receio ter um relacionamento com outro homem. Não creio que eu poderia suportar se alguma coisa...

– Catherine, sabe qual é a vida pela qual você é responsável? Pela sua. E de mais ninguém. É impossível para você controlar a vida e morte de qualquer outra pessoa. É inocente. Nada teve a ver com qualquer dessas mortes. Deve compreender isso.

É inocente. Nada teve a ver com qualquer dessas mortes. E Catherine ficou pensando nessas palavras. Queria desesperadamente acreditar nelas. Aquelas pessoas morreram por suas ações, não por causa dela. E quanto a Kirk, fora um lamentável acidente. Ou não fora?

Alan Hamilton observava-a em silêncio. Catherine levantou os olhos e pensou: *Ele é um homem decente.* Outro pensamento aflorou espontâneo em sua mente: *Gostaria de tê-lo conhecido antes.* Com

uma pontada de culpa, Catherine olhou para a fotografia emoldurada da mulher e filho de Alan na mesinha de centro.

– Obrigada – murmurou Catherine. – Eu... tentarei acreditar nisso. Preciso me acostumar com a ideia.

Alan Hamilton sorriu.

– Vamos nos acostumar juntos. Pretende voltar?

– Como?

– Está lembrada que esta sessão seria apenas uma experiência? Deveria decidir se gostaria de continuar.

Catherine não hesitou.

– Eu voltarei, Alan.

Depois que ela se foi, Alan Hamilton continuou sentado, pensando a seu respeito.

Já tratara de muitas pacientes atraentes durante sua carreira e algumas haviam indicado um interesse sexual por ele. Mas era um psiquiatra muito bom para ceder à tentação. Um relacionamento pessoal com uma paciente era um dos primeiros tabus de sua profissão. Seria uma traição.

O DR. ALAN HAMILTON vinha de uma longa tradição médica. O pai era um cirurgião que casara com sua enfermeira e o avô fora um famoso cardiologista. Desde pequeno Alan sabia que queria ser médico. Um cirurgião como o pai. Cursara a escola de medicina no King's College e depois de formado começara a estudar cirurgia.

Tinha um talento natural para isso, uma habilidade que não podia ser ensinada. E então, em 1º de setembro de 1939, o exército do Terceiro Reich marchara pela fronteira da Polônia, e dois dias depois a Inglaterra e a França declararam guerra. A Segunda Guerra Mundial começara.

ALAN HAMILTON alistara-se como cirurgião.

Em 22 de junho de 1940, depois que as forças do Eixo conquistaram a Polônia, Tchecoslováquia, Finlândia, Noruega e Países Baixos, a França caiu e todo o impacto da guerra desabou sobre as Ilhas Britânicas.

A princípio, uma centena de aviões lançava bombas em cidades britânicas todos os dias. Não demorou muito para que se tornassem duzentos e depois mil aviões. A carnificina era além da imaginação.

231

Havia feridos e agonizantes por toda parte. As cidades viviam em chamas. Mas Hitler julgara erradamente os britânicos. Os ataques só serviram para fortalecer a determinação do povo. Estavam dispostos a morrer por sua liberdade.

Não havia trégua, dia e noite. Alan Hamilton passava longos períodos sem dormir, às vezes até sessenta horas. Quando o hospital de emergência em que trabalhava foi bombardeado, ele transferiu os pacientes para um armazém. Salvou vidas incontáveis, trabalhando nas condições mais difíceis e perigosas.

Em outubro, quando o bombardeio atingia o auge, as sirenes antiaéreas soaram e as pessoas correram para os abrigos subterrâneos. Alan se encontrava no meio de uma cirurgia e recusou-se a deixar o paciente. As bombas caíam cada vez mais perto. Um médico trabalhando com Alan disse:

– Vamos sair logo daqui!

– Daqui a pouco. – Ele tinha o peito do paciente aberto e removia estilhaços de bomba.

– Alan!

Mas ele não podia sair. Concentrava-se no que fazia, alheio ao barulho das bombas caindo ao redor. Não ouviu a explosão da bomba que caiu no prédio.

ELE PASSOU SEIS DIAS em coma. Ao recuperar a consciência, soube que, entre outras lesões, os ossos da mão direita haviam sido esmagados. A mão fora remendada e parecia normal, mas ele nunca mais poderia operar.

ELE LEVOU QUASE um ano para superar o trauma da destruição de seu futuro. Estava sob os cuidados de um psiquiatra, um médico objetivo, que lhe disse:

– Já é hora de parar de sentir pena de si mesmo e continuar com sua vida.

– Fazendo o quê? – indagou Alan, amargurado.

– O que fazia antes... só que de uma maneira diferente.

– Não estou entendendo.

– Você é um homem que cura, Alan. Cura os corpos das pessoas. Agora não pode mais fazer isso. Mas é igualmente importante curar as mentes das pessoas. Daria um bom psiquiatra. É inteligente e tem compaixão. Pense nisso.

Acabara sendo uma das decisões mais compensadoras que ele tomara. Gostava imensamente do que fazia. Num certo sentido, descobria que era ainda mais satisfatório levar de volta ao normal pacientes que viviam no desespero do que cuidar de seu bem-estar físico. Sua reputação crescera depressa e nos três últimos anos fora obrigado a recusar novos pacientes. Concordara em receber Catherine apenas para poder encaminhá-la a outro médico. Mas alguma coisa nela o comovera. *Preciso ajudá-la.*

QUANDO VOLTOU AO escritório, depois da sessão com Alan Hamilton, Catherine foi falar com Wim.

– Estive hoje com o Dr. Hamilton – ela anunciou.

– É mesmo? No reajustamento social psiquiátrico, o índice para morte de cônjuge é de 100 por cento; o de divórcio, 73; o de separação conjugal, 65; detenção na cadeia, 63; morte de um parente íntimo, 63; lesão pessoal ou doença 53; casamento, 50; demissão do emprego; 47...

Catherine ficou imóvel, escutando. *Como deve ser pensar nas coisas apenas em termos matemáticos?*, ela especulou. *Jamais conhecer outra pessoa como um ser humano, nunca ter um amigo de verdade. Tenho a impressão de que encontrei um novo amigo.*

Quanto tempo ele terá de casado?

20

Atenas

V*ocê tentou me destruir. Fracassou. Posso lhe garantir que seria muito melhor para você se conseguisse. Mas primeiro vou destruir sua irmã.*

As palavras de Constantin Demiris ainda ressoavam nos ouvidos de Lambrou. Não tinha a menor dúvida de que Demiris tentaria executar a ameaça. O que saíra errado com Rizzoli? Tudo fora planejado com o maior cuidado. Mas não havia tempo para especular sobre o que acontecera. O importante agora era alertar a irmã. A secretária de Lambrou entrou na sala.

– O homem para a reunião das 10 horas está esperando. Devo mandá-lo...?

– Não. Cancele todos os meus compromissos. Vou sair e não voltarei mais esta manhã.

Ele pegou o telefone e cinco minutos depois saiu para se encontrar com Melina.

ELA O ESPERAVA no jardim da *villa*.

– Você parecia muito transtornado ao telefone, Spyros. O que aconteceu?

– Precisamos conversar.

Ele levou-a para um caramanchão. Sentou-se, ali contemplando-a, e pensou: *Ela é uma mulher adorável. Sempre proporcionou felicidade a todas as pessoas com quem sua vida se envolveu. Nada fez para merecer isso.*

– Não vai me contar qual é o problema?

Lambrou respirou fundo.

– Vai ser muito doloroso, querida.

– Está começando a me alarmar.

– É justamente o que quero. Sua vida corre perigo.

– Como assim? Perigo por parte de quem?

Ele avaliou suas palavras com todo cuidado.

– Acho que Costa tentará matá-la.

Melina ficou aturdida.

– Está brincando.

– Não, Melina, falo sério.

– Ora, querido, Costa pode ser uma porção de coisas, mas não é um assassino. Não poderia...

– Está enganada. Ele já matou antes.

234

Melina empalideceu.

– O que está dizendo?

– Ele não matou pessoalmente. Contrata outros para matarem por ele, mas...

– Não acredito.

– Lembra de Catherine Douglas?

– A mulher que foi assassinada...

– Ela não foi assassinada. Está viva.

Melina sacudiu a cabeça.

– Não... não é possível. Afinal, executaram as pessoas que a mataram.

Lambrou pegou a mão da irmã.

– Melina, Larry Douglas e Noelle Page não mataram Catherine. Demiris a manteve escondida durante todo o julgamento.

Melina ficou atordoada, incapaz de falar, recordando a mulher que vislumbrara na casa.

Quem é a mulher que vi no vestíbulo?

É uma amiga da companhia. Vai trabalhar para mim em Londres.

Eu a vi de passagem. Ela me lembra alguém. Lembra a mulher do piloto que trabalhava para você. Mas isso é impossível, é claro. Eles a assassinaram.

Isso mesmo, eles a assassinaram.

Ela recuperou a voz:

– Eu a vi na casa, Spyros. Costa mentiu para mim sobre ela.

– Ele está louco. Quero que você pegue suas coisas e saia daqui.

Melina fitou-o nos olhos e disse, lentamente:

– Não. Esta é a minha casa.

– Eu não suportaria se alguma coisa lhe acontecesse, Melina.

A voz de Melina soou firme como aço quando ela disse:

– Não se preocupe. Nada me acontecerá. Costa não é um tolo. Sabe que se me fizer alguma coisa, terá de pagar caro por isso.

– Ele é seu marido, mas você não o conhece. Tenho medo por você.

– Posso controlá-lo, Spyros.

235

Ele compreendeu que não havia a menor possibilidade de persuadi-la a mudar de ideia.

– Se não quer sair, pelo menos me faça uma promessa. Por favor, não fique a sós com ele.

Melina afagou o rosto do irmão.

– Está bem.

Melina não tinha a menor intenção de cumprir essa promessa.

Quando Constantin Demiris chegou em casa naquela noite, Melina estava à sua espera. Ele acenou com a cabeça para a mulher, passou por ela e entrou em seu quarto. Melina foi atrás.

– Acho que está na hora de conversarmos, Costa.

Demiris olhou para o relógio.

– Só disponho de uns poucos minutos. Tenho um compromisso.

– É mesmo? Planeja assassinar mais alguém esta noite?

Ele virou-se para fitá-la.

– Do que está falando?

– Spyros me procurou esta manhã.

– Terei de avisar a seu irmão para ficar longe de minha casa.

– É minha casa também! – declarou Melina, desafiadora. – Tivemos uma conversa muito interessante.

– É mesmo? Sobre o quê?

– Sobre você, Catherine Douglas e Noelle Page.

Melina tinha agora toda a atenção do marido.

– Isso é história antiga.

– Será mesmo? Spyros diz que você mandou duas pessoas inocentes para a morte, Costa.

– Spyros é um idiota.

– Eu vi a mulher, nesta casa.

– Ninguém acreditará em você. E nunca mais tornará a vê-la. Mandei alguém eliminá-la.

E Melina recordou subitamente os três homens que haviam jantado na casa. *Voarão para Londres amanhã de manhã. Tenho certeza que cuidarão de tudo que precisa ser feito.*

Demiris chegou mais perto da mulher e disse suavemente:

– Quer saber de uma coisa? Estou começando a me cansar de você e seu irmão. – Ele pegou o braço de Melina e apertou com força. – Spyros tentou me arruinar. Em vez disso, deveria ter me matado. – Ele apertou com mais força ainda. – Vocês dois vão desejar que isso tivesse acontecido.

– Pare com isso! Está me machucando!

– Minha cara esposa, ainda não sabe o que é a dor. Mas vai descobrir. – Ele largou-a. – Vou obter o divórcio. Quero uma mulher de verdade. Mas não sairei de sua vida. Tenho planos maravilhosos para você e seu querido irmão. Muito bem, já tivemos nossa conversinha. E agora, se me dá licença, vou trocar de roupa. Não é educado manter uma mulher à espera.

Ele virou-se e entrou no seu quarto de vestir. Melina ficou parada, o coração disparado. *Spyros tinha razão. Ele é louco.*

Ela sentia-se completamente desamparada, mas não tinha medo por sua própria vida. *Pelo que me resta viver?*, pensou Melina, amargurada. O marido a despojara de toda dignidade, rebaixara-a a seu nível. Ela pensou em todas as ocasiões em que Demiris a humilhara, insultara em público. Sabia que era um objeto de compaixão entre seus amigos. Não, não estava preocupada consigo mesma. *Estou pronta para morrer,* ela pensou, *mas não posso deixá-lo fazer qualquer mal a Spyros.* Mas o que podia fazer para detê-lo? Spyros era poderoso, mas seu marido era ainda mais poderoso. Melina sabia, com uma terrível certeza, que se deixasse, o marido cumpriria a ameaça. *Devo detê-lo de alguma forma. Mas como? Como?*

21

A delegação de executivos de Atenas mantinha Catherine bastante ocupada. Marcava reuniões para eles com outros executivos da companhia e lhes mostrava toda a operação em Londres. Todos

admiravam a sua eficiência. Ela conhecia cada aspecto da operação e eles ficaram impressionados.

Os dias de Catherine eram movimentados e as distrações mantinham a mente longe de seus problemas pessoais. E passou a conhecer cada um dos homens um pouco melhor.

JERRY HALEY ERA a ovelha negra de sua família. O pai era um rico homem do petróleo e o avô um respeitado juiz. Mas aos 21 anos Jerry Haley já havia passado três anos em centros de detenção juvenil por roubo de automóvel, arrombamento e estupro. A família finalmente o despachara para a Europa, a fim de se livrar dele.

– Mas consegui me endireitar – Haley disse a Catherine, orgulhoso. – Iniciei uma vida nova.

YVES RENARD ERA um homem amargurado. Catherine descobriu que os pais haviam-no abandonado e ele fora criado por parentes distantes, que o maltratavam.

– Eles tinham uma fazenda perto de Vicky e me obrigavam a trabalhar como um burro de carga do amanhecer ao anoitecer. Fugi quando tinha 15 anos e fui trabalhar em Paris.

O JOVIAL ITALIANO Dino Mattusi nascera na Sicília, numa família de classe média.

– Quando tinha 16 anos causei um grande escândalo ao fugir com uma mulher casada, dez anos mais velha. Ah, ela era *bellissima*!

– E o que aconteceu? – perguntou Catherine.

Ele suspirou.

– Trouxeram-me de volta para casa e depois me mandaram para Roma, a fim de escapar à ira do marido.

Catherine sorriu.

– Estou entendendo. Quando começou a trabalhar para o Sr. Demiris?

Ele se mostrou evasivo:

– Mais tarde. Fiz muitas coisas antes. Sabe como é... os trabalhos mais insólitos. Qualquer coisa que me permitisse ganhar a vida.

– E depois conheceu sua esposa?

Ele fitou Catherine nos olhos.

– Minha esposa não está aqui.

ELE A OBSERVAVA, conversava com ela, ouvia o som de sua voz, aspirava seu perfume. Queria saber tudo a respeito dela. Gostava da maneira como ela se movia e imaginava como era seu corpo por baixo do vestido. Saberia em breve. Muito em breve. Mal podia esperar.

JERRY HALEY entrou na sala de Catherine.

– Gosta de teatro, Catherine?

– Gosto, sim. Eu...

– Acaba de estrear um novo musical. *Finian's Rainbow.* Eu gostaria de vê-lo esta noite.

– Terei o maior prazer em providenciar o ingresso.

– Não seria muito divertido ir sozinho, não é mesmo? Você está livre?

Catherine hesitou.

– Estou, sim.

Ela se descobriu fitando aquelas mãos enormes e irrequietas.

– Ótimo! Vá me buscar no hotel às 19 horas. – Era uma ordem. Ele virou-se e saiu da sala.

Era estranho, pensou Catherine. Haley parecia tão amistoso e franco, mas apesar disso...

Consegui endireitar. Ela não podia tirar da mente aquelas mãos enormes.

JERRY HALEY esperava Catherine no saguão do Hotel Savoy e foram para o teatro numa limusine da companhia.

– Londres é uma grande cidade – comentou Jerry Haley. – Fico sempre feliz de voltar. Está aqui há muito tempo?

– Alguns meses.

– Você é americana?

– Isso mesmo. De Chicago.

239

– É outra grande cidade. Sempre me diverti muito em Chicago. *Estuprando mulheres?*

Chegaram ao teatro e juntaram-se à multidão. O espetáculo era maravilhoso e o elenco excelente, mas Catherine foi incapaz de se concentrar. Jerry Haley não parava de tamborilar com os dedos sobre o lado da cadeira, sobre o colo, os joelhos. Não conseguia manter as enormes mãos imóveis.

Terminada a peça, Haley virou-se para Catherine e disse:

– Está uma noite linda. Por que não despachamos o carro e damos um passeio a pé pelo Hyde Park?

– Tenho de estar no escritório bem cedo amanhã – respondeu Catherine. – Talvez em alguma outra ocasião...

Haley estudou-a, com um sorriso enigmático.

– Está certo. Há bastante tempo.

Yves Renard interessava-se por museus.

– É verdade que temos em Paris o maior museu do mundo – ele disse a Catherine. – Já esteve no Louvre?

– Não. Nunca fui a Paris.

– É uma pena. Deve ir um dia. – Mas mesmo enquanto falava, ele pensou: *Sei que ela não irá.* – Eu gostaria de conhecer os museus em Londres. Talvez no sábado pudéssemos visitar alguns.

Catherine planejara fazer o trabalho atrasado do escritório no sábado. Mas Constantin Demiris lhe pedira que cuidasse dos visitantes.

– Está bem. Sábado é um bom dia.

Catherine não se sentia atraída pela perspectiva de passar um dia inteiro em companhia do francês. *Ele é muito amargurado. Age como se ainda estivesse sendo maltratado.*

O dia começou de forma bastante agradável. Foram primeiro ao Museu Britânico, onde vaguearam pelas galerias repletas de tesouros magníficos do passado. Viram uma cópia da Magna Carta,

uma proclamação assinada por Elizabeth I e tratados de batalhas ocorridas séculos antes.

Alguma coisa em Yves Renard perturbava Catherine e só depois que se encontravam no museu há quase uma hora é que ela compreendeu o que era.

Olhavam para um mostruário contendo um documento escrito pelo almirante Nelson.

– Acho que esta é uma das peças mais interessantes em exposição aqui – comentou Catherine. – Isto foi escrito pouco antes do almirante Nelson entrar em batalha. Como pode perceber, ele não estava certo se tinha autoridade...

E foi nesse instante, abruptamente, que ela compreendeu que Yves Renard não estava escutando. E outra percepção a invadiu: Ele não prestara atenção a qualquer das peças expostas no museu. Não se interessara. *Então por que me disse que queria visitar museus?*

FORAM EM SEGUIDA ao Museu Victoria e Albert e a experiência se repetiu. Desta vez Catherine observou-o atentamente. Yves Renard seguiu de sala em sala, concedendo uma atenção apenas superficial ao que viam, a mente obviamente longe dali. Quando terminaram, Catherine perguntou:

– Gostaria de conhecer a Abadia de Westminster?

Yves Renard acenou com a cabeça.

– Claro.

Percorreram a vasta abadia, parando para olhar os túmulos de grandes vultos da história sepultados ali, poetas, estadistas e reis.

– É ali que Robert Browning está sepultado – disse Catherine.

Renard olhou.

– Ah, Browning... – E seguiu adiante.

Catherine ficou parada, observando-o. *O que ele procura? Por que está desperdiçando este dia?*

QUANDO VOLTAVAM para o hotel, Yves Renard disse:

– Obrigado, Srta. Alexander. Gostei muito.

Ele está mentindo, pensou Catherine. *Mas por quê?*

241

– Falaram-me de um lugar muito interessante. Stonehenge. Creio que fica na planície de Salisbury.

– É isso mesmo – confirmou Catherine.

– Por que não o visitamos... talvez no próximo sábado?

Catherine se perguntou se ele acharia Stonehenge mais interessante do que os museus.

– Seria ótimo – ela respondeu.

DINO MATTUSI ERA um *gourmet*. Entrou na sala de Catherine com um guia culinário.

– Tenho aqui uma lista dos melhores restaurantes de Londres. Interessada?

– Eu...

– Ótimo! Esta noite vou levá-la para jantar no Connaught.

– Esta noite tenho...

– Não aceito desculpas. Irei buscá-la às 20 horas.

Catherine hesitou.

– Está bem.

Mattusi ficou radiante.

– *Bene!* – Ele inclinou-se para a frente. – Não é divertido fazer as coisas sozinho, não é mesmo?

A insinuação era inconfundível. *Mas ele é tão óbvio que se torna inofensivo*, pensou Catherine.

O JANTAR NO CONNAUGHT foi delicioso. Comeram salmão escocês defumado, rosbife e pastelão de Yorkshire. Durante a salada, Mattusi comentou:

– Acho-a fascinante, Catherine. Adoro as mulheres americanas.

– Sua esposa é americana? – indagou Catherine, com um ar de inocência.

Mattusi deu de ombros.

– Não, é italiana. Mas é muito compreensiva.

– O que deve ser ótimo para você.

Ele sorriu.

– É mesmo.

Foi somente quando estavam na sobremesa que Dino Mattusi sugeriu:

– Gosta do campo? Um amigo meu tem um carro. Poderíamos dar um passeio no domingo.

Catherine já ia dizer não, mas subitamente pensou em Wim. Ele parecia muito solitário. Talvez gostasse de um passeio no campo.

– Parece uma boa ideia.

– Prometo que será muito interessante.

– Posso levar Wim?

Mattusi sacudiu a cabeça.

– É um carro pequeno. Pode deixar que providenciarei tudo.

OS VISITANTES DE Atenas eram exigentes e Catherine descobriu que tinha muito pouco tempo para si mesma. Haley, Renard e Mattusi tiveram várias reuniões com Wim Vandeen e Catherine divertiu-se com a mudança de atitude dos três.

– Ele faz tudo isso sem uma calculadora? – indagou Haley, admirado.

– Faz, sim.

– Nunca vi nada parecido.

CATHERINE ESTAVA impressionada com Atanas Stavich. Nunca vira ninguém trabalhar tanto. Ele já se encontrava no escritório quando Catherine chegava pela manhã e continuava depois que todos saíam. Sempre se mostrava sorridente, ansioso em agradar. Fazia Catherine pensar num cachorrinho assustado. Em algum momento de seu passado alguém o maltratara muito. Catherine resolveu conversar com Alan Hamilton a respeito de Atanas. *Deve haver alguma maneira de desenvolver sua confiança*, pensou Catherine. *Tenho certeza que Alan pode ajudá-lo.*

– Já percebeu que o garoto está apaixonado por você, não é mesmo? – comentou Evelyn um dia.

– Que história é essa?

– Atanas está apaixonado por você. Não percebeu a expressão de adoração em seus olhos? Ele a segue por toda parte, como um cordeirinho perdido.

Catherine riu.

– Está imaginando coisas.

Num súbito impulso, Catherine convidou Atanas para almoçar.

– Num... num restaurante?

Catherine sorriu.

– Claro.

Ele corou.

– Eu... eu não sei, Srta. Alexander. – O rapaz baixou os olhos para suas roupas disformes. – Ficaria envergonhada se as pessoas me vissem em sua companhia.

– Não julgo as pessoas pelas roupas – declarou Catherine, com firmeza. – Farei uma reserva.

Ela levou Atanas para almoçar no Lyons Corner House. Ele sentou-se à sua frente, intimidado pelo ambiente.

– Eu... eu nunca estive num lugar assim. É lindo.

Catherine ficou comovida.

– Pode pedir qualquer coisa que quiser.

O rapaz estudou o cardápio e sacudiu a cabeça.

– Tudo é muito caro.

Catherine sorriu.

– Não se preocupe. Trabalhamos para um homem rico. Tenho certeza de que ele gostaria que tivéssemos um bom almoço.

Ela não disse que pagaria de seu próprio bolso. Atanas pediu um coquetel de camarão e uma salada, galinha assada com batatas fritas e encerrou o almoço com torta de chocolate com creme. Catherine observou-o comer, espantada. Ele era bem pequeno.

– Onde põe toda essa comida?

Atanas disse, timidamente:

– Nunca engordo.

– Gosta de Londres, Atanas?

Ele balançou a cabeça.

– Do que já vi, gosto muito.

– Trabalhava como office boy em Atenas?

– Para o Sr. Demiris. – Havia um tom de amargura em sua voz.

– Não gostava?

– Perdoe-me... não deveria dizer isso, mas acho que o Sr. Demiris não é um homem simpático. Eu... eu não gosto dele. – O rapaz olhou ao redor rapidamente, como se temesse que alguém pudesse ouvi-lo. – Ele... ora, não importa.

Catherine achou melhor não insistir.

– O que o levou a tomar a decisão de vir para Londres, Atanas?

Ele disse alguma coisa tão baixo que Catherine não ouviu.

– Como?

– Quero ser médico.

Ela fitou-o, curiosa.

– Médico?

– Isso mesmo, madame. Sei que parece um absurdo. – Ele hesitou, mas acabou acrescentando: – Minha família é da Macedônia e durante toda a minha vida ouvi histórias sobre os turcos entrando em nossa aldeia, matando e torturando nosso povo. Não havia médicos para ajudar os feridos. Agora, a aldeia desapareceu e toda a minha família foi exterminada. Mas ainda há muitas pessoas feridas no mundo. Quero ajudá-las. – Ele baixou os olhos, embaraçado. – Deve pensar que sou louco.

– Não, Atanas, não penso assim. Acho que é maravilhoso. Quer dizer que veio a Londres para estudar medicina?

– Isso mesmo, madame. Vou trabalhar durante o dia e estudar à noite. Quero ser médico.

Havia uma determinação evidente em sua voz. Catherine balançou a cabeça.

– Acredito que será mesmo. E vamos conversar mais sobre isso. Tenho um amigo que talvez possa ajudá-lo. E conheço um restaurante maravilhoso onde poderíamos almoçar na próxima semana.

À MEIA-NOITE UMA bomba explodiu na casa de Spyros Lambrou. A frente da casa desabou e duas criadas morreram. O quarto de Spyros Lambrou foi destruído e ele só sobreviveu porque na última

hora mudara de planos e decidira comparecer com a esposa a um jantar oferecido pelo prefeito de Atenas.

Na manhã seguinte, foi enviado um bilhete a seu escritório, dizendo: "Morte aos capitalistas." Estava assinado pelo "Partido Revolucionário Helênico".

– Por que eles fariam uma coisa dessas? – indagou Melina, horrorizada.

– Não foram eles – respondeu Spyros, bruscamente. – Foi Costa.

– Não tem nenhuma prova.

– Não preciso de qualquer prova. Será que ainda não sabe com quem casou?

– Eu... eu não sei o que pensar.

– Enquanto aquele homem estiver vivo, Melina, nós dois corremos perigo. Nada poderá detê-lo.

– Não pode procurar a polícia?

– Você mesma disse. Não tenho provas. Ririam de mim. – Ele pegou as mãos da irmã. – Quero que saia daqui. Por favor. O mais depressa possível.

Ela permaneceu imóvel por um longo momento. Quando finalmente falou, foi como se tivesse tomado uma decisão da maior importância:

– Está certo, Spyros. Farei o que devo fazer.

Ele abraçou-a.

– Assim é melhor. E não se preocupe. Encontraremos uma maneira de detê-lo.

MELINA PASSOU a longa tarde sentada sozinha em seu quarto, a mente tentando absorver o que acontecera. Portanto, o marido realmente falava sério quando ameaçara destruir a ela e ao irmão. Não podia deixá-lo continuar. E se suas vidas corriam perigo, então a vida de Catherine Douglas também corria. *Ela vai trabalhar para mim em Londres. Vou avisá-la*, pensou Melina. *Mas tenho de fazer mais do que isso. Devo destruir Costa. Devo impedi-lo de fazer mal a mais alguém. Mas como? E de repente a resposta aflorou. Mas é claro! É a única maneira! Por que não pensei nisso antes?*

22

Arquivo Confidencial
Transcrição da sessão com Catherine Douglas

C: Desculpe o atraso, Alan. Tive uma reunião de última hora no escritório.

A: Não há problemas. A delegação de Atenas ainda está em Londres?

C: Sim. Eles... eles planejam partir no final da semana.

A: Você parece aliviada. Eles têm sido difíceis?

C: Não exatamente difíceis, apenas tenho um... um pressentimento estranho em relação a eles.

A: Estranho?

C: É difícil explicar. Sei que parece absurdo, mas... há algo esquisito em todos eles.

A: Eles fizeram alguma coisa com...?

C: Não. Apenas me deixam apreensiva. Ontem à noite tive aquele pesadelo outra vez.

A: O sonho de que alguém tentava afogá-la?

C: Isso mesmo. Não tinha esse sonho há algum tempo. E desta vez foi diferente.

A: De que forma?

C: Foi mais... real. E não terminou onde sempre terminava antes.

A: Foi além do ponto em que alguém tentava afogá-la?

C: Foi. Eles tentavam me afogar e subitamente eu me encontrava num lugar seguro.

A: No convento?

C: Não tenho certeza. Pode ter sido. Era um jardim. E um homem foi me falar. Acho que já sonhei alguma coisa parecida antes, mas desta vez pude ver seu rosto.

A: Reconheceu-o?

C: Reconheci. Era Constantin Demiris.

A: Portanto, em seu sonho...

247

C: Não foi apenas um sonho, Alan. Foi uma lembrança real. Recordei subitamente que Constantin Demiris me deu o broche de ouro que tenho.

A: Acredita que seu subconsciente trouxe à tona algo que realmente aconteceu? Tem certeza de que não foi...

C: Tenho certeza. Constantin Demiris me deu o broche no convento.

A: Disse que foi resgatada do lago por algumas freiras, que a levaram para o convento?

C: Isso mesmo.

A: Alguém mais sabia que você estava no convento, Catherine?

C: Não. Acho que não.

A: Então como Constantin Demiris podia saber que você se encontrava lá?

C: Não sei. Só tenho certeza que aconteceu. Acordei apavorada. Era como se o sonho fosse uma espécie de advertência. Sinto que algo terrível está prestes a acontecer.

A: Os pesadelos podem ter esse efeito sobre nós. O pesadelo é um dos mais antigos inimigos do homem. A palavra em inglês, *nightmare*, vem do inglês antigo, *niht*, que significa noite, e *mare* ou duende. A velha superstição é de que prefere nos atormentar depois das 4 horas da madrugada.

C: Acha que não têm qualquer significado real?

A: Às vezes têm. Coleridge escreveu: "Os sonhos não são sombras, mas as próprias substâncias e calamidades de minha vida."

C: Provavelmente estou levando isso muito a sério, exageradamente. Com exceção dos meus sonhos loucos, estou bem. Ah, há uma pessoa sobre a qual eu gostaria de conversar com você, Alan.

A: Quem é?

C: Seu nome é Atanas Stavich. É um rapaz que veio a Londres para estudar medicina. Tem levado uma vida difícil. Pensei que um dia você poderia encontrá-lo e dar alguns conselhos.

A: Terei o maior prazer. Por que está franzindo o rosto?

C: Acabo de me lembrar de uma coisa.

A: O quê?

C: Parece um absurdo.

A: Nosso subconsciente não distingue entre o que é louco e objetivo.

C: Aconteceu no meu sonho, quando o Sr. Demiris me entregou o broche de ouro.

A: O que foi?

C: Ouvi uma voz dizer: "Ele vai matá-la."

DEVE PARECER UM *acidente. Não quero que ninguém seja capaz de identificar o corpo.* Havia muitas maneiras de matá-la. Ele devia começar a tomar as providências necessárias. Ficou deitado em sua cama, pensando a respeito, descobriu que estava tendo uma ereção. A morte era o supremo orgasmo. Finalmente compreendeu o que faria. Era muito simples. Não restaria corpo para ser identificado. Constantin Demiris ficaria satisfeito.

23

A casa de praia de Constantin Demiris localizava-se 5 quilômetros ao norte do Pireu, numa propriedade à beira-mar. Demiris chegou às 19 horas. Parou no caminho, saltou do carro e encaminhou-se para a porta.

Ao chegar lá, a porta foi aberta por um homem que ele não reconheceu.

– Boa noite, Sr. Demiris.

Demiris pôde divisar meia dúzia de policiais lá dentro.

– O que está acontecendo aqui?

– Sou da polícia, tenente Theophilos. Eu...

Demiris empurrou-o para o lado e entrou na sala de estar. Estava na maior confusão. Era evidente que uma luta terrível ocorrera ali.

Havia cadeiras e mesas viradas. Um dos vestidos de Melina estava no chão, rasgado. Demiris pegou-o.

– Onde está minha esposa? Eu deveria encontrá-la aqui.

O tenente da polícia disse:

– Ela não está aqui. Já revistamos a casa toda, procuramos por toda a praia. Parece que a casa foi assaltada.

– E onde está Melina? Foi ela quem chamou vocês? Estava aqui?

– Achamos que estava, senhor. – O tenente levantou um relógio de mulher. O vidro fora quebrado, os ponteiros se achavam parados em 15 horas. – Este relógio é de sua esposa?

– Parece que sim.

– Atrás está gravado "Para Melina, com amor, Costa".

– Então é. Foi um presente de aniversário.

Theophilos apontou para algumas manchas no tapete.

– Aquelas manchas são de sangue. – Ele pegou uma faca caída no chão, tomando cuidado para não tocar no cabo. A lâmina se achava coberta de sangue. – Já tinha visto esta faca antes, senhor?

Demiris lançou um olhar rápido.

– Não. Está querendo dizer que ela morreu?

– Sem dúvida é uma possibilidade, senhor. Encontramos gotas de sangue na areia, a caminho do mar.

– Oh, Deus! – exclamou Demiris.

– Felizmente para nós, há algumas impressões digitais nítidas na faca.

Demiris arriou numa poltrona.

– O que significa que descobrirão o responsável.

– Se as impressões digitais estiverem arquivadas. Há impressões por toda a casa. Teremos de separá-las. Se não se importa, Sr. Demiris, gostaríamos de tirar suas impressões digitais, a fim de podermos eliminá-las logo.

Demiris hesitou.

– Claro.

– O sargento ali pode cuidar disso.

Demiris foi até um policial uniformizado, que segurava uma almofada de impressões digitais.

– Basta encostar os dedos aqui, senhor. – Um momento depois já estava feito. – Deve compreender que é apenas uma formalidade.

– Eu compreendo.

O tenente Theophilos estendeu para Demiris um pequeno cartão de visitas.

– Sabe alguma coisa sobre isto, Sr. Demiris?

Demiris olhou para o cartão "Agência de Detetives Katelanos – Investigações Particulares". Devolveu o cartão.

– Não. Tem algum significado?

– Não sei. Estamos verificando.

– Quero que façam tudo o que puderem para descobrir o responsável. E avise-me se tiver notícias de minha esposa.

O tenente Theophilos fitou-o nos olhos e acenou com a cabeça.

– Não se preocupe, senhor. Claro que avisaremos.

MELINA. A JOVEM *maravilhosa, atraente, inteligente e divertida. E fora bastante maravilhoso no começo. E depois ela assassinara o filho deles e para isso nunca poderia haver perdão... apenas a sua morte.*

O TELEFONEMA VEIO ao meio-dia, no dia seguinte. Constantin Demiris se encontrava no meio de uma reunião quando a secretária tocou a campainha do interfone.

– Com licença, Sr. Demiris...

– Eu disse que não queria ser incomodado.

– Sei disso, senhor, mas há um inspetor Lavanos na linha. Ele diz que é urgente. Quer que eu diga a ele para...?

– Não. Vou atender.

Demiris virou-se para os homens sentados em torno da mesa de reuniões.

– Com licença por um momento, senhores. – Ele encostou o fone no ouvido.

– Demiris.

– Aqui é o inspetor Lavanos, Sr. Demiris, da chefatura de polícia. Temos algumas informações que achamos que podem interessá-lo. Seria conveniente vir agora à chefatura?

251

– Tem notícias de minha esposa?

– Prefiro não falar sobre isso pelo telefone, se não se importa.

Demiris hesitou apenas por um instante.

– Já estou indo. – Ele desligou e olhou para os outros. – Surgiu um problema urgente. Por que não continuam aqui e discutem a proposta que apresentei? Voltarei a tempo de acompanhá-los no almoço.

Houve um murmúrio geral de concordância. Cinco minutos depois, Demiris estava a caminho da chefatura.

HAVIA MEIA DÚZIA de homens à sua espera no gabinete do comissário de polícia. Demiris reconheceu os policiais que já encontrara na casa da praia.

– ...e este é o promotor especial Delma.

Delma era baixo e atarracado, com sobrancelhas espessas, rosto redondo e olhos céticos.

– O que aconteceu? – perguntou Demiris. – Têm alguma notícia de minha esposa?

O inspetor-chefe disse:

– Para ser franco, Sr. Demiris, descobrimos algumas coisas que nos deixaram perplexos. Esperamos que possa nos ajudar.

– Infelizmente, não há muito que eu possa fazer para ajudá-los. Todo esse incidente é tão chocante...

– Tinha um encontro marcado com sua esposa na casa da praia por volta das 15 horas de ontem?

– Como? Não. A Sra. Demiris telefonou e pediu que fosse encontrá-la ali às 19 horas.

O promotor Delma interveio, suavemente:

– Esta é uma das coisas que nos deixaram perplexos. Uma criada de sua casa contou-nos que telefonou para sua esposa por volta das 14 horas e pediu a ela que fosse à casa da praia sozinha e o esperasse.

Demiris franziu o rosto.

– Ela está confusa. Minha esposa telefonou e pediu-me que fosse encontrá-la ali às 19 horas.

– Entendo. Então a criada se enganou.

– Claro que sim.

252

– Sabe que motivo sua esposa poderia ter para lhe pedir que fosse à casa da praia?

– Imagino que ela queria tentar me dissuadir do pedido de divórcio.

– Disse à sua esposa que ia se divorciar?

– Isso mesmo.

– A criada nos contou que ouviu uma conversa telefônica em que a Sra. Demiris lhe disse que *ela* ia pedir o divórcio.

– Não estou interessado no que a criada disse. Terão de aceitar minha palavra.

– Sr. Demiris, guarda calções de banho na casa da praia?

– Na casa da praia? Não. Deixei de nadar no mar há vários anos. Uso a piscina na casa da cidade.

O inspetor-chefe abriu uma gaveta da escrivaninha e tirou um calção num saco de plástico. Tirou-o e levantou para que Demiris visse.

– Este calção é seu, Sr. Demiris?

– Pode ser.

– Tem as suas iniciais.

– Acho que o reconheço. É meu.

– Encontramos este calção no fundo de um armário na casa da praia.

– E daí? Provavelmente foi deixado lá há muito tempo. Por quê...?

– Ainda estava molhado da água do mar. A análise mostrou que é a mesma água na frente de sua casa. O calção está coberto de sangue.

A sala se tornava cada vez mais quente.

– Então alguém deve tê-lo posto lá – declarou Demiris, firme.

O promotor especial indagou:

– Por que alguém faria isso, Sr. Demiris? É uma das coisas que estão nos perturbando.

O inspetor-chefe abriu um pequeno envelope em cima da mesa e tirou um botão de ouro.

– Um dos meus homens encontrou isto debaixo de um tapete na casa da praia. Reconhece?

– Não.

253

– Saiu de um dos seus paletós. Tomamos a liberdade de mandar um detetive à sua casa esta manhã para verificar seu guarda-roupa. Faltava um botão num dos paletós. A linha combina. E o paletó veio da lavanderia há apenas uma semana.

– Eu não...

– Sr. Demiris, disse que declarou à sua esposa que queria o divórcio e que ela tentava dissuadi-lo?

– Isso mesmo.

O inspetor-chefe levantou o cartão de visitas que fora mostrado a Demiris na casa da praia no dia anterior.

– Um de nossos homens visitou hoje a Agência de Detetives Katelanos.

– Já falei... nunca ouvi falar deles.

– Sua esposa contratou-os para que a protegessem.

A notícia foi um choque.

– Melina? Proteger do quê?

– Do senhor. Segundo o proprietário da agência, sua esposa ameaçava-o com o divórcio e o senhor disse a ela que a mataria se insistisse. Ele perguntou por que ela não procurava a polícia para pedir proteção, e sua esposa respondeu que queria manter o problema em particular. Não queria publicidade.

Demiris levantou-se.

– Não vou continuar aqui para ouvir essas mentiras. Não há...

O inspetor-chefe enfiou a mão numa gaveta e tirou a faca manchada de sangue que fora encontrada na casa da praia.

– Disse ao policial na casa da praia que nunca tinha visto antes esta faca?

– Disse.

– Suas impressões digitais estão na faca.

Demiris olhava fixamente para a faca.

– Minhas... minhas impressões digitais? Deve haver algum engano. Isso é impossível.

A mente de Demiris funcionava a toda. Repassou num instante as provas que se acumulavam contra ele: a criada dizendo que telefonara para Melina às 14 horas da tarde e lhe pedira que fosse sozinha para

a casa da praia... um calção seu com manchas de sangue... um botão arrancado de seu paletó... uma faca com suas impressões digitais...

– Será que não percebem, seus idiotas? É uma trama para me incriminar! Alguém levou esse calção para a casa da praia, derramou um pouco de sangue nele e na faca, arrancou um botão do meu paletó e...

O promotor especial interrompeu-o:

– Sr. Demiris, pode explicar como suas impressões digitais foram parar na faca?

– Eu... eu não sei... Esperem! Claro, claro, estou lembrando agora. Melina me pediu para abrir um embrulho para ela. Essa deve ter sido a faca que ela me deu. É por isso que tem minhas impressões digitais.

– Entendo. O que havia no embrulho?

– Eu... eu não sei.

– Não sabe o que havia no embrulho?

– Não. Apenas cortei o barbante. Ela não abriu o embrulho na minha frente.

– Pode explicar as manchas de sangue no tapete e na areia levando ao mar ou...?

– É óbvio! – exclamou Demiris. – Tudo o que Melina precisava fazer era se cortar um pouco e depois caminhar para a água, a fim de todos pensarem que a matei. Ela está tentando se vingar de mim porque eu disse que pediria o divórcio. Neste momento está escondida em algum lugar, rindo, porque pensa que vocês vão me prender. Melina está tão viva quanto eu.

O promotor especial disse, solenemente:

– Eu gostaria que fosse verdade, senhor. Tiramos o corpo do mar esta manhã. Ela foi apunhalada e afogada. Está preso, Sr. Demiris, pelo assassinato de sua esposa.

24

No começo Melina não tinha a menor ideia de como poderia fazer. Sabia apenas que o marido tencionava destruir a ela e a seu irmão, e

que não podia permitir que isso acontecesse. Era preciso deter Costa de alguma forma. Sua vida não tinha mais importância, pois os dias e noites eram povoados pelo sofrimento e humilhação. Lembrou como Spyros tentara alertá-la contra o casamento. *Não pode casar com Demiris. Ele é um monstro. Vai destruí-la.* Spyros tinha toda razão. Só que ela estava apaixonada demais para escutar. Agora, seu marido devia ser destruído. Mas como? *Pense como Costa.* E foi o que ela fez. Pela manhã, Melina já havia definido todos os detalhes. Depois disso, o resto era simples.

Constantin Demiris trabalhava em seu estúdio quando Melina entrou. Ela carregava um embrulho com um barbante grosso. E tinha um facão de carne na mão.

– Costa, poderia cortar este barbante para mim? Não consigo.

Ele levantou os olhos para ela e disse, impaciente:

– Nem poderia. Onde já se viu segurar uma faca pela lâmina? – Ele pegou a faca e começou a cortar o barbante. – Não poderia pedir a um dos criados para fazer isso?

Melina não respondeu. Demiris acabou de cortar o barbante.

– Pronto!

Ele largou a faca e Melina pegou-a pela lâmina, com todo cuidado. Fitou-o e disse:

– Não podemos continuar assim, Costa. Eu ainda amo você. E ainda deve sentir alguma coisa por mim. Lembra-se dos tempos maravilhosos que passamos juntos? Lembra-se da noite de nossa lua de mel quando...

– Pelo amor de Deus! – interrompeu-a Demiris, rispidamente. – Será que não entende? Está acabado. Não aguento mais você. Saia logo daqui. Você me deixa enojado.

Melina ficou parada em silêncio por um momento, antes de dizer, suavemente:

– Está bem. Seja como você quiser.

Ela virou-se e saiu da sala, levando a faca.

– Esqueceu o embrulho! – gritou Demiris.

Ela já desaparecera.

MELINA FOI AO QUARTO de vestir do marido e abriu um armário. Havia cem ternos pendurados ali, com uma seção especial para os

paletós esportes. Ela pegou um desses e arrancou um botão de ouro. Guardou o botão em seu bolso.

Em seguida abriu uma gaveta e tirou um calção do marido, com as suas iniciais. *Estou quase pronta*, pensou Melina.

A AGÊNCIA DE Detetives Katelanos ficava na rua Sofokleous, num prédio antigo e desbotado, na esquina. Melina foi introduzida na sala do dono da agência, Sr. Katelanos, um homem pequeno e calvo, com um bigodinho fino.

– Bom dia, Sra. Demiris. Em que posso ajudá-la?

– Preciso de proteção.

– Que tipo de proteção?

– De meu marido.

Katelanos franziu o rosto. Farejava encrenca. Não era absolutamente o tipo de caso que esperava. Seria uma insensatez fazer qualquer coisa que pudesse ofender um homem tão poderoso como Demiris.

– Já pensou em procurar a polícia?

– Não posso. Não quero publicidade. Quero manter o assunto na maior discrição. Disse a meu marido que ia pedir o divórcio e ele ameaçou me matar se insistisse. Foi por isso que vim procurá-lo.

– Entendo. O que deseja exatamente que eu faça?

– Quero que destaque alguns homens para minha proteção.

Katelanos estudou-a por algum tempo. *Ela é uma linda mulher*, ele pensou. *E obviamente neurótica.* Era inconcebível que o marido quisesse lhe fazer qualquer mal. Provavelmente era alguma desavença conjugal que acabaria em poucos dias. Mas, enquanto isso, ele poderia cobrar altos honorários. Katelanos concluiu que valia o risco.

– Está certo. Tenho um bom homem que posso designar para acompanhá-la. Quando gostaria que ele começasse?

– Na segunda-feira.

Então ele estava certo. Não havia urgência. Melina Demiris levantou-se.

– Eu telefonarei. Tem um cartão de visitas?

257

– Claro. – Katelanos entregou seu cartão e acompanhou-a até a porta. *É uma boa cliente para ter na lista*, ele pensou. *Seu nome impressionará os outros clientes.*

AO VOLTAR PARA CASA, Melina ligou para o irmão.

– Spyros, tenho uma notícia. – Sua voz transbordava de excitamento. – Costa quer uma trégua.

– Como assim? Não confio nele, Melina. Deve ser algum truque. Ele...

– Não, Spyros, é sério. Ele concluiu que é uma estupidez vocês dois brigarem durante todo o tempo. Quer ter paz na família.

Houve um momento de silêncio.

– Não sei, não...

– Pelo menos dê-lhe uma chance. Ele quer que você o encontre na cabana em Acrocorinto às 15 horas.

– É uma viagem de carro de três horas. Por que não podemos nos encontrar na cidade?

– Ele não disse, mas se isso vai trazer paz...

– Está bem, Melina, irei ao encontro. Mas faço isso por você.

– Por nós – respondeu Melina. – Adeus, Spyros.

– Adeus.

MELINA TELEFONOU para Constantin no escritório. Ele atendeu com voz brusca:

– O que você quer? Estou ocupado.

– Acabo de receber um telefonema de Spyros. Ele quer fazer as pazes com você.

Houve uma risada curta, desdenhosa.

– Posso apostar. Quando eu acabar com ele, terá toda a paz que quiser.

– Ele disse que não vai mais competir com você, Costa. Está disposto a lhe vender sua frota.

– Vender sua... Tem certeza? – A voz de Demiris indicava subitamente o maior interesse.

– Tenho sim. Ele disse que já não aguenta mais.

– Muito bem. Diga a ele para mandar seus contadores a meu escritório e...

– Não. Ele quer se encontrar com você esta tarde, às 15 horas, em Acrocorinto.

– Na cabana de caça?

– Isso mesmo. É um lugar isolado. Serão apenas vocês dois. Ele não quer que a notícia se espalhe.

Posso imaginar, pensou Demiris, com satisfação. *Quando a notícia se espalhar, ele será alvo de risadas de todo mundo.*

– Combinado, Melina. Pode dizer a ele que estarei lá.

A VIAGEM PARA Acrocorintos era longa, por estradas sinuosas através de campos viçosos, recendendo aos odores de uvas, limões e feno. Spyros Lambrou passou por ruínas antigas pelo caminho. A distância, divisou as colunas caídas de Elefsis, os altares em ruínas de deuses inferiores. E pensou em Demiris.

LAMBROU CHEGOU primeiro. Parou na frente da cabana e ficou sentado no carro por um momento, pensando sobre o encontro iminente. Constantin queria mesmo uma trégua ou seria apenas mais uma de suas armadilhas? Se lhe acontecesse alguma coisa, pelo menos Melina sabia para onde ele fora. Spyros saltou do carro e encaminhou-se para a cabana deserta.

Era uma antiga e aprazível construção antiga de madeira, com uma vista de Corinto a distância. Quando menino, Spyros Lambrou passava os fins de semana ali, com o pai, caçando pequenos animais nas montanhas. Agora, estava atrás de uma caça maior.

CONSTANTIN DEMIRIS chegou 15 minutos depois. Viu Spyros lá dentro, esperando, o que lhe proporcionou uma grande exultação. *Depois de tantos anos, o homem finalmente está disposto a admitir sua derrota.* Ele saltou do carro e entrou na cabana. Os dois homens ficaram ali, olhando um para o outro em silêncio, por um longo momento.

– E então, meu caro cunhado – Demiris acabou dizendo –, finalmente chegamos ao final da estrada.

– Quero que essa loucura acabe, Costa. Já foi longe demais.

– Concordo plenamente. Quantos navios você tem, Spyros?

Lambrou ficou surpreso.

– Como?

– Quantos navios você tem? Comprarei todos. Com um desconto substancial, é claro.

Lambrou não podia acreditar no que estava ouvindo.

– Comprar meus navios?

– Estou disposto a comprar todos. Serei assim o maior armador do mundo.

– Está louco? O que o faz pensar que eu venderia meus navios?

Foi a vez de Demiris reagir.

– É para isso que estamos nos encontrando aqui, não é mesmo?

– Estamos nos encontrando aqui porque você pediu uma trégua.

A expressão de Demiris tornou-se sombria.

– Eu... Quem lhe disse isso?

– Melina.

A verdade surgiu para os dois no mesmo instante.

– Ela disse que eu queria uma trégua?

– E disse que eu queria vender meus navios?

– A sacana estúpida! – exclamou Demiris. – Acho que pensou que nos reunindo poderíamos chegar a algum acordo. Ela é mais idiota do que você, Lambrou. Desperdicei uma tarde inteira com isso.

Constantin Demiris virou-se e saiu, furioso. Spyros Lambrou ficou olhando para ele, enquanto pensava: *Melina não deveria ter mentido para nós. Deveria saber que não há a menor possibilidade de seu marido e eu fazermos as pazes. Não agora. É tarde demais. Sempre foi tarde demais.*

ÀS 13H30 DAQUELA TARDE, Melina tocou a campainha, chamando a empregada.

– Andrea, pode me trazer um chá, por favor?

– Pois não, madame.

A criada saiu. Ao voltar com a bandeja do chá, dez minutos depois, a patroa falava pelo telefone. Seu tom era irritado.

– Não, Costa, já tomei minha decisão. Quero o divórcio e farei com que seja tão litigioso e público quanto possível.

Embaraçada, Andrea largou a bandeja e começou a se retirar. Melina acenou para que ela ficasse. E continuou a falar para o telefone mudo:

– Pode me ameaçar quanto quiser. Não vou mudar de ideia... Nunca... Não me importo com o que você diga... Não me assusta, Costa. ...Não... De que adiantaria? ... Está certo. Vou me encontrar com você na casa da praia, mas posso garantir que não vai adiantar. Muito bem, irei sozinha. Dentro de uma hora? Combinado.

Lentamente, Melina repôs o fone no gancho, com uma expressão preocupada. Virou-se para Andrea.

– Vou me encontrar com meu marido na casa da praia. Se eu não voltar até as 18 horas, quero que chame a polícia.

Andrea engoliu em seco, nervosamente.

– Gostaria que o mordomo a levasse de carro?

– Não. O Sr. Demiris me pediu para ir sozinha.

– Pois não, madame.

HAVIA MAIS UMA coisa a fazer. A vida de Catherine Alexander corria perigo. Ela devia ser avisada. Era alguém da delegação que jantara na casa. *Não tornará a vê-la. Mandei alguém eliminá-la.* Melina fez uma ligação para o escritório do marido em Londres.

– Tem uma Catherine Alexander trabalhando aí?

– Ela não está no momento. Não deseja falar com outra pessoa?

Melina hesitou. Sua mensagem era urgente demais para confiar a outra pessoa, mas não teria tempo para outra ligação. Lembrou que Costa mencionara um tal de Wim Vandeen, um gênio no escritório.

– Posso falar com o Sr. Vandeen?

– Um momento, por favor.

Uma voz de homem entrou na linha:

– Alô?

Melina mal conseguiu entendê-lo.

– Tenho um recado para Catherine Alexander. É muito importante. Poderia transmitir a ela, por favor?

– Catherine Alexander.

– Isso mesmo. Diga a ela... diga a ela que sua vida corre perigo. Alguém vai tentar matá-la. Creio que pode ser um dos homens que chegaram de Atenas.

– Atenas..

– Isso.

– Atenas tem uma população de 806 mil...

Parecia que era impossível fazer o homem compreender. Melina desligou. Tentara o melhor que podia.

WIM CONTINUOU sentado à sua mesa, digerindo o recado que recebera pelo telefone. *Alguém está tentando matar Catherine. Cento e quatorze assassinatos foram cometidos na Inglaterra este ano, Catherine elevará o número para 115. Um dos homens que chegaram de Atenas. Jerry Haley. Yves Renard. Dino Mattusi. Um deles vai matar Catherine.* A mente de computador de Wim analisou instantaneamente todos os dados sobre os três homens. *Acho que sei qual deles.*

Mais tarde, quando Catherine voltou ao escritório, Wim nada lhe falou sobre o telefonema.

Estava curioso, queria descobrir se acertara.

CATHERINE SAÍA a cada noite com um membro diferente da delegação. Ao voltar ao trabalho, pela manhã, Wim estava ali, esperando. Parecia desapontado ao vê-la.

Quando ela vai deixar o homem matá-la?, especulava Wim. Talvez devesse falar a ela sobre o recado pelo telefone. Mas isso seria trapaça. Não era justo alterar as chances.

25

A viagem para a casa da praia levou uma hora no relógio e vinte anos em lembranças. Havia muita coisa para Melina pensar, tanto a

recordar. Costa, jovem e bonito, dizendo: *Você foi enviada dos céus para ensinar aos mortais o que é a beleza. Está além da lisonja. Nada que eu dissesse jamais lhe faria justiça...* Os cruzeiros maravilhosos em seu iate e as férias idílicas em Psara... Os dias de adoráveis presentes de surpresa e as noites de amor delirantes. E depois o aborto, a sucessão de amantes de Costa, a ligação com Noelle Page. E as surras e humilhações públicas. *Você não tem nada por que viver,* ele dissera. *Por que não se mata?* E, finalmente, a ameaça de destruir Spyros.

Era isso que, em última análise, Melina não pudera suportar.

O LOCAL ESTAVA deserto quando Melina chegou à casa da praia. O céu se achava nublado e um vento frio soprava do mar. *Um presságio,* ela pensou.

Entrou na casa aprazível e confortável, olhou ao redor pela última vez.

E depois começou a virar os móveis e quebrar os abajures. Rasgou o vestido e largou-o no chão. Tirou o cartão da agência de detetives e pôs na mesa. Levantou o tapete e largou o botão de ouro embaixo. Depois, tirou do pulso o relógio de ouro que Costa lhe dera e quebrou-o contra a mesa.

Pegou o calção do marido que trouxera da casa e levou-o para a praia. Molhou-o no mar e voltou para a casa. Agora, só restava uma coisa a fazer. *Chegou o momento,* ela pensou. Respirou fundo, pegou a faca e desembrulhou-a, tomando cuidado para não mexer no papel de seda que cobria o cabo. Estendeu a mão, olhando para a faca. Aquela era a parte crucial. Tinha de apunhalar a si mesma, o suficiente para dar a impressão de que fora assassinato, e ao mesmo tempo continuar com forças para executar o resto do plano.

Fechou os olhos e cravou a faca no flanco.

A dor foi intensa. O sangue começou a escorrer. Melina comprimiu o calção do marido contra o ferimento. Depois que estava encharcado de sangue, levou-o para um armário e empurrou-o para o fundo. Começava a se sentir tonta. Olhou ao redor, certificando-se de que não esquecera coisa alguma, depois cambaleou para a porta que levava à praia, o sangue manchando o tapete.

Avançou para o mar. O sangue escorria mais depressa agora e ela pensou: *Não vou conseguir. Costa vencerá. Não posso permitir que isso aconteça.*

A caminhada até o mar pareceu se prolongar por uma eternidade. *Só mais um passo*, ela pensava. *Só mais um passo.*

Continuou a andar, lutando contra a vertigem que a dominava. A visão começou a se toldar. Caiu de joelhos. *Não posso parar agora.* Levantou e continuou a andar, até sentir a água fria batendo em seus pés.

Quando a água salgada atingiu o ferimento, ela soltou um grito, com a dor insuportável. *Estou fazendo isso por Spyros*, ela pensou. *O querido Spyros.*

Podia ver a distância uma nuvem baixa, pairando sobre o horizonte. Começou a nadar em sua direção, deixando para trás uma esteira de sangue. E um milagre aconteceu. A nuvem baixou para ela, pôde sentir a suave brancura envolvendo-a, acariciando-a. A dor desaparecera agora, ela experimentava uma maravilhosa sensação de paz.

Vou para casa, pensou Melina, feliz. *Finalmente vou para casa.*

26

Está preso pelo assassinato de sua esposa.

Depois disso, tudo parecia acontecer em câmara lenta. Ele foi fichado, tornaram a tirar suas impressões digitais. Bateram sua foto e levaram-no para uma cela de prisão. Era incrível que se atrevessem a fazer isso com ele.

– Chamem Peter Demonides. Digam a ele que quero vê-lo imediatamente.

– O Sr. Demonides foi afastado de suas funções e está sob investigação.

Então não havia a quem recorrer. *Eu me livrarei dessa*, ele pensou. *Sou Constantin Demiris.*

Ele pediu que chamassem o promotor especial. Delma chegou à prisão uma hora depois.

– Pediu para falar comigo?

– Pedi, sim. Soube que ficou determinado que minha esposa morreu às 15 horas.

– É verdade.

– Nesse caso, antes de embaraçá-lo e à polícia ainda mais, posso provar que não me encontrava nem perto da casa da praia a esta hora.

– Pode provar isso?

– Claro. Tenho uma testemunha.

ESTAVAM SENTADOS na sala do comissário de polícia quando Spyros Lambrou chegou. O rosto de Demiris iluminou-se ao vê-lo.

– Graças a Deus você está aqui, Spyros! Esses idiotas pensam que matei Melina. Mas você sabe que eu não poderia tê-lo feito. Diga a eles.

Spyros Lambrou franziu o rosto.

– Dizer o quê?

– Melina foi morta às 15 horas de ontem. Nós dois estávamos juntos em Acrocorinto às 15 horas. Eu não poderia chegar à casa da praia antes das 19 horas. Fale a eles sobre o nosso encontro.

Spyros Lambrou encarava-o fixamente.

– Que encontro?

O sangue começou a se esvair do rosto de Demiris.

– O... o encontro que tivemos ontem. No pavilhão de caça em Acrocorinto.

– Você deve estar confuso, Costa. Passei a tarde de ontem andando de carro, sozinho. Não vou mentir por você.

Constantin Demiris foi dominado pela raiva.

– Não pode fazer isso! – Ele agarrou as lapelas do paletó de Lambrou. – Conte a verdade!

Spyros Lambrou empurrou-o.

– A verdade é que minha irmã está morta e você a assassinou.

– Mentiroso! – berrou Demiris. – Mentiroso! – Ele tornou a avançar para Lambrou e foi contido por dois policiais. – Seu filho da puta! Sabe que sou inocente!

265

– Os juízes decidirão isso. E acho que você precisa de um bom advogado.

E Constantin Demiris compreendeu que só havia um homem que poderia salvá-lo.

Napoleon Cotas.

27

Arquivo Confidencial
Transcrição da sessão com Catherine Douglas

C: Acredita em premonições, Alan?

A: Não são cientificamente aceitas, mas, para ser franco, eu acredito. Vem tendo premonições?

C: Venho, sim. Tenho o pressentimento de que algo terrível está prestes a me acontecer.

A: É parte do seu sonho antigo?

C: Não. Já contei que o Sr. Demiris mandou alguns homens de Atenas...

A: Já me falou sobre isso.

C: Ele me pediu para ajudá-los em tudo, e por isso os vejo com frequência.

A: Sente-se ameaçada por eles?

C: Não... não exatamente. É difícil explicar. Eles não fizeram nada, mas... continuo a esperar que alguma coisa aconteça. Alguma coisa horrível. Isso faz algum sentido para você?

A: Fale-me sobre os homens.

C: Há um francês, Yves Renard. Insiste em visitarmos museus, mas quando chegamos lá percebo que ele não está interessado. Pediu-me para levá-lo a Stonehenge neste sábado. Há também Jerry Haley. É americano. Parece bastante simpático,

mas há algo desconcertante nele. E há ainda Dino Mattusi. É supostamente um executivo na companhia do Sr. Demiris, mas faz muitas perguntas cujas respostas devia conhecer. Convidou-me para um passeio no campo. Pensei em levar Wim junto... E isso é outro problema.

A: Como assim?

C: Wim tem se comportado de maneira estranha.

A: De que forma?

C: Quando chego ao escritório pela manhã, Wim está sempre à minha espera. Nunca fez isso antes. E quando me vê, parece quase irritado com minha presença. Nada disso faz sentido, não é mesmo?

A: Tudo faz sentido, depois que se encontra a explicação, Catherine. Não teve mais sonhos?

C: Tive um sonho com Constantin Demiris. Bastante vago.

A: Conte-me o que lembra.

C: Perguntei a ele por que era tão gentil comigo, por que me deu o emprego em Londres e um lugar para morar. E por que me deu o broche de ouro.

A: E o que ele respondeu?

C: Não me lembro. Acordei gritando.

O Dr. Alan Hamilton estudou a transcrição com toda atenção, procurando trilhas sem marcas do subconsciente, em busca de uma pista que explicasse o que perturbava Catherine. Estava mais ou menos convencido de que a apreensão de Catherine relacionava-se com o fato dos estranhos terem vindo de Atenas, que era o cenário de seu passado traumático. A parte sobre Wim deixava-o perplexo. Catherine estaria imaginando coisas? Ou Wim se comportava de uma maneira atípica? *Devo ver Wim daqui a algumas semanas,* pensou Alan. *Talvez seja melhor antecipar sua consulta.*

Alan pensou em Catherine. Tinha a regra de nunca se envolver emocionalmente com os pacientes, mas Catherine era alguém especial. Era linda, vulnerável e... *O que devo fazer? Não posso me permitir*

pensar dessa maneira. Preciso me concentrar em outra coisa. Mas seus pensamentos insistiam em voltar a Catherine.

CATHERINE NÃO conseguia tirar Alan Hamilton da cabeça. *Não seja tola,* ela disse a si mesma. *Ele é casado. Todas as pacientes se sentem assim em relação a seus analistas.* Mas nada do que Catherine pensava podia ajudar. *Talvez eu devesse procurar um analista para falar do meu analista.*

Tornaria a ver Alan dentro de dois dias. *Talvez seja melhor cancelar a consulta,* pensou Catherine, *antes de me envolver ainda mais. Mas já é tarde demais.*

NA MANHÃ DO DIA da sessão com Alan, Catherine vestiu-se com o maior cuidado e foi ao salão de beleza. *Como não tornarei a vê-lo depois de hoje,* pensou Catherine, *não há mal nenhum em parecer bonita.*

SUA DETERMINAÇÃO se desvaneceu no instante em que entrou na sala de Alan. *Por que ele tem de ser tão atraente? Por que não nos conhecemos antes de seu casamento? Por que ele não me conheceu quando eu era um ser humano normal e são? Mas, por outro lado, se eu fosse um ser humano normal e são, nem o teria conhecido, não é mesmo?*

– O que foi mesmo que disse?

Catherine compreendeu que falara em voz alta. Chegara o momento de lhe dizer que seria sua última visita. Ela respirou fundo.

– Alan... – E sua determinação acabou. Ela olhou para a fotografia na mesa. – Há quanto tempo você é casado?

– Casado? – Ele acompanhou o olhar de Catherine. – Oh, não! Essa é minha irmã e seu filho.

Catherine sentiu uma onda de alegria percorrê-la.

– Mas isso é maravilhoso! Isto é, ela... ela parece maravilhosa.

– Você está bem, Catherine?

Kirk Reynolds sempre lhe perguntava isso. *Eu não estava bem naquela ocasião,* pensou Catherine, *mas agora estou.*

– Estou bem, Alan. Você não é casado?

– Não.

Quer jantar comigo? Quer me levar para a cama? Quer casar comigo? Se ela dissesse qualquer dessas coisas em voz alta, Alan pensaria que estava realmente louca. *Talvez eu esteja.* Ele a observava, com o rosto franzido.

– Catherine, acho que não podemos continuar com estas sessões. Hoje será nosso último dia.

Ela sentiu um frio no coração.

– Por quê? Fiz alguma coisa...?

– Não... não é você. Num relacionamento profissional desse tipo, o analista não pode se envolver emocionalmente com uma paciente.

Ela o fitava fixamente agora, os olhos brilhando.

– Está dizendo que se tornou emocionalmente envolvido comigo?

– Isso mesmo. E por esse motivo, devo...

– Tem toda razão! – exclamou Catherine, na maior felicidade. – Vamos falar sobre isso durante o jantar hoje à noite.

JANTARAM NUM pequeno restaurante italiano no coração do Soho. A comida podia ser deliciosa ou horrível, não fazia a menor diferença. Estavam totalmente absorvidos um no outro.

– Não é justo, Alan. Você sabe tudo a meu respeito. Fale-me de você. Nunca casou?

– Nunca. Já fui noivo.

– O que aconteceu?

– Foi durante a guerra. Vivíamos juntos num pequeno apartamento. Aconteceu durante os dias de blitz. Eu trabalhava no hospital e quando voltei para casa uma noite...

Catherine podia perceber a angústia em sua voz.

– ...o prédio desaparecera. Não restava coisa alguma.

Ela pôs a mão sobre a dele.

– Sinto muito.

– Levei muito tempo para superar. E jamais conheci outra mulher com quem desejasse casar.

269

E seus olhos acrescentaram: *até agora*. Ficaram sentados ali durante quatro horas, conversando sobre tudo – teatro, medicina, a situação do mundo; mas a verdadeira conversa era muda. Era a eletricidade que se acumulava entre os dois. Ambos podiam senti-la. Havia uma tensão sexual entre eles que era opressiva. Alan finalmente abordou o assunto:

– Catherine, o que eu disse esta manhã sobre o relacionamento médico-paciente...

– Fale-me sobre isso no seu apartamento.

DESPIRAM-SE JUNTOS, depressa e ansiosos. Enquanto tirava as roupas, Catherine pensou na maneira como se sentira com Kirk Reynolds e como era diferente agora. *A diferença está no amor*, refletiu Catherine. *Estou apaixonada por este homem*. Ela deitou-se na cama, esperando-o; e quando ele chegou e enlaçou-a, desapareceram por completo todas as preocupações, todos os temores de nunca mais ser capaz de se relacionar com um homem. Acariciaram os corpos um do outro, explorando, primeiro ternamente, depois com intensidade, até que a necessidade tornou-se frenética e desesperada. Uniram-se e Catherine gritou de pura felicidade. *Sou inteira outra vez!*, ela pensou. *Obrigada!*

Ficaram deitados, exaustos. Catherine aninhou Alan em seus braços, não querendo largá-lo nunca mais. Quando foi capaz de falar de novo, ela balbuciou, a voz trêmula:

– Você sabe muito bem como tratar uma paciente, doutor.

28

Catherine soube da prisão de Constantin Demiris pelo assassinato da esposa através dos jornais. Foi um tremendo choque. Quando chegou ao escritório, havia uma mortalha cobrindo tudo.

– Já soube do que aconteceu? – lamuriou-se Evelyn. – O que vamos fazer?

– Continuaremos a trabalhar exatamente como ele gostaria que fizéssemos. Tenho certeza que houve um grande equívoco. Tentarei telefonar para ele.

Mas Constantin Demiris estava inacessível.

CONSTANTIN DEMIRIS era o mais importante prisioneiro que a Prisão Central de Atenas já abrigara. O promotor dera ordens para que não fosse dispensado um tratamento especial a Demiris. Ele exigira diversas coisas: acesso a telefones, máquinas de telex e um serviço de mensageiros. Os pedidos foram negados.

Demiris passava a maior parte das horas de vigília e também das horas de sono tentando descobrir quem matara Melina.

No começo, presumira que um assaltante fora surpreendido por Melina quando saqueava a casa da praia e a matara. Mas no momento em que a polícia apresentara as provas contra ele, Demiris compreendera que estava sendo incriminado. A dúvida era uma só: por quem? A pessoa lógica era Spyros Lambrou, mas a fraqueza dessa teoria era o fato de Lambrou amar a irmã mais do que qualquer outra pessoa no mundo. Nunca lhe faria qualquer mal.

As suspeitas de Demiris desviaram-se para a quadrilha com a qual Tony Rizzoli estivera envolvido. Talvez tivessem descoberto o que ele fizera com Rizzoli e agora se vingavam. Mas Constantin Demiris descartara prontamente a possibilidade. Se a Máfia quisesse se vingar, usaria métodos mais diretos.

E assim, sentado sozinho em sua cela, Demiris pensava e pensava, tentando deslindar o enigma do que acontecera. Ao final, depois de esgotar todas as outras possibilidades, só restava uma conclusão possível: Melina cometera suicídio. Matara-se e o incriminara por sua morte. Demiris pensou no que fizera com Noelle Page e Larry Douglas e a ironia amarga era a de que agora se encontrava exatamente na mesma situação em que os pusera! Seria julgado por um homicídio que não cometera.

O CARCEREIRO estava na porta da cela.

– Seu advogado está aqui.

Demiris se levantou e acompanhou o carcereiro para uma pequena sala de reuniões. O advogado o esperava. Seu nome era Vassiliki. Tinha cinquenta e poucos anos, cabelos grisalhos abundantes e o perfil de um artista de cinema. Possuía a reputação de ser um advogado criminalista de primeira categoria. Isso seria suficiente?

– Vocês têm 15 minutos – avisou o carcereiro, retirando-se em seguida.

– E então? – perguntou Demiris. – Quando vai me tirar daqui? Para que estou lhe pagando?

– Infelizmente, Sr. Demiris, não é tão simples assim. O promotor recusa-se...

– O promotor é um idiota. Não podem me manter aqui. O que me diz de uma fiança? Darei qualquer dinheiro que pedirem.

Vassiliki passou a língua pelos lábios, nervosamente.

– A fiança foi negada. Examinei as provas que a polícia apresentou, Sr. Demiris. São... bastante prejudiciais.

– Prejudiciais ou não, o fato é que não matei Melina. Sou inocente!

O advogado engoliu em seco.

– Claro, claro... O senhor... hã... tem alguma ideia de quem poderia ter matado sua esposa?

– Ninguém. Minha esposa cometeu suicídio.

– Desculpe, Sr. Demiris, mas acho que isso não será uma boa defesa. Terá de pensar em alguma coisa melhor.

E, com um frio no coração, Demiris compreendeu que ele tinha razão. Nenhum júri no mundo acreditaria em sua história.

O ADVOGADO voltou a visitar Demiris no início da manhã seguinte.

– Lamento, mas tenho más notícias.

Demiris quase soltou uma gargalhada. Estava na prisão, sujeito a uma sentença de morte, e aquele imbecil dizia que tinha más notícias. O que podia ser pior do que a situação em que se encontrava?

– O que aconteceu?

– Foi seu cunhado.

– Spyros? O que houve com ele?

– Fui informado que ele procurou a polícia e disse que uma mulher chamada Catherine Douglas ainda está viva. Não estou muito a par do julgamento de Noelle Page e Larry Douglas, mas...

Constantin Demiris não escutava mais. Com toda a pressão que sofria, esquecera completamente de Catherine. Se a encontrassem e ela falasse, poderiam implicá-lo nas mortes de Noelle e Larry. Já mandara alguém a Londres para eliminá-la, mas subitamente isso era urgente. Ele inclinou-se para a frente e apertou o braço do advogado.

– Quero que mande uma mensagem para Londres imediatamente.

ELE LEU A MENSAGEM duas vezes e sentiu os primórdios de um estímulo sexual, o que sempre lhe acontecia antes de executar um contrato. Era como bancar Deus. Ele decidia quem vivia e quem morria. E sentia-se impressionado pelo poder que exercia. Mas havia um problema. Se tinha de fazer imediatamente, não haveria tempo para executar seu outro plano. Precisaria improvisar alguma coisa. Fazer com que parecesse um acidente. Naquela noite.

29

Arquivo Confidencial
Transcrição da sessão com Wim Vandeen

A: Como está se sentindo hoje?

W: Bem. Vim para cá de táxi. O nome do motorista é Ronald Christie. Placa três-zero-dois-sete-um, número de certificado de táxi três-zero-sete-zero. No caminho passamos por trinta e sete Rovers, um Bentley, dez Jaguars, um Mini Minor, seis Austins, um Rolls-Royce, vinte e sete motocicletas e seis bicicletas.

A: Como está no escritório, Wim?

W: Você sabe.

A: Diga-me.

W: Odeio as pessoas lá.

A: E o que me diz de Catherine Alexander?... Wim, o que me diz de Catherine Alexander?... Wim?

W: Ah, ela. Ela não vai mais trabalhar lá.

A: Como assim?

W: Ela vai ser assassinada.

A: Como? Por que diz isso?

W: Ela me falou.

A: Catherine disse a você que seria assassinada?

W: A outra.

A: Que outra?

W: A esposa dele.

A: Esposa de quem, Wim?

W: De Constantin Demiris.

A: Ela disse a você que Catherine Alexander seria assassinada?

W: A Sra. Demiris. A esposa dele. Ela telefonou da Grécia.

A: Quem vai assassiná-la?

W: Um dos homens.

A: Está se referindo aos homens que vieram de Atenas?

W: Estou.

A: Wim, vamos encerrar a sessão agora. Tenho de sair.

W: Está bem.

30

O escritório da Corporação Comercial Helênica fechava às 18 horas. Poucos minutos antes das seis, Evelyn e os outros funcionários preparavam-se para ir embora. Evelyn entrou na sala de Catherine.

– Está passando um bom filme no Criterion: *De ilusão também se vive*. As críticas são ótimas. Não quer ir comigo esta noite?

– Não posso. De qualquer forma, obrigada, Evelyn. Prometi a Jerry Haley que o acompanharia ao teatro.

– Eles a mantêm ocupada demais, não é mesmo? Está bem. Divirta-se.

CATHERINE OUVIU os sons dos outros se retirando. E, finalmente, houve silêncio. Ela lançou um último olhar para sua mesa, certificando-se de que tudo estava em ordem, pôs o casaco, pegou a bolsa e começou a descer pelo corredor. Já se encontrava quase na porta da frente quando o telefone tocou. Catherine hesitou, sem saber se devia ou não atender. Olhou para o relógio; ia se atrasar. Voltou correndo para sua sala e tirou o fone do gancho.

– Alô?

– Catherine! – Era Alan Hamilton. Ele parecia esbaforido. – Graças a Deus a encontrei!

– Algum problema?

– Você corre grande perigo. Creio que alguém tentará matá-la.

Ela soltou um gemido baixo. Seus piores pesadelos viravam realidade. Sentiu-se subitamente tonta.

– Quem?

– Não sei. Mas quero que fique onde está. Não saia do escritório. Não fale com ninguém. Estou indo buscá-la.

– Alan, eu...

– Não se preocupe, já estou a caminho. Tranque-se na sua sala. Tudo vai acabar bem.

A linha ficou muda. Catherine repôs o fone no gancho lentamente.

– Oh, Deus!

Atanas apareceu na porta. Lançou um olhar para o rosto pálido de Catherine e adiantou-se, apressado.

– Algum problema, Srta. Alexander?

Ela virou-se para ele.

– Alguém... alguém está tentando me matar.

Ele ficou aturdido.

– Por quê? Quem... quem poderia querer fazer isso?

– Não sei.

Ouviram uma batida na porta da frente. Atanas olhou para Catherine.

– Devo...?

– Não! – ela exclamou. – Não deixe ninguém entrar. O Dr. Hamilton está vindo para cá.

A batida na porta da frente foi repetida, mais alto.

– Pode se esconder no porão – sussurrou Atanas. – Lá estará segura.

Ela acenou com a cabeça, nervosamente.

– Está bem.

Seguiram para o fundo do corredor, até a porta que levava ao porão.

– Quando o Dr. Hamilton chegar, avise-o onde estou.

– Não terá medo de ficar lá embaixo?

– Não.

Atanas acendeu uma luz e desceu na frente a escada para o porão.

– Ninguém a encontrará aqui – ele assegurou. – Não tem ideia de quem poderia querer matá-la?

Ela pensou em Constantin Demiris e em seus sonhos. *Ele vai matá-la. Mas isso era apenas um sonho.*

– Não, nenhuma.

Atanas fitou-a nos olhos e depois sussurrou:

– Acho que eu sei.

Catherine espantou-se.

– Quem?

– Eu. – E de repente havia uma faca de mola em sua mão e ele a comprimia contra a garganta de Catherine.

– Atanas, isto não é hora para brincar...

Ela sentiu a faca se comprimir ainda mais contra sua garganta.

– Já leu *Encontro em Samarra*, Catherine? Não? Ora, agora é tarde demais, não é mesmo? É sobre alguém que tentou escapar à morte. Foi para Samarra e a morte o aguardava ali. Esta é a sua Samarra, Catherine.

Era inconcebível escutar aquelas palavras aterradoras da boca de um garoto de aparência tão inocente.

– Por favor, Atanas. Você não pode...

Ele esbofeteou-a com força.

– Não posso porque sou um garoto? Eu a surpreendi? É porque sou um ator brilhante. Tenho trinta anos, Catherine. Sabe por que pareço um garoto? Porque quando estava crescendo nunca tinha o suficiente para comer. Vivia dos restos que roubava das latas de lixo à noite. – Ele mantinha a faca na garganta de Catherine, empurrando-a contra uma parede. – Quando eu era pequeno, vi os soldados estuprarem minha mãe e meu pai, depois retalharem os dois até a morte. Também me estupraram e me deixaram como morto.

Ele a obrigava a recuar, cada vez mais para o fundo do porão.

– Atanas, eu... nunca lhe fiz mal nenhum...

Ele exibiu seu sorriso infantil.

– Não é nada de pessoal, Catherine. É um negócio. Você vale 50 mil dólares para mim... morta.

Era como se uma cortina baixasse diante dos olhos de Catherine e ela passasse a ver através de um nevoeiro vermelho. Uma parte dela deixara o corpo, observando o que acontecia.

– Formulei um plano maravilhoso para você, mas agora o chefe está com pressa e por isso teremos de improvisar, não é mesmo?

Catherine podia sentir a ponta da faca afundando em seu pescoço. Ele deslocou a faca e cortou a frente de seu vestido.

– Bonito... muito bonito. Planejei uma festa para nós primeiro, mas como seu amigo doutor está vindo, não teremos tempo, não é mesmo? O que é uma pena para você. Sou um grande amante.

Catherine ficou imóvel, sufocada, mal conseguindo respirar. Atanas enfiou a mão no bolso interno do paletó e tirou uma garrafa pequena. Continha um líquido rosado, pálido.

– Alguma vez já bebeu *slivovic*? Vamos beber ao seu acidente, hein?

Ele afastou a faca para abrir a garrafa e, por um instante, Catherine sentiu-se tentada a fugir.

– Pode ir – disse Atanas, suavemente. – Tente. Por favor.

Catherine passou a língua pelos lábios.

– Escute, eu... pagarei o que você me pedir...

277

– Poupe seu fôlego. – Atanas tomou um gole da garrafa e estendeu-a para Catherine. – Beba.

– Não. Eu não...

– Beba!

Catherine pegou a garrafa e tomou um gole pequeno. O conhaque queimou sua garganta. Atanas retomou a garrafa e tomou outro gole comprido.

– Quem avisou seu amigo médico que alguém ia matá-la?

– Eu... eu não sei.

– De qualquer forma, não tem importância. – Atanas apontou para um dos grossos postes de madeira que sustentavam o teto. – Vá até ali.

Os olhos de Catherine desviaram-se para a porta. E ela sentiu a lâmina de aço pressionar seu pescoço.

– Não me obrigue a repetir.

Catherine aproximou-se do poste de madeira.

– Boa menina – murmurou Atanas. – Sente.

Ele virou-se por um instante. E nesse momento Catherine tentou fugir. Começou a correr para a escada, o coração disparado. Corria por sua vida. Alcançou o primeiro degrau e já começava a subir quando sentiu uma mão segurar sua perna e puxá-la para trás. Ele era incrivelmente forte.

– Sua vaca!

Atanas agarrou-a pelos cabelos e puxou sua cabeça.

– Tente isso de novo e quebrarei suas pernas.

Ela podia sentir a lâmina entre as omoplatas.

– Ande!

Atanas levou-a de volta ao poste de madeira e empurrou-a para o chão.

– Fique aí!

CATHERINE OBSERVOU Atanas encaminhar-se para uma pilha de caixas de papelão, amarradas com uma corda grossa. Ele cortou dois pedaços da corda e voltou.

– Ponha as mãos atrás do poste.

– Não, Atanas. Eu...

Ele desferiu um soco no lado do rosto de Catherine e o porão girou. Inclinou-se e sussurrou:

– Nunca mais diga não para mim. Faça logo o que eu mandei ou corto a porra da sua cabeça.

Catherine estendeu as mãos para trás do poste e um momento depois sentiu as cordas apertarem seus pulsos, enquanto Atanas os amarrava juntos. Podia sentir a circulação sendo interrompida.

– Por favor – ela balbuciou. – Está muito apertado.

– Ótimo!

Ele sorriu. Pegou o segundo pedaço de corda e amarrou as pernas de Catherine, pelos tornozelos. Levantou-se e acrescentou:

– Aí está. Tudo pronto e aconchegante. – Tomou outro gole da garrafa. – Quer mais um trago, Catherine?

Ela sacudiu a cabeça. Atanas deu de ombros.

– Como preferir.

Ela observou-o levar a garrafa aos lábios mais uma vez. *Talvez ele acabe embriagado e adormeça*, pensou Catherine, desesperada.

– Eu costumava beber uma garrafa dessas todos os dias – gabou-se Atanas, largando a garrafa vazia no chão de cimento. – Bom, agora vamos ao trabalho.

– O que... o que vai fazer?

– Farei um pequeno acidente. Será uma autêntica obra-prima. Posso até cobrar o dobro a Demiris.

Demiris! Então não era apenas um sonho. Ele estava por trás daquilo. Mas por quê?

Catherine observou Atanas atravessar o porão até a enorme caldeira. Ele removeu a placa externa e examinou o piloto e as oito chapas que mantinham a unidade quente. A válvula de segurança ficava dentro de uma estrutura de metal que a protegia. Atanas pegou um pedaço de madeira e enfiou na estrutura, deixando a válvula inoperante. O mostrador de calor estava fixado em 66 graus Celsius. Enquanto Ca-

therine olhava, Atanas aumentou o controle de calor para o máximo. Satisfeito, ele voltou para junto de Catherine.

– Lembra como tivemos problemas com essa fornalha? Pois agora receio que acabará explodindo, no final das contas. – Atanas chegou mais perto de Catherine. – Quando o mostrador chegar a 200 graus, a caldeira vai explodir. Sabe o que acontecerá então? As tubulações de gás serão rompidas e o gás pegará fogo. Todo o prédio explodirá como uma bomba.

– Você está louco! Há pessoas inocentes lá fora que...

– Não há pessoas inocentes. Vocês americanos acreditam em final feliz, não é mesmo? São uns tolos. Não há final feliz. – Ele abaixou-se e verificou a corda que prendia as mãos de Catherine atrás do poste. Os pulsos dela sangravam. A corda cortava sua carne, os nós eram muito apertados. Atanas passou as mãos lentamente pelos seios nus de Catherine, acariciando-os, depois inclinou-se e beijou-os. – É uma pena que não tenhamos mais tempo. Você nunca saberá o que perdeu. – Ele agarrou-a pelos cabelos e beijou-a nos lábios. Seu bafo recendia a conhaque. – Adeus, Catherine.

Atanas se levantou.

– Não me deixe aqui! – suplicou Catherine. – Vamos conversar e...

– Tenho que pegar um avião. Estou voltando para Atenas. – Ele encaminhou-se para a escada. – Deixarei a luz acesa para que você possa observar o que vai acontecer.

Um momento depois, Catherine ouviu a pesada porta do porão ser fechada e a tranca colocada, pelo lado de fora. Estava sozinha. Olhou para o mostrador na caldeira. A agulha subia rapidamente. Enquanto ela observava, passou de 70 para 75 graus e continuou a subir. Fez um esforço desesperado para soltar as mãos, porém quanto mais puxava mais os laços ficavam apertados. Ela tornou a levantar os olhos. A agulha chegara a 80 graus e ainda não parara. Não havia escapatória.

Absolutamente nenhuma.

ALAN HAMILTON dirigia pela Wimpole Street como um louco, ziguezagueando pelo tráfego, ignorando os gritos e buzinadas de motoristas irados. O caminho à frente se achava bloqueado. Ele

virou à esquerda na Portland Place e seguiu para Oxford Circus. O tráfego era mais intenso ali, retardando-o.

NO PORÃO DA Bond Street, 217, a agulha na caldeira chegara a 95 graus. O porão se tornava cada vez mais quente.

O TRÁFEGO SE encontrava quase parado. As pessoas seguiam para casa, para o jantar, para o teatro. Alan Hamilton sentava ao volante de seu carro, frustrado. *Eu deveria ter chamado a polícia? Mas de que adiantaria? Uma paciente neurótica minha acha que alguém vai assassiná-la? A polícia riria. Não, eu mesmo tenho de alcançá-la.* O tráfego recomeçou a andar.

NO PORÃO, a agulha subia para 150 graus. O local se tornava insuportavelmente quente. Catherine tentou outra vez soltar as mãos e os pulsos ficaram em carne viva, mas a corda continuou apertada.

ELE ENTROU NA Oxford Street, acelerando por uma faixa de pedestres que duas velhas começavam a atravessar. Ouviu lá atrás o apito estridente de um guarda. Por um instante, sentiu-se tentado a parar e pedir ajuda. Mas não havia tempo para explicar. Continuou em frente.

Um enorme caminhão parou num cruzamento, bloqueando a passagem. Alan Hamilton buzinou, impaciente. Esticou a cabeça pela janela.

– Saia da frente!

O motorista do caminhão virou-se para fitá-lo.

– Qual é o problema, companheiro? Vai apagar algum incêndio?

O tráfego transformara-se numa confusão ruidosa de carros. Quando finalmente se dissipou, Alan Hamilton retomou a corrida para a Bond Street. Era um percurso que deveria cobrir em dez minutos, mas já perdera quase meia hora.

NO PORÃO, a agulha subiu para duzentos graus.

FINALMENTE O PRÉDIO estava à vista. Alan Hamilton aproximou o carro do meio-fio, no outro lado da rua, e pisou no freio. Abriu a

porta e saiu correndo do carro. Já se aproximava do prédio quando parou, horrorizado. O chão tremeu quando o prédio explodiu, como uma bomba gigantesca, povoando o ar com chamas e detritos.

E morte.

31

Atanas sentia-se extremamente excitado. Executar um contrato sempre o deixava assim. Fazia questão de praticar o sexo com suas vítimas, homens ou mulheres, antes de matá-las, sempre achava excitante. Agora estava frustrado porque não houvera tempo para torturar Catherine ou fazer amor com ela. Atanas olhou para o relógio. Ainda era cedo. Seu avião só partiria às 23 horas daquela noite. Ele pegou um táxi e foi para Shepherd Market, pagou o motorista e começou a vaguear pelo labirinto de ruas. Havia meia dúzia de mulheres paradas em esquinas, chamando os homens que passavam.

– Ei, querido, não gostaria de receber uma lição de francês esta noite?

– Que tal uma festinha?

– Não está interessado em coisas do outro mundo?

Nenhuma das mulheres abordou Atanas. Ele se aproximou de uma loura alta, usando uma blusa e saia de couro curta, sapatos de saltos altos bem finos.

– Boa noite – disse Atanas, polidamente.

Ela fitou-o, divertida.

– Oi, garoto. Sua mãe sabe que você saiu de casa?

Atanas sorriu, timidamente.

– Sabe, sim, madame. Pensei que, se não estiver ocupada...

A prostituta soltou uma gargalhada.

– Pensou, hein? E o que faria se eu não estivesse ocupada? Já foi para cama com alguma garota antes?

– Uma vez – murmurou Atanas. – E gostei.

– Você é do tamanho de um peixinho de aquário. – A mulher riu de novo. – Geralmente recuso os pequenininhos, mas a noite está devagar. Tem dez libras?

– Tenho, madame.

– Então vamos subir, querido.

Ela levou Atanas por uma porta e subiram dois lances de escada para um apartamento conjugado.

Atanas entregou-lhe o dinheiro.

– Agora vamos ver se você sabe o que fazer com isso, amor.

A mulher tirou as roupas e ficou observando Atanas despir-se. Fitou-o espantada.

– Santo Deus! Você é enorme!

– Sou?

Ela se deitou na cama.

– Tome cuidado. Não me machuque.

Atanas subiu na cama. Normalmente gostava de bater nas prostitutas. Aumentava sua satisfação sexual. Mas sabia que não havia tempo para fazer qualquer coisa suspeita ou deixar uma trilha que a polícia poderia seguir. Por isso, sorriu para a mulher e disse:

– Esta é a sua noite de sorte.

– Como?

– Nada. – Ele montou na mulher, fechou os olhos e arremeteu, machucando-a. Era Catherine clamando por misericórdia, suplicando-lhe que parasse. E ele arremetia selvagemente, cada vez com mais força, os gritos excitando-o, até que finalmente tudo explodiu e ele arriou de volta na cama, satisfeito.

– Puxa, você é incrível! – balbuciou a mulher.

Atanas abriu os olhos e constatou que não era Catherine. Estava com uma prostituta repulsiva, num quarto sórdido. Vestiu-se e pegou um táxi para seu hotel, onde fez as malas, pagou a conta e saiu.

Eram 21h30 quando seguiu para o aeroporto. Tinha bastante tempo para pegar seu avião.

HAVIA UMA PEQUENA fila no balcão da Olympic Airways. Quando chegou na frente, Atanas entregou a passagem ao recepcionista.

283

– O voo está no horário?

– Está, sim.

O recepcionista viu o nome na passagem. *Atanas Stavich*. Tornou a fitar Atanas, depois olhou para um homem parado perto e acenou com a cabeça. O homem aproximou-se.

– Posso ver sua passagem?

Atanas estendeu-lhe a passagem.

– Algum problema?

– Infelizmente, fizemos reservas demais para este voo. Se fizer a gentileza de me acompanhar ao escritório, tentarei resolver a situação.

Atanas deu de ombros.

– Está bem.

Ele seguiu o homem para o escritório, com um sentimento de euforia. Demiris provavelmente já saíra da prisão àquela altura. Era um homem importante demais para continuar preso. Tudo correra perfeitamente. Pegaria os 50 mil dólares e depositaria numa de suas contas numeradas na Suíça. E depois tiraria umas pequenas férias. Talvez na Riviera. Ou no Rio. Gostava dos homens que se prostituíam no Rio.

Atanas entrou no escritório e parou abruptamente, aturdido. Ficou pálido.

– Você está morta! Você está morta! Eu a matei!

Atanas ainda gritava quando o levaram da sala e meteram num furgão da polícia. Depois que ele saiu, Alan Hamilton virou-se para Catherine e disse:

– Está tudo acabado agora, querida. Finalmente terminou.

32

No porão, várias horas antes, Catherine tentara desesperadamente soltar as mãos. Quanto mais se debatia, mais a corda se tornava

apertada. Os dedos ficaram dormentes. Ela não desviava os olhos do mostrador na caldeira. A agulha já chegara a 120 graus. *Quando estiver em 200 graus, a caldeira vai explodir. Tem de haver uma maneira de escapar,* pensou Catherine, *tem de haver!* Seus olhos fixaram-se na garrafa que Atanas largara no chão. O coração disparou. *Há uma possibilidade!* Se ao menos ela conseguisse... Catherine arriou contra o poste e estendeu os pés na direção da garrafa. Estava fora de seu alcance. Escorregou ainda mais, as lascas de madeira se cravando em suas costas. A garrafa ainda se encontrava a dois ou três centímetros de distância. Os olhos de Catherine se encheram de lágrimas. *Mais uma tentativa,* ela pensou. *Só mais uma.* Ela arriou ainda mais, as costas diaceradas pelas lascas, esticou-se com toda a sua força. Um pé encostou na garrafa. *Cuidado. Não a empurre para longe.* Devagar, bem devagar, ela prendeu o gargalo da garrafa na corda que amarrava seus tornozelos. Com todo cuidado, puxou os pés, trazendo a garrafa para mais perto. E, finalmente, estava a seu lado.

Ela olhou para o mostrador. Subira para 140 graus. Ela teve de fazer um esforço para reprimir o pânico. Lentamente, empurrou a garrafa para trás, com os pés. Seus dedos a encontraram, mas estavam dormentes demais para segurarem, além de escorregadios do sangue que escorrera dos pulsos cortados pela corda.

O porão ficava cada vez mais quente. Catherine tentou de novo. A garrafa escorregou. Ela olhou para o mostrador da caldeira. Marcava 150 graus agora, a agulha continuava a subir. O vapor começava a sair da caldeira. Ela tentou mais uma vez segurar a garrafa.

Pronto! Tinha a garrafa nas mãos amarradas. Segurando com firmeza, ergueu os braços pelo poste e tornou a baixá-los, batendo com a garrafa no concreto. Nada aconteceu. Ela soltou um grito de frustração. Tentou de novo. Nada. A agulha no mostrador subia inexoravelmente. *175!* Catherine respirou fundo e bateu com a garrafa mais uma vez, com toda força. Ouviu a garrafa quebrar. *Graças a Deus!* Agindo tão depressa quanto podia, Catherine pegou o gargalo quebrado da garrafa numa das mãos e começou a serrar a corda com a outra. O vidro rasgava seus pulsos, mas ela ignorou a dor. Sentiu uma mecha se romper e depois outra. E, de repente, tinha a mão livre. Soltou apressada a corda na outra mão

e desamarrou os pés. O mostrador alcançara 190 graus. Jatos de vapor saíam da fornalha. Catherine fez um esforço para se levantar. Atanas trancara a porta do porão por fora. Não haveria tempo para escapar do prédio antes da explosão.

Catherine correu para a caldeira e puxou o bloco de madeira que prendia a válvula de segurança. Estava bem preso. *Duzentos!*

Tinha de tomar uma decisão numa fração de segundo. Correu para a porta no outro lado que levava ao abrigo antiaéreo, abriu-a e entrou. Bateu a pesada porta. Encolheu-se sobre o concreto do abrigo, respirando com dificuldade. Cinco segundos depois, houve uma tremenda explosão e todo o abrigo pareceu tremer. Ela ficou deitada no escuro, lutando para respirar, escutando o rugido das chamas além da porta. Estava sã e salva. E tudo acabara. *Não, ainda não*, pensou Catherine. *Ainda há uma coisa que tenho de fazer.*

QUANDO OS BOMBEIROS a encontraram, uma hora depois, levando-a para fora, Alan Hamilton estava lá. Catherine correu para seus braços e ele apertou-a.

– Catherine, querida, senti tanto medo! Como foi que você...?

– Mais tarde! – exclamou Catherine. – Agora precisamos deter Atanas Stavich!

33

Eles se casaram numa igreja perto da fazenda da irmã de Alan, em Sussex, numa cerimônia íntima. A irmã era muito simpática, exatamente igual à fotografia que Catherine vira no consultório de Alan. O filho estava ausente, na escola. Catherine e Alan passaram um tranquilo fim de semana na fazenda e depois voaram para a lua de mel em Veneza.

VENEZA ERA UMA página de cores deslumbrantes saída de um livro de história medieval, uma mágica cidade flutuante de canais

e 120 ilhas, com quatrocentos pontes. Alan e Catherine Hamilton pousaram no Aeroporto Marco Polo, perto de Mestre, pegaram uma lancha para o terminal na Piazza San Marco, foram se hospedar no Royal Danieli, o hotel lindo e antigo próximo do Palácio dos Doges.

A suíte era refinada, com adoráveis móveis antigos e vista para o Grande Canal.

– O que gostaria de fazer primeiro? – perguntou Alan.

Catherine adiantou-se e abraçou-o.

– Adivinhe.

Desfizeram as malas depois.

Veneza foi um bálsamo curativo que fez Catherine esquecer os terríveis pesadelos e horrores do passado.

Ela e Alan saíram em exploração. A Piazza San Marco ficava a poucas centenas de metros do hotel e a séculos de distância no tempo. A igreja de São Marcos era uma galeria de arte e uma catedral, as paredes e tetos forrados por deslumbrantes mosaicos e afrescos.

Entraram no Palácio dos Doges, cheio de câmaras opulentas. Pararam na Ponte dos Suspiros, pela qual, séculos antes, os prisioneiros passavam ao encontro da morte.

Visitaram museus e igrejas e algumas das ilhas externas. Foram ao Murano para assistir aos artesãos soprando o vidro e ao Burano para observar as mulheres fazerem renda. Pegaram uma lancha para Torcello e jantaram em Locanda Cipriani, num aprazível jardim repleto de flores.

E Catherine lembrou-se do jardim no convento, recordou como se sentia perdida na ocasião. Olhou através da mesa para o seu amado Alan e pensou: *Obrigada, Deus.*

A MERCERIE ERA a principal rua comercial e ali encontraram lojas fabulosas: Rubelli para tecidos, Casella para sapatos e Giocondo Cassini para antiguidades. Jantaram no Quadri, Al Graspo, de Ua e Harry's Bar. Passearam em gôndolas e nas *sandoli* menores.

NA SEXTA-FEIRA, quase no final da viagem, caiu um súbito aguaceiro e houve uma violenta tempestade de raios.

Catherine e Alan correram de volta para o abrigo do hotel. Ficaram contemplando a tempestade pela janela.

– Desculpe pela chuva, Sra. Hamilton – disse Alan. – Os folhetos de turismo prometiam sol.

Catherine sorriu.

– Que chuva? Estou muito feliz, querido.

Relâmpagos riscavam o céu, acompanhados pelas explosões das trovoadas. Outro som aflorou na mente de Catherine: a explosão da caldeira. Ela virou-se para Alan.

– Hoje não é o dia em que o júri deveria apresentar o veredicto?

Ele hesitou.

– É, sim. Não falei nada porque...

– Estou bem. E quero saber.

Alan fitou-a em silêncio por um momento e depois acenou com a cabeça.

– Está bem.

Catherine observou-o seguir até o rádio no canto e ligá-lo. Alan girou o controle até sintonizar a BBC, que transmitia seu noticiário.

– ...e o primeiro-ministro apresentou sua renúncia hoje. Ele tentará formar um novo gabinete.

A estática era intensa, havia momentos em que não se ouvia o locutor.

– É essa tempestade – comentou Alan.

Ouviram de novo o locutor:

– Em Atenas, o julgamento de Constantin Demiris finalmente terminou. O júri apresentou seu veredicto há poucos minutos. Para surpresa de todos, o veredicto...

O rádio ficou mudo. Catherine virou-se para Alan.

– Qual... qual você acha que foi o veredicto?

Ele abraçou-a.

– Depende de você acreditar em final feliz.

Epílogo

Cinco dias antes do início do julgamento de Constantin Demiris o carcereiro abriu a porta de sua cela e anunciou:

– Você tem uma visita.

Constantin Demiris levantou os olhos. Com exceção de seu advogado, não permitira visitas até aquele momento. Recusou-se a demonstrar qualquer curiosidade. Os filhos da puta tratavam-no como um criminoso comum. Mas não lhes daria a satisfação de demonstrar qualquer emoção. Ele seguiu o carcereiro pelo corredor para uma pequena sala de reuniões.

– Entre aí.

Demiris entrou e estacou abruptamente. Um velho aleijado estava encolhido numa cadeira de rodas. Os cabelos eram completamente brancos. O rosto era uma horrível colcha de retalhos de tecido queimado, branco e vermelho. Os lábios estavam paralisados, contraídos para cima, num terrível arremedo de sorriso. Demiris demorou um momento para reconhecer o visitante. Empalideceu.

– Santo Deus!

– Não sou um fantasma. – A voz de Napoleon Cotas era um rouco sussurro. – Chegue mais perto, Costa.

Demiris recuperou a voz:

– O incêndio...

– Pulei pela janela e quebrei a coluna. Meu mordomo me tirou de lá antes da chegada dos bombeiros. Não queria que você soubesse que eu continuava vivo. Sentia-me cansado demais para prosseguir na luta com você.

– Mas... encontraram um cadáver.

– Meu valete.

289

Demiris arriou numa cadeira, balbuciando:

– Eu... eu estou contente por você ter escapado.

– Deve mesmo estar, pois vou salvar sua vida.

Demiris estudou-o, cauteloso.

– Vai?

– Isso mesmo. Vou defendê-lo.

Demiris soltou uma gargalhada.

– Ora, Leon, depois de tantos anos você ainda me toma por idiota? O que o faz pensar que eu entregaria minha vida nas suas mãos?

– Porque sou o único que pode salvá-lo, Costa.

Constantin Demiris levantou-se.

– Não, obrigado. – Ele avançou para a porta.

– Conversei com Spyros Lambrou. E o convenci a testemunhar que estava com você no momento em que sua irmã foi assassinada.

Demiris parou e virou-se.

– Por que ele faria isso?

Cotas inclinou-sé para a frente na cadeira de rodas.

– Porque o convenci de que tomar toda a sua fortuna seria uma vingança mais doce do que tomar sua vida.

– Não estou entendendo.

– Prometi a Lambrou que, se testemunhar por você, vai lhe entregar toda a sua fortuna. Seus navios, suas companhias... tudo o que possui.

– Ficou louco!

– Será? Pense um pouco, Costa. O depoimento de Spyros pode salvar sua vida. A fortuna vale mais do que sua vida?

Houve um silêncio prolongado. Demiris tornou a sentar. Estudou Cotas atentamente, ainda cauteloso.

– Lambrou está disposto a testemunhar que eu me encontrava em sua companhia quando Melina foi morta?

– Isso mesmo.

– Em troca, ele quer...

– Tudo o que você tem.

Demiris sacudiu a cabeça.

– Eu poderia ficar com...

– *Tudo.* Ele quer despojá-lo completamente. É essa a sua vingança.

Havia uma coisa que Demiris não entendia.

– E o que você leva em tudo isso, Leon?

Os lábios de Cotas se contraíram numa paródia de um sorriso.

– Eu levo tudo.

– Como assim?

– Antes de entregar a Corporação Comercial Helênica a Lambrou, você vai transferir todo o seu patrimônio para uma nova companhia. Uma companhia que me pertence.

– Com isso, Lambrou não ganhará nada.

Cotas deu de ombros.

– Há vencedores e há perdedores.

– Lambrou não desconfiará de nada?

– Não da maneira como vou fazer.

– Se pretende trair Lambrou, como posso saber que não me trairá também?

– É muito simples, meu caro Costa. Você ficará protegido. Assinaremos um acordo, estipulando que a nova companhia só me pertencerá se você for absolvido. Se for declarado culpado, nada receberei.

Constantin Demiris descobriu-se interessado pela primeira vez. Observou o advogado aleijado. *Ele perderia o julgamento e centenas de milhões de dólares só para se vingar de mim? Não. Leon não é tão tolo assim.*

– Muito bem, Leon, aceito.

– Ótimo. Acaba de salvar sua vida, Costa.

Salvei mais do que isso, pensou Demiris, triunfante. *Tenho 100 milhões de dólares escondidos onde ninguém poderá encontrar.*

A reunião de Cotas com Spyros Lambrou fora difícil. Lambrou quase expulsara o advogado de seu escritório.

– Quer que eu testemunhe para salvar a vida daquele monstro? Saia daqui!

Não quer se vingar?

– Claro que quero. E é o que terei.

– Será? Conhece Costa. A riqueza significa mais para ele do que a própria vida. Se o executarem, seu sofrimento acabará em poucos minutos, mas se arrancar tudo o que ele possui, obrigá-lo a enfrentar a vida sem dinheiro, estará aplicando-lhe uma punição muito maior.

Havia alguma verdade no que o advogado dizia. Demiris era o homem mais ganancioso que ele já conhecera.

– Diz que ele está disposto a me entregar tudo o que possui?

– Tudo. Sua frota, seus negócios, até a última companhia que possui.

Era uma grande tentação.

– Deixe-me pensar a respeito.

Lambrou observou o advogado sair da sala na cadeira de rodas. *Pobre coitado*, ele pensou. *O que ele pode esperar da vida?*

Spyros Lambrou telefonou para Napoleon Cotas à meia-noite.

– Já tomei uma decisão. Negócio fechado.

A imprensa estava no maior frenesi. Não apenas Constantin Demiris era julgado pelo assassinato da esposa, mas também passou a ser defendido por um homem que voltara dos mortos, o brilhante advogado criminalista que todos pensavam que morrera num incêndio.

O julgamento foi realizado no mesmo tribunal em que Noelle Page e Larry Douglas haviam sido julgados. Constantin Demiris sentou-se à mesa dos réus, envolto por uma aura de invisibilidade. Napoleon Cotas se encontrava ao seu lado, numa cadeira de rodas. O Estado era representado pelo promotor especial Delma.

E Delma falava aos jurados:

– Constantin Demiris é um dos homens mais poderosos do mundo. Sua vasta fortuna lhe proporciona muitos privilégios. Mas há um privilégio que não pode lhe conceder. E esse é o direito de co-

meter um assassınato a sangue-frio. Ninguém tem esse direito. – Ele fez uma pausa, virando-se para Demiris. – O Estado provará acima e além de qualquer dúvida que Constantin Demiris é culpado do brutal assassinato de uma esposa que o amava. Depois de avaliarem as provas, tenho certeza de que só poderão apresentar um veredicto. Culpado de homicídio, sem atenuantes.

Ele voltou para seu lugar. O juiz principal olhou para Napoleon Cotas.

– A defesa está pronta para as alegações iniciais?

– Estamos, meritíssimo.

Cotas levou a cadeira de rodas para a frente do júri. Podia perceber a compaixão nos rostos dos jurados, enquanto tentavam evitar olhar para sua cara grotesca e corpo aleijado.

– Constantin Demiris não está em julgamento por ser rico ou poderoso. Ou talvez seja justamente por causa disso que ele foi trazido a este tribunal. Os fracos sempre tentam derrubar os poderosos, não é mesmo? O Sr. Demiris pode ser culpado de ser rico e poderoso, mas uma coisa provarei com absoluta certeza... ele não é culpado de assassinar sua esposa.

O julgamento começara.

O PROMOTOR DELMA interrogava o tenente Theophilos, da polícia, sentado no banco das testemunhas.

– Pode descrever o que viu quando entrou na casa na praia de Demiris, tenente?

– As cadeiras e mesas estavam viradas. Tudo estava na maior confusão.

– Parecia que ocorrera ali uma terrível luta?

– Sim, senhor. A impressão era de que a casa fora assaltada.

– Encontrou uma faca ensanguentada no local do crime, não é mesmo?

– Sim, senhor.

– E havia impressões digitais na faca?

– Havia.

293

– De quem eram?

– De Constantin Demiris.

Os olhos dos jurados se voltaram para Demiris.

– Quando revistou a casa, o que mais descobriu?

– No fundo de um armário encontramos um calção de banho com as iniciais de Demiris manchado de sangue.

– Não poderia estar na casa há muito tempo?

– Não, senhor. Ainda estava molhado de água do mar.

– Obrigado.

Era a vez de Napoleon Cotas.

– Detetive Theophilos, teve a oportunidade de conversar pessoalmente com o réu, não é mesmo?

– É, sim, senhor.

– Como o descreveria fisicamente?

– Bom... – O detetive olhou para o lugar em que Demiris sentava. – Eu diria que era um homem bastante grande.

– E parecia forte? Fisicamente forte?

– Parecia.

– Não é o tipo de homem que teria de desmontar uma sala para matar a esposa.

Delma levantou-se.

– Protesto!

– Protesto deferido. O advogado de defesa deve se abster de conduzir a testemunha.

– Peço desculpas, meritíssimo. – Cotas tornou a se virar para a testemunha. – Em sua conversa com o Sr. Demiris, poderia avaliá-lo como um homem inteligente?

– Sim, senhor. Não creio que ele tenha se tornado rico como é se não fosse muito esperto.

– Concordo plenamente, tenente. E isso nos leva a uma questão interessante. Como um homem igual a Constantin Demiris poderia ser bastante estúpido para cometer um homicídio e deixar para trás, no local do crime, uma faca com suas impressões digitais, um calção manchado de sangue? Não diria que essa não foi uma atitude das mais inteligentes?

294

– Às vezes, no calor de um crime, as pessoas fazem coisas estranhas.

– A polícia encontrou um botão de um paletó que Demiris supostamente usava. Isso é correto?

– É, sim, senhor.

– E isso é parte importante das provas contra o Sr. Demiris. A teoria da polícia é de que a esposa arrancou o botão na luta, quando ele tentava matá-la?

– Isso mesmo.

– Portanto, temos um homem que normalmente vestia-se de maneira impecável. Um botão é arrancado de seu paletó, mas ele nem percebe. Veste o paletó em casa e ainda não percebe. Tira e pendura no armário... e continua a não perceber. Isso faria com que o réu fosse não apenas estúpido, mas também cego.

O Sr. Katelanos estava prestando depoimento. O proprietário da agência de detetives tratava de aproveitar ao máximo seu momento de glória. Delma o interrogava.

– É o proprietário de uma agência de detetives particulares?

– Sim, senhor.

– E a Sra. Demiris procurou-o alguns dias antes de ser assassinada?

– Isso mesmo.

– O que ela queria?

– Proteção. Disse que ia se divorciar e o marido ameaçara matá-la.

Houve um murmúrio dos espectadores.

– Portanto, a Sra. Demiris se encontrava bastante transtornada?

– Sim, senhor. Bastante.

– E ela contratou sua agência para protegê-la do marido?

– Sim, senhor.

– Isso é tudo. Obrigado. – Delma virou-se para Cotas. – A testemunha é sua.

Cotas adiantou-se na cadeira de rodas.

– Sr. Katelanos, há quanto tempo trabalha como detetive particular?

– Quase 15 anos.

Cotas mostrou-se impressionado.

– É um bocado de tempo. Deve ser muito competente no que faz.

– Acho que sim – respondeu Katelanos, com um ar de modéstia.

– Ou seja, tem muita experiência com pessoas que estão em dificuldades.

– É por isso que me procuram – garantiu Katelanos, presunçoso.

– E quando a Sra. Demiris o procurou, ela parecia um pouco transtornada ou...

– Não, senhor. Ela parecia *muito* transtornada. Pode se dizer em pânico.

– Entendo. Porque temia que o marido estivesse prestes a matá-la.

– Isso mesmo.

– Quando ela deixou seu escritório, quantos agentes mandou acompanhá-la? Um? Dois?

– Não mandei ninguém com ela.

Cotas franziu o rosto.

– Não estou entendendo. Por que não?

– Ela disse que só queria que começássemos na segunda-feira.

Cotas exibiu uma expressão de espanto.

– Deixou-me confuso, Sr. Katelanos. A mulher foi a seu escritório, apavorada porque o marido queria matá-la, mas saiu de lá dizendo que não precisaria de proteção antes da segunda-feira?

– Foi o que aconteceu.

Napoleon Cotas disse, quase que para si mesmo:

– Não se pode deixar de especular até que ponto a Sra. Demiris estava realmente assustada, não é mesmo?

A CRIADA DE DEMIRIS subiu ao banco das testemunhas.

– Ouviu uma conversa pelo telefone entre a Sra. Demiris e o marido?

– Ouvi, sim, senhor.

– Pode nos relatar essa conversa?

– A Sra. Demiris disse ao marido que queria o divórcio e ele respondeu que não daria.

Delma olhou para o júri.

– Hã... – Ele tornou a se virar para a testemunha. – O que mais ouviu?

– Ele pediu à Sra. Demiris para encontrá-lo na casa da praia, e ela deveria ir sozinha.

– Ele disse que a Sra Demiris deveria ir sozinha?

– Sim, senhor. E ela me pediu que chamasse a polícia se não voltasse até as 18 horas.

Houve uma reação visível dos jurados. Todos olharam para Demiris.

– Não tenho mais perguntas. – Delma virou-se para Cotas. – A testemunha é sua.

Napoleon Cotas levou a cadeira de rodas até o banco das testemunhas.

– Seu nome é Andrea, não é mesmo?

– Sim, senhor.

Ela tentava não olhar para o rosto desfigurado, coberto de cicatrizes.

– Andrea, disse que ouviu a Sra. Demiris declarar ao marido que ia pedir o divórcio e que ouviu o Sr. Demiris dizer que não daria e lhe pedir que fosse sozinha à casa na praia às 15 horas. Isso está certo?

– Está, sim, senhor.

– Prestou juramento, Andrea. E não foi absolutamente isso o que ouviu.

– Foi, sim, senhor.

– Quantos telefones há na sala em que ocorreu essa conversa?

– Ora, só um.

Napoleon Cotas aproximou ainda mais a cadeira de rodas.

– Não escutou a conversa por outro telefone?

– Não, senhor. Eu nunca faria isso.

– Então a verdade é que ouviu apenas o que a *Sra*. Demiris disse. Seria impossível ouvir o que o marido disse.

– Hã... Bom, eu acho...

297

– Em outras palavras, você *não* ouviu o Sr. Demiris ameaçar a esposa, pedir que fosse à casa da praia ou qualquer outra coisa. *Imaginou* tudo isso pelo que a Sra. Demiris falou.

Andrea tinha o rosto vermelho.

– Acho que se pode dizer assim.

– Eu estou dizendo assim. Por que estava na sala quando a Sra. Demiris falava ao telefone?

– Ela me pediu para servir um chá.

– E levou o chá?

– Sim, senhor.

– Pôs a bandeja na mesa.

– Sim, senhor.

– Por que não se retirou em seguida?

– A Sra. Demiris me acenou para ficar.

– Ela queria que ouvisse a conversa ou o que passava por uma conversa?

– Eu... acho que sim.

A voz de Cotas tornou-se firme e incisiva.

– Portanto, não sabe se ela estava mesmo falando com o marido pelo telefone ou se não falava com ninguém. – Ele adiantou mais um pouco a cadeira de rodas. – Não achou estranho que no meio de uma conversa pessoal a Sra. Demiris lhe pedisse para ficar e escutar? Sei que na minha casa, se temos uma discussão pessoal, não pedimos para os criados ouvirem. De jeito nenhum. Sugiro que a conversa nunca ocorreu. A Sra. Demiris não falava com ninguém. Preparava uma armadilha para o marido, a fim de que hoje, neste tribunal, ele fosse submetido a julgamento por sua vida. Mas Constantin Demiris não matou a esposa. As provas contra ele foram cuidadosamente plantadas. Até demais. Nenhum homem inteligente deixaria pistas tão óbvias apontando para ele. E não importa o que mais possa ser, Constantin Demiris é um homem inteligente.

O JULGAMENTO PROLONGOU-SE por mais dez dias, com acusações e contra-acusações e depoimentos técnicos da polícia e médico-

legista. O consenso de opinião era de que provavelmente Constantin Demiris era culpado.

Napoleon Cotas guardou sua bomba para o final. Pôs Spyros Lambrou no banco das testemunhas. Antes do julgamento começar, Demiris assinara um contrato registrado em cartório, transferindo a Corporação Comercial Helênica e todo o seu patrimônio para Spyros Lambrou. Um dia antes, todo o patrimônio fora secretamente transferido para Napoleon Cotas, sob a condição de Constantin Demiris ser absolvido no julgamento.

– Sr. Lambrou, não se dava muito bem com seu cunhado, Constantin Demiris, não é mesmo?

– Não, não nos dávamos bem.

– Seria justo dizer que odiavam um ao outro?

Lambrou lançou um olhar para Constantin Demiris.

– Isso talvez seja pouco.

– No dia em que sua irmã desapareceu, Constantin Demiris disse à polícia que nem se aproximara da casa da praia; que às 15 horas, o momento determinado para a morte de sua irmã, encontrara-se com o senhor em Acrocorinto. Quando a polícia o interrogou sobre esse encontro, o senhor negou.

– É verdade.

– Por quê?

Lambrou permaneceu em silêncio por um longo momento. Quando falou, a voz estava impregnada de raiva:

– Demiris tratava minha irmã de maneira vergonhosa. Maltratava-a constantemente, humilhava-a. Eu queria puni-lo. Ele precisava de mim para ter um álibi. Eu não lhe daria.

– E agora?

– Não posso mais conviver com uma mentira. Tenho de dizer a verdade.

– O senhor e Constantin Demiris encontraram-se em Acrocorinto naquela tarde?

– A verdade é que nos encontramos.

Houve tumulto no tribunal. Delma levantou-se, o rosto pálido.

299

– Meritíssimo, eu protesto...

– Protesto indeferido.

Delma arriou na cadeira. Constantin Demiris inclinava-se para a frente, os olhos brilhando.

– Fale-nos sobre esse encontro. A ideia foi sua?

– Não. Foi de Melina. Ela enganou a nós dois.

– Enganou? Como assim?

– Melina me telefonou e disse que o marido queria se encontrar comigo na cabana de caça em Acrocorinto para discutir uma operação financeira. Depois ligou para Demiris e disse que eu queria ter uma reunião lá. Ao chegarmos, descobrimos que não tínhamos nada para dizer um ao outro.

– E o encontro foi no meio da tarde, na hora estabelecida da morte da Sra. Demiris?

– Isso mesmo.

– A viagem de carro de Acrocorinto para a casa na praia leva quatro horas. Já verifiquei. – Napoleon Cotas olhou para os jurados. – Portanto, não há a menor possibilidade de que Constantin Demiris estivesse em Acrocorinto às 15 horas e voltasse para Atenas antes das 19 horas. – Cotas tornou a se virar para Spyros Lambrou.

– Está sob juramento, Sr. Lambrou. O que acabou de dizer a este tribunal é a verdade?

– É, sim. Que Deus me ajude.

Napoleon Cotas girou sua cadeira na direção do júri.

– Senhoras e senhores – falou asperamente –, só há um veredicto a que podem chegar. – Todos se espicharam para a frente a fim de captar suas palavras. – Inocente. Se o Estado tivesse afirmado que o réu contratara alguém para matar sua esposa, então, nesse ponto poderia ter havido um pequeno grau de dúvida. Mas, pelo contrário, toda a sua argumentação baseia-se na pretensa evidência de que o réu estava naquele quarto, que ele mesmo matou sua esposa. Os magistrados sábios ensinarão a vocês que neste julgamento dois elementos essenciais devem ser provados: motivo e oportunidade.

"Não motivo *ou* oportunidade, mas motivo *e* oportunidade. Legalmente eles são como irmãos siameses: inseparáveis. Senhoras e senhores, o réu podia ou não podia ter tido um motivo, mas esta testemunha provou, além de qualquer dúvida, que o réu não estava em parte alguma da cena do crime quando ele ocorreu."

OS JURADOS AUSENTARAM-SE durante quatro horas. Constantin Demiris observou-os quando retornaram à sala. Ele parecia pálido e ansioso. Cotas não olhava para os jurados. Contemplava o rosto de Constantin Demiris. A pose e arrogância de Demiris haviam desaparecido. Ele era um homem que enfrentava a possibilidade da morte. O juiz principal indagou:

– O júri chegou a um veredicto?

– Chegamos, meritíssimo.

O primeiro jurado estendeu um papel.

– Que o guarda pegue o veredicto, por favor.

O guarda foi buscar o veredicto e entregou-o ao juiz. Ele abriu-o e levantou os olhos.

– O júri considera que o réu é inocente.

Houve um tremendo pandemônio no tribunal. As pessoas se levantaram, algumas aplaudindo, outras vaiando. A expressão de Demiris era extasiada. Ele respirou fundo e aproximou-se de Napoleon Cotas.

– Você conseguiu! Eu lhe devo tudo!

Cotas fitou-o nos olhos.

– Não me deve mais nada. Sou muito rico e você é muito pobre. Vamos embora. Precisamos comemorar.

Constantin Demiris empurrou a cadeira de rodas de Cotas através da multidão, passando pelos repórteres e seguindo para o estacionamento. Cotas apontou para um sedã estacionado na entrada.

– Meu carro é aquele.

Demiris empurrou-o até a porta.

– Não tem motorista?

301

– Não preciso. Mandei adaptar esse carro para poder dirigi-lo. Ajude-me a entrar.

Demiris abriu a porta e transferiu Cotas para o banco do motorista. Dobrou a cadeira de rodas e guardou-a no banco de trás. Deu a volta e sentou na frente, ao lado de Cotas.

– Você ainda é o maior advogado do mundo – comentou Demiris, sorrindo.

– Tem razão. – Napoleon Cotas ligou o carro e saiu do estacionamento. – O que vai fazer agora, Costa?

Demiris respondeu com o maior cuidado:

– Ora, encontrarei um jeito de sobreviver. – *Com 100 milhões de dólares, posso reconstruir meu império.* Ele soltou uma risadinha e acrescentou: – Spyros ficará furioso quando descobrir como você o enganou.

– Não há nada que ele possa fazer agora. O contrato que ele assinou lhe dá uma companhia que não vale nada.

Estavam seguindo para as montanhas. Demiris observou Cotas manipular as alavancas que controlavam o acelerador e o freio.

– Opera esse mecanismo muito bem.

– Aprende-se a fazer o que é necessário – comentou Cotas.

Subiam por uma estrada estreita na serra.

– Para onde estamos indo?

– Tenho uma casinha lá em cima. Tomaremos champanhe e depois chamarei um táxi para levá-lo de volta à cidade. Sabe, Costa, tenho pensado numa porção de coisas. Tudo o que aconteceu... A morte de Noelle e a morte de Larry Douglas. E do pobre Stavros. Nenhum deles morreu por causa de dinheiro, não é mesmo? – Ele virou o rosto para fitar Demiris. – Foi tudo por ódio. Ódio e amor. Você amava Noelle.

– Tem razão, Leon, eu amava Noelle.

– Eu também a amava. Não sabia disso, não é mesmo, Costa?

Demiris estava surpreso.

– Não, não sabia.

– Apesar disso, eu o ajudei a assassiná-la. Nunca me perdoei por isso. Já perdoou a si mesmo, Costa?

– Ela merecia o que recebeu.

– Creio que, ao final, todos nós merecemos o que recebemos. Há uma coisa que não lhe contei, Costa. Aquele incêndio... desde a noite daquele incêndio que sinto uma dor terrível. Os médicos tentaram me recuperar, mas não deu certo. Estou entrevado demais.

Cotas empurrou a alavanca que acelerava o carro. Passaram a fazer curvas fechadas em grande velocidade, subindo mais e mais. O mar Egeu aparecia lá embaixo.

– Para dizer a verdade – continuou Cotas, a voz rouca –, sinto tanta dor que não vale mais a pena continuar a viver.

Ele tornou a empurrar a alavanca, acelerando o carro ainda mais.

– Reduza a velocidade – disse Demiris. – Está indo muito...

– Tenho sobrevivido este tempo todo por sua causa. Decidi que você e eu vamos acabar juntos.

Demiris virou-se para fitá-lo, horrorizado.

– Mas do que está falando? Diminua a velocidade. Vai acabar matando a nós dois.

– Isso mesmo.

Cotas mexeu mais uma vez na alavanca. O carro saltou para a frente.

– Está louco! – berrou Demiris. – É muito rico! Não vai querer morrer!

Os lábios cicatrizados de Cotas contraíram-se num horrendo arremedo de sorriso.

– Não, não sou rico. Sabe quem ficou com todo o dinheiro? Sua amiga, irmã Theresa. Dei todo o seu dinheiro para o convento em Ioannina.

Estavam correndo a toda para uma curva fechada na estrada íngreme.

– Pare o carro! – gritou Demiris. Ele tentou arrancar o volante de Cotas, mas era impossível.

– Eu lhe darei qualquer coisa que quiser! – berrou Demiris. – Pare!

– Já tenho tudo o que quero.

No momento seguinte, eles voaram por cima do penhasco e começaram a descer pela encosta íngreme, o carro virando numa grotesca pirueta mortal, até chegar lá embaixo e cair no mar. Houve uma tremenda explosão e depois o profundo silêncio da eternidade.

fim